【紀元前3万5千年頃のヨーロッパ】

The Shelters of Stone

故郷の岩屋

ジーン・アウル 作　白石朗 訳

上

集英社

エイラ―地上の旅人 11

故郷の岩屋 上

ジーン・M・アウル作 白石朗訳

装丁◎坂川事務所
装画・挿画◎宇野亜喜良

第四部までのあらすじ

時は今から三万五千年前頃、氷河期のおわり。大地震で家族をなくし、孤児となったクロマニオンの少女エイラは、ケーブ・ベアをトーテムとするネアンデルタールの一族に拾われ、育てられる。しかし、エイラが成長し、身体的な特徴や個性が顕著になるにつれて、一族の中で反感や嫌悪が大きくなっていく。なかでも、族長のつれあいの息子ブラウドのエイラに対する差別と暴力は激しく、エイラの後ろだてとなっていたイーザとクレブも他界して、エイラは孤立する。心ならぬいきさつながら授かった最愛の息子ダルクに後ろ髪を引かれながらも、エイラは一族を離れ、自分と同じ種族を求めて旅に出る。

野生馬が群れる谷で、子馬のウィニーとケーブ・ライオンの子ベビーにめぐりあったエイラは、共に暮らしながら、彼らと心を通わせる術を覚え、狩りのパートナーとして育てあげる。

その頃、生まれ故郷を遠く離れ、あてどない旅を続けるふたりの男たちがいた。クロマニオンの血をひくゼランドニーの一族の兄弟、ジョンダラーとソノーランだった。彼らは大鹿を深追いして、ケーブ・ライオンの怒りをかい、襲われてしまう。エイラが駆けつけたときはすでに遅く、弟は死に、兄は瀕死の重傷を負っていた。生まれて初めて目にする異人の姿に眼をみはりながらも、エイラは弟を葬り、兄を洞穴に連れ帰る。介抱するうちに、エイラは、その男、ジョンダラーの逞《たくま》しい美しさに心を奪われてしまう。

命を救われたジョンダラーもまた、エイラの神秘的な才能と美貌に魅了され、ふたりの間にたちまち恋が芽生える。

狩りの途中で保護した狼の子、ウルフ、やがて成長したウィニーの子、レーサーも、エイラを故郷に連れ帰ることを決意したジョンダラーの旅の一行に加わり、人間ふたり、馬二頭、そして狼一頭という旅が始まる。

ジョンダラーが故郷を離れてすでに四年の歳月が流れていた。故郷に帰るには、氷河を越えなければならず、しかも、遅くとも春を迎える前の凍った時期にそこまで到達しなければならない。ジョンダラーの心はせいていた。氷河までさかのぼるには、いくつかの川を渡らねばならない。馬たちは泳ぐことに慣れていたが、若い狼のウルフは遅れがちで、厳冬の旅は難航をきわめた。

旅の途中、かつてジョンダラーが、弟、ソノーランとともに身を寄せたシャラムドイの一族の住処《すみか》に立ち寄ったふたりは、そこで複雑な骨折による激痛に苦しむ女、ロシャリオを見過ごすことができず、独特の大手術を施して彼女を救う。さらに苦しい旅を続けるなか、ある日、野生馬の群れにウィニーが連れ去られ、その上、ジョンダラーの姿が突如消えるという事件にみまわれる。

ジョンダラーを拉致《らち》したのは、その地域を支配する女頭目、アッタロアに率いられるス・アームナイ族の屈強の女戦士たちだった。アッタロアは、男に受けた仕打ちから心が捻《ね》じ曲がり、男たちを恐怖におとしいれ、暴力で支配する制圧者として、君臨していた。囚われの身となったジョンダラーを見て、邪悪な欲望にかきたてられたアッタロアは、ジョンダラーを従わせようとする。しかし、反抗的な態度ではねつけるジョンダラーにいらだち、処刑しようとする。そこに、間一髪駆けつけたエイラがジョンダラーを救ったのだった。先を急ぐふたりだが、残虐な圧政に苦しむス・アームナイ族の人々を見捨てることができず、アッタロアを倒し、人々を解放する。

温泉のそばに住むロサドゥナイ族の住処にさしかかったエイラたちは、〈初床の儀〉を前に、ならず者たちの集団に蹂躙《じゅうりん》され、身も心も深く傷ついた娘、マデニアに出会う。ふたりは力を合わせて、閉ざされた娘の心をひらく。ある日、そのならず者の集団に氏族の男女が襲われている現場に遭遇したエイラとジョンダラーは、氏族のふたりを救う。

いよいよ大氷河を目前にして、旅はさらに険しく、危難が続くが、力を合わせ必死の努力でようやく突破したふたりは、ジョンダラーの故郷を目前にする。そこで、エイラは自らのからだの変調に気づく。エイラは身ごもっていた。

懐かしい人々との再会に加えて、思いがけぬ朗報にジョンダラーは歓喜するが、有頂天のジョンダラーとうらはらに、ジョンダラーの一族に本当に受け入れられ、ここで住むことができ、生まれてくる子とともに暮らせるだろうかと、エイラは一抹の不安を隠せずにいた。

主な登場人物

エイラ　大地震で家族を亡くし、［ケーブ・ベアの一族］に育てられる。自分と同じ種族を見つける旅の途中でジョンダラーと出会い、愛し合うようになる。

ジョンダラー　道具師。旅の途中でエイラと出会い、愛し合うようになる。

ウィニー　エイラと行動を共にする馬。

レーサー　エイラと行動を共にする馬。ウィニーの子ども。

ウルフ　エイラと行動を共にする狼。

ベビー　エイラに育てられたケーブ・ライオン。

ゼランドニー族／九の洞《ほら》

ゼランドニ（ゾレナ）　〈九の洞〉のゼランドニ。ジョンダラーの昔の恋人。

ジョハラン　洞長《ほらおさ》。マルソナの息子。ジョンダラーの兄。

マルソナ　元洞長。ジョンダラーの母親。

ウィラマー　交易頭《こうえきがしら》。マルソナのつれあい。

フォララーラ　マルソナの娘。ジョンダラーの妹。

プロレヴァ　ジョハランのつれあい。

ラシェマー　ジョハランの側近。

サローヴァ　ラシェマーのつれあい。

ソラバン　ジョハランの側近。

ラマーラ　ソラバンのつれあい。

ブルケヴァル　ジョンダラーのいとこ。

マローナ　ジョンダラーの元婚約者。

ララマー　バーマ作りの名人。

ゼランドニー族／二の洞（長老の炉辺）

キメラン　洞長。

ゼランドニー族／三の洞（二本川の巖《にほんがわのいわ》）

マンヴェラー　洞長。

セフォーナ　見張り人の女。

ゼランドニー族／十一の洞（川の場）

カレージャ　女洞長。

ゼランドニー族／十四の洞（小の谷）

ブラメヴァル　洞長。

ランザドニー族

ダラナー　洞長。

ジェリカ　ダラナーのつれあい。

ジョプラヤ　ジェリカの娘。

エコザー　ジョプラヤの婚約者。

マムトイ族／ライオン簇《むら》

マムート　老呪法師《じゅほうし》。

タルート　簇長《むらおさ》。

ネジー　タルートのつれあい。

ライダグ　タルートの炉辺の子。

ケーブ・ベアの一族

クレブ　モグール（まじない師）。

ブルン　前族長。

イーザ　薬師《くすし》。エイラの義母。

ブラウド　族長。ブルンのつれあいの息子。

ダルク　エイラの息子。

氏族

ガバン　氏族の男。旅の途中のエイラ達と出会う。

ヨーガ　ガバンのつれあい。

故郷の岩屋　上

これから先がどうなるかを、ほとんどだれよりもよく見とおしていた
（といっても母親だけは例外）
ケンダルと、

少年たちの母親である
クリスティ、

そして最高の三人である
フォレスト、**スカイラー**、そして**スレイド**に

愛をこめて本書を捧げます。

〔謝辞〕

氷河が現代よりもずっと南まで張りだしており、地球の表面のじつに四分の一を覆っていた時代の人間たちが暮らしていた太古の世界について、わたしは多くの人々の助力あってこそ知識を増やすことができ、その人々に言葉にはつくせない感謝の念をいだいている。しかしながら、わたしが本書に利用すると決めた細部のなかには――とりわけ、ある特定の仮説にかかわる部分や、ある特定の遺構ないしは歴史上の出来事の年代などにかかわる部分においては――執筆時点では、専門家の世界の大多数から認められていないものもある。むろん、わたしが見すごした結果もあるだろうが、それ以外は意図的に本書にとりこんだものだ。その理由はつねに、人間の本質について理解しつつ、また登場人物の行動の裏に筋道だった動機をあたえながら人間ドラマを書くことをおのれに課している我の強い小説家には、そのほうが正しく思えたから、というものだ。

だれをおいてもまず最大の感謝を捧げたいのはジャン＝フィリップ・リゴー博士だ。博士とは、わたしが最初に取材のためにヨーロッパを訪れたおり、博士が調査していたフランス南西部にある〝フラジョレット〟という名前の考古学的遺跡でお目にかかった。山腹にあるこの遺跡は、かつては狩猟のための野宿の地であり、ここからは広大な草原と、その大草原にささえられて生きていた氷河時代の動物たちの移動のさまが一望できた。当時のわたしは無名のアメリカ人小説家だったが、博士はわざわざ時間をとってこの遺跡で発見された事柄を説明してくださったばかりか、ラスコー洞窟の見学の手配まで手伝ってくださった。有史前の時代、上部旧石器時代のヨーロッパに住んでいた初期現生人類、すなわちクロマニオン人の手になる卓越した絵画の残るこの聖域を目にしたとき、わたしは涙を誘われた――今日の最上のものと比較してもなお、傑出した芸術作品だった。

そののち、きわめて初期のネアンデルタール人の遺跡であるラ・ミコックで博士に再会したのは、先史時代の幕開けというべきこの特異な時代――すなわち、解剖学的にいえば最初の現生人類がヨーロッパにあらわれて、最終氷河期のずっと以前からこの地に住んでいたネアンデルタール人と出会った時代――について、それまでよりもわたしの知見が深まりはじめていたころだった。わたしは、われらが太古の祖先について学ぶときに利用されるプロセスを理解したいと思い、夫ともども短期間ではあったが、リゴー博士がもっと最近になって調査をすすめていた〝十六番洞窟《グロット・セーズ》〟の調査に参加した。博士はこの豊かで広大な居住遺跡について、わたしに多くの卓見を授けてくださった。現在この遺跡はロージュリー＝オート洞窟と呼ばれているが、わたしはこれをゼランドニー族〈九の洞《ほら》〉と名づけた。

リゴー博士は本シリーズ全巻において作者を助けてくださっているが、本書における助力については格別に感謝を捧げたい。本書『故郷の岩屋』の執筆にとりかかる前、わたしはこの地域やその当時の姿について収集した情報のありったけをかきあつめ、本書の物語特有の表現ですべての背景設定を書きとめ、遺構にわたし独自の名前をつけ、そのあたりの光景を描写する文章を書きつづった。こうしておけば、なにか情報が必要になったとき、即座に自分自身の言葉でその情報が手にはいる。これまでわたしは多くの科学者やそれ以外の専門家の諸氏に数えきれないほどの質問をぶつけてきたが、出版前に作品内容のチェックを依頼した経験はなかった。自分の作品にとりこむ細部の取捨選択はもちろん、その利用のしかたも、そこに追加する想像の部分についても、全責任はわたしが負っていた――いや、いまもそれに変わりはない。しかし本書の場合には、舞台設定があまりにもよく知られた土地であること（考古学者やそれ以外の専門家だけではなく、この地域を訪問した多くの人々にも知られている）から、背景の細部について、わたしに可能な範囲で精いっぱい正確を期したいとの思いがあった。そのため、わたしは前例のないことをした。この地域をよく知っていて考古学に理解の深いリゴー博士に、わたしが作成した山のように厖大《ぼうだい》な背景資料に目を通して、明らかな誤謬《ごびゅう》をさがしてほしいと依頼したのである。当時のわたしは、自分がどれほど途方もない仕事を博士に頼んだのかを完全には理解していなかった。時間と労力を割いてくださった博士には深く感謝している。博士からは、資料中の情報はおおむね正確だったというお褒めの言葉を賜わったが、わたしが知らなかったこと、わたしが理解できなかったことも多々ご教示いただき、その点を訂正したり組みこんだりすることもできた。それでも残っている誤りについては、すべてわたしの責任だ。

さらにリゴー博士のご紹介でお会いできた、博士の同僚でおなじくフランス人考古学者のジャン・クロット博士にも深く感謝している。フランス南西部のモンティニャックの町でラスコー洞窟発見五十周年の祝典が開催されたおり、このラスコー・イベントに関連してひらかれた会議の席上、フランス語でおこなわれたスピーチのいくつかの骨子を、博士はご親切にも小さな声でわたしに通訳してくださった。それ以来いままで、博士とは大西洋の両側で拝顔の栄に浴し、その博士が格別のご配慮で時間を割き、さまざまに助けてくださったことにはいくら感謝を捧げても捧げきれない。博士には絵や線刻画が残されている多くの洞窟を、とりわけピレネー山脈付近一帯の洞窟を案内していただいた。ベグーエン伯爵の領地にあったすばらしい洞窟の数々もさることながら、とりわけ印象ぶかかったのはガルガである。ここは手形が残っていることで有名だが、それはここのほんの一部でしかない。さらには博士の案内で二回めにニオー洞窟を深部まで訪れたときの感謝の念も、とても言葉にはできないほどだ。約六時間におよんだ洞窟探訪はすばらしい啓示のひとときになった。その理由のひとつは、最初の訪問時にくらべると、絵の残っている洞窟についてのわたしの知識が格段に増えていたせいだろう。そういった土地が本書に登場することはなかったものの、博士との概念や考察にまつわる度重なる議論——とりわけクロマニオン人が自分たちの洞窟や居住施設を飾りたてた理由とおぼしきものについての議論——は大いに有益だった。

一九八二年、ピレネー山脈のふもとにあるニオー洞窟を最初に訪れたときのことでは、ジャン＝ミシェル・ベラミー博士に感謝しなくてはなるまい。ニオーはわたしに忘れがたい印象を残した。〈黒の部屋〉の壁に描かれた動物たち、子どもたちの足跡、そして小さな湖を越えた先に伸びている洞穴の奥深くにある、すばらしく美しい馬の絵……これもそのわずかな一部でしかない。ベラミー博士の最新の贈り物といえるニオー洞窟についての最初の本の卓越した第一版に、わたしは言葉につくせぬ感動をおぼえた。

ロベール・ベグーエン伯爵には、いくら感謝をしてもしきれるものではない。伯爵は自身の領地のランレーヌやトュク・ドドゥベール、レ・トロワ・フレールなどで見つかったすばらしい洞窟の保護と保存に尽力し、そこから慎重に発掘された遺物を展示する、まことにユニークな博物館を創設した。わたしはそのうちふたつの洞窟を見ることができ、深い感銘をおぼえた。この訪問のさいに案内の労をとってくださったクロット博士にも深甚なる謝意を表したい。

またデイヴィッド・ルイス＝ウィリアムズ博士にも感謝したい。博士は強い確信をいだいた穏やかな紳士であり、そのアフリカのカラハリの叢林《そうりん》に住む自由人、いわゆるブッシュマンと彼らの祖先が岩石に残したすばらしい絵画についての調査からは、深遠で魅惑的な考察の数々と、何冊もの著作が産みだされている。そのうちの一冊、クロット博士との共著『先史時代のシャーマンたち』で博士は、古代のフランスの洞窟画家たちがそれぞれの洞窟の岩壁に絵を描いた裏には、ブッシュマンの祖先と似たような理由があったのかもしれない、と示唆されている。

ロイ・ラリック博士にも感謝する。博士にはいろいろご助力いただいたが、なかでも保護用の金属扉の鍵をあけ、コマルクの地下深くの洞窟の壁に残されている、美しい馬の頭部の深い浮き彫りを見せてくださったことに感謝したい。

またポール・バーン博士には、ラスコーの記念祝典のおりに開催された会議での研究発表のいくつかを、わたしのために通訳してくださったことで深く感謝している。博士のご尽力で、わたしはまだ少年だった一九四〇年代にラスコーの美しい洞窟を発見した三人の方々とも拝顔の栄に浴した。この遺跡の洞窟の白い岩壁に描きこまれた多彩色のすばらしい壁画をこの目で見たとき、わたしは思わず涙していたが、穴にもぐりこんだ犬を追いかけていったことをきっかけに、一万五千年前に入口が崩落して以来だれも足を踏みいれていなかったこの洞窟を目にすることになった四人の少年たちに、ここがどれほど強い印象を残したかは想像するほかはない。バーン博士との議論や、本シリーズ作品の舞台である魅惑に満ちた先史時代の一時期にまつわる博士の著書は、わたしにとっては大きな助力になってくれた。

上部旧石器時代にまつわる長くつづく議論の相手をしてくださっているヤン・イェリネク博士にも、心からの深い感謝をおぼえている。解剖学的にいう現生人類がヨーロッパにあらわれて住みつくようになり、すでにそこに住んでいたネアンデルタール人と出会った時代に生きていた人々にまつわる博士の洞察は、これまでずっと大いに有益なものだった。さらに博士には、本シリーズの既刊作品の翻訳刊行についてチェコの出版社にお口ぞえをいただいたことにも感謝したい。

また直接お会いするよりもずっと以前から、その著書を拝読していたアレグザンダー・マーシャク博士——線刻がほどこされた遺物の顕微鏡調査においてはパイオニア的存在——には、クロマニオン人とネアンデルタール人のことを理解しようというその努力に感謝したいし、また論文をお送りいただいたことでも感謝している。丹念な調査にもとづく説得力のある深い洞察に満ちた博士の理論には、かねがね敬服しきっていたし、最終氷河期に暮らしていた人々にまつわる博士の怜悧《れいり》かつ知的な論考にふれるべく、いまもその著作を拝読しつづけている。

本書のための取材の一環として、わたしはフランス南西部のレゼジー・ド・テヤックに三カ月にわたって滞在し、そのあいだフォン・ド・ゴーム洞窟になんども足を運んだ。この美しい絵に飾られた洞窟を訪れる人々のガイド役の諸氏を監督し、スタッフをたばねる立場にあるポーレット・ドービスに格別の感謝を。いろいろと親身になっていただいたが、特別に個人見学ツアーの案内をしてくださったことにはとくに感謝している。ポーレットは長年、この傑出した遺跡近くで暮らしており、いまや自分の家なみにその内部を知りつくしている。おかげでわたしは、ふつうの見学ツアー客が――ツアーに時間がかかりすぎるという理由で――案内されない多くの遺構や壁画を見せてもらった。ポーレットから披露されたユニークな洞察の数々には、ポーレット本人にも察しきれないほど感謝している。

フランスでわたしの著作を刊行している出版社、プレス・ド・ラ・シテ社のルノー・ボンバール氏にも感謝を捧げる。氏はわたしがなにを必要としていようとも、わたしがフランスで取材中にはいつでも、わたしを進んで助けようとしてくださった。わたしが滞在先に近い場所で大部な原稿のコピーを作成したいし、自分の要望を伝えることができるように英語の話せる人もいっしょにいてほしいといえば、その場所を……ほとんどのホテルが営業していないオフシーズンにいいホテルをさがしてほしいといえば、ホテルを……親しい友人の記念日を祝いたいのでロワール河流域にある最高のレストランに行きたいといえば、その手配を……さらには、わたしが見たいと思っている遺跡にむかう途中に、たまたま地中海ぞいの人気リゾート地があれば、まぎわにもかかわらず予約をとりつけてくれた。どんな要望であっても、ボンバール氏はそれをつねに現実のものとしてくれた。氏には心から感謝している。

本書を書くにあたっては、考古学と古人類学以外も勉強しなくてはならず、その点でもまた大いにわたしの助けになってくれた方々がいる。まず心からの〝ありがとう〟をいいたいのは、オレゴン州ポートランドの内科医で、長年わたしのかかりつけの医者でもあるドクター・ロナルド・ナイトーだ。ドクター・ナイトーは診療時間がおわったあとでわたしに電話をかけ、ある種の傷病の症状や進行にまつわる質問に答えてくれた。またフロリダ州セントピーターズバーグの整形外科医であるドクター・ブレット・ボルホフナーにも感謝したい。骨格外傷や損傷についてご教示いただいたからだが、それ以上に、交通事故でばらばらになった息子の股関節と骨盤を修復してくださったことにも感謝している。整形外科手術と外傷の専門家で、ドクター・ボルホフナーの助手をつとめるジョセフ・J・パイカには、身体内部の損傷について適切な説明をいただいたほか、息子を手厚く看護してくれたことにもお礼をいいたい。さらにワシントン州で志願救急救命士をつとめるリック・フライには、話しあいの機会をもうけ、医療の緊急事態にまっさきにおこなうべきことを教えてくれたお礼を申し述べる。

さらに、オレゴン州ポートランドのドクター・ジョン・カラスにも感謝を。ドクターは食用になる野生の動植物コレクションの大家であり、いまなおそうした自然素材の下ごしらえや調理面での実験を怠らず、野生の植物ばかりか、蛤《はまぐり》や紫貝や海洋植物までをカバーする広範な知識を惜しみなくわけあたえてくれた。あれだけたくさんの種類の海草が食用に適していることは、ドクターに教えられて初めて知った。

さらに、オレゴン州プラインヴィル在住のルネット・ストローベルにも特別な感謝を。ルネットは十九世紀に絶滅した野生馬ターパンを、近縁野生馬の交配を通じて復元させたばかりか、きわめて興味ぶかい特徴を明らかにした。たとえば、ターパンの蹄はきわめて硬いので、岩場であっても蹄鉄を必要としないこと、たてがみが直立していること、いくつかの洞窟壁画に見られる馬の絵と同様の体の模様があること――足と尾が黒っぽく、わき腹に縞模様が出ることもある――などである。またターパンは、グルヤと呼ばれる美しい灰色の毛をもっていた。ルネットはわたしに馬を見せてくれただけではなく、多くのことを教えてくれ、さらには飼っている一頭の雌馬の出産を逐一記録したすばらしい一連の写真を送ってくれた。これがウィニーの子馬出産シーンを書く上での基礎になった。

ポートランド州立大学のフランス文学科教授で、オレゴン州名誉フランス人顧問であるクロディーン・フィッシャーにも感謝を申し述べたい。クロディーンには取材資料や手紙などのフランス語を翻訳してもらったほか、本書やそれ以外の原稿におけるフランス語関係において助言や洞察をたまわった。

原稿段階での読者、カレン・アウル＝フォイヤ、ケンダル・アウル、キャシー・ハンブル、ディアナ・ステレット、クロディーン・フィッシャー、それにレイ・アウルに感謝を。この人たちには短時間で第一稿を読んでもらい、建設的なすばらしい提案をいくつもさずかった。ありがとう。

明敏で頭の回転が速く、有能なわが担当編集者ベティ・プラシュカーにも大変お世話になった。ベティの提案はつねに当を得ており、その洞察はかけがえのないものだった。

はかりしれない感謝を、わが文芸エージェントのジーン・ナガーに。ジーンは第一稿ができるなり飛行機でやってきて、夫であるサージ・ナガーともども目を通し、いくつかの提案をしたが、これでいいといってもくれた。そもそものはじめからいてくれたジーンは、本シリーズにおいていくつもの奇跡を演じてくれている。さらにジーン・V・ナガー著作権代理店のジェニファー・ウェルツにも感謝を。ジェニファーはジーンといっしょに働くことで、なおいくつもの奇跡を――わけても翻訳権の分野において――実現させた。

たいへんに悔やまれることだが、わたしはここでカリフォルニア州サクラメントの人類学および考古学教授デイヴィッド・エイブラムズを追悼しつつ謝意を表することにする。一九八二年のこと、デイヴィッドは当時の調査助手で、そののち妻となったダイアン・ケリーとともに、レイとわたしをわが最初のヨーロッパ取材旅行に連れていってくれた――まわった先はフランス、オーストリア、チェコスロヴァキア、そしてウクライナ（当時はソ連）である。〈エイラ――地上の旅人〉の舞台になっている約三万年前の遺跡のいくつかは、そのときに初めて訪れた。おかげでその土地の雰囲気がよくわかるようになり、これには大いに助けられた。わたしたち夫婦は、デイヴィッドとダイアン夫妻と親交を深め、それからもアメリカとヨーロッパの双方でなんどか顔をあわせた。デイヴィッドが重病だと知らされたときはショックだった――まだまだ、そんな年齢ではなかったからだ――しかしデイヴィッドはもちまえの忍耐力を発揮し、だれもが予想しなかったほど長くもちこたえ、そのあいだもつねに前向きな態度をつらぬいていた。その死を惜しむばかりだ。

もうひとり、追悼しつつ謝意を述べなくてはならない大切な友人が、リチャード・オーズマンだ。リチャードはわたしにとって生活と仕事双方の居ごこちのいい場を設計することで、このシリーズの執筆を助けてくれた。〝オズ〟には美しく機能的な家をつくりだす才能があったが、それだけにとどまらず、長年にわたってレイとわたしの親友でもあった。癌は早期発見されたと考えてポーラと結婚し、ポーラとその子どもたちとともに長い歳月を過ごすことを夢見ていたが、あいにくそうではなかった。もはやリチャードがともにいないことが、たいへん悲しく思われてならない。

さまざまな識見や助力をもたらしてくれたことで感謝を捧げるべき人々は、まだまだたくさんいるが、それでなくても拙文が長くなりすぎた。そこで、いちばん大切な人の名前をあげて締めくくりとしたい。その人、レイに感謝する。愛と支援と励ましに、わたしがいっぷう変わった時間に仕事をするにもかかわらず、そのための時間と空間をわたしが確保する手伝いをしてくれたことに、そして、そこにいてくれたことに。

1

石灰岩の岩棚の上に人々があつまって、警戒のまなざしでこちらを見おろしていた。歓迎の身ぶりをしている者はひとりもいなかったし、本格的な威嚇の意図はないにせよ、槍をかまえている者の姿もあった。若い女には、彼らの不安まじりの恐怖が感じとれるようだった。女が下の小道から見あげているあいだにも、岩棚の上にはさらに人々があつまってきて、上から見おろしてきた。予想以上の人数だった。これまでにも旅の途上で、自分たちを歓迎したくないそぶりを見せている人々を目にした経験はある。だから、ここの人たちだけが例外ではない――女はそう自分にいいきかせた。初対面の場では、これがいつもの習いだ、と。それでも不安をぬぐえなかった。

背の高い男は、乗っていた若い雄馬の背からひらりと飛びおりた。気おくれも不安もなかったが、それでも一瞬はためらい、雄馬の端綱《はづな》を握ったままでいた。うしろをふりむくと、旅の連れの女が尻ごみをしていることがわかった。

「エイラ、レーサーの端綱をもっていてくれるか？　ちょっとびくついているみたいなんだ」男はそういってから、岩棚を見あげた。「ま、あの連中もおなじみたいだな」

エイラはうなずいて片足をふりあげ、雌馬の背からすべりおり、端綱を手にとった。見なれない人々を目にした緊張にくわえて、若いレーサーはまだ母馬のそばで昂奮していた。母馬ウィニーの発情期はおわっていたが、群れの雄馬との邂逅《かいこう》がもたらした体臭の残り香がいまなお体に残っているせいだ。エイラはレーサーの端綱を短く、しかし、くすんだ黄色の体毛をもつ雌馬の端綱は余裕をもって握り、二頭のあいだに立った。ウィニーは自由にさせても大丈夫かもしれない。いまではもう初対面の大勢の人間と会うことにも慣れているし、いつもはそう緊張に浮き足だつこともない。しかし、いまばかりは不安をかきたてられているようだ。あれだけ多くの人間と会えば不安になって当然だといえた。

狼が姿を見せると、洞穴前の岩棚にあつまった群衆があげる驚きと警戒のどよめきがエイラの耳にもとどいた。いや、洞穴と呼んでいいのだろうか？　あんなものは、これまで見たこともなかった。ウルフがエイラの足に横から体を押しつけて、いくぶん前にまわりこんでいった——気を許さずに警戒しているのだ。ほとんどきこえないほど低いウルフのうなり声が、エイラには振動として感じられた。約一年前にこの長旅に出発したときにくらべると、ウルフは格段に見知らぬ人間たちを警戒するようになっていた。しかし、出発時にはまだ子狼だったし、そのあと数回の危険な経験をしたこともあって、それまで以上にエイラを守る意識が高まっていたのである。

気づかわしげな人々の集団のもとに通じている坂道をのぼりはじめたとき、男に恐怖の色はなかった。しかしエイラはこうやって後方にとどまり、いざ本格的な顔あわせの前に人々を観察できる時間の余裕ができたことにほっとしていた。一年以上も前から待ち望んでいたと同時に、恐れてもいた瞬間がいよいよやってきた。大事なのは第一印象だ……どちらの側にとっても。

ほかの面々があとずさるなか、ひとりの若い女が前に飛びだしてきた。ここを留守にしていた五年のあいだに、愛らしい少女は美しい若い娘に成長していたが、ジョンダラーにはすぐ自分の妹だとわかった。「ジョンダラー！ すぐにわかったわ！」娘はいいながら、しがみついてきた。「やっと帰ってきてくれたのね！」

ジョンダラーは娘を強く抱きしめたまま体をもちあげ、熱い気持ちのまま体をぐるぐるとふりまわした。「フォラーラ、おまえに会えてうれしいよ！」妹を地面におろすと、こんどは伸ばした腕で肩を押さえ、つくづくと見いった。「それにしても大きくなったな。旅に出たときにはまだ女の子だったのに、いまじゃ美しい大人の女になった……昔から、おれが思っていたとおりだ」そう話しかけるジョンダラーの目には、兄が妹を思う以上の光がわずかに宿っていた。

フォラーラは兄に笑顔をむけながら、信じられないほど鮮やかな青い瞳をのぞきこみ、その磁力に吸いこまれるのを感じていた。顔が赤く火照っている。周囲の人はそれを兄ジョンダラーの褒め言葉がもたらしたものと思っていたが、じっさいには――兄であろうとなかろうと――魅力的なひとりの男、もう何年も会っていなかった男にたちまち心を引かれたことからくる火照りだった。たぐい稀な瞳をもつ顔だちのととのった兄、どんな女も虜《とりこ》にする兄の話はこれまできかされていたが、フォラーラの記憶にあるジョンダラーは、妹の自分が望めばどんなゲームにも遊びにもつきあってくれる、背の高い愛情ゆたかな遊び相手でしかなかった。若い女になったフォラーラは、いまはじめて、ジョンダラーが無意識のうちに発散するカリスマの効果をまざまざと体験したのだ。ジョンダラーも妹の反応に気がつき、その愛らしい困惑ぶりに本心からのほほ笑みをむけた。

それからフォラーラは、小川の近くを通る下の小道に目をむけて、「あの女の人はだれ、ジョンデ?」とたずねた。「それにあの動物たちはどこから来たの? ふつう動物は人間から逃げるのに、どうしてあの動物たちは女の人のそばから逃げていかないのかしら? あの人はゼランドニ? あの人が動物たちを招いたの?」フォラーラは眉をひそめた。「それに……ソノーランはどこ?」

その質問にジョンダラーのひたいが悲しみに曇ったのを目にして、フォラーラははっと息を飲んだ。

「いまソノーランは次の世界を旅しているんだよ、フォラーラ」ジョンダラーは答えた。「それにあの女の人がいなかったら、こうしておれが帰りつくこともなかったな」

「ああ……ジョンデ! なにがあったの?」

「語りだせば長い話だし、いまはその話をするときじゃない」ジョンダラーは答えたが、妹からの〝ジョンデ〟という呼び名には微笑を誘われた。内輪の愛称だった。「ここを出て以来、そう呼ばれたことは一回もなかったよ。それをきいて、故郷に帰ってきた実感が湧いてきたな。みんなはどうしてる? 母さんは変わりないかな? ウィロマーは?」

「ふたりとも元気よ。二年前にいちど、母さんにみんながひやりとさせられたことがあったけど、ゼランドニの特別な魔法のおかげもあって、いまでは元気みたいね。自分の目で確かめたらどう?」フォラーラはそういうとジョンダラーの手をとり、前に立って残る坂道をあがりはじめた。

ジョンダラーはうしろに顔をむけ、すぐにもどるという意味でエイラにむけて手をふった。動物たちとエイラだけを残していくのは気がすすまなかったが、母親に会って、その無事をわが目で確かめずにはいられなかった。〝ひやりとさせられた〟という言葉が気がかりだった。それに、動物たちのことを人々に説ききかせておく必要もある。自分たちふたりのもとから逃げていかない狼と二頭の馬が、たいていの人々にはいぶかしく思えるばかりか、ときには恐怖の対象にさえなることを、エイラとジョンダラーはこれまでの旅で学んでいた。

人々は動物のことを知ってはいた。これまで旅の途上で出会った人々はみな例外なく動物を狩ったし、大半の人々が動物やその霊を崇《あが》め、あるいは敬意を表していた。だれもが思い起こせるかぎりの昔から、人々は動物を注意ぶかく観察していた。だからどんな動物がどんな自然環境を好み、どんな食べ物を好むかを知っていたし、移動や渡りの様式やそれぞれの季節ごとの動きも、繁殖期や発情期がいつなのかも知っていた。しかし、生きて呼吸している動物に親しみのこもった手でふれようとした人間は、これまでひとりもいなかった。動物の首に縄をかけて連れまわそうと試みた人間もいなかった。動物を馴らそうとした人間の前例はなかったし、それどころかそんなことが可能だと考えた人間すらいなかった。

ここの人々は長い旅から帰ってきた縁者との再会を喜んでいるし、二度と見《まみ》えることがないと思っていた縁者なのだから喜びもひとしおだったが、〝人間に飼い馴らされた動物〟は彼らにとって未知の現象であり、それゆえ最初に引き起こされたのは恐怖だった。あまりにも奇妙で不可解、これまでの経験ばかりか想像力の範囲までをも超える現象だったため、とうてい自然の現象には思えなかった。つまり自然に反する現象、超自然現象にしか思えなかったのである。そんな彼らの大部分が、恐るべき動物たちを目にして逃げも隠れもせず、あるいは殺そうともしなかった理由はたったひとつ、自分たちの知っているジョンダラーがその動物たちをともなって帰還してきたこと、いまさんさんたる日ざしを浴びながら妹と肩をならべて、木《き》ノ川《かわ》から通じている坂道をのぼってくるジョンダラーが、どこからどう見ても平常のままだったことにあった。

フォラーラは先ほどひとりで飛びだしてきたが、これは勇気の発露といえた。とはいえフォラーラはまだ若く、若さゆえの恐れ知らずな性格でもあった。そもそも昔から大好きだった兄との再会に心が舞いあがって、待ちきれなかったのである。ジョンダラーなら自分を傷つけることはしないに決まっているし、なによりそのジョンダラーは動物たちを恐れてはいない。

エイラが坂道をおりきった場所から見あげていると、ジョンダラーが人々にとりかこまれていた。人々は笑顔や抱擁で、口づけや背中を叩く動作や両手をつかっての握手で、そしてたくさんの言葉でジョンダラーの帰還を歓迎していた。かなり太った女性と髪の毛の茶色い男性が、ジョンダラーと抱擁をかわしていた。また年かさの女性にジョンダラーが鄭重《ていちょう》な挨拶をして、その体に両腕をまわしている光景も見えた。たぶん、あの人のお母さんだろう。あの人にわたしはどう思われるのだろうか？

あの人たちはジョンダラーの家族や縁者、友人、ともに育った仲間たちだ。それにひきかえ、わたしはよそ者。動物たちを連れてきたばかりか、ほかにどんな恐ろしい異郷の脅威や常軌を逸した考えをそなえているとも知れない不穏なよそ者だ。あの人たちに受け入れてもらえるだろうか？　受け入れてもらえなかったらどうなる？　いまさら引きかえすわけにはいかない。わたしの仲間は、ここから東に一年以上も旅をしてやっとたどりつける土地に住んでいる。ジョンダラーは、わたしが旅立つことを望んだら――あるいは旅立たざるをえなくなったら――自分もともに旅立つと約束してはくれた。でも約束をしたのは、みんなに会う前、これほど熱烈な歓迎を受ける前のこと。いまでもおなじ考えでいてくれるのだろうか？

背中をつつかれるのを感じたエイラは、腕を伸ばしてウィニーの逞《たくま》しい首を撫でてやった。こうして自分が孤独でないことを思い起こさせてくれた友に感謝を感じる。氏族のもとを去って谷間でひとり暮らしていたころは、長いあいだこの馬だけが友だった。ウィニーが近づいたせいで端綱がたるんだことには気づかなかったが、エイラはレーサーの端綱をいくぶん長くすることにした。ウィニーとレーサーの親子は、ふだんであれば仲よく助けあうが、雌馬が発情期を迎えると両者の関係に乱れが生じた。

エイラのほうを見おろす人の数はさらに増えていた――こんなに大勢の人がいるということがあるのだろうか？ ジョンダラーは茶色い髪の男と熱心に話しこんでいたが、おもむろにエイラに手をふって笑顔をのぞかせた。ついで坂をおりはじめたジョンダラーのあとから、若い女と茶色い髪の男をはじめ、数人がついてきた。エイラは深呼吸をして、待った。

彼らが近づくにつれて、ウルフのうなり声が大きくなった。エイラは手を伸ばして、この狼を引き寄せた。「心配いらないわ。ジョンダラーの縁者の人たちだもの」

狼の気をなだめるその手つきは、うなるのをやめて、人にあまり怖い思いをさせるような顔や姿勢をとってはならないと伝える合図だった。この合図をウルフに教えこむにはかなり難儀したが、それだけの骨折りの甲斐はあったとエイラは思った――いまはなおさらだ。あとは、わたし自身をなだめる手つきを知っていればいいのに。

ジョンダラー一同は、若干離れたところで足をとめた。および腰なのを知られたくないのか、あるいは動物たちを見ないようにしているのか。動物たちのほうは彼らを大っぴらに見つめていたばかりか、見知らぬ人間が近づいてもその場所をたもったままだった。ジョンダラーが両者のあいだに進みでてきた。

「まず、正式な紹介をしたほうがいいだろうな、ジョハラン」ジョンダラーは茶色い髪の男に顔をむけて、そういった。

正式な紹介の儀には、両手をつかうことが求められるため、エイラは二頭の馬の端綱を手から離した。二頭はあとずさったが、ウルフはそのままの位置をたもった。エイラは男の目に宿るかすかな恐怖の光を見てとったが、それほど恐れてはいないこともわかった。エイラは、いますぐに正式な紹介の儀をおこないたい理由があるのだろうかと思いながら、ジョンダラーに視線を投げた。ついで初めて顔をあわせる男を仔細に見つめたエイラは、いきなりかつて自分がそのなかで育った氏族の長《おさ》、ブルンを思い出していた。力強く、自信に満ち、知的で有能、なにものをも恐れてはいなかったが、たったひとつ――霊界にだけは恐れをいだいていた。

「エイラ、この男はゼランドニー族〈九の洞《ほら》〉の洞長《ほらおさ》ジョハラン。元〈九の洞〉の洞長マルソナの息子として、元〈九の洞〉の洞長ジョコナンの炉辺に生まれし者だ」背の高い金髪のジョンダラーは真面目くさった顔でいってから、破顔一笑した。「遠き地を旅する者ジョンダラーの兄であることは、いうまでもないな」

　何人かの者がちらりと笑みに顔をほころばせた。ジョンダラーの言葉に、いくぶん緊張をほぐされたのだろう。厳密にいうなら、正式な紹介の儀にあたっては、紹介される人間の身分を証《あか》すため、その人物の名前と称号のすべてが列挙される――当人の称号と業績のすべてはもちろん、親類縁者とその称号および業績までも含めて紹介されるし、そのとおりにする者もあった。しかしじっさいの場では、よほど重々しい儀式の場でならともかくも、いちばん重要な称号だけが口にされた。しかしながら若者が――とりわけ兄弟の関係にある者が――ときに退屈にさえなる血縁関係を、ちょっとしたおふざけで長々と述べ立てるのも決して珍しくなかったし、ジョンダラーの発言にジョハランは昔の日々を、人々の上に立つ者としての責任を背負わされる前の日々を思い起こしてもいた。

「ジョハラン、この者はマムトイ族《むら》ライオン簇の〈マンモスの炉辺〉の娘エイラ。洞穴《ケーブ》ライオンの霊に選ばれし者にして、洞穴熊《ケーブ・ベア》の守りを受ける者だ」

　髪の茶色い男は進みでて、おのれと若い女との距離をみずから縮めると、手のひらを上にむけて両手を前にさしのべた。相手を歓迎し、なにも隠しだてしない友好を示す共通のしぐさだ。この女の縁《えにし》として述べられた言葉のうち心あたりはひとつもなく、どれがいちばん重要なのかもはっきりわからなかった。

「母なる大地の女神ドニの名において、マムトイ族の〈マンモスの炉辺〉の娘エイラよ、あなたを歓迎いたします」

エイラはジョハランの両手をとった。「森羅万象の母なる女神ムトの名において、ゼランドニー族〈九の洞〉の洞長であり……」といってから笑みをこぼして、こうつづけた。「……そして旅人ジョンダラーの兄者ジョハランにご挨拶申しあげます」

ジョハランはここで初めて、エイラという女がゼランドニー語を流暢《りゅうちょう》に話してはいるものの、一風変わった訛《なま》りがあることに気がついた。さらにエイラの見なれぬ衣服や、遠い地を思わせるその顔だちが意識されてきた。それでもエイラから笑みをむけられれば、おなじく笑みで応じた。ひとつには、いまの言葉でエイラがジョンダラーの紹介の文句を理解しているとわかり、弟ジョンダラーを大事に思っている気持ちが伝わってきたからだが、なによりエイラの笑顔に抵抗できなかったのが最大の理由だった。

だれの目から見ても、エイラは魅力的な女性だった。すらりと上背があって、均整のとれた見事な体形、長く伸ばしたやや暗い金髪は波打ちがち。灰色がかった青い澄んだ瞳、そしてととのった容貌——といってもゼランドニー族の女たちとはわずかに特徴が異なっていた。しかしその顔が笑みにほころべば、日輪が特別な光をエイラに投げかけ、その光が体の内側から顔のひとつひとつの要素を照り栄えさせているかにも見えてくる。茫然とするほどの美しさに輝いたかに見えるエイラを前に、ジョハランは息を飲んでいた。前々からエイラの笑顔が最高だといっていたジョンダラーは、いま自分の兄もその笑顔の前に抵抗できなかったことを見てとって、ひとりにやりと笑っていた。

ついでジョハランは、雄馬が落ち着かない足どりでジョンダラーに近づくのを目にして、狼に視線をむけた。「ジョンダラーから話をきいたが……どうやらわれわれは……その……動物たちの住まいを用意しなくてはならないようだね。もちろん……この近くに、ということだろうが」それがあまり近くではないことを、ジョハランは祈った。

「馬に必要なのは水場の近くの草原だけです。しかし、まず最初にここの人々に、ジョンダラーかわたしが付き添っていないかぎり、馬に近づいてはいけないということをお話ししないとなりません。慣れてくればべつですが、見なれない人が近づくとウィニーとレーサーは落ち着かなくなりますので」

「それはまあ、問題になるまいな」ジョハランはウィニーの尾の動きに目を引かれ、またエイラに視線をもどした。「この小さな谷で都合がよいのなら、馬はここにいればいい」

「ああ、それでいいだろうな」ジョンダラーがいった。「だけどもうちょっと上《かみ》に移動して、すこし離れてもいいかもしれない」

「ウルフはわたしのそばで寝ることに慣れています」そうつづけたエイラは、ジョハランが眉を曇らせたのを見てとった。「わたしのそばにいられないとなると、旅のあいだにわたしをやたらに守る癖のついたウルフが騒ぎを起こすかもしれませんし」

　エイラには、兄ジョハランがジョンダラーと似ていることがわかった。わけても似ているのは、不安や心配ごとがあるとき、ひたいに皺が寄るところだ。思わずほほ笑みそうになったが、どうやらジョハランは真剣に不安を感じているようすだ。いくら表情が似ていることで笑みを誘われたとはいえ、いまは微笑を見せている場合ではない。

　ジョンダラーもまた、兄の不安の表情を見てとっていた。「だったら、いい機会だ、ここで兄さんをウルフに紹介してやったらいい」

ジョハランは取り乱しそうな光を浮かべた目を大きく見ひらいた。しかし、その口から異論が出るよりも先に、エイラは片手をさしのべてジョハランの手をとり、同時に腰を折って、となりにいる肉食獣にむけて上体をかがめた。それから大きな狼の首に片腕をまわし、出かかっていたうなり声を黙らせた——人間のエイラでさえ、相手の男の恐怖がにおいとなって嗅ぎとれたほどだ。ウルフならまちがいなく嗅ぎとっているはずだった。

「最初にあなたの手のにおいを嗅がせてやってください」エイラはいった。「狼にとっては、それが正式な紹介の儀です」

ウルフはこれまでの経験から、エイラがこの流儀で紹介してくる者を人間たちから成る自分の群れに受け入れることが、エイラにとって大きな意味をもっていると学んでいた。恐怖のにおいは気に食わなかったが、ウルフは男のことをもっと知るために、鼻をくんくんいわせて手のにおいを嗅いだ。

「生きている狼の毛皮を手でさわったことはありますか?」エイラはたずねながら、ジョハランの顔を見あげた。「お気づきでしょうか、すこしごわごわしています」そういって相手の手を引き、毛足の長いもじゃもじゃの首すじの毛に導いていく。「まだ毛が抜け落ちきっていないので、痒がるんです。ですから、こうやって耳のうしろを掻いてやると、この子は喜びます」話しながらエイラはお手本を示した。

ジョハランは狼の毛に手をふれさせていったが、毛の感触よりも体の温かさのほうを強く意識していた。そして、突然気がついた——これは生きている狼だ！　しかも狼は、人間にさわられても、いやがるそぶりひとつ見せてはいなかった。

エイラはジョハランの手が決してこわばっておらず、そればかりか、先ほどエイラが教えたとおりの箇所を掻こうとしていることを見てとった。「もう一回、手のにおいを嗅がせてやってください」

狼の鼻先にむけて手を伸ばしていったジョハランは、いきなり驚きに目を見ひらいて、声をあげた。

「この狼はおれを舐めたぞ!」

これはいい方向への準備なのか——それとも、なにか忌まわしい方向への準備なのかも、ジョハランにはわからなかった。その目にウルフがエイラの顔を舐めている光景が飛びこんできた。しかもエイラという女は、舐められてうれしそうな顔を見せている。

「そう、いい子ね、ウルフ」エイラは笑顔でいい、ウルフの体を撫でたり、首のまわりの毛を荒っぽく掻き立てたりした。それから立ちあがって、両肩の前の部分を軽く手で叩くしぐさをして見せる。狼はぴょんと飛びあがってエイラが指示した場所に前足をかけた。エイラがのどを見せると、ウルフはエイラの首すじを舐めてから、あごをすっかり口に入れた。ごろごろと低いうなり声を出してはいたが、その声はやさしさに満ちていた。

ジョンダラーは、兄ジョハランやそれ以外の者が驚愕に息を飲んでいる気配を目にとめた。この見なれた狼ならではの愛情表現が、事情を心得ていない他人の目にどれほど恐ろしく見えるのかがあらためて意識された。ジョハランは弟ジョンダラーに目をむけた——その目には恐怖と驚きがともに宿っていた。

「あの狼はなんであんなことをしている?」

「あんなことをして、ほんとうに大丈夫なの?」ほぼ同時にフォラーラの口からも質問が飛びだしていた。もうじっとしてはいられなかった。ほかの人々も心を決めかねているように、落ち着きなく体をもぞもぞさせていた。

ジョンダラーは笑みをのぞかせた。「ああ、エイラなら心配ない。あの狼はエイラを愛している。だから傷つけるようなことはぜったいしないんだ。これは狼の愛情表現なんだよ。おれも慣れるまでには時間がかかった。ウルフのことは、エイラとおなじくらい昔から知ってるんだ——あいつが、まだ小さくて毛むくじゃらのちびだったころからね」

「ちびなものか！　大きな狼じゃないか！　こんな図体の大きな狼ははじめて見たぞ！」ジョハランはいった。「エイラののどを食いちぎれるほどだ！」

「ああ。のどを食いちぎれるほどだな。前に一回見たことがある……あいつがある女ののどを食いちぎるのをね……その女はエイラを殺そうとしていたんだ」ジョンダラーはいった。「ウルフはエイラを守っているんだよ」

　狼がエイラの肩から足をおろすと、見まもっていたゼランドニー族の人々はいっせいに安堵の吐息を洩らした。ウルフは口をあけて舌を片側に突きだし、牙をのぞかせたまま、エイラの横に立っていた。このウルフの表情を、ジョンダラーはウルフが悦にいったときに見せる〝狼なりの笑顔〟と考えていた。

「あの狼はいつもあんなことをしているの？」フォラーラがたずねた。「その……だれにでも？」

「いいや」ジョンダラーは答えた。「エイラにだけだよ。たまにおれにもすることはあるが……それも特別にあいつの機嫌がよくて、おれとエイラが許したときだけだ。とても行儀のいい狼でね。人間を傷つけることはない……例外は、エイラに危険がおよんだときだけだ」

「子どもたちは？」フォラーラがたずねた。「狼はよく、体の弱いものや幼いものを襲うけど……」

　子どもたちのことが話に出ると、そばに立っていた人々の顔に憂慮の色が広がった。

「ウルフは子どもたちが大好きです」エイラがすぐに説明した。「それにウルフは子どもたちを守ろうとします。幼い子どもや体の弱い子どもなら、なおのこと守ろうとします。ウルフはライオン簇の子どもたちといっしょに育てられましたから」

「〈ライオンの炉辺〉に生まれつきとても病弱な子どもがいたんだ」ジョンダラーが口ぞえした。「いっしょに遊んでいるところを、みんなにも見せてやりたかったくらいだ。その子の近くでは、ウルフはいつも気くばりを絶やさなかったな」

「えらく変わりものの動物もいたもんだな」ほかの男がいった。「信じろといわれて信じられるものじゃないぞ……狼が……なんというか……そこまで狼らしくないふるまいを見せるとは」

「そのとおりだな、ソラバン」ジョンダラーはいった。「ウルフのふるまいは、人間の目には狼らしくなく見える。でも、おれたちが狼だったら、決してそうは見えないはずだ。こいつは人間のなかで育った。だからエイラにいわせると、こいつは人間たちを〝自分の群れ〟だと考えてるんだそうだ。つまりウルフは、仲間の狼に接するのとおなじように人間たちに接しているんだ」

「狩りをするのかい?」ジョンダラーからソラバンと呼びかけられた男がたずねた。

「ええ」エイラが答えた。「自分ひとりだけで狩りをすることもあれば、わたしたちの狩りを手伝うこともあります」

「でも、狩っていい動物と狩ってはいけない動物の区別をどうやってつけてるの?」フォラーラがたずねた。「そこの二頭の馬がいい例だと思うけど」

エイラはほほ笑んだ。「二頭の馬も、ウルフにとっては自分の群れの一員なんです。馬がウルフを怖がっていないことはお気づきでしょう? 人間を狩ることは決してありません。それ以外には自分で狩りたい動物を狩りますが、わたしがだめだといえば狩りません」

「あんたがだめだといえば、狼がそれに従うと?」またほかの男から質問が出た。

「そのとおりだよ、ラシェマー」ジョンダラーが断言した。

ラシェマーは驚きにかぶりをふった。凄腕の狩人である狼をそこまで意のままにあやつれる者がいるという話が、とても信じられなかった。

「さて、ジョハラン」ジョンダラーはいった。「これでエイラとウルフを上に連れていっても安全だとわかってもらえたかな？」

ジョハランはしばし考えこんでから、おもむろにうなずいた。「ただし、もし面倒なことが起こったら……」

「そんなことになるものか」ジョンダラーはそういいきると、エイラにむきなおった。「母さんはおれたちを、自分の住まいに招いてくれているよ。フォラーラはまだいっしょに住んでるが、あいつは自分の部屋をもってる。マルソナとウィロマーもだ。ウィロマーはいま交易の旅に出てる。母さんからは、住まいの中央にある暮らしの場をつかっていいといわれた。もちろんきみが望むのなら、〈客人の炉辺〉でゼランドニといっしょに暮らしてもいい」

「喜んで、あなたのお母さんのところに寝泊まりさせてもらうわ」エイラは答えた。

「よかった！　ほかにも母さんは、おれたちが落ち着くまで、いちばん正式な紹介の儀を先延ばししてもいいといってくれてる。おれはいまさら紹介が必要にも思えないし、なにより全員にまとめて紹介できる機会がありながら、ひとりひとりにおなじ紹介を律義にくりかえすのは意味がないからね」

「きょうの夜には、兄さんたちの歓迎の宴をひらこうという話がもう出てるのよ」フォラーラがいった。

「近いうちには、このあたりの〈洞〉の人たちのために、あらためて宴をひらく話もね」

「お母さまにいろいろ心くばりしてもらって、ほんとうにありがたいわ。全員の人にいっぺんに紹介してもらうほうが簡単だし。でも、とりあえず、こちらの若い女性の方に紹介してもらえないかしら？」エイラはいった。

　フォラーラがほほ笑んだ。

「もちろん、そのつもりだったとも」ジョンダラーはいった。「エイラ、ここにいるのはわが妹のフォラーラ、ドニの恵みによりてゼランドニー族〈九の洞〉の一員となった者。元〈九の洞〉の洞長マルソナの娘。旅人にして交易頭《こうえきがしら》、ウィロマーの炉辺に生を享《う》けし者。〈九の洞〉の洞長ジョハランの妹。そしてジョンダラーの妹……」

「この人はあなたのことをもう知ってるのよ、ジョンダラー。それにわたしも、この人の名前や絆はもうきいたわ」フォラーラは儀式ばった紹介にじれったさを隠さずにいい、両手をエイラにむけてさしのべた。「母なる大地の女神ドニの名において、あなたを歓迎します、マムトイ族のエイラ、馬と狼の友人よ」

　日ざしのあたる岩棚にあつまっていた人々は、女と狼がジョンダラーに付き添われて坂道をあがりはじめ、数人の人々もいっしょに坂道を歩きはじめたのを目にすると、あわててあとずさった。一歩前に進みでてくる者もひとりふたりはいたが、ほかの者はみな首を長く伸ばしてきょろきょろしているばかりだった。岩棚にたどりついたエイラは、そこではじめてゼランドニー族〈九の洞〉の暮らしの場を目にすることになった。その光景にエイラは驚きを禁じえなかった。

　エイラもジョンダラーの故郷では〈洞〉がただ場所を指しているだけではなく、そこに暮らしている人々の集団を指してもいる言葉だと知っていたが、いま見えている岩の層はそもそも洞穴ではなかったし、これまでの想像ともまるっきりちがっていた。洞穴というのは岩壁や崖、あるいは地中に暗い空間がひとつ、あるいは複数がつらなっており、外部への出入口がある場所のことだ。ここの人々が住んでいるのは、石灰岩の崖に張りだした巨大な岩棚の下の空間――岩屋――だった。岩棚は雨や雪をさえぎるが、日ざしをさえぎることはない。

この地域の高くそそりたつ断崖絶壁の数々は、かつて古代の海の水面下の海底だった。海に棲息していた甲殻類の石灰質をふくむ殻がうち捨てられて海底に溜まり、それがやがて炭酸カルシウムに――すなわち石灰岩になった。長い歳月のあいだに、さまざまな理由から、うち捨てられた殻がつくるぶあつい石灰岩層のなかで、ほかよりも硬い層がつくられてきた。やがて大地がその様相をたがえ、海底だった部分が地表に出ていき、さらに崖をつくると、風と水の浸食作用で比較的柔らかい岩からなる部分がまず削りとられて奥深くにまで広がる空間ができあがり、一方それよりも硬い岩の部分は残って岩棚となって、空間を上下からはさみこむ形になった。

石灰岩地形にはありふれたことだが、ここの崖にもふつうの洞穴はいくつもあった。しかし、この棚を積み重ねたような独特な岩の層がつくりだした岩屋は、きわめて質の高い生活空間を提供し、それゆえ数千年の歳月にわたってそのように利用されてきていた。

ジョンダラーはエイラを年かさの女性のもとに案内していった。先ほどエイラが坂道の下から姿を目にした女だ。女は背が高く威厳にあふれた空気をまとい、ふたりの訪れをいまや遅しと待っていた。淡い茶よりも灰色が目だつ髪はうしろに引かれて編みあげられたうえ、ぐるぐると渦巻状に巻かれて後頭部に固定してあった。鋭く値踏みする力を秘めてまっすぐに前を見つめる澄んだその瞳もまた、灰色だった。

ふたりが女の前にたどりつくと、ジョンダラーが正式な紹介の口上を述べはじめた。「エイラ、ここにいるのはゼランドニー族〈九の洞〉の元洞長のマルソナ。ジェマーラの娘。ラバナーの炉辺に生を享けし者。〈九の洞〉の交易頭、ウィロマーのつれあいにして、〈九の洞〉の洞長ジョハランの母。ドニの恵みを受けてフォラーラの母となりし者。そして……」いったんはソノーランの名前を口にしかけたジョンダラーだったが、ためらったのち、急いで残りの部分を口にした。「……旅より帰りし者ジョンダラーの母」

つづいてジョンダラーは母親にむきなおった。

「マルソナ、ここにいるのはマムトイ族ライオン簇のエイラ、〈マンモスの炉辺〉の娘にして、ケーブ・ライオンの霊に選ばれし者、ケーブ・ベアの霊に守られし者」

マルソナは両手をさしのべた。「母なる大地の女神ドニの名において、あなたを歓迎します、マムトイ族のエイラよ」

「森羅万象の母なる女神ムトの名において、ここにご挨拶いたします、ゼランドニー族〈九の洞〉のマルソナ、ジョンダラーのお母上よ」エイラはそう口にし、ふたりは握手をかわした。

エイラの言葉をきいていたマルソナは、その奇妙な語調に内心で小首をかしげていた。語調は奇妙でも、話しぶりは流暢であることにも気がついた。ごく小さな発音の欠陥か、そうでなかったら、きわめて遠い土地の言葉、自分が知らない言語の訛りなのだろう――マルソナはそう思いながら、口もとをほころばせていった。

「ずいぶん遠くまでやってきたのですね、エイラ。知っている者も、愛する者もすべてあとに残して。あなたがそうしてくれたからこそ、こうしてジョンダラーが故郷に帰りつけたのだと思います。そのことで、あなたには深く感謝します。あなたが一日でも早くここに慣れることを祈りますし、わたしにできる手助けはなんでもしたいと思っています」

エイラには、ジョンダラーの母親の言葉が本心からのものだとわかった。率直で隠しだてをしない話しぶりには裏も嘘もない。この女性は息子の帰還を喜んでいる。エイラは安堵すると同時に、マルソナの歓迎に胸が熱くなるのを感じた。

「ジョンダラーにお話をうかがったときから、お会いするのをずっと楽しみにしていました……しかし、同時にわたしの心には小さな恐れの気持ちもありました」エイラもおなじように、率直かつ隠しだてをしない言葉で答えた。

「無理もありません。このわたしも、あなたの立場だったらかなり悩むでしょうね。さて、あなたたちの荷物をおくための場所をお見せしましょう。さぞや疲れていて、今宵の歓迎の宴の前に体を休めておきたいでしょうからね」マルソナはそういい、張りだした岩棚の下の空間にふたりを案内しようとした。そのとき突然ウルフが鼻声をあげはじめたかと思うと、小さくかん高い〝子狼の鳴き声〟をあげ、つづいて前足を前に伸ばして後半身と尻尾を上に突きだす遊びの姿勢をとった。

ジョンダラーは驚いた。「あいつはなにをしてるんだ？」

エイラも負けず劣らず驚いて、ウルフを見つめた。ウルフがおなじしぐさをくりかえすのを見て、エイラはふっとほほ笑んだ。「あの子はたぶん、マルソナの気を引きたがってるのね。気づいてもらっていないと思いこんでいて、ちゃんと紹介してほしいと訴えてるんだと思うわ」

「ええ、わたしもその子に紹介してほしいわ」マルソナがいった。

「あの子のことが怖くないんですね！」エイラはいった。「あの子もそれを勘づいているんです！」

「わたしは見ていましたから。恐れることはひとつも見あたりませんでした」マルソナはそういうと、片手を狼にさしだした。ウルフはその手のにおいを嗅ぎ、ぺろりと舐めてから、また鼻声をあげた。

「ウルフは、あなたに体をさわってほしがっているのだと思います。この子は、好きな人から注意をむけられるのが大好きなんですよ」

「そうされるのが、ほんとうに好きみたいね」年かさの女はそういいながら、ウルフの体を撫でた。「ウルフ？　それがこの狼の名前なの？」

「はい。といっても、マムトイ語で〝狼〟を意味する単語そのままです。この子にぴったりの名前に思えたので」エイラは説明した。

「それにしても、こいつがこんなに早く人間を受け入れるのははじめて見たよ」ジョンダラーは畏敬の目で母親を見つめながらいった。

「ええ、わたしも」エイラもまた、マルソナと狼を見つめながらいった。「もしかしたらウルフは、自分を怖がらない人間に出会えて、それがとってもうれしかったのかもしれない」

　せりだした岩棚の落とす影に足を踏みいれるなり、エイラは気温がさがったのを感じた。心臓が鼓動をひとつ搏《う》つあいだだけだったが、岩壁から突きだした巨大な棚板のような岩を見あげ、エイラは恐怖に身をふるわせながら、はたしてこれが落ちてこないものだろうかと思った。しかし薄暗さに目が慣れてくると、エイラはジョンダラーの故郷の住まいの大枠をつくっている自然の造形以外の面にも驚かされることになった。岩棚にはさまれて広がっていたのは、エイラの想像を超える広大な空間だった。

　ここまでの道々でも、川沿いの崖にやはり岩棚が突きでている箇所をいくつも見かけていた。なかには明らかに人が住んでいるところもあったが、規模の点でいえばここに匹敵するものはひとつもなかったように思えた。この巨大な岩屋と、そこに住む数多くの人々のことは、近隣地域一帯で知らぬ者がなかった。〈九の洞〉は、みずからをゼランドニー族と称する人間集団のうちでも、最大のものだった。

　この雨風から守られた場所の東の端にはたくさんの建物が寄りそうようにして立っていた――奥の岩壁に沿って立っている建物もあれば、支えもなく中央に立っている建物もある。大半はかなり大きく、一部は石で、また一部は皮で覆われた木枠を利用してつくられていた。皮には動物や抽象的な模様などが、黒や明暗はさまざまだが、いずれも鮮やかな赤、黄色、茶色などの色で美しく描きこまれていた。これら建築物は、突きだした岩棚に守られている中央部分の近くのひらけた場所に、西をむいた曲線を描いて配してあった。そしてその部分は、さまざまな品物や多くの人たちでごったがえしていた。

エイラがさらに目を凝らして見ていくうち、最初は大混乱の豊饒と見えていた光景がしだいに形をなしてきて、それぞれ異なる仕事のために場所が分割されていること、似たような仕事の場はその近くに割り当てられていることなどが見えてきた。当初、ただの大混乱に見えたのは、あまりにも多くの行動がいちどきに進行していたからだった。

木枠で皮が加工されているところだった。また、まっすぐにする過程にあるのだろう、長い槍の柄が左右の柱にさしわたされている横木に立てかけてあった。さまざまな段階にあるつくりかけの籠が積みあげられている場所があり、二本の骨の柱のあいだで皮の紐が乾かされてもいた。長い縄のたぐいが梁《はり》に打ちこまれた釘に吊りさげられ、その下では木枠につくりかけの網が張られており、地面のあたりには目の粗い網が丸めた束になっておいてあった。皮——さまざまな赤い色あいに染められたものもある——が小さく切りわけられているそばには、途中まで完成している衣類が吊られていた。

大半の手工芸はひと目見ればなにかはわかったが、そのエイラも衣服のそばで進められている作業だけはさっぱりわからなかった。木枠にたくさんの細い紐が縦に張ってあった。その紐のあいだに水平にべつの紐を通して編みこんでいくことで、なにかの模様が途中まで完成していた。もっとそばに寄って見てみたかった。あとで見せてもらおう、とエイラは思った。またほかの場所には材木や石材、骨、枝角、それにマンモスの牙などがあり、それらを彫っておたまや匙《さじ》、鉢、はさみ具、武器などの各種の道具がつくられているところだった。そのほとんどが、浮き彫りや絵で飾られていた。道具でも工具でもない、彫刻をはじめとする彫り物もつくられていた。つくることそれ自体が目的に思えたが、エイラには理解できないなんらかの目的があるのかもしれなかった。

木枠にわたされたたくさんの横木に、乾かすための野菜や薬草が吊るしてある光景も見えた。また地面に近い場所では、棚に載せて肉が乾かされていた。ほかの活動からいくぶん離れたところに、鋭い石の細片が飛び散っている場所があった。ジョンダラーの同類たちの仕事場だ、とエイラは思った。フリント道具師たちが工具や刃物や槍の穂先をつくる場所だろう。

しかもどこを見ても、だれかしら人がいた。この広大な岩屋には、広さに見あうだけのかなりの数の人が住んでいるのだ。エイラが育ったブルンの一族は三十人にも満たなかった。七年にいちど開催される氏族会には、短期間に約二百人が一堂に会する。当時のエイラには、これが厖大《ぼうだい》な人数に思えた。マムトイ族の〈夏のつどい〉にはそれ以上の数の人々があつまったが、ゼランドニー族の場合にはここ〈九の洞〉だけでも一カ所に二百人以上の人々があつまって暮らしており、これは氏族会全体よりもなお大人数ということになる！

いままわりに立って、こちらを見ている人の数がどのくらいなのか、エイラには見当もつかなかったが、これで思い起こされてきたのは、ブルンの一族とともに氏族会の場に足を踏みいれたときのことだった。あのときは氏族の全員が自分を見つめてくる視線が肌に感じとれた。氏族の人々は控えめにこっそりと目をむけてきたが、いまマルソナに先導されて、その暮らしの場にむかうジョンダラーとエイラと狼を見つめている人々は、礼節を守ろうとさえしていなかった。目を伏せることもせず、視線をそらしさえしない。四六時中、これだけ大勢の人がまわりにいる暮らしに慣れることができるのだろうか、とエイラは思った。いや、はたして慣れたいと思っているのかどうか、それさえさだかではなかった。

2

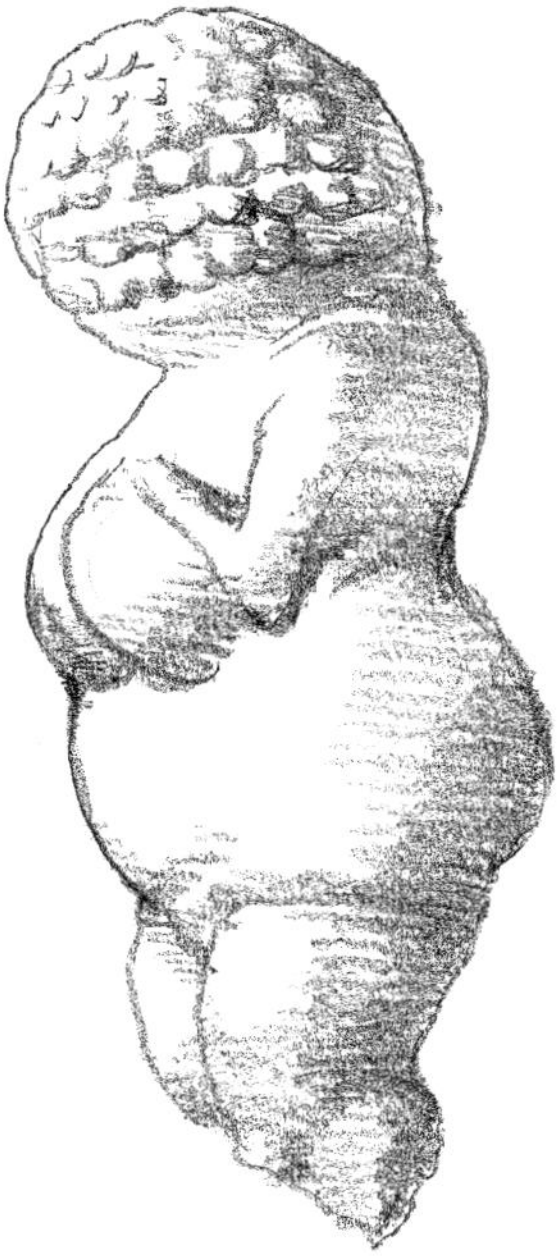

巨体をもつ女は出入口の皮の垂れ幕が動く気配にすばやく目をあげたが、すぐ目を伏せた。と同時にマルソナの部屋から、金髪の若い見知らぬ者が出てきた。巨体の女は、いつもの場所にすわっていた――大きな石灰岩の塊を彫ってつくった椅子で、女の巨大な体を支えるにたる強さがあった。皮を張ったこの椅子は女のためだけにつくられた品であり、女が望んだとおりの場所においてあった――前に張りだした巨大な岩石の崖に守られた、広大でひらけた居住地の奥まった場所でありながら、住民すべてが共有する空間をほとんど見わたせる場所に。

一見したところ女は瞑想しているかのようだったが、この場所をもちいて特定の人物や活動をこっそりと観察しているのも、これが初めてではなかった。よほどのっぴきならない事態でないかぎり、人々は女の瞑想を妨げてはならないことを学んでいる。とりわけ女が胸にマンモスの牙の飾り板をさげており、なにも描かれていない裏が外をむいているときには。数々の徴《しるし》や動物が彫りこまれた側が外をむいているときには、だれでも女に近づいてかまわない。しかし無地の側が外をむいているとき、この飾り板は沈黙の徴となって、いまは女がだれとも話したくないし、邪魔されるのを望んでいないという意味になった。〈洞《ほら》〉は女がその場にいることに慣れっこになっていたため、堂々とした風采を誇る女でいながら、人々の目にはその姿がほとんど見えないも同然になっていた。これこそ、女が周到な計算でつくりあげた効果であり、しかもこれには一片の良心の呵責《かしゃく》も感じていなかった。ゼランドニー族〈九の洞〉の心の師として、女は人々の福祉こそがおのれの責務だと考え、おのれの義務を果たすため、その創意ゆたかな脳が編みだすあらゆる手段に訴えていた。

岩屋をあとにして谷間におりていく坂道にむかう若い女をじっと見まもっていた女は、その皮のチュニックがまちがいなく異郷の特徴をそなえていることに目をとめた。ドニに仕えるこの女はまた、女が健康な体と力強さの賜物である跳ね踊るような足どりで歩いていることに気づいたほか、まだ若いうえに、初対面の人間ばかりが暮らす場所にいるという事実にはそぐわない自信の念がその動作にみなぎっていることをも見ぬいていた。

女――ゼランドニは立ちあがると、石灰岩の岩屋内に散在している、大きさもさまざまな数多くの建物のうちのひとつに近づいていった。個人の暮らしの場とひらけた共有の場を仕切っている入口の前に立つと、ゼランドニは垂れ幕がおりた出入口の横にある固い生皮を手で叩いた。柔らかな皮の履き物の静かな足音が近づいてきて、垂れ幕がうしろに引かれ、背が高く金髪、驚くほど顔だちがととのった男が姿を見せた。ほかに類のないあざやかな青い瞳がまず驚きの色をたたえ、つづいて喜びの念をのぞかせた。

「ゼランドニ！　よく来てくれたね」男はそういった。「だけど、母さんはいまいないんだ」

「いったいなぜ、わたしがマルソナに会いにきたと思ったの？　五年も留守にしていたのはあなたなのよ」ゼランドニの語調はけわしかった。

男はたちまちうろたえて、言葉に窮した。

「それで、わたしをここにずっと立たせておくつもり、ジョンダラー?」

「いや……さあ、はいってくれ」ジョンダラーはいった。癖になっている皺がひたいに寄って、あたたかな笑顔をかき消した。一歩さがったジョンダラーは、ゼランドニが部屋にはいってくるあいだ垂れ幕を押さえていた。

それからしばし、ふたりはおたがいを見つめあっていた。ジョンダラーが旅立ったとき、この女は女神に仕える者のうちでも最高位をきわめたばかりだった。それ以来の五年という、地位にふさわしい人物に成長するための時間のあいだ、女は立派に成長していた。ジョンダラーが知っていた女は、いま驚くほど太っていた。ふつうの女の二倍から三倍の体をもち、豊満な乳房が突きだして、尻はでっぷりと肉づきがよくなっている。柔らかく丸い顔は三重あごに埋もれているかに見えた。しかし突き刺すような視線をたたえる青い瞳は、なにごとも見のがしそうにない。前々から背が高く力強い女性だったゼランドニは、いまもその巨体を優美に動かしていたし、その物腰はおのれの威信と権威をまわりに示してもいた。この女には存在感があった——他者が尊敬をいだかざるをえないような力のオーラを有していた。

ふたりは同時に口をひらいた。

「あなたに話したいことが——」ジョンダラーはそういった。

「あなたは変わったわ……」

「すまない……」自分が相手の邪魔をしてしまった気がして謝罪しながら、ジョンダラーは奇妙な気づまりを感じた。ついで、かすかな笑みの片鱗と見なれた目の光に気がつくと、肩から力が抜けていった。

「会えてうれしいよ……ゾレナ」ジョンダラーはいった。あたたかな気持ちと愛をみなぎらせた目、何人《なんぴと》も抵抗できないその目がゼランドニに焦点をあわせると同時に、ひたいから皺が消えて笑顔がもどってきた。

「あなたはそれほど変わってないわ」ゼランドニは、ジョンダラーのカリスマや、そのカリスマに刺戟されて甦ってきた思い出に自分が反応しかけているのを感じながらいった。

「もう長いこと、ゾレナという名前で呼ばれたこともなかったし」そういってから、またじっくりとジョンダラーを見さだめた。「でも……やっぱりあなたは変わった。すこし成長しているし、前よりも男前になった……」

ジョンダラーは異をとなえかけたが、ゼランドニがかぶりをふって黙らせた。

「否定しようとしてもだめよ、ジョンダラー。自分でもわかっているくせに。でも……前と変わったところもある。なんというか……どういえばいいのかしら……そう、いまのあなたには、あの飢えた光がないわ。どんな女でも、ひと目見たら飢えを満たしてあげたいと思ったあの光がない。つまり、さがしていたものを見つけたのね。いまのあなたは、これまで感じたことのなかった幸せを感じているんだわ」

「あなたには隠しごとができたためしがないね」ジョンダラーはそういうと、昂奮しきった、それこそ子どものような喜びの笑みを見せた。「エイラなんだ。今年の夏の〈縁結びの儀〉でつれあいになるつもりだよ。旅だちの前につれあいになる儀式をしようと思えばできたし、旅の途中でもできたけど、やっぱり故郷に帰ってからにしたかったんだ。それならあなたの手でふたりの手首に紐をかけてもらって、ふたりの絆を結びあわせてもらえるから」

女の話をするだけでも顔つきが変わったジョンダラーを見つめながら、ゼランドニは一瞬ながら、エイラという名前の女にジョンダラーがいだく憑《つ》かれたような愛を肌に感じとっていた。その愛に不安をかきたてられ、さらには母なる大地の女神の声であり代弁者であり代行者として、自分の〈洞〉の人々を——なかでも目の前の男を——守りたいという本能のありったけをかきたてられもした。ゼランドニは成長期にあったジョンダラーがどれほど激しいおのれの感情と戦っていたのかを知っていたし、その感情をのちのち抑制するすべを学んだことも知っていた。しかし、ジョンダラーがこれほどまでに愛しているとなったら、その女にジョンダラーがひどく傷つけられることも考えられるし、わるくすれば人生を破壊されてしまうかもしれない。ゼランドニはすっと目を細くした。これほど完全にジョンダラーを虜《とりこ》にした女のことを、もっとくわしく知りたい。あの女はいったいどうやって、ジョンダラーの身も心もがっしりとつかんでいるのか？

「そのエイラという女があなたにぴったりの人だと、どうして断言できるの？　どこで会ったの？　だいたい、その女のことをどの程度ほんとうに知っているの？」

ジョンダラーはゼランドニとしての憂慮を感じたが、それ以外のものも感じ、それに不安をかきたてられた。ゼランドニは、ゼランドニアと呼ばれる女神に仕える者たちすべてのうち最高位にある精神的指導者だし、最高位についたのも理由があってのことだ。ゼランドニは強大な力をそなえている。そのゼランドニがエイラに敵意をもつような事態は、ジョンダラーの望むところではなかった。故郷を目ざした長く困難な旅のあいだ、ジョンダラーの心にいちばん重くのしかかっていたのは、エイラがゼランドニー族に受け入れられるかどうかという不安だったし、エイラもおなじ不安に苛《さいな》まれていたことは知っていた。エイラには他に類を見ない才能がたくさんある一方、いくつかの秘密もある。ジョンダラーとしては、秘密は秘密のままにしておいてほしいが、エイラのことだからいずれは人に打ち明けるだろう。エイラはいくつもの困難に直面するはずだし、人間関係の面でも苦労させられて不思議はない。そのうえ、ゼランドニから敵意をむけられたらどうなることか。むしろ反対に、エイラはだれよりもゼランドニの支持を必要としている身ではないか。

ジョンダラーは両手を伸ばして、ゼランドニの肩をつかんだ。エイラを受け入れるだけではなく力になってほしいと説得しなくてはならない切迫感を感じていながら、どういう言葉で説得すればいいかがわからなかった。ゼランドニの目をのぞきこんでいると、いやでもふたりでわかちあった愛の記憶が甦ってきて……突然、わかった。自分にとっては茨《いばら》の道になるかもしれないが、わかってもらいたければすべてを率直に話すしか道はない、と。

ジョンダラーは、自分の内面について他人に明かすことをしない男だった。それは自身の強烈な感情を抑制し、感情を内側にとどめておくために身につけた方法だった。相手がだれであれ、そう簡単にはおのれの内面をさらけだせなかった——たとえその相手が、ゼランドニのようにジョンダラーをよく知っている人物であっても。

「ゼランドニ……」ジョンダラーの声が低くなった。「ゾレナ……わかっていると思うが、おれをほかの女では満足できない男にしたのは、ほかでもない、あなただ。おれはまだ年端もいかぬ子ども同然、あなたはすでに男が夢見る最高に魅力的な女そのままだった。あなたのことを夢に見て体を濡らした男は、決しておれひとりじゃないはずだ。だけど、あなたはおれの夢をかなえてくれた。あなたを思って身を焦がしていたおれのもとに、あなたがドニの女として来てくれたものだから、いくら貪《むさぼ》っても飽きたらなくなった。おれはあなたのおかげで一人前の男になれた。でも、知ってのとおり、そこで話はおわらなかった。おれはますますあなたが欲しくなった。あなたはたしかに抵抗していたけれど、気持ちはおれとおなじだった。たとえ禁じられたことだろうと、おれはあなたを愛したし、あなたはおれを愛してくれた。いまも愛する気持ちに変わりはない。この先もずっと、おれはあなたを愛しつづけるだろうね。

そのあと……おれたちがみんなにかけた迷惑が一段落し、母さんの命令でダラナーのもとに送られて……そこから帰ってきたあとになっても、あなたほどの女には出会えなかった。ほかの女のとなりで疲れた体を横たえているときでさえ、おれはあなたが欲しくてたまらなかった。欲しいのは、あなたの体だけじゃなかった。あなたとひとつ炉辺をつくりたかった。年齢の差なんか気にしてなかったし、どんな男も自分のドニの女と恋に落ちてはいけないという定めのことも気にかけていなかった。おれは、あなたといっしょに人生を歩みたかったんだ」

「それが実現していたら、あなたがなにを手にいれていたかを見るといいわ」ゾレナは、もはやここまで心が揺り動かされるとは思っていなかったほど深く感動していた。「ちゃんと目をひらいて見たの？　わたしはあなたより年寄りというだけじゃない。いまでは体を動かすだけでも大儀なほど太ってしまった。いまも力があるからいいけれど、そうでなかったらもっと太っていたはずだし……いずれはもっと太るわ。あなたはまだ若いし、見た目にも恵まれている。女たちの憧れの的《まと》よ。わたしは女神に選ばれた女。きっと女神は、わたしが女神のような体になることを見とおしていたのね。ゼランドニにとってはすばらしいことだけれど、あなたと炉辺をかまえていたら……わたしはただ年寄りの太った女というだけで、それなのにあなたはまだ見目麗しい若い男のまま……となっていたはずね」

「そんなことをおれが気にしたと思うのかい？　あなたにまさるとも劣らない女を見つけるためには、母なる大河の果てをさらに越えてまで旅をしなくてはならないほどだった――それがどれほど遠い土地だったか、話しても信じてもらえそうにないくらいいね。でも、おなじ旅をくりかえしても、もっと遠くまで旅をしてもいい。エイラとめぐり会えたことを、おれは母なる大地の女神に感謝している。エイラを愛してるんだ……あなたと炉辺をもっていたら、あなたを愛したように。エイラによくしてやってほしい、ゾレナ……ゼランドニ。エイラを傷つけないでくれ」

「わかったわ。その女があなたにとって大事な女なら、その女がわたしに〝まさるとも劣らない〟女であるのなら、わたしが傷つけるはずはないし、女があなたを傷つけることもぜったいにないはず。わたしが知りたかったのはそれだけよ、ジョンダラー」

出入口の垂れ幕が横に動かされ、ふたりはともに顔をあげた。旅の荷物をもって部屋にはいってきたエイラは、ジョンダラーが桁はずれに太った女の両肩に手をおいているところを目にした。ジョンダラーは狼狽《ろうばい》の顔つきで、あわてて手を引っこめていた。恥じいっているような表情は、いけないことをしている現場を見られた人そのままだった。

女を見つめていたジョンダラーの目つきや、両肩をつかんでいた手つきは……あれはなんだったのだろう？　それにこの女は？　巨体にはちがいないが、おのれの体に腕をまわしている姿勢には人を誘惑しているような雰囲気があった。しかし、それ以外の特質がたちまち立ちあらわれてきた。エイラにむきなおった女の動作には、自信と落ち着きがうかがわれた。それは権威ある人物であることを、無言のうちに明らかにするものだった。

人の表情や動作のこまかい点を見のがさずに、そこから意味を読みとることは、エイラにとって第二の天性になっていた。エイラを育ててくれた氏族のあいだでは、意思疎通の第一の手段が話し言葉ではなかった。彼らは合図や手ぶり、それに顔の表情や姿勢の微妙な変化をもちいて意思をかわしあった。エイラのこの能力は、マムトイ族と暮らしていたあいだにさらに発達し、いまでは話し言葉をつかう人たちが意識しないで発している合図や手ぶりを理解できるまでになっていた。ふいにエイラには、この女が何者なのかがわかった。それればかりか、ジョンダラーとこの女のあいだでなにやら重要なことが明らかになり、それには自分もかかわっている、とも察せられた。エイラは自分が重要な試練にむきあっていることを感じたが、だからといって躊躇《ちゅうちょ》はなかった。

「こちらがその方なのね、ジョンダラー?」エイラはそういいながら、ふたりに近づいていった。

「"その方"とは?」ゼランドニは初対面の女をにらみつけて、そうたずねた。

エイラはひるむことなく、相手の女を見かえした。「あなたこそ、わたしが感謝を捧げなくてはならない方だ、という意味です。ジョンダラーと出会うまで、わたしは女神の賜物のことを……なかでも、歓びの賜物のことをまったく知りませんでした。知っていたのは、痛みと怒りだけでした。しかし根気づよくやさしいジョンダラーのおかげで学ぶことができて、歓びを知ることができるようになりました。ジョンダラーは、その方法を教えてくれた女性のことを話してくれました。あなたには感謝しています、ゼランドニ。あなたが教えてくれたからこそ、ジョンダラーはわたしに女神の賜物を与えられるようになったのですから。いえ、もっと大事なことでも、あなたに感謝しています……あなたにとっては、さぞやつらいことだったと思いますが……あなたがジョンダラーをあきらめてくれたからこそ、ジョンダラーはわたしと会うことができました。そのことにも深く感謝しています」

顔にはほとんど出ていなかったが、ゼランドニは驚いていた。エイラの言葉が予想からまるっきりはずれていたからだ。ふたりの視線がからみあった。ゼランドニはエイラをじっと見すえながら、この女の奥深さを見きわめ、女の感情を察しとろうとし、真実を見ぬこうとした。人が無意識に出す合図や身ぶり言語についてのゼランドニの理解も、エイラの場合と大きく異なるものではなかったが、エイラよりも直観に頼る部分が大きかった。ゼランドニの能力は、あくまでも無意識の観察と本能的な分析によって発達してきたものであり、幼小時代に学んだ言語の適用範囲を広げたエイラとはちがっていたからだが、その鋭さには遜色《そんしょく》がなかった。ゼランドニ本人は、どうして自分にわかるのかが謎だった——とにかく、わかるというだけだった。

一拍おいてゼランドニは、興味深いことに気がついた。目の前にいる若い女はゼランドニー語を不自由なく流暢《りゅうちょう》に話しているようだったが——じっさい、生まれついての言語を話しているような、見事な言葉のつかいぶりだった——それでも異郷の地に生まれた者であることには疑いの余地はなかった。

女神に仕える者ゼランドニは、ほかの土地の言葉からくる訛《なま》りのある旅人たちのことをまんざら知らないわけでもなかった。しかしエイラの話しぶりには、これまでゼランドニが耳にしたことのない、僻遠の地を思わせる響きがあった。いくぶん音程の低い声は決して不愉快ではなかったが、わずかに喉音《こうおん》がまじり、いくつか発音に苦労している音もあった。ジョンダラーがその旅でどれほど遠くにまで足を延ばしたかと語った言葉が思い起こされ、こうして心臓が数回の鼓動を搏《う》つあいだ、女ふたりでむかいあっていたゼランドニの頭をひとつの思いがよぎっていった——この女は、故郷に帰るジョンダラーとともにいられるのであれば、途方もない長旅をもいとわなかったのだ。

ついで、ゼランドニはそのときはじめて、エイラという若い女の顔だちにはっきりした異郷の特徴を見てとり、どこが異なっているのかを見きわめようとした。エイラは魅力的だったが、ジョンダラーが故郷に連れ帰ってくる女となったら、それはだれしも予想するところである。エイラの顔はゼランドニー族の女とくらべると、わずかに左右の幅があり上下は短かったが、はっきりとしたあごの線のおかげもあって均整がよくとれていた。背はゼランドニよりもわずかに高く、髪には日ざしにさらされて脱色した部分があり、やや暗い色あいの金髪を引き立てていた。澄んだ灰青色の瞳はいくつもの秘密や強固な意志をたたえてはいたが、そこに敵意は片鱗もなかった。

ゼランドニはうなずいて、ジョンダラーにむきなおった。「この人なら大丈夫よ」

ジョンダラーは溜めていた息を吐いて、ゼランドニからエイラに視線をうつした。「それにしても、どうしてこの人がゼランドニだとわかった？　まだ紹介されていないじゃないか」

「むずかしいことじゃなかったわ。だってあなたはいまでもこの人を愛しているし、この人もあなたを愛しているのだから」

「でも……でも……どうして……」ジョンダラーは言葉に詰まった。

「あなたの目に浮かんでいた光を、わたしが見たことないとでも思って？　それに、あなたを愛している女がどんな気分になるかを、わたしが知らないとでも思っているの？」エイラはいった。

「自分の愛する人が、だれか他人を愛の目つきで見つめている現場に出くわしたら……嫉妬を感じる人間もいるだろうな」

ジョンダラーは他人事のように話しているが、これは自分を念頭においての言葉だろう、とゼランドニは思った。「ジョンダラー、この人の目には顔だちのととのった若い男と太った年寄りの女が見えていないとでも思ってる？　だれの目にもそう見えるのよ。あなたがわたしにむける愛は、この人にとって脅威でもなんでもない。あなたが昔の思い出に目を曇らされているのなら、それだけでもわたしにはありがたいわ」それからゼランドニは、エイラにむきなおって話しかけた。「あなたについては、態度を決めかねていたの。もしあなたがジョンダラーにふさわしくない人だと感じられたら、あなたがどれだけ遠くから旅をしてきたかは関係なく、ふたりをつれあいにさせる気はなかったわ」

「あなたがなにをしても、それであきらめるわたしたちではありません」エイラはいった。

「わかった？」ゼランドニはジョンダラーに顔をむけながらいった。「あなたにふさわしい人だったら、わたしがこの人を傷つけることはないといったでしょう？」

「マローナもおれにふさわしい女だと思ったのかい、ゼランドニ？」ジョンダラーはわずかに苛立ちのまじった声でたずねた。ふたりの女のあいだで自分の心を決める権利さえないような気分になりかけていた。「おれがマローナと言い交わしたとき、あなたは反対しなかったじゃないか」

「それは関係ないの。そもそもあなたはマローナを愛してはいなかった。だから、マローナから傷つけられることもなかったはずよ」

ふたりの女が同時にジョンダラーを見つめていた。ふたりの外見には似かよっている点がひとつもなかったが、表情が似かよっていたため、顔まで似ているように見えていた。ふいにジョンダラーは声をあげて笑いはじめた。「とにかく、うれしいよ――おれの最愛の人ふたりが友だちになりそうなんだから」

ゼランドニは片眉をぴくんと吊りあげ、厳しい目をジョンダラーにむけた。「いったいどうして、わたしたちが友だちになるなんて考えたの？」口ではそういいながらも、部屋を出ていくゼランドニは、ひとりほほ笑んでいた。

立ち去っていくゼランドニを見おくるジョンダラーは複雑な気分だったが、この強大な力をもつ女がエイラを受け入れそうなことには喜んでいた。妹のフォラーラはエイラに友好的に接していたし、母マルソナもおなじだった。自分が大切に思う女の全員がエイラを歓迎するかまえを見せてくれている――いまのところは、とジョンダラーは思った。母親にいたっては、エイラがここでくつろいだ思いができるよう、自分にできることはなんでもする、とまでいってくれている。

出入口にかかっていた皮の垂れ幕が動いて母親の顔が見え、ジョンダラーは驚きに胸を刺された。ちょうど母親のことを考えていたところだったからだ。部屋にはいってきたマルソナは、中程度の大きさの動物の胃袋を加工してつくった容器を手にしていた。容器のなかには液体がいっぱいにたたえられており、その液体がほぼ完璧な防水性をもつ容器に滲《し》みて、胃袋を深紫色に染めていた。それを見るなりジョンダラーはぱっと顔を輝かせ、歯をのぞかせて笑った。

「母さん、自慢の酒《ワイン》をもってきてくれたんだね！」ジョンダラーはいった。「エイラ、シャラムドイ族のところに身を寄せていたときに飲ませてもらった飲み物を覚えてるだろう？　苔桃《こけもも》の酒だよ。とうとうきみも、マルソナの酒を口にできる機会に恵まれたんだ。母さんはこの酒で有名なんだ。ほかの人がつくると、どんな果物をつかっても酒が酸っぱくなる。でも、母さんにはこつがあって」そういって母親を見やり、笑顔を見せる。「いつか、母さんもその秘密をおれに打ち明けてくれるかもしれないな」

マルソナは背の高い息子に笑みを返したが、言葉は口にしなかった。その顔を見ていたエイラは、マルソナがほんとうに秘密のこつを知っていることのみならず、この女性が自分の秘密だけではなく、さまざまな秘密を守る達人であることまで見てとっていた。たくさんの秘密を知っているのだろう。たしかに率直な性格で、言葉にも二心はないが、マルソナにはいくつもの層があり、隠された深みも秘められている。さらにエイラは、マルソナが友好的で自分を歓待してくれている一方では、最終的に自分を受け入れるかどうかの判断をまだ保留していることもわかっていた。

ふいにエイラは、自分にとって母親同然だった氏族の女、イーザを思い出した。イーザはブルンの一族のほかの人々と同様に嘘をつくことはなかったが、多くの秘密を知ってもいた。身ぶりの言葉をつかい、姿勢や表情で微妙な意味の差異を伝えあう人々は嘘をつけない。嘘をついても、たちどころにわかってしまう。しかし、なにかの話題を控えることはできた。なにかを隠していること自体はまわりに気どられてしまうかもしれないが、プライバシーの観点からも、これは許容されていた。

そういえば、このところ氏族のことを思い出したのもこれがはじめてではない。〈九の洞〉の洞長《ほらおさ》でジョンダラーの兄ジョハランには、一族の頭《かしら》ブルンを思い出した。どうしてジョンダラーの家族と会って氏族のことを思い出したりするのだろうか？

「さぞやおなかがすいてるでしょう？」マルソナはふたりを同時に見ながらいった。

ジョンダラーはほほ笑んだ。「もう腹ぺこだよ！　けさ早く食事をしたっきり、なにも食べていないからね。一刻も早くここにたどりつきたかったし、あと一歩というところまで来ていたから立ちどまりたくなかったんだ」

「もう荷物をぜんぶ運びこんだのなら、すわって体を休めてなさいな。そのあいだに、わたしがふたりに食べるものを用意するわ」マルソナはふたりを低い卓子《テーブル》に案内して座布団をさし示すと、それぞれの椀に深紅の飲み物を注いで、あたりを見まわした。「そういえば、あの狼が見あたらないわね、エイラ。あの子を連れてきたのは知ってるけど。あの子の餌も用意する？　なにを食べてるの？」

「ふだんはわたしたちが食べるものをやっています。でも、あの子が自分で狩りをすることもあります。ここに連れてきたのは、あの子にここが自分の住まいになると教えるためでした。でも最初にわたしが二頭の馬のいる谷におりていったとき、あの子もいっしょについてきて、しばらくそこにいようと決めたみたいです。わたしが呼ばないかぎり、あの子は好きに出入りします」

「あなたに呼ばれたことが、どうして狼にわかるの？」

「エイラがそのための特別な口笛を吹くんだよ」ジョンダラーが説明した。「馬を呼び寄せるときにも、おれたちは口笛をつかうんだ」そういって椀を手にとって、ひと口飲むと、ジョンダラーは顔をほころばせて喜びのため息をついた。「ああ、帰ってきた実感が湧くな」もういちど飲み物を口にふくむと、ジョンダラーは目を閉じてその味を心ゆくまで味わった。「母さん、これはどんな果物からつくるんだい?」

「ほとんどは、長い蔓《つる》に房になってできる丸い漿果《ベリー》ね。雨風から守られている南に面した斜面だけに生えているの」マルソナはエイラのために説明した。「わたしがいつもようすを確かめにいくのは、ここから南東にしばらく行ったところ。ときにはまったく不作の年もないではないけれど、何年か前の冬がかなり暖かくてね、そのつぎの秋にはひと房ひと房が大きくて、風味の強い実がなったわ。甘いけれど、甘すぎない実なの。そこに庭常《にわとこ》の実をすこし足して、さらに黒苺の果汁も足す。でも、たくさんは入れないの。このお酒は人気があるのよ。ふだんのお酒より、すこし強いの。もうあまり残ってないわ」

エイラは椀をもちあげて唇に運び、果物の芳香をいっぱいに吸いこんでから、ひと口味見をしてみた。酸味がきいて刺戟的な辛口の味わいで、果物の香りから想像した甘い味とはまるっきり異なっていた。アルコールの味も感じとれた。この味を最初に知ったのは、ライオン簇《むら》の簇長《むらおさ》タルートが蒲《がま》からつくった酒《ビール》を飲んだときだった。しかしきょうの酒は、むしろシャラムドイ族の苔桃の果汁を発酵させた飲み物に似ている。といっても、そちらは思いかえしてみると、これよりもずっと甘かった。

はじめて口にしたときは、アルコールのきつい味がどうにも好きになれなかった。しかしライオン簇のほかの人たちは蒲の酒を大いに楽しんでいたようだった。彼らに溶けこみ、おなじようになりたいという一心から、エイラは無理に酒を飲んでみた。しばらくすると酒の味に慣れてはきたが、人々が酒を好きな理由はこの味にあるのではなく、酒がもたらす頭がぼうっとするような——いくぶん混乱させられることこそあれ——陶然とした感覚にあるのだろうと思った。エイラは飲みすぎると目がまわり、人に親密すぎる態度で接するようになるが、人によってはふさぎこんだり、怒りっぽくなったり、ことによっては暴力をふるう者もある。

しかし、いま飲んでいるのは蒲の酒以上のものだった。果汁だけなら単純な味だが、いわくいいがたい複雑な味がそれをすばらしいとしかいえないものに変えていた。この飲み物なら、楽しむすべを身につけられそうだ。

「とてもおいしいですね。こういう飲み物は、いままで飲んだのがはじめて……いえ、これまでこういう飲み物を飲んだことはいちどもありません」エイラはいくぶん恥ずかしさを感じながら、自分のいいまちがいを訂正した。ゼランドニー語はなに不自由なくつかいこなせるようになっている。氏族との暮らしをおえたのち、はじめて学んだ話し言葉がこのゼランドニー語だったからだ。ライオンに負わされた大怪我の回復を待っているあいだ、ジョンダラーがこの言葉を教えてくれた。いくつかの発音には苦労させられるが――どれほど懸命に努力しても、どうしても正しい音を口にできなかった――いまはもう先ほどのように言葉の組み立てで失敗することはめったになかった。ジョンダラーとマルソナにちらりと視線を走らせたが、ふたりとも気づいているようすはない。エイラは肩の力を抜いて、部屋を見まわした。

これまでマルソナの部屋をなんどか出入りしてはいたが、室内のようすをじっくりと見たのはこれがはじめてだった。いま時間ができたことで、エイラはもっと丹念に室内に目をむけ、視線を動かすたびに驚きと喜びをともに感じていた。建築法には興味をかきたてられた。高地平原の氷河を横断する前にジョンダラーと立ち寄ったロサドゥナイ族の洞窟内の建物と似ているところはあったが、完全におなじではなかった。

どの建物も下から六十センチないし九十センチほどの部分は、石灰岩でつくられていた。かなり大きな岩の塊が大ざっぱに形をととのえられたうえで、入口の左右にしつらえてある。しかし石器は、石材の形を簡単に、あるいは手早く細部まで整形するような作業には適していない。外壁のほかの部分——入口の左右以外の部分——は見つけたままの形をたもった石灰岩か、石槌《いしづち》で大ざっぱに形をつくられた石灰岩でつくられていた。だいたいおなじような大きさの多くの石——幅が五センチから八センチ、厚みはそれほどではないが、長さが幅の三倍から四倍あるような石（とはいえ大小の差はあった）——がうまく嚙みあうように巧妙に組みあわされることで、堅牢な圧縮構造の壁になっていた。

　大ざっぱに菱形をした石がよりわけられ、大きさで分類されたのち、石の幅の合計が壁の幅とおなじになるだけの数が横ならびに配置されていた。ひとつ上の段には、下段のふたつの菱形の石がつながってつくるくぼみにはまりこむ形で石が積まれ、これが何層にも積み重なってぶあつい壁になっていた。そこかしこの隙間に、小さめの石が押しこめられていた——とりわけそれが多いのは、入口に近い部分にある大きな石の塊の周辺だった。

　石は後世でいう持ち送りの要領で、ひとつ下の段よりもわずかに内側に突きでるように積みあげられていた。そのため室内から見ると、それぞれの石の段はひとつ下の段よりもわずかに迫《せ》りだしていた。石はそれぞれ入念に選別され、配置もよくよく考えぬかれているため、石の形が不規則な部分はどれも、壁の外側で水を下に流すためにひと役買っていた——風で吹きこんできた雨であれ、結露であれ、氷が溶けた水であれ。

　穴をふさいだり、強度を高めたりするために漆喰《しっくい》や泥がつかわれることはなかった。粗い石灰岩には摩擦力がそなわっており、そのため積まれた石が滑ったり抜け落ちたりすることはなかった。石はそれ自体の重みでしっかりとその場に固定されていたし、建物のほかの部分を支えたり、棚状の構造物を支えたりするために杜松《ねず》や松の梁を隙間に差し入れられても、その圧力に耐える強度をそなえていた。石はそれぞれじつに巧妙に組みあわされているため、わずかな光も内側にはいりこまず、めまぐるしく風向きを変える冬の突風さえ、はいりこむための入口を見つけられなかった。そうやって出来あがった壁はすこぶる美しく、目を楽しませる特質をそなえていた――とりわけ、外側から見た場合には。

この風を通さない石壁の内側は、生皮――下処理をせずに乾燥させて曲がらないように固くした皮――を組みあわせてつくられている第二の壁でほぼ隠されていた。生皮の壁は地面の土に埋めこまれた木の柱にくくりつけてあった。この第二の壁は地面からはじまっていたが、石壁の上、約二メートル半から三メートルを若干下まわるほどの高さまで垂直に立っていた。内側の壁の上のほうを形成している皮に美しく絵を描きこむ作業が外でおこなわれていたことを、エイラは思い出した。板状の生皮の大半の室内側には、動物やなにかの徴《しるし》のような図案が描かれていたが、室内が外より暗いせいで色が若干くすんで見えた。マルソナの住むこの建物は迫りだした岩棚の下のいちばん奥、わずかに傾斜した岩壁にそって建ててあるため、住まいの壁のひとつは石灰岩の一枚岩がそのままつかわれていた。

エイラは上を見あげた。人工の天井がない代わり、すこし離れた上のほうに岩棚の下側がそのまま見えていた。ときおり下向きの風が吹きこんではくるが、そうでないときには炉の炎からあがった煙は生皮の壁をつたって這いのぼっていき、巨大な岩にそって外に流れでていくため、室内の空気はいやでもつねに清潔にたもたれた。岩壁に張りだした岩棚が悪天候から人々を守っているため、暖かな服を身につけてさえいれば、たとえ外が寒いときでも、この住まいでは快適に暮らせた。しかも、室内はかなりの広さがあった。これまでエイラが見てきた住まい――こぢんまりとしており、周囲をすっかり壁で囲われているために暖めやすかったが、煙が立ちこめてしまうことも珍しくなかった狭い生活空間――とは大ちがいだった。

木枠と皮でつくられた壁は、ここにまで吹きこんでくるかもしれない風や雨から人々を守るものだったが、それ以上に重要な目的もあった。個人個人の私的な空間をさだめ、ある程度の——他人の耳に音がはいるのは防げなくても、せめて他人の目に見られるのを防ぐという意味での——プライバシーを確保するという目的である。壁の上半分には光をとりいれたり、住人が望んだ場合には隣人と会話をしたりすることができるよう、あけられる部分がそなわっていた。しかしこの窓が閉まっている場合には、訪問者はいきなり外から声をかけたり足を踏みいれたりするのではなく、出入口からまず室内の人に許可を求めることが礼儀とされていた。

つづいて前よりも丹念に床を見ていったエイラは、そこに石が組みあわされている部分があることを目にした。この地域に断崖絶壁をつくっている石灰岩は、自然に剝がれ落ちたり割れたりするが、そのさい結晶構造の線に沿って割れるため、大きくて薄い断片になることが多い。住まい内部の地面にはこうした不規則な形をした薄い石が敷きつめられて、その上に草や葦《あし》などを編んでつくった筵《むしろ》や柔らかな毛皮の敷物がかぶせてあった。

エイラはふたたび注意を、ジョンダラーと母親の会話にふりむけた。ついで酒をひと口飲んだ拍子に、自分が手にしている椀に目を引かれた。中空になっている動物の角でつくられていた。おそらくバイソンの角、それもさしわたしがそれほど大きくないところを見るに、先端からそれほど離れていない部分を切ってつくった品だろう、とエイラは思った。ついで椀をもちあげて、底の部分に目を走らせた。椀の底は木でできていた。上部よりも直径が小さく、いくぶん片側だけがふくらんだ円とおなじ形に削られ、楔《くさび》のようにきっちりと嵌《は》めこんであった。側面には刻み目がはいっていた……と思ったが、よくよく調べてみて驚かされた。横から見た馬の姿が、寸分の狂いもなく精妙に刻みこまれていたとわかったからだ。

エイラは椀を下におくと、自分たち三人が囲んでいる低い卓子《テーブル》をじっくりと調べてみた。上部は石灰岩の薄い岩板。それが脚つきの曲げ木の枠に載せてあり、すべてが皮紐で結びあわされていた。上板には、種類こそわからないながらもかなり細い繊維を編んでつくられた筵がかかっていた。筵には、動物や何種類ものの抽象的な線や図形からなる精緻な絵柄が、土を思わせるさまざまな色あいの赤で編みこまれていた。卓子のまわりに、いろいろな材質の座布団が配されていた。皮の座布団は、やはり同様の赤い色あいだった。

石の卓子には、ふたつの石の灯り《ランプ》がおいてあった。ひとつは見事な細工で彫られ、浅い盆の形にととのえられた品で、飾りつきの把手がついていた。もうひとつは、石灰岩の塊の中央に、最初の品とほぼ同様の浅い窪みを簡単につくっただけの品。どちらにも溶けた獣脂――動物の脂身を沸騰させた湯で精製したもの――と灯心がはいっていた。つくりの雑なランプには二本の灯心が、完成しているランプには三本の灯心がある。どの灯心も、おなじ明るさの光をまわりに投げていた。つくりの雑なランプは、岩屋の奥に位置するこの住まいが薄暗いため、最近になって急遽《きゅうきょ》つくりたされた品であり、一時的につかわれているにすぎないのではないか――エイラはそう感じとった。

整理整頓の行きとどいた室内は、移動可能な衝立《ついたて》で四つの小部屋に区切られており、なおいくつかの石のランプで照らされていた。衝立はおおむね木枠に不透明な素材――ほとんどは処理をしないで乾燥させた固い生皮だった――を張ったもので、おなじような流儀で色づけされていたり飾りの絵が描かれたりしていた。しかし、なかには半透明の品もあった。おそらく大型の動物の腸を切りひらき、たいらに広げて乾かした品だろう、とエイラは思った。

奥の石壁の左隅、外壁と接している部分にひときわ美しい衝立がおいてあった。見たところ、影絵用の皮でつくられているようだ。後世でいう羊皮紙に似たこの素材は、掻きとってきれいにする作業をせずに乾かした動物の皮の内側を、大きく剝がすことによって得られる。ここの衝立には一頭の馬と謎めいた図柄――何本もの線や点、四角形など――が、黒だけではなく、明暗さまざまな黄色や赤をつかって描いてあった。エイラはライオン族のマムートが、儀式のさいに似たような品を利用していたことを思い出した。ただしマムートの品では、描かれていた動物や図柄は黒一色だった。あの影絵用の皮は白マンモスからとった品であり、マムートの所有物のなかではいちばん聖なる品だった。

衝立の前の床には灰色っぽい毛皮が敷いてあった。冬のあいだ馬がまとうぶあつい被毛にちがいない、とエイラは思った。衝立の裏の壁の窪みにランプがおいてあるのだろう、小さな火の輝きが馬の絵の衝立を裏から照らして、その模様を引き立てていた。

衝立の右の石壁には、床に敷きつめてあるものよりもなお薄い石灰岩の板を組みあわせてつくった棚があった。棚は大小さまざまに区分けされ、そこにいろいろな品や道具類がならんでいた。いちばん下の棚板のさらに下、曲線をつくる石壁がもっとも奥深くなっている部分の床は、なにかを貯蔵するための場になっているようで、品物の輪郭がぼんやりと浮かびあがっていた。大半の道具は見れば用途の見当はついたが、なかには巧みすぎるほどのわざで彫られたり色づけされたりしている芸術品といっていい品もあった。

この棚の右側には皮を張られた衝立が石壁から突きでていて、部屋の隅の部分がここであり、ここから先はべつの部屋になることを示していた。衝立はふたつの部屋を簡単に仕切っているにすぎず、そこにあいている窓に視線をむければ、一段高くなった寝台に柔らかそうな毛皮が積み重ねてある光景がエイラの目にも見えた。だれかの寝所らしい、とエイラは思った。いまエイラたちがいる部屋とこの寝所のふた部屋と、おなじく衝立だけで簡便に仕切られた第二の寝所があった。

垂れ幕のかかった出入口は、岩壁とは反対側にある木枠に皮を張ったものでつくられた壁の一部になっていた。先ほどのふた部屋の寝所とはさしむかいに位置する場所に、四番めの部屋があり、いまはマルソナがそこで料理の最中だった。この炊《かし》きの間に近い入口の壁ぞいには独立した木の棚があり、そこに各種の籠や鉢が見栄えよくならべてあった。美しく彫りあげられているものもあれば、きれいに編みあげられているものもあり、幾何学的な模様や写実的な動物の絵が描きこまれたものもあった。壁の前の床にはもっと大きな容器がならんでいて、ふたがされているものもあったが、中身が見えるものもあった――野菜や果物、穀物、それに干し肉などがおさめてあった。

ほぼ長方形をしたこの住まいには四方に壁があったが、外壁はまっすぐではなかったし、室内の空間も完全に左右対称ではなかった。室内の空間はいくぶん不規則な曲線を描いていたが、これは突きだした岩棚の下に広がる空間の形状にあわせ、かつほかの住まいのための場所をつくるためだった。

「模様替えをしたんだね」ジョンダラーは母マルソナに話しかけていた。「覚えてるのより広々としているな」

「広くなったのよ、ジョンダラー。いまはここに三人しか住んでいないのだもの。あそこではフォラーラが寝ているわ」そういってマルソナは、第二の寝所を指さした。「ウィロマーとわたしはむこうの部屋で寝ているの」いいながら岩壁ぞいの部屋を指さす。「あなたとエイラはこのまんなかの部屋をつかうといいわ。よかったら、卓子をもっと壁に近づけて寝台をおける場所をつくってもいいのよ」

エイラの目には、この部屋は広々として見えた。さすがにエイラがひとりで暮らしていた谷の小さな洞穴にくらべれば狭かったが、個々の住まいはライオン簇の細長い半地下住居内にあったそれぞれの炉辺――それぞれの家族――の生活空間よりもずっと広い。しかし、ここの生活空間とは異なり、マムトイ族の土廬《つちいおり》は自然の地形をそのまま利用したものではなかった――ライオン簇の人々が、自分たちの力で築いた住まいだった。

エイラの視線が、中央の部屋と炊きの間をへだてている手近な衝立に引き寄せられた。衝立は中央の部分で曲がっていた。エイラは、これが二枚の半透明の衝立を珍しい方法でつなぎあわせたものであることを見てとった。木枠の内側をつくっている木の棒と左右の衝立の脚とが、バイソンの角を輪切りにしてつくった輪に通してあった。いちばん上の近くといちばん下の近くに配されたこのふたつの輪が、いわば後世の蝶番《ちょうつがい》の役目をすることによって、衝立を半分の大きさに折りたたむことができる。ほかの衝立も同様のつくりになっているのだろうか、とエイラは思った。

どういう設備がととのっているのかという好奇心に駆られて、エイラは炊きの間をのぞきこんだ。マルソナは、おなじ程度の大きさの石に丸く囲まれた炉のわきの筵に膝をついてすわっていた。まわりの敷石は掃ききよめられている。その背後、ひとつきりの石のランプの光にうっすらと浮かびあがっているのは、またほかの棚だった。椀や鉢、皿、調理道具などがならんでいた。さらに乾燥させた薬草や野菜が吊りさげられているのが見え、それが一部しか見えない木枠に張られた横木から吊られていることもわかった。炉の横にある作業用の台には鉢や籠のほか、塊に切りわけられた新鮮な肉の載った大きな骨の皿がおいてあった。

手伝いを申しでたほうがいいのだろうか? エイラはそう思ったが、考えてみれば、なにがどこにしまってあるかもわからないし、マルソナがなにをこしらえているのかも知らない。手助けをするつもりでも、これではかえって邪魔になりそうだ。やはり待っていたほうがいい、とエイラは思った。

エイラが見ていると、マルソナは尖った四本の串それぞれに肉を刺し、それぞれを二個の直立した石のあいだで熱く焼けている燠《おき》の上にかざした。数本の串をいちどにおけるよう、左右の石に刻み目がつけられていた。それからマルソナは大角山羊《アイベックス》の角を彫ってつくったおたまで、密に編まれた籠からなにやら液体をすくいだし、それを木の鉢にうつした。つづいてマルソナは、一本の木をふたつ折り近くになるまで曲げた弾力のあるつまみ具をつかって、煮炊き籠からなめらかな石を二個とりだし、代わりに炉から熱く焼けた石をひとつとって入れてから、ふたつの鉢をエイラとジョンダラーのもとに運んできた。

たっぷりと具のはいったスープに目を落とし、そこに小粒の玉葱《たまねぎ》の丸い形や数種類の根菜を見てとるなり、エイラは自分がどれだけ空腹だったかにはじめて気がついた。しかし、とりあえず手は出さず、ジョンダラーがなにをするかを確かめることにした。ジョンダラーは食事用ナイフ――先端を尖らせた小さなフリントの刃身を枝角からつくった柄にはめこんだ品――をとりだして、小さな根菜に突き刺した。それから根菜を口に入れて、しばし嚙んだのち、こんどは鉢から汁をひと口飲んだ。エイラも食事用ナイフをとりだして、ジョンダラーの真似をした。

スープはことのほかおいしかった。肉の出し汁の味はするのだが、中身は野菜ばかりで肉はなかったし、薬草の珍しい組みあわせで味つけされていることまではエイラの舌でわかったが、それ以外になにが加えてあるのかはわからなかった。これがエイラには驚きだった――というのも、これまではほぼ例外なく、料理の材料をすっかりいい当てることができたからである。まもなく、串に刺されて火でこんがりと焙られた肉が運ばれてきた。これにもまた、珍しくも美味な味つけがなされていた。エイラはこれについて質問したくなったが、その気持ちをこらえた。

「母さんは食べないのかい？　おいしいのに」ジョンダラーはそういいながら、またほかの野菜をナイフに刺した。

「フォラーラといっしょにもう食べたのよ。ウィロマーがもうじき帰ってきそうだから、それで多めにこしらえたのよ。そうしておいてよかったわ」マルソナは笑顔になった。「だってスープをあたためて、オーロックスの肉を焼くだけでよかったんですもの。お肉は前から酒《ワイン》に漬けてあったし」

それがあの味の秘密だ――エイラはそう思いながら、赤い液体をまたひと口飲んだ。これがスープにもくわえてあったのだ。

「ウィロマーはいつごろ帰ってくるんだい？」ジョンダラーがたずねた。「会うのが楽しみだよ」

「もうすぐ帰ってくるわ」マルソナが答えた。「今回は〈西の大海原〉にまで交易に行ったのよ。塩はもちろん、ほかに交換できる品があればどんなものでも持ち帰るためにね。でも、わたしたちが〈夏のつどい〉にむけていつこっちを出発するかは知ってるわ。出発前にはここに帰ってくるはずよ。なにかあって遅れればべつだけれど、きょうにでも帰ってきておかしくないと思うわ」

「ロサドゥナイ族のラドゥニから、山で塩を掘りだしている〈洞〉と交易しているという話をきいたよ。なんでもその山を〈塩の山〉と呼んでいるそうだ」

「塩でできている山ですって？　山のなかに塩があるなんて話、わたしはきいたこともないわ。おまえはこの先長いこと、人々にたくさんの話をきかせるつもりでしょうけど、きかされるほうは、どの部分が〝物語〟で、どの部分が真実の話なのか区別がつかないでしょうね」

ジョンダラーはにやりと笑った。しかしエイラにははっきり感じとれた――母親ははっきりとは口にしなかったが、いまきかされた話を信じてはいない。

「おれもこの目で見たわけじゃないけど、いまの話は事実だと思うな」ジョンダラーはいった。「連中は塩をもっていたし、住んでいるのは海から遠く離れた土地だ。もし交易やとてつもない長旅で手に入れた塩だったら、あれほど塩を気前よくつかわないと思うんだ」

そこまで話して、なにか愉快なことを思いつきでもしたのだろうか、ジョンダラーの笑みがさらに広がった。

「とてつもない長旅で思い出した。母さんに言伝《ことづ》てがあるんだ。おれたちが旅の途中で出会った人、母さんも知っている人からのね」

「ダラナーから？　それともジェリカ？」

「そのふたりからも言伝てを預かってる。ふたりとも〈夏のつどい〉には来るってさ。ダラナーはゼランドニアの若い者を何人か説得して、自分たちのところに連れ帰るつもりなんだ。ランザドニー族の〈一の洞〉はいま人数が増えているところだよ。じきに〈二の洞〉ができたとしたって、おれは驚かないな」

「だれかを見つけるのは、そうむずかしいことではないと思うわ」マルソナが感想を述べた。「大変な誉《ほま》れね。だれが行くにせよ、その人は最初の大ランザドニになるのだから」

「でも、あそこにはまだ女神に仕える者がいない。だから、ジョプラヤとエコザーをゼランドニー族の〈縁結びの儀〉でつれあいにしてやってくれないか、というのはダラナーの願いなんだ」

マルソナのひたいがつかのま、さっと曇った。「あなたの近縁のいとこのジョプラヤは、若くてきれいな女よ。ちょっと変わり者だけど、美人は美人だわ。あの子がゼランドニー族の〈夏のつどい〉に来たら、若い男ならだれだって目を離せなくなるに決まってる。どんな男でもよりどりみどりのジョプラヤなのに、いったいどうしてエコザーを選んだりするというの？」

「どんな男でもいいというわけではありません」エイラはいった。その顔に目をむけたマルソナは、抗弁したい熱い気持ちの輝きが瞳に宿っているのを見てとった。エイラは顔をわずかに赤らめて、目をそむけた。「ジョプラヤはいっていました。エコザーほど深く自分を愛してくれている男が世の中にいるとは思えない、と」

「たしかにそのとおりね」マルソナはいい、いったん間をおいてから、まっすぐにエイラを見すえてつづけた。「いくらジョプラヤでも思いどおりにならない男もいるし」ちらりと息子に視線を走らせる。「でもあの子とエコザーという組みあわせが……不釣り合いに思えるの。ジョプラヤは驚くほどの美人。でもエコザーは……美形の男ではないわ。とはいえ、外見がすべてではないという場合だってある。まったく問題にならない場合もね。そもそもエコザーは、心やさしくて親切な男のようだし」

はっきり口に出したわけではないが、マルソナはジョプラヤがこの決断をくだした理由をすぐに理解したのではないか、とエイラは察していた。ジョンダラーの〝近縁のいとこ〟であり、ダラナーのつれあいの娘であるジョプラヤは、決しておのがものにはならない男を愛した。その男に匹敵する男は存在しない。そこでジョプラヤは、自分をいちばん愛してくれていると知っている男を選んだのだ。さらにエイラは、マルソナがそれほど本気で異論を述べたのではないことも察した。最初エイラが思っていたように慣例を無視していると感じたがゆえの異論ではなく、個人的な美の尺度に照らしての異論だった。ジョンダラーの母親は美を愛している。その尺度では、美しい女はその美に見あう男とつれあいになるのがふさわしい。しかし、同時にマルソナは人間は内面の美しさのほうが重要だとわかってもいた。

ジョンダラーは、ふたりの女のあいだに生じたわずかな緊張にも、まったく気づいていないようだった。母親への言伝てとして頼まれた言葉を思い出し、そのうれしさにひたりきっていたからだ。言伝てを頼んできた相手の名前を、母親の口からきいた記憶はない。「おれに母さんへの言伝てを託してきたのは、ランザドニー族の人じゃないんだよ。旅の途中で身を寄せた人々がいてね。そもそも身を寄せるつもりはなかったけど、当初の心づもりよりも長居をしてしまった……いや、これはまたべつの話だな。で、そこを出発するとき、そこの女神に仕える者がこういったんだ。『マルソナに会ったら、ボドアがよろしくといっていた、と伝えてくれ』とね」

本人さえ忘れているかもしれない過去の名前をいきなりきかされて、ふだん冷静沈着で堂々としている母親がどんな反応を見せるものか、ジョンダラーは楽しみにしていた。これはジョンダラーにとって、言葉とその裏の意味のゲーム——言葉に出していわずに意味を伝えるゲーム——という邪気のないおふざけだった。しかし、母親の反応は思いもよらないものだった。

マルソナは大きく目を見ひらいた。たちまち顔から血の気がうせていった。「ボドア！ ああ、女神よ！ ボドアですって？」いいながらマルソナは片手を胸にあてがった。息をするのさえ苦しそうだった。

「母さん！ 大丈夫かい？」ジョンダラーはあわてて立ちあがり、マルソナに近づいた。「ごめん、そんなに驚かせるつもりはなかったんだ。ゼランドニを呼んでこようか？」

「いいの、大丈夫だから」マルソナはそういって、深呼吸をした。「でも、驚いたわ。その名前をまた耳にする日が来るとは思ってもいなかった。ボドアがまだ生きていたことさえ知らなかったのだもの。で、おまえは……ボドアのことをくわしく教わったのかい？」

「母さんといっしょにジョコナンをつれあいにとる寸前にまでいったことは、話してくれたよ。でも、おれはボドアが大げさに話しているんだと思ってた。もしかしたら、昔のことで思いちがいをしてるのかもしれない、とね」ジョンダラーはいった。「でも、どうしてこれまでボドアのことを教えてくれなかったんだい？」

エイラはジョンダラーに問いかける意味の視線をむけた。ジョンダラーがス・アームナの話を全面的には信じていなかったというのは初耳だった。

「あまりにもつらい思い出だったから。ボドアとは姉妹も同然だった。ボドアとなら、喜んでジョコナンとつれあいになってもいいとまで思ってた。でも、わたしたちのゼランドニに反対されたの。修練をおえたらボドアを故郷に帰すと、そうボドアの伯父に約束をしている、といって。おまえはボドアが女神に仕える者になっていたと話していたわね？　それでよかったのかもしれない。でも、こっちを出発する前のボドアは、それはそれは怒っていたのよ。わたしがいくら、これから氷河をわたるのだから、せめて季節が変わるまで出発を遅らせてほしいと頼んでも、あの人は聞く耳をもたなかった。だから、ボドアが命を落とすことなく無事に氷河を横断したとわかってうれしかったし、そんなボドアがわたしに愛を送ってきたのが最高にうれしかったの。おまえはどう思う……ボドアの言葉は本心からだったと思うかい？」

「ああ、あれは本心からの言葉だったにちがいないな。でも、故郷に帰る必要なんてなかったんだ」ジョンダラーはいった。「伯父さんはもうこの世を去っていた。母親もね。ス・アームナになったことはなったけど、怒りで目が曇ったせいで天から与えられた力の使い方を誤り、邪《よこし》まな女が一族の長《おさ》になるのを助けてしまった。もちろん、そのアッタロアという女がどれだけ邪まになるのか、前もってわかってはいなかったけどね。ス・アームナは、いまその罪滅ぼしをしているんだと思う。悲惨な歳月を乗り越えようとする自分の〈洞〉の人々を助けたことで、天から与えられた力がまちがっていないと信じられるようになったみたいだね。といっても、母さんのような人材が育ってくるまでは、ボドアが長をつとめないといけない。ボドアはすばらしい人だよ。泥を石に変える方法まで見つけたんだから」

「泥を石に変える？　ジョンダラー、ますます旅の語り部みたいな口ぶりになってきたわね」マルソナはいった。「おまえがそんな信じられない話ばかりをならべたら、なにを信じたらいいのかもわからなくなりそう」

「信じてくれ。おれは嘘なんかついてないから」そう語るジョンダラーは真顔そのもの、もはや微妙な言葉のゲームなどしてはいなかった。「旅の語り部っていうのは、〈洞〉から〈洞〉をわたり歩き、伝説や昔の話に尾鰭《おひれ》をつけて、おもしろおかしく仕立てて話す連中だよ。でも、このおれは長旅をしたし、その途上でいろいろなものを見てきたんだ」ちらりとエイラを見て、言葉をつづける。「だいたい母さんだって、もしじっさいに見ていなければ、馬の背に乗ったり狼と仲よくなったりできる人がいるという話を信じなかったんじゃないかな？　まだ話していないことでも、母さんにはちょっと信じてもらえないような話がいっぱいある。じっさいに見てもらっても、母さんが自分の目を疑ってしまうような品もね」

「わかったわ。おまえがいうのなら信じましょう。二度とおまえの話に疑いの言葉をかけたりはしない……わたしには、どんなに信じがたい話に思えてもね」マルソナはそういって、にっこりと笑った。その笑顔には、エイラがはじめて見る茶目っけたっぷりの魅力がそなわっていた。その一瞬マルソナは何歳も若返ったかに見えたし、エイラはジョンダラーの笑顔の源がどこにあったのかを悟った。

マルソナは酒の椀を手にとると、すこしずつ飲みながら、ふたりに食事をおわらせるよううながした。ふたりが食べおわると、マルソナは鉢と串を片づけ、柔らかくて湿った吸水性のある皮をふたりにわたした。ふたりが皮で拭ってナイフをしまうと、マルソナはふたりの椀に酒のお代わりを注いだ。

「おまえもずいぶん長くここを留守にしていたものね、ジョンダラー」マルソナは息子に語りかけた。エイラには、マルソナが言葉を入念に選んで話しているように感じられた。

「その長旅のあいだに積もる話もさぞやたくさんあることはわかってる。あなたもおなじでしょうね」と、マルソナはエイラに視線をむけた。「すっかり話すには長い時間がかかりそうだわ。だから……しばらく……ここで暮らすのもいいと思うわ」と話すと、マルソナは思いをこめた目でジョンダラーを見つめた。「好きなだけ、ここで暮らしていていいのよ……でも、すこししたら……窮屈に感じはじめるかもしれない。そうなったら、自分たちだけの場所が欲しくなるかもしれないわね……近くに……いずれは……」

ジョンダラーは歯を見せてにやりと笑った。「ああ、母さん。そうさせてもらうよ。心配するなって。もう旅に出る気はないさ。ここはおれの故郷だ。だれかに反対されないかぎり、おれは……おれたちふたりはここで暮らすつもりなんだ。そういう話がききたかったんじゃないのかい？　エイラとおれはまだ正式につれあいになってはいないけど、そのうちつれあいになるつもりだ。もうゼランドニにも話した――さっき母さんが酒をもってきてくれるちょっと前まで、ここにいたんだよ。おれたちは、ここに帰りつくまで、つれあいになるのを先延ばししていたんだ。ここでつれあいになりたかったし、なによりも今年の夏の〈縁結びの儀〉でゼランドニに絆を結びあわせてもらいたかったからさ。とにかく、もう旅は飽きあきさ」ジョンダラーは吐き捨てるようにいい添えた。

マルソナは幸せに顔をほころばせた。「おまえの炉辺に赤ちゃんが来たら、どんなにかすてきでしょうね。もしかしたら、おまえの霊を受けついだ子が来るかもしれないし」

ジョンダラーはエイラを見やって笑みをこぼした。「うん、おれもそう思ってる」

マルソナはその言葉が、まさに行間の意味どおりの言葉であることを願ったが、あえて問いただしたくはなかった。これはジョンダラーが自分で、自分の言葉で話すべきこと。マルソナとしては、いまの話――息子の炉辺に子どもが来るかもしれないという話――なみに重要な話を、ジョンダラーがあまりはぐらかさないでほしいと願うだけだった。

「母さんが喜びそうな話があるよ」ジョンダラーは言葉をつづけた。「ソノーランは霊を受けついだ子どもを残したんだ。残念なことに炉辺ではないけれど、すくなくともひとつの〈洞〉にね。もしかしたら、まだほかにも。ロサドゥナイ族のフィロニアという娘がソノーランを気にいってね。おれたちが身を寄せてから間もなく、自分が恵みを受けた体になったことを知ったんだ。そのフィロニアもいまではつれあいをもって、ふたりの子どもがいる。ラドゥニからきいた話だと、フィロニアが身ごもった話が広まると同時に、縁結びにふさわしい年齢の男たちが残らず、なにか理由をつくってはフィロニアのもとを訪ねたらしいね。フィロニアは相手をよりどりみどりだった。でも、最初に生まれた女の子にはソノリアという名前をつけた。おれもその子に会ってきた。昔のフォラーラ、ずっと小さかったころのフォラーラにそっくりだったよ。

あの連中があんなに遠くに……氷河の反対側に住んでるのが残念だな。いくら旅の帰り道には最初よりも短く感じられたといっても、やっぱり行くには長く旅をしないとならないからね」ジョンダラーはいったん口をつぐみ、考えこんだ顔を見せた。「そもそも、おれはそんなに旅が好きじゃなかった。ソノーランがいっしょでなかったら、旅ぎらいのおれがあんなに長いこと、遠くまで旅をすることはなかったはずだ……」

そこで突然、ジョンダラーは母親の表情に気づいた。自分がだれの話をしていたかにあらためて気づくと、ジョンダラーの顔から笑みがかき消えた。

「ソノーランはウィロマーの炉辺に生まれた子よ」マルソナはいった。「だから、きっとウィロマーの気概を受けついでいるのね。あの子は昔から、しじゅう動きまわっていたがる子だったっけ。それも赤ん坊のころから。ソノーランはまだ旅をつづけているの？」

ここでもまたエイラは、マルソナが遠まわしに質問を投げかけていたことに気がついた。ときにはまったく質問をせず、それでいて相手にはっきり質問していることもある。エイラはふと、マムトイ族の単刀直入な物腰や好奇心を隠しもしない点に、ジョンダラーがいつもわずかながら狼狽していたことを思い出し、ふいに合点がいった。〈マンモスを狩る者たち〉を自称し、エイラを養子として受け入れた人々、エイラが苦労して習慣を身につけようとしたあの人たちは、ジョンダラーの故郷の人々とはちがうのだ。氏族はエイラの同類たちをひとくくりに異人と呼びならわしていたが、ゼランドニー族はマムトイ族ではないし、両者のちがいは言葉だけにとどまるものではない。ここで人々に溶けこもうとするなら、ゼランドニー族の人々のさまざまな行動面での流儀のちがいに、もっと注意を払う必要がある、とエイラは思った。

ジョンダラーは、いまこそ母親に弟のことを打ち明けるべきときだと悟って、まず深々と息を吸いこんだ。ついで手を伸ばし、母親の両手を両手で包んだ。「こんなことを話すのはつらいんだけどね……ソノーランはいま、次の世界を旅しているんだ」

マルソナのまっすぐ前を見つめる澄んだ瞳が、いちばん下の息子の死を知らされたつらさと悲しみの深さをふいにのぞかせた。悲報という重荷に、両の肩ががくりと沈む。愛する者に先立たれた苦しい経験ならこれまでにもあるが、わが子に先立たれたのはこれがはじめてだった。手塩にかけて大人にまで育てあげたわが子、その一生がまだまだこれからという若いわが子をうしなうことのほうが、よほどつらく思えた。マルソナは目を閉じて、おのれの感情を抑えようとした。それから肩をもとどおりにもちあげると、自分のもとに帰ってきた息子に顔をむけてたずねた。

「おまえもいっしょにいたの？」

「ああ」ジョンダラーはいった。あの瞬間を頭のなかで追体験することで、悲しみが新たに甦ってきた。「洞穴《ケーブ》ライオンだった……ソノーランはライオンを追って、ある谷間にはいっていった……おれはやめろといったんだが、あいつはきこうとしなくてね」

ジョンダラーは必死に感情に押し流されまいとしていた。そんなジョンダラーを見てエイラは、谷でのあの夜のことを思い出した。悲しみに押し流されていたジョンダラーを抱きしめ、小さな子どもをあやすように体を揺すってやったあの夜。あのころはまだゼランドニー語をひとつも知らなかったが、相手が悲しんでいることを理解するのに言葉など必要ではなかった。いまエイラは手を伸ばし、ジョンダラーの腕にそっとふれた。母と息子のひとときの邪魔をせずに、自分がいつでもあなたのためにここにいる、と伝えるためだった。エイラの手が息子の助けになったことを、マルソナは見のがさなかった。

ジョンダラーは深々と息を吸いこみ、「母さんに見せたいものがあるんだ」といって立ちあがって旅の荷物に歩みよると、包みをひとつ出した。それからちょっと考えて、包みをさらにもうひとつとりだし、言葉をつづけた。「ソノーランはある女と会って、恋に落ちたんだ。女はシャラムドイ族を名乗る人々のひとりだった。この一族は母なる大河の果ての岸辺に住んでいてね。そのあたりでは川幅がとんでもなく広がっているから、母なる大河と呼ばれている理由もよくわかるくらいだった。シャラムドイ族というけれど、じっさいにはふたつの半族がひとつになった集団だった。半分のシャムドイ族は陸《おか》に住み、山でシャモアを狩っていた。もう半分はラムドイ族、川の上に住み、川で巨大な蝶鮫《ちょうざめ》を狩っていた。冬になるとラムドイ族はシャムドイ族のもとに身を寄せる。どちらの一族のどの家族をとっても、もうひとつの一族に親戚がいたな。だから、ふたつの一族のあいだには絆があった——ある意味では、つれあいのようなものだったね。最初はまったく異なる人々に見えるんだけど、じっさいには両者のあいだに深いつながりがいくつもあって、そのためひとつの一族の片割れ同士に見えてくるんだ」

ジョンダラーは、ほかに類を見ない複雑な文化を人に説明するむずかしさを思い知らされていた。

「ソノーランは相手の女を深く愛していて、そのため彼らの一員になりたいといいだした。そこで片割れのシャムドイ族のひとりになり、相手のジェタミオという女とつれあいになったんだ」

「なんてきれいな名前なんでしょう」マルソナはいった。

「きれいな人だったよ。母さんだって、きっと大好きになったはずさ」

「きれいな人……だった？」

「ジェタミオは死んでしまったんだ――ソノーランの炉辺の子になるはずだった赤ん坊を産むときにね。ソノーランは、つれあいをうしなうことに耐えきれなかった。あいつはジェタミオを追って、次の世界に行きたい心境だったと思うよ」

「昔はいつも陽気な子だったわ……のんきな性格で……」

「知ってるさ。だけどジェタミオに先立たれて、人が変わっちまった。陽気でも、のんきでもなくなった――向こう見ずな男になったんだ。もうシャラムドイ族と暮らしていることには耐えられないといいだしてね。おれは、それなら故郷に帰ろうといったんだが、あいつはさらに東に行くといって譲らなかった。ひとりで行かせるわけにはいかなかった。ラムドイ族の人が、おれたちに舟を一艘わけてくれた――ほかでは見られないような舟をつくるんだよ。おれたちはその舟で、川の下《しも》にむかっていった。だけど、母なる大河がベラン海にそそぐあたりの大三角州で、持ち物を一切合財うしなう目にあった。おれは怪我をし、ソノーランはあやうく流砂《りゅうさ》に飲みこまれそうになった。でも、そこでマムトイ族のある簇の人に助けてもらったんだ」

「じゃ、そこでエイラと出会ったの？」

ジョンダラーはいったんエイラに目をむけてから、また母親に視線をもどし、「そうじゃない」といって、言葉を切った。「マムトイ族の柳《やなぎ》ノ簇《むら》をあとにしてから、ソノーランはそのまま北方に進んで、マムトイの〈夏のつどい〉に合わせて、彼らといっしょにマンモス狩りをしてみたい、といいだした。だけど、それも本気だったとは思えない。ひたすら旅をつづけたい一心だったんだ」

ジョンダラーは両目を閉じると、また深呼吸をした。

「その日、おれたちは一頭の鹿を追いかけていた」と、先ほどのつづきを話しはじめる。「ただ、おれたちは知らなかった。おなじ鹿を追いかけていた雌ライオンがいたことを。おれたちが槍を投げると同時に、ライオンも獲物に飛びかかった。槍が刺さったほうが早かったが、ライオンは獲物を奪っていった。ソノーランはライオンのあとをつけようといいだした。鹿は自分の獲物であって、雌ライオンのものじゃない、というのがあいつの言いぶんだった。だからおれは、ライオンに文句をいっても無駄だ、鹿はくれてやれといったんだが……あいつはライオンをねぐらにまで追いかけていくといって譲らなかった。しばらく待って、雌ライオンがいなくなったころ、ソノーランは谷にはいっていって獲物の肉をとりかえしてくる、といいはじめた。ところが雌ライオンにはつれあいがいて、こいつが獲物を手放そうとしなかった。ソノーランはこの雄ライオンに殺され、おれもひどい大怪我を負わされたんだ」

マルソナは憂慮に顔を曇らせた。「ライオンに大怪我をさせられたの?」

「エイラがいなかったら、おれは死んでいただろうね」ジョンダラーは答えた。「エイラは命の恩人だよ。おれをライオンから引き離してくれたばかりか、傷の手当てもしてくれたんだ。エイラは薬師《くすし》だからね」

マルソナはいったんエイラを見てから、驚いた顔をジョンダラーにむけた。「この人がおまえをライオンから引き離した?」

「ウィニーが手伝ってくれました。それに、相手がふつうのライオンだったら、そんなことは無理でしたね」エイラは説明しようとした。

ジョンダラーには、母親の困惑ぶりがよくわかった。それにいくら説明の言葉を重ねたところで、この話が信じやすくなるわけではないこともわかった。「母さんも、あの狼と二頭の馬がエイラに従うのを見ただろう……」

「じゃ、まさかあなたは……」

「この話はエイラにしてもらったほうがいいね」ジョンダラーはいった。

「見つけたとき、ライオンはまだ小さな子どもでした」エイラは話しはじめた。「それも鹿に踏みつぶされていましたし、母ライオンにも見すてられていました。子ライオンは死にかけていました。鹿の群れを追っていたのはわたしです。うまく落とし罠に追いこもうと思っていました。首尾よく一頭をとらえて谷に帰る途中、子ライオンを見つけて、谷に運んだのです。ウィニーはあまり愉快そうではありませんでした。ライオンの体臭に不安をかきたてられたのです。でもわたしは、獲物の鹿とライオンの子をいっしょに洞穴に連れ帰りました。わたしが手当てをしたので怪我はなおってきましたが、とてもひとり立ちは無理でした。わたしが母親になって世話をするしかなかったんです。そのうちウィニーも、子ライオンの世話をするようになりました」当時を思い出すと、エイラの顔に笑みが浮かんだ。「まだ小さなあの子とウィニーがいっしょにいるのは、とても愉快な光景でしたね」

エイラを見つめていたマルソナは、またひとつ新しいことを理解していた。「その方法をとったのね？　あの狼にも。二頭の馬にも――そうでしょう？」

こんどはエイラが驚いて、マルソナをまじまじと見つめる番だった。ここまですばやく関連を見ぬいた人は、いままでひとりもいなかったからだ。マルソナにわかってもらえた喜びがあまりにも大きく、エイラは輝くような笑顔になっていた。「はい！　そのとおりです！　これまでずっと、会った人みんなに、そのことをわかってもらおうとしてきました！　たとえ動物でもまだずっと幼いうちから手もとにおいて、わが子を育てるように食べ物をあげて育てれば、人間になついて離れなくなり、人間も動物に親しみを感じるようになります。ソノーランを殺したライオン、ジョンダラーに大怪我を負わせたライオンは、わたしが育てた雄ライオンでした。わたしにとっては息子同然です」

「でもそのときには、一人前の大きなライオンになっていたのでしょう？　つれあいといっしょに暮らしていた？　そんなライオンを、どうやってジョンダラーのもとから立ち去らせたというの？」マルソナはたずねた。とても信じられない気持ちだった。

「わたしたち、いっしょに狩りをしたんです。あの子が小さいころは、わたしが獲物をわけてやりました。あの子が大きくなってからは、わたしが命じてあの子の獲物をわけさせました。あの子はいつでも、わたしのいうことに従いました。わたしはあの子の母親です。そしてライオンは、母親のいうことには従うものなのです」

「おれにもわからないんだよ」ジョンダラーは母親の表情を読みとって、横から口を出した。「あとにも先にも見たことのないほど大きなライオンだった。それなのにエイラに命令されるなり、ライオンはおれにもう一回飛びかかってくる寸前で、ぴたっと動きをとめたんだ。エイラがそのライオンの背中に乗っているのを見たのだって、一度や二度じゃない。〈夏のつどい〉に来ていたマムトイ族の全員が、ライオンに乗っているエイラを見たんだ。この目でなんども見たとはいえ、いまでもまだ容易には信じられないよ」

「ソノーランを助けられなかったことだけが、ほんとに心残りです」エイラはいった。「男の人の悲鳴をききつけて駆けつけたときには、もうソノーランは死んでいました」

　エイラの言葉にマルソナは自身の悲しみを新たにし、しばし三人はそれぞれの気持ちに沈みこんだ。しかしマルソナはもっと話をききたかったし、さらに理解を深めたくもあった。「ソノーランが愛する相手とめぐりあえて、ほんとうによかったと思うわ」

　ジョンダラーは旅の荷物から出した最初の包みをとりあげた。「ジェタミオとつれあいになったその日、ソノーランはおれに、自分が故郷に帰ることはもうないと母さんは知っているようだ、と前置きして、おれはいつの日かぜったいに帰ると約束してくれ、といった。それから、おれが故郷に帰るときには、ウィロマーがいつもしているみたいに、母さんに美しい品を土産にもっていってくれ、とも頼んできた。エイラとふたりでここに帰る途中、シャラムドイ族のところに寄ったんだ。そこでロシャリオから、母さんにこれをわたすようにと託されてね。ロシャリオというのは、ジェタミオが早くにお母さんを亡くしたあとで育ての親になった女だ。これはジェタミオがいちばん好きな品だ、といってたよ」

そう前置きして、ジョンダラーは包みを母親に手わたした。

それからジョンダラーは、皮の包みを縛っている紐を切った。最初マルソナは、この柔らかなシャモアの皮が贈り物だと思いこんだ。それほど美しかったからだ。しかし皮をひらいたマルソナは、そのなかにあった美しい首飾りを見て思わず息を飲んだ。シャモアの歯、それも若いシャモアの抜けるように白い犬歯でつくった首飾りだった。歯の根の部分に穴をあけて紐を通してあった。それぞれの歯はしだいに大きくなっていくように、また完全な左右対称をなすように繋がれていた。また歯と歯のあいだには、しだいに大きくなっていく形で小ぶりの蝶鮫の椎骨《ついこつ》がはさみこまれており、ちょうど中央に来る部分には舟の形に似た光沢のある真珠母の胸飾りが吊ってあった。

「これはソノーランが一員になると決めた一族、シャラムドイ族をつくる半族の両方をあらわしているんだよ。陸《おか》のシャモアはシャムドイ族を、川の蝶鮫はラムドイ族を、貝殻の舟はその両方をあらわしているんだ。母さんにはソノーランがえらんだ女が属していた一族をあらわす品をもっててほしい――それがロシャリオの願いなんだ」ジョンダラーはいった。

この美しい贈り物を見つめるマルソナの頬には、いく筋もの涙がつたい落ちていた。「ジョンダラー……あの子はもう帰ってこないだろうとわたしが思っていたことを、どうしてあの子は知っていたんだろうね？」

「ソノーランが話してたよ。旅立つとき母さんから〝いい旅を〟とはいわれたけれど、〝おまえの帰りを待っている〟とはいわれなかった、とね」

また新たな涙がこみあげてきて、目の縁からあふれた。「ええ、そのとおり。あの子が帰ってくるとは思えなかった。いくら自分で自分にそんなことはないといいきかせたところで、あの子には二度と会えないとしか思えてならなかった。おまえもいっしょに旅立ったと知らされたときには、息子をふたりなくしたと思ったものよ。そりゃ、おまえとソノーランがいっしょに帰ってきてくれれば最高だったけれど、おまえひとりだけでもこうして帰ってきてくれて、わたしはほんとうにうれしいの」いいながらマルソナは、ジョンダラーに手をさしのべた。

ジョンダラーと母親が抱きあう姿を見て、エイラも涙を禁じえなかった。ソリーとマルケノからいくら乞われても、ジョンダラーがシャラムドイ族のもとにとどまれなかった事情もいまになれば理解できた。息子をうしなうのがどんな気分なのか、痛いほどよくわかる。自分はもう息子ダルクに二度と会えないとわかっていた。わかっていてなお、息子がどうしているのか、その身になにがあって、どんな人生を送っているのか、知りたくてたまらない。

出入口の垂れ幕が、ふたたび横に動かされた。

「だれが帰ってきたと思う？」そう大きな声でいいながら駆けこんできたのはフォラーラだった。そしてそのうしろから、フォラーラよりは落ち着いた物腰でウィロマーがはいってきた。

3

マルソナは、帰ってきたばかりの男を急いで出迎えた。ふたりは熱い抱擁をかわした。

「おやおや！　おまえの背の高い息子が帰ってきているではないか！　こいつが旅人になるとは思ってもいなかったよ。こんなことならフリント工にならず交易人になればよかったのにな」ウィロマーはそういいながら背嚢《はいのう》を滑らせておろし、ジョンダラーに心のこもった抱擁をした。「おや、どうやら体はすこしも縮んでいないようだな」

　年かさの男は大きな笑みに顔をほころばせながら、二メートルにわずかに欠けるだけの長身の男、金髪のジョンダラーをしげしげと見あげた。

　ジョンダラーは笑顔を返した。こうやって身長の高さをねたにした冗談をいうのが、ウィロマーの挨拶の流儀だった。そういうウィロマー――ジョンダラーからすればダラナーとおなじく自分の炉辺の主《あるじ》といえる男――とて身長はゆうに百八十センチ以上あって、決して小男ではない。しかしジョンダラーの体格

は、マルソナの前のつれあい、ダラナーに匹敵した。ジョンダラーが生まれたとき、マルソナはダラナーのつれあいだったが、のちに絆を断ち切った。

「もうひとりの息子はどこにいるんだ、マルソナ?」ウィロマーは笑顔のままたずねた。言葉を口にしおえたあとで、ウィロマーはマルソナの顔に涙のあとが残っていることを目にとめ、マルソナがどれほど悲しみに沈んでいるかに気づいた。ジョンダラーの顔にもマルソナと同様の悲しみがのぞいていることを見てとるにおよび、ウィロマーの顔から笑みがかき消えた。

「いまソノーランは、次の世界を旅しているよ」ジョンダラーは答えた。「いまもその話を母さんにきかせていたところで……」

ジョンダラーの目の前でウィロマーの顔から血の気がひいていき、だれかに殴られでもしたように体がぐらりとよろめいた。

「まさか……あいつが……次の世界に行くわけがないじゃないか」ウィロマーは信じがたい話をきかされた衝撃もあらわにいった。「とてもそんな年じゃない。いっしょに炉辺をつくる女さえ見つけていないのに」ひとつ発言するたびに、声がどんどん高まってくる。「あいつは……あいつはまだ故郷にも帰ってきていないのに」さいごに出てきたこの異議の言葉は号泣に近かった。

昔からウィロマーはマルソナの子どもたち全員に好意をもっていた。しかしふたりがつれあいになったとき、マルソナがジョコナンの炉辺にもたらした子どものジョハランは、じきにドニの女の手ほどきを受けて一人前の男になってもおかしくない年ごろだった——それゆえウィロマーとジョハランは、友達のような関係だった。当時よちよち歩きをはじめたばかりで、まだ乳を飲んでいたジョンダラーのこともウィロマーはすぐ好きになったが、みずからの炉辺の子はソノーランとフォラーラだった。しかもウィロマーは、ソノーランがおのれの霊の子であることを確信していた。ソノーランには自分と似かよっている点が多々あったからだが、なかでも旅好きで、見たことのない土地をつねに見たがっている点がその決定打になった。ウィロマーは、マルソナが口には出さないものの二度とソノーランに会えないのではないかと心配していたことも、またジョンダラーがいっしょに旅立ったと知ってからは、こちらの息子とも二度と会うことはないのではないかと心配していたことも見ぬいていた。しかしウィロマーは、それを母親特有の心配だとしか思っていなかった。ソノーランならきっといつか帰ってくる、この自分が毎回交易の旅から帰ってきているように。

　ウィロマーはすっかり困惑し、茫然としていた。マルソナが赤い容器から椀に飲み物を注いでいるあいだ、ジョンダラーとフォラーラは低い卓子《テーブル》のそばの座布団にすわるよう、ウィロマーをうながしていた。

「酒《ワイン》を飲んでちょうだい」マルソナはいいながら、ウィロマーのとなりに腰をおろした。ウィロマーは頭が痺《しび》れたようになって、いまだ悲劇がよく理解できていなかった。椀をつかみあげて中身を飲み干すときのしぐさも、自分でそんなことをしていると意識していない人のようだったし、飲みおわっても椀に目を落としたきりだった。

　わたしにもなにかできることがあればいいのに、とエイラは思っていた。薬袋《やくたい》をもってきて、気持ちを落ち着かせてなだめる効能のある薬草茶でもつくろうか、とも思ったが、ウィロマーはわたしのことを知らない。それに、いまこの男が最良の手当てを受けていることもわかっていた――ウィロマーに愛を寄せる人々が見まもり、気づかっているではないか。ある日突然ダルクが死んだと教えられたら、わたしならどんな気分になるだろうか？　たとえ息子には二度と会えないとわかっていても、わたしはまだ、ウバに愛されている息子、なにくれと世話を焼かれながら成長する息子のようすに想像をめぐらせることはできる。

「ソノーランは愛を寄せられる女とめぐりあったのよ」マルソナはウィロマーを慰めようとしていった。つれあいの男が胸を痛めて自分を必要としているようすを見たことで、マルソナはおのれの悲しみの淵から引きあげられ、ウィロマーの支えになろうとしていた。「そしてジョンダラーが、相手の女がもっていた品物をわたしにくれたの」

マルソナは首飾りをもちあげて、ウィロマーに見せた。しかしウィロマーは宙のなにもない一点を見すえており、周囲のことがなにも目にはいらないような表情だった。やがて体をふるわせて、いったん目を閉じる。ややあってマルソナにむきなおったウィロマーは、話しかけられていたことこそ思い出したが、話の内容はまったく覚えていない顔つきだった。

「これはソノーランのつれあいがもっていた品だったの」マルソナはいい、首飾りをウィロマーにむけてかかげた。「ジョンダラーがいうには、その女の一族をあらわしているんですって。その一族はあの大きな川……母なる大河のほとりで暮らしているそうよ」

「ほう、あいつはそんなに遠くまで行ったのか」ウィロマーは悲しみがもたらすうつろな声でいった。

「もっと遠くにまで行ったんだ」ジョンダラーはいった。「おれたちは母なる大河の果てまで、それこそベラン海にまで行き、さらにその先にまで足を進めた。ソノーランはもっと北まで行って、マムトイ族とマンモス狩りをしたいといっていたな」

ウィロマーが顔をあげた。苦痛と困惑の表情は、耳にした言葉がいまひとつ理解できないと語っているかのようだった。

「ソノーランの形見の品ももってきたよ」ジョンダラーは、なんとかこの男を力づけたい気持ちでいい、卓子からべつの皮の包みをとりあげた。「マルケノからもらったんだ。マルケノはソノーランの縁組の相手で、あいつのラムドイ族の家族のひとりだ」

ジョンダラーは皮の包みをひらくと、大鹿《エルク》の一種である赤鹿の枝角からつくった道具をウィロマーとマルソナに見せた。根もとにいちばん近いふた叉以外の枝角は切り落とされており、ふた叉のすぐ下にある幅広の部分にさしわたし四センチ弱の穴があいていた。ソノーランが槍の柄をまっすぐにするのにつかっていた木拵え具《きごしらえぐ》だった。

ソノーランの技術は、木の棒にどのように圧力をかければいいかという知識の集大成だった。圧力をかけるときには、熱した石か蒸気で木を温めるのがつねだった。この道具は木の枝の反りやねじれをとりのぞいて、まっすぐに宙を飛ぶ槍の柄をつくるために力のかけ具合を調節したり、梃子《てこ》の働きを利用したりするためのものだった。とりわけ、手で握って押さえる場所を確保できない長い枝の先に近い部分を加工するのに役立った。木の先端を穴に通すと梃子の力がさらに増して、先端をまっすぐに加工しやすくなった。ふだんはその名のとおり、下拵えとして木をまっすぐにするためにつかわれたが、雪の上を歩くためのかんじきやつまみ具など、木を曲げることが必要な道具をつくるときにも大いに役立った。木を曲げることは、おなじ技術のべつの側面だからだ。

この道具にとりつけられた三十センチほどの頑丈な柄には、動物たちやさまざまな春の植物の絵が彫りこまれていた。こうした図柄は、その文脈によってさまざまな意味をもたされていた。彫りこまれたものであれ描きこまれたものであれ、こうした絵はどれも一見して思える以上に複雑なものだった。この種のあらゆる図柄は、母なる大地の女神を讃《たた》えていた——ソノーランの木拵え具の場合には、この道具を利用して作製された槍に動物たちの霊が引き寄せられることを、女神に許してもらうことを目的とした図柄だった。また季節の要素は、霊的な側面の奥義の一部をあらわしたものだった。この道具に刻みこまれた美しい図柄は、しかしそういった徴《しるし》を意味するだけではないことを、ジョンダラーは知っていた。ソノーランはなによりも、美しい図柄を彫りこむこと自体が好きだったのである。

ウィロマーは、穴を穿《うが》たれた枝角の道具に目の焦点をあわせているようだった。道具に手を伸ばし、ぽつりといった。「これは、ソノーランのものだ」

「そうよ。この卓子の支えをつくるのに、あの子がその道具で木を曲げたときのことを覚えてる?」そういってマルソナは、自分の前にある低い卓子の上面をなしているたいらな石板を撫でまわした。

「ソノーランは、木拵えがじつに上手だったな」ウィロマーはいった。その声はまだ、遠くからきこえてくるような妙な響きを帯びたままだった。

「ああ、たしかに」ジョンダラーはいった。「あいつがシャラムドイ族にあそこまで馴染んだ理由のひとつは、あの一族がソノーランでさえ思いもしなかった方法で木を利用していたからだと思うんだ。シャラムドイ族は木を曲げて舟をつくるんだよ。丸太の形をととのえ、内側を刳《く》りぬいて独木舟《カヌー》という種類の舟をつくったあと、両側を曲げて幅を広くする。さらに舟の両側に外板――細長い木の板――を何列にもとりつけ、そのあと舟の形にあうように曲げて舟に縛りつけるという方法で、もっと大きな舟もつくれる。ラムドイ族は水上での舟のあつかいがものすごく巧みだけれど、舟をつくるときにはシャムドイとラムドイ双方の一族の者が力をあわせるんだよ。

あの一族のもとに身を寄せることも、ひとときは考えた。すばらしい人たちだったからね。帰り道でエイラといっしょに立ち寄ったときには、一族の人々みんながおれたちに身を寄せるようにいってもくれたよ。本格的に身を寄せるとしたら、ラムドイのほうの半族をえらんだと思う。そういえばシャムドイ族のほうには、フリント加工に本心から興味をもっていた若者がいたっけな」

ジョンダラーは自分がとりとめなく言葉を垂れ流しているとわかっていた。しかし、なにをすればいいのか、なにを話せばいいのかもわからず、こうやって空隙《くうげき》を埋めていくしかなかった。というのも、ここまで動揺したウィロマーを見たのははじめてだったからだ。

出入口をとんとんと叩く音がした。しかし返事を待たずに、ゼランドニが垂れ幕を横に押しのけて部屋にはいってきた。そのうしろから部屋にはいってきたフォラーラを目にして、エイラははじめて、フォラーラがいつの間にか外に出ていってゼランドニを呼んできたのだ、とわかった。エイラはひとり賞賛の思いにうなずいた——これこそ適切な行動だった。ジョンダラーの妹は知恵者だ。

動揺をあらわにしたウィロマーのようすに、フォラーラは不安をかきたてられていた。助けを呼んでくる以外には、なにをすればいいのかもわからなかった。そしてゼランドニはドニエ——すなわち〝女神ドニの賜物の与え手〟であり、母なる大地の女神とその子どもたちの仲立ちをする仲介者として、人々を助けたり薬師《くすし》として癒しの術をさずけたりする。だから、助けが必要になった人はゼランドニのもとを訪ねるのだ。

フォラーラはこの強大な力をそなえた女に、問題の本質を打ち明けていた。ゼランドニは室内をざっと見まわしただけで、すばやく情況を読みとった。ついでゼランドニはフォラーラに顔をむけ、低い声で話しかけた。フォラーラはすぐ炊《かし》きの間にむかうと、炉の熾《おき》を吹いてふたたび火を熾《おこ》そうとしはじめた。しかし、すでに火はすっかり消えていた。マルソナは肉を均一に焙るために燃えさしをたいらにならしたが、そのあと炉の前にもどって火をかきたてたり、火が絶えないよう熾をふたたび寄せあつめたりしなかったからだ。

いまこそエイラが力を貸す場面だった。エイラは悲しみの場を離れると、急いで出入口近くにあった旅の荷物に近づいた。火熾し具をおさめた容器の所在はわかっている。すばやく道具を手にして炊きの間にむかいながら、エイラはバルゼクのことを思い出した。マムトイ族のバルゼクこそ、エイラがライオン簇《むら》のおのおのの炉辺に火熾し石をくばったあとで、火を熾すためのほかの道具をともにおさめられるこの入れ物をつくったのだ。

「火を熾すのを手伝わせて」エイラはいった。

フォラーラはほほ笑んだ。火の熾し方なら心得ていた。しかし、自分の炉辺の主が悲しみに打ちひしがれているのを見ると胸が痛んだ。だから、だれかがそばにいてくれるのが心強かった。これまでウィロマーはつねに雄々しく動じない性格であり、つねに冷静沈着だった。

「焚きつけがすこしあれば、すぐに火を熾せるわ」エイラはいった。

「火熾し棒はあっちよ」フォラーラはそういって、奥の棚にむきなおった。

「それはいいの。必要ないから」エイラはそういって火熾し具入れをひらいた。内部はいくつかに仕切られ、小さな袋が何個かおさまっていた。そのうちひとつの袋をあけ、乾燥させてすり潰した馬の糞を撒く。さらにべつの袋から、ふわふわした柳蘭《やなぎらん》の繊維をとりだして馬の糞の上に載せた。さらに三つめの袋から出した細く削った木端《こっぱ》を最初の山のまわりに撒いた。

フォラーラはそのようすを見まもっていた。どうやらエイラは長旅のあいだに、火熾しのための道具をすぐにつかえるように工夫したらしい。しかしエイラがつぎの袋から石を二個とりだしたのを見て、フォラーラは内心首をかしげていた。それからこの女は――兄が故郷に連れて帰ってきたエイラというこの女は――火口《ほくち》に体を近づけると、ふたつの石を打ちあわせ、同時に火口に息を吹きかけた。つぎの瞬間、炎が勢いよく燃えあがった。なんて不気味なんだろう!

「いったいどうやったの?」フォラーラは心底から驚きつつ、そうたずねた。

「あとで教えてあげる」エイラは答えた。「いまはとにかくこの火を燃やしつづけて、ゼランドニのためにお湯を沸かすことに専念しましょう」

この言葉にフォラーラは恐怖に近いものを感じた。「どうしてわかったの……これからお湯を沸かそうとしていたのが?」

エイラは最初ちらりとフォラーラに目を走らせ、すぐにあらためてこの少女の顔を見つめた。少女の顔には狼狽《ろうばい》があらわになっていた。長いあいだ留守にしていた兄のひとりが故郷に帰ってきた……それも人に馴れている動物を引き連れていたばかりか、見も知らない女まで連れてきた……それからもうひとりの兄が死んだことを知らされ……ウィロマーの予想もしなかった反応を目《ま》のあたりにして不安をかきたてられた――フォラーラにとっては、緊張と昂奮と不安の一日だった。さらに初対面の女がまるで魔法をつかったかのように火を熾し、それればかりかだれからもきいていないはずの話まで知っているような態度を見せるにおよんで、フォラーラもジョンダラーが連れてきた女には超自然的な力があるのではないか、という推測や噂話は真実にちがいないと思いはじめていた。そしてエイラにはフォラーラが神経を限界以上まですり減らしていることも見てとれたし、その理由はまず自分の見立てどおりだろうとも思っていた。

「ゼランドニにはもう会ったの。あの人がここのみんなの薬師なのは知ってるし。だからこそ、あなたもゼランドニを連れてきたんでしょう?」エイラはたずねた。

「ええ、あの人はドニエだから」フォラーラは答えた。

「だれかが動揺すると、薬師はふつう気分を落ち着かせるためのお茶を淹れたり飲み物をつくったりするわ。だからあの人はあなたに、そのためのお湯を沸かすように頼んだにちがいないと思ったの」エイラは言葉をえらびながら説明した。

フォラーラは目に見えて安心した顔になった――それなら完全に筋が通った話だ。

「さっきみたいに火を熾す方法は、あとで教えてあげる。だれにでもできるのよ……ちゃんとした石さえ手もとにあれば」

「だれにでも？」

「ええ、あなたにもね」エイラは笑顔でいった。

年下のフォラーラも笑顔を返した。これまでもこの女のことをもっと知りたくてたまらなかったし、たずねたい質問はどっさりとあったが、不作法なふるまいをしたくないと思って控えていた。いまでは疑問が前にもまして増えてはいたものの、遠い地からやってきたこの女には近寄りがたい雰囲気がなかった。いや、それどころか気だてがよさそうな人に思えていた。

「二頭の馬のことも教えてもらえる？」フォラーラはたずねた。

エイラは得たりとばかり、にこやかな笑みを見せた。それからふいに気がついた――フォラーラはどこからどう見てもすらりと背が高くて美しい娘ではあるが、娘になったのも、そう以前のことではないらしい、と。フォラーラが生まれてから何年を数えるのか、正確なところはジョンダラーにきかなくてはならないが、それでもまだかなりの若さだろう、とエイラは見当をつけていた。おそらく、マムトイ族ライオン簇の簇長《むらおさ》のつれあい、ネジーの娘のラティに近い年ごろなのではあるまいか。

「もちろん。あとで、あなたを馬のところまで連れていって二頭に会わせてあげたっていいし」エイラは全員があつまっている低い卓子《テーブル》のほうにちらりと目をむけた。「そうね、あしたならいいかもしれない。いろいろ落ち着いたあとでなら。見たければ、いつでもあっちに行って二頭を見てもいいわ。でも、二頭があなたのことをよく知るようになるまでは、あまり近づかないでね」

「近づいたりするもんですか！」フォラーラはいった。

ラティが馬にすっかり魅せられていたことを思い出しながら、エイラは笑顔でたずねかけた。「そのうち、ウィニーの背中に乗ってみたいとは思わない？」

「ほんとに！　わたしにも乗れるの？」フォラーラは息をのみ、目をまん丸にしてたずねた。この瞬間にかぎっては、ジョンダラーの妹にラティの面影が見えたような気がした。ラティの馬への情熱は高まる一方だった――いずれ自分で馬の赤ん坊を手にいれようとしはじめるのではないか、とエイラが思ったほどだった。

エイラがふたたび火熾しの作業にかかると、フォラーラが水袋に手を伸ばした。大きな動物の防水性をもった胃袋でつくられた品だった。

「もっと水をもってこなくちゃ。これ、ほとんど空《から》っぽだから」フォラーラはいった。

熾はやっと息を吹きかえしたばかりで、まだ赤く光っているだけだった。エイラはさらに空気を吹きかけ、木の削り屑をたし、そのあとフォラーラからもらった小さな木端を加えてから、さいごに大きめの木を何本か入れてみた。そのあと煮炊き石を見つけ、数個を火のなかに入れて熱しはじめた。もどってきたフォラーラは、大きくふくらんだ水袋をたずさえていた。見るからに重そうだったが、どうやらフォラーラはこの水袋を運ぶのに慣れているらしい。ついでフォラーラは、マルソナがお茶を淹れるのにつかっているとおぼしき深い木の鉢に水をそそぎ、先端がわずかに焦げたつまみ具をエイラに手わたした。石が充分に熱くなったと見てとると、エイラはつまみ具で熱い石を水に落としこんだ。とたんに〝じゅうっ〟という音とともに湯気が噴きあがった。二個めの石を落としこんでから、最初の石をとりだし、代わりに三個めの石を入れ、さらに追加していった。

フォラーラはゼランドニに近づいて、お湯の支度がまもなくできることを告げた。エイラには、フォラーラがそれ以外のこともゼランドニに話したことがわかった。年かさの女が急に顔をあげて、エイラに目をむけてきたからだ。床の座布団から腰を浮かせて立ちあがろうとするゼランドニを見ていると、ブルンの一族のモグール、クレブのことが思い出されてきた。クレブは片足が不自由で、低いところにすわりこんだ姿勢から立ちあがるのがひと苦労だった。そんなクレブだったから体を休めるのにお気にいりの場所はといえば、ちょうどいい位置に低い枝が突きでているため、腰をおろしやすく立ちあがるのも簡単な、幹の曲がった古い木だった。

ゼランドニが炊きの間にやってきた。「お湯が沸いたときいたわ」そういわれて、エイラは湯気をあげる鉢をうなずいて示した。「それから、フォラーラの話はほんとう？ あの子は、あなたが石で火を熾す方法をこんど教えてくれると話していたわ。どんな仕掛け？」

「はい。わたしは火熾し石をもっています。ジョンダラーももっています。仕掛けといっても、石の使い方を身につけるだけのことですし、決してむずかしいことではありません。お望みとあれば、いつなりとお見せします。どちらにせよ、そのつもりでしたし」

ゼランドニはふりかえって、ウィロマーに目をむけた。エイラはこの女性が迷っていることを見てとった。

「いまはやめておくわ」ゼランドニは頭を左右にふりながら小さな声でいった。それからゼランドニは肉づきのいい腰まわりを締める帯にくくりつけた袋から、乾燥した薬草をとりだして手のひらで量をはかり、湯気を立てている湯に落としこんだ。

「ヤロウをすこしもってくればよかった」ゼランドニが小さな声でひとりごちた。

「お望みなら、わたしの手もとにあります」エイラはいった。

「なんですって？」ゼランドニはいった。それまでは自分がしていることに神経を集中させるあまり、周囲のことを意識してはいなかった。

「お望みであれば、わたしの手もとに多少のヤロウがあるといったんです。ヤロウをすこしもってくればよかったと、そうおっしゃられたので」

「ほんとうに？　たしかにそう考えてはいたけれど……それにしても、どうしてあなたがヤロウをもっているの？」

「わたしは薬師……癒し手です。ですから、基本的な薬草はいつも肌身離さずもっています。ヤロウもそのひとつです。腹痛に効きますし、人の気持ちを落ち着かせるほか、傷を早く清潔に治す効き目もそなえています」

途中であわてて口を閉じたからよかったが、そうでなかったらゼランドニは口をあんぐりあけてしまうところだった。「あなたは薬師なの？　ジョンダラーが故郷に連れてきた女が薬師だと？」ゼランドニは声をあげて笑いそうになったが、両目を閉じて頭を左右にふり動かした。「どうやらわたしとあなたは、じっくりと時間をかけて話をしたほうがいいみたいね」

「いつでも喜んで、お話し相手をつとめさせていただきます」エイラは答えた。「とりあえずいまは……ヤロウをさしあげましょうか？」

ゼランドニはつかのま考えをめぐらせた。この女が女神に仕える者のはずはない。もしそうであったなら、たとえつれあいにすると決めた男であっても、自分の一族の者どもを見すて、相手の男といっしょにその故郷にやってくるはずがないからだ。しかし、女には多少の薬草の知識があるようだ。薬草について多少のことを学んでいる者は大勢いる。いくらかヤロウが手もとにあるというのなら、つかわせてもらえばよいではないか。ヤロウには特徴のあるにおいがある。においを嗅げば、ヤロウにまちがいないかどうかはわかるはずだ。

「そうね」ゼランドニはいった。「すぐにもってきてもらえるのなら、すこしつかわせてもらうわ」

エイラは急いで旅の荷物のもとに歩みよると、側面の物入れに手を入れて、川獺《かわうそ》の皮でつくった薬袋を引きだした。ずいぶんくたびれてきたわ、もうじき新しい薬袋をつくらなくちゃ――そう思いながら薬袋をもって引きかえす。エイラが炊きの間にもどると、ゼランドニは興味津々の目を薬草をおさめた袋にむけた。丸まる一匹の動物の皮を、そのまま利用してつくられた袋のようだ。これまでに見たことのない種類の品だったが、どことなく本物のみがそなえる風格のようなものが感じられた。

エイラは川獺の頭部をつかった垂れ蓋をもちあげてあけ、首の部分に通したきんちゃく紐をゆるめてのぞきこみ、小さな袋をとりだした。中身がなにかは、袋をつくっている皮の色や、小袋のきんちゃく紐の素材、紐の垂れ下がる部分につくられた結び目の数や配置でわかるようになっている。エイラは袋の口を締めている紐をゆるめると――やり方さえ知っていれば、たやすくゆるめられる結び目だった――小袋をゼランドニに手わたした。

においも嗅がずに、いったいどうして目あての薬草をえらびだせるものか――そう疑っていたゼランドニだったが、袋を鼻に近づけるなり中身がヤロウだとわかった。ゼランドニはヤロウを少量手のひらに出し、丹念に目を走らせた。というのもヤロウは葉だけ、あるいは葉と花だけでなければならず、それ以外が混入してはならないからだ。見たところ、完全にヤロウの葉だけのようだ。ゼランドニはヤロウをつまみあげ、数回ほど木の鉢に落としこんだ。

「煮炊き石を追加しましょうか?」エイラはたずねた。薬効成分を湯に滲出させたり、煎じだしたりすることを目的としているかどうかをたずねる質問だった。

「いらないわ」ゼランドニは答えた。「あまり強いお茶にはしたくないから。あの人に必要なのは薄めに滲出させたお茶だけ。いまだって、もう最初の衝撃を乗り越えつつある。ウィロマーは強い男よ。いままでは自分のことより、マルソナのことを心配してる。だからマルソナにもすこしお茶をあげたいわ。あの人にどんなお茶を飲ませるかは慎重に考えなくてはいけないのだけれど」

その言葉からエイラは、ゼランドニがマルソナの常用薬を調合しており、そのため慎重にならざるをえないにちがいない、と察しながらたずねた。「わたしがみなさんのお茶を淹れましょうか?」

「どうしようかしら。どんなお茶にする?」年かさの薬師の女はたずねた。

「効き目が穏やかで、おいしいお茶がいいと思います。ハッカをすこし、あるいはカミツレですね。甘みを添えるなら、科木《しなのき》の花が手もとにあります」

「ええ、それでいいと思う。カミツレを少々、それに科木の花を足せば、おいしくて穏やかな鎮静効果のあるお茶になるわ」ゼランドニはそういいながら体の向きを変えて、立ち去っていった。

エイラは笑みをのぞかせながら、薬袋からほかの小袋をとりだしていった。あの人は知っている——癒しの術を! そういえば氏族のもとを離れて以来、薬師のわざや癒しの術について知識のある人の近くに暮らしたことはなかったではないか! ともに話しあえる人がいる暮らしは、さぞやすばらしいものになるにちがいない。

最初エイラは、癒しの術を——霊界にかかわる問題はともかくも、薬草をつかった薬師のわざ、病や怪我の手当ての方法などを——氏族で母親をつとめてくれたイーザから学んだ。イーザはならぶ者なき薬師の血統につらなる直系の子孫と見なされていた。それだけではなくエイラは、ブルンの一族とともに氏族会に出席したおりには、ほかの薬師の女たちからさまざまな知識の断片を仕入れてもいたし、そのあとマムトイ族の〈夏のつどい〉に参加したときには、かなりの時間をマムートたちと過ごしもした。

そうした経験からエイラは、女神に仕える者のすべてが薬師のわざと霊界に通暁《つうぎょう》してはいるものの、わざの程度にはばらつきがあることを発見していた。個々の差異は、おおむね各人の興味のありように左右されていた。薬の知識が豊富なマムートもいれば、むしろ治療の手順に関心をむけるマムートもいた。また人間一般に関心をもち、おなじ病気や怪我から回復する者としない者がいるという現象に興味をいだくマムートもいた。さらには霊界と人間の精神だけに関心をむけ、癒しの術には目もくれないマムートさえいた。

エイラはすべてを知りたかった。あらゆる知識を吸収しようとつとめた——霊界についての数々の考察、数の名称の知識と数え方、さらには伝説や歴史を記憶した。しかしいちばん強く、つきることのない関心をむけていたのは、やはり癒しの術にかかわるすべてのことだった。薬草、習わし、治療、それに病の原因。イーザから教わったとおりの方法で——知識を総動員した慎重な姿勢で——自分の体を実験台に異なる植物や薬草の効能を確かめもしたし、旅の途上でめぐりあったほかの癒し手たちから学べることはすべて学んできた。自分のことは、知識をそなえてはいるが、いまだ学んでいる身だと考えていた。自分がどれだけの知識をたくわえているのか、どれだけのわざを身につけているのか、そのあたりは完全にはわからなかった。しかし、氏族のもとを去って以来、なによりも自分に欠けていると痛感させられていたのは、そういったことすべてをともに話しあえる仲間、わざをおなじくする仲間の存在だった。

お茶を淹れるエイラをフォラーラが手伝い、いろいろな品のありかを教えてくれた。ついでふたりは、湯気の出ている椀をみなのもとに運んでいった。ウィロマーは目に見えて落ち着きをとりもどしており、ソノーランの死の詳細をジョンダラーにたずねていた。ジョンダラーが洞穴《ケーブ》ライオンに襲われたくだりをふたたび語っていたそのとき、出入口を叩く音がして、全員がそちらに顔をむけた。

「どうぞ」マルソナは訪問者に声をかけた。

垂れ幕を横におしのけたジョハランは、ゼランドニもふくめて一同が室内に顔をそろえているのを見て、ちょっと驚いた顔になった。

「ウィロマーに会いにきたんだ。交易がどんな具合だったのかを教えてもらいたくてね。ティヴォーナンといっしょに大きな荷物をおろしているところを見かけはしたが、みんな昂奮しているし、今夜は祝いの宴だ。だから、会って話しあうのはあしたに延ばしたほうがいいんじゃないかと……」と話しながら近づいたジョハランは、ふと場の雰囲気がおかしいことに気がついた。ひとりずつ順番に顔を見つめ、さいごに視線がゼランドニの顔にとまった。

「いまジョンダラーからケーブ・ライオンの話をきいていたところ……ソノーランを襲ったライオンの話をね」ゼランドニはそう伝えたが、ジョハランの衝撃もあらわな表情から、いちばん年下の弟の死をいまのいままでこの男が知らなかったことを察した。ジョハランにとってもこの悲報は胸が痛むことだろう。ソノーランはみなに心から愛されていた。「おすわりなさい、ジョハラン。この話はみんながいっしょにきくべきだと思うから。悲しみはほかの人とわかちあったほうが耐えやすくなる。それにジョンダラーだって、この話をそう何度もくりかえし話したくないだろうし」

エイラはゼランドニの視線を目でとらえると、まずゼランドニ自身が用意した鎮静効果のある薬草茶にむけて頭をかたむけ、つづいてエイラ自身が淹れたお茶に頭をかたむけた。ゼランドニはふたつめのお茶でうなずくと、エイラが静かにお茶を椀にそそいで、慎みぶかい態度でそっとジョハランに手わたすようすを見まもっていた。ジョハランはそんなことには気づきさえしないで椀を受けとり、ソノーランの死にいたる出来ごとをかいつまんで話すジョンダラーの言葉にききいっていた。ゼランドニは、エイラという若い女への興味がますますふくらんでくるのを感じていた。あの女にはなにかある……薬草のことに多少の知識があるだけではないかもしれない。

「ソノーランがライオンに襲われて、そのあとはなにがあったんだ？」ジョハランがジョンダラーにたずねた。

「ライオンがおれを襲ってきたんだ」

「どうやって逃げた？」

「そのくだりを話すのはエイラの役目だな」ジョンダラーがいうと、全員の目がいきなりエイラにむけられた。

最初にジョンダラーがこんなふうに、話の途中であるくだりにさしかかり、予告もせずに突然話す役を割りふってきたときには、エイラはかなりうろたえてしまった。いまではずいぶん慣れたとはいえ、ここにいるのはジョンダラーの親戚や家族だ。自分はこれから、彼らの一員の死を物語らなくてはならない。わたし自身は一回も会うことのなかった男だが、この人たちにとってとても大切な家族の一員だったことは明らかだ。エイラは胃の底に不安が生じはじめたのを感じた。

「そのときわたしはウィニーの背に乗っていました」エイラは語りはじめた。「ウィニーのお腹にはレーサーがいましたが、体を動かすことが必要だったので、毎日すこしだけわたしが乗って歩かせていたんです。いつもは東に行きました。歩きやすかったからです。でもいつもおなじ方向ばかりに行くのに飽きて、その日は目先を変えて西に行ってみました。わたしたちは谷がおわるところ、それまでの崖がたいらになりはじめているあたりにまで行きました。小さな川をわたったところで、そのまま進むのではなく引きかえそうという気になりかけました。ウィニーが引き棒を引いていたうえ、斜面がかなり急だったからです。でもウィニーはしっかりした足どりで、それほど苦労することもなく斜面をのぼりました」

「その引き棒というのはなに？」フォラーラがたずねた。

「二本の長い棒の片方の端をウィニーの背中にくくりつけ、反対の端を地面に垂らしただけの仕掛けよ。ウィニーが引きずるこの二本の棒のあいだに、頑丈な荷台をつくるの。この仕掛けのおかげで、いろいろなものを洞穴にもち帰るのにウィニーの力を借りられるようになったわ――わたしが狩った獲物とかを」

エイラは、自分が発明した橇《そり》のことを説明しようとこころみた。

「それなら、ほかの人に手伝ってもらえばよかったんじゃない？」フォラーラはそう質問した。

「手伝ってもらえる人がいなかったの。わたしは谷にひとりで住んでいたから」エイラは答えた。

あつまった一同はこの言葉に驚きの顔を見かわしたが、だれかの口から重ねて質問の言葉が出てくる前に、ゼランドニが口をはさんだ。「わたしたちのだれもが、エイラにいろいろ質問したいのはわかってる。でも、それはあとまわしにして、いまはとにかく、ソノーランとジョンダラーにまつわる話をしまいまできかせてもらうほうがいいと思うの」

一同はそのとおりだとうなずきあい、またそれぞれの視線を謎めいた女にむけた。

「そのあと峡谷を通りすぎようとしたとき、ライオンが大きく吠える声がきこえたのです。つづいて悲鳴が……苦しい思いをしている男の人の悲鳴が」

エイラはつづけた。全員が一言一句ききのがすまいとしている。待ちきれずに、フォラーラがたずねた。

「で、どうしたの？」

「最初はどうすればいいかもわからなかった。でも、とにかく悲鳴をあげた人を見つけて、できることなら助けてあげなくては、と思いました。わたしはウィニーを峡谷に走らせ、岩陰に身を隠して、ゆっくりとようすを見さだめました。そのときライオンの姿が見えて、吠える声もはっきりときこえました。ベビーでした。それでもう怖くなくなったわたしは、前に進みでていきました。ベビーなら、わたしたちを傷つけるはずがないとわかっていました」

今回、どうしても黙っていられなくなったのはゼランドニだった。「ライオンの咆哮《ほうこう》の聞きわけがつくというの？　それに吠えているライオンがいるのに、まっすぐ峡谷にはいっていったと？」

「ただのライオンではありません。ベビーだったからです。わたしのライオンです。わたしが育てたライオンでした」エイラは、この大事なちがいを強調しようとしてそう答えてから、ジョンダラーにちらりと目をむけた。これほど深刻な話をエイラがしているというのに、ジョンダラーの顔には笑みがのぞいていた。どうしても顔がほころぶのを抑えきれなかったのだ。

「そのライオンのことは、もうふたりから話してもらったわ」マルソナがいった。「どうやらエイラには、馬と狼だけではなく、ほかの動物たちにも働きかける力があるようね。ジョンダラーは、エイラが馬に乗るようにライオンの背中にも乗っていたのを見たといってたし。自分だけではなく、ほかの人も見ていたとジョンダラーはいってるわ。話の先をきかせてちょうだい、エイラ」

一方ゼランドニは、動物との絆についてはもっと深く調べてみなくてはならない、と思っていた。二頭の馬は川のほとりで見かけたし、エイラが狼を連れてきたことは知っている。しかしマルソナがエイラたちを自分の部屋に案内していたとき、ゼランドニはほかの住まいのひとつで病気の子どもを診《み》ていた。いまこのときは姿が見えないこともあり、ゼランドニはさしあたり動物たちのことを頭から押しのけておくことにした。

「峡谷のいちばん奥にまで行ったときのことです」エイラは話をつづけた。「岩棚の上に、ベビーがふたりの男といるのが見えました。最初はふたりとも死んでいるとばかり思ったのですが、岩棚にあがってみると、死んでいるのはひとりだけだとわかりました。残るひとりはまだ息がありましたが、手当てをしないことには、じきに息絶えてしまいそうでした。そこでわたしは、まだ息があったジョンダラーを岩棚から運びおろし、引き棒の荷台にくくりつけました」

「ライオンはどうしたんだ?」ジョハランがたずねた。「ふつうケーブ・ライオンは、自分が殺した獲物をどんな相手にも横どりさせたりはしないぞ」

「ええ、そのとおりです。でも、このときのライオンはベビーでした。わたしは立ち去るようベビーに命じたのです」エイラは、相手の顔に信じがたい話をきかされた衝撃があらわになるのを見つめていた。「いっしょに狩りをしていたときと、まったくおなじ流儀で。どのみち、ベビーが空腹でないことはわかっていました。つれあいの雌ライオンが獲物の鹿をもち帰ったばかりでしたから。それに、ベビーが人間を傷つけることはありませんでした。わたしが育てたからです。わたしが母親なんです。だから人間はベビーの家族……ベビーの群れでした。そんなベビーがふたりの男に襲いかかったとしたら、その理由はわたしにはひとつしか思いつきませんでした。ふたりがベビーのねぐらに、つまりベビーの領分にはいりこんだからです。

それでもわたしは、もうひとりの男を残していくことに気がすすみませんでした。雌ライオンは人間を家族だとは思わないかもしれない。でも引き棒には、もうひとりの男を載せる場所がありませんでしたし、正式な埋葬をする時間もありません。早く自分の洞穴に連れて帰らないことには、ジョンダラーもまた死んでしまうと思うと気が気でなりませんでした。岩棚の奥に、けわしい岩だらけの崖があるのが目にとまりました。崖の岩は、たったひとつの石で支えられていました。わたしは男の亡骸《なきがら》をそこに引きずっていき、手もちの槍で——当時つかっていたのは、大きくて太い氏族流の槍でした——その石をほじくりだして崖を崩し、岩や石で亡骸を埋めたのです。霊界への伝言ひとつ残さずに、あの男をそのまま残していくのは耐えられないことでした。そこで——わたしはモグールではありませんが——クレブの儀式のやり方を真似、偉大なる洞穴熊《ケーブ・ベア》の霊に男が霊の世界にたどりつくまで案内をしてほしいと頼みました。そのあと、わたしとウィニーはジョンダラーをわたしの住まいに運びこんだのです」

ゼランドニの頭には、たずねたい質問がどっさりとあった。〝グルルブ〟とはなんなのか？　人の名前か？　というのも、クレブという名前がゼランドニの耳にはそうきこえたからだ。それに母なる大地の女神ではなく、なぜケーブ・ベアの霊なのか？　エイラの話の半分もわからず、残りの半分はといえば、とても信じられなかった。

「とにかく、最初の見立てよりもジョンダラーの怪我が軽くてよかったわね」年かさの薬師はいった。

エイラはかぶりをふった。どういう意味だろう？　ジョンダラーは死にかけていた。いまもなお、あれでどうしてジョンダラーの命を助けられたのか、さだかではないほどだ。

ジョンダラーはエイラの顔つきから、いまなにを思っているのかを見ぬいていた。ゼランドニがめぐらせた推測に訂正が必要であることは明白だった。ジョンダラーは立ちあがった。

「おれの怪我がどれほどひどかったか、ここは見てもらうほかはないだろうな」そういってチュニックをたくしあげ、夏用のズボンの腰紐をゆるめる。

夏の暑い盛りのときでさえ、男が人前で全裸になることはめったにないし、それは女も同様だったが、だからといって裸体を見せることは問題ではなかった。泳ぐときや蒸し風呂にはいるとき、人々は仲間の裸身を目にした。そしていまジョンダラーがおのれをあらわにしたとき、人々が驚きのまなざしを注いだのはあらわになった男根ではなく、腿の上半分から下腹部にかけて走っている大きな傷痕にほかならなかった。

怪我はきれいに治っていた。エイラが裂けた皮膚を数ヵ所縫いあわせて、元どおりにしたことを、ゼランドニは見のがさなかった。エイラはジョンダラーの足を七針縫っていた。四針でもっとも深い傷を縫いあわせ、さらに三針縫って引き裂かれた筋肉を所定の位置に固定していた。だれに教わったわけでもなかった——無残にも大きく口をひらいた傷口を閉じておくための方法として、それ以外考えつかなかっただけのことだった。

ジョンダラー本人の立ち居振舞いからは、これほどの重傷を負ったことなどまったくわからなかった。足を引きずることも、片足をかばう歩き方をすることもない。さらに傷痕そのものはともかく、その下の筋肉組織は完全に正常に復しているようだった。ジョンダラーの体にはそれ以外にも、右肩のまわりと胸にはライオンによる引っかき傷や切り傷の痕があり、一見してライオンとは無関係とわかる傷痕があばらのあたりにあった。長きにわたる旅が、ジョンダラーの体を無傷のままにしなかったことはひと目でわかった。

これで一同はジョンダラーがどれほど重い傷を負ったのかを理解し、一刻を争う手当てが必要だった事情も理解した。しかし、ジョンダラーの生命がどれほど危険にさらされていたかを見ぬいていたのは、ひとりゼランドニだけだった。自分がエイラの薬師としての伎倆《ぎりょう》をどれほど大幅に見くびっていたかを思うと顔から火が出るような気分だったし、自分の不用意な発言には穴があったらはいりたい気分だった。

「ごめんなさい、エイラ。あなたがそこまで、わざに長《た》けているとは知らなかったものだから。ジョンダラーがこれほどまでに経験ゆたかな薬師を連れ帰ってきたことは、〈九の洞《ほら》〉に住むゼランドニー一族すべてにとって幸運だと思うわ」そう口にするゼランドニは、服をなおすジョンダラーが笑顔をのぞかせたことも、エイラがそっと安堵の吐息を洩らしたことにも気づいていた。

この謎めいた女のことを、もっとくわしく知ろうというゼランドニの決意は、ますます強くなっていた。動物たちとの絆には意味が秘められているに相違ない。さらに薬師としてこれほどすぐれた伎倆のもちぬしならば、なんとしてもゼランドニアの権威と影響のもとに引きこまなくてはならない。この種のよそ者は多少なりとも動きを抑えて、監視の目を光らせていなくては、ここの人々の秩序ある暮らしに大混乱が引き起こされかねないからだ。しかし、女を連れてきたのがジョンダラーであるのだから、ことを焦ってはならず、じっくり進める必要がある。その前に、この女のことをもっともっとくわしく知っておかなくては。

「どうやらわたしも、ひとりだけとはいえ息子を故郷に帰してくれたことで、あなたにお礼をいう必要があるようね」マルソナがエイラに話しかけた。「この子が帰ってきてくれてわたしはうれしいし、あなたには心から感謝しているわ」

「これでソノーランも生きて帰ってさえいれば、心底から喜べる機会になっただろうに。いや、そうはいってもマルソナは、旅立ちを見おくったそのときから、もうソノーランが帰ってこないとわかっていたというが……」ウィロマーはそういって、炉辺のつれあいに目をむけた。「おれはおまえのその言葉を信じたくなかった。だが、おれだって、わかっていて当然だったと思う。あらゆるものを見て、あらゆる土地に行きたい――それがあいつの夢だった。そんな夢をもった者なればこそ、いつまでも旅をつづけて当然だったろうさ。ほんの小さな子どもだった時分から、あいつの好奇心たるや桁はずれだったしな」

この言葉を耳にして、ジョンダラーはずいぶん前から感じていた根ぶかい心配ごとを思い出した。いまが、その話を切りだすいい機会かもしれない。

「ゼランドニ、ひとつ教えてほしいんだが、ソノーランの魂はひとりで霊界にまで行きつけるだろうか？」ジョンダラーの癖になっているひたいの皺は、そっくりそのままジョハランのひたいにも刻まれていた。「つれあいになった女が死んだのち、ソノーランは人が変わってしまったし、次の世界に行くにあたっても適切な導きがなかった。骨はまだ東方の草原にある瓦礫《がれき》の山の下だし、葬儀もとりおこなってない。もしソノーランの魂が道に迷い、道案内をしてくれる者もないまま次の世界をさまよっていたとしたらどうなる？」

巨体の女は眉をひそめた。深刻な問題だった。慎重に対処しなくてはならない。とりわけ、悲しみに暮れているソノーランの遺族のことを思うのならば。「たしか先ほど、急いでその場で儀式をしたと話していたわね、エイラ？　その儀式のことを、わたしに教えてもらえる？」

「といっても、話すことはそれほどありません」エイラは答えた。「だれかが死んで、その魂がこの世界を去っていくときに、クレブがいつもとりおこなっていた儀式です。ただあのときはまだ生きている人間のほうが心配だったので、とにかくもうひとりが道を見いだすための手助けをなにかしたかっただけです」

「しばらくしてから、その場所までエイラに連れていってもらったんだ」ジョンダラーが口添えした。「エイラからもらった赭土《あかつち》の粉を、ソノーランの墓になった瓦礫の山にふり撒いてきたよ。それからエイラの谷をあとにして出発したときにもういちど、ソノーランとおれがライオンに襲われた場所に足を運んでもみた。そのときだ、あいつが埋まっている岩の山からとても不思議な石が転がり落ちてきた。拾って、もってきたよ。あいつの魂がいまなお迷っているのなら、ゼランドニがその石を手がかりにソノーランの魂を見つけ、正しい道筋を教えてくれるのではないかと思ってね。石は荷物にはいってるから、いまもってくる」

ジョンダラーは立ちあがって旅の荷物に近づき、素朴な皮の小袋を手にしてすぐに引きかえしてきた。

小袋には紐がついていて首にかけられるつくりになっていたが、そのようにつかわれていた痕跡はほとんどなかった。ジョンダラーは袋の口をあけ、ふたつの品を手のひらにふりだした。ひとつは赭土の小さな塊。もうひとつは、どこにでもある灰色の小石だった。へりが鋭く、どことなくつぶれた角錐といった形をしている。しかしジョンダラーが小石をつまみあげて、それまで見えなかった底面があらわになると、人々は驚きに息をのんで目を見ひらいた。底になっていた面は青みがかった乳白色のオパールに細く縁どられ、その内側が燃えるような赤い光をまばゆく発して輝いていたからだ。

「ソノーランのことを思いながら、その場に立っていたとき、これが瓦礫だらけの斜面を転がり落ちてきて、おれの足もとにやってきたんだ」ジョンダラーは説明した。「エイラは、この石をおれのお守りに――この小袋に――入れて、故郷にもち帰るべきだといった。おれには、これがどういう意味をもっているのかわからなかったが……なんというか、ソノーランの魂がこの石となんらかのつながりをもっているんじゃないかと感じたし……いまもそう感じているよ」

　ジョンダラーは石をゼランドニに手わたした。ほかにはだれひとり、石にふれようとする者はいないし、ジョハランがじっさいに身をふるわせていたことにエイラは気づいていた。ゼランドニは慎重な目つきで石を検分しつつ、思いめぐらし、なにを口にするべきかを考える時間を稼いだ。

「あなたのいうとおりだと思うわ、ジョンダラー」ゼランドニはいった。「この石はソノーランの魂とつながりをもっている。どんな意味を秘めた石かはまだわからない。それを知るにはもっと仔細に調べ、女神におうかがいをたてる必要があるけれど、この石をもち帰ってきたのは賢明な行動だったわ」そこまで語って、しばし黙りこんでから、また言葉をつなげる。「ソノーランの魂は冒険好きよ。この世界はソノーランには狭すぎたのかもしれない。あの人はいまなお次の世界を旅しているのかもしれないけれど、それは道に迷ったからではなくて、まだ自分の居場所を見つけられないだけのことかもしれないわ。この世界でのソノーランの命が尽きたとき、あなたたちはどのくらい東にまで旅をしていたの?」

「大いなる川、氷河の高原をわたった先から流れだす大河の果てにある、陸地のなかの海のさらに先まで」

「それは母なる大河と呼ばれている川のこと?」

「そうだ」

ゼランドニはふたたび黙りこんだ。ややあって、ようやく口をひらく。「もしかしたら、ソノーランの探索の旅は、次の世界でしか、霊の世界でしか完全なおわりを見ることがなかったのかもしれないわ。女神ドニが、いまこそソノーランをお召しになるときだ、あなたを故郷に帰すべきときだと定めたのかもしれない。エイラがしてくれたことだけでも充分だった可能性もある。でも、エイラがなにをしたのか、なぜしたのか、そのあたりのことがいまひとつ理解できないわ。だから、いくつか質問をさせてちょうだい」

そういってゼランドニは顔だちのととのった長身の男を、かつて愛した男、いまでも自分なりの流儀で愛している男を見つめ、視線をそのとなりの女にうつした。ここに到着してまだ間《ま》がないというのに、すでにいちどならずゼランドニを驚かすことをやってのけた女に。

「まず、あなたが話していた〝グルルブ〟とは何者なの? それから、あなたが頼みごとをした相手が母なる大地の女神ではなく、ケーブ・ベアの霊だった理由も教えてもらえるかしら?」ゼランドニはいった。

エイラには、ゼランドニの質問の先がどこに行きつくのかわかっていた。あまりにも直截《ちょくせつ》な質問だったので、そのまま正直に答えずにはいられない気がしたほどだ。嘘がどういうものかはすでに学んでいたし、本心とは異なる言葉を口にできる人間がいることも知っていたが、自分には無理だった。話したくない話を口にするのを控えることが精いっぱいだった。しかし、直截な質問をされた場合には、とりわけ答えを控えることがむずかしくなる。エイラは目を伏せて、おのれの両手に視線を落とした。先ほど火を熾したときの黒い汚れが手についていた。

いずれは、すべてが明らかになるものと覚悟だけはしていた。しかし、できればそれまでにジョンダラーの一族の人たちとしばらく過ごし、何人かでも知りあいになっておきたいという希望はあった。けれども、これでよかったのかもしれない。もし立ち去らなくてはならなくなるのなら、ここの人たちに好意を感じるようになる前のほうが、まだしも気が楽ではないか。

でも、ジョンダラーはどうする？　わたしはこの人を愛している。もしジョンダラーといっしょではなく、わたしがひとりで立ち去らなくてはならなくなったら？　おなかには、いまこの人の子どもがいる。この人の炉辺の子というだけの意味ではないし、この人の霊の子というだけの意味でさえない。ジョンダラーの子。ほかの人がなにをどう信じようとも関係ない。わたしには確信がある。おなかにいるのが自分の子どもであるのと同様に、ジョンダラーの子どもであることに。ふたりで歓びをともにしたとき、ジョンダラーがわたしのなかで子どもが育つきっかけをつくった――これこそ、母なる大地の女神がその子らに授ける歓びの賜物だ。

ジョンダラーを見るのがこれまでは怖かった。その表情になにを見ることになるかと思うと、怖くて見ないようにしていた。しかしいま、エイラはひと思いに顔をあげ、まっすぐにジョンダラーを見つめた。答えを知らずにはいられなかった。

4

ジョンダラーは笑顔をのぞかせ、それとわからぬほど小さくうなずいた。それから手を前に伸ばしてエイラの手をとり、握った手にわずかに力をこめ、そのまま握りしめた。エイラはまだ信じられない思いだった。大丈夫なんだ！　この人は事情を察したうえで、なにも心配はないとわたしに伝えてきている。氏族について話したいことを気がねなく話しても大丈夫なんだ。ジョンダラーはわたしから離れない。この人はわたしを愛している。エイラは笑顔を返した——輝くような美しい笑顔、愛があふれんばかりの笑顔だった。

ジョンダラーにも、ゼランドニの質問の行きつく先は見えていた。しかもわれながら驚いたが、そんなことを気にかけてもいない自分に気づきもした。なるほど、自分の家族や一族の仲間がエイラのことをどう思うかと気に病んでいたこともあるし、そんな女を故郷に連れ帰ったことで、自分がどう思われることだろうかと悩みもし、そのせいでエイラをみずからあきらめかけ、またうしないかけもした。しかしいま、そんなことはどうでもよくなっていた。家族や仲間のことは大切に思っているし、こうして再会できた喜びは本物だ。けれども、家族がエイラを受け入れないのなら、ここから旅立つだけのこと。おれが愛しているのはエイラだ。ふたりでなら、人に提供できるものが多々あるし、すでにいくつかの〈洞《ほら》〉からは自分たちのもとにとどまって、いっしょに暮らしてほしいという申し出も寄せられた。ダラナーのランザドニー一族も申し出を寄せてくれたところのひとつ。おれたちふたりなら、故郷とするべき住まいを見つけられるはずだ——どこかには。

ゼランドニは、エイラとジョンダラーのあいだになんらかの意思疎通があったことを察しとっていた。ある種の承諾か、それとも確認か。好奇心をかきたてられたが、逸《はや》る気持ちを抑えて観察していたほうが、なまじ質問をくりだすよりもよほど満足できる結果になることをゼランドニは学んでいた。

エイラはゼランドニにむきなおって、質問に答えはじめた。「クレブというのがブルンの一族のモグールです。モグールとは霊界を知る者のことですが、クレブはただのモグールではありませんでした。あなたとおなじように、クレブは大モグール、ブルンの一族にとどまらず氏族すべてのモグールだったのです。しかし、わたしにとってクレブは……わが炉辺の主《あるじ》でした。といっても、わたしはクレブの炉辺に生まれた者ではありません。またクレブと寝起きをともにしていたイーザという女は、クレブのつれあいではなく、妹でした。クレブは生涯つれあいをとらなかったのです」

「氏族というのはなに？　人の名前？」ゼランドニはたずねた。話が氏族におよぶと、エイラの言葉の訛《なま》りが強くなることに、ゼランドニは早くも気づいていた。

「氏族とは……わたしは……わたしは氏族の養子でした。わたしが……たったひとりでいたときに……氏族はわたしを受け入れてくれました。クレブとイーザがわたしの世話をし、わたしを育ててくれたのです。イーザはわたしの母、わたしが覚えているただひとりの母親です。またイーザは薬師《くすし》、癒し手でもありました。イーザもまた、ある意味では〝大〟の称号にふさわしい人でした。あらゆる薬師のなかで、いちばん尊敬されていました。イーザの母も、そのまた母もおなじでしたし……その血統は氏族のはじまりにまで、絶えることなく遡《さかのぼ》れます」

「では、あなたはそこで癒しのわざを学んだと?」ゼランドニはそうたずねながら、座布団にすわったまま身を乗りだした。

「はい。イーザに教えてもらいました。わたしがほんとうの娘ではないのに……わたしには、ウバのような記憶がないにもかかわらず。ウバというのは、わたしの妹です。実の妹ではありませんが、妹であることに変わりはありません」

「あなたのほんとうのお母さん、あなたの家族……もともとあなたが生まれ落ちてきた人々の身にはなにがあったの?」ゼランドニは知りたがった。この場の全員が好奇心をかきたてられ、夢中になって話にききいってはいたが、全員がゼランドニに質問役をまかせていた。

エイラはうしろにもたれると、答えをさがすかのように上を見あげた。それから、真剣なまなざしをむけている巨体の女に目をもどした。「知りません。覚えていないのです。わたしはまだ幼くて……イーザの見当では、当時のわたしは五歳を数えたところだろうということでした……そうはいっても、彼らが数をかぞえるのにつかう言葉は、ゼランドニー族の人たちとは異なっています。氏族は人の年齢をいうのに、人の誕生からはじまる言葉をもちいます。最初は〝生まれ齢《どし》〟、つぎは〝乳飲み齢〟で、そのつぎが〝乳離《ちばな》れ齢〟……という具合です。わたしはそれを、数をかぞえる言葉に置きかえました」

エイラはそう説明しようと努めたが、ここで口をつぐんだ。どうやっても、すべてを説明しつくすのは無理だ。氏族との暮らしすべてを説明できるはずがない。それだったら、むしろ質問に答えていくだけのほうがいい。

「自分の一族については、ほんとうになにも覚えていないのね？」ゼランドニが重ねてたずねた。

「知っているのは、イーザからきかされた話だけです。それによれば大地震でブルンの一族の洞穴が破壊されたのち、一族が新しい洞穴をさがしているさなか、気をうしなっているわたしをイーザが川べりで見つけたのだそうです。そのかなり前から、ブルンの一族には住むところもありませんでしたが、ブルンはイーザに、わたしを連れていくことを許しました。イーザは、わたしが洞穴《ケーブ》ライオンに襲われたにちがいないと話していました。わたしの足に四本の爪痕があったからです。ケーブ・ライオンの爪らしく、大きく間隔があいていましたし、その傷はどれも……じくじく水っぽく……毒に侵されたよう……腐ったようになっていたとのことです」エイラは正しい言葉をさがしながらいった。

「ええ、わかるわ」ゼランドニはいった。「膿んでいた、あるいは化膿していた。もしかしたら患部が壊《え》疽《そ》化していたのかもしれない。猫の仲間の爪で引っかかれると、傷がそうなりがちだから」

「いまでも傷痕が残っています。それを見てクレブは、わたしの守護トーテムがケーブ・ライオンだと悟りました。ふつうは男の守護トーテムなのですが。いまでもときおり夢を見ます……狭くて暗い場所に閉じこめられ、大きな猫の仲間の動物の鉤爪が迫ってくるという夢です」

「それはずいぶん迫力のある夢ね。ほかには夢を見る？　その……あなたのその時代の夢という意味できいてるのよ」

「それよりも怖い夢がひとつあります。でも、うまく説明できません。はっきりとは覚えられない夢です。夢というより……感覚といったほうがいい……地震の感覚と」エイラは身をぞくりとふるわせた。

「地震なんて大きらい！」

ゼランドニはよくわかるといいたげにうなずいた。「ほかには？」

「いいえ……いいえ、一回だけあります。ジョンダラーがまだ回復の途中で、わたしに話し言葉を教えてくれていたときのことです……」

これはまた奇妙な表現をするものだ、とゼランドニは思い、いまの風変わりな表現に気づいていただろうかと思いつつ、マルソナを見やった。

「すこしは言葉がわかるようになっていました」エイラはいった。「たくさんの言葉を覚えてはいましたが、それでも言葉と言葉を組みあわせるのにはまだ難儀していたころです……母親の夢を見ました。ほんとうの母の夢です。夢で母の顔が見えて……母が話しかけてくれました。この夢ののち、言葉を学ぶことがずっと楽になったのです」

「ほおおお……それはとても重要な夢ね」女神に仕える者はそう意見を述べた。「母なる女神があらわれる夢となれば、どれも重要な夢。母なる女神がどのような姿をとっていようとも。けれどひときわ意味深い夢といえば、母なる女神が、次の世界から語りかけてくるおのれの実の母の姿をとった夢よ」

ジョンダラーは、まだふたりでエイラの谷に暮らしていたときに、やはり母なる女神の夢を見たことを思い出した。とびきり奇妙な夢だった。あの夢のことを、いずれゼランドニに話しておくべきだろう、とジョンダラーは思った。

「母なる女神を夢に見たのであれば、どうしてソノーランが次の世界に行けるように祈ったとき、女神にそのお願いをしなかったの？　あなたが母なる大地の女神ではなく、洞穴熊《ケーブ・ベア》の霊に祈ったというのが、わたしには解《げ》せないわ」

「そのころは母なる大地の女神のことを知らなかったのです。知ったのはジョンダラーに教わってから、あなたがたの言葉を身につけたあとのことです」

「ドニを……母なる大地の女神のことを知らなかったですって？」フォラーラが驚いてたずねた。呼び名や姿はさまざまにちがうが、同席していたゼランドニー族のだれひとり、母なる大地の女神を知らない人間がいるとはきいたためしがなかった。全員が首をひねっていた。

「氏族はウルスス、つまり偉大なるケーブ・ベアを讃《たた》えます」エイラはいった。「だからこそ、わたしが死者の――というのは、あのときは名前を知らなかったからですが――霊を導くようお願いした相手は、その死者が氏族の一員ではないとしても、やはりウルススだったのです。ケーブ・ライオンの霊にもお祈りをしました。わたしの守護トーテムだからです」

「つまり、女神のことは知らなかったにしても、そのときその場でできるかぎりのことをしたということね。それは役に立ったはずよ」ゼランドニはいったが、内心では顔に出している以上に関心が深まっていた。女神の子どもたちの一員でありながら、女神を知らなかったとは、いったいどういうことなのか？

「おれにも守護トーテムがあるぞ。犬鷲《いぬわし》だ」ウィロマーはそういって、わずかに姿勢を正した。「母から教わったんだが、おれがまだ小さなころ、一羽の鷲がおれを足でつかんでさらっていこうとしたのだそうだ。だけど母はおれをつかんで、鷲にはわたさなかった。いまでも、そのときの傷が残ってる。そのときのゼランドニが母に、犬鷲の霊がおれのなかに自分の同類を見てとったのだ、と話した。ゼランドニー族にはトーテムをもつ者はそれほど多くないが、トーテムのある者は幸運に恵まれると考えられているよ」

「犬鷲からうまく逃げられただけでも幸運じゃないか」ジョハランがいった。

「わたしもまた、いまも消えない傷痕を残したケーブ・ライオンから逃げられて幸運だったと思ってます」エイラはいった。「幸運なのはジョンダラーもおなじです。わたしは、ジョンダラーのトーテムもケーブ・ライオンだと思います。あなたはどう思われますか、ゼランドニ？」

大怪我から回復して以来、エイラはジョンダラーにおりにふれて、ケーブ・ライオンの霊があなたを選んだといいつづけていたが、ジョンダラーはそのたびにいつも自分の意見を口にすることを避けていた。そのあたりからジョンダラーの一族にとって、個々のトーテムは氏族ほど重要視されていないらしいことが感じとれたが、エイラにとっては重要だった。だから、曖昧なままにしておきたくはなかった。

氏族の人々は、男のトーテムは女のトーテムよりも強くなくてはならないと信じていた。女は子どもを産むからだ。エイラが強いトーテムをもっていることをイーザが不安に思ったのは、そこに理由があった。強力なトーテムをもっているにもかかわらず、エイラはたしかに息子を出産した。とはいえ、いろいろな困難がつきまとった。身ごもるきっかけの出来ごとも、出産にあたっても。さらには、そのあとでもさまざまな困難があると多くの人が信じた。彼らはみな、生まれた息子は不幸だと思いこんでいた——母親にはつれあいがおらず、息子をきちんと育てるべき男もいないことが、なによりの証拠だ、と。さまざまな困難や不運は、エイラが女でありながら男のトーテムをもっていることが理由だとされた。いま、ふたたび身ごもったエイラは、ジョンダラーによってつくられた子どもには問題が起こってほしくなかった——自分にも、赤ん坊にも。母なる大地の女神についてはすでに多くを学んでいたエイラだったが、氏族の教えを忘れたことはない。もしジョンダラーが自分とおなじ守護トーテム、ケーブ・ライオンのトーテムをそなえているのなら、この強力なトーテムのおかげで健康な赤ん坊を、ふつうの人生を歩める子どもを産めるはずだ。

エイラの口調のどこかに、ゼランドニの注意を引きつけたものがあった。まじまじと年若い女を見つめたゼランドニは、エイラがジョンダラーにケーブ・ライオンのトーテムをそなえていてほしいと願っていることや、このトーテムの問題がエイラにかなりの重みをもっていることを見ぬいた。エイラを育てた氏族という人々は、トーテムの霊をすこぶる重要視していたにちがいない。いまではケーブ・ライオンがジョンダラーのトーテムになった、というのは真実かもしれない。それにジョンダラーが幸運だと人々が考えたところで、なにも不都合はあるまい。なんといっても、この男はこうして故郷に帰りついたではないか！

「あなたのいうとおりだと思うわ、エイラ」ゼランドニはいった。「ジョンダラーはケーブ・ライオンを自分のトーテムだといっていいいし、おのれの幸運を公言してもいい。なによりジョンダラーがあなたをいちばん必要としたとき、あなたがその場にいたのはまぎれもない幸運だったのよ」

「ほら、いったとおりでしょう、ジョンダラー！」エイラはいかにも安堵した顔になった。

それにしてもエイラや、氏族と呼ばれる人々がケーブ・ライオンの霊にそこまで重きをおく理由はどこにある？　あるいはケーブ・ベアの霊に？　ゼランドニは考えをめぐらせた。むろん、あらゆる霊は重要である――動物の霊はもちろん、植物や昆虫の霊であってもおなじだし、森羅万象の霊が重要だ。しかし、そのすべてに生命をあたえたのは母なる大地の女神である。いったい、どういう人々なのだろう？　氏族というのは？

「さっきあなたは、谷にひとりで暮らしていたと話していたわね？　では、氏族にはどこで育てられたの？」ドニエはエイラにたずねた。

「ああ、おれも知りたいな。さっきジョンダラーはあんたを、マムトイ族のエイラと紹介していなかったか？」そういったのはジョハランだった。

「あなたは女神のことを知らないといったのに、挨拶では〝森羅万象の母なる女神〟の名において、といってたわ――その女神のことを、わたしたちはドニと呼んでいるのよ」フォラーラがわきから口をはさんだ。

エイラはひとりずつ順番に顔を見ていき、さいごにジョンダラーに目をむけた。自分がうろたえかけているのがわかった。ジョンダラーの顔には、かすかな笑いがのぞいていた。エイラの率直な答えが全員を困惑させているさまを、むしろ楽しんでいるかのようだった。ジョンダラーはここでもエイラの手をぎゅっと握ったが、なにも口にしなかった。エイラがどう応じるのか、見まもりたい気持ちだった。エイラの緊張がわずかにほぐれた。

「わたしの一族は、ベラン海に深く突きでている土地の南端に住んでいました。イーザは死ぬ前に、おまえは仲間の人々をさがしにいかなくてはならない、とわたしにいいました。イーザの話では、その人々は北方、半島ではなく本土に住んでいるということでしたが、いざさがしはじめても、ひとりも見つけることができませんでした。夏もなかばを過ぎたころ、わたしは谷を見つけました。それで、これから寒い季節になるのに、なんの備えもしていないことに思いいたったのです。谷は住みやすい場所でした。地形が風をさえぎっていましたし、小さな川が流れ、草木や動物にも恵まれていたうえ、小さな洞穴まであったのです。冬のあいだは、ここで過ごそうと思いたって……結局は三年にわたって住むことになりました。そのあいだ、友といえばウィニーとベビーだけでした。もしかしたら、わたしはそれと知らずにジョンダラーを待っていたのかもしれません」

エイラはジョンダラーに笑顔を見せ、話をつづけた。

「ジョンダラーを見つけたのは、春がおわりかけたころ。そしてジョンダラーが旅立てるまでに回復したときには、もう夏がおわりかけていました。わたしたちは、小旅行の計画を立てました。谷の周辺を調べてまわろうと思ったのです。夜ごとちがう場所で野宿して旅をつづけるうちに谷から離れ、それまで行ったことのない土地にはいりこんでいました。そこで、ライオン簇《むら》の簇長《むらおさ》タルートと出会いました。タルートはわたしたちを簇に招き、結局は、あくる年の夏まで住まわせてもらいました。身を寄せているあいだ、簇の人はわたしを養子にとってくれました。簇の人はジョンダラーにも簇に住みついて自分たちの一員になるようすすめましたが、そのときもジョンダラーは故郷に帰るつもりでした」

「それをきいて、うれしく思うわ」マルソナはいった。

「あなたはとても幸運に恵まれていたようね。そんなふうに、あなたを養子にとりたがる人たちと会えたなんて」ゼランドニはいった。エイラの物語る奇妙な話には、驚嘆を禁じえなかった。判断をさし控えているのは、ひとりゼランドニだけではなかった。あまりにも突拍子もない話だ。いまもまだ、得られた答えよりは疑問のほうが多かった。

「最初に思いついたのは、ネジーだったと思っています——ネジーはタルートのつれあいで、タルートを説得したにちがいありません。というのも、わたしがライダグの力になってあげたからです。ライダグは……その……大変な……問題をかかえていましたから。ライダグは弱かったんです……ええと……」その先を説明する適切な単語がわからずに、エイラはもどかしい気持ちを感じた。ジョンダラーからは教わっていない種類の言葉だった。その気になればジョンダラーはフリントの種類をあらわす言葉や、フリントを道具や武器に加工する手順にまつわるいろいろな単語をエイラに教えることもできたが、薬師のわざや癒し手のわざにまつわる専門的な用語は、ジョンダラーがそなえた俗人の語彙にはなかった。エイラはジョンダラーにむきなおり、マムトイ語で話しかけた。「ジギタリスのことは、ゼランドニー語でなんというの？　ほら、わたしがいつもライダグのために摘んでいた草のことよ」

ジョンダラーが答えを口にした。しかしエイラがその単語をくりかえして説明をつづけるよりも先に、ゼランドニはなにがあったのかを察していた。ジョンダラーがその単語を口にするなり、どんな植物かがわかっただけではなく、その用途もまたわかったからだ。エイラが話題にしている人物が、全身に血を送りだしている臓器――心臓――に持病をかかえていたことも、ジギタリスから抽出した薬効成分を適量投与することでしか病状を改善できない容体だったことも、ゼランドニは見ぬいていた。さらに、エイラを養子にとりたがった人の真意もよくわかった――エイラが、薬効がある反面、人体に危険をもおよぼしかねないジギタリスのような薬草のあつかいに通じている熟練した薬師だからだ。さらに、その相手が族長のつれあいという権威ある立場の人物だったことで、エイラが異例なほど短期間で養子にとられた事情も理解できた。エイラがこの推測と本質的には同一の話を語るのをききおえると、ゼランドニはまたひとつ、ほかのことも推測していた。

「そのライダグという人は、まだ子どもだったのではなくて?」そうたずねたのは、自分のさいごの推測がはたして事実どおりかどうかを確認したかったからだ。

「はい」エイラは一抹の悲しさを感じながら答えた。

ゼランドニはエイラとマムトイ族のことについては理解できた手ごたえを得ていたが、あいかわらず氏族については謎のままだった。そこで、角度を変えて質問してみることにした。

「あなたがすぐれた癒しのわざを身につけていることはわかった。でも、そういった知識を多く身につけた者は、だれからもひと目でそれとわかるよう、体にしるしをつけていることが珍しくないわ。たとえば、このしるしのようにね」ゼランドニは自分のひたい、左のこめかみの上にある刺青に指先をあてがった。「あなたにはしるしが見あたらないけど」

エイラは刺青をしげしげと見つめた。ひとつの長方形が、六つの――ほぼ正方形といえる――長方形に区切られていた。横に三つならんだ長方形が上下二段になっていて、そこから上に四本の線が伸びている。

天を横一線でつなげば、ならんだ長方形の三段めがすぐにできる図柄だ。それぞれの長方形の輪郭線は黒だったが、そのうち三つの長方形は色あいの異なる赤で塗られ、ひとつだけ黄色く塗られた長方形があった。

珍しいしるしではあったが、これまでエイラが会った人のなかにも、マルソナやジョハラン、ウィロマなど、さまざまな種類の刺青のしるしを帯びている者がいた。それぞれに固有の意味があるのかどうかはわからなかったが、ゼランドニが自分のしるしの意味を説明する言葉をきいて、ほかの刺青にも意味があるのだろうと察した。

「マムートは頰のここにしるしを入れていました」エイラは自分の頰のその場所に指先を走らせながらいった。「どこの簇のマムートも、ひとり残らずです。ほかのしるしのある者もいました。わたしもまた、あのまま住みついていれば刺青を与えられたことと思います。マムートはわたしを養子にするとすぐ、わたしの修練にかかりました。しかし、わたしは修練を完全におえないうちに旅立ってしまいました。それで、なんのしるしもないのです」

「あら、あなたはさっき、簇長のつれあいの女の人に養子にとられたと話してなかった？」

「ええ、最初はネジーがわたしを養子にとるものとばかり思っていましたし、ネジーもそのつもりでした。しかし、その縁組の儀式で、突然マムートが〈ライオンの炉辺〉ではなく〈マンモスの炉辺〉の養子となれ、といいだしたのです。それで、ネジーではなくマムートがわたしを養子にしました」

「そのマムートというのは、女神に仕える者のこと？」ゼランドニはたずねた。つまりこの女は、女神に仕える者としての訓練も受けてきたのだ、と思いながら。

「ええ、あなたとおなじです。〈マンモスの炉辺〉はマムートの炉辺、女神に仕える者たちのための炉辺です。マムートの大半はみずから〈マンモスの炉辺〉を選ぶか、あるいは自分が選ばれし者であると感じます。しかしわたしのマムートは、このわたしが〈マンモスの炉辺〉に生まれついた者だ、といっていました」エイラはわずかに顔を赤らめ、目をそらした。みずからの力で得たものではなく、他者から与えられたものの話をするのに気が引けたからだ。これをきっかけに思いはイーザに及んだ。イーザはわたしを立派な氏族の女に育てるため、なんと入念に訓練をほどこしてくれたことか。

「あなたのマムートは、とても賢明な人だったと思うわ」ゼランドニはいった。「でもあなたは、自分を育ててくれた一族の女から癒しのわざを学んだと話していた。氏族……という一族の。氏族の癒し手たちは、まわりの人がひと目でそれとわかるようなしるしをつけないの？」

「氏族の薬師だと認められたとき、わたしはある種の黒い石をさずけられました。これは特別なしるしで、いつもお守りの袋にしまっておくものです」エイラは答えた。「しかし氏族では薬師に刺青のようなしるしをつけることはしません。そういったしるしをつけるのはトーテムのためにだけ、それも少年が一人前の男になるときだけです」

「それでは、だれかが薬師の助けを必要としたとき、だれが薬師なのかをどのようにして見わけると？」

そんなことは、これまで考えたこともなかった。エイラはしばし黙って考えこんだ。「薬師にしるしをつける必要はありません。だれでも、その人が薬師だとわかるからです。薬師には独自の身分があります。そのふるまいで、だれにでも薬師だとわかるのです。そしてイーザは、氏族でももっとも身分の高い女でした――それこそ一族の長《おさ》であったブルンのつれあいよりも高い地位にいたのです」

　ゼランドニは頭を左右にふった。エイラがなにかを説明しようとしているのは明らかだったが、どうにも理解できないことだらけだった。「イーザの身分についてはそのとおりだと思うけれど、人々はなにを手がかりにそれを知るの？」

「ふるまいです」エイラはくりかえし、もっとくわしく説明しようとした。「一族がどこかに行けば、そのとき立っている場所でわかりますし、食事のときにつく場所でもわかります。それから……手ぶりでも……話をするときの手ぶりでもわかりますし、だれかが呼びかけるときの合図でもわかるのです」

「それはまたずいぶん不便なのでは？　ふるまいや手ぶりを、そこまでややこしくつかうなんて」ゼランドニはいった。

「氏族の人にとってはちがいます。それが、氏族の人たちの話し方ですから。手ぶりをつかうんです。彼らはわたしたちとはちがい、口で言葉を話しません」エイラはいった。

「でも、どうして口で話をしないの？」マルソナがたずねた。

「口で話せないからです。わたしたちが口から出す音のなかには、氏族が発音できない音があります。出せる音もありますが、すべてではありません。彼らは両手や体で話をしているのです」エイラは説明しようとした。

ジョンダラーは母親や親族が困惑を深め、同時にエイラがもどかしい思いをつのらせていることを見てとった。そろそろ、みんなの困惑をばっさりと断ち切ってやる潮時だろう――ジョンダラーはそう肚《はら》をくくった。

「エイラを育ててくれたのは平頭たちなんだよ、母さん」ジョンダラーはいった。

衝撃に満ちた沈黙が場を支配した。

「平頭だと！　平頭どもはけだものじゃないか！」ジョハランがいった。

「いや、けだものなんかじゃないね」ジョンダラーはいった。

「あいつらはけだものに決まってるわ」フォラーラがいった。「だって言葉が話せないのよ！」

「話せるんだよ。ただ、おれたちとは話し方の流儀がちがうだけだ」ジョンダラーはいった。「おれだって、連中の言葉をすこしは話せる。だけど、エイラのほうがもっと上手だ。さっきエイラは、おれから話し言葉を教えてもらったといったけど、それはそのとおりの意味なんだよ」いいながら、ちらりとゼランドニに視線をむける。先ほどこの女性がいぶかしげな表情になったのを、ジョンダラーは目にとめていたのだ。「エイラは、子どものときに知っていた話し言葉――それがどの一族の言葉かはわからない――をすっかり忘れていて、氏族の流儀でしか話せなくなっていた。氏族というのは、おれたちがいう平頭のことだ。平頭たちは、自分たちのことを氏族と呼んでる」

「手を動かして話しているのに、どうやって〝自分たちをなんとかと呼ぶ〟なんてことができるの？」フォラーラが疑問を口にした。

「彼らにも口で話す言葉はあります」エイラはくりかえした。「すべてを口で出す言葉であらわすわけではない、というだけです。また、わたしたちが出す音のなかには、氏族にはききとれない音があります。幼いころから口で話す言葉をきいていれば、耳からの言葉を理解するようになります。しかし、ふつうは耳で言葉をきく習慣がないのです」エイラはライダグのことを念頭におきながらいった。ライダグは口で言葉を話すことこそできなかったが、まわりの会話はすべて理解していた。

「でも、あの連中が自分たちに名前をつけているなんて、これまでまったく知らなかったわ」マルソナはそういい、またほかのことを思いついてジョンダラーにたずねた。「でも、おまえはエイラとどうやって意思を通わせていたの？」

「最初のうちは、まったくだめだったよ」ジョンダラーは答えた。「いや、そもそもいちばん最初は、意思を通わせる必要もなかった。エイラには、なにをすればいいかがわかっていた。おれは怪我をしていて、エイラはそれを手当てしていただけだからね」

「ジョンダラー、つまり、エイラはケーブ・ライオンに襲われた人の手当ての方法を平頭から学んだということ?」ゼランドニはたずねた。

これにはエイラが代わって答えた。「先ほども話したように、イーザは氏族でもいちばん尊敬されている薬師の筋《すじ》につらなる者でした。そのイーザに教わったのです」

「平頭たちに考える力や知恵があるなんて、そんな話はとても信じられないわ」ゼランドニがいった。

「いや、おれには信じられるな」そういったのはウィロマーだった。

全員が、この交易頭《こうえきがしら》に顔をむけた。

「おれは連中がけだものだとは、まったく思っていない。それも、ずいぶん前からだ。なんども旅をしているあいだに、ずいぶんいろいろなものを見てきたのでね」

「でも、これまでそんな話はしてなかったじゃないか」ジョハランがいった。

「話が出なかったからね」ウィロマーはいった。「だれからもたずねられず、おれもたいした話だとは思っていなかったし」

「なにがきっかけで、平頭への考え方が変わったの?」ゼランドニがウィロマーにたずねた。これで、この話題が新しい展開を迎えた。ゼランドニは、ジョンダラーと異郷の女が示した、これまでの常識をくつがえすものの見方について考えてみなければ、と思った。

「ちょっと考えさせてくれ。そうだな、最初に平頭はけだものではないと思いはじめたのは、もう何年も前のことになる」ウィロマーは話しはじめた。「ここから南と西に、ひとりで旅をしていたときのことだ。いきなり天気が変わって、たちまち猛烈に寒くなってきた。おれは急いで帰ろうとしていた。それであたりがまっ暗に近くなるまで旅路を急ぎ、日が暮れてから小川のほとりで野宿をすることにした。朝になったら川をわたるつもりだった。目が覚めてようやく、自分が平頭の群れと川をはさんでちょうど反対側に泊まっていたことに気がついた。本音をいえば、連中のことが怖かった――ほら、いろいろな話をきいてただろう？　だから、慎重にようすをうかがった。万一、連中に追い立てられでもしたときのための用心にね」

「で、連中はなにをしたんだい？」ジョハランがたずねた。

「なにもしなかった。だれもがするように、野宿の支度を片づけていただけさ」ウィロマーは答えた。「もちろん連中も、おれがいることは知っていた。だけど、こっちはひとりだから、連中にとっておれが面倒の種になる気づかいはなかったはずだ。連中はそう急いでいなかった。湯を沸かして、なにか温かい飲み物をつくり、それから天幕を丸めて片づけてた。おれたちの天幕とちがって、もっと地面に低く立てる、目につきにくい天幕だった。そのあと連中は荷物を背中にかつぎあげ、軽く走るような足どりで去っていったよ」

「女の人がいたかどうかはわかりましたか？」エイラはたずねた。

「かなり寒い日で、みんな厚着をしていたからな。そう、服を着ていたんだ。夏に見かけていたら、連中に服を着る習慣があることには気づかなかっただろうよ。暑いときには服らしい服を着ていないからね。そもそも、冬のあいだはめったに連中を見かけない。おれたちも冬のあいだはあまり旅をせず、旅に出たところで、それほど遠くには行かない。連中もおなじなんだろうよ」

「そのとおりです。あの人たちも寒いあいだや雪が降っているときには、住まいからあまり遠くまでは行こうとしません」エイラは述べた。

「ほとんどの連中が口ひげを生やしていたな。だけど、全員だったかどうかはわからん」ウィロマーはいった。

「若い男はひげを生やしません。その集団のなかに、背中に籠をかついだ女はいましたか?」

「いや、いなかったと思う」ウィロマーが答えた。

「氏族の女は狩りをしません。でも男たちが狩りの長旅に出るときには、よくいっしょに行き、肉を干したり、かついで住まいにもち帰ったりします。男だけだったということは、住まいから近い範囲にいた狩猟隊だったにちがいありません」

「あなたもそういうことをしていたの?」フォラーラがたずねた。「狩りの長旅にいっしょに出かけた?」

「ええ。そればかりか、男たちのマンモス狩りに同行したこともあるわ」エイラはいった。「狩りをするためじゃなかったけれど」

ジョンダラーはこの場のだれもが狭量になるどころか、むしろ好奇心を刺戟されていることに気がついていた。大多数の人々がここまで寛容でないことには確信があったが、すくなくとも自分の親戚にかぎっては、平頭の……いや、氏族の話に興味津々できいっているようだ。

「ジョハラン」ジョンダラーは口をひらいた。「いまこの話が出てよかったと思うよ。そのうち、みんなに話すつもりだったんだから。ほかにもぜひ話しておきたいことがある。ふたりでここに帰ってくる途中、おれたちは氏族の男女に出会った。ここから東にある、あの氷河がつくった大氷原をわたりはじめようというときだった。そこでふたりから、氏族のいくつかの一族があつまって、おれたちについて、それからおれたちとのあいだの悶着について話しあう予定だときかされたよ。氏族はおれたちのことを異人と呼んでるんだ」

「なんであれ、連中がおれたちに呼び名をつけてるなんて話は、おれにはどうも信じられんな」ジョハランはいった。「おれたちの件で話しあいをもつなんて話は、なおのこと信じられん」

「いや、信じたほうがいい。でないと、おれたちも面倒なことになるぞ」

何人もがいっせいに口をひらいた。

「どういう意味だ?」

「面倒なことというと?」

「ロサドゥナイ族の住む土地で、厄介なことがもちあがっているのを知らされた。最初に、あちこちの〈洞〉から荒くれ連中があつまって、平頭の——氏族の男たちにちょっかいを出しはじめた。これがはじまったのは数年前、最初はひとりに狙いを定めて、そうだな……犀《さい》を追い立てるような真似をしていたんだと思う。しかし、氏族の男たちをからかったりするものじゃない。連中は頭がよくまわるし、力も強い。氏族の男をからかった若い男がひとり、ふたり、逆に連中につかまって思い知らされた。そんなことがあったので、若い男どもは氏族の女に狙いをうつした。ふつう氏族の女は逆らって抵抗することはない。だから、からかい甲斐がなくて楽しくなかった。そこでもっとおもしろくするために、若い男どもは氏族の女たちを無理やり……まあ、おれなら、あれを歓びとは呼ばないな」

「まさか……?」ジョハランはいった。

「いや、そのとおりだ」ジョンダラーは肯定した。

「女神よ!」ゼランドニが思わず口走った。

「恐ろしい!」マルソナが同時にそういった。

「ひどい話!」フォラーラが鼻に嫌悪の皺を寄せて叫んだ。

「恥知らずどもめ!」ウィロマーが吐き捨てるようにいった。

「氏族もそう思っているよ」ジョンダラーはいった。「彼らはこれ以上我慢できないと考えているし、なんらかの対策をとれるとなったら、もうおれたちの所業に耐えているだけじゃなくなりそうだ。このあたりの洞穴も、もともとは彼らが所有していたという噂がなかったか？　もし彼らが洞穴をとりかえそうと思いたったらどうなる？」

「あれはただの噂よ、ジョンダラー。歴史や〈古の伝え《いにしえ》〉のどこにも、あの噂を裏づける話はないわ」ゼランドニがいった。「話に出てくるのは熊だけよ」

エイラはあえてなにもいわなかったが、これをきいて噂はおそらく真実だろうと考えていた。

「どっちにしても、やつらに洞穴をとりかえされてたまるものか」ジョハランはいった。「ここはおれたちの故郷、ゼランドニー族の領地なんだぞ」

「だけど、兄さんが知っておいたほうがいい話があるよ。おれたちの利益になる話さ。ガバンにきいた話だと――ガバンというのは、おれたちが会った氏族の男の名前だが……」

「連中に名前があるのか？」ジョハランがたずねた。

「もちろん、あの人たちにも名前があります」エイラはいった。「わたしを育てた一族とおなじです。あの男はガバン、そして女はヨーガといいました」エイラはふたりの名前を、真の氏族流の発音で口にした――のどの奥から出す、しゃがれた低い喉音《こうおん》をそのままに。ジョンダラーは顔をほころばせた。エイラがわざとやっているな、と思ったからだ。

いまの口調が氏族の話しぶりなら、これでエイラの言葉の訛りがどこからきたのかがわかったことになる――ゼランドニはそんなことを思っていた。エイラは真実を語っているにちがいない。そう、この女は氏族に育てられたのだ。しかし、エイラが薬師のわざを氏族から学んだという話はほんとうなのだろうか？

「さっきいいかけたのはね、ジョハラン、そのガバンという男からきいた、こんな話なんだよ」ジョンダラーの発音のほうが、一同にはずっとききとりやすかった。「……それがどこの〈洞〉の者か、おれは知らないんだが、何人かの者が交易関係の樹立を念頭に、複数の氏族の集団に接触している、というんだ」

「交易だと！　平頭連中とか！」ジョハランがいった。

「いいではないか」ウィロマーがいった。「おもしろい話だとおれは思うぞ。むろん、連中がどのような品を交易の材料にするかにもよるがね」

「いかにも交易頭のいいそうな言葉だね」ジョンダラーはいった。

「交易の話が出たついでにききたいが、ロサドゥナイ族はさっきの話に出た若い男連中をどうしたんだ？」ウィロマーが知りたがった。「平頭と交易するとしよう。で、交易隊が氷河をわたって反対側におりていったら、そこで復讐で頭がいっぱいになった平頭の集団と鉢あわせする……なんていう事態は歓迎できないからね」

「おれたちが……いや、おれが最初に話をきいた五年前には、ロサドゥナイ族もほとんど手を打っていなかった」ジョンダラーはソノーランのことを話に出すまいとしながら、そういった。「連中はそういうことがあると知っていたし、それを〝血気盛り〟ゆえの行動などと呼ぶ者もいた。しかしラドゥニは、その話をするだけでも激しく怒っていたよ。で、そのあとさらに事態は悪化した。こっちへの帰り道の途中にも、ロサドゥナイ族のところに寄ったんだ。氏族の女たちが食べ物をあつめるとき、男たちがつきそって、女たちを守るようになっていた。だからその〝血気盛り〟の若者連中は氏族の女を追いかけまわして氏族の男を挑発するのをやめ、そのかわりにラドゥニの〈洞〉の若い娘を……全員で追いかけまわして……無理じいしたんだ……それも〈初床の儀〉もまだの娘をね」

「そんなこと！　どうしてそんなことができるの、ジョンデ？」フォラーラがわっと涙を流しながらいった。

「母なる大地の女神の隠世《かくりよ》よ！」ジョハランが怒りもあらわに吐き捨てた。

「そうとも——連中はそこに送りこまれるべきだ！」ウィロマーがいった。

「忌まわしき連中だこと！　そのような連中にふさわしい罰も思いつかないほどよ！」ゼランドニが憤懣《ふんまん》やるかたない口調で吐き捨てた。

マルソナは絶句したまま片手で胸を押さえ、衝撃もあらわな顔を見せていた。

エイラは襲われた若い娘に深く同情し、娘の苦しみをなだめようとしたが、いやでも気づいたことがあった。ジョンダラーの親族たちは、ならず者の若い男連中が氏族の女を襲った話をきいたときよりも、おなじ異人の若い娘を襲ったという話をきかされたときのほうに強い反応を見せた。相手が氏族の女であるかぎり、彼らは不快感に眉をひそめはするが、仲間が襲われた話には憤慨するのである。

このことにエイラは、これまでの話や行動のなによりも、氏族と異人という二種類の人間をへだてる間隙の深さを痛感した。ついで——そんなことが現実にあるとはエイラには考えがたかったが——ならず者集団が氏族の男だったらどうなっていただろうか、と考えてしまった。平頭どもの群れが、ゼランドニー族の女に、そのような口に出すのも忌まわしい行為をおこなったとしたら？

「ロサドゥナイ族は、若い男連中にきっちり裁きをくだすから、その点は安心していい」ジョンダラーはいった。「ただ、襲われた若い娘の母親は、道をはずれたならず者連中の頭《かしら》の〈洞〉に血であがなうことを強硬に訴えていてね」

「ああ、それはよくない話だわ。洞長《ほらおさ》たちからすれば、さぞや頭の痛い問題になるでしょうに」マルソナがいった。

「でも、その女の人の当然の権利よ！」フォラーラが強く主張した。

「ええ、もちろんその人の権利にはちがいないわ」マルソナはいった。「でも親族のだれかが……あるいは〈洞〉全体が反対するかもしれないし、そうなったら争いが起こる。その争いで死人が出るかもしれないし、その結果また復讐を求める声があがりかねない。そうなったら、行きつく果てがどうなるかはだれにもわからないわ。ロサドゥナイ族では、どうすることに決めたの、ジョンダラー？」

「いくつかの〈洞〉の洞長が伝言を託して使者を出し、そのほとんどがあつまって話しあいをもった。その席で洞長たちは、追っ手を出して若い男たちを見つけ、それぞれを引き離してならず者集団を解散させたうえで、あとの処遇はそれぞれの〈洞〉にゆだねることを決めた。おそらく連中のだれもがかなり厳しい罰を受けることになるだろうね──といっても、もちろん彼らにも償いの機会は与えられるだろうし」

「それは名案だと思うな。とくに──ことの首謀者の〈洞〉をふくむ──みんなが賛成したのならね」ジョハランがいった。「それに、その若い連中がちゃんと見つかって、そのあと穏やかな真人間になるのなら……」

「連中の頭はどう思っているかはわからないけれど、ほかの連中は故郷に帰りたがっているし、帰るのを許してもらえるのならなんでもする気になっているようだった。飢えて寒い思いをしているみたいだったし、体も汚れて、みじめなありさまだったからね」

「じゃ、おまえはその連中にも会ってきたの？」マルソナがたずねた。

「そういった事情で、さっき話した氏族の男女とも会ったわけさ。ならず者どもがひとりの氏族の女を追いかけまわしたが、男の姿は見つけていなかった。だけど男は男で高い岩にのぼって獲物のようすをこっそりうかがっていたし、若い連中が女を襲いはじめるなり、飛びおりていったんだ。それで足の骨を折りはしたが、男はそれもものともせず、ならず者を追いはらおうとしていたよ。で、ちょうどそのとき、おれたちが近くを通りかかったんだ。これから横断しようとしている氷河からも、それほど離れていないところでね」ジョンダラーはにっこりと笑った。「エイラとおれとウルフ、それにもちろん氏族のふたりで、たちまち連中を蹴散らしてやったさ。連中には、もう戦う気力もろくに残っていなかった。しかもこっちには、ウルフと二頭の馬もいたし、これまで一回も顔をあわせたことのないおれたちが連中の名前を知っていることもあって、連中をかなり怖がらせてやれたと思うよ」

「なるほど」ゼランドニが考えをめぐらせる口調でいった。「どんな具合だったかは想像できるわ」

「おまえたちが相手だったら、おれだってふるえあがるね」ジョハランが苦笑まじりにいった。

「そのあとエイラが氏族の男を説き伏せて、足の骨折の治療に同意させたんだ」ジョンダラーはつづけた。「おれたちはその場に二日ばかり野宿した。そのあいだおれは男が歩けるよう松葉杖をつくってやり、それで男も仲間のところにもどることにした。話す役はほとんどエイラだったけど、おれもすこしは男と話ができたよ。男とは兄弟のような関係になれたと思う」

「いまふっと思いついたんだけど」マルソナがいいだした。「その人たち……ええと、自分たちのことはなんと呼んでいたのだっけ？　氏族？　とにかく、その人たちとわたしたちのあいだでなにか悶着が起きたとして、氏族の人たちが交渉できるだけの言葉をもっているとしたら……氏族という人たちとも話ができるエイラのような人がいてくれれば、とても心づよいとは思わない、ジョハラン？」

「わたしもおなじことを考えていたわ」ゼランドニがいい添えた。さらに、エイラの動物たちには人々を畏怖させる力があるというジョンダラーの話についても考えていたが、あえて口にはしなかった。それでも、この力は役に立つにちがいない。

「それはもちろんそのとおりだね、母さん。でも平頭たちと話しあうとか、平頭たちをべつの名前で呼ぶとかいう段になると、すぐにはなじめそうもないな。苦労するのはおれだけじゃないと思う」ジョハランはいい、いったん言葉を切ってから、なにか自分にいいきかせるように頭を左右にふった。「連中が手を動かして話すというのはいいが、それがちゃんとした言葉になっているのか、それともでたらめに手をひらひら動かしているだけなのか、どうやって区別をつけるんだ？」

　全員の目がエイラにむけられた。エイラはジョンダラーにむきなおった。

「みんなに実物を見せてやるべきじゃないかな」ジョンダラーはいった。「いっしょに口で話してみてもいいと思う。ほら、ガバンに話しかけながら、おれのために訳してくれたあのときみたいに」

「なにを話せばいいの？」エイラはたずねた。

「ただの挨拶はどうだろう？　ほら、ガバンになりかわって挨拶をするような感じで」

　エイラはしばし考えをめぐらせた。ここにいる人たちにガバンの流儀で挨拶をすることはできない。ガバンは男だし、男のような挨拶をする女はいないからだ。挨拶の手ぶりはできる。挨拶の手ぶりそのものはどれもおなじだ。しかし挨拶は、手ぶりだけでいいものではない。挨拶をする者とされる者の関係によって、つねに変化させなくてはならない。しかも氏族の人々は、異人への挨拶の言葉をもたなかった。そのような挨拶が、正式に認められた作法でなされたためしはなかった。もしそんな必要に迫られたらどういう挨拶になるのか、それならなんとか考えられそうだ。エイラは立ちあがるとあとずさり、部屋の中央のなにもない場所に立った。

「この女は、みなさんにご挨拶いたします、異人の人々よ」エイラはまずそう話したところで、いったん口を閉じた。それから氏族ならどんな手ぶりをするだろうかと考えながら、こうつづけた。「あるいは、女神の人々よというべきかもしれません」

「女神の子ら……そうでなかったら、母なる大地の女神の子ら、という呼びかけはどうかな」ジョンダラーが提案した。

エイラはうなずき、また最初から挨拶をはじめた。「この女、エイラという名のこの女は、母なる大地の女神なるドニの子らのみなさんにご挨拶いたします」

挨拶の言葉には自分の名前と女神の名前を織りこんだが、この部分にだけは氏族の抑揚と音調をもちいて発音した。それ以外の部分は正式な氏族言語の手ぶりをもちいると同時に、ゼランドニー語で口からもしゃべった。

「この女の願い、それはいつの日にかケーブ・ベアの一族の一員がみなさんにご挨拶することであり、みなさんからもご挨拶をしていただくことです。モグールはこの女に、氏族ははるか古代にまで遡る人々であること、その記憶が深いものであることを語りました。新たなる者がこの地に来たとき、すでに氏族はこの地にありました。氏族は新たなる者たちを、自分たちと異なる者という意味をこめて、異人と名づけました。そして氏族はおのが道をそのまま行き、異人を避ける道をえらんだのです。それが氏族の習い、そして氏族の習わしはなかなか変わりません。しかし、習わしを変えようとする者もおりますし、それがまた新たな習わしとなっていくでしょう。もしそれが現実になるのなら、この女はその変化が氏族と異人の双方に害をなさぬよう願うばかりです」

ゼランドニー語の翻訳を、エイラは静かで単調な語り口で進めていった。できるかぎり正確な発音を心がけ、訛りも精いっぱい抑えた。その話し言葉のおかげで一同にはエイラがなにを語っているかがわかったほか、エイラがでたらめに手をふっているわけではないこともわかった。決然としたしぐさ、話の展開ぶりを表現する、肉体の微妙な動き、誇らしげに高くかかげられた頭部、恭順をあらわすお辞儀、さらには片眉だけを吊りあげる動作など、すべてが優美なる意図のもとでよどみなく流れ、渾然一体になっていた。ひとつひとつの動作の意味はかならずしも彼らには明確でなかったが、体の動きに意味があることははっきりと伝わってきた。

その全体がおよぼしたのは、驚くべき美の効果そのものだった。マルソナは背すじに戦慄が走るのをおぼえた。ちらりとゼランドニを見やると、ゼランドニもまたすばやくマルソナに目を走らせて、うなずいていた。ゼランドニもまた深遠なるものを感じとっていたのだ。ジョンダラーは、この目だたないやりとりを観察していた――エイラを見ている人々を見ていたのだ。エイラが人々に感銘を与えているさまが見てとれた。ジョハランはひたいに深く一本皺を刻んで、うっとりと見惚れていた。ウィロマーは淡い笑みをのぞかせ、賞賛の思いにうなずいていた。フォラーラは笑顔を隠そうともしていない。そのあまりの喜びぶりに、ジョンダラーも笑みを抑えきれなかった。

すべてをおえると、エイラはふたたび卓子《テーブル》の前にすわった――体を沈めて胡坐《あぐら》をかいていく流れるような優雅な動作は、挨拶の実演をおえたあとでもあり、前よりも目立っていた。卓子のまわりに、落ち着かない沈黙が立ちこめた。みななにを話せばよいかがわからず、考える時間が必要だと感じていた。しばらくしてフォラーラが、この静寂を打ち破る必要を感じて口をひらいた。

「すばらしかったわ、エイラ！　すごくきれい……まるで踊りみたいだった」

「わたしは、あれを踊りだとはなかなか考えられないのよ。あれは氏族の話し方。でもいわれてみれば、わたしは昔、語り部のお話を見ているのが大好きだったわ」

「すばらしく豊かな表現力をもっているのね」マルソナはいい、息子に目をむけた。「おまえにもあんなことができるの、ジョンダラー？」

「とてもエイラみたいにはできないな。エイラはライオン簇の人にも、氏族の言葉を教えたんだ。ライダグと話ができるようにね。〈夏のつどい〉では、簇のみんなが氏族言葉で楽しんだよ。だれにも知られずに、人前でこっそりと話ができるからね」

「ライダグというのは、心臓に持病のあった子どものことね？」ゼランドニがたずねた。「でも、その子はどうしてほかの人みたいに話せなかったの？」

ジョンダラーと目を見かわしてから、エイラは口をひらいた。「ライダグは半分氏族だったので、発音できない音があったからです。そこでわたしはライダグとライオン簇の人々に、ライダグ本来の言葉を教えてあげました」

「半分氏族だった？」ジョハランがいった。「半分は平頭だったということか？　半分が平頭なら畜人《ちくじん》じゃないか！」

「ライダグは立派な人間の子どもだったわ！」エイラは怒りに燃える目でジョハランをにらみつけながら答えた。「ほかの子どもとまったくおなじ。子どもは子ども、畜人なんてひとりもいないの！」

ジョハランはエイラの反応に驚き、そこでエイラが氏族に育てられたことを思い出して、気分を害するのも当然だと思いあたった。ジョハランは言葉につかえながら謝ろうとした。「いや……その……わるかった。みんながそう思っているものだから、つい……」

ゼランドニは場をなだめようと口をはさんだ。「エイラ、これだけは頭に入れておいて。わたしたちには、あなたから教わった話すべてに考えをめぐらせる時間がまだなかったのよ。わたしたちは昔から、氏族の人たちはけだものだと思っていたし、半分けだもので半分人間の者は畜人だと考えてきたの。たしかに、あなたのいうとおりだと思う……そのライダグはまちがいなく人間の子どもよ」

そのとおりだ、とエイラは思った。ゼランドニがどう感じているかも、わからないわけではなかった。最初にダルクのことを話したときのジョンダラーの反応からも、はっきりと思い知らされたことだ。エイラは気持ちを落ち着かせようとした。

「でも、ひとつはっきりさせておきたいことがあるの」ゼランドニは、初対面の人物の感情を害さずに質問するための言葉をさがしながら、話をつづけた。「ネジーという名前の人は、たしかライオン簇の簇長のつれあいだった――そうね？」

「ええ」話の行き先が見えてきたエイラは、ちらりとジョンダラーを見やった。ジョンダラーが笑みを必死で押し隠していることがわかった。それを見て、気分がいくらか楽になった。ジョンダラーにも話の行き先が見えている。そればかりか、強大な力をもつゼランドニが当惑していることに、意地のわるい喜びさえ感じているのだ。

「ではその子ども、ライダグという子どもはネジーの子だったの？」

ジョンダラーは、みなに考えるきっかけを与えるため、いっそエイラに肯定の返事をしてほしい気分だった。自分の一族の強固な思いこみを克服するのは並大抵のことではなかった。なにせこの思いこみは生まれた時分から刷りこまれ、母親のおっぱいといっしょに飲まされてきたようなものだ。そんな彼らに、〝畜人〟を産み落とした女でも簇長のつれあいになることがある、と考えさせられることができれば、彼らの強固な思いこみをいくぶん揺さぶることにも通じるかもしれない。さらに考えれば考えるほど、自分の一族、ゼランドニー族自身の利益のため、その安全のためにも、彼らが変化することが必要だし、氏族もおなじ人間だという事実を受け入れるべきだ、との思いが強まってきた。

「ネジーはライダグに乳をやって育てたのです」エイラは説明した。「ネジー自身の子どもたちとおなじように。ライダグを産んだのは氏族の女でしたが、女はライダグを産み落とすと同時に死にました。そこで、ネジーがその子を養子にとったのです——ちょうど、世話をしてくれる人がいなくなったわたしを、イーザが引きとったように」

それでも、この話は衝撃にはちがいなかったし、ある意味ではさらに大きな驚きをもたらしたといえる。なぜなら、簇長のつれあいである女性が、母親といっしょに死んでも不思議のなかった新生児をみずからの意思で育てると決めた、というのだから。いましがたきかされた話にそれぞれが思いをめぐらせるあいだ、一同の上に沈黙が降りかかってきた。

ウルフは、二頭の馬が新しい餌場を探索しながら草を食《は》んでいる谷にとどまっていた。やがてウルフなりに適当な時間が経過したと思ったころ、ウルフは自分なりの理由から、エイラにこれから自分の住まいになるとさとされた場所、エイラに会いたくなったら行くべき場所となったところに引きかえそうと思いたった。仲間の例に洩れず、ウルフもまた効率のよい動きですばやく移動することができた。そのため木々の点在する風景を走りぬけていくウルフは、その優雅でやすやすとした身のこなしのせいもあって、まるで宙を駆けていくかにさえ見えた。この木《き》ノ川谷《かわだに》では、何人かの人々が漿果《ベリー》類を摘んでいた。そのひとりの男が、木立ちのあいだをさながら静かなる幽霊のごとく走るウルフの姿をちらりと目にとめた。

「あの狼が来るぞ！　しかも、あいつだけで走ってる！」男は大声で叫ぶと、精いっぱいの速さで狼の進路から逃げようとした。

「わたしの赤ちゃんはどこ?」ひとりの女が取り乱した悲鳴をあげた。女はあたりを見まわし、よちよち歩きのわが子を見つけるなり走り寄って、子どもをすくいあげるように抱きかかえた。

岩棚に通じている道にさしかかっても、ウルフはそれまでと変わらず、しなやかに体を動かして風のような速さで坂道を駆けあがっていった。

「あの狼が来たわ！　狼がこの岩棚の上に来るなんて、考えただけでも気分がわるくなる」ひとりの女がいった。

「ジョハランは、狼の好きなように出入りさせてやれといっていたが……やっぱりおれは槍をとってくるよ」ひとりの男がいった。「そりゃ人を傷つけることはないかもしれん。だけど、あんなけだものを信じる気にはなれないからね」

ウルフが岩棚の上に姿を見せると、人々はあとじさって大きく狼のために通り道をあけた。ウルフはまっすぐにマルソナの住まいへとむかった。無駄のない動きをする四本足の狩人から急いで距離をおこうとしたひとりの男が、立てかけてあった数本の槍に体をぶつけ、槍をなぎ倒してしまった。ウルフは周囲の人々の恐怖のにおいを嗅ぎとっていた。気にいらなかったが、エイラから事前に指示されていた場所を目ざしてまっすぐに進んだ。


マルソナの住まいに垂れこめていた沈黙は、出入口の垂れ幕が動くのを目にしたウィロマーがいきなり立ちあがって出した大声で破られた。「狼が来たぞ！　なんでまた、ここに狼が来た？」

「心配ないのよ、ウィロマー」マルソナがウィロマーを落ち着かせようとしていった。「あの子はここに来てもいいことになってるの」

フォラーラはいちばん年上の兄の目をとらえ、にっこりとほほ笑んだ。笑みをむけられたジョハランは、本音では狼が近くにいるとまだ不安を禁じえなかったが、妹に心得顔の笑みを返すことはできた。

「あれはエイラの狼なんだ」ジョンダラーはそういい、人々の咄嗟《とっさ》の反応をなだめるべく立ちあがった。エイラは急いで出入口に駆けより、ウルフを落ち着かせた。ウルフはウィロマー本人よりもなお怯えていた。エイラから来るようにと指示された場所に来たら、とんでもない大声で騒がしく迎え入れられたせいだった。ウルフの尻尾は足のあいだにおろされ、首と背すじの毛は逆立ち、牙は剝き出しにされていた。

ウィロマーのようにすばやく立ちあがることができたなら、ゼランドニもおなじようにしたことだろう。狼は敵を脅しつけるように大きなうなり声をあげており、その声がまっすぐ自分にむけられているような気がして、ゼランドニは恐怖に身をふるわせた。エイラの動物たちの話はきいていたし、遠くから姿を見かけてもいたが、住まいにはいりこんできた大きな肉食獣の姿にはやはり恐怖を感じた。生きている狼にこれほど近づいた経験はなかった。野生の狼はふつう、人間の集団を見かけると逃げてしまうからだ。

エイラが恐れるようすもなく急ぎ足でウルフに近づいてしゃがみこみ、両腕を体にまわして抱きしめ、なにやら話しかけているさまを、ゼランドニは驚嘆の思いで見つめていた。エイラの言葉は一部しか理解できなかった。エイラは狼を落ち着かせる言葉をさがしていた。最初のうち狼は昂奮し、毛皮を手で掻き立てられているあいだエイラの顔や首を舐めまわしていたが、やがて落ち着いてきた。これほどまでに信じがたい超自然的な力の顕現となると、さしものゼランドニも見たことがなかった。あんな動物に命令をくだして意のままにあやつれるとは、この女、いったいどんな神秘的な能力をそなえているのだろう？その疑問が頭をよぎるなり、ゼランドニは全身に鳥肌が立つのを感じた。

ウィロマーのほうも、マルソナとジョンダラーからなだめられ、さらに狼といっしょにいるエイラの姿を目にしたこともあって、ずいぶん落ち着いてきた。

「ウィロマーをウルフに引きあわせてあげたらどうかしら、エイラ？」マルソナがいった。

「そうだな、これからひとつの住まいを分けあって暮らすことになるんだから」ジョンダラーがいった。

ウィロマーはあまりのことに驚き、あんぐりと口をあけたままジョンダラーを見つめた。

エイラは立ちあがると、ウルフにあとをついてくるよう合図して、一同のもとに近づいた。

「ウルフがだれかと知りあいになるには、その人のにおいに慣れ親しむことが必要なんです。ですから、あなたが手を前にさしだして、この子ににおいを嗅がせてやれば……」そういいかけてエイラは手を伸ばし、ウィロマーの手をとろうとした。

ウィロマーはあわてて手を引っこめると、マルソナに顔をむけてたずねた。「こんなことをして大丈夫なのか？」

ウィロマーのつれあいであるマルソナはほほ笑むと、片手を狼にむかってさしのべた。ウルフはまずにおいを嗅いでから、その手をぺろりと舐めた。マルソナはいった。「まだみんなと顔をあわせてもいないのに、あんなふうにいきなり飛びこんでくるのだもの、おまえに肝をつぶした人もいるみたいよ」

ウィロマーはまだちょっとおよび腰だったが、マルソナに遅れをとるわけにもいかず、片手を前にさしだした。ウルフがその手のにおいを嗅いでいるあいだ、エイラはウィロマーのためを思って、いつもの流儀で紹介を進めていった。「ウルフ、この人はウィロマー。ここでマルソナと暮らしている人よ」

狼はウィロマーの手を舐めてから、小さく〝きゃん〟と鳴いた。

「なんでこいつは鳴き声をあげたんだ？」ウィロマーはすばやく手をひっこめてたずねた。

「よくわかりません。でも、あなたの手にマルソナのにおいがあったからかもしれません。この子はマルソナにあっという間になついたんですよ」エイラはいった。「この子を撫でたり、毛を掻き立てたりしてあげてください」

　おっかなびっくりのウィロマーの手つきでは、体を掻いてもらってもくすぐったいだけだというのか、ウルフはいきなりその場で体を丸め、自分で自分の耳のうしろをがむしゃらに足で掻きはじめた。その威厳もへったくれもない姿勢を見て、人々が笑みに顔をほころばせ、含み笑いを洩らした。ひととおり掻きおわると、ウルフはまっすぐゼランドニに近づいていった。

　ゼランドニは警戒のまなざしをウルフにむけたが、面目はたもっていた。狼が住まいの入口に忽然《こつぜん》と姿をあらわしたあのとき、ゼランドニは心底から恐怖を感じていた。そんなゼランドニの反応にだれよりも気づいていたのはジョンダラーだった。ゼランドニが恐怖で一瞬凍りついたところも、しっかりと見ていた。ほかの面々は、弾かれたように立ちあがって悲鳴じみた声をあげたウィロマーを気づかっていたせいで、ゼランドニの静かな恐怖を見おとしていた。ゼランドニは、だれにも気づかれなかったことで安堵していた。女神に仕える者は、まわりからは恐怖を知らぬ存在と見なされているし、じっさい一般的にいえばこれは真実だった。この前これほど怖い思いをしたのがいつのことだったか、ゼランドニには思い出せないほどだった。

「こいつは、あなたにまだ紹介されていないとわかってるんだと思うな」ジョンダラーはそうゼランドニにいった。「こいつはここに住むことになるんだから、いまここでたがいに顔見知りになっておくべきだと思うな」

　ジョンダラーが自分を見つめる目つきから、ゼランドニは先ほどの自分の恐怖がこの男に見すかされていたことを悟り、わかったというしるしにうなずいて見せた。

「そのとおりだと思うわ。わたしはなにをどうすればいい？　あの狼に手を近づければいいの？」いいながらゼランドニは、片手を狼の顔にむけて突きだした。ウルフは手のにおいを嗅いで舌で舐めると……いきなりゼランドニの手をぱくりとくわえ、低くうなりながら口のなかに押さえこんだ。

「あの子はなにをしているの？」まだ正式に紹介されていないフォラーラがいった。「これまで口をあけて牙でさわった相手はエイラだけだったじゃない？」

「おれにはよくわからない」ジョンダラーはかすかな不安をのぞかせていった。

ゼランドニがいかめしい目つきでにらみつけると、ウルフはその手を放した。

「痛くされましたか？」フォラーラがたずねた。「なんでこの子は、いまみたいなことをしたんでしょう？」

「もちろん、痛くされることはなかったわ。あんなことをしたのは、自分を怖がらなくてもいいと、わたしに教えたかったからじゃないかしら」ゼランドニは、ウルフの体を掻いてやろうとはしないままいった。「わたしとこの狼は、肝胆相照らす仲になれたみたい」それから、エイラをじっと見つめる。エイラもまたゼランドニを見かえしてきた。「それにあなたとわたしは、おたがいにたくさん学ぶべきことがあると思うわ」

「ええ、そうですね。その機会をいまから楽しみにしています」エイラは答えた。

「それに、まだウルフをフォラーラに紹介していなかったな」ジョンダラーはいった。「こっちに来るんだ、ウルフ。おれの妹に会ってやってくれ」

その声の悪戯っぽい響きに反応して、ウルフが跳ねるような足どりでジョンダラーに近づいた。

「ウルフ、これがフォラーラだよ」ジョンダラーはいった。フォラーラはすぐに、狼を撫でて毛を掻き立ててやり、体に手をふれるのがどれほど楽しいことかを知らされた。

「じゃ、こんどはわたしの番ね」エイラはいった。「よければウィロマーに紹介してもらえる？　それから――」いいながらゼランドニにむきなおる。「ゼランドニにも。もう、おふたりとは知りあいのような気がしていますけど……」

マルソナが前に進みでてきた。「もちろんよ。うっかりしていて、あなたたちを正式に引きあわせていないことも忘れてたわ。エイラ、これがウィロマー。高名なる旅人にして、ゼランドニー族〈九の洞〉の交易頭。マルソナにとってはつれあいで、ドニに恵まれし者フォラーラにとっては炉辺の主です」それからマルソナは、ウィロマーに目をむけた。「ウィロマー、エイラを歓迎してあげてちょうだい。マムトイ族はライオン簇のエイラ、〈マンモスの炉辺〉の娘にして、ケーブ・ライオンの霊に選ばれし者、ケーブ・ベアに守られし者。そして……」マルソナはここで狼ににっこりと笑みをむけた。「……ウルフと二頭の馬の友人であるエイラを」

この一場での出来ごとやエイラがこれまで一同に語った話のおかげで、ジョンダラーの親族にもエイラの名前や絆の意味が前よりも理解でき、エイラのことが前よりもわかったように思えていた。それなればこそ、まったくの赤の他人だったエイラとの距離がいくぶん縮まった気分にもなっていた。ウィロマーとエイラは握手をかわし、そのあと正式な紹介の文句にのっとり、女神の名において挨拶をかわしあった。ただしウィロマーはエイラを〝ウルフの友人〟とはいわず、〝ウルフの母〟と表現した。すでにエイラは、人々が紹介のおりに相手の称号をめったに正確にはくりかえさないばかりか、自分なりに変化をくわえることに気づかされていた。

「二頭の馬に会うのが楽しみだな。それから、この先はおれも名前に〝犬鷲に選ばれし者〟と追加するとしよう。なんといっても、おれのトーテムなんだから」ウィロマーは真心のこもった笑みでいい、エイラの手を強く握ってから握手の手をほどいた。エイラが笑顔を返した。大きな輝くような笑みだった。何年ぶりかでジョンダラーに再会できて、おれはほんとうに幸せ者だ――ウィロマーはそう思った。それにジョンダラーがつれあいになる相手の女を連れ帰ったことを、マルソナはさぞや喜んでいることだろう。ジョンダラーがここに住みつく肚を固めたということだからだ。しかも、これほど美しい女だ。ジョンダラーの霊を受けついだ子どもなら、エイラはどれほどの美男美女を産み落とすことか。

エイラとゼランドニを正式に引きあわせる紹介役はおれをおいていない――ジョンダラーはそう思った。「エイラ、こちらがゼランドニ、母なる女神に仕える者の最高位にある大ゼランドニにして、女神ドニの声、恵みを与える者を代弁する者にしてドニエ、人々を助け、人々を癒す者、遠《とお》つ祖《おや》の使いにして、ゼランドニー族〈九の洞〉の心の師、そしてかつてゾレナという名前ではジョンダラーの友だった者だ」

さいごの部分を口にするとき、ジョンダラーはほほ笑んでいた。これは、ゼランドニの通常の称号ではなかった。

「ゼランドニ、こちらがマムトイ族のエイラ……」ジョンダラーは紹介の文句をとなえはじめ、こんな言葉で紹介をしめくくった。「そして望むらくは、近いうちにジョンダラーのつれあいになる者」

ゼランドニは前に進みでて両手を前にさしのべながら、ジョンダラーが〝望むらくは〟という文句をいい添えたのは賢明だ、と思った。ふたりの縁結びはまだ承認されたわけではないからだ。

「母なる大地の女神ドニの声として、あなたを歓迎いたします、マムトイ族のエイラ、〈マンモスの炉辺〉の娘よ」ゼランドニは、エイラの称号のうち自分がもっとも重要だと思った部分を口にしながら、エイラの両手をとった。

「ドニの名ももつ森羅万象の母ムトの名において、あなたにご挨拶申しあげます、ゼランドニ、母なる大地の女神に仕える者の最高位にある大ゼランドニよ」エイラはそういった。じっと顔を見あわせているふたりの女を見ながら、ジョンダラーはふたりが親友になることを熱烈に祈った。どちらかが敵意をもつような事態は断じて望ましくない。

「わたしはもうそろそろ行かないと。これほど長居をするつもりではなかったの」ゼランドニはいった。

「おれももう行かないとな」ジョハランはそういうと上体をかがめ、母マルソナの頰に自分の頰をそっとすりつけてから体を起こした。「今宵の宴の前に、まだやるべき仕事がどっさりとあるんだ。それに、ウィロマー、あしたはぜひとも交易の旅の首尾をきかせてほしいね」

ゼランドニとジョハランが出ていったあとで、マルソナはエイラに祝宴の前に体を休めておきたいか、とたずねた。

「旅のせいで体がすっかり汚れて、なんだか火照っているような気分です。ですから、いまはなによりもまず、水のなかで泳ぎたいと思います——体を冷まして、きれいにするために。このあたりに霞草《かすみそう》の生えているところはありますか？」

「ええ、あるわ」マルソナがいった。「ジョンダラー、大川《おおかわ》を上《かみ》に行ったところにある大きな岩の陰よ。ほら、木ノ川谷からちょっと行ったところ。あなたなら場所はわかるでしょう？」

「ああ、わかるさ。木ノ川谷というのは、二頭の馬がいるところだよ、エイラ。おれが案内しよう。水浴びをしたら気持ちいいだろうな」ジョンダラーはマルソナの体に腕をまわした。「母さん、故郷に帰りつけて心からよかったと思う。当分、旅心がわくことはなさそうだよ」

5

「櫛《くし》はもっていきたいわ。それから、たしかセアノサスの花を乾燥させたものがまだ残っていたはず。髪の毛を洗うために」エイラは話しながら、旅行用の荷物をほどいていた。「それに、濡れた体を拭くにはロシャリオからもらったシャモアの皮があればいいわね」いいながら、その品を引っぱりだす。
そのあいだウルフは弾む足どりで、出入口とふたりのあいだを往復していた。早く出かけようとふたりにせがんでいるようなようすだった。
「ウルフには、おれたちが水浴びにいくとわかっているんだと思うぞ」ジョンダラーはいった。「ときどき、あいつにはおれたちの言葉がわかるんじゃないかと思うんだ——たとえしゃべれなくてもね」
「着替えももっていかないと。清潔な服を身につけていたいから。出かける前に、毛皮の寝具も広げておいたほうがいいと思うわ」エイラはそういって濡れた体を拭くための皮やそのほかの品々をいったん下におき、ほかの包みを縛っている紐をほどきはじめた。

ふたりは手早く寝所をととのえ、水浴びにもっていく品を用意した。それからエイラは、これまで着ないでとっておいたチュニックと短いズボンをさっとふって広げ、つぶさに検分していった。柔らかくてしなやかな鹿皮の服で、マムトイ流の飾りのない素朴な様式だった。清潔だったが、染みがあった。洗っても、この天鵞絨《びろうど》のような手ざわりの皮の表面から染みを抜くことはできなかった。しかし、今宵の祝宴に着ていく服といえばこれしかない。たとえ馬が荷運びを手伝ってくれるとはいえ、旅の荷物にはおのずと限界がある。それにエイラには、自分にとって着替えの服以上に大事な品々を運ばなくてはならないという事情もあった。

エイラはマルソナが見まもっていることに気づいて、声をかけた。「今夜着る服がこれしかありません。これでも失礼がないといいのですが……。あまりたくさんの荷物を持ち運べなかったのです。ロシャリオからは、シャラムドイ族ならではの方法で美しく飾られた服をもらいました——あの一族は、それはそれはすばらしい皮をつくるんです。でも、その服はマデニア——襲われて無残な仕打ちをうけたロサドゥナイ族の娘にあげてきてしまいました」

「ずいぶん親切なことをしたのね」マルソナはいった。

「どのみち荷物を軽くしなくてはなりませんでしたし、マデニアにはとても喜んでもらえました。でも、いまにして思えば、ああいった服が手もとにあればよかったと思います。今宵の宴に、これよりは多少なりとも見栄えのいい服を着ていけたら、どんなにかよかったことか。落ち着いたら、服をつくるつもりです」エイラはマルソナに笑みをむけて、あたりを見まわした。「それにしても……ほんとうにここに自分がたどりついたなんて、いまでも信じられません」

「わたしもまだ信じられないわ」マルソナはいい、一拍の間をおいたのち言葉をつづけた。「あなたがいやでなかったら、服をつくるのをぜひとも手伝ってあげたいのだけれど」

「いやなものですか、むしろ、そうしていただければありがたいと思ってます」エイラはほほ笑んだ。「ここにあるのは、どれをとっても美しい品物ばかりですね、マルソナ。なのにわたしは、ゼランドニー族の女としてふさわしい服装がどういうものか、まだまったく知らなくて」

「わたしにも手伝わせてもらえる?」フォラーラがわきから口を出した。「だって母さんの服の趣味は、もっと若い女の好みといつもいつもおなじとはかぎらないんだもの」

「ええ、おふたりにはぜひとも手伝ってもらいたいわ。でも、当面はこれで間にあわせるしかないわ」エイラはそういって、着古した服をもちあげた。

「今夜の宴にはそれで充分だと思うわ」マルソナはいい、なにかを心に決めたような動作でひとりうなずいた。「そうだ、あなたにぜひ受けとってほしい品物があるの。わたしの寝室においてあるわ」

エイラはマルソナについて寝室にはいっていった。

「あなたが来るときのために、ずっと昔からしまっておいたのよ」マルソナはそういいながら、木の箱のふたをあけた。

「でも、ついさっき会ったばかりです!」エイラは声を高くした。

「いつの日にか、ジョンダラーがつれあいとして選ぶ女のために――という意味よ。もともとはダラナーのお母さんの持ち物だったの」マルソナは首飾りをさしだした。

エイラは驚きに息を飲み、多少のためらいを感じながら、さしだされた首飾りを受けとって、つぶさに調べた。大きさと形をそろえた貝殻、ひとそろいの鹿の歯、雌鹿の頭部をかたどったマンモスの牙の見事な彫り物でつくられている。中央には、黄色っぽい橙《だいだい》色の輝きを発する胸飾りがあった。

「なんてきれいなんでしょう」エイラは嘆息した。ひときわ目を引かれた胸飾りを丹念に見ていく。長く身に帯びられ、しじゅう手でさわられていたことで、磨きぬかれて輝きを帯びたらしかった。「これは琥《こ》珀《はく》ですね？」

「ええ。うちの家族にずっと大昔から伝わっている石よ。ダラナーのお母さんが、その石を首飾りにして、ジョンダラーが生まれたとき、わたしにくれたの――いつか、ジョンダラーが選ぶ女のために、とね」

「琥珀はほかの石とちがって、冷たくありません」エイラは胸飾りの部分を手にくるみこみながらいった。「ぬくもりが感じられます。まるで生きている霊を宿しているみたいに」

「あなたがそんなことをいうなんて、おもしろいわ。ダラナーのお母さんも、この石には命があると口癖のようにいっていたから」マルソナはいった。「つけてみて。そのあとで、似あうかどうかを確かめてちょうだい」

マルソナにみちびかれて、エイラは寝室の石灰岩の壁に近づいた。壁の一部に穴が刳《く》りぬいてあり、そこに大角鹿の角の内側、突出した前額骨である角心部《かくしん》から伸びでた丸い先端がはめこまれていた。そこから前に突きでているのは、だんだん広がっていく典型的な掌状枝角だった。角の枝が切り落とされているため、くぼんだ掌状部が上をむき、帆立貝《ほたてがい》の貝殻を思わせる形状の、わずかに表面がでこぼこした棚をつくっていた。そしてその上に載せられ、わずかに前方にむかって傾斜した壁に――床に対してはほぼ垂直をなす形で――立てかけてあるのは、表面をこのうえなくなめらかに磨きあげた小ぶりの木の厚板だった。

近づいていったエイラは、部屋の反対側においてある木や籐でつくられた種々の容器や、そのそばにある石のランプで燃えている炎までもが、厚板に驚くほど鮮明に映りこんでいることに気がついた。つぎの瞬間、エイラは驚きに足をとめた。

「わたしが見えます！」エイラはいい、つと手を伸ばして表面に指先でふれてみた。木材を砂岩で磨いて表面をなめらかにし、さらに酸化マンガンで深みのある黒に染めたのち、獣脂を擦りこむようにして艶が出るまで磨きあげてつくられた品だった。

「鏡を見たことがなかったの？」フォラーラがたずねた。寝室にはいってすぐの場所、出入口の衝立《ついたて》のすぐそばに立っていた。母親がエイラになにを贈り物にしたのか、知りたくてたまらない気持ちだった。

「こういう品は見たことがないわ。お天気のいい日に、波の立っていない水面をのぞきこんだことがあるだけ」エイラはいった。「でも、これはここに……あなたの寝室にあるんですね！」

「マムトイ族には鏡がなかったの？　大事な儀式のときに、自分の服が他人にどう見えるかを確かめるための鏡が？」フォラーラはたずねた。「服装がすっかりととのっているかどうか、マムトイの人はどうやって確かめてるの？」

エイラは眉を寄せて、しばし考えこんでから、こう説明した。「おたがいの姿を確かめあっていたわ。ネジーはいつも儀式の直前に、タルートの服装がすべてととのっているかどうかを確かめていたし、わたしは友だちのディーギーに髪をととのえてもらったけれど、そのときにはみんなが口々に褒めてくれたのよ」

「とにかく、その首飾りを着けたあなたの姿を確かめてみましょう」マルソナがいって、エイラの首に首飾りを巻きつけ、両端を押さえてはずれないようにした。

エイラは首飾りを惚れぼれとした目つきで見つめた。首飾りがすんなり胸もとにおさまったことがわかった。ついで視線を、鏡に映りこんだおのれの姿にむけた。自分の姿はめったに目にすることがない。それゆえ自分の顔は、いままわりにいる人たち、つい最近会ったばかりの人たちの顔よりもなお見なれないものだった。それなりに良質な鏡面ではあったが、室内は薄暗く、鏡に映ったエイラの姿もかなり暗かった。そのためエイラの目には自分の顔が、どちらかといえばくすんで、色彩にも乏しく、妙に平板に見えていた。

氏族のあいだで育ってきたエイラは、そのあいだ自分は図体が大きくて醜いものとばかり思っていた。氏族の女に比して骨格こそ華奢《きゃしゃ》だったが、背丈は氏族の男を上まわっていたし、姿形が——氏族の人々から見ても、エイラ自身から見ても——異なっていたからだ。だから美しさを判断するときには、氏族のはっきりとした濃い顔だちを基準にすることのほうに慣れていた——縦に長く幅のある顔、頭頂から傾斜しているひたい、前に迫《せ》りだしたぶあつい眉弓《びきゅう》、鋭く突きだした目立つ鼻、鮮やかで深みのある茶色をした大きな目。彼らの目にくらべると、エイラの青灰色の瞳はいかにも褪《あ》せて見えた。

そののち異人たちのあいだで暮らすようになってしばらくすると、自分が周囲とあまりにも異なっているという気分こそ薄れてきたし、ジョンダラーからは再三再四にわたって、きみは美しいといわれつづけていたが、それでも自分を美しいと思えるようにはならなかった。氏族のあいだで、なにが美しいと考えられているかは知っていても、異人が美しさをどのように定義しているのかは、まだ判然とはしていない。エイラにとっては、男性的で力強く、それゆえはっきりした風貌と鮮やかな青い瞳をもつジョンダラーのほうが、自分よりもはるかに美しく見えていた。

「よく似あっていると思うな」ウィロマーがいった。自分もひとこと意見をいいたくて、部屋にはいってきていたのだ。ウィロマーさえ、マルソナがこんな首飾りをもっていたことを知らなかった。ウィロマーは、マルソナの住まいに自分の居を移していた。マルソナはウィロマー本人とその持ち物のための場所をつくり、ウィロマーに居ごこちのいい思いをさせた。ウィロマーは、マルソナの飾りつけや品々の配置の仕方が気にいっており、室内の隙間や隅を片はしから調べようとか、マルソナの持ち物をのぞいてみようとかいう気はまったくなかった。

そのうしろに立っているジョンダラーはウィロマーの肩ごしに室内をのぞきこみ、うれしそうな笑みをのぞかせた。「おれが生まれたとき、そんな首飾りをお祖母《ばあ》ちゃんから贈られていたなんて話は、いまはじめてきいたよ」

「だって、わたしに託されたおまえへの贈り物ではなかったからよ。おまえが選んだ女性への贈り物だったの。おまえがともに炉辺をかまえる相手の女の人、ともにかまえた炉辺に――女神のお恵みでもって――子どもたちをもたらすはずの女の人にむけての贈り物だったからよ」マルソナはそういいながらエイラの首から首飾りをとりはずし、エイラの手に握らせた。

「とにかく、母さんは首飾りをあげる相手をまちがってはいないよ」ジョンダラーはいい、エイラにむきなおった。「今夜はその首飾りをつけるのかい?」

エイラはかすかに眉を寄せながら首飾りを見つめた。「いいえ。手もとにはあの古い服しかないし、あの服にこれほど美しい品を合わせてはもったいないわ。だから、これを合わせるのにふさわしい服を手にいれるまで待っていようと思うの」

マルソナは笑みをのぞかせ、それでいいというように小さくうなずいた。

一同そろって寝室をあとにするさい、エイラは寝台の上の石灰岩の壁にも、べつの穴が穿《うが》たれていることを目にとめた。最初の穴にくらべるといくぶん大きく、また壁のかなり奥まであけられているように見えた。穴の手前においてある石のランプで炎が燃えており、その火明かりで豊満な体形の女性をかたどった、ふっくらと丸みを帯びた彫像の一部がエイラにも見えた。それが女神像《ドニー》であることも、エイラは知っていた。母なる大地の女神ドニの像であり、女神の思し召ししだいでは女神の霊の器になることもある。

この壁龕《へきがん》の上、寝所の上の石壁に、卓子《テーブル》にかかっているのとおなじような筵《むしろ》がかかっていることにも目を引かれた。こちらもごく細い繊維を編んで、複雑な模様がつくってあった。できることならもっとよく調べて、どうやってつくってあるのかを調べたい。そう思うそばから、この望みもかなうはずだと思いあたった。自分たちはもう旅をしているわけではない。ここが自分の故郷となるのだから。

エイラとジョンダラーが出ていくなり、フォラーラは早足で住まいをあとにすると、近くのべつの住まいへと近づいていった。最初はいっしょに行ってもいいかとふたりに声をかけるつもりだったが、その寸前に母親の視線に気がついた。同時に母親は、きっぱりと頭を左右にふってよこした。それでフォラーラにも、エイラとジョンダラーがふたりきりになりたがっているのかもしれない、とわかった。それに、いまごろ友人たちはフォラーラに問いただしたい質問を山ほどかかえこんでいるはず。フォラーラは、となりの住まいの壁を引っかいて合図をした。「ラミラ? わたしよ、フォラーラよ」

一拍の間をおいて、茶色い髪のふっくらとした魅力的な若い娘が出入口の垂れ幕を引きあけた。「フォラーラ! あなたが来るのをみんなで待ってたのよ。でも、ガレヤがどうしても行かなくちゃならなくなって。だから、あとで木の株のところで落ちあうことになったの」

それからふたりはにぎやかにおしゃべりをしながら、張りだした岩棚の下から外に出ていった。やがて雷に打たれて折れた杜松《ねず》の木の高い株に近づいていくと、ほっそりとしなやかな体つきの赤毛の娘が、反対方向から走って近づいてくる姿が目にとまった。娘は、ぱんぱんに膨らんで濡れている、かなり大きな水袋をふたつ、四苦八苦して運んでいた。

「ガレヤ、いまここに来たところ?」ラミラがたずねた。

「そう。長いこと待たせちゃった?」ガレヤがいった。

「ううん。フォラーラがついさっき、わたしのところに来たばっかり。で、いっしょに歩いてきたら、あなたの姿が見えたの」ラミラはいいながら、水袋をひとつ受けとり、来た道を三人で引きかえしはじめた。

「わたしにも、向こうに帰るまで水袋をひとつもたせて」フォラーラはそういうと、ガレヤがまだもっていた水袋を自分の手にとった。「これ、今夜の宴の準備?」

「ほかになにがあるっていうの? なんだか、もうきょうはずっと、なんやかやの荷物を運んでばかりいるみたいな気分。でも、予定になかったあつまりだもの、きっと楽しいひとときになりそう。それに、どうやら最初にみんなが考えていたのより、もっと大規模な宴になるみたいよ。ひょっとしたら、〈つどいの原〉が会場になるかもしれない。だって、いくつかの〈洞《ほら》〉が使いをよこして、宴のために食べ物を供出するって申し出てきたという話だもの。それって、ほとんどの〈洞〉の人たちが宴に出てくるっていうことよね」ガレヤはいい、そこで足をとめてフォラーラに顔をむけ、こうたずねた。「で、あの女の人についてはどんな話をきかせてもらえる?」

「といわれても、まだあまりわからないの。これから、おたがいにもっと知りあおうっていうところだから。あの人はわたしたちといっしょに暮らすことになるわ。あの人とジョンダラーは言い交わした仲で、夏の〈縁結びの儀〉で絆を結びあわせてもらう予定ですって。ある意味では、ゼランドニのような人ね。

完全におなじじゃないわ。だって、そのしるしが体になにもついてないんだもの。でも霊のことを知っていて、おまけに薬師《くすし》なのよ。ジョンダラーの命を救ったんですって。あの女の人がふたりを見つけたときには、もうソノーランは次の世界に旅立ったあとだったそうよ。ふたりは洞穴《ケーブ》ライオンに襲われたの！　ふたりが物語る話をきいても、きっとみんな信じられないでしょうよ」三人で、岩がつくるこの共同住宅の玄関前を横切るように歩くあいだ、フォラーラは昂奮しきったようすでひっきりなしにしゃべっていた。

大半の人々は今宵の祝宴のなんらかの準備作業をせわしなく進めていたが、なかには仕事の手を休めて三人の娘たちに目をむける者もいた。とりわけ視線をあつめていたのはフォラーラだった。問題のよそ者の女と、旅から帰ってきたゼランドニー一族の男のふたりと、フォラーラがしばらくいっしょに過ごしていたことをだれもが知っていたからだ。フォラーラの話に耳をそばだてている者もいた。とりわけ熱心に耳をそばだてていたのは、かなり淡い金髪で濃い灰色の瞳をもった魅力的な女だった。女は新鮮な生肉を盛った骨の皿を運んでいて、若い娘たちのことは目にはいっていないそぶりを見せてはいたが、娘たちとおなじ方向に歩き、つねに声のきこえる距離をたもちつづけていた。じつをいえば最初はまったく反対の方向に行くつもりだったのが、フォラーラの声が耳にはいるなり気が変わったのだった。

「で、どんな人？」ラミラがたずねた。

「気だてのいい人だと思う。話し方がちょっと妙だけど、すごく遠い土地から来た人だものね。服だって、わたしたちの服とはちがってる……っていっても、ごくわずかな手もちの服にかぎっての話よ。よぶんの服を一着しかもってないの。とっても地味な服。でも、着飾るような服はほかにないから、今夜の祝宴にはそれを着てくるでしょうね。あの人は、ゼランドニー族の服が何着か欲しいといってた。でも、どんな服なら失礼にならないかを知らないし、失礼のない服で宴に臨みたいともいってたわ。だから母さんとわたしが、服づくりを手伝ってあげるつもり。それから、あしたには二頭の馬のいるところに案内してくれるんですって。もしかしたら、どっちかの馬に乗せてもらえるかも。あの人とジョンダラーはいま川に行ってるわ。川で泳いで水浴びをしにね」

「まさか、本気で馬の背中に乗ろうなんて考えてるの？」ラミラがたずねた。

これまで話を盗みぎきしていた女は、もうその質問への答えをきこうとはしなかった。女はひとときをとめ、やがて悪意もあらわな笑みをたたえつつ足早にその場を去っていった。

先に立って走っていたウルフは、ときおり足をとめてふりかえっては、エイラとジョンダラーがちゃんとあとをついてきているかを確かめていた。岩棚の北東の端から坂道をくだった先は、小さな川の右側の土手に広がる草原になっていた。小川はそのすこし先で川の本流とひとつになっていた。平坦で緑ゆたかなこの草原は、種々の木がまばらに立ち生えている木立ちに囲まれていた。ここよりもっと上流に行けば、木々ももっとぎっしりと生えている。

ふたりと狼が草原にたどりつくと、ウィニーが歓迎のいななきをあげた。距離をたもって見まもっていた人々は、狼がいっさんに雌馬に駆けよって、両者が鼻をすりあわせているのを見て、驚きにただかぶりをふった。そのあと狼は尻尾と尻を上に突きだして体の前半分を地面にすりつける遊びの姿勢をとり、子狼のころそっくりのかん高い声で若い雄馬に吠えかけた。レーサーは顔を高々ともちあげていななきをあげ、地面を前足の蹄で掻いて、遊びの姿勢のお返しをした。

二頭の馬は、エイラたちの顔を見られてことのほか喜んでいるようすを見せていた。雌馬はエイラに近づいて、肩に頭を載せてきた。エイラも、ウィニーの逞《たくま》しい首に腕をまわして抱きしめた。両者は心の慰めと安心を得るおなじみのこの姿勢のまま、たがいに寄りそって立っていた。ジョンダラーは若い雄馬の体をやさしく叩き、撫で、さらにはレーサーがさしだした痒い部分をこすり、掻いてやった。焦茶色の雄馬はさらに数歩前に出てくると、エイラとも接触を求めて鼻づらをすり寄せていった。一頭の狼を含む全員が、肩を寄せあうようにしてあつまっていた――たくさんの見知らぬ人のあいだにしばらくいたこともあって、だれしも気心の知れた仲間の存在を心から歓迎したい気分だったのだ。

「馬に乗って走りたい気分だわ」エイラはそういって、太陽が午後の空のどのあたりにあるかを見さだめようとした。「近くをすこし走るくらいの時間ならあるでしょう?」

「あるに決まってる。どうせ、あたりがほとんど暗くなるまでは、だれも宴の席にあつまってこないんだし」ジョンダラーはほほ笑んだ。「よし、行こう! 水浴びはあとまわしにしたっていい。それに……どうもさっきから、だれかにずっと見張られているような気がしてならなくてね」

「見てる人はいるわ」エイラはいった。「当たり前の好奇心――そうとわかっていても、しばらく人目から離れるのも気分がいいと思うの」

距離をおいた場所から見ている人たちのもとに、さらに何人かが加わっていた。一同は、女が黄色がかった褐色の雌馬にひらりと飛び乗るさまを、つづいて背の高い男がひょいと片足をあげただけにしか見えない身軽な動作ひとつで茶色い雄馬にまたがるさまを見つめていた。ふたりを乗せたそれぞれの馬がかなりの速さで走りだし、そのあとを狼がやすやすとついていった。

ジョンダラーが先導をつとめ、まず支流をわずかに上流へとむかい、川の浅い部分で対岸にわたった。そのあとこの対岸の土手をさらにすこし上流に進むと、右手に狭い小さな峡谷が見えてきた。一同はここで川から離れて北に進路をとり、狭苦しい谷の石が転がる干あがった河床をたどっていった。ぐずついた天気のときには、ここは雨水の川になる。狭い峡谷の突きあたりには、急傾斜ではあるが、のぼれないこともない踏みわけ道があって、その道をたどっていった先に風の強い高い台地がひらけていた。眼下に広がる何本もの川や平地の風景が一望できた。一同はここでしばし足をとめ、魅力的な景色をながめた。

　この台地は標高約二百メートル、近隣一帯ではいちばん高い場所のひとつであり、それゆえ見る者だれしも息をのむ見事な景観を楽しむことができた。それも川や谷の氾濫原だけではない――うねるように起伏をくりかえして広がる丘陵地帯をはさんで、その先にそびえる高地まで見はるかすことができたのだ。そして川が流れる峡谷の上に広がるこの地域の石灰岩高原《コース》は、決して平坦ではなかった。

　充分な時間と適切な酸度があれば、石灰岩は水に溶ける。長い歳月のあいだに川や蓄積された地下水は、この地域の地盤の基部をなす石灰岩を切りわけ、抉《えぐ》り、古代には平坦な海底だった地表に丘陵や谷間をつくった。現存している川はさらに谷間を深く彫りこみ、急峻な崖をさらにけわしくしていく。しかし、谷間を左右から封じこめてそそりたつ岩壁は――ある特定の地域だけ見れば高さがほぼ一定してはいるが――上にある山や丘陵の地形に応じて、場所ごとに高さを変えていた。

　ざっと見わたしただけでは、この標高が高く、風の強い乾燥した石灰岩高原のいちばん大きな川の左右の植物相にはちがいがないように思えたし、ここの東の平原に大きく広がっている大陸性大草原とも似かよっているかに見えた。いちばん優勢なのは草、川や池に近いひらけた箇所の地面には、発育を阻害された杜松や松、それに唐檜《とうひ》などがしがみつくように生えていた。窪地や小さな谷などには、灌木や低木が生えていた。

　しかし植物は、どこに生えているかによって驚くほどその生態をたがえる。荒涼とした高原と谷間の北に面した側の崖では、ここより寒冷で乾燥した地域に繁茂している極地性の草本植物が優勢であり、南に面した斜面は、もっと低緯度の亜寒帯や温帯に成育する植物が多いせいで、より緑ゆたかな場所になっていた。

眼下の高原でいちばん大きな川がつくった幅の広い谷は、いちだんと緑がゆたかになっていた。落葉性の樹木や常緑樹が土手を縁どっていた。もっとのちの季節にくらべればまだ色が薄い芽吹いたばかりの葉をつけた木々。その大半は白樺《しらかば》や柳といった小型の葉をもつ種類だったが、唐檜や松といった針葉樹でさえ、枝の先端部には新しく伸びでた色の淡い針葉をのぞかせていた。杜松や点在するオークになると、枝や小枝の先にそれぞれの春の色の葉をつけているせいで、さらに色がまだらに見えていた。

川はその流れの途中で、平坦な氾濫原の新緑に覆われた草地のあいだを曲がりくねって流れることもあった。草地では初夏の丈の高い草が、黄金色に変わっていた。またほかの場所では、この川の流れの幅が狭まって、岩壁に水が当たるように流れている場所や、こちら側の崖に流れが近づいたと思えば、その先で反対の崖に近づいている箇所もあった。

好条件がととのっている場所、たとえばいくつかの川、それもとくに支流の氾濫原などでは、さまざまな植物がつくる小さな森ができていた。厳しい自然から守られた場所、なかでも風から守られている南向きの斜面では栗や胡桃《くるみ》、榛《はしばみ》、林檎《りんご》の木などが育っていた。そのほとんどが成育を阻害されて、年によっては実をつけないこともあったが、喜ばしくも豊富に実をつけることもあった。こういった木々のほかにも、実をつける蔓《つる》植物や低木、草などがあった。たとえば苺や木苺、酸塊《すぐり》があり、何種類かの葡萄《ぶどう》や丸酸塊《まるすぐり》や黒苺があり、木苺に似た黄色い幌向苺《ほろむいいちご》もわずかにあったし、丸い実をつけるブルーベリーも数種類が生えていた。

さらに標高の高い場所であっても、生命力の弱いツンドラ性の植物が優勢だった。とりわけその傾向が見られるのは、北方の巨大な大山塊《マシーフ》であり、ここはいくつかの活火山を誇示してはいたが、いまだに氷河に覆われていた——エイラとジョンダラーがここに到着する数日前に通り、湯が湧きでている泉をいくつか見つけた地域である。岩に苔がへばりつき、草本植物が地上十数センチのあたりまでしか伸びず、四季を通じて凍っている下層土を覆う冷えきった土壌では、成育を阻害された灌木が地面に這いつくばっていた。いくらか水分の多い土地では、さまざまな緑や灰色をした苔が、葦《あし》や藺草《いぐさ》やそれ以外の何種類かの草とともに風景をやわらげていた。この地域一帯における植物の多様性それ自体が植物の種類をさらに広げていき、それがまた動物相にも同様の多様性をもたらす原動力になった。

エイラ一行は踏みわけ道にそってさらに進み、北東に転じて、この高地高原を横切って、川を見はるかす峻険な崖の上に出た。ここからだと、川はほぼ正確に北から南へと流れており、真下の石灰岩の壁に当たっているかに見えた。それまでより平坦な場所に出ると、踏みわけ道は小さな川をわたって北西に向きを変えた。小川はさらに断崖のへりにまで流れて、浸食によってできた断崖を流れくだっていった。一行は、踏みわけ道が反対の側にむかってしだいに下り坂になっているところで足をとめ、そこからもと来た道を引きかえした。帰り道では、ふたりはそれぞれの馬に速駆けをさせた。高地のひらけた草原をひた走りに走るうち、二頭はそろって足どりをゆるめてきた。ふたたび先の小川のほとりに出ると、ふたりは足をとめて二頭の馬と狼にともに水を飲ませてやり、さらには自分たちも馬からおりて水を飲んだ。

馬を走らせていて、エイラがこれほどまでにすばらしい自由の感覚を味わえたのは、はじめてウィニーの背中に乗って以来のことだった。足手まといになる物もなく、橇《そり》も旅行の荷物もなく、馬の背にかける毛皮もなく、端綱《はづな》さえなかった。ただ、剝きだしの足が馬の背中に直接あたっているだけ。最初に馬の乗り方を身につけていったときとおなじ流儀だ。ウィニーの鋭敏な肌にむけて——最初は無意識に——合図を送って、自分が進みたい方向を馬に伝えていったのである。

レーサーには端綱がつけられていた。この端綱をつかって、ジョンダラーはレーサーに訓練をほどこした。といっても、雄馬の頭部を固定させておき、自分が進みたい方向を馬に伝えるためには、この仕掛けを考えだすしかなかったのだ。ジョンダラーもまた、長いこと感じたことがなかった自由の感覚を味わっていた。旅は長い歳月におよんだ。そのあいだ、ふたりで無事に故郷に帰りつくという責務がジョンダラーの肩に重くのしかかっていた。その重荷も——旅の荷物といっしょに——なくなったいま、こうして馬に乗るのはひたすら楽しみそのものだった。ふたりはともに高揚し、昂奮し、説明のつかないほどの満ちたりた気分だったし、その気分をふたりともに喜びでいっぱいの笑顔にあらわしながら、小川にそって何歩か歩いていった。

「ほんとに名案だったな、馬を走らせるというのは」ジョンダラーがエイラに笑いかけながらいった。

「ええ、わたしも同感」エイラはそう答えて、笑顔を返した。ジョンダラーが愛してやまない笑顔を。

「ああ、きみはなんて美しいんだ」ジョンダラーはそういってエイラの腰を両腕に抱き、愛と幸福をありありとのぞかせている目、強い光をたたえる鮮やかな青い目でエイラを見おろした。ジョンダラーの瞳に匹敵する色をエイラが見た場所はたったひとつ、氷河の上にあった深い氷の穴、氷河の底で溶けた水に通じているあの穴だけだ。

「美しいのはあなたのほうよ。美しいという言葉は男にはつかわないというあなたの言葉は覚えてるけれど、わたしにはあなたが美しく見えるんだもの」エイラは、抗《あらが》える人のほとんどいない天然のカリスマの力をあますところなく感じつつ、両腕をジョンダラーの首すじにまわした。

「なんとでも好きに呼ぶがいいさ」ジョンダラーはそういうと顔を下にむけて、エイラに口づけをした。そのとたん、この場を口づけだけでおわらせたくない気持ちがこみあげた。これまでふたりは、ふたりだけの毎日に慣れていた。どこまでもひらけた大自然の空のもと、ふたりきりでいることに……好奇の目から遠く離れていることに。これからは、まわりにたくさんの人がいる生活に慣れなくてはならない……しかし、いまこのときだけは忘れよう。

ジョンダラーの舌はエイラの唇をひらくようにやさしくうながし、ついで柔らかなぬくもりを求めて口のなかに滑りこんでいった。エイラもお返しに相手の口のなかをさぐって目を閉じ、ジョンダラーにかきたてられた昂奮に身をゆだねた。ジョンダラーはエイラの体を強く抱きしめ、隙間なく張りついたエイラの肉体の感触を楽しんだ。もうすぐだ――ジョンダラーは思っていた――もうすぐおれたちは儀式の席で正式なつれあいになって、炉辺をかまえる。その炉辺にエイラは子どもたちをもたらすだろう。おれの炉辺の子どもたちを。たぶん、おれの霊の子どもたちだし、エイラの推測が正しければそれ以上の存在でもある。そう、おれの子どもたちかもしれない……おれの、この体の子どもたち、おれの精髄から生まれでた子どもたちだ。そしてジョンダラーはいま、まさしくその精髄がおのれの裡《うち》にこみあげてくるのを感じていた。

ジョンダラーはいったん身を引いてエイラを見おろしたのち、これまで以上に熱っぽく首すじに唇をあてがって肌の塩からさを味わい、さらに乳房に手をむけた。乳房は以前よりも大きく張っていた。ジョンダラーには早くもその変化がわかった。じきに乳房は母乳をたたえて大きく膨らむだろう。エイラの腰紐をほどいて内側に手をさしいれ、丸みを帯びてしっかりと張った乳房の重みを手で確かめる。固くしこったエイラの乳首が手のひらに感じとれた。

ジョンダラーが上衣をもちあげると、エイラもその動きに協力して服を頭から脱ぎ、丈の短いズボンを脱ぎ捨てた。つかのま、ジョンダラーは日ざしを浴びて立つエイラをただ見つめ、その女らしい裸身をたっぷりと目におさめていた。笑みをたたえた顔の美しさ、引き締まった筋肉をもつ肢体、つんと高く上をむいた大きな乳房と誇らしげな乳首、わずかに丸く膨れた腹、そして恥丘を覆う黒っぽい金髪。エイラを愛する気持ちがあまりにも強く、エイラを求める気持ちがあまりにも強く、そのせいで目に涙がこみあげてきた。

ジョンダラーは急いでおのれの衣服をはだけて脱ぐと、そのまま草の上に服を広げた。エイラはジョンダラーに数歩近づいた。ジョンダラーが立ちあがるとエイラが手をさしのべ、同時にジョンダラーがエイラを両腕で抱きしめた。エイラが目を閉じると同時に、ジョンダラーは唇を重ねた。その唇が首からのどに達する。ジョンダラーが両手で乳房を包みこむと、エイラはそそりたつ男根を手におさめた。ジョンダラーは膝をついて、エイラの首すじの肌に残る塩からさを味わい、ついで舌先をのどから胸の谷間へと滑らせ、そのあいだ両手で乳房を包みこんでいた。エイラがわずかに体を反らせたそのとき、ジョンダラーは片方の乳首を口に含んだ。

昂奮の電撃が、体の内側にある歓びの部分まで一直線に駆けぬけていったのを感じて、エイラは息をとめた。ジョンダラーが唇をもう一方の乳首に移して強く吸いあげると、ふたたび昂奮の電撃が走った。そのあいだもジョンダラーは、すべてを心得た指で最初の乳首を弄《もてあそ》んでいた。ついでジョンダラーは左右の乳房を寄せて、ふたつの乳首をいっぺんに口にふくんだ。エイラはうめき声を洩らし、おのれを昂奮にゆだねた。

ジョンダラーは、刺戟を求めて疼く左右のしこった乳首にいまいちど唇を走らせてから、顔を下に動かしてエイラの臍《へそ》へ、恥丘へとくだっていき、やがて肉の裂け目に熱い舌を差し入れたり、奥に隠れた小さな肉芽をつついたりしはじめた。強烈な快感に貫かれたエイラは、体を反らしてジョンダラーにその部分を押しつけた。唇からかん高い声が洩れた。ジョンダラーは丸く張ったエイラの尻に両腕をまわして体ごと自分に引き寄せ、裂け目に舌の抜き挿しをくりかえしつつ、固くなった肉珠の上にも舌を滑らせた。

その場に立ったまま両手をジョンダラーの腕に添えていたエイラは、生温かい舌が往復をくりかえすたびに、吐息とも、うめきまじりの愉悦の声ともつかぬ声を切れ切れにあげていた。体内で潮流のように高まって押し寄せてくるものを感じるうち、全身が痙攣して圧力が解き放たれる瞬間が訪れた。快楽の頂点が二度、三度とつづいた。熱いぬめりを舌でとらえたジョンダラーは、まぎれもないエイラそのものの味を心ゆくまで堪能した。

エイラは目をひらくと、ジョンダラーのいたずらっぽい顔を見おろした。「あなたにはすっかり不意をつかれた気分よ」

「まあね」ジョンダラーはにやりと笑った。

「こんどはわたしの番ね……」エイラは笑い声をあげていうと、ジョンダラーの体を軽く押して仰向けにさせ、その上に全身でおおいかぶさった。唇に唇を重ねると、かすかに自分の味がした。ついでエイラは男の耳を甘噛みし、首やのどに唇を押しあてていった。そのあいだもジョンダラーはうれしそうに笑みを見せていた。自分をこうやって弄ぶエイラが大好きだったし、ともに興が乗ったとき、自分と調子をあわせていたずらっぽい行為を返してくるエイラが大好きだった。

エイラはジョンダラーの胸や乳首に口づけをくりかえし、その舌を体毛のあいだに滑らせて、さらに臍を舐めた。ついでさらに体を下にずらすと、すっかり起きあがって準備をととのえているジョンダラーの分身が目の前にやってきた。エイラの温かな口に自身が包まれるのを感じると、ジョンダラーは目を閉じた。エイラが顔を上下に動かし、動かしながら強く吸いあげると、快感がおのれを満たしていくにまかせる。これまでジョンダラーは、おたがいを歓ばせるすべをエイラに教えてきた——自分が手ほどきされたように。一瞬、ゼランドニのことが頭をよぎった。若かったころ、ゾレナという名前だったころのゼランドニを思い、あれほどの女性には生涯二度と出会えないと思いこんでいた自分を思った。しかし、そうはならずにすばらしい女性に出会えたではないか。ふいに胸がいっぱいになったジョンダラーは、思わず母なる大地の女神に感謝の念を捧げた。もしエイラをうしなったら、おれはどうすればいいのか？

だしぬけに気分が変化した。これまでは楽しくじゃれあいたい気分だったのが、いきなりエイラが欲しくてたまらなくなった。ジョンダラーは上体を起こし、エイラに膝をつかせて自分とむきあう姿勢にすると、両足をひらかせて自分の腰をはさみこませ、エイラを膝の上にすわらせた。それから両腕をエイラの体にまわすと、エイラが驚くほどの激しい勢いで口づけをし、強く抱きしめた。なにがジョンダラーの気分を一変させたのかわからなかったが、ジョンダラーを強く愛するエイラは、おなじように口づけと抱擁に応えた。

ジョンダラーはエイラの肩や首に口づけを降らせつつ、乳房を両手で愛撫していた。エイラにはジョンダラーの欲望がひときわ固く張りつめ、自分の体を押しあげんばかりになっていることが感じられた。いまジョンダラーは顔を乳房にすりつけて、乳首を求めていた。エイラはわずかに上体をもちあげて背中を反らせた。ジョンダラーにその部分を吸われて甘噛みされると、快感が体を駆けぬけていった。灼熱の剛直が体の下に感じられた。エイラはさらにすこし体をもちあげると、なにも考えないまま……気がつくとジョンダラー自身を手ぐりよせ、自分のなかに導いていた。

上になったエイラが体を落としこみ、熱くとろける濡れた肉が待ちかねたように締めつけてくるのを感じただけで、ジョンダラーはこらえきれなくなりかけた。エイラがふたたび体をもちあげて、背中を反らした。ジョンダラーは片手でひとつの乳房を揉みしだきつつ、乳首を口に含んだ体勢を守れるよう片腕でエイラの体を引き寄せていた——エイラの完璧な女らしさを、いくら貪《むさぼ》ってもおよそ飽きたらないとでもいうように。

ジョンダラーにまたがって自身の体を動かしているエイラは、体を上下させるたびに歓びに満たされていくのを感じつつ、荒い息をついては愉悦のよがり声をあげていた。エイラの体が浮いては、深々とふたりがつながるのをくりかえすうち、ふいに強烈な欲望がジョンダラーに襲いかかってきた。ジョンダラーはエイラの乳房から手を放すと、両手をうしろについて腰をもちあげてはおろし、ふたたび腰ごと突きあげた。突きあげては引くたびに両者の身の裡に歓びがいやおうもなく高まって、ふたりはともに随喜の声をひっきりなしにあげ……やがて……全身を激しくふるわせる解放の目もくらむような大波が押し寄せ、ふたりは喜悦の絶頂をきわめた。

そのあとも数回ばかり自身を内部に往復させてから、ジョンダラーは草地に仰向けになった。肩のあたりに小石があたっているのはわかったが、無視していた。エイラは前に身を倒してジョンダラーにかぶさり、顔を胸にあずけたまま、しばらくその姿勢をたもっていた。やがてエイラは上体を起こし、体をもちあげて、つながっていた部分をはずした。そのエイラを、ジョンダラーが笑顔で見あげた。できればもっと体を添わせていたいのが本音だったが、もどらなくてはいけない身だ。エイラはすぐそばを流れている小川に歩みよると、川のなかでしゃがんで身を清めた。ジョンダラーもおなじように体を洗った。

「目的地についたら、すぐに泳いで水浴びをしような」ジョンダラーはいった。

「ええ、わかってる。だから、それほど丹念には洗わなかったの」
エイラが――もしも可能であれば――事後に体を清めるのは、氏族における母親ともいうべきイーザから教えこまれた儀式のひとつだった。ただしイーザは、これほど背が高く不細工な娘なのだから、はたしてこの儀式をおこなう機会があるだろうかと考えていた。エイラがこれについてはことのほか几帳面だったため――凍るように冷たい川の水でも体を清めたくらいだ――いつしかジョンダラーもこれを習慣にしていたが、エイラほど潔癖性ではなかった。

エイラが自分の服に近づいていくと、ウルフが頭を低くさげて尾をふりながら近づいてきた。エイラは旅の途上で、まだ小さかったウルフに、人間ふたりが歓びをともにしているあいだは近づかないようにする訓練をほどこしていた。ことのあいだウルフにまとわりつかれるのをジョンダラーがいやがり、エイラも邪魔されたくなかったからだ。ウルフが鼻をくんくんさせながら、ふたりがなにをやっているのかと近づいたときには、ふたりともかなり強い調子で近づくなと命じたのだが、それでも効き目がないとなると、エイラはウルフの首に縄をつけて近づかないようにするしかなかったし、かなり離れた場所にウルフをつないだこともあった。やがてウルフも学びはしたが、それでもエイラからもう近づいても大丈夫という合図をもらわないかぎり、ふたりの事後にはそろそろと慎重な態度で近づいてくるのがつねだった。

それまで辛抱づよく草を食《は》んでいた二頭の馬は、口笛の合図でふたりに近づいてきた。ふたりは台地のへりにまで馬を進め、ふたたび川の本流とその支流がいくつもの谷をつくっている景色や、川にそって姿をのぞかせて景色を飾っている石灰岩の断崖などの光景で目を楽しませた。この高い平原からは、北西から流れてきたいくつもの支流が合流点でひとつになっていることや、本流の川が東から流れていることがよく見わたせた。小さいほうの川は、より大きな本流がいまだ西向きの流れをたもっているあいだ、南に流れを変える寸前で合流していた。さらに南、いくつもつらなった崖がおわるところに巨大な石灰岩の岩塊が見えていた。〈九の洞〉を構成している張りだした巨大な岩盤と、細長く伸びている岩棚を擁している岩塊である。しかし、〈九の洞〉の住まいを見おろしたエイラが思わず目を引かれたのは、岩屋の上に突きでている岩の驚くほどの大きさではなく、むしろその異例な岩の構成ぶりだった。

いまを遡《さかのぼ》ること太古の昔、造山運動期のあいだには、地質学的時間という緩慢きわまるペースで大地が褶《しゅう》曲《きょく》して息を飲むような高峰が生成され、天にむかって突きあげられ、火成岩が誕生の地である火山から柱状に噴出して、水流に落ちていった。その火成岩の柱が岩壁となった――灼熱のマグマが冷えて玄武岩に変わるあいだに、岩は結晶構造の形をつくって、それぞれの平坦な部分が傾斜して接している何本もの巨大な柱となったのだ。

岩壁から剝がれ落ちた岩は洪水の奔流に押し流されたり、氷河に引きずられたりして移動していったが、巨大な柱状の玄武岩は――風雪にさらされて変形こそしていたものの――基本的なその形状をたもった。石の柱はやがて沈降して内海の海底になり、そこに海洋生物の死骸が沈降して堆積し、これがやがて石灰岩になった。その後の地殻変動で海底が隆起し、長い年月をかけてなだらかな丘陵や川がつくる谷にそった崖をもつ土地になった。そして水や種々の気象条件や風が、垂直にそそりたった石灰岩の広壮な壁を浸食して、ゼランドニー族が利用している岩屋や洞窟をつくったが、この浸食作用はまた、元来離れた土地で生まれて氷河で運ばれて傷だらけになった玄武岩を柱のように露出させもした。

巨大さだけではここを特異な存在とするのにまだ不足だというのか、広壮な岩屋をさらに異例の場所としている要素があった。巨大な石灰岩の張り出し部分の頂《いただき》に、前方にむかって突きだすような形で奇妙な形の細長い石が埋めこまれていたのである。根の部分は崖の岩盤に深く埋もれてはいたが、斜めに飛びだした形で浸食されていたこともあって、いまにも崩れ落ちそうにも見えた。これが、並はずれた威容を誇る〈九の洞〉の岩屋にいやがうえにも目立つ特徴を追加していた。はじめてここに来てあの岩を目にしたとたん、エイラは身の裡に走る戦慄とともに悟った――わたしはあの岩を目にしたことがある、と。

「あの岩にはなにか名前があるの?」エイラは指さしながらたずねた。

「風落岩《かざおちいわ》と呼ばれてるよ」

「ぴったりの名前ね。さっきお母さまは、ここの川の名前を口にしていなかったかしら?」

「じつをいうと、主流の川には名前がないんだ」ジョンダラーはいった。「だれもが、ただ〝大きな川〟、大川《おおかわ》と呼んでいるだけでね。大多数の人々は、あれがこの一帯でいちばん重要な川だと思ってる――いちばん大きな川ではないにしても。この川は南でもっと大きな川に流れこんでいて、おれたちはそっちの川を大河と呼んでる。だけど、ゼランドニー族の〈洞〉のほとんどはこの川の近くにあるし、だれかが話で〝川〟といっただけでも、みんなすぐにこの大川のことだとわかるんだ。

あっちを流れている小さな支流は、木《き》ノ川《かわ》と呼ばれてる。川ぞいにたくさんの木が生えているし、あの谷間にはほかの谷間以上に木が多いからだ。あそこが狩人たちに利用されることはめったにないな」

エイラは話がわかったしるしに、無言でうなずいた。

支流が形成している谷は、右側を石灰岩の断崖に、左側を峻険な崖にはさみこまれており、本流の川やその近くを流れる支流がつくる谷のほとんどが広々とひらけて草地になっているのとは異なっていた。とりわけ上流にその傾向が顕著だが、樹木や草木がぎっしりと生い茂っていたのだ。もっとひらけた土地とはちがい、森林は狩人たちからあまり歓迎されていない。狩りがむずかしくなるからだ。動物たちは木々や灌木の茂みに身を隠し、背景に姿を溶けこませて見つかりにくくする。それに大きな群れをつくって移動する動物ならば、それなりの広さの草原がある谷のほうを好む。それにたいしてここの谷は、人々に木を供給した。木は建材になり、道具の原料になり、また火の燃料になった。またここは、果物や木の実をあつめたり、食べ物やそれ以外の用途にもちいる数種の植物をあつめる場所でもあり、落とし穴や罠でとらえられる小動物をとる場所でもあった。比較的樹木のすくないこの地方では、木《き》ノ川谷《かわだに》の恵みのありがたさを評価しない者はひとりもいなかった。

眼下に見える〈九の洞〉の岩棚の北東の端――ここと同様、二本の川でつくられた谷をよく見わたせる場所――に、かなり大きな炎を燃やしたとおぼしきはっきりとした痕跡があることに、エイラは気がついた。最初に来たときには気づかなかった。二頭の馬がいた木ノ川谷の草地に通じている踏みわけ道をたどることだけで、頭がいっぱいだったせいだろう。

「あの岩棚の端で、なぜあんなに大きな炉を燃やすの？　暖をとるためのはずがない――煮炊きにつかう火？」

「合図を送るための火――烽火《のろし》を燃やすんだ」ジョンダラーはいい、エイラが首をかしげているのを見て説明をつづけた。「大きな焚火なら、あそこからかなり離れた場所でも見えるからね。ほかの〈洞〉に伝えたい話があるときには、炎をつかうんだよ。合図をうけたほうは、自前の烽火でほかの〈洞〉に話を伝えるんだ」

「話って……どんな話を？」

「それはもういろいろだよ。よくつかわれるのは、動物の群れが移動したときだな。狩人たちに、いま動物がどのあたりに見えるかを伝えたりね。なにかの催しや集会を知らせるときにもつかわれるし、ほかの種類の会合をひらくときにもつかうよ」

「でも、炎にどういう意味があるかは、どうすればわかるわけ?」

「たいていは前もって取決めをつくっておく。とりわけ、特定の動物の群れが移動する季節で、狩りが前もって計画されているような場合だな。それから、助けを必要としている者がいる、という意味の合図もいくつかある。あそこで火が燃えているのを目にしたら、いつでも注意しなくてはならないのはみんなが知っていることでね。意味がわからなければ、使いをよこして確かめるんだ」

「なかなかうまい方法ね」エイラはいい、ふと思いついたことをつけたした。「氏族の手ぶりや合図と似ているとは思わない? 話し言葉をつかわないで、いいたいことを伝えあうんだもの」

「そんなふうに考えたことはなかったが……なるほど、そのとおりだな」ジョンダラーは答えた。

そこから引きかえすのに、ジョンダラーは来たときとは異なる道をつかった。台地の頂に近いかなりの急傾斜を九十九折《つづら》りでくだっていく道にそって川ノ谷をめざし、途中で右に折れ、もっとゆるやかな傾斜の草や灌木のあいだを通っていく。そこから川の右の土手をつくっている平坦な低地に出ると、へりをたどり、さらに木ノ川谷をまっすぐ突っきって馬のための草地にむかった。

帰り道でエイラは緊張がほぐれるのを感じたが、先ほど馬を走らせていたときのような心を浮き立たせる自由の感覚はなかった。これまで会った人々には残らず好意を感じたが、これからはじまるのは大規模な宴だ。今宵これからゼランドニー族〈九の洞〉のほかの面々全員と顔をあわせることが、決して楽しみには思えなかった。あれほど大勢の人間といちどきに会うことに慣れていないからだった。

ふたりはウィニーとレーサーを広い草地に残し、霞草《かすみそう》の生えている場所を見つけた。しかし、ジョンダラーが霞草を指さしてくれるまで、エイラにはわからなかった。これまで知っていたのとはちがう種類だったからだ。エイラはこの霞草を注意ぶかく観察し、類似点と相違点に目をとめると、いずれはもっとくわしく調べようと思いながら乾燥させたセアノサスの花がはいっている小袋をとりだした。

ウルフもふたりといっしょに川に飛びこんできたが、ふたりから関心をむけられなくなると、もう水のなかに長居はしなかった。時間をかけて泳いで土埃や旅の汚れを落としてから、ふたりはたいらな岩の窪みに先ほど見つけた植物の根と水を入れ、丸石で根をすり潰して、サポニンの豊富な泡を掻き立てた。ふたりは泡を自分の体に塗り、さらに笑いながらたがいの体にも塗りたくってから、川の水に飛びこんで洗い流した。エイラはジョンダラーにセアノサスをすこしわたし、自分の濡れた髪に直接擦りこんでいった。それほど石鹼分が多い植物ではないので、泡もすこししか立たないが、甘く爽やかな香りをそなえていた。ふたたび洗い流しおえると、エイラはもう水から出られるようになっていた。

柔らかい皮で体を拭くと、ふたりは皮を地面に広げて腰をおろし、日ざしを体に浴びた。エイラは、マンモスの牙を削ってつくった四本の長い歯をもつ櫛を手にとった――マムトイ族の友人、ディーギーからの贈り物だった。それから髪をくしけずりはじめたが、すぐにジョンダラーがその手をとめた。

「おれにやらせてくれ」そういうとジョンダラーは櫛を手にとった。いつしか、エイラが髪を洗いおえたあとにその髪に櫛を通すことが好きになっていた。濡れて重たくなっている髪の毛がしだいに乾いていき、柔らかでしなやかな髪になっていく手ざわりに官能的な喜びを感じたからだ。またエイラのほうも、自分が手厚く遇されているというめったに味わうことのなかった気分を味わえた。

「お母さまや妹さんはいい人ね」エイラは櫛をつかうジョンダラーに背中をむけたままいった。「それにウィロマーも」

「みんな、きみが気にいっているよ」

「ジョハランはすぐれた指導者のようだし。知ってた？　お兄さんもあなたとおなじで、しかめ面をするとおでこに皺が寄るのよ。好きにならずにはいられないわ。だって……初対面なのに、前から知っている人のような気がするんですもの」

「兄貴は、きみの美しい笑顔に打ちのめされてたよ」ジョンダラーはいった。「おれとおなじだな」

エイラはしばし黙り、やがておもむろにみずからの思いのさまよった先を手で示しながら、口をひらいた。「あなたの〈洞〉にあんなに大勢の人がいたなんて、これまで教えてくれなかったのね。まるで氏族会にあつまった人全員があそこで暮らしてるみたいだった。しかもあなたは、その全員と知りあいみたいだし。わたし、すべての人と知りあいになれるかしら……」

「心配いらないさ。きみなら知りあいになれる。そんなに時間もかからずにね」ジョンダラーは、ひときわ手を焼かされている髪のもつれをほどこうとしながら答えた。「おっと、いけない。強く引っぱりすぎたかな？」

「いいえ、大丈夫。それに、あなたのゼランドニにやっと会えてうれしかった。あの人は薬師の術を知ってる。知識のある人といろいろ話しあいができるかと思うと、わくわくするわ」

「ゼランドニはとても力のある女性だよ」

「ひと目でわかったわ。ゼランドニになって何年たつの？」

「ちょっと考えさせてくれ」ジョンダラーは答えた。「たしかゼランドニになったのは、おれがダラナーと住むためにここを旅立ってすぐのことだ。当時、おれにとってあの人はまだゾレナだった。きれいだったよ。むんむんと色気をたたえていたっけ。昔から決して痩せてはいなかったけれど、そのあとどんどん母なる女神そっくりの体つきになったみたいだ。ゼランドニも、きみのことが気にいっていると思うよ」

そういうとジョンダラーは櫛を動かす手をしばしとめて口をつぐみ、やおら笑いはじめた。

「なにがおかしいの？」エイラはたずねた。

「さっき、きみがおれを見つけたいきさつだのベビーのことだの、いろいろ話しているのをずっときいていてね。きみもわかっていたと思うけど、ゼランドニはもっといっぱい質問したがっていたな。ずっと顔を見てたんだ。きみが質問にひとつ答えるたびに、ゼランドニは追加で新しく三つは質問したがっている顔になっていた。きみの話で、好奇心をかきたてられっぱなしだったんだよ。きみが話をすると、いつもそうだ。きみは謎なんだよ――このおれにとってさえ。自分がどれほど驚くべき存在なのか、ちゃんとわかっているのかい？」

エイラはうしろに顔をむけた。ジョンダラーは愛に満ちた目で、エイラをじっと見つめていた。

「ちょっとだけ時間をもらえたら、あなたがどれくらい驚くべき存在になれるのかを教えてあげられるのに」エイラは答えた。気だるげで官能的な笑みが顔いっぱいに広がった。ジョンダラーは唇を重ねようと思って手を伸ばした。

いきなり笑い声がきこえ、ふたりはぎくりとして頭をめぐらせた。

「あら、お邪魔しちゃったかしら？」笑い声のぬしの女がいった。淡い色あいの髪と黒っぽい瞳の魅力的な女だった――先ほどフォラーラが、帰りついたばかりの旅人について友人たちに話しているのを立ち聞きしていた女である。女のほかに、さらにふたりの女が同行していた。

「マローナ！」ジョンダラーは相手の名前を口にして、わずかに顔を曇らせた。「いや、邪魔なんて、そんなことはないとも。ただ、いきなり顔をあわせたんで驚いただけさ」

「どうしてわたしと会って驚くことがあって？　まさか、わたしが予告もせずに、ふらりと旅にでも出たと思っていたの？」

ジョンダラーは身をすくめ、ちらりとエイラを見やった。エイラはじっと女を見つめていた。「いや。そんなことを思うはずがないさ。ただ……驚いただけだって」

「ちょっと三人で散歩に出ていたら、あなたたちの姿が向こうで目にとまったものだから。それにね、ジョンダラー……正直に打ち明ければ、ちょっとばかり、あなたに居ごこちわるい思いをさせたい誘惑に抵抗しきれなかったの。だって、わたしたち、一時は言い交わした仲だったんだものね」

正式に言い交わした関係ではなかった。とはいえジョンダラーには、そのことでマローナに異論をとなえる気はなかった。というのも、ふたりが正式に言い交わしたような印象をマローナに与えたことだけは事実だったからだ。

「だけど、きみがまだここに住んでるってことは知らなかったよ。てっきり、ほかの〈洞〉のだれかとつれあいになったものと思ってた」

「そういうこともあったわ。でもね、長つづきしなかったから、こっちにもどってきたの」マローナはジョンダラーの固く引き締まって日に焼けた裸身をながめていた。その目つきも、ジョンダラーには馴染みのものだった。「五年たっても、あまり変わってはいないわね。無残な傷痕がいくつか増えただけで」そういうと視線をエイラに移す。「でも、わたしたちはあなたと話をするためにきたんじゃない。あなたのお友だちと会いたくてきたのよ」

「今夜の宴で、全員に正式な紹介をすることになってるんだが」ジョンダラーはエイラを守りたい気分に駆られて答えた。

「その話はきいているけれど、わたしとあなたはいまさら正式な紹介を必要とする仲でもないし。ただ、その女の人に挨拶をして、歓迎の言葉を伝えたいだけなの」

そういわれては、三人をエイラに紹介することを拒否できるものではなかった。「これはエイラ、マムトイ族ライオン簇《むら》のエイラだ。これはゼランドニー族〈九の洞〉のマローナとその友人たちだよ」ジョンダラーはそういってから、さらに目を凝らしてたずねた。

「ポーチュラかな？　〈五の洞〉の？　きみなんだね？」

ポーチュラという女は笑みをこぼし、覚えていてもらえたうれしさに頬を赤く染めた。そんなポーチュラを、マローナが渋い顔でにらんだ。

「ええ、ポーチュラよ。いまは〈三の洞〉にいるの」ポーチュラのほうは、むろんジョンダラーを覚えていた。〈初床の儀〉の相手にえらばれたのがジョンダラーだったからだ。

しかしジョンダラーのほうは、その儀式のあとで自分を追いかけまわし、本来なら〈初床の儀〉のあとすくなくとも一年間は関係をもってはならぬという禁があるにもかかわらず、隙あらばふたりきりになろうとして機会をうかがっていた若い娘のひとりとしてしか記憶していなかった。ふつうの〈初床の儀〉であれば、相手の娘へのほのかな好意が記憶に焼きついて残るのだが、ポーチュラは執拗《しつよう》だったこともあり、ジョンダラーの思い出にも汚《け》れ《が》が生じていた。

「もうひとりの友だちの名前は、残念ながら知らないようだね、マローナ」ジョンダラーはいった。名前を知らない娘は、ほかのふたりよりも若干年下に見うけられた。

「わたしはロラーヴァ。ポーチュラの妹よ」若い女がいった。

「このふたりとは、わたしが〈五の洞〉の男とつれあいになったときに知りあったの」マローナがいった。「きょうはわたしを訪ねてきたのよ」そういってエイラに顔をむける。

「ようこそ、マムトイ族のエイラ」

エイラは立ちあがって挨拶を返した。いつもならそんなことは気にかけないが、いまは服を身につけず、体を拭くための皮を腰に巻いただけ、そのうえお守り袋を背中側にまわした姿で初対面の女に挨拶をしていることに、いくぶん落ち着かないものを感じていた。

「よろろろしくお願いいたします、ゼランドニイ族〈九の洞〉のマロロローナ」エイラはいった。わずかに巻き舌気味の〝ろ〟の発音、それにのどにかかった特異な訛《なま》りのせいで、この地の者ではないよそ者だということはただちにわかった。「よろろろしくお願いいたします、〈五の洞〉のポールルチュラ。よろろろしくお願いいたします、その妹のロラールルヴァ」

年下の女はエイラの奇妙な話し方に思わず小さな笑い声を洩らし、あわてて声をこらえようとした。ジョンダラーはマローナの顔に嘲弄《ちょうろう》めいた笑みが横切るのを見た気がして渋面になり、ひたいに皺を寄せた。

「あなたには挨拶以外にも話しておきたいことがあるの」マローナはいった。「ジョンダラーから話をきいたかどうかは知らないけど、いまではもう知ってるわね——わたしとジョンダラーは言い交わした間柄だったのよ。その直後、この人はなんだか急に例の大旅行だかにどうしても旅立つ気分になってしまったけれど。もちろん想像がつくでしょうけど、そのことではあまりおもしろい気分じゃなかったわ」

ジョンダラーは、この先出てくるはずの話をうまくかわすための言葉を必死に模索していた。どうせマローナはエイラにおれの悪業をたっぷりと吹きこんで、自分がしごく不愉快だということをエイラに教えこむつもりに決まっている、と思っていたからだが、マローナのつぎの言葉には驚かされた。

「でも、それはもう過ぎたこと」マローナはそういった。「正直にいえば、ジョンダラーのことなんて、きょうあなたたちが帰りつくまで、もう何年も考えたことさえなかったのよ。でも、忘れていない向きもあるかもしれないし、そういう人たちはなにかと噂をしたがると思う。だから、その人たちにそれ以外の噂のたねをあげようと思うの。わたしがあなたを失礼なく歓迎したということを、みんなに見せることでね」いいながら友人たちに手をむけ、〝みんな〟という言葉にふたりも含まれていることを示す。「これからみんなでわたしの部屋に行って、あなたを歓迎する今夜の宴の支度をすることになってるの。よかったら来ない、エイラ？　いとこのワイロパがもう来てるの――ワイロパのことは覚えてるでしょ、ジョンダラー？　エイラ、あなたに来てもらえれば、今夜の正式な紹介の前に何人かの女と知りあいになるいい機会じゃないかしら」

　エイラは場に立ちこめている緊張を察しとっていた。とりわけ緊張が強いのは、ジョンダラーとマローナのあいだだ。しかし、この場の情況を思えば異例のことではない。マローナの名前はジョンダラーからきいていたし、旅に出発する寸前に言い交わしかけたこともきかされていた。それに、自分がこの女の立場であればどんな気分かを想像することもできた。だが、マローナはその点にも率直な物言いをしていたし、ほかの女たちともっと知りあいたいという気持ちもあった。

　エイラは女の友だちに飢えていた。子ども時代には、おなじような年代の女の子と親しくすることはほとんどなかった。イーザの実の娘であるウバはエイラにとって妹同然だったが、年下過ぎた。やがて長じたエイラはブルンの一族にいた女全員に好意をいだくようになったが、差異は埋まらなかった。よき氏族の女になろうといくら努力をしたところで、どうしても変えられない部分もあった。そんなエイラだったから、マムトイ族のもとで暮らしてディーギーと知りあって初めて、同年代の娘同士で話をすることの楽しさを体験したのだった。ディーギーが懐しくてならなかった。また、たちまち友人同士になり、これからも一生忘れないはずのシャラムドイ族のソリーのことも懐しくて胸が痛くなった。

「ありがとう、マローナ。喜んでごいっしょさせてもらうわ。わたし、着るものがこれしかなくって」エイラはそういうと、旅ですっかりくたびれた外見になった質素な服を手早く身につけた。「でもマルソナとフォラーラが、服をつくるのを手伝ってくれることになってるの。あなたたちがどういう服を着るのかを見せてもらいたいし」

「もしかしたら、わたしたちから歓迎の贈り物としてあげられるものがあるかも」マローナがいった。

「体を拭くためのこの皮をもって帰ってくれる？」エイラはジョンダラーにたずねた。

「ああ、いいとも」ジョンダラーはそういうと、心臓が鼓動をひとつ搏《う》つあいだだけエイラを抱きよせて頰をふれあわせた。そのあとエイラは、三人の女と連れだって場を離れていった。

　離れていく女たちを見おくっているあいだ、ジョンダラーのひたいの皺はますます深まっていった。たしかにマローナには、つれあいになってくれという正式な申しこみをしなかった。しかし旅に出る前には、つぎの〈夏のつどい〉の〈縁結びの儀〉で絆を結びあわせるつもりであるかのように、マローナに信じこませてしまったのは事実だったし、信じたマローナは将来の計画も立てていた。しかしジョンダラーは弟と旅立ってしまい、その場に姿を見せなかった。マローナはさぞつらい思いをしたことだろう。

　マローナを愛していたというのではなかった。たしかに美しい女だった。〈夏のつどい〉に行けば、ほとんどの男がマローナをもっとも美しい女だと思い、いちばんわがものにしたい女だと思ったはずだ。また、ジョンダラー自身は心から承服できない部分もあったが、女神ドニの歓びの賜物をともにするにあたって、マローナが独特の流儀をもっていたことも事実だ。ただ、マローナはジョンダラーがいちばんわがものにしたいと思う女ではなかった、それだけのこと。しかし他人は口をそろえて、ふたりはこれ以上ないほどの似あいの男女だ、美男美女の組みあわせだ、といい、ふたりが絆を結びあわせることをだれもが期待していた。いや、ジョンダラー自身も多少そう思っている部分もあった。いつかは女と炉辺をかまえたい、その炉辺に子どもたちが来てほしい——自分がそう願っていることはわかっていた。そして、心から求めていた唯一の女であるゾレナと夢をかなえることが不可能である以上、相手はマローナでもよかった。

自分自身にむけてはっきり認めたことこそなかったが、ソノーランとともに旅に出発すると決めたときには、肩から重荷をおろされたような解放感があった。あのときは、マローナとの関係からおのれを切り離すのに、それがもっとも簡便な手段に思えた。自分がいないあいだ、マローナがほかの男を見つけるにちがいないという思いもあった。じっさい見つけたと話してはいたが、長つづきはしなかったという。それまでは、マローナが子どもたちでいっぱいの炉辺にいるとばかり思っていた。子どもたちについて、マローナはひとことも話していなかった。それが意外だった。

故郷に帰って、マローナがだれともつれあいになっていない身だと知らされたのは予想外だった。マローナはいまでも美しいことに変わりないが、一方では癇癪《かんしゃく》もちであり、底意地のわるい面もある。悪意と復讐心に燃えることもないとはいえない。〈九の洞〉に歩いていくエイラと三人の女のうしろ姿を見つめるうち、ジョンダラーのひたいには憂慮の皺が深く刻まれていった。

6

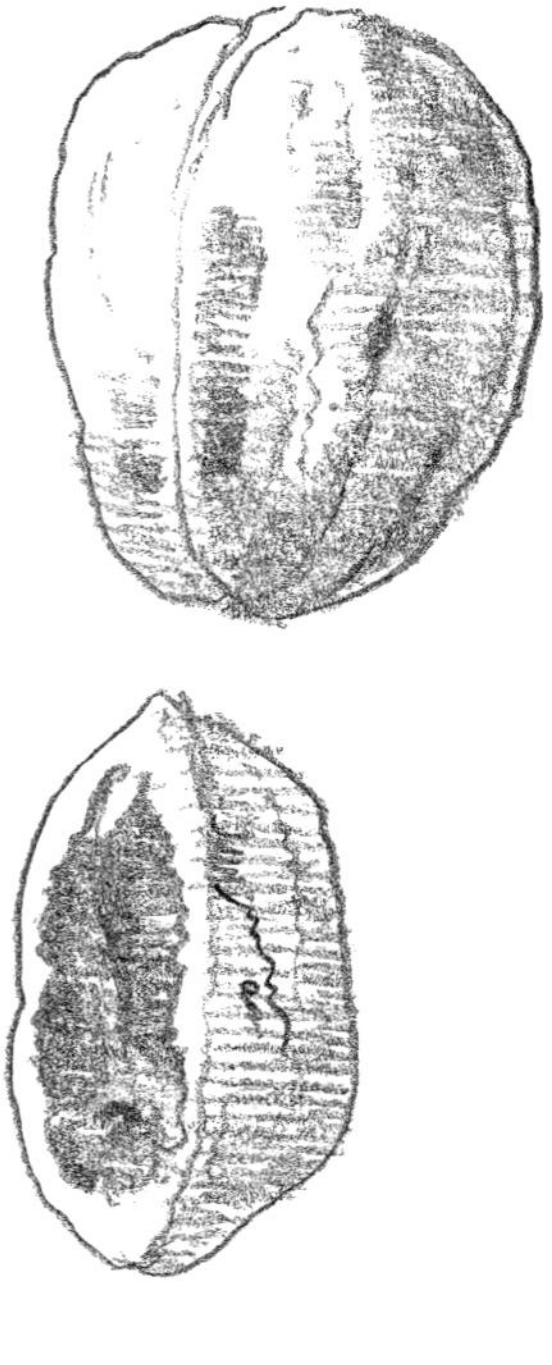

エイラと三人の女が馬のいる草原を抜ける小道を歩いているのを見るなり、ウルフがいっさんに駆けよってきた。大きな肉食獣の姿にロラーヴァがかん高く叫んだ。ポーチュラは驚きに息を飲み、あわてて逃げ場を求めて目をあちこちにさまよわせた。マローナは恐怖で顔から血の気が失せていた。狼の姿が見えるなり女たちの反応に目をくばっていたエイラは、その場で足をとめろ、という合図をすばやく送った。

「とまりなさい、ウルフ！」同時に声でも命令したのは、そうすれば命令をさらに強めることができるからだが、じっさいにはウルフの足をとめさせること以上に、女たちのことを慮《おもんぱか》ってのことだった。ウルフはぴたりと足をとめ、さらに近づいてもいいという合図が出ないかと目を光らせてエイラを見まもっている。

「ウルフと知りあいになってみませんか？」エイラはいい、女たちからまだ恐怖の色が抜けていないのを見てとっていい添えた。「この子に傷つけられる心配はありません」

「なんでわたしが、動物なんかと知りあいになりたいと?」マローナはいった。

その口調に、エイラはこの淡い色の髪の女をこれまで以上に丹念に見つめた。その表情にはたしかに恐怖があったが、驚くべきことに恐怖は、嫌悪や怒りの念によって歪んでいたのだ。恐怖ならわかる。しかしマローナのそれ以外の反応は、この場にふさわしくないものに思えた。エイラが見なれてきた狼へのほかの人々の反応と、まったく異なっていることだけは事実だった。残るふたりの女はマローナを見て、その態度にならうことにしたらしく、狼に近づきたい気持ちをいっさいうかがわせていなかった。

さらにエイラは、ウルフの姿勢がわずかに警戒を示すものに変わったことをも目にとめた。ウルフもなにか感じているにちがいない、とエイラは思った。

「ウルフ、ジョンダラーをさがしにいきなさい」エイラはそう声をかけ、立ち去れという合図を送った。ウルフはつかのまその場にとどまってエイラを見あげていたが、やがて体を弾ませて離れていった。エイラは体の向きを変え、三人の女とともに〈九の洞《ほら》〉を擁する巨大な岩屋に通じる坂道をあがっていった。

四人は坂道で何人かの人とすれちがった。だれもが、女たちといるエイラを目にとめるなり反応を見せた。さぐるような視線や困惑の笑みをむけてくる者もいれば、意外そうな顔をする者もいたし、さらには心底驚愕した顔を見せた者もいた。一同に注意をむけなかったのは、幼い子どもたちだけだった。エイラはいやでもそんな人々の反応に気づいてしまい、いくぶん不安な心もちにさせられた。

エイラはマローナとふたりの女を観察したが、決してあからさまに目をむけたりはせず、氏族の女の技術を活用した。目立たないことにかけて氏族の女にかなう者はいない。背景にひっそりと身を溶けこませて、まるで姿を消したかのように見せることもできるし、あるいは周囲のことにはなにひとつ気づいていないようすをとりつくろうこともできるが、これはすべてまわりを欺くためだ。

氏族の女たちはまだとても幼いころから、男をじろじろ見ることはおろか、まっすぐ男に視線をむけることさえ慎まなくてはならないと教えこまれる。それでいて、自分が必要とされたときや、注意をむけることを求められているときには、すぐに察しとらなくてはならないとも教えられる。その結果として氏族の女たちは、慎重に、かつ正確に目の焦点をあわせるすべを身につけ、一瞥《いちべつ》するだけで相手の姿勢や動きや表情を見てとり、その一瞬で重要な情報を読みとれるようになる。しかも、なにかを見おとすことはほとんどない。

氏族と過ごした年月の遺産ともいうべきこの能力を、エイラは相手の体の言葉を読みとる能力ほど強く意識してはいなかったが、それでもどんな氏族の女にも負けないほどこのすべに長《た》けていた。三人の女たちを観察した結果、エイラは用心し、マローナの真意について考えなおすことにしたが、なんらかの先入観に毒されたくない気持ちもあった。

岩棚の下にはいると、一同は前にエイラがむかったのとはちがう方向を目ざし、やがてこの空間の中央により近い場所にある大きな住まいにはいっていった。先頭に立っていたのはマローナだった。はいっていった四人は、一同を待っていたとおぼしきひとりの女に挨拶された。

「エイラ、これがわたしのいとこのワイロパよ」マローナは中央の部屋を抜け、その横にある寝室に足を踏みいれながらいった。「ワイロパ、ここにいるのがエイラね」

「よろしく」ワイロパはいった。

ジョンダラーの近親者に紹介されたときには、どちらかといえば格式ばった方式にのっとっていたので、マローナのいとこへの無造作ともいえる紹介ぶりが――この住まいに足を踏みいれるのは初回だったにもかかわらず、歓迎の言葉さえなかった――エイラには奇妙に思えた。エイラが早くもゼランドニー族に期待するようになっていた行動様式とはそぐわなかった。

「よろろしく、ワイロパ」エイラはいった。「ここはあなたの住まいかしららら？」

ワイロパはエイラの奇妙な発音にあっけにとられた。もとよりゼランドニー語以外の言葉をきくことに慣れていなかったこともあって、初対面のこの女の言葉はいささか理解しにくかった。

「ちがうわ」マローナが口をはさんできた。「ここはわたしの兄とつれあいと三人の子どもたちの住まいよ。ワイロパとわたしが同居させてもらってるの。ふたりでこの部屋をつかってね」

エイラはすばやく住まいを見まわした。この住まいもマルソナの住まいとおなじように、衝立《ついたて》でいくつかの部屋に仕切られていた。

「これから、今宵のお祝いのために髪の毛や顔の手入れをするつもりなの」ポーチュラがいい、媚びるような笑みをマローナにむけた。視線がふたたびエイラにむけられると、その笑みは冷笑に変わった。「あなたも、わたしたちといっしょに支度をしたらどうかな、と思うんだけど」

「誘ってくれてありがとう。みんながどうするのかを見せてほしいわ」エイラはいった。「ほら、わたしはゼランドニー族の流儀を知らないし。前は友だちのディーギーが髪の毛をととのえてくれたのだけれど、ディーギーはマムトイ族で、ここからずっと遠いところに住んでる。もう二度と会えないとわかっていて、胸が痛いほど懐しいわ。だから、女の人の友だちができるのはうれしいの」

ポーチュラは、この新参者の正直で親しみあふれる反応に驚き、胸を打たれた。それまでの冷笑が、真心のぬくもりのある微笑に変わった。

「今宵の宴はあなたを歓迎するためよ」マローナはいった。「だから、あなたになにか着るものをあげようと思うの。いとこに頼んで、あなたが着たらいいと思う服をあつめておいたわ」そういって、あたりの服を見まわす。「あなたには服をえらぶ目があるみたいね、ワイロパ」

ロラーヴァはくすくすと笑い、ポーチュラは目をそむけた。

エイラは寝台や床においてある数着の衣類に目をむけた。そのほとんどはズボンと長袖シャツ、あるいはチュニックだった。ついでエイラは、四人の女が身につけている服に目をやった。

マローナよりも年上に見えるワイロパは、この場に広げてある服と同傾向の服を着ていた。かなりゆったりと着ていることに、エイラは気づかされた。それよりも若いロラーヴァは、丈の短い袖なしの皮製チュニックを着て腰帯で締めているが、このチュニックは広げてある服といくぶん裁ち方が異なっていた。かなりふっくらした体形のポーチュラは、なんらかの繊維を素材にした丈の長いスカートをはいて、上にゆったりしたつくりの服を着ていた。服には長い房飾りがあり、それがスカートにまで届いている。痩せてはいるが体形のととのっているマローナは、丈がかなり短い袖のない服を上に着ていた。前はひらいたままで、数珠玉や羽根の飾りがどっさりとついている。裾は腰のすぐ上にあり、赤っぽい色の縁飾りがほどこされていた。下半身には、旅のあいだの暑い日にエイラが身につけていたのと同様の下帯式のスカートをつけていた。

柔らかい皮を細長くしたものを足のあいだに通して腰に巻いた紐に結びつけるという方法は、ジョンダラーから教わった。体の前後に余裕をもたせた端の部分を垂らし、前後の横と横を寄せあわせれば、腰布が短めのスカートのように見える。マローナの腰布の前後の端には、縁どりがほどこされていた。垂れた布の横同士をぴったりと寄せあわせていないので、すらりと伸びた形のいい足が剝きだしになっていた。腰布そのものも尻のふくらみを形ばかり隠すほど低く通しており、そのため歩くたびに腰布の前垂れと後ろ垂れが揺れていた。前を左右であわせられない丈のかなり短い上着も、申しわけ程度にしか肌を隠していない腰布スカートも、マローナにはどちらも小さすぎるようにエイラには思えた。一人前の女用ではなく子ども用につくられたみたいだ。しかし、この淡い色の髪の女は、なんらかの意図があってこの服を入念にえらんだにちがいない、とわかってもいた。

「さあ、どれでも好きなのを選んで」マローナはいった。「わたしたちは、あなたの髪をととのえてあげる。今宵をあなたにとって特別な夜にしてあげたいから」

「ここにある服はどれもかなり大きくて、そのうえ厚手みたいだけど……」エイラはいった。「暑い思いをするということはない?」

「夜は冷えるの。それにここにあるのは、どれもゆったりと着るようにつくってあるのよ。こんなふうにね」ワイロパはそういって両腕をもちあげ、袖がだらしないほどだぶだぶであることをエイラに示した。「ほら、これを着てみて」マローナが一着のチュニックを手にとった。「どんな感じで着ればいいのかを教えてあげるわ」

エイラは自分のチュニックを脱いで、お守り袋を首からはずして棚におくと、マローナにべつのチュニックを頭から着せてもらった。まわりにいる四人の女のだれよりも背が高いエイラだったが、チュニックの裾は膝までとどき、袖口は指先まで完全にすっぽりと包んでしまった。

「これは大きすぎるわ」エイラはいった。ロラーヴァの顔は見えなかったが、背後から押し殺した声がきこえたような気がした。

「そんなことはないわよ」ワイロパが満面の笑みでいった。「あとは腰帯があればいいだけ。それから、袖は折りかえさなくちゃ。わたしみたいに——ほら、見て。ポーチュラ、あの帯をもってきて。わたしがお手本を見せてあげたいから」

ふっくらとしたポーチュラが帯をもってきたが、わざとらしいまでの笑顔をのぞかせているマローナとワイロパとは異なり、もはや顔に笑みはなかった。マローナは帯を手にとり、エイラの腰に巻きつけた。「腰の低めの位置でこうやってお尻にまわして結んだら……残った部分はゆったり引きだして、房飾りを垂らすの。わかる?」

エイラはまだ、服が大きすぎるという気分を拭いきれなかった。「やっぱり、わたしの体にはどうしてもあわない気がするの。大きすぎるわ。それに、このズボンを見て」そういってチュニックの横にあったズボンをとりあげ、体の前にあててみた。「ほら、ズボンの腰がこんなに高くまできちゃうし」そういって、チュニックを頭から脱いだ。

「それもそうね」マローナがいった。「じゃ、ほかのを着てみて」

女たちはほかの服をえらびだした。こちらはいくぶん小さく、マンモスの牙の数珠玉や貝殻できらびやかに飾られていた。

「とても美しい服ね」エイラはチュニックの前を見おろしていった。「美しすぎる、といってもいいくらい……」

ロラーヴァが妙な雰囲気で鼻を鳴らした。エイラはふりかえって顔の表情を確かめようとしたが、そのときにはもうロラーヴァは顔をそむけていた。

「でも、これはすごくぶあつい服だし、まだ大きすぎるくらいだわ」エイラはそう言葉をつづけながら、二着めのチュニックも脱いだ。

「ゼランドニー族の衣服に慣れていなかったら、大きすぎると思うのも無理はないと思うわ」マローナはちょっと眉を寄せながらいい、すぐに悦にいったような笑みをこぼした。「でも、あなたのいうことにも一理あるかも。ちょっと待ってて。こういう機会にぴったりの服があったと思うの。それもつくったばかりの服よ」

マローナはそういいおいて寝室から外に出ると、この住まいのほかの部屋にむかった。ややあってもどってきたマローナは、またちがう服を手にしていた。

前の二着よりはずっと小さく、手にした感じも軽かった。エイラはその服を試着した。体に張りつくようなズボンはふくらはぎ半分までの丈しかなかったが、腰まわりはぴったりだった。ズボンの前は左右から寄せて重ねあわせ、頑丈で伸縮性のある紐で結びあわせるつくりだった。上着は袖のないチュニック。胸もとにはV字形の深い刳《く》りこみがあって、細い皮紐で左右をあわせるつくりになっていた。エイラにはちょっと小さいため、紐をさいごまで完全に締めることは無理だったが、紐を緩めておけば着ごこちはわるくない。これまでの服とは異なり、飾りのない素朴な服だった。素材は柔らかい皮で、肌ざわりもよかった。

「とっても着ごこちがいいわ」エイラはいった。

「それにぴったりの品があるのよ」マローナはそういって、さまざまな色あいの繊維を撚りあわせて精緻な模様に編みあげた帯をエイラに見せた。

「すごくきれいにできているし、とてもおもしろい品だわ」マローナに腰の低い位置で帯を締めてもらいながら、エイラはいった。この服には満足だった。「この服なら大丈夫ね。すてきな贈り物をありがとう」

エイラはそういうと、お守り袋を首にかけ、ほかの服を畳んだ。

ロラーヴァがのどを詰まらせたような声をあげ咳きこみはじめ、「ちょっと水を飲んでこなくっちゃ」といいながら、大急ぎで部屋を出ていった。

「じゃ、こんどはあなたの髪の毛をととのえさせて」ワイロパが、あいかわらずの満面の笑みでいった。

「ポーチュラの顔にお化粧をしおわったら、あなたのお化粧もしてあげるわ」マローナがいった。

「わたしの髪の毛もちゃんとととのえてくれるっていう話だったわね、ワイロパ」ポーチュラがいった。

「わたしの髪もきれいにしてくれるっていったじゃないの」部屋の入口に立っていたロラーヴァがいった。

「ええ、あなたのその咳の発作がおさまったらね」マローナはそういって、年下の女をきつい目つきでにらみつけた。

ワイロパに髪をとかされて細工をされているあいだ、エイラはマローナがふたりの女に化粧をほどこすさまを興味津々の目つきでながめていた。マローナは、こまかく擂り潰した赭土《あかつち》や黄色い土を練りこんで固めた獣脂をつかって、口もとや頬やひたいに色を塗り、さらに黒い炭で目もとを強調させていった。つづいて、こんどは同系統のもっと濃い色をつかって点や曲線やさまざまな図形からなる模様を顔に描きこむ。その模様にエイラは、何人かの人の顔に見かけた刺青を連想していた。

「こんどはあなたにお化粧をさせて」マローナはエイラにむかっていった。「ワイロパはもう髪の毛を仕上げてくれたみたいだし」

「ええ！」ワイロパはいった。「これでおわり！　マローナにお化粧してもらってね」

女たちの顔への装飾にはたしかに興味をかきたてられたものの、エイラはこれに落ち着かないものを感じていた。マルソナの住まいでは色彩や物の形状などがどれをとっても控えめで、それが心地よく思えていた。しかしここの女たちの見た目には、自分が好意を感じているかどうかも判然としなかった。どことなく、ごてごてしすぎていると思えたのである。

「ええ……でも、やっぱり遠慮しておくわ」エイラはいった。

「でも、お化粧はしなくっちゃ！」ロラーヴァが失望もあらわな顔でいった。

「みんながお化粧するのよ」マローナがいった。「あなたひとりがお化粧していないことになっちゃう」

「そうよ！　さあ、早く。マローナにお化粧してもらいなさいな。ここの女たちはみんなお化粧をするんだから」ワイロパもいった。

「ぜひやってもらうべきよ」ロラーヴァがせっついた。「マローナには、いつだってだれもがお化粧をやってもらいたがってるんだもの。そのマローナが自分から申し出てくれてるのだから、運がいいと思わなくちゃ」

あまりにも熱心なその薦めに、かえってエイラは抵抗したくなってきた。マルソナからは、顔に化粧をするという話はきいていない。じっくり時間をかけて自分なりの化粧の方法を見つけたかったし、あまりよく知らない風習を押しつけられたくなかった。

「やっぱり、今回は遠慮しておくわ。またべつの機会にお願いするかもしれないけど」エイラはいった。

「そんなこといわずにやってもらいなさいよ。でないと、すべてが台なしだわ」ロラーヴァがいった。

「いや！　顔になにかを塗られるのは気が進まないの」エイラがきっぱりと決意のほどをみなぎらせた強い口調でいったので、ほかの面々はようやく説得をあきらめた。

そのあとエイラが見ていると、女たちはおたがいの髪を編んだり結いあげて巻いたり、飾り用の櫛《くし》や簪《かんざし》などをきれいに飾りつけたりしていた。仕上げに女たちは、顔に装身具をつけた。それまでは女たちの顔の要所要所の穴にまったく気づかなかったが、女たちは耳朶《じだ》に耳飾りをつけたり、鼻や頬や下唇の下に栓のような形の装身具を通したりしていた。こうした飾りがくわわると、顔に描きこまれた模様が装身具を引き立てる役をになっていることも見えてきた。

「あなたはどこにも穴をあけていないの?」ロラーヴァがたずねた。「だったら、ぜひどこかに穴をあけてもらうべきね。いますぐ穴をあけてあげられないのは残念だけど」

しかしエイラは、自分がはたしてそれを望んでいるのかどうかもさだかではなかった。しかし、耳たぶになら穴があってもいいかもしれない。そうしてもらえれば、〈マンモスを狩る者たち〉の異名をとるマムトイ族の〈夏のつどい〉からこっち、ずっともち運んでいた耳飾りをつけられる。エイラが見まもっている前で、女たちはさらに数珠玉や胸飾りで首まわりをかざり、両腕に腕環をつけた。

エイラは女たちがおりおりに、部屋を仕切っている衝立の陰にあるなにかをのぞきこんでいることに目をとめた。やがて髪の毛をとかしたり飾ったりするのを見るのにも飽きたエイラは立ちあがり、いったいみんなはなにを見ているのかと確かめに近づいた。ロラーヴァが小さく〝あっ〟という声をあげるのをききながらのぞきこむと、そこにあったのはマルソナの住まいにあったのと同様の、黒く染められてから磨きあげられた木の鏡だった。エイラは自分の姿を鏡で確かめた。

鏡に映った自分には、あまり感心できなかった。髪の毛は髷《まげ》や渦巻にまとめられていたが、なにやらその位置が不釣り合いで不格好だったし、ほかの女たちのような見ていて心地よい左右対称でもなかった。ワイロパとマローナが顔を見かわし、あわてて目をそむけあうのが見えた。エイラはどちらかの女の視線を目でとらえようとしたが、ふたりともエイラの目を避けていた。なにやら妙な空気がただよっていたし、どうにも気にくわなかった。女たちから髪の毛にされたことにかぎっていえば、断じて気にくわなかった。

「やっぱり、髪はなにもせずに垂らしておこうと思うの」エイラはそういうと、櫛や簪をとりはずして、編んだ髪をほどきはじめた。「このほうがジョンダラーの好みだから」

エイラは装身具類を残らずはずすと櫛をとりあげ、洗ったばかりで自然に波打っている、長く伸ばした豊かで翳《かげ》りのある金髪をとかしはじめた。

それから、胸もとのお守り袋の位置をなおした。衣類の下におさめることはたびたびあったが、これを首にかけずにいるのはぜったいに気がすすまなかった。ついで、あらためて鏡をのぞく。いずれは自分で髪をととのえられるようになるだろう。しかし当面は、自然にふわりと垂らしたままの髪の毛のほうがずっと好みにあっていた。ちらりとワイロパに目をやり、あの人にはどうしてわたしの髪の毛が奇妙だとわからなかったのだろうか、と思った。

エイラは鏡に映っているお守り袋に視線を落とし、他人の目で見てみようとした。なかにおさめてある品のせいでごつごつ膨らみ、汗と摩擦とで表面も以前よりずいぶん黒っぽくなっていた。飾りつきの小さなこの袋は、もともと裁縫道具入れとしてつくられた品だ。当初、いちばん底の部分を丸く縁どっていた白い羽根の飾りも、いまでは黒っぽい羽根の軸が一本残っているきりになった。しかしマンモスの牙の数珠玉飾りの模様はいまも当時のままで、これが素朴な皮のチュニックにおもしろい味を添えていた。エイラはお守り袋を、人に見えるようにさげることにした。

それまでエイラが首からさげていた質素で汚れた小袋を見て、こちらの裁縫道具の袋を代わりにつかうべきだと薦めてくれたのが、友だちのディーギーだったことが思い出された。いまでは、こちらの袋がすり減って古びてしまった。ほどなく新しい袋をつくって交換しなくてはならないとは思ったが、いまの袋を捨てられるはずもなかった。この品には、あまりにもたくさんの思い出が詰まっている。

住まいの外からさまざまな活動の気配がきこえてきた。女たちはあいかわらず、それぞれの顔や髪に、エイラが見てはっきりわかる変化をひとつももたらさないような些細な仕上げをほどこしあっていたが、それをただ見ていることにも飽きてきた。やがて、住まいの出入口の横にある生皮の張られた枠を、だれかが音をたてて引っかいた。

「みんなエイラを待ってるわ」という声がきこえた。フォラーラの声に思えた。

「じきに出ていくとみんなに伝えて」マローナが答え、エイラにむきなおって質問してきた。「ほんとうに、わたしが顔にお化粧をしてあげなくてもいい？　だって、今夜はあなたのための祝いの宴なのよ」

「でも、ほんとうにお化粧は気がすすまないの」

「わかった——みんな待っているようだから、あなたはそろそろ出ていったほうがいいわね。わたしたちも、もうちょっとしたら出ていくわ」マローナがいった。「わたしたち、まだ着付けが残ってるから」

「そうね、そろそろ出ていったほうがいいみたい」エイラはここを立ち去る口実ができたことにほっとしながら、そう答えた。ずいぶん長いあいだこの部屋にいたように思えた。

「贈り物をどうもありがとう」と忘れずに礼を述べる。「この服はほんとに着ごこちがいいわ」

それからエイラは着古したチュニックと短いズボンを手にとって、住まいから外に出た。

大きく張りだした岩棚の下の岩屋には、だれの姿も見あたらなかった。どうやらフォラーラは、エイラを待たずに行ってしまったらしい。エイラは急いでマルソナの住まいに足をむけ、出入口の内側に古い服をおいた。それからさらに早足で、先ほど外に見えた人の群れの方向をめざした。人々は、この住まいを下に擁して風雪から守っている巨大な岩棚の落とす影の先にあつまっていた。

夕方に近い時刻の日ざしのなかにエイラが足を踏みいれると、そばにいた数人の人々がその姿に気がついて、たちまち口をつぐみ、まじまじと目を見ひらいた。つづいてさらに数人の人がエイラに気がついて目を丸くし、肘でつついて近くの人にも見るようにうながした。エイラは足どりをゆるめ、自分を見つめている人々をじっと見かえした。たちまち、あたりのおしゃべりがすっかりやんでいた。水を打ったような静けさのなか、いきなりだれかが我慢できずに吹きだした。つづいて笑い声をあげる者がいて、これにまただれかが笑い声をあげた。たちまち、その場の全員が笑いだしていた。

どうしてこの人たちは笑っているのだろう？　わたしを笑っているのか？　なにかまずいことをしたのだろうか？　エイラの顔が困惑で朱に染まった。知らず知らず、なにかとんでもなく馬鹿なことをしでかしているのか？　あたりを見まわす。走って逃げたかったが、さりとてどこに逃げればいいのかもわからない。

大股で近づいてくるジョンダラーの姿が目に飛びこんできた。その顔は怒りにしかめられていた。さらにべつの方向から、マルソナも急ぎ足でエイラに近づいてきた。

「ジョンダラー！」エイラは近づくジョンダラーに声をかけた。「どうしてみんな、わたしのことを笑っているの？　なにかいけないことをした？　わたしがなにをしたと？」

エイラはマムトイ語をつかっていたが、自分ではそのことを意識していなかった。

「それは少年の冬用の下着なんだよ。腰帯は、春に目覚めた若い男の成長の儀式につから品だ——まわりの人々に、ドニの女に手ほどきをうける準備がととのったことを知らせるのにね」ジョンダラーもマムトイ語をつかっていた。自分の一族のもとにやってきた最初の日だというのに、エイラがこのような残酷きわまりない冗談で笑いものに仕立てあげられたことで怒りが燃えあがっていた。

「その服はどこで手にいれてきたの？」近づきながら、マルソナがたずねた。

「マローナだな」ジョンダラーがエイラに代わって答えた。「ふたりで川にいたとき、あの女が近づいてきて、エイラに今夜の宴のための着替えを手伝うと申し出てきたんだ。あの女がおれに仕返しをするつもりで、意地のわるいたくらみを肚《はら》にしまいこんでいたことくらい、気づいていて当然だったのに……迂闊《うかつ》だったよ」

三人は体の向きを変え、迫《せ》りだした岩棚の下にあるマローナの兄の住まいに目をむけた。突きだした岩が落とす影のすぐ内側に、四人の女が見えた。女たちはそれぞれの腰に手をまわして寄りかかりあい、自分たちが口先巧みに騙して、場ちがいそのものの少年用の服を首尾よく着せてやった女を見て、腹をかかえて大笑いしていた。四人とも馬鹿笑いで目から涙を流し、そのせいであんなに丹念に描きこんだ化粧に赤や黒の涙の筋がはいって台なしになっていた。わたしに恥ずかしい思いやいたたまれない思いをさせたことで、あの四人は大喜びしているんだ――エイラはそのことに気づいた。

女たちを見ていると、たちまち胸に怒りがこみあげてきた。あの女たちがわたしにあげたいといった贈り物がこれか？　これがわたしを歓迎するための贈り物か？　こんなふうに、わたしを人の笑いものに仕立てたかったのか？　そしてエイラはようやく、あの部屋で広げて見せられた衣服がすべて女には不適切な服であったことに思いいたった。いまとなれば、あれが残らず男の服であったことも明らかだった。しかし、女たちのたくらみが服にとどまっていなかったこともわかった。あの人たちはどうしてわたしの髪を、あんな変てこりんな形にしたのか？　やっぱりわたしを笑いものにするため？　顔に化粧をするつもりだったのも、やはりわたしを笑われるような顔にするためだったのか？

昔からエイラは笑うことが大好きだった。氏族と暮らしていたころは、息子が生まれるまで、愉快なことに声をあげて笑うのはエイラひとりだった。氏族の人々も顔を歪めて笑顔に見えなくもない表情をつくることはあるが、それはうれしさをあらわす表情ではなかった。むしろ不安や恐怖をあらわす表情であり、そうでなければ相手を攻撃することもありうると威嚇する表情だった。エイラのように顔をほころばせたり声をあげて笑ったりする赤ん坊も、息子しかいなかった。氏族の人々は、ふたりの笑い声をきくと落ち着かない気分になったが、エイラはいかにもうれしそうなダルクの笑い声が大好きだった。

谷で暮らしていたあいだは、まだまだ幼かったウィニーやベビーの剽軽《ひょうきん》なしぐさを見ては、ひとり声をあげて笑ったものだ。そしてジョンダラーがいつでもすぐに笑顔を見せることや、めったにないことではあったが、心の底から楽しそうに笑い声をたてるさまを見て、エイラは自分の同類をこの男のなかに見いだし、ますます愛が深まった。そのあと最初にタルートと出会ったとき、ライオン簇《むら》に行こうか迷っていた自分の背中を後押ししてくれたのは、この簇長《むらおさ》の歓迎の意もあらわな笑顔と屈託のない心からの笑い声だった。これまでの旅で多くの人と知りあいになり、数えきれないほど声をそろえて笑いもしたが、こんなふうに笑いものにされたことはなかったし、笑うという行為が人を傷つけるために利用できることも知らなかった。笑い声に明るい気持ちになるどころか、心の痛みを感じたのは、これが初めてだった。

マルソナも、この底意地のわるい悪戯に不興を感じていた。なんといっても悪戯の対象がゼランドニー族〈九の洞〉への訪問者であり客人、しかもおのれの息子がつれあう相手として連れ帰ってきた女であり、ゆくゆくは自分たち一族の一員になる女だったからだ。

「いらっしゃい、エイラ」マルソナはいった。「もっと場にふさわしい服を見立ててあげる。わたしの手もちの服を調べれば、あなたが着られる服もあるはずよ」

「わたしの服をさがしてみたっていいわ」フォラーラがいった。これまでの一部始終を見ていて、力になれればと近づいてきたのだった。

エイラはふたりに同行しかけて、ふっと足をとめた。「やっぱり、けっこうです」

あの女たちは〝歓迎の贈り物〟だといって、わざと見当ちがいの服をよこした。わたしを突飛な存在に、まわりとちがう変わり者に見せたい、ここに属するべきでない人間に見せたいという肚があったからだ。でも、わたしはあの女たちに〝贈り物〟のお礼をいった。だったら、この服を着つづけてやる！ 人々から好奇の目をむけられたことは前にもあった。氏族の人々のなかにいたときには、変わり者であり醜い女であり、風変わりな者だった。氏族の人から笑われたことこそなかったが――こんなふうに声をあげて笑うことを知らなかったからだ――わたしが氏族会に着くと、みんながいっせいにじろじろと見つめてきたではないか。

氏族会のあいだ、わたしはずっと、ひとりだけの変わり者として、そこに属さないはぐれ者として、ただひとり氏族ではない者として耐えぬくことができた。だったら、ゼランドニー族のあいだでも耐えぬけないはずはない。すくなくとも、ここではわたしと彼らの見た目にちがいはないのだ。エイラはそう思いながらすっくと背すじを伸ばし、口をきっぱりと引き結ぶと、昂然とあごを前に突きだして、笑っている人の群れをきつい目つきで見わたしていった。

「ありがとうございます、マルソナ。フォラーラもありがとう。でも、この服でかまいません。これは歓迎の贈り物としていただいた服です。贈り物を無下《むげ》に捨ててしまうことにくらべれば、これを着ているほうがまだしも無礼にあたらないでしょう」

ちらっと背後に目をむけると、マローナをはじめとする四人の女たちがいなくなったことがわかった。マローナの部屋に引っこんだらしい。エイラはまた前をむき、あつまっている大勢の人にむきなおると、その人々にむかって歩いていった。エイラが前を通りすぎると、マルソナとフォラーラは驚いてジョンダラーに目をむけた。しかし、ジョンダラーは肩をすくめて頭を左右にふるのがやっとだった。

歩を進めていたエイラは、目の隅からさらにはずれたところに見なれた動きの気配をとらえた。見ると、ウルフがここまでの上り坂をあがりきり、エイラに走って近づいてくるところだった。ウルフが足もとまでやってくると、エイラは自分の胸を軽く叩いた。ウルフはぴょこんと躍りあがって二本の前足をエイラの肩にかけ、のどを舌で舐めてから、さらに大きくひらいた口でそっとのどをくわえた。群衆からざわめきの声がきこえてきた。エイラはウルフに体を降ろすよう合図で命じ、マムトイ族の〈夏のつどい〉で教えたとおり、自分にぴたりとくっついたまま、あとをついてくるよう合図をした。

　エイラが人ごみのあいだを歩いていくにつれ、人々は静まりかえってきた。エイラの歩き方にある種の雰囲気があったからだし、エイラの一途な決意の気配や、これまでエイラを笑いものにしていた人々を見かえす決然とした目つきのせいでもあった。また、ウルフを横にしたがえて歩いていることも理由だった。まもなく、笑いたい気分を感じている者はひとりもいなくなっていた。

　エイラは、先ほども顔をあわせた人々があつまっているところに歩みよった。ウィロマー、ジョハラン、それにゼランドニの三人がエイラを迎えた。ふりかえったエイラは、すぐうしろにジョンダラーがついてきたことを目にとめた。さらにそのうしろには、マルソナとフォラーラがいた。

「ここにはまだ、ちゃんと引きあわせてもらっていない人がいるみたいね。よかったら紹介してもらえる？」エイラはジョンダラーにたずねた。

　しかし、代わってジョハランが前に進みでてきた。「マムトイ族ライオン簇のエイラ、〈マンモスの炉辺〉の娘にして洞穴《ケーブ》ライオンの霊に選ばれし者、洞穴熊《ケーブ・ベア》の霊に守られし者にして……二頭の馬と一頭の狼の友よ、これがわがつれあい、ゼランドニー族〈九の洞〉のプロレヴァ、その炉辺は……」

　近しい親戚や友人の正式な紹介がなされていくあいだ、ウィロマーはにやりと笑っていたが、その表情に嘲弄《ちょうろう》の色はなかった。マルソナはますますふくれあがる驚嘆の念とともに、さらなる関心をかきたてられつつ、息子が連れ帰ってきた若い女を見つめていた。ちらと視線を滑らせて、ゼランドニの目をとらえる。ふたりは、事情を心得ている者ならではの視線をかわしあった――あとでこの件について話しあおう、と。

多くの人々が、エイラを何度も見かえしていた。とりわけ男が多かった。男たちは、この服と帯が、自分たちにとってどういう意味をもつかを百も知りつつ、しかしいま身にまとっている女性にどれほどよく似あっているかに気づきはじめたのだ。この一年間、エイラは旅をつづけていた。あるときは歩き、またあるときは馬に乗って。それゆえ筋肉がよく締まっていた。体に張りつくような少年用の冬の下着が、ほどよく筋肉がついて均整のとれたしなやかな体つきを強調していた。エイラの引き締まった、それでいて豊満な乳房の前で上着の左右を完全には紐で綴じあわせられないせいで、ひらいた部分から胸の谷間だけがのぞいており、なぜかふだんもっと見なれている剝きだしの乳房以上に魅力的な光景になっていた。短いズボンは形よくすらりと伸びた足や丸い尻をよく見せていたし、しっかりと締めてある帯は――その意匠に秘められた意味はともかくも――まだ妊娠の初期段階にあって、ほんのわずかしか膨らんでいない腰を見目よく強調していた。

エイラが身につけたことで、このいでたちが新しい意味をそなえたといえた。多くの女が顔を飾りたてていたが、エイラが素顔でいることは、その自然な美しさをただきわだたせただけだった。束ねず自然におろしたエイラの長い髪は、なにもせずとも波打って小さな輪をつくって乱れていたが、その波打ちや小さな輪がいましも暮れようとする日の光をうけて煌《きら》めき、ほかの女たちの手の込んだ飾りたてた髪型とくらべて、いかにも魅力的でなまめかしく見えていた。若々しく見えるその姿に、大人の男たちは自分が母なる大地の女神の歓びの賜物にはじめて目覚めたころを思い起こした。そして彼らは、できることならいまいちど若くなって、エイラにドニの女をつとめてもらいたい、とまで思っていた。

エイラの服が突飛きわまるものだという事実を、人々はたちまち忘れていたし、低い声で耳慣れない訛《なま》りのあるこの客人にはなぜか適切な服装だとさえ思いはじめていた。いくら奇妙だといっても、二頭の馬とウルフを意のままにあやつるこの女性の力のほうがよほど奇妙に決まっている。

人々がじっとエイラを見つめていることに、そしてあたりの会話のはしばしにエイラの名前が出てくることに、ジョンダラーは気がついた。それから、ひとりの男のこんな言葉が耳にはいってきた。「あの驚くほど美しい女……あれが、ジョンダラーがここに連れ帰ってきたという女なのか」

「ジョンダラーなら美人を連れて帰ってきて当然よ」答える女の声もきこえた。「でも、あの女の人には勇気がある。強い意志もね。あの人のことがもっとよく知りたいわ」

そんな発言を耳にして、あらためてエイラを見やったとたん、ジョンダラーの目には服装が場ちがいだという点ではなく、いまのエイラのありのままの姿が見えてきた。まず、あれほど類のないすばらしい体を惜しげもなくさらせる女は、ほとんどいない。とくに、エイラと同年代の女、子どもをひとりふたり産んで、若々しい筋肉にたるみが増えてくる世代ならなおさらだ。たとえあの服装が適切だったにしろ、体にぴったりと張りつくようなあの種の服をみずから身にまとう女もまずいない。たいていの女は、もっとゆったりとした服、肌を隠す範囲の大きな服をえらぶ――そのほうが着ごこちがいいからだ。それに、エイラがあんなふうに髪を自然に垂らしていたほうがジョンダラーの好みだった。エイラは美しく、そのうえ勇気のある女だ――ジョンダラーは思った。きょうの午後ふたりで馬を走らせたときのこと、高い台地の上でのひとときを思い出すにつれ、ふっと緊張がほぐれ、顔に笑みが浮かんできた。おれはなんと幸運な男なのだろう。

マローナと三人の仲間は、あいかわらず笑いながらマローナの部屋に引きかえし、乱れてしまった顔の化粧をなおしはじめた。しばらくしたら、それぞれのとっておきの衣装、最高に場にふさわしい衣装に着替えて、ふたたび出ていくつもりだった――さぞや人目をあつめる堂々たる登場ぶりになるはずだ、と考えて。

マローナはそれまでの腰布スカートではなく、ことのほか柔らかく柔軟性にも富む皮でできた、もっと優美な長いスカートをはいていた。その上にさらに裾飾りつきの丈の長いオーバースカートを重ね、それで腰と尻をくるんで巻きつけ縛っていたが、上半身にはあいかわらず飾りのついた短い上着を着ていた。ポーチュラはお気にいりのスカートと上着。ロラーヴァには短いチュニック式のドレスしか手もちがなかったが、ほかの女から裾飾りつきの長いオーバースカートや余分の首飾りと腕環を借りうけ、髪をきれいにととのえたうえに、過去にも例のないほど凝った模様を丹念に顔に描きこんでもいた。ワイロパは声をあげて笑いながら、本来は男用につくられた飾りつきのシャツとズボンを脱ぎ捨てると、自分のズボン――赤みの強い橙色《だいだい》に染めあげた皮で、ふんだんな飾りがほどこされた品――と、黒っぽい縁飾りつきのもっと深みのある色のチュニックに着替えた。

支度がととのうと、四人は住まいをあとにし、肩をならべて正面の岩棚に出ていった。しかしマローナとその友人たちに気がついた人々は、たちまちこれ見よがしに背中をむけて四人を無視した。ゼランドニー族は、意地のわるい人々ではない。今回の客人を笑ったのも、一人前の成長した女性が少年の冬用の下着に思春期用の帯を締めていることで驚いただけだった。しかし一族の大半の人間は、こうした心ない悪戯を不快に感じていた。この悪戯のせいで自分たち全員に悪印象がついてまわり、客人をもてなす心のない礼儀知らずの集団だと見られてしまったからだ。エイラは自分たちの客人であり、じきに一族の一員になるべき女性だ。それになによりエイラ自身がこれを巧みに受け流して気骨を示したことで、一族の人々はエイラを誇りに思うようにもなった。

四人の女は、大人数の人々がだれかを囲んでいる光景を目にした。集団から数人の人々が立ち去ると、人の輪の中心にいるエイラの姿が四人にも見えた。エイラは、彼らが贈った服のままだった。あの女は着替えてさえいない！　マローナは茫然とした。どうせジョンダラーの縁者のだれかが、場にふさわしい衣類を新参者の女に貸したものとばかり思っていたし、さらにいえばそれも、あの女にまた人前に出ようという気が残っていた場合だけの話だとさえ思っていた。そもそもジョンダラーは突然の旅立ちで、果たさなかった約束だけを残してマローナを置き去りにした。だから、その旅からジョンダラーが連れて帰ってきた女に恥ずかしい思いをさせてやろうと策を弄したのだが、結局はマローナ自身がどれほどよこしまで、底意地のわるい女なのかを浮き彫りにしただけだった。

こうして残酷な悪戯が自分に跳ねかえってきたことで、マローナははらわたが煮えくりかえる思いだった。せっかく友人たちを拝み倒し、なだめすかして言葉巧みに仲間に引きずりこんだのに――こうすれば自分たちが注目の的《まと》になるし、自分たちがどれほど輝くことだろうか、といって。それなのに、いまではだれもがジョンダラーの女のことを話題にしているようだ。あの奇妙な訛りさえ――ロラーヴァがあやうく笑い声をあげそうになり、ワイロパにいたっては理解さえおぼつかなかった、あの奇妙な訛りさえ――人々は口々に、異郷の雰囲気があって魅力的だと褒めそやしているしまつだ。

人々の注目を一身に浴びているのはエイラだ。マローナの三人の友人は、説得されて話に乗ってしまったことを悔やんでいた。なかでも、いちばん気乗りしていなかったのはポーチュラだった。話を承諾したのも、ひとえにマローナから顔の化粧をすると約束してもらったからだし、マローナはじつに見事な顔の化粧を描く腕のもちぬしとして名高かった。エイラはそれほど悪人には思えない。それどころか人あたりのいい性格のようだし、なによりいまも友人を増やしている……自分たち以外の全員を相手に。

少年用の服を着れば、この新参者の美しさがかえって引き立ってしまうことくらい、どうして女たちには予想できなかったのか？　それは、自分たちが見たいと思っているものしか見ていなかったからだ――象徴の部分は見えていても、現実は見えていなかった、ということだ。だれひとりとして、そんな服を着て人前に出ていこうとは考えもしなかった。しかし、それもエイラには問題ではなかった。その種の服になんの感情もいだいていなければ、ここの文化に根ざす服への感性もそなえておらず、その服がなにを象徴するのかも知らなかったからだ。エイラがこの服でなにか思いをめぐらせたとすれば、それはたったひとつ、この服がいかに着心地がいいことか、という思いだけだ。笑われたことの衝撃が消えていくと、エイラはそのことさえ忘れた。エイラが忘れたことをきっかけに、ほかの全員もそんなことを忘れていた。

この広壮な岩屋の前に広がる岩棚の一劃《いっかく》に、表面がかなり平坦な石灰岩の大岩があった。上に張りだしている岩棚から崩れ落ちてきたものだが、かなり昔のことで、ここに岩がなかった時分を覚えている者はもうひとりもいなかった。岩は、この近辺にあつまってきた人の注目をあつめたいと思った者にしばしば利用されていた。岩の上に立てば、その人物はあつまった群衆より一段も二段も高い位置を確保できるからだ。

ジョハランがこの〈話の石〉にひらりと飛び乗って立ちあがると、期待のこもった静寂が一同の上におりてきた。ジョハランは片手をさしのべてエイラが岩に乗るのを助け、ついでジョンダラーにエイラのとなりに立つように誘った。ウルフは招かれもしないのに岩に飛びあがって、自分の知る唯一の群れの成員である女と男のあいだに立った。ほかの人々よりも高い場所で寄りそっているその姿、男前で背の高いジョンダラーと異郷を思わせる美しさにあふれたエイラ、それに巨大な体軀《たいく》に力をみなぎらせている狼がならぶ姿に、だれしもが息をのんだ。肩をならべて立っていたマルソナとゼランドニは、ともにしばしふたりと一頭の立ち姿を見つめ、ひとときおたがいに見つめあった。どちらの瞳にも、言葉にはなりにくいそれぞれの思いがいっぱいにたたえられていた。

ジョハランはすっくと背を伸ばし、一同が自分たちを目にとめて静まるのを待っていた。あつまった人々を見わたし、〈九の洞〉の全員がいま自分を見ていることを確かめる。さらに、近くのほかの〈洞〉の者数名の存在にも気づいた。ほかの〈洞〉の者は、ほかにもまだいた。そこでジョハランは、このあつまりが予想以上に大人数になったことを意識した。

〈三の洞〉から来た者の大多数は左側に、また〈十四の洞〉の者はそのそばに立っていた。右奥には、〈十一の洞〉の者がたくさん立っていた。さらには、なんと〈二の洞〉からも何人かが顔を見せていたし、そこから谷をへだてた場所にある〈七の洞〉に住む彼らの縁者数名の顔もあった。またほかの人々のあいだに点在してはいるが、〈二十九の洞〉の者も少数ながらおり、さらには〈五の洞〉からもふたりが足を運んでいた。近隣一帯すべての〈洞〉の者がやってきており、かなりの遠距離をはるばるやってきた者もいるのである。

話がたちまち広まったのだろう――ジョハランは思った――あちこちから使いが出されたにちがいない。より多くの人々をあつめる二回めの集会も考えてはいたが、その必要はないかもしれない。すでに全員がここにいるようだからだ。こうなることも予想しておくべきだった。さらに、ここよりも川の上《かみ》にある〈洞〉の者も、残らずふたりの姿を見ていたはずだ。ジョンダラーとエイラは馬の背に乗って、南にむかって旅をしてきたのだから。このぶんだと、今年の〈夏のつどい〉には例年以上の人が来るかもしれない。となると、その準備を手伝うためにも、出発前に大規模な狩りを計画しておくべきだろう。

全員の注目をあつめたとわかると、ジョハランはさらに一拍おいて考えをまとめてから、おもむろに口をひらいて話しはじめた。

「ゼランドニー族〈九の洞〉の洞長《ほらおさ》として、このおれ、ジョハランからひとことみなに話しておきたい」

その言葉に、さいごまできこえていた会話の声も静まった。「今宵は、多くの客人に来ていただいているようだ。おれは母なる大地の女神ドニの名において、長い旅より帰還したわが弟ジョンダラーを迎えるためご参集いただいたすべての方々を、喜んで歓迎したいと思う。われら一同、異郷の地を歩むわが弟の足どりをずっと見まもってくれたことで女神に感謝し、さらに彷徨《さまよ》いがちなわが弟の足をこうして故郷への帰還の道筋へとむけてくれたことでも、女神に感謝をささげたいと思う」

同意の声がそこかしこからあがった。ジョハランは間をおいた。エイラはジョハランのひたいに、ジョンダラーのひたいにも頻繁に見られるのとおなじ皺が刻まれていることに目をとめた。兄弟が似ていることの点に最初に気づいたときとおなじく、いままたエイラはジョハランへの親愛の念が輝きとなってこみあげてくるのを感じた。

「すでに諸君のあらかたもお気づきだろう」ジョハランはつづけた。「ジョンダラーとともに旅立った弟は、故郷にもどってこなかった。弟ソノーランは、いま次の世界を歩んでいる。女神がその寵児をおのがもとに呼びもどしたのだ」そういって、しばし自分の足に目を落とす。

またこの話が出てきた、とエイラは思った。あまりにも多くの才やあまりにも多くの賜物をそなえていること、それだけ深く愛されていればこそ、女神から特別な寵愛をかけてもらっていると考えることは、かならずしも幸運とは考えられていない。ときに女神はおのれの寵愛の対象が身近にいないことに寂しさを感じ、その者がまだ年若いうちに自分のもとに呼びもどしてしまうからだ。

「しかし、ジョンダラーはひとりで帰還したのではない」ジョハランはそう言葉をつづけて、エイラに笑顔をむけた。「まあ、こんな話をきいても、いまさら意外に思う者はすくないかもしれないが、わが弟はその旅の途上でひとりの女と出会った」あつまった人々から含み笑いの声があがり、わけ知りな笑みがこぼれた。「しかし、そのジョンダラーがこれほどまでに驚くべき女を見つけてくるとは、さすがにおれも予想していなかったことは素直に認めたい」

ジョハランの言葉が明らかになると、エイラは顔が赤らむのを感じた。今回恥ずかしい気持ちを感じたのはからかうような笑い声のせいではなく、ジョハランの褒め言葉のせいだった。

「諸君それぞれにきっちりとした紹介をすれば、何日もかかってしまいそうだ。とりわけ、全員が自分の名前と絆のすべてを紹介にふくめようと思えばな」ジョハランがまた笑顔を見せると、人々はこれにうなずいたり、事情はわかるといいたげな笑みで応えた。「それにわれらが客人が諸君全員のことをすぐに覚えるとも思わん。そこでまず客人を、ここにあつまったみなに紹介し、諸君はそれぞれ、のちに機会あるときに個別に紹介をすませるという手はずをとることに決めた」

ジョハランは体の向きを変え、一段高くなっている岩の上に自分とならんで立っているエイラに笑みを投げたが、つづいて背の高い金髪の男にむけた顔にはもっと真剣な表情が宿っていた。

「ゼランドニー族〈九の洞〉のジョンダラー、フリント道具づくりの匠《たくみ》。〈九の洞〉の前洞長マルソナの息子。ランザドニー一族の創設者にして長《おさ》をつとめるダラナーの炉辺に生まれし者。そして〈九の洞〉の洞長ジョハランの弟。この者が五年にもおよぶ長く困難な旅より帰還した。しかもこの者は、遠くはるかなる地に生まれし女を連れて帰ってきた。帰途の旅路だけでも、ゆうに丸一年の歳月をかけて」

〈九の洞〉の洞長ジョハランは、おのれの両手でエイラの両手を握った。

「母なる大地の女神ドニの名において、おれが代表してゼランドニー一族すべてを紹介する、マムトイ族ライオン簇のエイラ、〈マンモスの炉辺〉の娘にして、ケーブ・ライオンの霊に選ばれし者、ケーブ・ベアの霊に守られし者。そして――」ここでジョハランはにっこりと笑った。「――われらも見たように、二頭の馬と一頭の狼の友人よ」

ウルフはこれをきいて、自分が紹介されたとわかってほほ笑んだにちがいない、とジョンダラーは思った。

マムトイ族のエイラ――その言葉を噛みしめながら、エイラは自分が〝一族のない女エイラ〟だったころを思い出し、そんな自分が名乗れるような場所を与えてくれたタルートやネジーをはじめとするライオン簇の人々への感謝の念が、胸の裡《うち》で大きくふくらんでくるのを感じていた。いまにもこぼれ落ちそうな涙を懸命にこらえる。ライオン簇の人々全員が、胸の痛むほど懐しく思われてならなかった。

ジョハランはエイラの片手を放したが、もう一方の手は握ったまま高くかかげて、あつまった各〈洞〉の人々に顔をむけた。「ジョンダラーとともに遠路はるばる旅をしてきたこの女を歓迎してほしい。どうかこの女を、われらゼランドニー族、母なる大地の女神の子らのなかにあたたかく迎えいれてほしい。ゼランドニー族が客人を――なかでもドニに恵まれし者でもある客人を――迎えるにあたっての、もてなしの心と尊敬をどうかこの女に見せてほしい。この女に、われらが客人を大切に思っていることを知らせようではないか」

人々はマローナとその一味を、横目でじっとにらみつけていた。冗談は、もうおかしくもなんともなくなっていた。今度はマローナたちのほうがいたたまれない思いをする番だった。なかでもポーチュラひとりは、ゼランドニー族の少年用下着を身につけて思春期の少年用の腰帯を締めた姿で〈話の石〉に立つ女を見あげて、顔を朱に染めていた。あの服を与えられたとき、エイラという女はそれが不適切な服だと知らなかった。しかし、そんなことは問題でもなんでもなかった。エイラの着こなしが、服を適切そのものにしていたからだ。

エイラはなんらかの行動を起こす必要を感じとって、小さく一歩前に進みでた。「みなさんがドニと呼ぶ偉大なる森羅万象の母、ムトの名において、このような美しい土地の子らであり、母なる大地の女神の子らであるゼランドニー族のみなさまにご挨拶申しあげます。わたしを迎えいれてくださりありがとうございました。また、わたしの動物をも受け入れてくださったことにも感謝しています。まず、ウルフを住まいに連れていってもいいといってくださったことに――」自分の名前を耳にして、ウルフがさっと顔をあげた。「――そして二頭の馬、ウィニーとレーサーのために場所を提供してくださったことに」

エイラのこの発言に、あつまった人々はすぐさま心底からの驚きで応じた。たしかにエイラの口調にははっきりとわかるほどの訛りがあったが、人々を驚かせたのはその話しぶりではなかった。正式な挨拶の言葉の精神にのっとって、エイラは大切な雌馬の名前を、最初にウィニーという名前を与えたときとおなじ、馬のいななきそっくりの発音で口にした。そして彼らは、エイラの口から出てきた音に驚かされたのだった。エイラが真似た馬のいななきがあまりにも真に迫っていたため、彼らは一瞬、ほんとうにその場に馬がいるのかと思った。エイラが動物の声を真似して人々の度肝を抜いたのは、これがはじめてではない――真似のできる動物も馬にとどまらなかった。

エイラには、うんと幼いころに学んだはずの言語の記憶がなかった。氏族以前の暮らしの記憶はなにもない——ただ二、三の漠然とした夢と、地震への途方もない恐怖心、残っているのはそれだけだ。しかしエイラの種族には、生まれながらにひとつの衝動が組みこまれていた。飢えに匹敵するほど強力な遺伝子レベルでの欲求、それは口で言葉を発することで話をしたいという欲求だった。氏族のもとを去って谷にひとり暮らしていたころ、ジョンダラーと出会って、ふたたび口による話し言葉を身につけるようになる前から、エイラは自分だけに——および、ある程度まではウィニーとレーサーにも——理解できるような意味をもった話し言葉をつくりあげていた。

さらにエイラは、耳できいた音を真似る天稟《てんぴん》にも恵まれていた。しかし、音声をもちいる言語をなにひとつ知らず、また耳にはいってくるのが動物の声だけだったこともあり、エイラはまず種々の鳴き声を真似ることからはじめた。そんなふうにエイラがつくりあげていった自分専用の言語は、氏族のもとを放逐される前までに息子の口から出るようになっていた赤ん坊らしい片言と、氏族の人がしゃべるわずかな言葉、それに鳥の囀《さえず》りをふくむさまざまな動物の鳴き真似を組みあわせたものだった。時間をかけて練習を積んだことで、エイラは動物の声を真似することの達人になった。いまでは当の動物たちでさえ、本物とエイラの物真似を区別できないほどだった。

動物の鳴き真似のできる者は珍しくない。それなりに達者であれば、狩りに役立つ戦力になる。しかしエイラはあまりにも巧みで、不気味にさえ思える域に達していた。一瞬、みなが肝をつぶした理由もそこにあった。しかし人々は真面目一本槍の会合でないかぎり、話者がちょっとしたおふざけの要素を話にまぜこむことには慣れていたので、エイラの鳴き真似もそうしたユーモアの実例だと信じるようになってきた。当初の衝撃が薄まっていくにつれて人々は緊張をほぐし、笑顔をのぞかせたり、小さな笑い声を洩らしたりしはじめた。

人々の最初の反応を鋭く察知したエイラは、緊張がほぐれて、代わってみながくつろぎだしたことも感じとっていた。人々から笑顔をむけられ、エイラもまた笑顔を返さずにいられなかった。神々しいまでのエイラの最高に美しい笑み。エイラが輝いているように見えるあの笑顔だった。

「ジョンダラー……こんなにすばらしい雌馬がいて、いったいどうやって若い雄馬どもを遠ざけておくつもりだ？」そうたずねる声があがった。エイラの美しさと魅力を、はじめて公然と認めた発言だった。

金髪のジョンダラーはほほ笑んだ。「なるべく時間を見つけて雌馬に乗り、外に連れだすことを心がけようと思ってる。雌馬を忙しくさせておくためにね。どうかな、旅のあいだに、おれも馬の乗り方を身につけたことがわかるだろう？」

「ジョンダラー、〝乗り方〟だったら、おまえは旅に出る前からよく知っていたじゃないか！」

人々がいっせいに爆笑した。今回はエイラにも、これが楽しい気持ちの反映の笑い声だとわかった。

笑い声が一段落すると、ジョハランが口をひらいた。「あとひとつだけ、みなに話したいことがある。われらはジョンダラーとエイラの故郷への帰還を祝う宴を〈九の洞〉でひらくつもりだが、その宴には近隣の〈洞〉すべてのゼランドニー族の人々を喜んで歓迎したいと思っている」

7

岩屋の南東の端、人々の住まいがない代わりに住人たち全員のための炊《かし》きの場になっているところから、きょうは一日じゅうすばらしい芳香がただよい、だれもがその香りに食欲を刺戟されていた。ジョハランの話がはじまる前まで、かなりたくさんの人々が準備の仕上げに奔走してもいた。紹介がひととおりすむと、あつまった人々は岩屋の端にむけて移動した。人々はジョンダラーとエイラに先頭を歩くようにうながしたが、エイラの一歩うしろをつき従って歩くウルフにはあまり近づかず、距離をおくように気をつけていた。

食べ物は、骨の形をととのえてつくった皿や鉢、草や繊維を編んだ籠類や木彫りの食器などに見目よく盛りつけてあり、それらが石灰岩の岩塊や石板を利用してつくられた細長く低い卓子《テーブル》にならべてあった。そばには、料理を取り分けるのにすぐにつかえるよう、木を曲げてつくったつまみ具や角を彫ってつくった匙《さじ》、大きなフリント製のナイフなどが配されていた。大半の人々は食事用の皿を持参していたが、必要とする人のために余分の皿も用意されていた。

　エイラは足をとめ、ずらりとならんだ料理を感嘆のまなざしで見つめた。若いトナカイの腰と足をそのままの形で焙った料理があるほか、丸々と肥えた雷鳥の料理があり、鱒《ます》や川梭魚《かわかます》の料理があったが、初夏といういまの季節を思えばさらに驚くべきことがあった——まだそれほど豊富ではない野菜類もがあったのだ。若い根、新鮮な葉もの野菜、新芽、それにまだきつく巻いたままの若い羊歯《しだ》類。さまざまな料理の大多数には、食べれば甘みが楽しめる唐綿《とうわた》の花が目にも楽しい飾りとして添えてある。それ以外にも、昨年秋に収穫された各種の木の実や乾燥させた果物があり、いったん乾燥させて水でもどしたオーロックスの肉の塊と各種の木の根、それに茸類を入れた風味ゆたかな肉汁をたたえた容器もあった。

　エイラはふっとこんなことを思った。長い冬のあいだの苛酷な日々を過ごしてもなお、これだけの貴重な食べ物が残っているとしたら、それは食べ物の採集や貯蔵、保存のみならず、寒冷な季節のあいだゼランドニー族のいくつかの〈洞《ほら》〉の成員の命をすべて維持できるよう、適切な量を分配することまでふくめて、ここの人々の能力をあますところなく物語っているといえるのではないか。〈九の洞〉だけでもほぼ二百人の人がいる。ここほど肥沃な土地でなかったなら、一年を通じてこれだけの規模の共同体全員の命を維持していくことはむずかしかったはずだ。しかしここは例外的に実りの豊かな環境だったことにくわえ、めったにないほど便利で使い勝手のいい天然の岩屋がふんだんにあったことにも後押しされて、いくつもの〈洞〉の成員はどんどん増えていった。

　ゼランドニー族〈九の洞〉が根城にしているのは、高くまでそそり立った石灰岩の崖だった。この崖が風雪によって浸食された結果、川にそって曲がっている細長い谷の南に面した部分、その東南東からほぼ南西にむかうあたりに、覆いかぶさるように突きだした巨大な岩棚が形成された。この突きでた岩棚は、その下に幅二百メートル近く、奥ゆきが四十五メートルほどの空間を擁し、岩棚に上を守られた生活空間はじつに約九千三百平方メートルにもおよんだ。その巨岩の下にある岩屋の床は何世紀にもわたって土と小石とが何層にも踏み固められており、上にかぶさる巨大な岩棚より若干長く広がっていた。

これだけの広大な空間があったため、〈九の洞〉の人々は岩が屋根になっている部分すべてを住居で埋めつくすこともできなかった。だれかがはっきりと目的をもって決定をくだしたのではなかったが、近隣のさまざまな職人たちがよくあつまっていた場所と隣接したため、そこはっきりとした境界をつくろうという直観がはたらいたのだろう、〈九の洞〉の人々の住まいは岩屋の東端に集結することになった。拡充のためにはあまりある空間があったため、この居住区のすぐ西は、〈洞〉の人々全体の作業場に利用された。そこから南西の部分には、ずっと端まで広々としたなにも占拠されていない空間が広がっていた。ほかと同様に岩の屋根で雨風から守られているこの空間は、子どもたちの遊び場であり、人々がそれぞれの住まいから出てきてあつまる場でもあった。

この〈九の洞〉に匹敵する規模のものはなかったが、それでも川とその支流の流域には、ゼランドニー族の〈洞〉がほかにいくつも存在していた。大半はおなじように石灰岩の下が岩屋になり、おなじ石でできた広大な岩棚の床をそなえていて、人の住むところになっていた――冬期限定で人が住んでいるところもあった。この人々は知らなかったし、この種の単語で人々が考えだすようになるのは何千年ものちだったが、ゼランドニー族の住むこの土地は北極と赤道のちょうど中間に位置していた。そんな言葉は知らずとも、彼らはこの緯度の中間地帯にあることの恩恵は充分に理解できていた。ここに住んで多くの世代を重ねてきたゼランドニー族は経験からこれを学び、手本や伝説の形でそれをのちの世代に伝えつづけてきた――活用の方法さえ心得ているならば、この地域には四季を通じてさまざまな利点がある、と。

夏になれば一族の者は、ゼランドニー族の領地だと彼らが考えている地域――川の流域よりもさらに広い地域――をよく旅してまわり、大自然のなか、天幕や自然の素材を利用してつくった小屋で暮らすのがつねだった。とりわけ、大人数がひとつになって行動するときや、それぞれの住まいを訪問したり、狩りをしたり、草木の恵みを大量にあつめるときにも、この流儀を踏襲することが珍しくなかった。しかし、可能であれば南向きの岩屋を見つけ、すすんで一時的に利用することもあったし、そのほうが便利だとはっきりわかれば、友人や親族の住む岩屋に身を寄せることもあった。

いちばん近い巨大な氷河の先端がここから北にわずか数百キロのところにまで迫っている氷河期といえども、暖かい季節のあいだの中緯度地域では、晴れあがった日中はかなり気温があがる。太陽は――偉大な母なる惑星の周囲をめぐっているがごとく――頭上の天空を移動していき、やがて南西の空高くにかかる。〈九の洞〉の張り出した巨大きわまる岩の屋根はもちろん、南や南西に面したほかの〈洞〉の同様の岩も、日中いちばん暑い時間にはその下に影を落として、ほっとひと息つける魅力的な涼しい日陰の場所をつくりだしていた。

やがて気温が低下しはじめて、氷河周辺地域の猛烈な寒さが襲ってくる苛酷な季節の先ぶれを告げるころともなると、ゼランドニー族の者は、自分たちの身を守ってくれるような、より恒久的な住まいを求めるようになる。氷河期の冬のあいだは身を切るような風が吹きすさび、気温は氷点下をぐんと下まわるが、よく晴れて空気が乾燥した日のほうが厳しく冷えこむことも珍しくない。そのころになると天空で光を発する球体、すなわち太陽は空の低いところまでしかあがらず、それゆえに午後の長く伸びた日ざしは南をむいた岩屋の奥深くにまでやすやすととどいて、熱をよく吸収する性質をもった石に日輪のぬくもりというロづけを残していった。巨大な石灰岩の岩屋はぬくもりというこの貴重な贈り物を大切にし、夜までその温かさをたもった。夜になって霜の鋭い爪がさらに深くまで食いこむころ、岩屋はかかえこんだぬくもりを自身がまもっている空間にゆずりわたすのだ。

氷河が地球の表面のじつに四分の一近くを覆っていたこの時代、北方の大陸に暮らす人々が生きぬくためには適切な衣類と炎が不可欠だったが、ゼランドニー族の場合には住む土地そのものが太陽熱を吸収する性質をもっていたことが、居住空間を温めることに多大な貢献をしていた。彼らの身を守る岩屋が大きな崖にあったこと、その事実こそ、冷えきった古代の世界において、ここがもっとも人口の多い地域であったことの第一の理由だった。


エイラは、この宴の仕切役をつとめた女性に笑みをむけた。「すばらしい宴の支度ですね、プロレヴァ。おいしそうなにおいを嗅がされて、すっかりおなかがすきましたが、もしそうでなかったにしても、これをひと目見れば空腹になったはずです」

プロレヴァは褒められたうれしさに笑みをこぼした。

「プロレヴァはこれがすごく得意なの」マルソナの声がした。ふりかえったエイラはジョンダラーの母親の姿を目にして、いくぶん驚かされた。先ほど〈話の石〉からおりるときにも目でマルソナの姿をさがしたのだが、人ごみに見つけられなかったからだ。「宴であれ集会であれ、プロレヴァほど巧みにお膳立てのできる人はいないわ。煮炊きもかなりの腕前だけど、なにより食べ物の寄進やほかの人たちからの手伝いの申し出をあざやかにさばくの。そんな才能があればこそ、ジョハランと〈九の洞〉になくてはならない人材よ」

「すべてあなたから学んだことですよ、マルソナ」プロレヴァはいった。つれあいの母親から褒められて喜んでいることは、はた目にも明らかだった。

「あなたはわたしを追いぬいただけじゃないわ。だってわたし、宴のお膳立てが得意だったためしがないんですもの」マルソナはいった。

エイラはマルソナが〝宴のお膳立て〟と特定する言葉をつかったことに注目し、宴や集会のお膳立てがこの女性の〝得意〟ではなかったことを察しとった。なにかをお膳立てしたり切り盛りしたりする腕は、むしろジョハランの前に〈九の洞〉の洞長《ほらおさ》をつとめていた当時、その方面で発揮されていたのだろう。

「このつぎは、ぜひわたしにも手伝わせてくださいね、プロレヴァ」エイラはいった。「あなたからいろいろ学びたいから」

「ええ、つぎは喜んで手伝わせてあげる。でも、今宵はあなたのための宴よ。みんな、あなたがお料理に手をつけるのを待ってる。この若いトナカイの焙り肉を切りわけてあげましょうか?」

「あなたの狼にはなにもやらなくていいの?」マルソナがたずねた。「あの子は肉を食べるのでは?」

「ええ。でも、甘やかして若い動物の柔らかな肉をやる必要はありません。骨があれば――それもほんのすこし肉が残っていて、肉汁用にもつかわない骨が一本あれば満足するでしょうね」エイラは答えた。

「それなら、向こうの炊きの炉のあたりに何本か残ってるわ」プロレヴァはいった。「でも、その前にまずこのトナカイの焙り肉の薄切りと萱草《かんぞう》の若芽をとってちょうだい」

エイラは食事用の鉢を前に出して、肉をひと切れと、おたま一杯分の熱くなっている緑色の野菜料理をうけとった。それがすむとプロレヴァはほかの女を呼んで料理の給仕をまかせ、エイラと連れだって炊きの炉にむかったが、そのあいだもエイラの左側にとどまってウルフから距離をおいていた。プロレヴァはエイラとウルフを、大きな炉の片側にある骨の山のところに案内した。プロレヴァに助けられ、エイラは途中で折れている長い骨をえらびだした。骨の片端は、つやつやと輝く瘤《こぶ》状の関節になっている。骨髄は抜きとられていたが、干からびて茶色くなった生肉の小片がなおいくつかこびりついていた。

「これで充分です」エイラはいった。狼は舌をだらりと突きだし、期待のこもった目でエイラを見つめていた。「この子に骨をやってみますか、プロレヴァ?」

プロレヴァは落ち着かない思いで眉を寄せた。とりわけマローナがあんな悪戯をしたあとなのだから、エイラに礼を失したくはない。しかし狼に骨をやりたい気分ではなかった。

「わたしにやらせて」マルソナがいった。自分が実演してみせれば、みんなの恐怖がいくらかなりとも減ると思ってのことだった。「どうすればいいの?」

「この子の前にさしだしてもいいですし、投げてやってもかまいません」エイラは答えた。気がつけばジョンダラーをふくむ数人がまわりにあつまってきていた。ジョンダラーの顔には、愉快そうな笑みが浮かんでいた。

マルソナは骨を受けとると、近づいてきた狼の方向にさしだしたが、そこで気が変わり、骨を狼からすこし離れた方向に投げた。狼はすかさず跳躍し、空中で骨をぱくりとくわえた。この妙技に、人々の口から賞賛の言葉が出てきた。ついでウルフは、期待顔をエイラにむけた。

「あっちにもっていきなさい、ウルフ」エイラはそういいながら、合図による命令もくわえ、岩棚の端にある焼け焦げた大きな切り株を指さした。狼は大事な宝物をあつかうように骨をくわえて切り株のそばに行って身を落ち着けると、骨に牙を立てはじめた。

一同が配膳用の卓にもどると、だれもかれもがそれぞれの特別料理をエイラとジョンダラーにひと口だけでも食べてほしがった。エイラはさまざまな味の種類があるものの、その種類の幅は子ども時代から自身が慣れ親しんでいたものとは異なっていることに気がついた。ただし、長い旅のあいだにエイラが学んだこともあった。それは、いくら見た目が風変わりでも、地域の人々がいちばん好んで食べる食べ物は、だれの口にもあうおいしい食べ物だ、ということだった。

ジョンダラーよりもいくぶん年かさの男が、エイラを囲む人垣に近づいてきた。エイラには男の外見が多少薄汚く見えたが——洗っていない金髪は脂汚れで黒くなり、服は垢じみ、繕いが必要だった——男に笑顔をむけている者は大勢いた。とりわけ若者たちが笑みを見せていた。男は水袋に似た容器を肩にかついでいた。ほとんど水を通さない性質をもつ動物の胃袋を加工してつくった品で、いまは液体をたっぷりと孕《はら》んでいるために形が変わっていた。

大きさからいって、馬の胃袋を加工してつくった容器だろうとエイラは見当をつけた。反芻《はんすう》動物には胃袋が複数あるため、できあがった容器にもひと目でわかる特徴的な形があるが、そういった品とは異なっていたからだ。またにおいからは、中身がただの水ではないことが知れた。そのにおいに、エイラはタルートの酒《ボウザ》を思い出した。ライオン簇《むら》の簇長《むらおさ》が蒲《がま》の樹液をもとに、さまざまな成分を混ぜてつくっていた発酵飲料だ——どんな成分を混ぜるかについて、タルートは秘密にしておきたがっていたが、おおむねは何種類かの穀物だった。

エイラのそばをうろついていた若い男が顔をあげ、笑みに満面をほころばせた。「ララマーじゃないか！　特製のバーマをもってきたのかい？」

若い男がほかに気をそらしたので、ジョンダラーはほっとした。知らない男だったが、チャレザルという名前だけはきいていた。ゼランドニー族のなかでも、どちらかといえば遠い関係にある集団の出身で、最近になって〈九の洞〉にくわわったという。まだまだ青二才の若さだった。おれが旅立ったときは、まだ最初のドニの女さえ迎えていなかったような年ごろだったはずだ――ジョンダラーはそう思った。それにしてもチャレザルは、蚋《ぶよ》のようにエイラにまとわりついていた。

「もちろんだとも。こちらの若い女性を歓迎するこの祝いの宴に、おれも寄進のひとつもしようと思ってね」ララマーはエイラに笑みをむけていった。

なにやら下心のありそうな笑顔だった。氏族のあいだで培われた感性が刺戟された。ララマーという男の体が語る言葉に注意ぶかく目を走らせたエイラは、ララマーが信用できない男だとすぐに見ぬいた。

「寄進ですって？」ひとりの女が皮肉のにじむ声でききかえした。たしかサローヴァといったはずだ、とエイラは思った。ラシェマーのつれあい。ラシェマーは、ジョハランの片腕的な存在だとエイラが見ていたふたりの男の片割れだ。ブルンの一族でいえばグラドのような立場である。指導者は信頼できる補佐役を必要としているようだ、とエイラは思った。

「おれにできることといえば、せいぜいこのくらいだからね」ララマーはいった。「それにどこの〈洞〉だって、これほどまでに遠方からの客人を迎えることはめったにないじゃないか」

ララマーが重そうな袋を肩からおろして体の向きを変え、手近な石の卓においた。サローヴァが声を殺して吐き捨てる言葉がエイラの耳にはいった。「ふん、ララマーがなにかを寄進でさしだすことのほうが、よっぽど珍しいくせにね。なにが目あてなのやら」

ララマーという男を信頼していないのは、わたしだけではないのは明らかだ――エイラは思った。ほかの人たちもララマーを信頼していない。そのことで、この男への好奇心が掻き立てられた。早くも椀を手にした人々がまわりにあつまりはじめていたが、ララマーはエイラとジョンダラーのふたりだけを相手にしていた。

「旅から帰ってきた男、その男が連れ帰ってきた女——最初の一杯はこのふたりに飲んでもらうのが筋ではないかと思うがな」ララマーはいった。

「それほどの名誉だもの、まさかふたりは断われないわね」サローヴァがつぶやいた。

この軽蔑に満ちた発言はかろうじてエイラの耳にはとどいたが、ほかにきこえた者がいるのだろうか、とエイラは疑問に思った。しかし、この言葉は事実だった。ふたりには拒否できない。エイラはジョンダラーに目をむけた。ジョンダラーはこれ見よがしに自分の椀の水を飲み干し、男にうなずきかけた。エイラも椀の中身をあけて、ふたりでララマーに近づいていった。

「ありがとう」ジョンダラーは笑顔でいった。エイラにはその笑顔も、ララマーの笑顔に負けず劣らず上《う》辺《わべ》だけのものにしか思えなかった。「これほどの気づかいをいただけるとは。あんたのバーマが最高だというのは、だれもが知ってることだからな。もうエイラには会ったかい?」

「ああ、みんなといっしょに会っただけさ」ララマーは答えた。「だけんど、まだ紹介してもらってはいないね」

「これはマムトイ族のエイラ。そしてこれは、ゼランドニー族〈九の洞〉のララマーだ。さっきの言葉は真実だよ。この男以上のバーマをつくれる者はいないんだ」

正式な紹介にしては、ずいぶんと簡素だとエイラは思ったが、当のララマーはこの褒め言葉に気をよくした笑みを見せていた。エイラはジョンダラーに椀をわたして両手をあけ、男に両手をさしだして口をひらいた。「母なる大地の女神の名において、あなたにご挨拶いたします、ゼランドニー族〈九の洞〉のララマーよ」

「おれもあんたを歓迎するともさ」ララマーはそういってエイラの両手をとったが、恥ずかしいとでもいうように、おざなりに握っただけですぐに放した。「堅苦しい紹介はともかく、もっとまっとうな歓迎をさせてくれ」

そういってララマーは容器をあける手順にかかった。よく洗った消化器からつくられたこの耐水性のある容器をあけるにあたって、ララマーがまず手をつけたのはオーロックスの背骨をつくる椎骨《ついこつ》をひとつだけとりだし、加工してつくった注ぎ口部分だった。管状になった椎骨の外側に突きでた部分を切り落とし、そのうえで外周に溝を彫りこんである。これを動物の胃袋本来の開口部に挿入し、椎骨の注ぎ口を包む部分を強靭な紐できつく縛ってあった。このとき、先に彫った溝に紐がうまく塡《はま》りこむようにすると、この注ぎ口がずれたりせず、また水洩れもしなくなるのだ。つづいてララマーは栓を抜いた。栓は細長い皮の紐の片端を数回重ねて結んで、椎骨中央の穴をふさぐのに充分な大きさになるようにつくられていた。形の一定しない袋から中身を出すには、しっかりした素材である椎骨の中央に最初からある穴を通すほうがはるかに楽だった。

エイラはジョンダラーに預けていた椀を手にとると、前にさしだした。ララマーは椀を半分以上その液体で満たしてから、ジョンダラーの椀にもそそいだ。エイラはほんのすこしだけ口に含んでみた。

「おいしいわ」と、笑顔でいう。「マムトイ族といっしょに暮らしていたとき、そこの簇長のタルートが蒲の汁に穀物やいろいろな材料を混ぜて、これに似た飲み物をつくっていたの。でも、こちらのほうがおいしいことは認めるしかないみたい」

ララマーはしてやったりといいたげな悦にいった笑顔で、まわりにならぶ人々を見まわした。

「これはなにからつくってあるの？」エイラは味の秘密を知りたくてたずねた。

「いつもおなじ材料からつくるわけじゃない。そのとき、どんな材料が手にはいるかによるな。蒲の汁や穀物をつかうこともあるさ」ララマーは曖昧な答えでいい抜けた。「どうだ、なにがはいっているかわかるか？」

エイラはふたたび味わった。発酵させてある場合には、材料をあてるのがむずかしくなる。「何種類かの穀物……それにたぶん樺の樹液か……ほかの木の樹液がはいってる。果物もはいっているかしら。でも、それ以外にもなにかが……そう、なにか甘いものも。でも、材料の割合……というか、なにがどのくらいつかわれてるのかはまったくわからないわ」

「なかなか鋭い舌をもってるようだな」ララマーは感心しきりの顔でいった。「これには果物がはいってるよ。林檎《りんご》だ。ただしこれには、木に残ったまま冬を越した林檎をつかった。そのほうが甘く仕上がるからね。ただし、あんたが感じた甘みは蜂蜜さ」

「なるほど！　蜂蜜って教わったら、ええ、たしかに蜂蜜の味がするわ」

「蜂蜜はいつもいつも手にはいるわけじゃない。だけど、蜂蜜が用立てられれば、バーマがずっとうまくなるし、おまけに強くもなる」ララマーはそういって、こんどばかりは真心からの笑みをのぞかせた。自分の酒の製法について、こんなふうに話しあえる人間はそうたくさんはいなかった。

大多数の人間は、手になんらかのわざをそなえており、それぞれがみずからのわざを他者の追随を許さないまでに磨きあげていた。ララマーは、自分がだれよりも美味なバーマをつくることを知っていた。この酒づくりを自分の得意としているわざだ、と考えてはいたが、他人から認められてしかるべきだと考えていたにもかかわらず、認めてくれる人がほとんどいないことも感じていた。

自然発酵する食べ物は数多い。なかには、蔓《つる》や枝になったまま発酵するものもある。そしてそういったものを食べれば、動物でさえ酔いという影響を受けた。また——常時ではないにしてもおりおりに——発酵性飲料を手がける者は多かったが、彼らの手になる酒は質が一定せず、往々にして酸っぱくなってしまった。マルソナはしばしば、すばらしい葡萄酒《ワイン》のつくり手だと見なされていたが、多くの人からは些細なことだと思われていたし、いうまでもなく葡萄酒づくりは数多いマルソナのわざのひとつでしかなかった。

前々から、ララマーがつくる発酵性飲料ならば酢のようにはならず、かならずアルコール性飲料になるという定評があったし、出来あがった酒がすばらしい美味であることも珍しくはなかった。これは決して些細なことではないと、ララマー本人は考えていた。出来のいい酒をつくるには技術と知識がともに必要だからだ。しかし大多数の人々は、ララマーがつくりあげた品、すなわち酒にしか関心をむけない。この状態をさらに悪化させてしまっていたのは、ララマーが自分のつくった酒を大量に飲むことで悪名高かったことや、飲んだ翌朝にはしばしば〝病気〟になってしまい、狩りにいけなくなったり、〈洞〉全体のために全員が協力してすませる必要のある仕事——不愉快な仕事でもあることが多かったが——にも顔を出さなかったりすることが多い、という事情だった。

ララマーが今宵の主賓ふたりに特製バーマをふるまってからほどなく、ララマーの横にひとりの女が姿をあらわした。女の片足にはひとりの幼児がしがみついていたが、女は子どもを無視しているかに思えた。女は片手にもった椀をララマーにさしだした。ララマーの顔をほんの一瞬だけ不愉快そうな表情がよぎったが、この男はすぐに無表情な顔を慎重にとりつくろい、女の椀にバーマをいくらかそそいだ。

「ねえ、この女の人をつれあいに紹介しようっていう気はないのかい?」女がいった。明らかにララマーにむけた発言だったが、女の視線はエイラにむけられていた。

「エイラ、これはおれのつれあいのトレメダ、で、その体にしがみついてるのは、トレメダのいちばん末の息子だよ」ララマーは女の要望に最低限の言葉だけで応じた。しかも紹介に気乗りしていないようだ、とエイラは思った。ララマーは紹介をつづけた。「トレメダ、これはエイラ……ええと……マトモー族の人だ」

「女神の名において、あなたにご挨拶いたします、トレメダ……」エイラはそういいながら椀を下においた。正式な挨拶の作法どおりに両手をつかうためだった。

「歓迎するわ、エイラ」トレメダはそういい、挨拶のために両手をあけようともせず、椀の酒に口をつけた。

さらにふたりの子どもたちがトレメダの近くに姿をあらわした。どの子どもの服もぼろぼろで染みだらけ、汚れ放題に汚れていたため、エイラがゼランドニー族の幼児の男女を区別するために知っているわずかなしるしさえ見わけられないありさまだった。トレメダその人も、子どもたちと大差のない姿だった。髪は櫛《くし》も通されず、服は汚れてぼろぼろだった。トレメダは、つれあいがつくる酒に溺れているのではないか、とエイラはにらんだ。いちばん年上の子ども——男の子だろうとエイラは思った——が、エイラを胡乱《うろん》な目で見あげていた。

「ね、なんでこの女の人は変なしゃべり方してんの？」少年はそういって母親を見あげた。「それに、なんで男の子の下着なんか着てんのかな？」

「さあね。あんたが自分できいたら？」トレメダはそう答え、椀に残っていた酒をあまさず飲み干した。ちらりとララマーに目をむけたエイラは、この男が激しい怒りに燃えていることを見てとった。いまにも少年を殴りそうな顔をしている。ララマーがじっさいに手をあげる前に、エイラはこの少年に直接話しかけた。「わたしの話し方がほかの人とちがっているのは、わたしがうんと遠いところで育ったからだし、小さいころわたしのまわりにいたのが、ゼランドニー族とは話し方がちがう人たちだったからよ。わたしは大きくなってから、ジョンダラーにあなたたちの言葉を教えてもらったの。それからこの服のことだけど、これはきょう早い時間に贈り物としてもらった服だからよ」

少年は直接エイラが答えたことに驚いた顔を見せたが、つぎの質問を口にするのをためらうことはなかった。「でも、なんでその人は男の子の服を贈り物にしたんだろ?」

「わたしにはわからない」エイラは答えた。「もしかしたら冗談のつもりだったのかもね。でも、わたしはこの服が気にいったの。とっても着心地がいいんですもの。きみもそうは思わない?」

「うん、そうだろうね。そんないい服は着たことないけどさ」

「だったら、いっしょにきみ用の服をつくってもいいわね。きみが手伝ってくれるのなら、わたしがつくってもいいわ」エイラはいった。

少年は目を輝かせた。「ほんと?」

「ええ、ほんとよ。そうだ、きみの名前を教えてもらえる?」

「ぼくはボローガン」少年はいった。

エイラは少年に両手をさしのべた。ボローガンは驚いてエイラを見あげた。ここで正式な挨拶をするとは思ってもおらず、どう応じればいいのかもわからないし、自分に正式な称号があるとも思えなかった。それればかりか、母親やみずからの炉辺の主《あるじ》がだれかにむかって、その名前と絆をもちいて挨拶したところを耳にした経験もなかった。エイラは下に手をむけて、ボローガンの垢だらけの両手をとった。

「わたしはマムトイ族ライオン簇のエイラ」そう挨拶をはじめたエイラは、自分の正式な称号をそのあとにすべてつづけた。ボローガンが応じなかったので、エイラは代わってこうつづけた。「ドニの名でも知られる母なる大地の女神ムトの名において、あなたにご挨拶いたします、ゼランドニー族〈九の洞〉のボローガン、トレメダの息子にしてドニの恵みを受けし者。そして母トレメダは、ララマー、またの名、最高に美味なるバーマのつくり手のつれあい」

エイラの口から出ると、ボローガンにもほかの人々と変わらず人に誇るに足るきちんとした名前と絆があるかのようにきこえた。少年はまず母親を、それから母親のつれあいを見あげた。ララマーはもう怒っていなかった。三人とも笑みを見せていた。エイラから名前をさずけられたことで喜んでいるかに見えた。

エイラはまた、マルソナとサローヴァが自分たちの近くに来ていたことに気づいた。

「最高に美味なるバーマをちょっともらいたくてね」サローヴァがいった。ララマーは待ってましたとばかり喜色満面で要望に従った。

「おれももらおう」チャレザルがいった。ほかの人々がララマーのまわりにあつまって、それぞれの椀をさしだすなかで、まっさきに求めを口にしたのがこのチャレザルだった。

エイラはトレメダがこの場を離れる前に、また一杯お代わりを飲んだことに目をとめていた。そのトレメダのあとを、子どもたちがついていく。ボローガンはこの場を離れて歩いていくあいだ、ふりかえってエイラに目をむけてきた。エイラは笑みを送り、ボローガンがお返しに笑顔を見せたことに喜びをおぼえた。

「あの男の子と友だちになれたみたいね」マルソナがエイラにいった。

「ずいぶんと下品な男の子といったほうがいいわ」サローヴァがいい添えた。「本気で、あの子に冬用の下着をつくってあげるつもり?」

「いけません？　わたし、本気でこの服のつくり方が知りたいの」エイラはそういって、自分が着ている服を指さした。「そのうち、わたしも男の子を産むかもしれないし。それに、これとおなじような服を自分用にもつくってみたいから」

「自分用につくる、ですって？　まさか、その服をふだんも着るつもりなの？」

「あちこち手は加えるつもり。たとえば、上着はもうちょっと大きさを体に合わせようと思ってる。これを着たことはある？　とても着心地がいいのよ。それに、歓迎の贈り物だもの。だから、わたしがどれだけ感謝しているのか、その気持ちを見せておきたくて」エイラは内心の怒りと誇りをちらりとのぞかせた声音で答えた。

　サローヴァは大きく目を見ひらいて、ジョンダラーが故郷に連れ帰ってきた異郷の女を見つめた。唐突に、またしてもエイラの奇妙な発音が意識されてきた。この女は、決して怒らせてはならない相手だ、とサローヴァは思った。マローナはエイラにいたたまれない思いをさせようとしたのかもしれない。しかしエイラは、そのたくらみを逆手にとってしっぺ返しをした。いたたまれない思いをさせられるのは、結局のところマローナになりそうだ。この服を着ているエイラを見かけるたびに、マローナは穴があったらはいりたい思いをさせられるはず。わたしは決して、エイラを怒らせるような真似はすまい！

「ボローガンなら、今年の冬に着られる暖かな服があっても困ることはなさそうね」マルソナはいった。若い女ふたりの会話の裏にあった言葉にならない会話の内容も、マルソナはあますところなく察していた。いまこの場でエイラに一定の地位を確保させたほうが、本人のためになるかもしれない。エイラが簡単にはつけこまれることのない女だということを、人々に知らしめておく必要がある。なんといってもエイラは、ゼランドニー族の責任ある指導者一族に生まれ育った男とつれあいになるのだから。

「あの子には、いつだって、どんな服だって、およそ困るってことがないわ」サローヴァがいった。「あの子がまともな服を着ていたためしがある？　あの子どもたちがとにもかくにも肌を隠す服を着ていられるのだって、まわりの人が哀れに思って捨てる服をあげてるからよ。それに、ララマーはたしかに大酒飲みだけど、それでも自分が欲しい品を交換で手に入れるだけのバーマはいつも決まって手もとに残してる。でも、それはつぎのバーマをつくる材料を手に入れるためでこそあれ、つれあいやその子どもたちに充分食べさせるには足りないってことは知ってる？　それに、人手のいる仕事があるというと、決まってララマーは雲隠れよ。岩の粉を捨壕《すてぼり》に敷きつめるとか、そういう仕事ね。そればかりか、狩りのときにも。それにトレメダも人の手助けをしないわ。とんだ似た者同士もあったものね。食べ物をあつめにいくとか、〈洞〉の共同作業とかの段になると、トレメダは決まって〝病気〟で、とても手を貸せないといいだす。そんな病身のくせに、自分の〝おなかをすかせた、かわいそうな子どもたち〟のために、ほかの人の努力の成果からお裾分けを乞うのだけは苦じゃないときてる。そんな頼みごとをされて、拒める人がいる？　だって、あの子たちはほんとうに、まともな服を着せられてもおらず、体をきれいにしてもらうこともめったにないうえ、いつだっておなかをすかせてるんですものね」

食事がひととおりすむと、宴の場はそれまでよりも騒々しくなってきた。ララマーのバーマがふるまわれてからは、なおのことだ。あたりがとっぷりと暗くなると、お祭り騒ぎをしている者たちは、この集落すべてをその下に擁している巨大な岩棚の下の空間のほぼ中央に移動し、頭上に張りだした岩の天蓋のへりの真下のあたりに大きな焚火が燃やされた。夏の盛りの暑い日でも、夜間には底冷えに見舞われる。この寒さに人は、北方に巨大な氷河の塊があることをいやおうなく思い起こされた。

焚火の炎は、その熱を岩屋に送りこんできた。やがて周囲の岩が温まると、ここの環境を快適にする要因がまたひとつ増えた。おなじくここを居ごこちのいい場所にしていたのが、この地に帰りついたばかりのひと組の男女をとりまく人々——絶えず顔ぶれこそ変わるものの、いずれも友好的な人々の存在だった。エイラはかなりたくさんの人々と顔をあわせたため、さしものずばぬけた記憶術を身につけていてさえ、すべてを記憶に刻みこめたかどうかは疑わしかった。

いきなりウルフがまた姿をあらわした。それとほぼ同時に、プロレヴァが眠たげなジャラダルを抱いて一同のもとに近づいてきた。抱かれた少年はぱっと身を起こし、下におろしてくれとせがみはじめたが、母親が迷っているのは顔色からも明らかだった。

「ウルフなら、その子を傷つけることはないわ」エイラはいった。

「あいつは子どもたちとすごく仲がいいんだ」ジョンダラーがわきから口ぞえした。「あいつはライオン簇の子どもたちといっしょに育てられたんだ。なかでも、体が弱くて病気がちだった男の子を一生懸命に守っていたほどさ」

不安を拭いされない母親は、しかし身をかがめて少年を下におろした。けれども、片腕は息子の体にまわしたままだった。エイラはふたりのもとに近づき、ウルフの体に片腕をまわした。これはプロレヴァの不安をなだめるためだった。

「ウルフの体にさわってみたくない、ジャラダル?」エイラはたずねた。ジャラダルは大まじめに頭を上にもちあげ、大きくうなずいた。エイラは少年の手をとって、ウルフの頭に導いてやった。

「ちくちくする!」ジャラダルは笑顔でいった。

「うん、ウルフの毛皮はちくちくするの。ウルフも自分でちくちくするな、って思ってるわ。いまは毛の生えかわりの時期なのよ。ちょうど、新しい毛が生えてくるところね」エイラはいった。

「それって痛いの？」ジャラダルがたずねた。

「痛くはないわ。ちくちくするだけ。いまの時期はとくに体を掻いてほしがるのは、そんな理由からよ」

「でも、なんでいま新しい毛が生えてくるの？」

「これから暖かな季節になるからよ。冬は寒いでしょう？　だからウルフも、自分を温かくするためにいっぱい毛を生やす。でも、そのままだったら夏は暑くてたまらないのよ」エイラは説明した。

「寒くなったら外套を着ればいいのに、なんでそうしないの？」

この質問への答えは、エイラ以外の人の口からもたらされた。

「狼が外套を手づくりするのは大変だから、冬が来るたびに女神が狼一頭一頭に外套をつくってあげるのよ」そういったのはゼランドニだった。プロレヴァのすぐあとから、一同のもとにやってきたのである。「夏になって陽気がよくなると、女神は狼の外套を脱がせてやる。だから、ウルフの毛が抜けるのも、ドニがその子の外套を脱がせてやっていることのあらわれなの」

ゼランドニが幼い少年に話すときのやさしげな口ぶりや、両目にたたえられた思いやりに満ちた光にエイラは驚かされた。それをきっかけに、ゼランドニは子どもを産みたいと思ったことがあるのだろうか、という疑問が芽ばえた。薬師《くすし》としての知識があるのだから、赤ん坊を身ごもることを防ぐ手だてを知っていてもおかしくない。しかし、赤ん坊がどのように胎内に宿るのかを知ること、流産をどのように防ぐかを知ることは、それよりもはるかにむずかしい。新しい命が芽ばえる仕組みをゼランドニはどう考えているのだろう？　はたして、身ごもるのを防ぐ方法も知っているのだろうか？

プロレヴァがジャラダルを抱きあげて住まいに連れて帰ろうとすると、ウルフがそのあとを追っていこうとした。エイラはウルフを呼びもどし、「おまえはマルソナの住まいに行かなくてはだめよ」といいながら、〝家に帰れ〟という合図をした。ウルフにとっての〝家〟とは、どこであれエイラが毛皮をおいた場所と決まっていた。

一時しのぎの対策でしかない焚火の火明かりがとどかない領域を、身を切る寒さをたたえた闇が支配していくと、ほとんどの人々は祝宴の場を離れていった。それぞれの住まいへ引きかえしていく者もいた――とりわけ、幼い子どもをかかえた家族づれは引っこんでいった。しかし、火明かりの範囲のすぐ外側に残っている人々もいた。ほとんどは若い男女のふたりづれだったが、それより年上の者たちもいた――こちらは三人以上の集団もあった。彼らはこれまでとは異なり、もっと親密な雰囲気で肩を寄せあい、ときになにかを話しあい、ときに熱い抱擁をかわしていた。こうした行事のさいには、それぞれの相手を取り替えることも珍しくはなかったし、関係者一同が合意したうえなら、禍根を残すこともなかった。

今回の催しにエイラは、女神を嘉《よみ》する祝祭を連想していた。女神の歓びの賜物をともにすることが女神を讃《たた》えることに通じるのなら、今宵女神は盛大に讃えられることになりそうだ。その意味ではゼランドニー族はマムトイ族とそう変わりない――エイラは思った――いや、それをいうならシャラムドイ族やロサドゥナイ族ともあまり変わらないし、ランザドニー族にいたってはつから言葉さえおなじだ。

数人の男が、母なる大地の女神の歓びの賜物をともにせんと美しき異郷の女に誘いの言葉をかけてきた。そうやって熱い注目を浴びるのはまんざらでもなかったが、エイラは自分の求める相手がジョンダラーひとりであることをはっきりと相手に告げた。

ジョンダラーのほうは、エイラが注目の的《まと》になっていることに複雑な感慨をいだいていた。エイラが人々からあたたかく歓迎されたのはうれしかったし、故郷に連れ帰ってきたエイラを多くの男たちが褒めたたえた言葉には誇らしい気持ちにさせられた。しかしその反面、男たちがエイラをあれほど大っぴらに寝所の毛皮に誘うことがなければいいと思っていたし――とりわけそう思った相手は、よく知らないチャレザルだった――エイラが自分以外の男になびく気はないと表明したときには喜ばしくなった。

ゼランドニー族は、嫉妬にあまり寛大とはいえない一族だった。嫉妬は不和や諍《いさか》いを招きがちだし、ときには喧嘩を引き起こす。ゼランドニー族は共同生活体として、なによりも調和と協力を重んじていた。一年の大部分を通じて、凍てついた荒地と大差のない状態のつづく土地柄のため、ここで生きぬくためにはなによりも自発的な相互協力が必要不可欠なのだ。そのためゼランドニー族の風習や習慣の大半は、人々の善意を維持し、一族内の友好関係を脅《おびや》かすかもしれない要素――たとえば嫉妬――のすべてを封じこめることを目的としていた。

もしエイラがほかの男を選べば、自分が嫉妬をそう簡単に隠せなくなることもジョンダラーは知っていた。エイラをだれかとわかちあうのはいやだ。つれあいとなって長い年月を過ごしたのちになれば……習慣のもたらす安らぎよりも、ときに目新しい相手がもたらす昂奮を優先させたくなれば、また事情も変わるかもしれないが、いまはそんな気になれないし、心の奥底ではいつであれ、だれかとエイラをわかちあいたい気分になる日が来るなどとは考えられない、と思っていた。

歌ったり踊ったりしはじめる者が出てきた。エイラは彼らの方向にむかおうと思ったが、まわりにいるだれもが押しあいへしあいして、エイラに話しかけようとしていた。なかでもひとり、夜になってからずっと人垣のいちばん外側をうろついていた男が、いよいよエイラに話しかけようと肚《はら》をくくった顔を見せていた。エイラはこの尋常でない雰囲気の男にもっと早くから気づいていたように思ったが、男に意識を集中しようとするたびに、ほかの者に質問されたり話しかけられたりして気をそらされていた。

ひとりの男からバーマのお代わりの椀をさしだされて、エイラは顔をあげた。この飲み物にはタルートの酒《ボウザ》を連想したが、バーマのほうが強い。すでに、わけもなく笑いたい気分になっていたエイラは、そろそろ酒の切り上げ時だと思った。こうした発酵性飲料が自分にどんな影響をおよぼすかはよく知っている。ジョンダラーの一族の人とはじめて出会ったこの場で、酒に酔ってあまりにも〝友好的〟になることは避けたかった。

エイラは男に笑みをむけた——椀をわたしてくれた男に鄭重《ていちょう》な断わりの文句を口にするつもりだった。しかし、男の顔を見たことによる衝撃で、笑みが顔の上でつかのま凍りついた。凍りついた笑みは、しかしたちまち心からの親近感と友好の表情に変わった。

「おれはブルケヴァルっていうんだ」男はいった。おずおずとした、恥ずかしがってでもいるような態度だった。「ジョンダラーのいとこにあたるんだよ」そう語る声はかなり低かったが、ゆたかで深い響きがあり、耳に心地よく響いた。

「よろしく！　わたしはマムトイ族のエイラよ」エイラは答えた。この男に関心をおぼえた理由は、男の声やその態度のためばかりではなかった。

ブルケヴァルと名乗った男は、これまでエイラが会ったゼランドニー族の人たちとは外見が異なっていた。ここの人々はふつう青い瞳か灰色の瞳をもっているが、男の大きな瞳はかなり暗い色あいだった。鳶《とび》色かもしれない、とエイラは思ったが、焚火の火明かりだけでは見わけにくかった。しかし目の色以上に驚きだったのは、男の全体的な外見だった。男の風貌はエイラには馴染みの深いものだった。男の顔だちには氏族の特徴が影を落としていたのだ！

この人は、氏族と異人の混じりあった者だ。まちがいない——エイラは思いながら、ブルケヴァルを観察した。といっても一瞥《いちべつ》しただけ。ブルケヴァルの存在が氏族の女として受けた訓練をエイラの奥から引きだしたのだろうか、気がつけばあまり直接的に男を見ないように配慮していた。エイラの見立てでは、ブルケヴァルは氏族と異人が半々に混じった者ではないようだった――たとえば、ジョプラヤが言い交わしたエコザーは半分氏族で半分が異人だったし……それをいうなら、エイラ自身の息子ダルクもそうだ。

この男の場合には、異人の特徴が色濃く出ていた。ひたいは高く秀でて、おおむねまっすぐに切りたっており、頭頂部からの傾斜はごくわずかだった。男が横をむくと、頭部が前後に細長く、後頭部は丸くなっており、氏族の特徴のひとつである髪を丸めたように見える後頭骨の突出部がないこともわかった。しかし、男のもっとも目立った特徴は、その眉弓《びきゅう》だった。眉のあたりの骨が、深く窪んだ大きな目の上に張りだしていたのだ。氏族の男たちほど堂々とした眉弓ではないが、かなり目立つことはまちがいない。また鼻もきわめて大きかった。氏族の男の鼻より形がととのっていたが、全体的な形状は共通していた。

あごは引っこんでいるのだろう、とエイラは思った。焦茶色のひげのせいで、あごの形が見きわめにくくなっていた。しかし、そのひげの存在そのものこそ、ブルケヴァルをエイラが子どものころに慣れ親しんでいた男たちに似かよった姿に見せていた。ジョンダラーは毎年夏になるとひげを剃り落とすが、最初にそれを見たときには衝撃を受けたものだ。ひげを剃ったジョンダラーは実年齢よりもずっと若々しく、まだ春の目覚めを迎えていない少年のようにすら見えた。それまでエイラは、ひげを生やしていない一人前の男を見たことがなかった。いま目の前にいる男は、平均よりもいくぶん背が低かった――エイラよりもわずかに身長が低い。しかし力強さを感じさせる体格で、筋肉は逞《たくま》しく盛りあがり、ぶ厚い樽のような胸をしていた。

ブルケヴァルには、子ども時代のエイラのまわりにいた男たちがそなえていた男性的な性質がすべてそろっていたし、心に安らぎを与えてくれるという意味ではかなりの男前にも思えた。それればかりか、ブルケヴァルに引き寄せられるような疼きをほんのわずかながら感じさえした。同時に、ほろ酔い気分も感じていた——これ以上はぜったいにバーマをお代わりしてはなるまい。

エイラのあたたかな笑みはその内心を如実に伝えていたが、ブルケヴァルはエイラが視線をわきにそらして目を伏せたしぐさに、魅力的な恥じらいの風情があることも感じていた。女から、こんなふうにあたたかく接してもらうことには慣れていない。とりわけ、長身でカリスマ的な魅力をもついとこ、ジョンダラーが連れていた美しい女たちからは。

「いや、あんたがララマーのバーマを一杯飲みたいんじゃないかって思ってね」ブルケヴァルはいった。「あんたのまわりには、こんなに大勢人がいて、みんなあんたと話をしたがってるのに、あんたがなにか飲みたがってるんじゃないかと気をきかせている人がひとりもいないみたいだったし」

「ありがとう。たしかに、なにか飲みたいとは思ってたけど、これはもう飲まないほうがいいみたい」そういってエイラは自分の椀をさし示した。「もうずいぶんたくさん飲んだから、目がまわりそう」そういってから、エイラは笑顔をのぞかせた。光り輝くような、だれひとり抵抗できないあのすばらしい満面の笑みだった。

深く魅了されるあまり、ブルケヴァルはつかのま息をすることすら忘れていた。今夜はずっとエイラと顔をあわせる機会を待ち望んでいたが、近づくのが怖くもあった。これまで美しい女たちから軽く一蹴された経験はなんどもある。火明かりに煌《きら》めいている金色の髪の毛、その引き締まった、目をみはるほど均整のととのった体に、まとわりつくかのような柔らかい皮の服が絶妙に似あっており、そこはかとなく異郷の地を思わせる顔だちがこの地では珍しい風情をかもす魅力のひとつになっている……そんなエイラが、ブルケヴァルには生まれてこのかた見たこともないほど、たぐいまれな群をぬく美人に思えてならなかった。

「だったら、なにかほかの飲み物をもってこようか?」ブルケヴァルは、相手を喜ばせたい少年のような一途さを笑顔にのぞかせながら、ようやくのことでそういった。エイラがここまであけっぴろげに、そして親しげに接してくれるとは予想もしていなかった。

「あっちに行けよ、ブルケヴァル。最初にここに来たのはおれなんだぞ」チャレザルが口をはさんだ。まったくもって、おもしろくない気分だった。エイラがブルケヴァルに笑顔をむけるのも目にしていたし、そもそもチャレザルは今夜ずっと、エイラをふたりきりの場にうまく誘いだそう、それができなくても、いつかふたりだけで会うという約束の言葉を引きだそうと躍起になっていた。

ここまでしつこく、ジョンダラーが選んだ女の気を引こうとする男はほとんどいなかった。しかしチャレザルは遠い〈洞〉から、去年この〈九の洞〉に来たばかりだった。ジョンダラーよりは数歳年下であり、ジョンダラーとその弟が旅立ったときには、まだ一人前の男にも成長していなかった。だから、女あつかいについてはだれにも負けない男だというジョンダラーの評判も、まだ知らなかった。洞長に弟がいたことも、きょうはじめて知ったくらいである。しかし、ブルケヴァルにまつわる噂話や陰口のたぐいは耳にしたことがあった。

「まさかおまえ、平頭混じりの母親から生まれた男に、この人が興味をもつとでも思ってるのか?」チャレザルはそうブルケヴァルにいった。

あつまっていた人々がいっせいに息をのみ、あたりが瞬時に静まりかえった。ブルケヴァルに表立ってそんな発言をする者は、もう何年もいなかった。ブルケヴァルは、純粋な憎しみのもたらす敵意に顔を歪ませると、抑えようもない激しい怒りを全身から燃えたたせながら若い男をにらみつけた。この変身ぶりに、エイラは衝撃を受けた。氏族の男が、こういった怒りをあらわにするさまは前にも見たことがある。それゆえエイラは恐ろしくなった。

しかし、ブルケヴァルが人からこんなふうに嘲弄《ちょうろう》まじりで揶揄《やゆ》されるのも、いまにはじまったことではない。マローナとその仲間がよこした服を着ている姿をみなから笑われていたときのエイラの苦境を目《ま》のあたりにして、ブルケヴァルはわがことのように胸を痛めた。自身もまた、かつては残酷な冗談の的《まと》になっていたからだ。あのときブルケヴァルは――ジョンダラーのように――エイラのもとに駆けより、エイラを守ってやりたいと思った。しかし、人々の笑いに敢然と立ちむかうエイラのふるまいを見たときには、目に涙がこみあげた。誇りもあらわに歩いているエイラ、堂々と人々に立ちむかっていくエイラを目にしたとき、ブルケヴァルはすっかり心を奪われてしまった。

そのあとブルケヴァルは、エイラと話をしたいと強く思いながらも、踏んぎりがつかずにひとり煩悶《はんもん》し、自己紹介をためらっていた。女がいつも好意的に接してくれるとはかぎらない。前に何人かの美しい女からされたように、エイラからも軽蔑のまなざしをむけられるくらいなら、いっそ遠くから見て美しさを愛でていたほうがましだ。しかししばらくエイラを見ているうちに、ようやく賭けに出る踏んぎりがついた。しかも、エイラはとても愛想よく接してくれた！　自分の存在を歓迎してくれているかのようだった。あまりにもぬくもりと包容力に満ちた笑顔のせいで、エイラがまたひときわ美しく見えた。

チャレザルの言葉につづいた静寂のなか、ジョンダラーがエイラの背後から近づき、その身を守るように寄りそっていく姿がブルケヴァルの目にうつった。ジョンダラーが羨ましかった。昔から、たいていの者よりもずっと背が高いという長所をそなえたジョンダラーが羨ましくてならなかった。ジョンダラーは決して人の悪口合戦には参加しなかったし、それどころかブルケヴァルを庇《かば》ったことも一再ならずある。

しかしブルケヴァル本人は、ジョンダラーから憐れみをかけられていると感じていた。悪口をいわれるよりも、そのほうがよほどつらかった。そしていまジョンダラーは、だれもが賛美してやまない美女を連れて帰ってきた。なぜ、ここまで運に恵まれる者がいるのだろう？

だがブルケヴァルは、チャレザルをにらみつけた自分の顔つきに、エイラがどれほど怯えたかまでは知らなかった。あのような怒りの表情は、ブルンの一族のもとを去って以来いちども見たことがなかった。ブルケヴァルの表情にエイラは、ブルンのつれあいの息子、ブラウドを思い出した。ブラウドから、よくあんな表情でにらみつけられたからだ。ブルケヴァルの怒りが自分にむけられたものでないと知っていても、エイラはよみがえった記憶に身をふるわせ、この場を離れたくなった。

エイラはふりかえってジョンダラーに顔をむけ、「もう行きましょう。疲れたわ」と声を殺したマムトイ語で話しかけた。その言葉を口から出すと同時に、自分がほんとうに疲れていること――ありていにいえば疲労困憊しきっていることに気づいた。ふたりは長く困難な旅をおえたばかりだし、さまざまな出来ごとがあった。きょう、ここにたどりついたばかりだとは、にわかには信じがたいほどだった。ジョンダラーの家族と会うことにまつわる不安があり、ソノーランの死を家族に告げる悲しみがあった。マローナの悪戯という不愉快な出来ごともあり、これだけ大規模な〈洞〉の人々すべてと会うという昂奮のひときもあった。そして、このブルケヴァルのひと幕。もう我慢の限界だった。

ジョンダラーは、ブルケヴァルとチャレザルの角の突きあいがエイラの気持ちを沈ませたことを見ぬいていたし、その理由も察していた。「きょうは長い一日だったからね。おれたちも、そろそろ引きあげる潮時だと思うんだ」

ブルケヴァルは、ようやくエイラに話しかける勇気を奮い起こしたばかりだというのに、ふたりがこの場を去るというので狼狽《ろうばい》した顔をのぞかせていた。ブルケヴァルはためらいがちな笑みを見せた。「もう、行かなくちゃいけないのかい？」

「夜も遅いから。ほとんどの人はもう寝所に引きあげたのでしょう？　それに、わたしは疲れているの」エイラはそういって、ブルケヴァルに笑顔を返した。あの憎しみに歪んだ表情が消えているいまなら、こうして笑みをむけることはできたが、前にあった親しみの念の欠けた笑顔だった。エイラとジョンダラーは近くにいた人に〝おやすみなさい〟の挨拶をした。しかし、いったんふりかえったエイラは、ブルケヴァルがまたチャレザルをにらみつけていることに気がついた。

ジョンダラーとふたり、マルソナの住まいに引きかえしていきながら、エイラはたずねた。「さっき、あなたのいとこがチャレザルをにらんでいたときの顔つきを見た？　憎しみに満ちた顔つきだったわ」

「あいつがチャレザルに腹を立てたのも無理はないと思うな」ジョンダラーはいった。ジョンダラー自身、チャレザルにはあまり好意的な感情をもってはいなかった。「だれかを平頭呼ばわりするのはひどい侮辱にあたる。でも、相手の母親を平頭呼ばわりするのは、もっとひどい侮辱なんだ。ブルケヴァルは、昔そんなふうにからかわれていた。とりわけ幼いころはね——子どもは残酷だから」

それからジョンダラーは、子どものころのブルケヴァルをだれかがからかうとなると、きまってその相手はブルケヴァルを〝平頭〟呼ばわりしていた、と説明した。ブルケヴァル本人には、この罵倒語の由来になった氏族の特徴——うしろにむかって傾斜しているひたい——はなかったものの、この単語をつかえばブルケヴァルから確実に激怒の反応を引きだせたからだ。母親をろくに知らない孤児《みなしご》のブルケヴァルにとって、その母親を想像しうる範囲でもっとも卑しむべき存在——けだものと人間の混じりあった畜人《ちくじん》——だと罵《ののし》られるのは、自分が罵られるのよりもつらいことだった。

とくに底意もないまま平気で残酷なことをする子どもたちに、ブルケヴァルがいつも決まって感情を剝きだしにした反応を見せたこともあいまって、より体の大きな者や年かさの者までが若いブルケヴァルを〝平頭〟とか〝畜人の息子〟呼ばわりしてからかうこともしょっちゅうだった。しかし長じるにつれて、ブルケヴァルは身長の低さを力で補うようになった。少年たちとのあいだに数回の喧嘩沙汰があった――少年たちは身長ではまさっていたが、傑出した筋肉ばかりか、容赦のない怒りが組みあわされたとなればなおさら、ブルケヴァルの敵ではなかった。そののち彼らは、ブルケヴァルを蔑みの言葉でからかわなくなった――すくなくとも当人の前では。

「氏族であることが、そこまで人の神経に障る理由がわたしにはわからないの。でも、それが事実なんでしょうね」エイラはいった。「ブルケヴァルには氏族が混じってると思う。あの人を見ていると、エコザーを思い出すの。でもブルケヴァルのほうが、氏族らしさがすくない。見ればわかるとおり、氏族の特徴がそんなに強く出ていないから――でも、さっきの目つきだけはちがうわ。あれを見て、わたしをにらみつけていたときのブラウドの目つきを思い出したの」

「ブルケヴァルに氏族が混じっているとは、おれには断定できない。先祖に遠い土地の出身の者がいたのかもしれないし、ブルケヴァルの外見が平……いや、氏族の人たちと多少似かよったところがあるのも、ただの偶然かもしれないぞ」

「あの人はあなたのいとこなんでしょう？　あの人のこと、なにか知ってる？」

「確かなところはひとつも知らないな。でも、これまできいた話なら教えられるとも」ジョンダラーはいった。「一族の長老たちの話だと、ブルケヴァルのお祖母《ばあ》さんはまだ娘になるやならずのころ、〈夏のつどい〉の場に行く旅の途中、いつしか一族とはぐれてしまったそうだ。その年の〈つどい〉はかなり遠い土地でね。お祖母さんは〈つどい〉の場で〈初床の儀〉を迎えることになっていた。結局、お祖母さんが見つかったのは夏もおわるころだった。話によれば、そのときには頭がおかしくなっていて、ほとんど意味不明のことをしゃべりちらすような状態だったらしい。お祖母さんは、動物に襲われたと話していた。結局この人は頭がまともにもどることもなく、長生きもしなかった。家族のもとに帰ってからほどなく、お祖母さんは――〈初床の儀〉もまだだったというのに――女神のお恵みで身ごもっていることがわかった。そのあとこの人は、ブルケヴァルの母親になる赤ん坊を産み落としたあと、すぐに死んだ。いや、産んだことそのものが直接の原因だったのかもしれないな」

「お祖母さんだという人は、そのあいだどこにいたの?」

「だれにもわからないよ」

エイラは眉を寄せて考えをめぐらせた。「家族のもとを離れていたのだから、どこかで食べ物や雨風をしのぐ場所を見つけていたにちがいないわ」

「ああ、飢えていたという話はきいてないな」

「動物に襲われたという話だけど、どんな動物に襲われたのかを話していたのかしら?」

「いや、そこまではきいてない」

「その人の体には、引っかき傷とか嚙まれた痕とか、そういう傷痕はなかったの?」エイラはさらに質問を重ねた。

「おれは知らないよ」

住まいがならんでいる場所に近づくと、エイラは足をとめ、三日月と遠くなった焚火の仄暗《ほのぐら》い光に浮かぶ長身の男をじっと見つめた。「ゼランドニは氏族のことを動物だといっていなかった? ブルケヴァルのお祖母さんという人は、あなたたちが平頭と呼ぶ人たちのことをなにかいっていた?」

「話によれば、その人は平頭を憎んでいたらしい。平頭の姿を見かけると、悲鳴をあげてその場から走って逃げた、というしね」

「ブルケヴァルのお母さんは? お母さんのことは知ってる? どういう顔かたちの人だったの?」

「そんなによくは覚えてないよ。おれもまだ小さかったしね」ジョンダラーはいった。「背の低い人だった。それから、目が大きくて美しかったことは覚えてる。ブルケヴァルの目とおなじように黒っぽかった……茶色っぽかったな。だけど焦茶というほど暗くはなくて、榛《はしばみ》色に近かった。まわりからは、その目がいちばんの魅力だといわれていたっけな」

「茶色っぽかった……ガバンの目のように?」エイラはたずねた。

「ああ、いわれてみると、そんな気もする」

「ブルケヴァルのお母さんが氏族の顔かたちではなかったことはたしか? エコザーや……ライダグとはちがっていたのね?」

「お母さんがとびきり美人だといわれていた覚えはないけど、ヨーガみたいに眉の上が張りだしていた記憶もないな。一生つれあいをもたずに過ごしたよ。男たちがあまり興味をもたなかったんだと思う」

「お母さんはどうやって身ごもったの?」

薄暗いなかでも、ジョンダラーがにやりと笑ったことがエイラにも見てとれた。「つくづくきみは、赤ん坊を身ごもるのに男が必要だと信じてるんだな? みんなは、女神のお恵みがあったというだけだった。でもゼレナが……いや、ゼランドニが前にこんな話をきかせてくれたよ。ブルケヴァルの母親は、〈初床の儀〉をすませた直後に女神のお恵みを授かる、めったにいない女のひとりだった、とね。身ごもるには若すぎるとみんなが思うけれど、そういうこともなくはないんだ」

　エイラはしきりにうなずいて同意を示していた。「ブルケヴァルのお母さんはその後どうなったの?」

「おれは知らない。ゼランドニからは、体力があまりない女の人だったという話をきいた。たしかブルケヴァルがまだ幼いうちに死んだはずだ。そのあとブルケヴァルは、マローナの母親に育てられた——ブルケヴァルの母親といとこ同士だったからだ。だけどマローナの母親がブルケヴァルをかわいがっていたかといえば、そんなことはなかったと思う。引きとって育てたのも、むしろ義務感からじゃなかったかな。たまにマルソナが面倒を見ることもあったし。まだ小さかったころ、ブルケヴァルと遊んだ記憶もあるんだ。そのころもう年上の男の子のなかには、あいつをからかうやつもいたよ。だれかに平頭呼ばわりされると、あいつは決まって猛烈に怒っていたっけな」

「あの人がチャレザルにあんなに怒っていたのも当然ね。とりあえず事情はわかったわ。でも、あの顔つき……」エイラはまた身をふるわせた。「ブラウドにそっくりだった。記憶にあるかぎりの昔から、ブラウドはわたしに憎しみをむけていたわ。理由はいまもわからない。ひたすらわたしを憎んでいて、わたしがなにをしても、その気持ちを変えることはできなかった。しばらく、努力だけはしたのよ。でも、ジョンダラー……これだけはいわせて。わたし、ブルケヴァルからはぜったいに憎しみをむけられたくはないの」

　ふたりがマルソナの住まいにはいっていくと、ウルフがすかさず顔をあげてふたりを歓迎した。エイラから〝家に帰れ〟と命じられたウルフは、ここに来てエイラの寝具の毛皮を見つけ、近くで体を丸くして横になっていた。マルソナがひとつだけ火を残したランプの光を受けて狼の目が輝くのが見え、エイラはほほ笑んだ。エイラが腰をおろすと、ウルフは顔とのどをぺろぺろ舐めて熱い歓迎の意をあらわした。そのあとウルフは、ジョンダラーにも同様の挨拶をした。

「この子は、あんなにたくさんの人がいるところに慣れてないのね」エイラはいった。

ウルフが自分のもとに引きかえしてくると、エイラはその頭を両手で抱くようにはさみこみ、きらきらと輝く目をのぞきこんでたずねた。

「どうかしたの？　これから慣れなくちゃいけない知らない人が多すぎた？　うん、おまえの気持ちはよくわかるわ」

「じきに、みんな〝知らない人〟じゃなくなるさ、エイラ」ジョンダラーがいった。「もうみんな、きみに首ったけなんだし」

「マローナとその友だちはべつね」エイラはそういうと上体を起こし、本来は少年用の冬の下着である柔らかい皮の上着を締めている紐をほどきはじめた。

エイラをからかったマローナの手口に、ジョンダラーはいまもまだ不愉快な念を禁じえなかった。エイラもおなじのようだった。エイラがあんな試練にさらされたりしなければよかったのに、とジョンダラーは思った。なんといっても、ここに到着した最初の日なのだから。エイラが自分の同胞たちと仲よくなることがジョンダラーの願いだった。じきに晴れてその同胞の一員になるのだから。その一方ジョンダラーは、エイラの対処法に誇らしい気分を感じていた。

「すばらしかったよ。あんなふうに、マローナのやりすぎをたしなめるなんて。みんながそう思ってるさ」

「でも、どうしてあの人たちはわたしを笑いものにしたかったの？　わたしのことも知らないし、わたしと知りあいになろうとさえしていなかったのに」

「わるいのはおれだよ、エイラ」ジョンダラーはそういうと、履きものの上半分――ふくらはぎを覆っている部分――の紐をほどく手を休めた。「あの年の夏、マローナはおれが〈縁結びの儀〉に姿をあらわすと信じて疑わなかったんだ。ところがおれは、ひとことの説明もせずに旅立った。マローナは深く傷ついたはずさ。だれかとつれあいになる予定で、そのことを自分はもちろん知りあい全員が知っていた……それなのに、相手がその場に姿を見せなかったら、きみならどんな気分になる?」

「きっと、とっても悲しい気持ちになるでしょうし、あなたを恨みもすると思う。でも、だからといって、それで知りもしない人を傷つけようとは思わないわ」エイラはそういいながら、ズボンの腰紐をゆるめた。「髪をととのえてあげるといわれたから、ディーギーのことを思い出したの。でもそのあと鏡を見て、あの人たちになにをされたかがわかったから、自分で髪をほどいて櫛を通したのよ。たしかあなたは、前にゼランドニー族は礼節ともてなしの心を大事にする人々だ、と話してたわね」

「それはほんとうだとも」ジョンダラーは答えた。「ほとんどの人はね」

「でも全員じゃない。あなたの昔の女友だちはちがった。だったら、ほかにはだれに注意していればいいのか、あなたからきいておいたほうがいいのかも」

「エイラ、マローナのことで、ほかの全員を低く見るようなことはやめてほしいな。きみだって、ほかの人々がどんなにきみを好ましく思ったか、わからなかったわけじゃないだろう? みんなを信じてやってくれ」

「孤児《みなしご》の男の子をからかって、その子をブラウドみたいな男にしちゃう人たちは?」

「ほとんどの人たちはそうじゃないんだよ、エイラ」ジョンダラーは内面の苦しみをありありと見せる顔でエイラを見つめた。

エイラは長いため息をついた。「そうね、あなたのいうとおり。お母さまはあんな人たちとはちがうし、あなたの妹さんも、ほかの親戚の人もちがうわ。ブルケヴァルだって、わたしにはとても親切に接してくれたし。ただ、さいごにあんな表情を見たのが、わたしに〝死の呪い〟をかけろとブラウドがグーブに命じたときだったという、それだけのこと。ごめんなさい、ジョンダラー。わたし、疲れてるだけ……」エイラはいきなり腕を伸ばして顔をジョンダラーの首すじに埋め、嗚咽《おえつ》の声を洩らしはじめた。「わたし、あなたの一族の人によく思われたかった……新しい友だちもつくりたかった……でもあの女たちは、わたしと友だちになんかなりたくないって思ってる。友だちになりたいふりをしてただけだった」

「みんな、きみのことはよく思っているとも。いくらきみだって、あれ以上にいい印象は与えられないほどさ。たしかにマローナは昔から意地のわるい女だった……でも、おれがいないあいだに、ほかの男を見つけているとばかり思っていたよ。男の目をひく魅力がたっぷりあるからね。みんな口をそろえて、〝花畑一の名花〟と呼んでいたよ——毎年の〈夏のつどい〉でいちばん色っぽい女、という意味だけどね。そんなこともあって、おれとあいつがつれあいになると、だれもが思っていたんだろうな」

「あなたはいちばんの美男子で、マローナがいちばんの美女だから?」エイラはたずねた。

「そんなところかな」ジョンダラーは答えた。顔が赤らむのがわかり、部屋が薄暗くてよかったと思った。「でも、いまもまだつれあいをとっていない理由はわからないな」

「いちどはつれあいをとったけれど、関係がつづかなかったと話してたわ」

「それは知ってる。でも、どうしてほかの男を見つけなかったんだ? マローナがいきなり男を歓ばせるすべを忘れたとは思えないし……前よりも魅力が薄れたとか、色っぽくなくなったかといえばそんなこともないし」

「でも、そうかもしれないわ、ジョンダラー。あなたがマローナを求めなかったのだとすれば、ほかの男たちがあらためてあの人をよく見なおそうと思ったとしても不思議じゃない。だいたい、ろくに知らない人を傷つけようとするような女は、あなたが思うほど魅力的な女だとは思えないけど」エイラはそういいながら、ズボンから片足を抜いた。

ジョンダラーは顔を曇らせた。「それもおれのせいでなければいいんだが……。あんなふうに旅立って、マローナを苦境に追いやっただけでもひどい仕打ちだった。そのうえ、おれのせいでマローナが新しいつれあいを見つけられなかったなんて、考えるだけで耐えられないな」

エイラはいぶかしげな顔でジョンダラーを見つめた。「どうしてそんなふうに考えるの?」

「さっき、きみがいってなかったか? おれがマローナを求めなかったとすれば、ほかの男たちが……」

「……ほかの男たちがあらためてあの人を見なおそうと思ったとしても不思議じゃない、とね。見なおして、その結果が気にくわなかったとしても、あなたのせいであるはずはないと思うけど?」

「ええと……そうか……」

「なにも説明しないで旅立ったことでなら、あなたが自分を責めるのもわかる。マローナは傷つき、顔から火の出るような思いをしたと思うわ。でも、そのあとほかの男を見つける時間が五年もあったのよ。しかもあなたがいうには、マローナはとても魅力的だとまわりから思われていたというし。それでも相手を見つけられなかったとしたら、あなたのせいじゃないわよ、ジョンダラー」

ジョンダラーはちょっと間をおいてから、ひとつうなずいた。「それもそうだな」と返事をして、自分の服を脱ぎつづけた。「さあ、もう寝よう。朝になれば、物事が明るく見えてくるものだしな」

暖かく心地いい寝具の毛皮にもぐりこみながら、エイラはふっと新しく思いついたことを口にした。

「マローナが〝男を歓ばせる〟ことを得意としているのなら、どうしてあの人には子どもがいないのかしら?」

ジョンダラーはくすくすと笑った。「ドニの賜物が子どもを宿すというきみの考えが正しいことを祈るよ。そうなれば賜物がふたつに増えるわけだからね……」ジョンダラーは自分の側の上がけをもちあげたところで手をとめた。「でも、きみのいうとおりだ! マローナには子どもがいないんだ!」

「そんなふうに上がけをもちあげっぱなしにしないで! 寒いから!」エイラはきついささやき声でいった。

ジョンダラーは急いで寝袋状の毛皮にもぐりこんで、裸身をエイラの裸身にすり寄せていき、言葉をつづけた。「マローナがつれあいをもたなかった裏には、そんな理由があるのかもしれないな。あるいは、それも理由のひとつか。男がつれあいをとろうと決めるときには、自分の炉辺に子をもたらしてくれる女を選ぼうとする。子どもをもてるのは女だけだ——子をなした女は母親の炉辺にとどまってもいいし、自分の炉辺をかまえることもできる。しかし男が子どもをもとうと思ったら、女とつれあいになり、その女に炉辺に子をもたらしてもらうしか手はない。もしマローナが一回はつれあいをとったものの、子をひとりもなさなかったとなれば……それだけ魅力が減ったはずだ」

「それはそれでかわいそうにね」エイラは突然、同情の思いが胸を刺すのを感じた。自分がどれだけ子どもを欲しいと思ったかはよくわかっている。イーザがウバを産み落とすのを見たあのときから、自分の子が欲しくてたまらなかったし、子どもをもたらしたのがブラウドの憎しみの心であることにも確信があった。ブラウドはエイラを憎んでいたからこそ、無理やりにエイラを貫いた。ブラウドがエイラに強いることがなかったら、胎内に新しい命が宿ることもなかったにちがいない。

もちろん、当時はそんなことは知らなかった。しかし息子を丹念に観察することで、エイラはひとつの理解に達していた。エイラの息子のような子どもがブルンの一族のもとに生まれた前例はなかったし、生まれた息子が母親エイラとあまり似ていなかった――異人らしくなかった――ため、一族の者はこの赤ん坊は氏族の出来損ないだと考えた。しかしエイラには、わが子が双方の混じった存在であることが見えていた。息子にはエイラの特徴を受け継いだ部分もあれば、氏族の特徴を引き継いだ部分もあった。それを見てエイラは卒然と悟った――赤ん坊の出口となる場所に男がその器官をおさめると、それがなんらかのきっかけになり、新たな命が生まれるのだ、と。氏族の人々はそう信じてはいなかったし、ジョンダラーの一族も、それをいうならばほかの異人の一族のだれひとり、そんなことを信じてはいなかったが、エイラはこれこそ真実だと確信していた。

自分の腹にジョンダラーの赤ん坊が宿っていることを知りつつ、当のジョンダラーのかたわらに横たわっていたエイラは、ジョンダラーをうしなったばかりか、おそらくは子どもを授かれない女を思い、胸が痛むほどの憐憫《れんびん》と悲しみを感じた。腹を立てたからといって、わたしがマローナを責められるだろうか？　もしジョンダラーをうしなったら、わたしはどんな気分になることか？　そう思うなり涙がこみあげかけ、みずからの境遇の幸運を思うと、たちまちぬくもりの大波が全身を洗っていった。

しかし、あれは底意地のわるい悪戯だったし、あれ以上にひどい結果になってもおかしくなかった。エイラは怒りを抑えられなかった。しかも、毅然と立ちむかうと肚をくくりはしたが、そのときはまわりの人がどう反応してくるか、まったくわからない状態だった。全員から嘲《あざけ》りを受けたかもしれなかった。なるほど、マローナに同情を感じてはいたが、だからといって好意までも感じられるはずはない。ブルケヴァルのこともある。氏族の特徴を残した顔だちに親しみを感じて接したものの、いまではあの男を警戒する心境だった。

ジョンダラーはエイラがすっかり寝入ったと思えるまでその体を抱きしめ、さらにまちがいなくエイラが寝入ったとわかるまでは眠るまいとしていた。それからジョンダラーも、目を閉じて眠りに身をゆだねた。しかし、エイラは尿意を感じて夜中に目を覚ました。用を足す必要に迫られていた。出入口近くにおかれた夜用の籠に近づくエイラを、ウルフが静かに追ってきた。エイラが寝台にもどると、ウルフもすぐとなりで体を丸くした。片側に狼のぬくもりと庇護を、反対側に男のぬくもりと庇護を同時に感じられるのはありがたかったが、それでもエイラがふたたび寝つくまでには長い時間がかかった。

8

エイラは寝坊をした。体を起こしてまわりを見まわすと、すでにジョンダラーはいなかったし、ウルフの姿もなかった。住まいにいるのは、自分ひとりだった。しかし、たっぷり水のはいった水袋と、きつく編みあげた防水性のある水鉢をだれかがおいてくれていた。エイラが顔を洗えるようにとの配慮だ。さらにその近くには、木を彫ってつくられた椀があり、なかに液体がはいっていた。においからするとハッカのお茶のようだった。冷めている。しかしいまエイラは、なにも飲みたくない気分だった。

エイラは寝台から起きあがり、出入口わきにおいてあった大きな籠をつかって小用をすませた——尿意がしだいに頻繁になってきたことには、当然気がついていた。小用をすませると、お守り袋を手でつかみ、急いで首からはずした。水鉢をつかうときに邪魔にならないようにだ。といっても、鉢に水を入れて顔を洗おうとしたのではない。むかむかとする胃の中身をあけるためだった。きょうの朝は、いつも以上に吐き気がひどいように感じられた。ララマーのバーマのせいだ、とエイラは思った。いつも朝に感じる

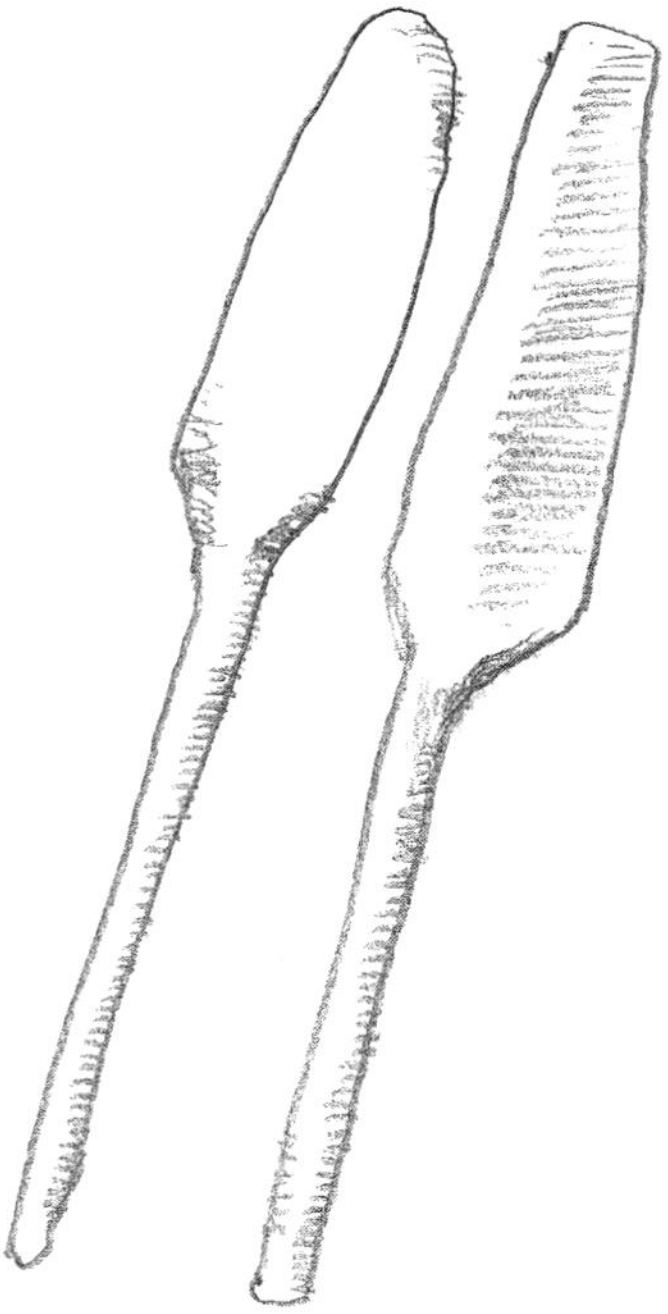

悪阻《つわり》にくわえて、ふつか酔いまで感じている。これからは、あの飲み物は口にするまい。どちらにしても、いまのわたしの体やおなかの赤ちゃんによくない影響があるかもしれないし。

胃袋の中身をすっかり空《から》にすると、エイラはハッカ茶で口をゆすいだ。ついで、前夜最初に着ようと思っていた服、清潔だが抜けない染みのある服を、だれかがきれいに折りたたんで寝具の毛布のそばにおいてくれていたのが目にとまった。その服を身につけていると、自分がこの服を出入口のすぐ内側においたことが思い出されてきた。マローナから与えられた服は、この先も手もとに残すつもりだった。ひとつには信念から、これからも身につけようと思っていたからだが、あの服が着やすく、身にまとうのになんの不都合も見いだせなかったからでもあった。ただし、きょうは着ないことにした。

エイラは旅のあいだもつかっていた丈夫な紐帯を腰にまわして締めると、腰まわりのしっくりと馴染む場所にナイフの鞘《さや》をおさめ、つづいてそれ以外の道具や小袋を帯に吊りさげてから、お守り袋の紐を頭に通した。そのあと、いったんは悪臭を発している水鉢を手にかかえて歩きだしたものの、結局は出入口のわきにおいておくことにした。中身を捨てる場所がわからない。だから、先にその場所を人に教えてもらうつもりだった。ちょうど住まいに近づいてくるところだった、子どもづれの女が挨拶をしてきた。エイラは記憶の奥深い場所から、なんとか女の名前を引きだした。

「おはよう……ラマーラ。そこにいるのは息子さん？」

「そうよ。ロベナンがジャラダルと遊びたいというから、プロレヴァをさがしていたの。でも家にはいなかったから、ひょっとしたらこっちにいるかなと思って」

「ここにはだれもいないわ。目が覚めたときには、もうみんな出かけていて。でも、どこに出かけたかは知らないの。なんだか、けさは体がだるく感じられてしょうがないわ。ずいぶん寝坊してしまったし」エイラはいった。

「ほとんどの人が寝坊してたわ」ラマーラはいった。「ゆうべはお祝いの宴だったもの、きょうの朝はみんな早起きはしたくない気分なのよ。ララマーもずいぶん強い飲み物をつくるわ。まあ、あの飲み物で有名なんだけど——というか、あの飲み物でしか有名じゃない、といったほうがいいわね」

エイラはラマーラの言葉に、かすかな軽蔑の響きをききつけた。それで、起き抜けに吐いた汚物を捨てるのに適切な場所をラマーラにたずねるのに二の足を踏みかけた。しかし、まわりにはほかにだれもいないし、汚物をそのままにしておきたくはなかった。

「ラマーラ……こんなことをきいてもいいのかどうか、それもわからないのだけれど……その……どこに捨てればいいかしら？　……ちょっと汚れものがあって……」

ラマーラはつかのま困惑の顔を見せていた。しかし、エイラがわれ知らず視線をむけた方向に目をむけ、心得た笑みを見せた。「ああ、それなら、おわい用の捨壕《すてぼり》に行けばいいわ。ほら、あっち——岩棚の東の端のほうに目をむけてちょうだい。岩棚の前のほう、烽火《のろし》を焚くところのほうじゃなくて、もっと奥に近いところ。道があるでしょう？」

「ええ、わかるわ」

「あれは山に通じている道よ」ラマーラは説明をつづけた。「道なりにすこし歩くと、道が分かれている場所に出る。左の道のほうが傾斜が急ね。そっちの道をずっとのぼっていけば、この崖の頂上に出られるわ。でも、いまは右の道に進んで。崖の側面をまわりこむように曲がって進むうちに、木ノ川《きかわ》が下に見えてくるわ。そのすこし先に地面のたいらなひらけた空地があって、そこに何本かの壕《ほり》がある——まあ、じっさい目で見えてくるより先ににおいでわかるわ。前に粉を撒《ま》いてからずいぶんたっているから。すぐにわかると思うわ」

　エイラはかぶりをふった。「粉を撒く……とは？」

「焼いた崖の粉を撒いておくのよ。いつも撒いてはいるんだけど、だれもが粉を撒いているわけでもないみたいで」ラマーラはそういうと身をかがめ、落ち着きのなくなってきたロベナンを抱きあげた。

「崖の粉を焼くって、どうやって？　なぜそんなことを？」エイラはたずねた。

「どうするかというと、まず崖の岩をとってきて砕き、擂り潰して粉にしてから、熱い火でいったん焼くの——あの烽火の炉をつかうことが多いわ。で、そのあと焼きあがった粉を壕に撒くわけ。どうしてかというと、これでいやなにおいがかなり消えるし、汚物を覆い隠してもくれるから。でも、そこで小用を足したり、水気のあるものを捨てたりすると、粉はまた固くなる性質をもっているのね。壕が捨てた汚物と固くなった岩の粉の塊でいっぱいになったら、新しい壕を掘らなくちゃいけないんだけど、これは大仕事なの。だから、あんまりしょっちゅう粉を撒こうとする人はいない。でも、そろそろ撒かないと。ここは大きな〈洞《ほら》〉だし、壕をつかう機会だって多いのだもの。とにかく、道なりに進んでいって。見つけそこなうことはまずないから」

「わかると思うわ。ありがとう、ラマーラ」エイラはそう答え、相手の女はその場を去っていった。

　エイラは水鉢をかかえあげかけたが、そこで思いなおしてすばやく室内にもどり、水袋を手にした。これがあれば、編んだ水鉢をきれいに洗える。それからエイラは悪臭をはなつ水鉢をもち、山道をのぼりはじめた。道にそって歩を進めながら、エイラは思った——これだけ大きな〈洞〉の住民全員分の食べ物をあつめて貯蔵しておくのは、なみたいていの作業ではないだろうが、排泄物の処理もまた大仕事だ、と。ブルンの一族の者は、ただ外に出て用をすませるだけだった。男の場所と女の場所が決まっていて、またその場所もしじゅう変わった。さらにエイラはラマーラが話していた処理方法に思いを馳せて、もっと知りたい気持ちを感じた。

石灰岩を加熱して――すなわち煆焼《かしょう》して――生石灰をつくり、それを排泄物の消臭にもちいるというのは、エイラには馴染みのない方法だった。しかし、石灰岩の崖に住んで火を常時もちいている人々には、生石灰はありふれた副産物だ。炉の灰にはしじゅう偶然に石灰岩のかけらがはいりこんでいたし、掃除した灰をほかの排泄物やごみといっしょに捨てていれば、この灰に消臭効果があることに人々が気づくまで、さして時間はかからなかった。

これだけ多くの人間がひとつの場所にあつまって暮らしていれば――しかも、住民の大多数がいくつかの集団で一時的にほかの場所に居をうつす夏のあいだを除いて、ほぼ通年ここに暮らすとなれば――住民すべての努力と協力が必要な仕事も多数出てきて当然だった。そのひとつが捨壕を掘ることであり、いまエイラがはじめて知った仕事、つまり崖の石灰岩を焼いて生石灰をつくる仕事もそのひとつだった。

エイラが壕のある野原から引きかえしてきたときには、太陽は天の頂点に近いところにまでのぼっていた。エイラは裏道で日当たりのいい場所を見つけ、そこで籠細工の水鉢に空気を通して乾かすことにした。それから馬のようすを見にいって、ついでに水袋にまた水を汲んでこようと思い立った。正面の岩棚に引きかえすと、何人かの人に挨拶をされた。名前を思い出せた人もいれば、思い出せなかった人もいた。エイラは笑顔で会釈を返したが、名前を思い出せなかった人にはうしろめたい気分になった。エイラは、名前を覚えられなかったのは自分の責任だと考えて、全員の名前をできるかぎり早く覚えようと心に誓った。

前にもおなじ気持ちになったことはある。氏族の子どもとちがってエイラの物覚えがわるいことを理由に、この子は頭が鈍いようだということを、ブルンの一族のだれかれがまわりに話したときだ。当時のエイラは自分を見つけて養ってくれた人々に溶けこみたい一心だったこともあり、自分を訓練することで、どんなことでも最初に一回説明されれば、その場で覚えられる能力を身につけた。当時のエイラは知らなかったが、学んだことを忘れまいとして最初からそなわっていた知性にさらに磨きをかけたことで、エイラは自分と同種の平均的な人間をはるかに凌駕《りょうが》する記憶力を身につけたのである。

　やがて歳月を重ねるにつれて、エイラも氏族の記憶の働きが自分と異なっていることを理解するようになってきた。エイラ自身にもそれが正確にはどのようなものなのか不明だったが、氏族の人々には自分にはそなわっていない〝記憶〟があることや、それが自分の記憶とは異なっていることはわかった。いくぶん特異な発達の仕方を遂げた本能の一環として、氏族の人々は生きのびるために必要な知識の大半をあらかじめそなえて生まれてくる――長い年月のあいだに、人間をふくむあらゆる動物が本能的な知識をたくわえていくのと同様の流儀で、彼らの祖先ひとりひとりの遺伝子にたくわえられてきた情報の集積だ。

　エイラはなにかを学んで、それを記憶に焼きつける必要に迫られたが、氏族の子どもたちはなにかを〝思い出す〟ように指示されるだけで、生まれつきそなわった種族記憶を頭によみがえらせることができた。かくして氏族の人々は古《いにしえ》の世界のことや、そこでどうやって生きぬいてきたかということについて、厖大《ぼうだい》な記憶をそなえていたし、なにか新しいことを学べば、それを決して忘れなかった。しかしエイラとその同類とは異なり、氏族は新しいことをそう簡単には学べなかった。彼らにとって変化はむずかしかった。しかし異人たちが彼らの地にやってきて、変化をもたらしたのである。

　ウィニーとレーサーはエイラが二頭を残していった馬用の草地にはいなかったが、そこからもっと谷を山にむかっていったところ、木ノ川と大川《おおかわ》の合流点に近い、人々が頻繁につかう場所から離れたあたりで、のんびりと草を食《は》んでいた。エイラの姿を見つけると、ウィニーはいったん下げた頭をすぐにふりあげて、鼻先で空中に円を描いた。それから首をうしろに反らし、また頭をさげてから、尻尾をまっすぐ伸ばしたかと思うと、エイラに会えたうれしさもあらわに走って近づいてきた。レーサーは誇らしげに首を大きく反らし、耳を前にむけて尻尾を高くかかげた姿勢で、母馬に寄りそいながら、なめらかな足さばきで足を高くもちあげる速駆けでエイラにむかってきた。

二頭は歓迎のいななきをあげた。エイラもいななきで応じてから笑顔を見せ、氏族の手ぶり言葉と、谷に暮らしていた時分に独自に創りあげた話し言葉とをつかって、「どうして二頭とも楽しそうなの?」とたずねかけた。これはウィニーに話しかけるときの最初からの流儀で、二頭に話しかけるときにはいまもこのやり方を踏襲している。馬が話の内容をすっかり理解しているわけではないことはわかっていたが、二頭ともいくつかの言葉については意味を理解していたし、二頭に会えたうれしさをたたえる声の調子もわかっていた。

「きょうはすっかり、おまえたちらしさをとりもどしてるのね。わかってる? わたしたちは旅の目的の土地にたどりついたの。だから、もう旅をしなくてすむのよ」エイラは話しかけつづけた。「どう、ここは気にいった? 気にいってくれたらいいんだけど」

そういって手を伸ばし、ウィニーのお気にいりの場所を掻いてやったあと、つづけてレーサーの体も掻いてやった。そのあとでウィニーの体の両側面と腹部に手のひらを走らせていき、雄馬との逢瀬のあとでこの雌馬が妊娠していないかどうかを調べていった。

「まだ断言するには早すぎるけど、おまえも赤ちゃんを産むことになるみたいね、ウィニー。わたしだって、まだお腹はほとんど目立たないけど、もう二回も月のものが来てないし」エイラは雌馬を調べたのとおなじ要領で、自分の腹を撫でながら思った。腰まわりが太くなっている。お腹も出てきたし、乳房は張って、いくぶん大きくなった。「それに、朝起きたときに吐き気もあるの」エイラはなおも口と手ぶりの両方で話しつづけた。「でも、前のように一日じゅう、ずっと吐き気がするわけじゃなくて、起きたときにすこし吐き気がするだけ。赤ちゃんを身ごもってるのは、もうまちがいないわ。でも、いまはそのことでいい気分になってるの。それも、ちょっと走りにいきたいほどいい気分。どう、おまえもちょっと体を動かしたい気分じゃない？」

ウィニーはまるで答えているように、またさっと頭を上にもちあげた。

そういえばジョンダラーはどこにいるんだろう？　あの人をさがしにいって、馬を走らせたくないかをきいてこなくちゃ——エイラは思った。皮の胴掛けももってこよう。あれがあったほうが楽だから。でも、いまは裸の背中にまたがってもいい。

エイラは練習の成果である流れるような身ごなしで、ウィニーの突き立った短いたてがみの先をつかみ、ひらりとその背にまたがると、岩屋を目ざして進みはじめた。意識して考えることなく、足の圧力だけでウィニーに進む方向を指示してはいたが——かなり前からの習慣なので、もう第二の天性のようになっていた——それ以外には足どりの速さもウィニーにまかせ、ただ背中で揺られていただけだった。あとをついてくるレーサーの蹄の音がきこえてきた——この若馬は、こうやってうしろを歩くことに慣れている。

あとどのくらい、さっきのように馬に飛び乗ることができるだろう？　もっとお腹が大きくなってきたら、馬の背中に乗るには踏み段のようなものが必要になるだろう。そう思うとエイラはふいに、自分がほんとうに赤ん坊を産むことになるという喜びで、われとわが身を抱きしめたい気持ちになった。ついで思いはさまよい、きのうおえたばかりの長旅のことや、さらにそれ以前のことにまでおよんだ。ほんとうにたくさんの人に会った。全員を思い出すのはむずかしかったが、ジョンダラーの言葉は正しかった。出会った人のほとんどはいい人だった。不愉快な人が何人かいたからといって――たとえばマローナ、たとえばブラウドのようになったときのブルケヴァル――それで、残りの人たちに感じていた好意まで損なってしまうべきではない。どうして、いやな印象の人のほうが記憶に残りやすいのだろう？　それはきっと、数がすくないからだ。

暖かな日和だった。風はいっときも熄《や》まなかったが、その風さえも熱い日輪のぬくもりを受けていた。一本の小さな支流に近づいたエイラは――細流という形容がふさわしい細い川だったが、それなりの早瀬で、水が煌《きら》めいていた――ふっと上流の方向に目をむけ、そこに岩壁を落ちている滝を見つけた。のども渇いていたし、水袋をふたたび満たすという仕事があったことを思い出しもしたので、煌めきながら岩の崖を流れ落ちている滝に方向を転じた。

エイラは馬をおりた。ひとりと二頭は、滝壺のまわりにできた淵の水でのどを潤した。エイラは両手で水を汲んで飲み、それから冷たく清澄な水を水袋に入れたが、そのあともしばらくその場にすわっていた。生まれ変わったような心もちになったが、いくぶん気怠《けだる》い気分も残ったまま、小石を拾って水に投げこむ。そのあいだもエイラの目はこのはじめての土地を右から左へと滑りながら、意識にのぼらない部分でその細部を調べていた。さらにべつの小石を拾いあげ、手のひらで転がして手ざわりを確かめてから――石に目をむけてはいたが、目は石を見ていなかった――投げた。

石の特徴が意識にまではっきりと浮かびあがってくるまでには、一拍の間が必要だった。特徴がわかると、エイラはあわててまたおなじ石をさがしはじめた。首尾よく見つかったおなじ石――あるいはきわめて似た石――を、こんどは仔細に検分した。灰色がかった金色の小さな石くれ。結晶構造をそなえた石固有の鋭い角度と平坦な側面をそなえている。エイラはとっさにいつも腰帯にはさんでいる鞘からフリントのナイフを抜きだすと、刃ではない背の部分に石を叩きつけた。火花が散った！　ふたたび石をフリントに叩きつける。

「火熾《ひおこ》し石だわ！」思わずエイラは大声をあげていた。

谷を去って以来、この石を見つけたのは初めてだ。エイラは河床やまわりの地面にちらばっている石や小石に丹念に目を走らせていき、またひとつ、さらにひとつと黄鉄鉱を見つけだした。そのあとも数個の黄鉄鉱が見つかるうち、歓喜がぐんぐんと高まってきた。

地面にしゃがんだまま上体を起こし、同様の石ばかりを積みあげた小さな山に目をむける。ここには火熾し石があるんだ！　これでもう、手もちの石の残量をやたらに気づかう必要もなくなった。ここに来れば追加の石が手にはいるのだから。エイラは一刻も早くこのことをジョンダラーに教えたくなった。

エイラは見つけた黄鉄鉱をかきあつめ、さらに目についた数個の石も拾うと、すこし離れた場所にある草の豊富な場所をさまよい歩いていたウィニーを口笛で呼び寄せた。しかしいざ馬の背に飛び乗ろうとしたそのとき、こちらの方向に大股で歩いてくるジョンダラーの姿が目に飛びこんできた。その横をウルフが歩いている。

「ジョンダラー！」エイラは大声で名前を呼びながら走って近づいていった。「見て、これを見つけたの！」走りながらそういって、数個の黄鉄鉱を握った手を高くかかげる。「火熾し石よ！　このあたりにいっぱいあるわ！　この川ぞいにたくさん落ちてるの！」

ジョンダラーも早足でエイラに近づいてきた。すばらしい発見をしたエイラの天にものぼるような喜びぶりを見たせいで、ジョンダラーの顔には輝かんばかりの笑みがたたえられていた。「こんな近くにあるとは知らなかったな。でも、前はこの種の石には目もくれていなかったからね――おれがさがしていたのはフリントだけだったから。どこで見つけたのか案内してくれ」

エイラは滝壺のまわりに広がる淵にジョンダラーを連れていき、河床に転がる岩やしだいに細くなる水流にそった地面に目を凝らしていった。

「ほら、見て！」エイラは勝ち誇った声でいい、「ここにもあったわ」と、土手の石を指さした。

ジョンダラーは地面に膝をついて、その石を拾いあげた。「ほんとだ。これで、いままでとは大きく変わるぞ。これだけあれば、全員に火熾し石を配れる。それに、ここにこれだけあるのなら、近くに火熾し石のある場所がまだあってもおかしくない。だいたい、ここの連中は火熾し石のことを知らないんだ――機会がなくて、まだ話してないからね」

「フォラーラは知ってるわ。それにゼランドニも」エイラはいった。

「なぜそのふたりが知ってる？」

「あなたがソノーランの話をしたときに、ゼランドニが神経を鎮めるお茶を淹れたのを覚えてる？　あのとき炉の火が消えていたから、もういちど火をつけるのにわたしが火熾し石をつかったの。それを見ていたフォラーラが怯えたような顔を見せたものだから、あとでどんな仕掛けかを教えてあげると約束したのよ。で、フォラーラがゼランドニに話をきかせたの」

「それでゼランドニも知ってるわけか。どういうわけか、あの人はいつだってなにかをまっ先に知るんだな」ジョンダラーはいった。「だけど、とりあえずいまは引きかえして、もっと火熾し石をあつめるのはまたの機会にしたほうがいい。いまは、きみと話がしたいという人が何人かいてね」

「氏族のことを話したい――そうでしょう？」エイラは推測を口にした。

「けさジョハランがやってきて、話しあいをもちたいといって、おれをつかまえたんだ――本音をいえばまだ起きたくない早い時間にね。頼まれはしたが、おれはきみを寝かせておくことにした。で、ガバンとヨーガのふたりと話しあったときのことを話してきかせていたんだ。みんなかなり興味はもっていたが、氏族が動物じゃなくて人間だとは、なかなか信じられないみたいだな。ゼランドニは〈古《いにしえ》の伝え〉を前よりもつぶさに調べたそうだ――なにせ、おれたち一族の歴史をくわしく知っている人物だからね。ゼランドニー族が住むようになる前、このあたり一帯に平頭が……いや、氏族が暮らしていたことをほのめかす部分があるかどうかを調べたそうだ。で、ラマーラからきみが起きたという話がはいってきて、ジョハランからきみを連れてくるようにいわれたと、そういうことさ。きみにいろいろ質問したいと思っているのは、ジョハランひとりではないよ」

ジョンダラーはレーサーの端綱《はづな》をたずさえてきていた。しかし若い雄馬はまだ遊びたりないようで、ちょっと抵抗して進もうとしなかった。ジョンダラーがしばし辛抱づよい態度を見せ、痒がっている箇所を掻いてやると、ようやくレーサーも命令に従うようになった。ジョンダラーが馬にまたがると、ふたりは小さな谷のひらけた木立ちを抜けて引きかえしはじめた。

ジョンダラーは自分の馬をエイラの馬にならべ、いくばくかのためらいののち、こう口にした。「ラマーラは、けさきみと話をしたときに、きみの具合があまりよくないんじゃないかと感じた、といっていたよ。ラマーのバーマにあまり慣れていないせいじゃないかと思った、とね。いまの気分はどうだい?」

ここではなにかを秘密にしておくことがむずかしそうだ、エイラはそう思いながら答えた。「もう大丈夫よ」

「あの男のつくる酒は強いんだ。ゆうべだって、きみは気分があまりすぐれなかったんだしね」

「ゆうべは疲れていたせいよ」エイラは答えた。「それにきょうの朝は、ほんのちょっと吐き気がしただけ。その吐き気も、赤ちゃんがお腹にいるせいね」

エイラは相手の顔つきから、ジョンダラーの心配がエイラの朝の吐き気だけにとどまらないことを察してた。

「きのうは大変な一日だったからな。きみは大勢の知らない人と顔をあわせたし」

「しかも、そのほとんどがいい人だったわ」エイラはジョンダラーに、小さな笑みを見せながら答えた。「ただ、あんなに大勢の人といっぺんに会うことには慣れてないのよ。氏族会の全員といちどきに会っているみたいだったわ。みんなの名前だって覚えきれなかったくらいだし」

「会ったばかりじゃないか。だれも、きみが全員の名前を覚えたなんて思ってやしないさ」

ふたりは馬の草原でそれぞれの馬から降り立って、二頭を踏みわけ道の入口に残していった。ふりかえったエイラは、まっ青な空を背景に影になって浮きあがる風落岩《かざおちいわ》を目にとめた。一瞬、岩はまるで奇怪な光を放っているかのような姿を見せた。エイラが目をしばたたくと、その光は消えていた。太陽がまぶしいせいだろう、とエイラは思った。光から目を庇《かば》わないまま、あの岩を見てしまったにちがいない。

ウルフが丈の高い草のあいだから、ぬっと姿をあらわした。これまでふたりのあとを、あちこち寄り道しながら——地面の小さな穴をさぐってみたり、おもしろそうなにおいをたどったりして——追いかけてきていたのだ。エイラがすっくと背を伸ばして立ち、目をしばたたいているようすを見たウルフは、いまこそ自分の群れ頭《がしら》に正式な挨拶をする頃合いだと悟った。大きな狼は完全に不意をついてエイラに跳びかかり、左右の前足をエイラの肩の前にかけた。エイラはちょっとよろめいたものの体勢を立てなおし、しっかりと踏んばってウルフの重みを抱きとめた。そのあいだウルフはさかんにエイラののどを舐めたり、ひらいた口でのどを軽くくわえたりしていた。

「おはよう、ウルフ！」エイラはそう声をかけながら、鬣襟《ひだえり》状のふさふさした毛の生えている首すじを両手で抱きしめた。「おまえもきょうは、いつもの気分をとりもどしてるみたいね。二頭の馬といっしょよ」

ウルフは地面に足をつくと、そのままエイラのあとから踏みわけ道をのぼってきた。この特異な狼の愛情表現をはじめて目にした者は仰天して目を見ひらいていたし、前にも見たことがある者は前者の反応ぶりを楽しんで、にやにやと笑っていたが、ウルフはそのどちらにも目もくれなかった。エイラは、そばを離れないようにとウルフに合図で命じた。

エイラはマルソナの住まいに立ち寄って、水が満杯になっている水袋をおいていこうと思っていたのだが、ジョンダラーが住まいの立ちならぶ場所を越えてさらに歩きつづけているので、いっしょに歩いていった。ふたりは種々の作業場のある部分も越えて、上に張りだした岩の南西の端にたどりついた。前方に視線をむけたエイラは、そこで数人の人々が前夜の焚火の名残を囲んですわっている光景を目にとめた。

「ああ、やっと来てくれたか！」ジョハランがそういいながら石灰岩の小さな塊から腰をあげ、ふたりに近づいてきた。

近づいていったエイラは、黒く焼け焦げた大きな輪の端で小さな炎が燃えていることに気がついた。そばには深い籠がおいてあって、湯気をたてる液体がなみなみとたたえられている。見ればその表面には、葉をはじめとする植物が浮かんでいた。籠の表面には黒っぽいものが塗られている。エイラの鼻は、水が洩れないよう籠に塗りつけられた松脂《まつやに》の香りをとらえていた。

プロレヴァがおたまでその液体を椀にすくい、「熱いお茶でもどう？」といいながらエイラに椀をさしだしてきた。

「ありがとう」エイラはそういって椀をうけとり、ひと口飲んだ。薬草を混ぜあわせたおいしいお茶だった。ほのかに松の香りがする。さらに飲んでみたエイラは、自分ならもうすこし味がはっきりしたお茶のほうが好きだ、と思いなおした。お茶のせいで、ふたたび胃がむかつき、頭が痛くなってきた。だれもすわっていない石の塊を見つけて、胃のむかつきが鎮まってくれるといいのだがと思いながら腰をおろす。ウルフが足もとに寝そべった。エイラは両手で椀をもったまま、それ以上は中身を飲まず、かつて自分がマムトイ族ライオン簇《むら》の簇長《むらおさ》、タルートのために考案した〝ふつか酔い特効薬〟をつくってくればよかった、という思いを噛みしめていた。

そんなエイラをしげしげとながめていたゼランドニは、よく見知っている兆候を目にとめたと考えていた。「もしかしたら、ちょっとでも食べ物を口に入れたほうがいいかもしれないわ。プロレヴァ、ゆうべの残り物はある？」

「ええ、そうするのがいいと思うわ」マルソナが口をひらいた。「もうお昼をまわっているのだもの。起きてからなにか食べたの、エイラ？」

「いいえ」エイラは、その質問をしようと思いたってくれた人がいたことをむしろありがたく思いながら答えた。「ずいぶん朝寝坊をしてしまって、起きてから壕に行ってました。そのあと木ノ川谷《きのかわだに》ぞいに上《かみ》に行って馬のようすを確かめていたんです。そこの小川で、この水袋に水を入れなおしてきました」と、水袋をもちあげる。「そこで迎えにきたジョンダラーと会ったんです」

「助かるわ。よかったら、その水でもっとお茶をつくらせてちょうだい。それから、だれかに頼んで、みんなのぶんの食べ物も運ばせましょう」プロレヴァはそういうと、きびきびした足どりで住まいのほうにむかっていった。

エイラはさっとまわりに目を走らせ、この場にだれがいるのかを確かめた。すぐにウィロマーと視線があった。ふたりは笑みをかわした。いまウィロマーはマルソナとゼランドニ、およびこのときはエイラに背をむけていたジョンダラーの三人と話していた。ジョハランは、みずからの親しい友人であり相談役でもあるソラバンとラシェマーに注意をむけなおしていた。エイラは、起きてすぐに話をした女、小さな男の子を連れていたラマーラが、このソラバンのつれあいだということを思い出した。ラシェマーのつれあいにも、ゆうべ会っているはずだ。目を閉じて、その名前を思い出そうとする。そう、サローヴァだ。静かにすわっていたのがよかったらしい――吐き気がおさまってきた。

ほかの面々についていえば、まず白髪まじりの男には記憶があった。近くの〈洞〉の洞長《ほらおさ》で、たしか……マンヴェラーという名前だった。マンヴェラーが話している相手の男には、会った覚えがなかった。男はときおり、気づかわしげな視線をちらちらとウルフにむけていた。それから、いかにも堂々とした威厳のある空気をただよわせる長身で痩せた女性、この女性もほかの〈洞〉の洞長だった。そこまでは思い出せたが、名前は思い出せなかった。女のとなりにいる男は、ゼランドニに似た刺青をしていた。おそらく精神的な指導者だろう、とエイラは見当をつけた。

このあつまりに顔を出している人はひとり残らず、この共同体のなんらかの指導者なのだ、という思いがエイラの頭をよぎった。氏族であれば、この人たちはみな最高の地位をそなえたことだろう。このあつまりは、マムトイ族でいえば、女長会《おんなおさかい》や簇長会《むらおさかい》にあたる。マムトイ族は、それぞれの簇で女長《おんなおさ》と簇長をつとめる男女のきょうだい双方に指導力をあたえていたが、ゼランドニー族はちがった。この一族では、指導者に男もいれば女もいた。

プロレヴァが先ほどとおなじ、きびきびした足どりで引きかえしてきた。プロレヴァが一同に食べ物を手配する責任を負っているのは明白だったが——エイラが気づいたように、食べ物が必要になるとだれもがプロレヴァに顔をむけたからだ——じっさいに料理を運んだりふるまったりする役目ではないらしい。プロレヴァは話しあいの席に引きかえしてきた。となると、この話しあいの活発な一員を自任しているにちがいない。つまり、指導者のつれあいも指導者と見なされているのだ。

氏族であれば、この種の話しあいに出るのは全員男になっていたはずだ。女の指導者はひとりもいない。というのも、女にはいかなる地位も自身の権利としては認められていないからだ。薬師《くすし》こそ例外だが、女の地位はつれあいの地位に左右される。もし氏族と異人が相互に行きかいするようになったとして、両者はどうやって折りあいをつけるのだろうか——エイラは疑問を感じた。

「ラマーラとサローヴァたちがわたしたちの食事を準備してるわ」プロレヴァがいい、ソラバンとラシェマーにうなずきかけた。

「それはいい」ジョハランがいった。このひとことは、話しあいをもとの軌道にもどすための合図だったらしい。だれもがいっせいにそれぞれのおしゃべりをやめ、ジョハランに目をむけたからだ。ジョハランはエイラに顔をむけた。「ゆうべは、おれからエイラを紹介した。このなかで、まだエイラに自己紹介をすませていない者はいるかな?」

「おれはゆうべ来ていなかったんだ」それまで白髪のまじった洞長と話をしていた男がいった。

「では、不肖おれが紹介させてもらおう」ジョハランがいった。相手の男が前に進みでてきたので、エイラも立ちあがったが、ウルフにはその場にとどまるよう合図で命じた。

「エイラ、この男はブラメヴァル。ゼランドニー族〈十四の洞〉の住まいである〈小の谷〉の洞長だ。ブラメヴァル、ここにいるのはエイラ、マムトイ族はライオン簇の者にして……」ジョハランはここでちょっといいよどみ、自分には馴染みのない名前や絆の残りの部分を思い出そうとしたが、「〈マンモスの炉辺〉の娘だ」というにとどめた。これで充分だ、と思いながら。

ブラメヴァルは自分の名前と役割を述べながら、両手を前に伸ばした。「女神ドニの名において、あなたを歓迎します」

エイラは相手の両手をとると、笑顔でこう述べた。「ドニの名でも知られる森羅万象の母、女神ムトの名において、あなたにご挨拶いたします」

エイラの話しぶりが自分たちと異なることに、ブラメヴァルは先ほどから気がついていたし、いまもさらに強く意識されてきた。しかしエイラの笑顔により強く惹きつけられ、いましばらく手を握ったままにしていた。「〈小の谷〉は最上の漁場だよ。〈十四の洞〉の連中は、ならぶ者なき魚獲り達者ぞろいだ。おれたちは質のいい魚の罠をつくるからね。おたがいの〈洞〉もそうは離れておらんことだし、近いうちにぜひ、おれたちのところに足を運んでくれ」

「ありがとうございます。ぜひお邪魔させてください。魚は好きですし、魚を獲るのも好きです。でも、罠をつかう漁は知りません。小さいころは、この両手で魚をつかまえるすべを学んだものです」エイラは、まだブラメヴァルが握ったままの両手をもちあげることで、自分の発言を強調した。

「そんな話をきかされると、見たい気持ちになるではないか」ブラメヴァルはそういって、エイラの手を放した。

女の洞長が前に進みでて、「われらがドニエ、〈川の場〉のゼランドニを紹介します。この人も、ゆうべはこちらに来ていませんでした」といい、ブラメヴァルのほうを見て両の眉を吊りあげ、話をつづけた。「〈十一の洞〉は、川をさかのぼったり、あるいはくだったりするのに重宝する筏《いかだ》作りで有名です。人がかつぐよりも筏をつかうほうが、はるかに簡単に重い荷物を運べます。興味があれば、ぜひわたしたちのところにも来てください」

「ええ、みなさんが川の水に浮かべてつかう乗り物について、もっとくわしく知りたい気持ちでいっぱいですから」エイラはそう答えながら、この女には紹介されただろうか、名前はなんといっただろうかと考えていた。「マムトイ族では木の枠に生皮を張って、水に浮かぶ椀のような舟をつくって、川の対岸に人々や荷物を運ぶのにつかっていました。ここに来るまでの旅でも、ジョンダラーといっしょにおなじような舟をつくって、大きな川をわたりました。でも川の流れが激しく、小さな丸い形の舟が軽かったこともあって、操るのが大変でした。そのあと椀の形の舟をウィニーの引き棒にとりつけてみたら、ずいぶん楽になりました」

「"うぃにーの引き棒"という部分がよくわからないけど、どういう意味?」と、〈十一の洞〉の洞長が疑問を口にした。

「ウィニーというのは二頭いる馬の片方の名前だよ、カレージャ」ジョンダラーはそういって立ちあがり、前に進みでた。「引き棒というのはエイラが考案した道具でね。エイラから説明してもらうといい」

エイラはこの輸送具を言葉で説明し、こういい添えた。「これをつかうことで、わたしが狩りで仕留めた獲物を洞穴まで運ぶ仕事をウィニーにやってもらえるようになりました。いずれお見せしましょう」

「さっきの話の川をわたりきったあと、それまで二本の引き棒のあいだに張りわたしていた編んだ筵《むしろ》の代わりに、椀舟を棒にとりつけてみたんだ」ジョンダラーはいった。「舟にはおれたちの持ち物のほとんどがおさまったからね。川をわたるときには舟が水に浮いて、持ち物が水に濡れなくなった。棒にとりつけてあるから、扱いも簡単になったよ」

「筏も扱いにくいことがあるわ」女の洞長がいった。「どんなものであれ、水に浮かぶ乗り物はどれも操りにくいものだと思うの」

「なかには多少簡単なものもあるな」ジョンダラーはいった。「旅のあいだ、しばしシャラムドイ族のもとに身を寄せていたんだが、あの連中は大木を彫って、見事な舟をつくっていたぞ。前とうしろの部分がつんと尖っていて、行きたい方向に舟を進めるのに櫂《かい》をつかうんだ。できるようになるには練習が必要だけど、ラムドイ族——というのは、シャラムドイ族のうち川に住む半族だが——の連中のわざときたら、じつに巧みだったよ」

「櫂……というのは？」

「櫂というのは、そうだな、ひらべったくした匙《さじ》みたいな形をした道具だ。連中はこの道具でもって水を掻き、浮かべた舟を前に進めていくんだよ。おれは連中が舟をつくるのを手伝ったし、櫂の使い方も身につけた」

「わたしたちは筏を前に進めるのに長い棒をつかうけれど、その櫂という道具のほうがすぐれていると思う？」

「この舟にまつわる会話にも、じつに興味をかきたてられるがね、カレージャ」最前、一歩前に進みでていた男がここで会話に口をさしはさんできた。女のカレージャよりも背丈が低く、体つきもわずかに華奢《きゃしゃ》だった。「しかし、まだわたしの紹介がすんでいないぞ。自分でやらせてもらおう」

カレージャはわずかに顔を赤らめたが、なにも口にしなかった。その名前を耳にしたエイラは、この女性にすでに紹介されていたことを思い出した。

「わたしは、〈川の場〉とも呼ばれる〈十一の洞〉のゼランドニだ。母なる大地の女神ドニの名において、あなたを歓迎しますぞ、マムトイ族のエイラ、〈マンモスの炉辺〉の娘よ」男はそういって、両手を前に伸ばしてきた。

「〈十一の洞〉のゼランドニよ、森羅万象の母なる女神に仕える者のひとりであるあなたに、ご挨拶いたします」エイラはそういって、男の手を握った。華奢な外見とは裏腹に、男の握手には力がこもっていた。細く引き締まった体軀《たいく》の力ばかりか、エイラは男から内面の力と自信を感じとっていた。それ以外にも、男の身ごなしからはマムトイ族の〈夏のつどい〉で会ったマムートたちを思わせるなにかをエイラは感じていた。

エイラを養子にとったライオン簇の老マムートが、かつてひとつの肉体に男の精髄と女の精髄をともにおさめている者がいる、と話していたことがある。そういった人間は男女両性の力をそなえていると考えられ、ときには恐れの対象になる。しかし、彼らが女神に仕える者の一員となったなら、その者はことのほか強大な力をふるえると信じられ、歓迎されることにもなる、と。その結果――老マムートは説明した――男の身でありながら女のように男に引かれるおのれに気づいた男、女の身でありながら男のように女に引かれるおのれに気づいた女は、〈マンモスの炉辺〉に引き寄せられてくる。ゼランドニの集団であるゼランドニアについても、おなじことがいえるのだろうか、と考えたエイラは、目の前に立っている男を見て、どうやらそのようだと結論をくだした。

エイラはふたたび、男のこめかみにある刺青に目を引かれた。最高位に属する大ゼランドニの場合とおなじく、この男の刺青も四角で構成されていた。輪郭だけのものもあれば色で塗りつぶされているものもあるところも同様だったが、男の刺青のほうが四角形の数がすくなく、塗りつぶされている四角の位置もちがい、追加で模様が彫りこまれている箇所もあった。さらにエイラは、自分とジョンダラー以外のこの場にいる全員の顔になんらかの刺青があることに気がついた。もっとも刺青の目立たないのはウィロマー、反対にもっともきらびやかに飾りたてた刺青は、女洞長のカレージャのものだった。

「われら〈十一の洞〉の名声については、すでにカレージャが自慢をしたことでもあるし」その〈洞〉のゼランドニはそういい、洞長に顔をむけてうなずいた。「わたしはただ、われらが〈洞〉への招待をいい添えるにとどめたい。しかし、ひとつたずねたいことがある。あんたは女神に仕える者のひとりなのか？」

エイラは眉を寄せた。「いいえ。どうしてそう思ったのです？」

「あれこれと噂話を耳にしたのでね」と〈十一の洞〉のゼランドニは素直に認めた。「きけば、動物たちを意のままに操るというではないか」いいながら狼を手でさし示す。「それゆえ、あんたが女神に仕える者だと考えている向きも多いのだよ。それをきいて、ここから東方に住むマンモスを狩る者たちについてきいた話を思い出した。それによると、その者たちの女神に仕える者はマンモスの肉しか食せずに、また全員がひとつところに——おそらくはひとつの炉辺にあつまって暮らしているというな。先ほどあんたの紹介の文句にあった〝〈マンモスの炉辺〉の〟という部分をきいて、この話はどこまで真実なのかを知りたくなった次第だ」

「それはちょっとちがいます」エイラは笑顔でいった。「〈マンモスを狩る者たち〉の異名をもつマムトイ族では、女神に仕える者たちが〈マンモスの炉辺〉に属しているという部分はまちがいありません。でも、それは全員が一カ所にあつまって暮らしていることを意味しているのではないのです。〈マンモスの炉辺〉というのは、〝ゼランドニア〟とおなじような名称にすぎません。炉辺にはいろいろな種類があります。〈ライオンの炉辺〉、〈狐の炉辺〉、それに〈鶴の炉辺〉というように。これはなにをあらわすかといえば……その人がどんな系統に属しているのか、です。人は炉辺の子として生まれますが、養子にとられることもあります。ひとつの簇には、こういった炉辺がいくつもあります。簇そのものは創設者の炉辺から名づけられます。わたしの簇はライオン簇、これはタルートが〈ライオンの炉辺〉の者であり、簇長だったからです。タルートの妹のトゥリーは女長でした――どの簇でも、男と女のきょうだいがその指導者をつとめることになっています」

全員が興味津々の顔できいっていた。ほかの一族がどのような仕組みをつくって、どのように暮らしているのかという話は、もっぱら自分たちの流儀しか知らない人々にとって、いつも関心の的になった。

「マムトイというのは、彼らの言葉で〈マンモスを狩る者たち〉の意味です――いや、彼らもまた女神を崇《あが》める一族ですから、〈マンモスを狩る女神の子ら〉といったほうがいいですね」エイラは話を明確にするべく、言葉を重ねた。「彼らにとってマンモスは、特別に神聖な存在です。だからこそ、〈マンモスの炉辺〉は女神に仕える者たちだけの炉辺になっています。彼らは自分たちが属する炉辺には決まって〈マンモスの炉辺〉を選ぶか、あるいは自分が選ばれたと感じています。しかしわたしは、ライオン簇の老マムートによって養女として迎えいれられました。だから、わたしは〈マンモスの炉辺〉の娘なのです。女神に仕える者であったなら、わたしは〈マンモスの炉辺〉に選ばれし者か、〈マンモスの炉辺〉に召命を受けし者、と名乗っていたはずです」

ゼランドニアに属するふたりがさらなる質問をはなとうと構えていたが、ジョハランはここで口をはさんだ。むろんジョハランとて話には興味をかきたてられていたが、さしあたっていまは、エイラを養女にとった人々ではなく、幼いエイラを育てた人々のほうに強い関心をもっていた。

「マムトイ族の話ももっときかせてほしいが」ジョハランはいった。「先ほどジョンダラーから、ふたりが旅の帰途において出会った平頭たちについて、なかなかおもしろい話をきいたのでね。かりにジョンダラーの話が事実なら、おれたちも平頭について、これまでとまったくちがう考え方をしなくちゃならん。率直におれの考えるところをいわせてもらえば――これまで考えていた以上に、平頭はおれたちにとって大きな脅威になる、というところだな」

「なぜ脅威になるんですか?」エイラはとっさに身がまえて質問した。

「ジョンダラーの話によれば……平頭は考える力がある人間だというではないか。これまでおれたちはずっと、平頭は洞穴熊《ケーブ・ベア》と大差のない動物だと……いや、ことによったらケーブ・ベアと縁つづきなのかもしれないと思っていた。いくぶん体が小さくて、多少は頭のいい種類かもしれないが、しょせんは動物だ、とね」ジョハランはいった。

「この近くにある虚《うろ》や洞窟のいくつかが、昔はケーブ・ベアのねぐらだったこともわかってるのよ」マルソナが割ってはいった。「ゼランドニが教えてくれたのだけれど、〈古の伝え〉や歴史のなかには、わたしたちの遠《とお》つ祖《おや》がここに住まいをかまえるために、ケーブ・ベアを殺したり、追いはらったりしたと述べているものもあるそうよ。その〝ケーブ・ベア〟のなかに平頭がはいっていたら……そして……もし彼らが考える力をもっているのなら……なにがあっても不思議ではないわ」

「彼らが人間だとしよう。そしておれたちは、これまで平頭を動物扱いしてきた――おれたちに敵対する動物だ、とね」ジョハランはいったん言葉を切った。「おれとしては、こういうしかない――もしおれが連中の立場にいたとすれば、そんな扱いに報復する手だてはないかと考えるはずだ、と。おれが平頭なら、とっくの昔におれたちに反撃していたはずだ。だからおれたちは、連中が報復をしてくるかもしれない、ということを頭に入れておく必要があるわけだ」

エイラは肩の力を抜いた。ジョハランは自分の立場を十二分に説明した。おかげで、平頭を脅威としてとらえる考えの根拠も理解できた。そればかりか、ジョハランの考えは正しいかもしれなかった。「人々が昔から変わらず、平頭は動物だと主張してやまない裏には、そのへんの理由があるんじゃないかと思うな」ウィロマーがいった。「動物なら殺してもかまわない——食べ物を得るため、あるいは雨風をしのぐ場所を得るためならば。しかし、平頭が人間だとなると——いくら奇妙な種類でも人間だとなると——話はまったく変わってくる。自分たちの祖先が人間を殺して、その住まいを横どりしたなんて話を信じたい者はいない。だが連中は動物だったと信じこめば、なんとか折りあいをつけられようというものだ」

エイラには、これが驚くべき鋭い洞察に思えた。しかしウィロマーはこれまでにも、知的な卓見を披露してくれている。いまではエイラも、なぜジョンダラーがウィロマーのことをいつも敬愛のこもった口調で話していたのかを理解しはじめていた。ウィロマーは別格の人物なのだ。

「恨みの気持ちは、長い年月にわたってじっと冬眠をつづけることもあるわ」マルソナがいった。「何世代にもわたってね。でも、もし彼らにも歴史や伝えがあれば、彼らも昔のことを長く記憶にとどめておけるでしょうし、そうなると諍《いさか》いの火がいつ燃えあがってもおかしくない。そこでね、エイラ、あなたが彼らのことをよく知っているのを見こんで、いくつか質問したいことがあるの」

氏族にも言い伝えや伝説があることや、歴史をわざわざ記憶する必要のないことを、この人たちに話したほうがいいだろうか、とエイラは思った。氏族の者には、生まれながらにして遠い過去に遡《さかのぼ》る記憶があるのだから。

「彼らに接触をはかろうと思うのであれば、おれたちがこれまでとってきたのとは異なる方法をとったほうがいいかもしれないな」ジョハランがつづけた。「そうすれば、いざ問題がもちあがる前に、問題を回避できるだろう。たとえば交易について話しあいをするために、代表団を派遣することを考えてもいいかもしれないな」

「で、どう思うかな、エイラ?」ウィロマーがいった。「彼らはわれわれとの交易に関心をもつだろうかね?」

エイラは眉を寄せて考えこんだ。「わかりません。わたしが知っていた氏族の人たちは、わたしたちのような人間の存在を知っています。彼らからすると、わたしたちは異人です。しかし、彼らはわたしたちとの接触を避けています。わたしが少女時代をともに過ごしたのは小人数のあつまりでしたが、彼らはまったくといっていいほど異人のことを考えませんでした。彼らはわたしが異人であり、氏族ではないことを知っていました。しかし、しょせんわたしは幼い子ども、それも幼い女の子でした。ですからブルンをはじめとする男たちにとって、わたしは――すくなくとも幼いうちは――ほとんど無意味な存在だったのです。しかし、ブルンの一族が住んでいたところのまわりには異人がいませんでした。わたしにとっては、それが幸いしたのだと思います。わたしを見つけるまで、一族には異人の幼児を見た者がひとりもいませんでしたし、遠くからでさえ大人の異人を見たことがない、という者もいたほどです。一族の人たちはわたしを進んで受け入れ、育てようとしてくれました。しかし、かりに住んでいた場所から追いだされたり、若い男のならず者の集団に脅かされたりしたら、彼らがどう感じたか……その点はなんともいえません」

「しかしジョンダラーの話によると、きみたちが帰途の旅で出会った氏族の者たちに、交易の話をもちかけて接触した向きがあった、というではないか」ウィロマーがいった。「ほかの一族に交易ができるのなら、われらにできん道理があるか?」

「だけどその話は、連中がほんとうに人間であって、ケーブ・ベアと縁つづきの動物ではないかどうか、そのあたりに左右されるんじゃないか」ブラメヴァルが口をはさんだ。

「彼らは人間だよ、ブラメヴァル」ジョンダラーがいった。「彼らのひとりと間近で接触すればわかるはずだ。しかも、彼らは頭が切れる。エイラとふたりのときに出会った男女ふたりづれのほかにも、旅の途中で氏族に会ってるんだよ。おれがその話をしわすれていたら、あとで催促してくれ」

「あんたは、ほんとうにあの連中に育ててもらったと話していたな」マンヴェラーがエイラに話しかけた。「彼らのことを話してくれ。彼らはどういった種類の人間なのかね?」

白髪まじりのこの洞長は、理性でものを考える人間に見えた――できるかぎり多くの知識を仕入れないうちは、決してやみくもに結論を出す人間ではない。

エイラはうなずいたが、しばらく黙ったまま考えをまとめてから、おもむろに口をひらいた。「みなさんが、氏族はケーブ・ベアと縁つづきだと考えているのは興味ぶかいですね。なぜなら、そこには奇妙な真実があるからです――氏族の人々も、自分たちはケーブ・ベアと縁つづきだと考えています。それどころか、ときにはその一頭といっしょに暮らすことさえあるのです」

「ほぉぉぉぉぉう!」ブラメヴァルは〝ほら、おれがいったとおりだ!〟といいたげに鼻を鳴らした。

エイラはそのブラメヴァルに言葉をむけた。「彼らはウルスス、すなわちケーブ・ベアの霊を崇拝しています。異人たちが母なる大地の女神を崇めているのと変わりはありません。彼らは自分たちを〝ケーブ・ベアの一族〟と称していました。大きなあつまりである氏族会――〈夏のつどい〉と似たあつまりですが、毎年はおこなわれません――のしばらく前から、主催をつとめる一族は小熊をつかまえ、自分たちの洞穴にいっしょに住まわせます。自分たちの子どもたち同様に食べ物をやって、育てるのです。やがて熊が大きくなると、こんどは熊が逃げられない場所をこしらえて住まわせますが、それでもやはり食べ物をやったり、なにくれとなく世話もつづけます。

氏族会がはじまると、男たちは氏族の代弁者として、その意を霊界に伝えるため、このウルススを霊界に送りこむ名誉の役目をだれがになうかを競技で決めます。選ばれるのは、もっとも多くの競技を勝ちぬいた三人の男です——大人にまで成長したケーブ・ベアを次の世界に送るとなれば、それだけの人数が必要になります。この役目に選ばれるのは名誉ですが、一方では大変危険なことでもあります。ケーブ・ベアがひとり、あるいはそれ以上の男を霊界にともなっていくことも珍しくありません」

「つまり、彼らも霊の世界と意を通じあっているわけだね」〈十一の洞〉のゼランドニがいった。

「しかも彼らは、死者の弔いに赭土《あかつち》をつかうんだ」ジョンダラーは、この言葉が相手に深い意味をもつことを承知したうえで発言した。

「この新情報を理解するには時間がかかるわ」といったのは、〈十一の洞〉の洞長カレージャだった。「しかも、慎重に熟慮をめぐらさないと。多くの変化を意味していることだし」

「ええ、もちろんそのとおりね」女神に仕える者たちの最高位にある大ゼランドニがいった。

「ただ、いまあまり深く考えなくてもいいこともある——食事のために話しあいを中断するべきか否か、という問題ね」プロレヴァがいい、岩棚の東端をふりかえった。全員が顔を動かし、おなじ方向に目をむけた。皿や食べ物の容器をもった人たちが列になって近づいていた。

話しあいに出ていた人々は、食事のため小人数にわかれた。マンヴェラーは料理の皿をもって、エイラのとなり、ジョンダラーとさしむかいに腰をおろした。ゆうべ、とりあえず自己紹介だけはすませたものの、この新参者を人の群れがとりまいていたため、もっと深く知りあおうとはしていなかった。自分の〈洞〉が近いこともあって、のちのち時間があることをわきまえていたからだ。「もうあちらこちらから招待の言葉をかけられているだろうが、おれからもあんたを招待させてもらおう。ぜひとも、〈二本川《にほんがわ》の巖《いわ》〉

に足を運んでくれ――われらゼランドニー族〈三の洞〉は近しい隣人なのでね」

「〈十四の洞〉が魚獲りの達人ぞろいで、〈十一の洞〉が筏づくりで有名なら、〈三の洞〉はどんなことで有名なのですか?」エイラはたずねた。

ジョンダラーが代わって答えた。「狩りだよ」

「でも、狩りはだれもがするんじゃないの?」エイラはたずねた。

「もちろん。〈三の洞〉の連中が狩りを自慢にしない理由はそこにある――狩りはだれもがする、というところにね。ほかの〈洞〉の狩り自慢の連中のなかには、仕留めた獲物の話をしたがるやつもいるし、なるほど、たしかに腕はいいかもしれない。しかし集団として見れば、〈三の洞〉の連中が狩りはいちばん巧みだな」

マンヴェラーがほほ笑んだ。「おれたちも、おれたちなりに自慢するさ。ただ、おれたちがこれだけ狩りに長《た》けたのは、立地がいいんだと思う。岩屋がちょうど二本の川の合流点の上、幅があって草が豊富な谷を見おろすところにあるんでね。この川と――」いいながら肉のついた骨をふって、大川をさし示した。「――もう一本は草《くさ》ノ川《かわ》という川だ。おれたちが狩る動物のほとんどは、このふたつの谷間を通って移動する。そんなわけで、一年じゅう、動物の姿をさがすのに絶好の場所に〈洞〉があるわけだ。長年の知恵でどんな動物がいつごろ姿を見せそうかはわかるし、それをみなに知らせもするが、いざその動物をまっさきに狩るのはたいていおれたちだな」

「たしかにそうかもしれないな、マンヴェラー。しかし、〈三の洞〉の狩人たちはひとりやふたりのみならず、全員が腕達者ではないか。しかも、さらに腕をあげるための修練も惜しまない。だれもがね」ジョンダラーはいった。「エイラならそれもわかるはずさ。エイラは狩りが大好きなんだよ。投石器の腕は驚くほどだ。だけど、そのうちふたりで工夫した新しい投槍器《とうそうき》を実演するから楽しみにしていてくれ。投槍器をつかえば、にわかには信じられないほど槍を遠くまで、すばやく飛ばせるんだ。的《まと》に正確に当てるとなればエイラが上、槍を飛ばす距離だったらおれがまさる。でも、こいつをつかえば、手で槍を投げていたころよりも二倍、いや三倍も離れていたって、だれでも獲物に槍を命中させられるぞ」

「おお、それはぜひとも見たいものだ」マンヴェラーがいった。「ジョハランは〈夏のつどい〉の支度をさらにととのえようとして、近々狩りをする計画を立てたがっていてね。その新しい武器をみなに披露するにはいい機会になるかもしれん」とジョンダラーに話しかけてから、エイラにむきなおる。「あんたたちふたりも狩りには参加してくれるな?」

「ええ、喜んで」エイラはそう答え、食べ物を口に運ぶあいだは黙っていたが、また相手の男に顔をむけてこうつづけた。「ひとつ教えてください。どうして〈洞〉には、そんなふうに数の名前がついているんです? なにかの順番なんですか? それとも、数になにか意味があるとか?」

「いちばん古い〈洞〉が、いちばん若い数で呼ばれるんだよ」ジョンダラーがいった。「いちばん若い数をもっている〈洞〉は、いちばん最初に創設されたということさ。〈三の洞〉は〈九の洞〉よりも古いし、〈九の洞〉は〈十一の洞〉や〈十四の洞〉よりも古い。ただし〈一の洞〉はもうないんだ。いまいちばん古いのは、ゼランドニー族〈二の洞〉で、これはここからも遠くない。つぎに古いのは、マンヴェラーの〈三の洞〉だ。創設したのは遠つ祖だよ」

「ジョンダラー、数をかぞえる言葉を教えてくれたときには、かならず順番に話してくれたでしょう?」エイラはいった。「ここは〈九の洞〉、マンヴェラー、あなたのところは〈三の洞〉。だったら、九と三のあいだの数がついた〈洞〉の人はどこにいるの?」

白髪まじりの男はほほ笑んだ。ゼランドニー族についての情報をたずねるのに、エイラは最適の相手に質問を投げたのだ。マンヴェラーは以前より、自分たち一族の歴史にずっと関心をいだきつづけており、ゼランドニアの面々や旅から旅をつづける語り部たち、さらには祖先から代々伝わってきた話を耳にしたことのある人々など、広範な情報源からききこんだ厖大な話を頭にたくわえていたからだ。ゼランドニその人を含むゼランドニアの面々さえ、マンヴェラーにものをたずねることもあったほどだ。

「遠つ祖がここに礎《いしずえ》となるいくつかの〈洞〉を創設したころより幾星霜、そのあいだには多くのことが変わった」マンヴェラーはいった。「ある人々はほかの〈洞〉に居を移し、またある者はつれあいを見つけて〈洞〉を変えた。人の数を増す〈洞〉もあれば、人が減る〈洞〉もあった」

「たとえば〈九の洞〉のように、なみはずれて規模を大きくした〈洞〉もあったね」ジョンダラーがいい添えた。

「歴史は、ときに多くの人々を犠牲にした病のこと、人々を飢えさせた災厄の年など、さまざまなことをわれらに教えてくれている」マンヴェラーはまた物語りはじめた。「人の数の減った〈洞〉は、ふたつ、あるいはそれ以上の〈洞〉をひとつにまとめた。そうして合併した〈洞〉は、おおむねいちばん若い数を名乗りはしたが、そうでない場合もあった。また、〈洞〉の人数が増えて岩屋が手狭になれば、その一部が離れていき、おおむね近場に新しい〈洞〉を興《おこ》すこともあった。しばらく前のこと、〈二の洞〉の一部の者が話しあったすえに出ていき、彼らの住む谷の対岸に新たな〈洞〉をつくって、〈七の洞〉を称した。当時は〈三の洞〉と〈四の洞〉、それに〈五の洞〉と〈六の洞〉があったからだな。いうまでもなく〈三の洞〉はいまもあり、またここより北方には〈五の洞〉がある。しかし、〈四の洞〉と〈六の洞〉はすでにない」

ゼランドニー族についての知識を増やしてもらえたことにエイラは喜び、説明への感謝の念を笑顔で示した。三人はしばし無言で食事を進めるあいだ、仲よく肩を寄せあってすわっていた。ついでエイラは、またほかの質問を思いついた。「どこの〈洞〉も、それぞれなにかで有名なの？　魚獲りや狩りや筏づくりで有名な〈洞〉があるように」

「大多数はね」ジョンダラーが答えた。

「〈九の洞〉は、どういうことで知られているのかしら？」

「芸術家やさまざまな職人たちがいることだな」マンヴェラーが代わって答えてくれた。「どこの〈洞〉も、わざにすぐれた練達の匠《たくみ》をかかえているが、真の名匠がいるのは〈九の洞〉だ。あの〈洞〉の規模がずばぬけて大きい理由のひとつはそこにある。ただ子どもたちが生まれることで人数が増えているのではなく、彫り物から道具づくりにいたるまで、およそなんのわざでも最上の訓練を受けたいと願う者が、〈九の洞〉へと移り住みたがるからなんだ」

「そうなったのも、ほとんど〈川の下《かわしも》〉のおかげかな」ジョンダラーがいった。

「〈川の下〉？」エイラはたずねた。

「ここから川の下《しも》にあるとなりの岩屋だよ」ジョンダラーが説明した。「ふだんそこにいる人数だけを見れば、ひとつにまとまって人々が暮らしている〈洞〉かと思うかもしれないが、じっさいにはちがう。なにか仕掛けを考えついた者が、それを実地に試したり、ほかの人と話しあったりするための場所なんだ。あとできみを連れていくよ。この話しあいがおわったあとにでも——といっても、暗くなる前にここを離れられればだ」

全員が——料理を運んできた者や何人かの人の子どもたち、それにウルフをふくめて——食事をおえると、一同は熱いお茶のはいった椀や鉢を手にしてゆったりと食休みをとった。エイラの気分はずいぶん回復していた。吐き気も頭痛もおさまっていた。しかし、またしても尿意が高まってきたことにも気づいていた。食事を運んできた人たちがほとんど空《から》になった盛りつけ皿をもって立ち去っていくあいだ、マルソナがいっとき、ひとりでたたずんでいるのがふと目にとまって、エイラは近づいていった。

「この近くに用を足せる場所はありますか?」エイラは声をひそめてたずねた。「それとも、住まいにまで引きかえさなくちゃならないんでしょうか?」

マルソナはにこりとほほ笑んだ。「わたしもおなじことを考えていたところ。大川の高立岩《たかたちいわ》の近くに出る道があるの。頂上近くはすこし急勾配だけれど、そこをたどるともっぱら女衆がつかっている土手近くの場所に出るのよ。案内してあげるわ」

ウルフもふたりについてきて、しばしエイラを見まもっていたが、やがてもっと興味をかきたてられるにおいを発見したらしく、大川の土手のほかの部分を探険しに離れていった。帰り道でふたりはカレージャとすれちがった。三人はたがいに事情にわかっているという意味でうなずきあった。

場がきれいに片づけられて全員がそろったのを確かめると、ジョハランが立ちあがった。どうやらこれが、議論再開の合図だったようだ。だれもがいっせいに、〈九の洞〉の洞長に目をむけた。

「エイラ」ジョハランは口をひらいた。「先ほど食事のあいだに、カレージャからひとつの疑問が呈されてね。ジョンダラーは、自分は平頭――あんたの言い方に従えば氏族――と話ができることはできるが、あんたのように巧みにはできない、と話していた。で、ジョンダラーがいうとおり、あんたは連中の言葉を知ってるのかね?」

「ええ、彼らの言葉はわかります」エイラはいった。「わたしを育ててくれた人たちですから。ジョンダラーに出会うまでは、ほかの言葉をひとつも知りませんでした。いえ、ほんとうの家族と離れ離れになる前、まだずっと幼いころには知っていた言葉もあったはずですが、それについてはまったく記憶がありません」

「しかし、あんたが育ったのは、ここからずっと遠い土地だ――一年の旅をしてやっとたどりつくほど遠い土地だった、そうだね?」ジョハランはつづけ、エイラがうなずくと、さらに言葉をついだ。「遠い土地に住む人々は、ここの人々とちがう言葉をつかう。たとえばあんたがジョンダラーとマムトイ語で話していると、おれにはちんぷんかんぷんだ。もっと近くに住んでいるロサドゥナイ族だって言葉はちがう。似ている単語はあるし、すこしは意味もわかる。でも、大雑把な話の枠組み以上はとても話しあいを進めることなんてできない。それで、その氏族という人々の言葉がおれたちの言葉とちがっているのはわかる。でも、遠い遠い土地から来たあんたが、このあたりにいる氏族の人たちの言葉までわかるというのは、どういうわけなんだ?」

「いぶかしく思われるのももっともですね」エイラは答えた。「最初にガバンとヨーガのふたりと出会ったときには、はたして自分に話が通じるのかどうか不安でした。しかし、みなさんのつかう話し言葉と、氏族のつかう言葉は種類がちがいます。手ぶりや合図が主になっているという点だけがちがいではありません――氏族には二種類の言葉があるのです」

「どういうこと、二種類の言葉があるというのは?」大ゼランドニがたずねた。

「まず、一般の日常的な言葉、それぞれの一族がそのなかで毎日のようにつかっている言葉があります」エイラは説明した。「その場合には、おおむね手ぶりや身ぶり、姿勢や表情がもちいられますし、またたしかに氏族には異人の発音する音すべてが出せるわけではないにしても、多少の話し言葉をつかうこともあります。ほかの一族にくらべて、話し言葉を多用する一族もあります。ガバンとヨーガの場合には、ふだんの暮らしでつかう日常の言葉は、わたしが育った一族とはちがっていて、わたしには理解できませんでした。しかし氏族には、霊界に話しかけるときにだけつかう特別の言葉、格式ある言葉があります。これはまた、日常の言葉が異なっているほかの一族の人々と話を通じあわせるときにもつかわれます。とても古い時代にまで遡る言葉で、人の名前のほかには、口から出る言葉はつかいません。わたしは、こちらの言葉をつかったのです」

「わたしが話を正確に理解しているかどうか確かめてちょうだい」ゼランドニがいった。「氏族には――というのは平頭たちのことよ――言葉がひとつだけではなく、ふたつある。その片方をつかえば、ほかのどこにいる平頭とも話を通じあわせることができる、たとえ旅をして一年かかるほど遠く離れた土地に暮らしている者同士でも。そういうこと？」

「ちょっと信じられない話だろう？」ジョンダラーは大きな笑みを見せていった。「でもほんとうの話なんだ」

ゼランドニは頭を左右にふっていた。ほかの面々は疑いが抜けきらない顔を見せていた。

「とても昔にまで遡る言葉ですし、氏族の人々にはとても昔にまで遡る記憶があります」エイラはなんとかわかってもらおうとした。「あの人たちはなにかを忘れるということがありません」

「だいたいおれには、連中が手ぶりだの合図だので心を通わせあっているという話だって信じられないくらいだよ」ブラメヴァルがいった。

「わたしも同感ね」カレージャがいった。「さっきジョハランがロサドゥナイ語とゼランドニー語をくらべる話をしていたけれど、いま話題に出ているのもそれとおなじように、大雑把な枠組みだけはおたがいに通じるとか、そういう話だと思うの」

「きのう、わたしの家ですこしだけ実演してくれたわね」マルソナがエイラにいった。「よかったら、ここでも見せてもらえる？」

「それにあんたがいうように、ジョンダラーに多少はその言葉の心得があるのなら、あんたの言葉を訳してもらってもいいだろうしね」マンヴェラーがいい足した。

エイラは立ちあがって、いったん間をおき、考えをまとめた。それから古の格式ばった手ぶり言葉でこう述べた。「この女はマンヴェラーという男にご挨拶いたします」

相手の名前の部分は口で発音したが、エイラの口調や特異な強勢の置き方のせいでマンヴェラーの名前はずっと力強く響いた。

ジョンダラーが訳した。「マンヴェラーに挨拶します」

「この女はジョハランという男にご挨拶します」エイラはつづけた。

「兄さんにも挨拶してるんだ」ジョンダラーはいった。それからふたりは、ごく単純な内容の話をいくつか実演しては訳していったが、ジョンダラーはこの——音はなくとも——幅広い表現力をもつ言語の深みや広がりが十二分に伝わってはいないことを痛感していた。エイラがこれ以上の内容を表現できることはわかっている。しかし、自分にはそれをあますところなく訳す力がない。

「きみは基本的な手ぶりしかしてないんだな、エイラ」

「だって、基本的な手ぶり言葉よりもこみいった内容だと、あなたには訳せないかと思って」エイラはジョンダラーに答えた。「ライオン簇の人にもあなたにも、そこまでしか教えてないもの。ライダグと意思を通わせるのに不自由しない程度にしかね。もっと複雑な意味をもったことを話しても、あなたにはぜんぶの意味がわからないと思うけど」

「きのう見せてもらったときには、あなたが自分で訳していたでしょう？」マルソナがエイラにいった。「そのやり方のほうが、ずっとはっきりわかると思うわ」

「そうだな。あのふたつの言葉を同時につかうやり方で、ブラメヴァルやほかの人たちに実演を見せてやったらいい」ジョンダラーが提案した。

「わかったわ。でも、なにを話せばいいかしら？」

「彼らといっしょに住んでいたころのようすを教えてくれない？」ゼランドニが案を出した。「最初に迎えいれてもらったときのことは覚えてる？」

ジョンダラーは、この巨体をもつ女に笑みをむけた。名案だった。この場の全員に言葉の実例を示せるだけではない。孤児《みなしご》の女の子を——それがたとえ見なれない姿形の女の子であろうとも意に介さず——すすんで自分たちの一員に受け入れようとした人々の同情の心を如実に伝えられる。氏族がおれたちの一員にまっとうに——おれたちが氏族に接してきた態度よりもずっとましな態度で——接したこともわかってもらえるではないか。

エイラは立ちあがったまま、しばし体を動かさずに間をおいて考えをまとめた。それから氏族の格式ばった手ぶり言葉とゼランドニー語の両方をつかって、こう語りはじめた。

「最初のときのことは、あまりくわしく覚えていません。しかしイーザはよく、わたしを見つけたときのことを話してくれました。そのとき、彼らは新しい洞穴をさがしていました。その前に地震がありました。おそらく、わたしがいまでも夢に見る地震でしょう。この地震でブルンの一族の住まいは破壊されました。洞穴のなかで岩が崩れて何人もの人が死にましたし、ほかにも大きな被害が出たのです。一族は死した者の亡骸《なきがら》を埋葬し、旅立ちました。洞穴そのものは残っていたのですが、そのまま住みつづけるのは不吉だったからです。一族それぞれの者のトーテムの霊はその洞穴に不興を感じ、一族に去ることを求めました。彼らは急いで旅をつづけました。すぐにでも新しい住まいが必要だったからです。彼ら自身の住まいのみならず、彼らを庇護している霊たちも満足できる場所が必要でした」

エイラはあくまでも平静な声をたもっていたし、手ぶりや体の動きもまじえて物語ってはいたが、人々はすでにエイラの話にすっかり引きこまれていた。彼らにとっては守護トーテムは女神の顔のひとつだったし、地震のような災害は女神が機嫌をそこねたときに引き起こすものと理解していた。

「イーザの話によれば、一族が川にそって旅をしているとき、腐肉をあさる鳥が頭上の空をぐるぐるとまわって飛んでいるのが見えたそうです。最初にわたしを見つけたのはブルンとグラドでしたが、ふたりは通りすぎていきました。彼らは食べ物をさがしていたのです。ですからふたりは、腐肉あさりの鳥が狩りをする獣に殺された獲物を見つけていたのならよいと思っていたはずです。鳥が上を舞っていれば四本足をもつ狩人も近づかず、その時間で多少の肉が奪えたはずですから。ふたりは、わたしが死んでいるものと思いました。しかし、氏族は人間を食べたりしません。たとえそれが異人のひとりであっても」

話しながらエイラは優雅に、やすやすと流れるような動作で体を動かしつづけていた。エイラは修練を積んだ者ならではの軽妙な動きで、手ぶりや身ぶりを繰りだしていった。

「川のほとりの地面に倒れていたわたしを見つけたイーザは、足をとめて調べました。イーザは薬師でしたから、興味を引かれたのです。わたしの足には、猫の仲間の大きな動物による爪痕が残っていました。イーザはおそらく洞穴《ケーブ》ライオンだろうと考えました。傷口はすっかり膿んでいました。最初イーザはわたしが死んでいると思いました。しかし、わたしのうめき声を耳にして、もっと丹念にわたしを調べ、まだ息があることを察しとったのです。イーザは、兄であり一族の頭《かしら》だったブルンに、わたしを一族のひとりとして受け入れてもいいか、と願いでました。ブルンはその願いを拒みませんでした」

「いいぞ！」「よかった！」と応じる声が聴衆からあがった。ジョンダラーはひとりほほ笑んだ。

「当時イーザは子を身ごもっていましたが、一族がその夜の野営地としたところまで、わたしを抱きかかえて運んでいきました。自分の薬師のわざが異人にも効能をもつのかどうか、イーザは不安でしたが、こういった例をそれ以前にも診たことがあったので、とりあえず手を尽くすことにしたのです。イーザは感染症を抑える湿布をつくってくれました。それからつぎの日も丸一日、わたしを抱きかかえて運んでくれました。いまでも覚えています——最初に気がついてイーザの顔が目に飛びこんできたとき、わたしは悲鳴をあげました。でもイーザはわたしを抱き、なだめてくれたのです。三日めには、わたしはすこし歩けるようになっていました。このときイーザはすでに、わたしを娘にする決意を固めていました」

エイラはそこで話をやめた。深い静寂が場を支配していた。感動的な物語だった。

「当時あなたは何歳だったの？」しばらくしてプロレヴァがその質問で沈黙を破った。

「あとからイーザに教わったのですが、当時はわたしが五歳くらいだろうと思っていたそうです。いまの……ジャラダルやロベナンとおなじくらいの年ですね」エイラはそういってソラバンを見やった。

「いまの話を、すべて身ぶりでも話していたのかい？」ソラバンがたずねた。「口ではなにもいわなくても、それだけの話を伝えられるものかな？」

「たしかに、わたしが口にした言葉のなかには対応する手ぶりのないものもあります。しかし彼らならわたしの手ぶりを見るだけで、おなじ話を直観的に理解したはずです。氏族の言葉は、両手の動かし方だけではありません。あらゆる動きが言葉なのです——それこそ片方の瞼《まぶた》をちらっと動かすことや、小さくうなずくことでさえ、相手に意味を通じさせることができるのです」

「でも、そういった種類の言葉だからこそ」ジョンダラーがいい添えた。「氏族は嘘をつくことができないんだ。嘘をつこうとしても、表情や姿勢で嘘だと露見してしまうからね。おれと最初に会ったころ、エイラは〝ほんとうでないことを話す〟という概念さえ理解できなかった。おれがなんのことを話してるのか、それさえ簡単にはわからなかったほどね。いまではさすがに嘘がどういうものかは知っているが、自分で嘘をつくことは無理なんだ。いいかい、エイラには嘘がつけない。嘘のつき方を学んだことがない。そんなふうに育てられてきた人なんだよ」

「言葉をつかわず話すことには、人の気づかない利点がいくつもあるのね」マルソナが静かにいった。

「いまこの人を見ていたかぎり、エイラにとってこの種の手ぶり言葉が心を通わせあうためのごく自然な方法であることは明らかだ、と思うわ」ゼランドニはいった。頭のなかでは、もしもエイラがでっちあげで体を動かしただけならば、あれほどなめらかで優美に動けないはずだ、と考えていた。そもそも、このことでエイラがなぜ嘘をつかなくてはならない？　それから、エイラには嘘がつけないという話、あれはほんとうなのか？　ゼランドニにはまだ疑いの念が残ってはいたものの、ジョンダラーの議論に説得力があったことはまちがいない。

「彼らとの暮らしぶりをもっときかせてはくれまいか」といったのは、〈十一の洞〉のゼランドニだった。「手ぶりまでするにはおよばないよ。ただし、あんたがしたいのなら、話はべつだ——すばらしい目の保養になるからね。しかし、あんたのいいたいことは、きっちりと伝わっているように思う。さっきあんたは、彼らが死者を埋葬したと話していた。わたしは彼らの埋葬の習慣について、もっとくわしく知りたくてね」

「ええ、氏族は亡骸を埋葬します。イーザが死んだとき、わたしは立ちあっていました」

話しあいはそのあとも午後いっぱいつづいた。エイラは氏族の葬儀や埋葬にまつわる儀式について説明していき、そのあとまた自分の子ども時代のことを話していった。人々は数多くの質問を投げかけたし、意見を交換したり、さらなる情報を求めたりするためにエイラの話が中断されることも珍しくなかった。

やがてジョハランが、あたりがもう暗くなりかけていることに気づいた。「エイラも疲れただろうし、おれたちもみんな、また腹が減ってきたことと思う。この話しあいをおわらせる前に、〈夏のつどい〉前の狩りについて話しあうべきだと思うが」

「ジョンダラーは、新しい狩りの武器をみんなに見せたいと話していたぞ」マンヴェラーがいった。「あした、あるいはあさってあたりが狩りに好都合ではないか。それだけの余裕があれば、〈三の洞〉の者はどこに行くべきかについて、みんなにいくつか案を出せると思う」

「それでよし」ジョハランは答えた。「しかしいまは……腹が減っている者がいる場合にそなえ、プロレヴァがまた食事の手配をしてくれているぞ」

内容の充実した興趣のつきない会合ではあったが、立ちあがって歩きまわれるようになったことに、だれもが喜んでいた。一同とともに住まいに歩いて引きかえすあいだ、エイラはこの会合をふりかえり、投げかけられた質問すべてを思いかえしていた。どの質問にも嘘いつわりなく答えたことはわかっていた。しかし同時に、たずねられたこと以上には、ほとんどなにも答えなかったことも意識していた。なかでも口にするのを避けていたのは息子ダルクのことだった。ゼランドニー族が息子のことを畜人《ちくじん》だと考えることはわかっていた。エイラには嘘はつけなかったが、話したくない話を隠すことは不可能ではなかった。

9

一同が帰りついたとき、マルソナの住まいのなかはまっ暗だった。フォラーラは、母親とウィロマー、エイラ、それにジョンダラーの四人の帰りをひとりで待つくらいなら、と友人のラミラのもとに行っていた。四人は夕食のあいだフォラーラを見かけてはいたが、話しあいは食事のあとも非公式的な形でつづけられ、フォラーラには四人がすぐには帰ってこないことがわかったのだ。

出入口の垂れ幕を横にはねあげても、炉で消えかかっている熾《おき》のほのかな光さえ目にはいらなかった。

「ジョハランのところからランプか松明《たいまつ》を借りてきて火を熾《おこ》すとしようか」ウィロマーがいった。

「あの住まいもまっ暗よ」マルソナがいった。「ジョハランもプロレヴァも話しあいに出ていたから、いまごろはジャラダルを迎えにいってるんじゃないかしら」

「ソラバンの住まいは?」ウィロマーがいった。

「そっちも明かりが見えないわね。ラマーラが出かけてるにちがいないわ。ソラバンも、一日じゅう話しあいに出ていたしね」

「わざわざ火をもってくるにはおよびません」エイラはいった。「手もとに、きょう見つけた火熾《ひおこ》し石がありますから、まばたきする間に火を熾せますよ」

「火熾し石というのは?」マルソナとウィロマーが異口同音にききかえした。

「いま見せてあげるよ」ジョンダラーがいった。暗くて顔は見えなかったが、エイラにはジョンダラーがにやりと笑っていることがわかった。

「火口《ほくち》が必要です」エイラはいった。「うまく火花をつかまえてくれるものが」

「火口なら炉のそばにあるけれど、これじゃ炉にたどりつく前になにかにつまずいてしまいそうね」マルソナはいった。「やっぱり、どこからか火を借りてくるわ」

「それだって住まいにはいって、暗いなかでランプなり松明なりを見つけてこなくちゃならないぞ」ジョンダラーがいった。

「ランプごと借りてくればいいのよ」マルソナが応じた。

「わたしなら火花をつくって、炉を見つけるのに充分な光を出せると思います」エイラはそういってフリントのナイフを抜きだし、昼間見つけた火熾し石を小袋をさぐってとりだした。

それからエイラは先頭に立って住まいに足を踏みいれた。前に伸ばした左手に黄鉄鉱の塊、右手にはナイフ。一瞬、深くまで通じている洞穴に足を踏みいれたような錯覚に見舞われた。暗闇は濃密で、まるでエイラを押しもどすかに思えるほどだった。一陣の悪寒が背すじを走った。ついで、エイラは火熾し石をフリントのナイフの背に打ちつけた。

まばゆい閃光が炭のように黒々とした住まいの内側を一瞬だけ照らしだして、すぐに消えると、エイラのうしろからマルソナの驚きの声がきこえた。「おおぉぉぉ……」

「いまのはどうやったんだ?」ウィロマーがたずねた。「もういちどやってもらえるかな?」

「フリントのナイフと火熾し石をつかったんです」エイラはそう答えると、もういちどくりかえせることを示すために両者を打ちあわせた。長つづきのする火花のおかげで、エイラは炉に数歩近づくことができた。ふたたび打ちあわせて、さらに進む。炊《かし》きの炉のそばにたどりつくと、マルソナもあとをついてきたことがわかった。

「火口はここにしまってあるの。こっち側よ」マルソナはいった。「どこにおけばいい?」

「こちら側のへりの近くにおいてください」エイラはいい、闇のなかでマルソナの手をさぐって、その手が差しだしている柔らかい繊維状の乾燥した物質を指先でとらえた。その火口を指でつまんで炉におき、身をかがめて近寄ると、ふたたび火熾し石を打ちあわせた。今回火花は火のつきやすい物質の小さな山に首尾よく飛んでいき、かすかな赤い輝きが生まれた。エイラがやさしく息を吹きかけると、小さな炎が立ち昇ってきた。さらに火口をその上に足す。マルソナは手まわしよく数片の木端《こっぱ》をもってきていた。つづいて、もうすこし大きな焚きつけをもってくる。そんなわけで、それこそまばたきひとつにも満たないとしか思えない短時間のうちに、炎の暖かい火明かりが住まいの内側を照らしていた。

「さあ、その火熾し石とやらを見せてほしいな」いくつかのランプに火をともしてからウィロマーがいった。

エイラは黄鉄鉱の小さな塊を手わたした。ウィロマーは灰色がかった金色の石をためつすがめつして検分していった。「ちょっとおもしろい色をしてはいるが、見た目はふつうの石と変わらないな。これでどうすれば火が熾せる? だれにでもできるのか?」

「ああ、だれにだってできるさ」ジョンダラーがいった。「手本を見せてやろう。その火口はまだあるかな、母さん?」

マルソナが火口を用意しているあいだ、ジョンダラーは旅行用の荷物に近づいて火熾し道具一式をとってくると、叩きつけるためのフリントと火熾し石をとりだした。それから、柔らかい繊維で小さな山をつくる——蒲《がま》と柳蘭《やまぎらん》を混ぜて、松脂《まつやに》と枯れ木の腐った根を乾かして砕いたものをわずかに足してあるようだ。昔からの母親愛用の火口だ。すぐに火がつくこの火口に身を近づけると、ジョンダラーはフリントと黄鉄鉱を打ちあわせた。わきで火が燃えているので目だたなかったが、火花がすっと飛んで点火材に落ちていった。火口が焦げて茶色くなり、白い煙をあげはじめた。ジョンダラーは息を吹きかけて小さな炎を熾すと、さらに燃料を足した。この住まいの炉である、石でまわりを囲ってあって灰で黒くなった部分に、たちまちふたつめの炎が燃えあがっていた。

「わたしにもやらせてちょうだい」マルソナがいった。

「火花をうまく出したり、狙った場所に飛ばしたりするにはちょっと練習が必要だけど、そんなにむずかしいことじゃない」ジョンダラーはいい、黄鉄鉱とフリントをマルソナに手わたした。

「マルソナのあとで、おれもやってみたいな」ウィロマーがいった。

「待つ必要はありませんよ」エイラはいった。「わたしも自分の火熾し道具一式から打ちつけるためのフリントをもってきて、お見せしましょう。いままではナイフの背をつかっていましたが、そっちは欠《か》いてしまいました。刃のほうを欠きたくはありませんし」

ふたりとも最初の一打こそためらいがちで不器用だったが、エイラとジョンダラーが手本を見せると、勘をつかみはじめた。最初に火を熾すのに成功したのはウィロマーだったが、ふたつめの火を熾すのには手を焼いていた。マルソナのほうはひとたび火を熾すのに成功すると、すっかりこつを身につけた。しかし、練習とふたりの先達による助言――どちらも大いに笑い声をともなっていた――の結果、ふたりが石から火花を飛ばしてあっさりと火をつける域に達するまでに、長くはかからなかった。

住まいに帰ってきたフォラーラは、四人が喜びの笑顔で炉を囲んでいる光景を目にすることになった。炉には小さな炎がいくつも燃えていた。フォラーラといっしょに、ウルフもはいってきた。ウルフはエイラといっしょに一日じゅうおなじ場所にいることに飽きてしまい、フォラーラとジャラダルのふたりと会い、いっしょにこないかと誘われて、抵抗できなかったのだ。ふたりは、この不思議なほど友好的な肉食獣との親交をまわりに見せびらかした。その仲よしぶりを目にして、〈洞《ほら》〉の人々がウルフを恐れる気持ちも薄まってきていた。

ウルフはいつものやり方でみんなに挨拶をして水を飲みおえると、すでに自分の場所だと無言で宣言していた出入口のわきの隅に行き、ジャラダルをはじめとする子どもたち数人と一日を過ごしたせいで心地よい疲れを感じている体を丸め、休みはじめた。

「で、なにをしているの?」昂奮した挨拶のひとときをおえると、フォラーラは炉に目をとめていった。

「どうして炉にそんなたくさんの炎が燃えているの?」

「石をつかって火を熾す練習をしていたからさ」ウィロマーが答えた。

「エイラの火熾し石をつかって?」フォラーラがたずねた。

「ええ。簡単よ」マルソナがいった。

「やり方を見せてあげるって約束したわね、フォラーラ。いまやってみる?」エイラはいった。

「まさか、母さんもやったの?」フォラーラがマルソナにたずねた。

「ええ、もちろん」

「あなたもやったの、ウィロマー？」

「やったとも。多少の練習は必要だが、なに、それほどむずかしくはないぞ」ウィロマーは答えた。

「だったら、家族でわたしひとりが石で火を熾す方法を知らずにいるわけにはいかないみたいね」フォラーラはいった。


　エイラがフォラーラに石で火を熾す方法を簡明に教え、ジョンダラーと新たに達人となったばかりのウィロマーが助言をほどこすあいだ、マルソナはすでに燃えあがっていた炎で煮炊き用の石を熱していた。お茶を淹れるための籠に水を入れ、さらに調理ずみの冷めたバイソンの肉を薄く切っていく。煮炊き石が充分に熱せられると、マルソナは数個の石をお茶用の籠に入れた。たちまち、もうもうたる湯気が立ち昇った。それからまた数個の石と追加の水を、柳の細枝と繊維を密に編みあげて底を板でふさいだ籠に入れていった。籠には、けさ調理した野菜類がはいっていた――萱草《かんぞう》の蕾《つぼみ》、山牛蒡《やまごぼう》の緑色の茎を切ったもの、庭常《にわとこ》の若枝、薊《あざみ》の茎、牛蒡の茎、くるっと丸まっている羊歯《しだ》の芽、それに百合根などを入れ、塔花《とうばな》や庭常の花で味つけし、さらにピッグナットの根を香辛料にくわえた料理だった。


　マルソナが軽い夕食の準備をおえるころには、フォラーラもまだ炉で燃えていた炎のほかに自分で熾した炎を追加できるまでになっていた。全員が食事用の皿とお茶の椀を手にし、低い卓子《テーブル》のまわりの座布団に腰をおろした。食事をすませると、エイラは残り物の鉢とよぶんの肉をひと切れウルフに与え、自分にお茶のお代わりをそそいでから、また一同のもとにもどった。

「火熾し石について、もっとくわしく知りたいな」ウィロマーがいった。「これまで石をつかって火を熾す人がいるという話はきいたこともなかったぞ」

「あんなわざを、どこで身につけてきたの、ジョンデ？」フォラーラが兄にたずねた。

「エイラに教わったんだ」ジョンダラーは答えた。

「あなたはどこで習ったの？」フォラーラがエイラにたずねた。

「だれかに習ったとか、考えて編みだしたとか、そういうことじゃないの。偶然にわかっただけよ」

「でも、なんでこんなことが〝偶然にわかった〟わけ？」フォラーラがさらにたずねた。

エイラはお茶をひと口飲んで目を閉じ、あの日の出来ごとを思いかえし、話しはじめた。

「なにをやってもうまくいかない、そんな一日だったわ。谷で初めて迎える冬がはじまったばかり、川は凍りかけていたのに、炉の炎が真夜中に消えてしまったの。ウィニーはまだ赤ちゃん馬だったし、ハイエナが闇にまぎれてわたしの洞穴のまわりを嗅ぎまわっていた。でも投石器が手もとに見あたらなくて、ハイエナを追いはらうために煮炊き石を投げつけるしかなかった。朝になって、薪《たきぎ》を切りに出たら、こんどは斧を落として刃を欠いてしまったの。斧は一本しかなかったから、一からつくりなおすしかなかった。でも幸い、近くにフリントの塊があるのを知っていたの――洞穴の下に積みあがっていた石や動物の骨の山のなかに。

それからわたしは、新しい斧やほかの道具をつくろうと思って、川べりの岩が転がっている土手におりていったわ。その仕事のあいだ、剝片を打ち欠く道具をいったん下においた。でもフリントに集中していたものだから、つぎにその道具を手にとったつもりのとき、うっかりしてほかの石を手にしてしまったのよ。打ち欠き具じゃなくて、これに似た石ね。その石でフリントを打ったら、火花が散ったの。それを見て火のことを思った。どのみち火を熾さなくちゃならなかったし。それで、石から出る火花で火を熾してみようと思ったの。二、三回くりかえすうちに、火を熾すことができたわ」

「話だけきくと簡単そうね」マルソナがいった。「でもわたしだったら、たとえ火花を目にしても、それで火を熾そうとは考えもしなかったかもしれないわ」

「あの谷で、わたしはたったひとりでした。なにかの方法を教えてくれる人もいなければ、なにかをしてはいけないという人もいませんでした」エイラはいった。「そのときにはもう、自分ひとりで狩りをして馬を殺していました。これは氏族の習いに逆らうおこないでした。殺した馬の子を手もとで育てることにもしましたが、これも氏族ではぜったいに許されないことでした。そのころには、本来なら断じてしてはならないことをたくさんしていたせいで、思いついたことはなんでも実行にうつす気がまえができていたのです」

「その火熾し石はいっぱい手もとにあるのかい?」ウィロマーがたずねた。

「岩だらけの川原にいっぱいあったんだ」ジョンダラーが答えた。「ふたりでさいごに谷をあとにするとき、できるだけたくさん拾いあつめてきたよ。旅の途中で何個かは人にあげてきたけど、ここの人たちのために、できるだけ多くを残すことを心がけもした。ただ旅の途中では、ひとつも見つけることができなかった」

「それは残念だな」交易頭《こうえきがしら》をつとめるウィロマーは答えた。「こいつをみんなに分けあたえられたらよかったのに……いや、交易の材料にしてもよかったと思うぞ」

「それも無理じゃないさ!」ジョンダラーはいった。「けさエイラが、あの話しあいに出る直前に見つけたんだ。木《き》ノ川《かわ》の谷間で。エイラの谷を出て以来、おれが火熾し石を見たのは初めてだった」

「もっと見つけたというのか? ここで? ここのどこなんだ?」ウィロマーがたずねた。

「小さな滝の滝壺のまわりです」エイラが答えた。

「一ヵ所の狭い範囲で見つかったのなら、その近くにもっとあるかもしれないな」ジョンダラーがいった。

「そのとおり」ウィロマーがいった。「これまで何人に火燧し石のことを話した？」

「おれはまだ機会がなくてだれにも話してない。でもゼランドニは知ってる」ジョンダラーがいった。

「フォラーラが教えたからね」

「おまえはだれから話をきいたの？」マルソナが娘にたずねた。

「エイラよ――というか、エイラがつかうところを見ていたの」フォラーラが説明した。「きのう、あなたが帰ってきたときにね、ウィロマー」

「とはいえ、ゼランドニ本人はその場を見てはいないわけだな？」ウィロマーがにやにやと笑いはじめながらいった。

「ええ、見てないと思う」フォラーラが答えた。

「これはおもしろいことになるぞ。一刻も早くゼランドニに見せたいもんだ！」ウィロマーはいった。

「肝をつぶすほど驚くに決まってる――だけど、驚いてないふりをするだろうな」

「楽しそうだね」ジョンダラーもにやにや笑いながらいった。「ゼランドニを驚かすなんて、そう簡単にできることじゃないし」

「それはゼランドニがいろんなことを知っているからよ」マルソナがいった。「でもね、エイラ、あなたはもう自分で思っている以上にゼランドニを深く感心させてるわ」

「そのとおりだ」ウィロマーがいった。「エイラもジョンダラーもな。まだおれたちに話していないような、びっくり仰天すること確実の隠し玉があるんじゃないだろうな？」

「そうだね。あしたの投槍器《とうそうき》の実演を見れば、みんな驚くと思うぞ。それに、エイラがどれほど巧みに投石器をつかうかも見せられればね」ジョンダラーはいった。「それに、ここのみんなにはあまり意味がないかもしれないけど、フリント道具づくりのびっくりするような新しいわざも身につけてきた。あのダラナーも驚いていたよ」

「ダラナーが驚いたのなら、おれも驚くだろうな」ウィロマーがいった。

「それから糸引き具があります」エイラがいった。

「糸引き具?」マルソナがくりかえした。

「ええ。縫い物につかうんです。ふつうは錐《きり》であけた穴に細い紐や腱《けん》の糸を通しますが、わたしはあれがどうしても上手にできなくて。それで思いついたんです。でも、最初のひとつを完成させるには、ライオン簇《むら》の全員が力を貸してくれました。ご希望なら、裁縫道具一式がありますから、お見せいたします」

「前はなんの苦もなく糸を通せたのに、目がわるくなって、それもおぼつかなくなってきた……そんな人の助けにもなるかしら?」

「なると思います」エイラはいった。「いま、もってきましょう」

「あした、あたりがもっと明るくなってからでもいいのよ。火の明かりよりも、お日さまの光のほうがものがよく見えるから」マルソナはいった。「でも、見せてほしい気持ちに変わりはないわ」

「とにかく、ジョンダラー、おまえのおかげでこのあたり一帯が大騒ぎだ」ウィロマーがいった。「おまえが旅から帰ってきただけでも騒ぎになるのに充分なのに、おまえがおまえ以上のものをもち帰ってきたんだからな。前々からおれがいっているとおりだ——旅は人の可能性を広げてくれるし、新しい考えをさらに発展させてくれる、とな」

「そのとおりだと思うよ、ウィロマー」ジョンダラーはいった。「でも、正直にいわせてもらえば、もう旅にはうんざりだ。これからずっと長いあいだ故郷に暮らせれば、それでもう満足さ」

「でも、〈夏のつどい〉には行くんでしょう、ジョンデ？」フォラーラがたずねた。

「もちろん。おれたちはそこで、晴れてつれあいになる予定なんだからね、かわいい妹」ジョンダラーはいいながら、エイラに腕をまわした。「〈夏のつどい〉に行くのは旅のうちにはいらないよ。あれだけの長い旅をしてきたあとなら、なおさらさ。〈夏のつどい〉に行くのは、故郷に帰ってきたことの一部だ。それで思い出したけどね、ウィロマー、ジョハランが出発前に特別の狩りをする心づもりを立ててるけど、どこか変装道具が手にはいるところを知らないかな？　エイラも狩りにいきたがっているし、おれたちふたりぶんが必要なんだ」

「さがせば見つかるだろうさ。赤鹿を狩るのなら、おれの手もとによぶんな枝角がひとそろいあるし。皮だのなんだのをもっている者も大勢いるぞ」交易頭はいった。

「変装というのは？」エイラはたずねた。

「おれたちは動物の皮で体を隠したり、ときには枝角や角を頭にくっつけて、群れに近づくんだ。動物はみな人間を警戒する。だから向こうに、おれたちを動物だと思わせるんだ」ウィロマーが説明した。

「ジョンダラー、二頭の馬を狩りに連れていったらどうかしら？　ほら、ウィニーとわたしとで、マムトイ族のバイソン狩りを手伝ったときみたいに」エイラはそういうと、ウィロマーに視線をむけた。「わたしたちが馬の背に乗っていると、動物たちにはわたしたち人間の姿が見えず、ただ馬としか見えないんです。これでかなり近づくことができます。そのうえ投槍器もありますから、わたしたちふたりにくわえてウルフだけでも、狩りではかなりの成果をあげてきたんですよ」

「動物を狩るのに、あの動物たちの力を借りるだと？　まだ驚きの隠し玉があるのかときいたときには、なにもいわなかったくせに。それこそ驚くべきことだとは思わなかったのか？」ウィロマーが笑顔でいった。

「なんだかこのふたりは、どれだけわたしたちを驚かせることになるのか、自分たちでもわかっていないような気がするわ」マルソナはそう意見を述べ、間をおいたのちにこういいはじめた。「寝床につく前に、カミツレのお茶をもっと飲みたい人はいない？」ちらりとエイラを見て、つづける。「これを飲むと心が落ち着いて、くつろいだ気分になれるわ。きょう一日、あなたは質問の嵐にさらされたことだし。それにしても、氏族の人たちは、わたしが想像もしなかったほど豊かな世界をもっているのね」

その言葉に、フォラーラはすかさず耳をそばだてた。長時間におよんだ話しあいの話で〈洞〉じゅうがもちきりだったし、友人たちはみなフォラーラがなにかを知っていると決めこんで、ちょっとしたほのめかしだけでもいいからきかせろ、とうるさくせがんできた。フォラーラは、自分もみんなが知っていることしか知らないとは答えたが、そのときに〝知っていても話せない〟とほのめかす態度をとりもした。しかし、いまようやく話しあいの議題について多少なりとも知ることができた。そのあとつづいた会話に、フォラーラは真剣にききいっていた。

「……話からすれば、氏族の人たちにはすばらしい特質がいくつもあるようね」マルソナはそう話していた。「病人を手厚く看護するし。それに彼らの指導者は、仲間にとって最上の利益をもっとも重く見ているらしい。彼らの薬師《くすし》のそなえている知識は――ゼランドニの反応ぶりから判断すれば――かなり広範囲にわたるようだし。ただの勘だけれど、ゼランドニは氏族の心の師について、もっと知りたがっているみたい。あの人はね、エイラ、あなたに質問したいことがもっとたくさんあるのに、我慢していたのよ。ジョハランは、氏族の人々やその暮らしぶりにもっと興味があるみたいだったわ」

ゆったりと落ち着いたひととき、静寂のひとときがおとずれた。炉の炎と獣脂のランプが投げる控えめで柔らかな光に浮かびあがったマルソナの美しい住まいを見まわしたエイラは、前には気づかなかった細部の趣きに気づかされた。この住まいは、ここに住んでいるマルソナという女性をいわば補完している。そこにエイラは、ライオン簇のラネクが土盧《つちいおり》内の自分の寝起きする場所を優雅な雰囲気で飾りつけていたことを思い出した。芸術家であり、すぐれた彫り師だったラネクはたっぷりと時間をとって、美を創造して鑑賞すること――それは自身のためであり、母なる大地の女神のためでもあった――についての気持ちや考えをエイラに説明してくれた。マルソナもそのラネクに通じる気持ちをもっているのではないか、とエイラは感じていた。

熱いお茶をすこしずつ口に運びながら、こうしてゆったりくつろいだようすで低い卓子《テーブル》をかこむジョンダラーの家族を見まわしていると、これまでついぞ知ることのなかった穏やかで満ちたりた気持ちがエイラの胸を満たしてきた。ここにいるのは自分にも理解できる人々、自分と似た人々だ。そう思ったとたん、自分がほんとうに異人の一員だという思いが胸をついた。つづいて子ども時代を過ごしたブルンの一族の洞穴の情景が脳裡に浮かび、当時といまとのあまりの落差に愕然となった。

ゼランドニー族は、それぞれの家族が独立した住まいをもっており、内部の居住空間は衝立《ついたて》や壁で区切られている。住まいにいても外からの声や音はきこえるが、これは慣例として無視されたし、それぞれの家族は他人の目から私生活を守られていた。マムトイ族もライオン簇の土盧内ではそれぞれの家族のための空間が規定されており、必要な場合には垂れ幕をもちいて他人の目から自分の私生活を守ることができた。

ブルンの一族が住んでいた洞穴でも、それぞれの家族の居住空間が存在していた。とはいっても、その空間を規定していたのは、その目的で配された数個の石だけだった。そこでは、プライバシーは社会的習慣に拠っていた。だれもが、隣人の炉辺をまっすぐにはのぞきこまず、目に見えない境界線から先は〝見えない〟ようにしていたのだ。氏族の者は、見てはならないとされたものを目に入れないことの達人だ。〝死の呪い〟をかけられたとたん、愛を寄せてくれていた人の目にさえ自分が一瞬にして見えなくなったあのときを思い出すにつけて、エイラの胸は悲しみによじれるように痛んだ。

ゼランドニー族も住まいの外側と同様に、内側の空間も寝所、炊きの場、そしてさまざまな活動のための場所というように、いくつもに区分けしていた。氏族はさまざまな活動の場所をここまで正確に定めてはいなかった。一般的には寝所がつくられ、炉が配されてはいたものの、おおむね空間の区分けは習慣や習わし、それに人々の行動で定められた。それは目に見える形での物理的な区分けではなく、精神的かつ社会的な区分けだった。女たちは男が仕事を進めている場所を避け、男たちは女の作業の場所に近づかず、大がかりな作業はそのときどきの都合のいい場所で進められることは珍しくなかった。

ゼランドニー族はなにかをする時間を、氏族より豊富にもちあわせているみたいだ、とエイラは思った。彼らのだれもがいろいろな品をたくさんつくっているようだ。それも、ただ必要な品にとどまらない。この差異をつくっているのは、彼らの狩りの方法ではないだろうか。そんな考えごとに没頭していたせいで、エイラは自分に投げかけられた質問をうっかりききのがしていた。

「エイラ？　……エイラ！」ジョンダラーが大声を出した。

「いけない！　ごめんなさい。いまなんといったの？」

「おれの言葉もきこえないなんて、なにを考えていたんだい？」

「異人と氏族のちがいについて、あれこれ考えてたのよ。どうしてゼランドニー族は、氏族よりもいろいろな品をたくさんつくれるのか、って」エイラはいった。

「その疑問への答えは見つかった？」マルソナがたずねた。

「はっきりはわかりませんが、狩りの方法のちがいが関係している気がします」エイラはいった。「ブルンとその狩人たちは、狩りに出かけていっては、一頭の獲物を――ときには二頭の獲物を――丸々そのまま持ち帰ってきました。ライオン簇は、人数だけでいうならブルンの一族とおなじくらいでしたが、狩りのときには、行ける者の全員が――男も女も、追いたて役の勢子《せこ》ぐらいにしか役立たないとはいえ、子どもまでもが――出かけました。ふだん彼らは多くの獲物を殺し、そこから味も栄養も最上の部分だけをもち帰ると、ほとんどの肉を冬ごもりのためにたくわえていました。氏族のあいだにいたときもライオン簇にいたときも、どちらも飢えた記憶はありませんが、冬もおわりかけるころになると、氏族にはもう腹をふくらませるだけの最低限の食料がわずかに残っているだけということもたびたびありましたし、まだ動物たちが痩せている春に狩りにいかなくてはならないことさえありました。ライオン簇でも種類によっては底をつく食料もあり、みんな野菜類には飢えていましたが、晩春になってもまだ食べるものに不自由はしていなかったようです」

「そういう話は、またあとでジョハランにきかせてやるといいな」ウィロマーはそういうと、あくびをしながら立ちあがった。「だけど、とりあえずおれは寝かせてもらうよ。あしたも忙しい一日になりそうだし」

ウィロマーが立つとマルソナも座布団から腰をあげ、料理の盛りつけ皿をもって炊きの間に片づけにいった。

フォラーラも立ちあがると、体を伸ばしてあくびをした。そのしぐさがあまりにもウィロマーに似ていたので、エイラは笑みを誘われた。「わたしももう寝る。あした起きたら、お皿を洗うのを手伝うわ、母さん」そういうと、食事用の木の鉢を柔らかな鹿の皮で拭ってから片づける。「いまは疲れて、それどころじゃないから」

「おまえは狩りにいくのかい？」ジョンダラーがフォラーラにたずねた。

「まだ決めてない。そのときの気分しだいかな」フォラーラはそう答え、自分の寝所にむかっていった。

マルソナとウィロマーが寝所に引っこむと、ジョンダラーは低い卓子《テーブル》を動かして、自分たちの寝具の毛皮を広げた。ふたりが毛皮に身を横たえると、ウルフがエイラのとなりで寝るために近づいてきた。ほかの人がいるときには離れていることを苦にしないウルフだが、エイラが寝るとなると、そのとなりが自分の居場所だと感じるようだった。

「あなたのご家族のこと、心から大好きよ」エイラはいった。「ゼランドニー族のなかで暮らすのが楽しくなりそう。ゆうべ、あなたにいわれたことを考えていたの。あなたのいうとおりね。何人か不愉快な人がいたからといって、それで全員を判断しちゃいけないわ」

「でも、最上の人を基準にして全員を判断することも慎まないとね」ジョンダラーは答えた。「他人がなににどう反応するかは予想できないよ。だから、いちどにひとつずつ見きわめていこうと思うんだ」

「わたしは、どんな人にもいい面とわるい面があると思うの」エイラはいった。「片方だけがすこし多い人もいる。いつだって、いい面のほうが多い人ばかりならいいのにと思っているし、たいていの人はそうだと信じてもいるわ。フレベクを覚えてる？　あの人だって最初は意地がわるかったけど、さいごには気だてのいい人だとわかったわ」

「これは認めるしかないけど、フレベクには驚かされたよ」ジョンダラーはそういいながらエイラに身を寄せて、首すじに顔をすりつけた。

「でも、わたしはあなたに驚かされたりしないわ」エイラはいい、両足のあいだをまさぐるジョンダラーの手を感じてほほ笑んだ。「だって、あなたの考えはお見とおしなんですもの」

「きみもおなじことを考えているといいんだけど」ジョンダラーはいった。エイラは体を伸ばして口づけをしながら、ジョンダラーとおなじしぐさで応じた。「ああ……どうやらおなじことを考えてるみたいだね」

ねっとりと濃厚な口づけが長くつづいた。ふたりはともに欲望の高まりを感じていたが、急《せ》いたり焦ったりする必要はもうなかった。おれたちは故郷に帰りついたのだから――ジョンダラーは思った。危険に満ちた長旅で数々の難事に出会いもしたが、それでもおれはエイラを連れて帰郷した。もうエイラは安全だ。危険は背後に去っていった。唇を離してエイラを見おろしていると、あふれんばかりの愛がこみあげてきた。自分の胸に閉じこめておけるとは思えないほどの愛が。

エイラには消えゆく炎のほのかな光のなかでさえ、いつもは青い瞳、火明かりを受けると深みのある紫色になる瞳にたたえられた愛を見てとることができた。自分の胸もおなじ感情に満たされていくのがわかる。子ども時代のわたしは、自分がジョンダラーのような男と出会うとはいちども夢にさえ見なかった……そこまで幸運に恵まれるとは夢にも思わなかった。

ジョンダラーは熱いものがのどにこみあげるのを感じて、ふたたび顔をさげ、唇に唇を落としていった。エイラをおのがものにしたい、エイラを愛して、エイラとひとつにならずにはいられないことを悟る。いまこの場にエイラがいることがありがたかった。エイラはいつでもおれを迎えいれる準備をととのえているように思えるし、おれが求めれば、いつでもおれを求めているかにも思える。この手のことで駆引きの遊びをする女もいるが、エイラは決してそんなことをしない。

つかのま、マローナのことがジョンダラーの頭をかすめた。あの女はその手の駆引きが大好きだった。ジョンダラー相手にはそうでもなかったが、ほかの男とはよくやっていた。ふいに、あのときここにとどまってマローナとつれあいになったのではなく、弟といっしょに未知なる冒険へと旅立ってほんとうによかった、という思いが胸を刺してきた。あとはソノーランが生きてこの日を迎えていれば……。

しかし、エイラは生きている。たしかに、いちどならずあやうくエイラをうしないかけはしたが……。ジョンダラーが舌でさぐっていくと、エイラが唇をひらくのが感じられた。エイラの熱い吐息も。ジョンダラーはエイラの首すじに口づけをし、耳朶《じだ》を舌先でくすぐってから、熱い愛撫をほどこす舌先をのどへと滑らせた。

エイラはじっとしたまま体をくすぐるような快感をこらえ、その快感が身の裡《うち》で期待感となって痙攣するまでに高まるにまかせていた。ジョンダラーはのどのくぼみに唇をつけてから、片側にそれ、すでに固く突き立っている乳首のまわりを舐めて、そっと甘噛みした。痛いほどの期待を感じていたせいで、いざジョンダラーがようやく乳首を口に含んで吸いあげてくれるなり、エイラは安堵のような気分さえ感じていた。体の内奥に歓喜のふるえが走り、それが歓びの場にまでとどいた。

ジョンダラーは準備ができていた。これ以上はないほど準備がととのっていた。しかし、まず片方の乳首を吸ってはやさしく歯にはさみ、反対の乳首にもおなじ愛撫をほどこしているあいだのエイラの甘いうめき声を耳にしていると、ますますおのれが膨らんでくるのを感じていた。なんの前ぶれもなく強烈な衝動がジョンダラーに襲いかかってきて、たちまちエイラが欲しくてたまらなくなった。しかし、エイラにもおなじだけ強く求めさせたかった。そんな境地にエイラを押しあげる方法も、ジョンダラーは心得ていた。

エイラにはジョンダラーの欲望の高まりが感じられたし、それがまたエイラ自身の欲望を煽《あお》ってもいた。いつ求められても、喜んで体をひらいてジョンダラーを迎えいれたい気分だった。しかしジョンダラーがふたりの寝具の上がけを引きさげて体を下にずらしていくと、エイラは息をとめた。なにが来るのかはわかっていたし、それを待ち望んでもいた。

ジョンダラーの舌がエイラの臍《へそ》をめぐっていたのは、ほんのひとときにすぎなかった。待ちきれなかった。その気持ちはエイラもおなじだった。上がけを足で蹴ってはねのけるエイラの脳裡を、すぐ近くの寝所にいるほかの人々のことが一瞬だけかすめた。ほかの人とおなじ住まいに暮らすことには慣れていないせいで、若干のためらいがあった。しかしジョンダラーのほうは、そんなためらいとは無縁のようだった。

落ち着かない気持ちは、たちまちエイラから消えていった――ジョンダラーが太腿に口づけをし、エイラの両足を押し広げて反対の太腿にも口づけをしてから、女のしるしの柔らかい肉の襞《ひだ》に口づけをするのが感じられたからだ。ジョンダラーは慣れ親しんだエイラの滋味を堪能し、ゆるりと舌をつかったのち、固くしこった小さな肉芽をさぐりあてた。

エイラのうめき声が高まった。ジョンダラーにその部分を吸われたり舌で揉みほぐされたりするたびに、歓びの閃光が稲妻となって全身を灼《や》いていった。自分がそれほど準備のできた状態だとは知らなかった。予想以上の速さだった。ほぼなんの前ぶれもないまま、エイラはその境地にいたっていた――歓びの頂点を感じる一方では、ジョンダラーが、ジョンダラーの男根が欲しくて欲しくてたまらない境地に。

エイラは手を伸ばしてジョンダラーの体をおのれの上に引きあげ、男がはいってくるのに手を貸した。ジョンダラーは深々と突き立てた。最初のひと突きでは、ジョンダラーは懸命に自制し、いますこし引き延ばそうとした。しかしすっかり準備のととのっていたエイラにせがまれ、ジョンダラーはおのれを流れにゆだねた。喜びにあふれた衝動のおもむくがまま、ジョンダラーはふたたび根もとまで埋めこんだ。いまいちど深々と突き立てる……と、ジョンダラーもエイラと同様の境地に達していた。歓びの大波がうねりとなって高まり、波頭が砕け散った。いくたびも、いくたびも。

ジョンダラーはそのままエイラの上で体を休めていた。これはエイラがことのほか大好きなひとときだった。しかしジョンダラーはエイラが身ごもっていることを思い出し、自身の体が重すぎるのではないかと心配した。そそくさとジョンダラーがおりていったことで、エイラは一抹の失望を感じた。

寝がえりを打ってエイラの横に寝そべりながら、ジョンダラーはまたしてもエイラの意見が正しいのだろうかと考えていた。これこそ、エイラの胎内に新たな命を芽ばえさせる方法なのか？　エイラが前々から主張しているように、いま体のなかにいる子どもはおれの子どもでもあるのか？　女神がその子らに、このすばらしい歓びの賜物をさずけたが、そのうえさらに新しい命で女に恵みをさずけるのもまた女神のわざだと？　そのために……女の胎内に新しい命を宿させるために男がつくられたのか？　エイラの意見が正しければいい。真実であればいい。しかし、どうすればおれにそれがわかると？

ややあって、エイラは起きあがった。旅行用の荷物から小さな木の椀をとりだし、水袋から水を注いだ。ウルフは自分の居場所とさだめた出入口そばの隅に引っこんでいたが、ふたりが歓びをともにしたあとの例に洩れず、および腰で近づいてきて、エイラに挨拶をした。エイラはウルフに笑みを見せて、いい子だったと褒める合図をした。それからエイラは夜用の籠をまたいで立ち、最初に女になったときにイーザから教わったようにおのれを清めながら、こう思った。イーザ、わたしは知っています……あなたがこんな訓練は必要ないのではないかと疑っていたことを。でも、あのときあなたが清めの儀式を教えてくれたのは正しかったのですよ。

エイラが寝台に引きかえしたとき、ジョンダラーはもう半分眠っていた。あまりの疲れに起きあがることさえできなかった。しかしエイラは朝になったら、この寝具の毛皮に空気を通して汚れを叩き落とそうと思っていた。いや、これからはひとところに長くとどまるのだから、ふたりの毛皮を洗う時間だってとれるはずだ。方法はネジーから教わっていたが、これには時間と手間が必要だった。

エイラが横向きになると、ジョンダラーが背後からやはり横向きになって体をすり寄せてきた。そうやって横に立てた二本の匙《さじ》のように横たわるうち、ジョンダラーはエイラを抱いたまま寝入ってしまった。エイラは心地よく満ちたりた気分ではあったが、まだ寝つけずにいた。きょうの朝、かなり寝坊したせいだろう。寝つけぬままエイラは、ふたたび氏族と異人のことに思いをめぐらせはじめた。氏族との暮らしの思い出や、さまざまな異人たちの集団のもとに身を寄せてきたこれまでの経験などがくりかえし脳裡に浮かび、いつしか両者を比較していた。

どちらの人々も手にいれている自然の素材については変わりがない。しかし、その素材をどのように利用しているかという段になると、変わりがないとはいえなかった。ともに動物たちを狩り、ともに大地に育つ食べ物をあつめる。ともに皮や骨、植物の素材や石をつかって、衣類を、雨露をしのぐ場所を、道具を、武器をつくる。しかし、そこにはいくつものちがいが存在した。

いちばん目につく大きなちがいといえば、ジョンダラーの仲間の人々がそれぞれの身のまわりを動物や模様の絵や彫り物で飾るのにひきかえ、氏族はそんなことをしない点だった。自分自身にさえうまく説明できなかったが、氏族の人々にはそうした装飾の初期段階がかいま見えるように思えてならなかった。たとえば埋葬に赭土《あかつち》をつかい、死者の体に色をつけること。不思議な物体に関心を寄せて、そういった品々をあつめてはお守り袋におさめること。特別な目的のため、体にトーテムそれぞれの傷をつけたり、体に色を塗ったりすること。しかし太古の氏族の人々は、芸術という遺産をつくらなかった。

それをするのは、エイラと同類の人々だけだ。マムトイ族やゼランドニー族、ふたりが旅の途上で出会ったそれ以外の異人たちだけ。わたしが生まれ落ちた先の人々、まだ見ぬその人々も、自分たちの世界のいろいろな品物に飾りつけをほどこしているのだろうか？　そうにちがいない、とエイラは信じた。最初に動物を動いて、生きて、呼吸をしている形として見て、それを絵画や彫刻の形に再生しようとしたのは、あとから来た人々、この古代の寒冷な世界にしばらくのあいだ氏族とともに住んでいた人々、氏族が異人と呼んだその人々にほかならない。これは深い意味をもつ差異だった。

動物の描写であれ、なにか意味をこめたしるしの製作であれ、およそ芸術作品をつくる行為は、抽象化の能力があることのあかしだ。すなわち、ある事物の本質をとりだし、そこから事物そのものをあらわす象徴《シンボル》をつくることができる能力である。事物のシンボルには、またべつの形態もある――音、言葉だ。芸術の文脈で思考をめぐらせる能力のある頭脳は、もうひとつの大きな意味をもつ抽象化の能力をその可能性の極限にまで発達させる能力をもそなえていた。言語である。そして芸術という抽象化と言語という抽象化の両者を統合させることのできる、このおなじ頭脳は、いずれ両シンボルの共働作用をもつ形態をつくりだし、結果として言葉を記録に残せるようになる――すなわち文字である。

前日とは異なり、翌朝エイラはかなり早い時間に目を覚ました。炉では燠が赤く光っていることもなく、ランプもすべて消えていたが、ずっと上——マルソナの住まいの暗い壁の上——に目をむければ、石灰岩の岩棚の輪郭にそって、太陽の訪れの先ぶれとして最初に空を照らす曙光《しょこう》の照り返しがうっすらと見えていた。まだだれひとり身じろぎもしていないうちから、エイラはするりと毛皮から身をすべらせて静かに起きあがり、もはや一寸先も見えない闇ではなくなった室内を歩いていって、夜間用の籠で用をすませた。エイラが起きると同時に頭をもちあげていたウルフは、幸せそうな声で挨拶をするとエイラのあとを追ってきた。

かすかな吐き気を感じてはいたが、吐くほどではなかったし、落ち着かない胃をなだめるために、なにかしっかりしたものを口に入れたかった。エイラは炊きの間に歩を進めて小さな火を熾すと、前夜のまま骨盤の盛りつけ皿に残っていたバイソンの肉を数口食べ、料理保存用の籠の底に残っていたふやけた野菜もすこし食べた。はたして気分がよくなったのかどうかは自分でもさだかではなかったが、胃を落ち着けるためのお茶がつくれるかどうかをためしてみようとは思いたった。きのう、自分のためのお茶をだれが淹れたのかはわからない。しかし、ジョンダラーではないかと見当はついたし、いっしょにジョンダラーがいちばん好きな朝のお茶も淹れてあげよう、と思った。

エイラは旅の荷物から薬袋《やくたい》をとりだした。こうして目的地にたどりついたのだから、手もちの薬草や薬の補充もできるようになった、と思いながら、エイラはそれぞれの袋をながめ、その用法に思いを馳せた。菖蒲《しょうぶ》には胃の不調を抑える作用があるが、だめだ——流産を誘発することもあるとイーザが話していたし、それだけは困る。あってもおかしくない副作用についてあれこれ考えていると、薬についての広範な知識のたくわえから、またひとつの知識が頭に転がりでてきた。樺の仲間のレンタカンバの樹皮には、流産を防ぐ効き目がある。しかし、手もとにはない。ただ、いますぐこの子をうしなうような危険な状態にはないようだ。

ダルクのときには、もっとつらかった。エイラはイーザがエイラの流産を防ぐため、新鮮な福王草《ふくおうそう》の根をさがしに出かけていったときのことを思い出した。あのとき、イーザはすでに健康を害していた。そのうえ体を濡らして冷やしてしまったため、さらに体調を崩した。結局、完全に回復することはなかったのかもしれない――エイラは思った。あなたが偲《しの》ばれてなりません、イーザ。あなたがここにいてくれたら、つれあいになる男とめぐり会えたことも話せたのに。生きてあの人を見てほしかった。あなたなら、きっと喜んでくれたと思うから。

そうだ、バジル！　バジルなら流産を防ぐ効果があるし、おいしい飲み物にもなる。エイラはバジルの袋をわきにとりのけた。ハッカもいい。吐き気を鎮め、胃の痛みをやわらげるうえ、なにより味がいい。ジョンダラーの口にもあうだろう。エイラはハッカの袋もとりだした。それからホップ。頭痛やこむらがえりに効果があるし、心をくつろがせる作用もある。そう思いながら、ホップの袋をハッカの袋の横におく。でも、あまりたくさん入れてはだめ。ホップには、眠気を誘う作用もあるのだから。

それから、いまのわたしには大薊《おおあざみ》の種もいいだろう。しかし、あの種は長く湯に浸す必要がある。エイラはそんなことを思いながら、いま手もとにあるかぎられた種類の薬草をなおも調べていった。車葉《くるまば》草《そう》もいい。香りがすてきだし、胃も鎮めてくれるが、それほど効き目は強くはない。それからカミツレ。ハッカの代わりにこれをつかってもいいし、しかも胃の不調に効き目もある。ほかの薬草と味の相性もいいかもしれないが、ジョンダラーのためにハッカにしよう。マージョラムもいいかもしれない……いや、だめだ。胃の具合がわるいときには、イーザはいつも乾燥したものではなく、枝先の新鮮な新芽をつかっていたではないか。

ほかにイーザが、摘みとったばかりのものをよくつかっていたのは？　木苺の葉だ！　決まっている！　それこそ、いまのわたしに必要なものだ。悪阻《つわり》のときの朝の吐き気にはとりわけ効き目がある。手もとに葉はないが、このあいだの宴には木苺が出されていたから、このあたりに生えているはずだ。いまは季節もいい。果実が熟しているときに摘んだ葉が最高だ。いざ出産のときになるまで、手もとに充分な量をあつめておくようにしなくては。女の出産のとき、イーザはいつも木苺の葉をつかっていた。母親の子宮の緊張をほぐし、赤ん坊が楽に出てくるのを助ける効き目がある、とわたしに教えてくれたのだった。

まだ科木《しなのき》の花が残っていたはず。これは神経性の胃炎にとりわけ効果がある。葉は甘く、おいしいお茶を淹れられる。シャラムドイ族の住んでいる場所の近くには、樹齢を重ねた科木の巨木があった。このあたりにも科木が生えているだろうか？　ふっと目の隅になにかの動く気配が見えて、エイラは顔をあげた。マルソナが寝所から出てくるところだった。ウルフもおなじように顔をあげ、期待をみなぎらせて四本の足で立った。

「けさはずいぶんと早起きなのね」マルソナは、まだ寝ている者を起こさないように低く抑えた声でエイラに話しかけると、手を下に伸ばし、ウルフの頭を朝の挨拶代わりに撫でた。

「いつも早起きなんですけど……その前の晩はつい夜ふかしをしてしまったので。宴がありましたし、強い飲み物をいただいたこともあって」エイラはおなじように声をひそめて答えながら、苦笑いをしてみせた。

「ええ。ララマーのつくるお酒は強いもの。でも、みんなあれが好きみたいね」マルソナはいった。「もう火を熾してくれたのね。いつもは朝いちばんで火を熾すための燠が消えないよう、夜寝る前に灰で埋《うず》み火にしておくのだけれど、あなたが火熾し石を見せてくれたおかげで、つい無精してしまったのよ。なにをつくっているの?」

「朝のお茶です」エイラはいった。「それにけさは、ジョンダラーのために目覚めのお茶もつくろうと思って。あなたにもつくりましょうか?」

「お湯が沸いたら、ゼランドニから朝に飲むようにといわれている配合のお茶をいただくわ」マルソナはそういって、前夜の遅い夕食の後片づけをはじめた。「ジョンダラーから、あなたが毎朝お茶をつくるのを習慣にしているという話をきいたの。きのう、あの子はあなたが目を覚ましたら飲むお茶をつくるんだと張り切ってたわ。どんなときでも、目が覚めるとちゃんと熱いお茶が用意してある、だからせめて一回は、自分があなたにお茶を淹れたかった、とね。だから、ハッカのお茶がいいんじゃないかといってあげたわ。冷めてもおいしいし、あなたがなかなか目を覚ましそうになかったから」

「あれを淹れたのはジョンダラーではないかと思ってました。でも、水鉢と水を用意してくださったのはあなたですか?」エイラがたずねると、マルソナは笑顔でうなずいた。

それからエイラは煮炊き用の石をつかむのに利用する、木を曲げてつくったつまみ具を手にして、熱く灼けた石を炉の火からとりあげ、きつく編みあげてあるお茶用の籠に落としこんだ。籠には水がいっぱいにはいっていた。たちまちかん高い音と湯気が噴きあげ、最初の泡が立ち昇ってきた。そこにもうひとつ石を落とし、しばらくしてからその石をとりだして、新しい石を追加した。中身が沸騰すると、ふたりの女はそれぞれ配合したお茶を淹れた。低い卓子《テーブル》は、追加の寝具用毛皮を敷くために入口近くの隅に押しやられていたが、ふたりの女が座布団にすわって仲よく卓子を囲み、それぞれの熱い飲み物をすこしずつ飲むのに充分な空間はあった。

「あなたと話をする機会を待っていたのよ」マルソナが小さな声でつぶやくようにいった。「前はよく、ジョンダラーが心から愛する女性に……」ここでマルソナは〝ふたたび〟と口にしかけ、すんでのところで言葉を飲みこんだ。「……めぐり会えるのかどうか疑問に思ってたの。あの子には友だちが大勢いたし、みんなからも好かれていた。でもあの子は、自分のほんとうの心をいつも自分ひとりにしまいこんでいたから、ほんとうのあの子を知っている人はほとんどいなかったの。だれよりも親しかったのはソノーランね。いつかはジョンダラーもつれあいをとると思ってはいたけれど、あの子が人を愛することを自分に許すかどうかはわからなかった。でも、そのとおりになったのね」マルソナはエイラにほほ笑んだ。

「たしかに、ジョンダラーは自分の本心を胸にしまったままにすることがよくあります。それに気がつかなかったせいで、わたしはほかの男とつれあいになりかけたほどです。わたしはこんなにジョンダラーを愛しているのに、あの人はもうわたしを愛していない、と思いこんでしまって」エイラは答えた。

「わたしには、疑いの余地はないように思えるわ。だって、あの子があなたを愛しているのはだれの目にもはっきりしているから。あの子があなたを見つけて、ほんとうにうれしい気持ちだし」マルソナはお茶をひと口飲んだ。「このあいだのあなたが、わたしは誇らしかった。マローナに悪戯をされたあとで、あんなふうに人前に出ていくなんて、勇気がなくてはできないことだもの……。マローナとジョンダラーのあいだで、つれあいになる話が進んでいたことは知っている？」

「ええ、ジョンダラーが話してくれました」

「もちろん反対はしなかったでしょうけど、正直な話、ジョンダラーがあの女を選ばなくて、わたしは安心したのよ。たしかに魅力的な女よ。だれもが似あいのふたりだと思っていたけれど、わたしにはそう思えなかったし」マルソナはいった。

エイラとしては、できればその理由もきかせてほしい気持ちだった。しかしマルソナはそこで話を打ち切り、自分のお茶を飲んでいるばかりだった。

「あなたに、マローナの〝贈り物〟よりも、もうすこしまともな品をあげたいの」お茶を飲みおえて椀を下におくと、年かさの女はそういいはじめた。

「でも、身につける美しい品をすでにいただいています」エイラはいった。「ダラナーのお母さまの首飾りを」

　マルソナはほほ笑みながら立ちあがり、早足で自分の寝所にむかった。帰ってきたとき、マルソナの腕には一着の服がかけられていた。その服をかかげてエイラに見せる。淡い落ち着いた色あいの丈の長いチュニックだった。たとえるなら、長い冬を経たあとで白くなった草の茎のような色あい。数珠玉や貝殻の美しい装飾がほどこされ、色のついた糸が縫いこまれ、長い縁飾りがついている。しかし、素材は皮ではなかった。近づいてくわしく調べたエイラは、それがなんらかの繊維からつくられた細い紐か糸のようなものを、縦横それぞれ上下に交差させてつくられた品であることを見てとった。手法自体は籠細工に通じるところがあったが、編み方はもっと稠密《ちゅうみつ》だった。これほど細い紐をどうやってこんなふうに編んだのだろう？　低い卓子にかかっている筵《むしろ》に似ているが、紐がずっと細かった。

「こんな品は初めて目にしました」エイラはいった。「これはなんという材料なのでしょう？　どこから来た品ですか？」

「わたしがつくったの。専用の枠で織りあげてね」マルソナはいった。「亜麻という植物は知ってる？丈が高くてほっそりしていて、青い花を咲かせる草よ」

「ええ、そういった植物はよく目にしていますし、たしかジョンダラーから亜麻という名を教えられたとも思います」エイラは答えた。「重い肌の病気にも効き目があります――たとえばおでき、肌のただれや発疹などにも。口のなかの傷にさえ効果があります」

「では、その亜麻を撚りあわせて縄をなったことは?」マルソナはたずねた。

「あると思います。はっきりは覚えていませんが、どうすればいいかはわかります。たしかに長い繊維をもつ植物ですね」

「それをつかってつくったのが、この服よ」

「亜麻が役に立つ植物だというのは知っていました。でも、あの亜麻からこんな美しい品がつくれるなんて、初めて知りました」

「〈縁結びの儀〉には、あなたにこれを着てほしいと思ったのよ。まもなく、つぎの満月には〈夏のつどい〉にむけてここを発つことになるわ。それなのに、あなたは特別な機会に着るための服がひとつもないといっていたでしょう?」マルソナはいった。

「まあ……マルソナ……なんてご親切に」エイラはいった。「でも、〈縁結びの儀〉に着る服だけはあります。ネジーがつくってくれた服で、それを着ると約束しました。かまいませんね? 去年の〈夏のつどい〉から、ずっとたずさえてきました。マムトイ族の流儀で仕立てられた服です。着るときにも、特別の習わしがあります」

「あなたがマムトイ族の〈縁結びの儀〉の正装をまとうのなら、それがなによりふさわしいと思うわ。わたしはただ、あなたの手もとに着る服があるかどうかを知らなかったし、出発までに新しい服を仕立てる時間があるかどうかもわからなかったからいっただけ。とにかく、この服は受けとってちょうだい」マルソナは笑顔でいいながら、服をエイラに手わたした。エイラにはマルソナが安堵しているように見えた。

「いずれまたあなたも、特別な服を着たいと思う機会がめぐってくるでしょうし」

「ありがとうございます！　なんてきれいな服なんでしょう！」エイラはそういって服をもちあげ、もういちどしげしげとながめ、それから自分の体の前にあてがって、このゆったりした服を着たらどう見えるのかを確かめた。「これをつくるには、さぞ時間がかかったことでしょうね」

「ええ。でも、楽しんでつくったから。この技法はわたしが何年も何年もかけて完成させたの。専用の枠をつくったときにはウィロマーに手伝ってもらったし、旅に出る前にはソノーランも手伝ってくれたわ。たいていの人が、その人にしかできない得意なわざをもっているのよ。自分たちがつくったものを交換しあうことも珍しくないし、贈り物にすることもある。もう年をとったから、ほかにできる仕事もほとんどなくなっているし。でもね、もう昔ほど目がよく見えなくなっているの。こまかな手作業はなおさらよ」

「そうだ、きょうは糸引き具をお見せすることになっていたんですね！」エイラはそういうと弾かれたように立ちあがった。「あれなら、目が昔ほどよく見えなくなってきた人でも縫い物が簡単にできると思います。いまもってきましょう」裁縫道具の袋をとるために旅行用の荷物に近づいたエイラは、ずっともち運んでいる特別な包みのひとつを目にとめた。ひとり微笑をこぼしながら、その包みを手にして卓子に引きかえす。「〈縁結びの儀〉用のわたしの服をごらんになりますか、マルソナ？」

「ええ、見せてちょうだい。見たかったけど、自分から頼むのは気が引けたの。いざその日まで秘密にして、みんなを驚かせたい人もいるから」

「驚くといえば、もうひとつ、みなさんを驚かせる話があるんです」エイラは〈縁結びの儀〉の衣装をおさめた包みをあけながらいった。「でも、お母さまにはお話ししておきます。わたしのお腹に新しい命が宿っています。ジョンダラーの子どもを身ごもっているんです」

10

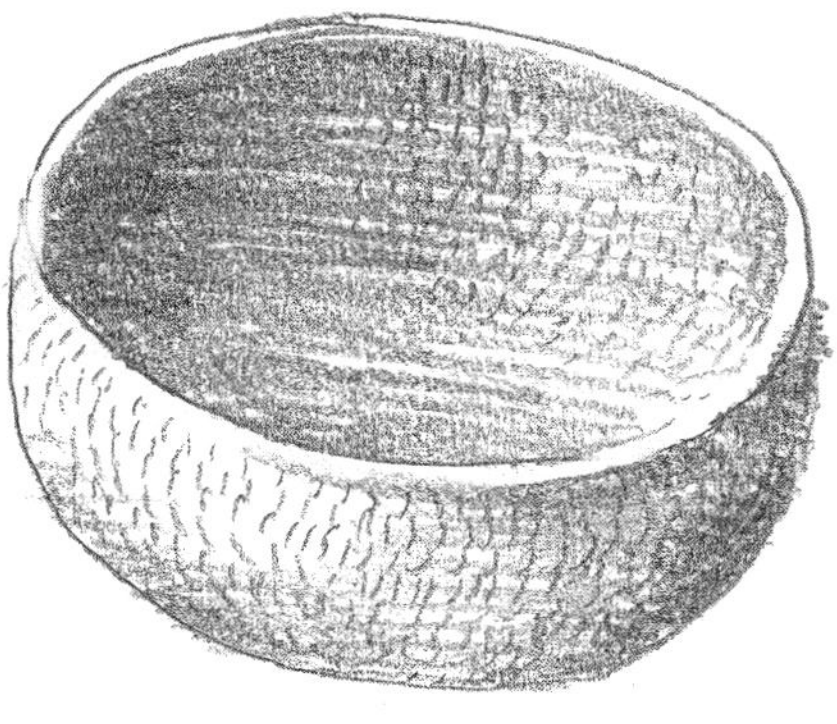

「エイラ！　確かなの？」マルソナは笑顔でたずねた。ただし、女神の祝福を受けたことを表現するのに、〝ジョンダラーの子どもを身ごもっている〟というのは——おそらくその子がジョンダラーの霊の子であるにしても——いささか奇妙な言いまわしに思えたのも事実だった。
「ええ、確かだといってもいいかと思います。月のものがもう二回連続して来ていませんし、起きぬけにわずかな吐き気を感じるほか、ふつうは身ごもったことを示す体の変化にもいくつか気づいています」
「なんとすばらしいことでしょう！」ジョンダラーの母親はそういうと、両手を大きく伸ばしてエイラを抱きしめた。「あなたがもう祝福を授かっているのなら、あなたたちがつれあいになることに幸運が降ってくるわ——とにかく、みんながそういうでしょうね」
　低い卓子《テーブル》についたエイラは皮の包みをほどき、丸一年のすべての季節をかけて大陸を横断するあいだずっと携えていたチュニックとズボンをふり、皺を伸ばそうとした。服に目を走らせたマルソナは、すぐに畳み皺越しに見て、どれほど驚くべき服なのかを見ぬいていた。エイラがこれを着れば、〈縁結びの儀〉でだれよりも目立つことは疑いない。

まず第一に、仕立ての形がまったくもって珍しかった。ゼランドニー族の場合には――性別に起因するいくつかの差異や変化こそあるものの――男女どちらもいつもはどちらかといえばゆったりとした、布地がたるむような仕立ての頭からかぶるチュニックをまとう。チュニックは腰を帯で締め、骨や貝殻や羽根、あるいは毛皮で飾りたて、皮か縄で縁どりをほどこす。女の服――とりわけ特別な機会に身につける服ならばなおさら――にはしばしば垂れ下がるような房飾りがついており、歩くたびに左右に揺れた。若い女はすぐに、この飾りの揺れ具合で自身の体の動きを強調するすべを身につけた。

ゼランドニー族のなかでは女の裸体はむしろ日常的な光景だったが、この房飾りはきわめて刺戟的だと考えられていた。女がいつも服を身につけていないわけではない――しかし、体を洗ったり着替えたり、そのほかさまざまな理由で服を脱ぐことはあれ、人々が密接に寄りあって暮らす、プライバシーのほとんど存在しない社会においては、とりたてて人目をあつめることはなかった。一方、服の房飾りは――なかでも赤い房飾りは――女を目もくらむほど蠱惑《こわく》的な存在にし、男の欲望を極限にまで煽《あお》り立てる品だったし、ごく稀なことではあるが、その特異な連想の働きから暴力を引き起こすことさえあった。

女が〝ドニの女〟の役目をするときには――若い男に母なる大地の女神の歓びの賜物のあれこれを教える役目にみずから立ったときには――自分の重要な儀式上の役割を知らしめるため、腰のまわりに赤の長い房飾りをぶらさげた。夏の暑い日ともなると、この房飾り以外にはほとんどなにも身につけないこともあった。

ドニの女たちは、不届にも接近してくる男たちから習慣や伝統の力で守られているし、どちらにしてもこの女たちは赤い房飾りを身につけているあいだは、一定の決められた範囲から外には出なかった。それ以外の場合には、いつであっても赤い房飾りを帯びるのは危険だと考えられていた。これに煽られた男たちがどんな挙に出るか、わかったものではないからだ。また、女が赤以外の房飾りを身に帯びるのは決して珍しいことではなかったが、どんな色の房飾りであっても、そこには例外なく多少の性的な含みがあった。

その結果、〝房飾り〟という単語そのものが——さりげないほのめかしや、不作法な冗談の文脈では——しばしば裏の意味で恥毛をあらわすようになっていた。男がある女の虜《とりこ》になって、女の近くを離れられなくなったり、女から目が離せなくなったりすると、〝女の房飾りにからめとられた〟と評された。

ゼランドニー族の女たちはそれ以外の装飾品を身につけたり衣服に縫いつけたりもしたが、ことのほか好きだったのは——ぶあつい冬用のチュニックにつけるのであれ裸体に巻きつけるのであれ——歩くにつれて官能的に揺れる房飾りだった。露骨なほど赤い房飾りこそ避けたが、多くの女たちが強く赤をほのめかす色あいの房飾りを選びもした。

エイラがもっていたマムトイ族の服には房飾りこそなかったものの、つくるにあたって想像を絶する労力が傾注されたことは明らかだった。素材の皮は最高の質の品、それが深みをそなえた素朴な黄金色めいた色あい、エイラ自身の髪の毛とおなじ色といってもいい色に染めあげられていた。これは黄土《おうど》を主としてもちいながらも、そこにごくわずかに赭土《あかつち》やほかの色の土を混ぜたことの結果だった。おそらく何種類もいる鹿のひとつ、そうでなかったらサイガの皮だろう、とマルソナは見当をつけた。しかし、不要物をよく掻きとられた、天鵞絨《びろうど》の手ざわりをもつ柔らかい鹿皮ではなかった。いや、たしかにとても柔らかい手ざわりには見えたが、皮は艶出し仕上げで光沢をはなっており、どういう方法の結果かはわからないものの防水性もあるようだ。

しかし、この衣服の素材の質の高さは序の口にすぎなかった。この服を傑出した品にしていたのは、そこにほどこされた凝りに凝った飾りだった。丈の長い皮のチュニック全体とズボンの下半分に、精緻な幾何学模様がほどこされていた。これはもっぱらマンモスの牙を加工した数珠玉でつくられ、ぎっしりと数珠玉で埋められている部分もある。模様の基本は下をむいた三角形。この三角が左右につらなってジグザグの線をつくり、上下につらなって菱形や山形紋を形成し、さらに展開して複雑な幾何学模様——直線と直角で構成された螺旋《らせん》模様や同一の中心をもつ偏菱形《へんりょうけい》など——になっていた。

マンモスの牙の数珠玉がつくる模様を目立たせ、その輪郭を決定しているのは、数多くの琥珀《こはく》の小さな数珠玉だった。琥珀の数珠玉には地の皮よりも淡い色あいのものもあれば黒っぽい色あいのものもあったが、すべてが同系色にまとめられており、さらに赤と茶色と黒の刺繍もほどこしてあった。チュニックの背面は下むきの三角形だったが、前の部分は左右にひらくつくりで、腰骨から下の部分は先細りにされていたので、左右をあわせれば、ここにも下むきの三角形がつくりだされた。チュニックは指編みの飾り帯で腰を締めるようになっていた。この帯にも似たような幾何学模様がはいっていたが、これはマンモスの赤い毛でつくられ、そこに象牙色のムフロンの毛や麝香牛《じゃこううし》の皮膚に近いところに生える茶色い下毛、それに毛犀《さい》の深みのある赤まじりの黒い毛が絶妙の装飾としてあしらわれていた。

まさに驚くべき衣服であり、これ自体が至高の芸術作品だった。どんな細部を見ても、そこには卓越した匠《たくみ》のわざが光っていた。これをつくった人物が、まずは最良の素材を確保し、腕にすぐれた練達の名匠を結集したことは明白だったし、ここには惜しみない努力が傾注されていた。その好例が数珠玉細工である。マルソナにはただ厖大《ぼうだい》な数としか見えなかったが、ここにはマンモスの牙からつくられた無慮三千個以上もの数珠玉が縫いこまれていた。しかもこの小さな数珠玉は、ひとつひとつ人間の手で削って形をととのえられ、穴を穿《うが》たれ、磨きあげられたものだった。

ジョンダラーの母親はこのような品を見た経験こそなかったが、それでもこの衣服をつくるにあたって指導的な役割を果たしたのが、共同体で多大な尊敬をあつめている、きわめて高位にある人物であったことはたちどころに見ぬいていた。この服の製作には、はかり知れぬ時間と手間がかけられていることは明らかだった。それなのにこの服は、旅立つエイラに授けられた。これだけの物資と労働の成果が引きかえにもたらすはずだった利益が、服をつくりあげた共同体にひとつも残らないことになったのだ。エイラは、自分が縁組で養女にとられたと話していた。エイラを養女にしたその人物が、途方もない権力と威信を——要するに富を——所有していたことは明白だ。マルソナには、それがだれよりもよく理解できた。

エイラが〈縁結びの儀〉にマムトイ風の自前の衣装を着たいというのも無理はない、とマルソナは思ったし、ぜひ着るべきだとも思った。それでジョンダラーの威光に傷がつくこともない。たしかに、この若い女はたくさんの驚異を秘めている。今年の〈夏のつどい〉でエイラがもっとも話題をあつめる女になることに疑いはなかった。

「だれしも目を奪われてしまう服ね。ほんとうにとても美しいわ」マルソナはエイラにいった。「だれにつくってもらったの?」

「ネジーです。でも、たくさんの人に手伝ってもらったといっていました」エイラは、年かさの女の反応がうれしかった。

「ええ、その言葉に嘘はないと思うわ」マルソナはいった。「前にもその名前があなたの口から出ていたわね。でも、どういう人だったかを忘れてしまって」

「ネジーはライオン簇《むら》の簇長《むらおさ》タルートのつれあいで、最初にわたしを縁組で養女にとろうとした人です。でも、わたしを養女にとったのはマムートでした。そのマムートがネジーに、この服をつくるように頼んだのだ、と思います」

「マムートというのは、女神に仕える者かしら?」

「ええ、こちらの〈洞《ほら》〉のゼランドニとおなじく、仲間のうちでも最高位にあった人だと思います。マムートたちのなかでは、まちがいなく最高齢でした。マムトイ族全体を見わたしても、いちばん年長だったと思います。わたしが彼らのもとを去るときには、ディーギーが身ごもっていましたし、ディーギーの兄のつれあいも出産寸前でした。ふたりの子どもは、どちらもマムートからかぞえて五代めにあたります」

マルソナは事情がわかったというようなずきを見せた。これまでエイラを養女にとった人物がかなりの影響力をそなえていることは見ぬいていた。しかし、マムトイ族では、おそらくもっとも尊敬をあつめ、もっとも強大な力をもっていた人物だとまではわかっていなかった。これでいろいろなことに説明がつく――マルソナは思った。「そういえば、さっきこの服を着るには、いろいろ習わしがあると話してなかった?」

「マムトイ族では、〈縁結びの儀〉の服を本番の儀式の前に着るのは不適切だと考えられています。家族や親しい友人に見せるのはかまわないけれど、その姿で人前に出てはいけない、とされているんです」エイラはいった。「このチュニックを着たわたしをごらんになりますか?」

ジョンダラーがうめき声を洩らして寝がえりを打った。マルソナは、若いふたりの寝具の毛皮に目をむけ、これまで以上に声を低くしていった。「ジョンダラーが寝ているあいだだったらね。〈縁結びの儀〉用の衣装をつけた姿は、当日まで相手の男に見せてはならないとされているから」

エイラはするりと夏のチュニックを脱ぎ捨てると、どっしりした重さの華麗に飾られたチュニックを手にとった。「だれかに見せるだけなら、前はこうやって閉じておけとネジーにいわれました」エイラはささやき声で説明しながら、飾り帯を締めて前をあわせた。「でも儀式の場では前をあけるんです。こんなふうに」エイラはいいながら、服の前をなおして飾り帯を締めなおした。「ネジーはこういってました。『縁結びをして、みずからの炉辺をたずさえていき、男とつれあいになるとき、女は自分の胸を堂々と相手に見せるものだ』と。〈縁結びの儀〉の前には、ほんとうなら前をあけてはいけないんですが、あなたはジョンダラーのお母さんですから、見てもらうのもいいと思うんです」

マルソナはうなずいた。「見せてもらえたことがなによりうれしいわ。わたしたちの習わしでは、〈縁結びの儀〉の服は本番の前に女にだけ見せることになってるの。親しいお友だちや家族にね。でも……あなたの服はまだだれにも見せないほうがいいと思う。だって、そのほうが……」マルソナは言葉を切って、にっこりと笑った。「みんなを驚かせられるでしょう? あなたさえよかったら、その服はわたしの部屋に吊るして、皺をとったらどうかしら? すこし湯気をあてるのも効き目があるわ」

「ありがとうございます。どこにおいておけばいいのか、と考えてましたから。あなたからいただいた、こちらの美しいチュニックもお部屋においてもらえませんか?」エイラは間をおいて、さらにほかのことも思い出した。「それからもう一着、どこかにおいておきたいチュニックがあるんです。わたしがつくった品なんですが、それもおかせてもらえますか?」

「ええ、もちろん。でも、とりあえず服はどこかにしまっておいて。わたしの部屋にしまうのはウィロマーが起きたあとにしましょう。それ以外に、わたしのところにしまっておきたい品物はある?」

「首飾りやほかの品もありますが、それは旅行用の荷物に入れておいてもいいんです。そのまま〈夏のつどい〉にもっていくのですから」エイラはいった。

「そういう品はたくさんあるの？」マルソナはこらえきれずに質問した。

「首飾りがふたつ……ひとつは、あなたにいただいた品です。腕環がひとつ。耳飾り用の巻貝が二個……これは踊りの上手な女にもらいました。それに旅立ちのときにトゥリーにもらった、そろいの琥珀があります。トゥリーはライオン簇の女長《おんなおさ》でタルートの妹さん、ディーギーのお母さんです。〈縁結びの儀〉のときにはぜひとも耳に飾れといってくれたんですけど——あのチュニックによく似あうからといって。わたしもそうしたいのですが、まだ耳に穴をあけていなくって」

「あなたさえ望めば、ゼランドニが喜んで穴をあけてくれるはずよ」マルソナはいった。

「考えてみます。いまのところ、それ以外には体に穴をあけたくはありませんが、ジョンダラーとつれあいになるときには、そのそろいの琥珀で身を飾り、ネジーにもらった服を着たいと思っていました」

「そこまでよくしてくれたということは、そのネジーという人はよほどあなたが好きだったのね」マルソナは感想を述べた。

「わたしもネジーのことは大好きでした」エイラは答えた。「ネジーがいなかったら、ひとり旅立ってしまったジョンダラーを追いかけることもなかったでしょうね。わたしはその翌日、ラネクという男とつれあいになる予定でした。ラネクはネジーにとって、お兄さんの炉辺の子どもです——でも、ラネクにとっては実の母親同然の存在でした。それでもネジーはジョンダラーがわたしを愛していることを知っていて、ほんとうにあの人を愛しているのなら追いかけていき、はっきり言葉で伝えなさいと、わたしにいってくれたんです。ネジーのいうとおりでした。でもラネクに、あなたを残して出ていくと告げるときには胸が痛みました。ラネクのことはほんとうに大好きでした……でも、愛していたのはジョンダラーだったのです」

「そのようね。そうでなかったら、あなたをそれほどまでに大事にしていた人々のもとを去って、ジョンダラーといっしょに故郷に帰ってくることもなかったでしょうし」

エイラはジョンダラーがまた寝がえりを打ったのを目にとめて、立ちあがった。お茶をすこしずつ飲むマルソナに見まもられながら、エイラはマムトイ風の〈縁結びの儀〉の衣装を、つづいて亜麻を編んだチュニックを畳み、そのふたつを旅行用荷物のなかにおさめた。引きかえしてきたエイラは、卓子の上にあった裁縫道具一式の袋を手でさし示した。

「糸引き具がそこにはいっています」エイラは説明した。「ジョンダラーの朝のお茶の用意がおわったら、外の日ざしのなかに出ていって、糸引き具をお見せしましょうか」

「ええ、ぜひとも見せてほしいわ」

エイラはまわり道をして炊《かし》きの炉に近づくと、火に薪《たきぎ》をくべたしてから煮炊き石を入れ、ジョンダラーのお茶のために乾燥した薬草を手のひらに載せて分量をはかりはじめた。ジョンダラーの母親は、自分のエイラの第一印象がまちがっていなかった、という思いを嚙みしめていた。魅力あふれる女だが、それにとどまる女ではない。本心からジョンダラーの健康を気にかけてもいるようだ。エイラなら、ジョンダラーのいいつれあいになってくれることだろう。

エイラはマルソナのことを考えていた。マルソナの物静かで、自信に裏うちされた威厳や堂々とした優美な雰囲気に賞賛の念がこみあげる。ジョンダラーの母親は人情の機微にもすこぶる通じているように思えたが、洞長《ほらおさ》でもあったのだから、必要とあらば非情にもなる強さもあるにちがいない、とエイラは思った。つれあいが先立ったのちにも、人々から指導者の座にとどまるよう乞われたというのも当然だ。そのマルソナのあとを継いだのだから、ジョハランはさぞや苦労したことだろう。しかしエイラにわかったかぎり、ジョハランはすでにいまの地位に適任のように見うけられた。

それからエイラは熱いお茶の椀をジョンダラーのそばに静かにおき、この人が歯を掃除するのに愛用している小枝を何本か見つくろっておこう、と思った。ジョンダラーは小枝の片側の端を噛んでから歯の掃除につかう。冬緑樹《とうりょくじゅ》の枝の味が好きだった。機会がありしだい、この柳に似た常緑樹をさがすとしよう。

マルソナがお茶を飲みおえると、エイラは裁縫道具を手にとり、ふたりして物音をたてないようにしながら住まいの外に出た。ふたりのあとから、ウルフも出てきた。

ふたりが〈洞〉の前面に張りだした岩棚に出ても、まだ早朝といえる時間だった。太陽はついいましがた瞼《まぶた》をひらいて、輝かしき目で東の山々の山稜からこちらをのぞきこみだしたところ。日輪のまばゆい光が崖をなす岩壁を暖かそうな緋色に染めあげてはいたが、空気は爽快な涼しさをたたえていた。外に出て動きまわっている人はまだほとんどいなかった。

マルソナはエイラとウルフの先に立って、黒く円形に焦げた烽火《のろし》の跡に近い岩棚のへりに近づいた。それからふたりは、烽火のまわりに配されている大きな岩に腰かけて、赤と金色のいりまじった靄《もや》のなかを、雲ひとつない青空という丸天井めざしてのぼっていく目の眩《くら》むほどまぶしい光の源に背をむけた。ウルフはふたりのもとを離れ、そのまま木《き》ノ川谷《かわだに》をめざして坂道をおりていった。

エイラは紐をほどき、裁縫道具をおさめた巾着袋の口をあけた。左右両側を縫いあわせた皮の小さな袋で、上の口を寄せて締めるようになっていた。かつては幾何学模様をつくっていたはずのマンモスの牙の数珠玉がなくなり、刺繍の糸がほつれてしまっているところを見れば、それだけでこの袋がかなり頻繁につかわれていることは知れた。エイラは、袋の中身のこまごました品物を膝にあけた。さまざまな太さの紐や糸。植物の繊維でつくられたものもあれば、腱《けん》、マンモスやムフロン、麝香牛や犀などの動物の毛でつくられたものもあり、どれもが動物の小さな指の骨にきっちりと巻きつけてあった。糸や素材を切るのにもちいる小型の鋭い刃をもったフリントの刃物が腱でひとつに束ねてあった。さらに小さな穴をあけるための骨やフリントの錐《きり》も、おなじように束ねてあった。丈夫なマンモスの皮を小さく四角に切ったものは指貫《ゆびぬき》にもちいる。そしてさいごに出てきたのが、中空になった鳥の骨からつくった三本の小さな筒だった。

エイラは筒のひとつをとりあげ、片側から小さな皮を丸めたものをはずすと、中身を手のひらに出した。滑りでてきたのは、マンモスの牙を加工して先細りにした小さな棒だった。片方の先端は鋭く尖っていた。一見したところは錐に似ていたが、反対の端に小さな穴があるところが異なっている。エイラは慎重にその品をマルソナに手わたした。

「穴があいているのが見えますか?」エイラはたずねた。

マルソナは棒をもった手を自分の顔から遠ざけた。「ほんとに目がよく見えなくってね」そういってから手を近くに引きよせ、小さな品に指先を走らせた。最初に尖った先端を、つづいて棒に指を滑らせて反対の端をさわる。「ああ! これね! 指先に感じるわ。すごく小さな穴があいてる。数珠玉の穴とほとんど差のないくらいの穴が」

「マムトイ族は数珠玉に穴をあけてはいましたが、ライオン簇には熟練した数珠玉工がいたわけではありません。それでジョンダラーが穴あけ具をつくったのです。糸引き具をつくるうえでいちばんむずかしかったのは、おそらくこの穴をあける作業だったと思います。いまは縫いあわせるものが手もとにありませんが、使い方をお見せします」

エイラはそういって、マルソナから糸引き具を返してもらった。それから腱を巻きつけた指骨をえらびだし、適当な長さを引きだすと、端を口にふくんで湿してから、器用な手つきで穴に通して腱をさらに引っぱる。そこまですませると、またマルソナに手わたした。

マルソナは糸を通した針を見つめた。といっても、年老いた目ではなく、両手で見たというべきか。その目はいまでも遠くをはっきりと見てとることができたが、近いものは昔ほどよく見えなくなっていた。真剣に眉を寄せて針を調べていたその顔が、いきなり事情を理解した笑みに晴れた。「そういうことね！ ええ、これがあれば、また縫い物ができそうだわ！」

「素材によっては、最初に錐で穴をあけておく必要があります。できるだけ先を尖らせてあるとはいっても、マンモスの牙でつくった針を厚い皮や固い皮に通すのはひと苦労ですから」エイラは説明した。「それでも、これをつかわずに穴に糸を通すのにくらべたら、ずっと簡単ですよ。わたし、穴をあけるのは身につけたんですが、そのあと錐の先端で穴に糸を通すこつがどうしても身につけられなかったんです――ネジーもディーギーもすごく根気づよく教えてくれたのに」

マルソナは、よくわかるという笑みをのぞかせたが、すぐ困惑顔になった。「小さな女の子はみんな、縫い物を習いはじめたときにそこでつまずくものよ。小さいころにお裁縫を教わらなかったの？」

「氏族は縫い物をしません――わたしたちのようなやり方では。氏族は、上から紐で縛る外衣を身につけます。数はすくないながら紐で縛りあわせる道具もあります。たとえば樺の樹皮の容器です。しかしそういったものも、どちらかといえば大きな穴をあけて、そこに紐を通して縛りあわせる形の品で、ネジーがわたしにつくらせようとした小さな穴ではありませんでした」エイラは答えた。

「どうしても忘れてしまうのね、あなたの子ども時代が……その……ほかの人とちがっていたことを」マルソナはいった。「子ども時代に裁縫を教わっていなかったのなら、あなたにとってどれだけむずかしかったかもわかる。でも、これはじつに便利な道具ね」といって、さっと顔をあげる。「プロレヴァがこっちに来るみたい。あなたさえよければ、これをプロレヴァに見せたいのだけれど」

「ええ、かまいません」エイラは答えた。上の張りだした岩棚よりも前に迫《せ》りだしていて、日ざしのさんさんと降る岩棚に目をむけると、いま名前の出たジョハランのつれあいと、ラシェマーのつれあいであるサローヴァが連れだって近づいてくるのが見えた。ほかにもたくさんの人々が起きだして、あたりを歩きまわっていた。

女たちがひととおり挨拶をかわしあうと、マルソナがいった。「これを見てちょうだい、プロレヴァ。サローヴァも見て。これがエイラいうところの〝糸引き具〟よ。わたしもいま見せてもらったところ。すばらしく便利な道具。これがあれば、最近は手もとがあまりよく見えなくなったわたしも、また縫い物ができそうね。指先の感覚だけで縫えそう」

ふたりの女は、どちらもこれまで数多くの服をつくった経験があるため、この新しい道具がどういった発想でつくられたかをたちどころに理解し、すぐに糸引き具がどんな用途につかえるかを熱っぽく語りあいはじめた。

「この道具の使い方は、だれでもすぐ身につけられると思うわ」サローヴァがいった。「でも糸引き具をつくるのは、かなりむずかしかったでしょうね」

「ジョンダラーに手を貸してもらってつくりました。小さな穴をあけるための細い穴あけ具をつくってもらったんです」エイラは説明した。

「それには、ジョンダラーぐらいの腕達者が必要になるでしょうね。いまでも覚えているけれど、ジョンダラーは旅立ちの前に、フリントの錐や数珠玉用の穴あけ具をつくっていたわ」プロレヴァがいった。

「サローヴァのいうとおりね。こういった糸引き具をつくるのは大変そうだけど、それだけの努力が引きあう品だと思う。ためしにつかってみたいわ」

「ええ、喜んでお貸ししますよ、プロレヴァ。それ以外にも、大きさのちがうものが二本あります」エイラはいった。「なにを縫いたいかによって、大きさを変えるんです」

「ありがとう。でもね、きょうは時間がとれそうもないわ。狩りの計画を立てないとならないから。ジョハランは、今年の〈夏のつどい〉には例年以上の数の人が出てくると読んでるの」プロレヴァはそういって、エイラに笑顔を見せた。「あなたがいるからよ。ジョンダラーが帰ってきた、それも女を連れて帰ってきたという話は、もう大川《おおかわ》の上《かみ》にも下《しも》にも広まってるし、その先にさえ伝わってるわ。そんなこんなでジョハランは、わたしたちが主《あるじ》をつとめる宴で、いつも以上のお客が来ても、ぜったい料理に不足がないようにしておきたいんですって」

「それにみんなが、あなたにこぞって会いたがるに決まってるし。伝えきいた話が真実かどうかを確かめたい一心でね」サローヴァが笑顔でいった。サローヴァ本人もおなじ気持ちだった。

「でも、いざその場にわたしたちがたどりついたときには、話は真実から離れているはずよ」プロレヴァがいった。「話には尾鰭《おひれ》がつくと決まってるもの」

「たいていの人はそれを知っているから、最初から話は半分しか信じないものよ。でもジョンダラーとエイラは、今年は何人かの人をほんとうに驚かせると思うの」マルソナがいった。

プロレヴァは、このゼランドニー族〈九の洞〉の前洞長の顔にめったにのぞかない表情が浮かんでいるのを見てとった。悪戯っぽい、それでいてどこか悦にいったような笑み。マルソナは、ほかの人が知らないことをなにか知っているのだろうか？

「きょうはわたしたちといっしょに〈二本川《にほんがわ》ノ巖《いわ》〉にいらっしゃいますか?」プロレヴァがマルソナにたずねた。

「ええ、そのつもり。ジョンダラーが話していた〝投槍器《とうそうき》〟とやらの実演を見てみたいしね。この糸引き具とおなじくらい便利な道具かどうかを確かめたいの」マルソナはそう答えながら、ゆうべ自分自身が火を熾《おこ》した経験を思いかえしていた。「それに、ふたりがもち帰ってきた工夫の品をほかにも披露してくれるとなったら、さぞやおもしろいことになると思うから」

ジョハランは、大川に近い急勾配の岩をのぼる列の先頭に立っていた。ここでは人々は一列になることを余儀なくされた。うしろを歩くマルソナは自身の長男の背中を見つめながらも、息子のひとりが自分の前を歩いているばかりか、うしろにも数年ぶりに息子のジョンダラーが歩いていることを思いかえし、またしてもうれしい気持ちにさせられた。ジョンダラーのあとからはエイラ、そのすぐあとを追っているのはウルフだ。そのあとからは〈九の洞〉のほかの人々がつづいたが、狼とのあいだにはいくばくかの距離をおいていた。一行が〈十四の洞〉の前を通ると、行列の人数はさらに増えた。

一同は、片側を〈十四の洞〉の岩屋に、反対側を〈十一の洞〉の岩屋にはさまれた大川ぞいの場所にたどりついた。ここで川の流れは幅を広げ、水から突きでている岩のまわりで泡立っていた。ここなら川が簡単にわたれた。徒歩でわたれるほど浅くなっていたからだ。大半の人々は、対岸にたどりつくためにここをつかっていた。エイラは前にだれかがここを〈渡瀬〉と表現するのを耳にしたことがあった。

足を覆う履き物をつけている者のなかには、いったん腰をおろして履き物を脱ぐ者もいた。エイラのように裸足の者もいたし、履き物が濡れることを気にしていないと見うけられる者もいた。〈十四の洞〉の者はいったんここにとどまり、ジョハランと〈九の洞〉の者にまず川をわたらせた。これはジョハランへの礼儀だった。というのも、〈夏のつどい〉にむけて出発する前にさいごの狩りをしようと提案したのがジョハランであり、それゆえこの男が名目上の狩頭《かりがしら》になったからだ。

冷たい水のなかに足を踏みだしたとたん、ジョンダラーは兄に話そうと思っていたことを思い出した。

「ジョハラン、ちょっと待ってくれ」そう声をかけると、兄が足をとめた。その横にはマルソナが立っていた。「ライオン簇の連中といっしょにマムトイ族の〈夏のつどい〉に出たときのことだ。〈夏のつどい〉のひらかれる場所のすぐ手前で、おれたちはちょっと深い川をわたることになった。狼ノ簇——というのは〈つどい〉を主催していた簇だが——では川のなかに石や砂利を積みあげて飛び石をつくり、人々が足を濡らさずに川をわたる工夫をしていたんだ。おれたちも似たような仕掛けをつくることもあるが、向こうの川はかなり深くてね。石と石のあいだで魚が獲れるくらいだった。それを見て、なかなか頭のいい仕掛けだと思ったし、こっちに帰ってきたら、だれかに話そうと思っていたんだ」

「ここはかなりの早瀬だぞ。石が水で流されたりしないか?」ジョハランがたずねた。

「あっちの川だってずいぶん早瀬だったさ。それに鮭や蝶鮫《ちょうざめ》をはじめ、いろいろな魚が泳ぐほど深かった。水は石と石のあいだを流れていたな。連中にきいたら、洪水になると石は水に流されるが、毎年新しく飛び石を据えつけているといっていた。それに川のまんなかに岩の山があると、魚獲りには都合がいいんだ」ジョンダラーが説明をつづけると、ほかの面々も足をとめて話に耳をかたむけた。

「検討する価値はあるんじゃないかしら」マルソナがいった。

「筏《いかだ》はどうする? 飛び石をおいたら、筏の邪魔にならんか?」ひとりの男から質問が出た。

「そうはいっても、このへんはふだん筏が通れるほどの深さはない。〈渡瀬〉近辺に来たら、筏をその荷物ごと引きずらなくちゃいけないのはいつものことだ」ジョハランが答えた。

話しあいがさらにつづくのを耳にしながら、エイラは川の水をのぞきこんだ。水は川底の石が見えるほど透きとおっており、ときおりそこを魚が横切っていった。ついでエイラは、川のまんなかというこの場所が、付近一帯の特異な地形を見わたせる場所でもあることに気がついた。前方の南に目をむければ、そこは大川の左側の崖だ。崖には、おそらくこれからむかうと思われる岩屋がいくつも見えていた。さらにその先を見ると、支流のひとつが本流に流れこんでいるところも見えた。この小さな川の対岸が、主流の川と平行になってそびえる急峻な崖の開始点だった。エイラはからだの向きを変えて、反対に目をむけた。上流にあたる北の方角には、さらに高い崖と〈九の洞〉を擁する巨大な岩屋が、急に川の曲がる箇所の下流にむかって右側の土手に見えていた。

ジョハランは長く伸びた人々の行列の先頭に立って、ふたたび歩きはじめ、ゼランドニー族〈三の洞〉の人々の住まい目ざして進んでいった。前方で何人かの人々が一同を待ち、手をふっているのがエイラの目に見えた。そのなかにはカレージャと、〈十一の洞〉のゼランドニの姿があった。彼らがくわわってくるにつれて、列はますます長くなった。前方に見えていた高い崖にさらに近づくと、エイラにもこの巨大な岩の壁――大川がつくった谷にある壮観を誇る石灰岩の多くの崖のひとつ――の姿が、さらによく見えてきた。

この地域のあらゆる岩屋の例に洩れず、ここも自然の力によって岩が削られることで形成された場所だった。その結果ふたつの――ところによっては三つの――平坦な岩棚が積み重なった地形ができていた。前方に見える巨大な岩の中間あたりに、左右の幅がゆうに百メートルはありそうな岩棚があり、これが上をおなじような岩棚で覆われた正面の開口部になっていた。これが〈三の洞〉の日常生活の場であり、大半の住居がおかれてもいる場所でもあった。この岩棚はその上に張りだしている崖によって守られており、その返礼として、ひとつ下の岩屋にとっては雨風を防ぐ岩の天井の役目を果たしていた。

ジョンダラーは、エイラが巨大な石灰岩の崖を観察していることに目をとめて、しばし足をとめ、エイラが追いついてくるのを待った。このあたりは道幅がそれほど狭くないので、ふたりは肩をならべて歩くことができた。

「草《くさ》ノ川《かわ》が大川と合流するところは、二本川と呼ばれている」ジョンダラーはいった。「あの崖は〈二本川の巌〉。合流点がよく見えることからその名前がついたんだ」

「あれは〈三の洞〉という名前かと思ってた」とエイラはいった。

「たしかにゼランドニー族〈三の洞〉の人々の住まいだけれど、名前は〈二本川の巌〉なんだよ。ゼランドニー族〈十四の洞〉の人々の住まいが〈小の谷〉、〈十一の洞〉の住まいが〈川の場〉と呼ばれているのとおなじだな」

「だったら、〈九の洞〉の人々の住まいの名前は？」

「〈九の洞〉だ」ジョンダラーはいい、エイラが眉を寄せていることに気がついた。

「どうして〈九の洞〉には、ほかのところのように名前がないの？」エイラはたずねた。

「おれにもわからん」ジョンダラーは答えた。「あそこは昔から〈九の洞〉とだけ呼ばれていたな。たしかに〈二本川の巌〉みたいな呼び名がついていてもおかしくはなかった。近くで木《き》ノ川《かわ》と大川が合流しているからね。でも、〈三の洞〉がもうその名で呼ばれていた。あるいは〈大の岩〉になっても不思議じゃなかったが、その名前もほかの場所にとられていたからね」

「それ以外にも、あそこにつけられておかしくなかった名前ならまだあるでしょう？　たとえば……〈風《かざ》落岩《おちいわ》〉とか。あんな不思議な物は、ほかのどこにもないでしょう?」エイラは理解しようと頭を働かせながら、そうたずねた。物事は首尾一貫しているほうが覚えやすい。しかし、いつでもかならず例外が存在するようだ。

「ああ、たしかにおれが見た範囲ではどこにもないね」ジョンダラーは答えた。

「でも、〈九の洞〉は〈九の洞〉、それ以外の名前はない……」エイラはいった。「それが不思議に思えるのよ」

「それはたぶん、おれたちの住む岩屋がさまざまな点で際《きわ》だっているからじゃないかな。あれほど巨大な岩ひとつからできている岩屋はだれも見たことがないし、それどころか話にきいたことさえない。おまけに、あれだけ大勢の人が住む岩屋もない。二本の川を見おろすようなところなら、ほかにもあちこちあるが、木ノ川谷にはたいていの谷よりも木がふんだんに生えている。〈十一の洞〉からはいつも、筏をつくるのであの谷の木を伐《き》らせてくれと頼まれるよ。それから、いまきみがいったように風落岩があるね」ジョンダラーはいった。「だれもが——遠いところに住んでいる人たちさえ——〈九の洞〉のことは知っている。しかし、ひとつの名前だけでは、あそこのすべてをいいつくせない。あそこはただ、そこに住んでいる人々のおかげで広く知られるようになったんじゃないかな——〈九の洞〉と」

エイラはうなずいたが、まだ眉を寄せたままだった。「住んでいる人たちにちなんで名前をつけるということこそ、際だった特徴かもしれないわね」

〈三の洞〉の住まいに近づいていくと、崖下と大川とのあいだに天幕や差掛け小屋、木枠や物置棚などが点在しているのが目にとまった。建物と建物のあいだには、不ぞろいな間隔で炉があった——火が消えたあとの黒々とした丸い跡だけのところもあれば、火が燃えているところもある。ここは〈三の洞〉の戸外

における さまざまな活動や作業の中心の場であり、大川の土手には筏を繋ぎとめる小さな船着場までそなわっていた。

〈三の洞〉の領分は崖そのものにとどまらず、岩の露台からずっとくだり、二本の川それぞれの川べりにまで及び、さらに数ヵ所では対岸にまで及んでいた。といっても、その土地を人々が所有していたのではない。人々——とりわけ、近くの〈洞〉に住む人々——はほかの〈洞〉の領分に足を踏みいれて、そこにある資源をつかってもかまわないとされてはいたが、礼儀の観点からは、招きを受けたり事前に承諾を得たりすることが望ましいと考えられていた。大人たちはこうした暗黙の制限事項を理解していた。しかし、もちろん子どもたちは足のむくまま気のむくまま、どこにでも行った。

大川ぞいの領域、それも北は〈九の洞〉からわずかに先の木ノ川から、南は草ノ川の〈二本川の巖〉の前までの地域は、そこに住むゼランドニー族の人々からひとつに結びついた共同体と目されていた。事実上、ここは広範囲の村落だといえた——ただしこの時代の人々には、まだ定住地の概念が完全にはそなわっていなかったし、それを指す名称ももっていなかった。しかし旅のあいだのジョンダラーがゼランドニー族〈九の洞〉の名前を故郷として口にするときには、この特定の岩屋に住む多くの人々ばかりか、その周辺に隣接するすべての共同体を指していたのである。

訪問者たちは〈二本川の巖〉の中心になっている岩棚を目ざして、坂道をのぼりはじめたが、一段下の岩棚にたどりついたところで足をとめ、話しあいに参加したがっているひとりの男を待つことにした。その場に立っているあいだ、上をふっと見あげたエイラは、思わず近くの岩壁に手をかけて体を支えた。断崖の頂部がかなり大きく前に張りだしているせいだろう、壮大な岩壁を目で追っていったエイラには、自分の目の動きにあわせて崖そのものが後退して、上の部分が自分に覆いかぶさってくるように見えたからである。

「あれがキメランだよ」ジョンダラーがにたりと笑って、ジョハランと挨拶をかわしている男をさし示した。エイラは初対面の男に目をむけた。金髪で、ジョハランよりも背が高い。エイラはまた、目につきにくいふたりの身体言語に気づかされた——それによれば、どうやらふたりはたがいを対等の立場だとみなしているようだ。

新しくくわわった男は用心ぶかい目で狼を見ていたが、とくになにもいわないまま、一同とともにひとつ上の岩棚にむかった。中心になっている岩棚にようやくたどりつくと、エイラはまたしても足をとめずにいられなくなった。しかし今回足がとまったのは、目をみはらずにいられないすばらしい景観のせいだった。息がのどでとまってしまったほどだった。〈三の洞〉の中心となっている岩屋の前に張りだした岩棚からは、周辺の野山のかなり広い範囲が一望のもとに見わたせた。草ノ川ぞいにすこし上流に視線をむければ、この支流に流れこんでいるもっと細い川までもが見えた。

「エイラ」名前を呼ばれてふりかえると、ジョハランがうしろに立っており、そのとなりに先ほど合流したばかりの男が立っていた。ジョハランはつづけた。「あんたに紹介したい者がいてね」

男は一歩前に進みでてくると、両手を前にさしだした。しかし、警戒の光をたたえた目はエイラの横に控えている狼をちらちらと見ている。ウルフは鋭い好奇の視線で、じっと男を見ていた。男はジョンダラーとおなじくらいの背丈に見えたし、おなじ金髪だったので、見た目が似かよっていた。エイラは手を下におろして、ウルフにその場にとどまれと合図で命じてから、挨拶のために前に進みでていった。

「キメラン、ここにいるのがマムトイ族のエイラ……」ジョハランが紹介をはじめた。そのあと、この〈九の洞〉の洞長がエイラの呼び名と絆を述べていくあいだ、キメランはエイラの両手を握っていた。ジヨハランはキメランが不安そうな顔になっているのを目にとめていたし、この男がどういう気分なのかをあますところなく理解してもいた。「エイラ、ここにいるのがキメラン、ゼランドニー族〈二の洞〉の人々の住む〈長老の炉辺〉の洞長にして、〈二の洞〉のゼランドニの兄、そしてゼランドニー族〈七の洞〉を興《おこ》せし者の子孫にあたる」

「母なる大地の女神ドニの名において、あなたをゼランドニー族の土地に歓迎します、マムトイ族のエイラ」キメランはいった。

「森羅万象の母、ドニをはじめ多くの名をもつムトの名において、あなたにご挨拶いたします、ゼランドニー族〈二の洞〉の人々の住む〈長老の炉辺〉の洞長キメラン」エイラはいい、笑顔でこの男の紹介の文句を一言一句たがわずに復唱した。キメランはエイラの異郷風の訛《なま》りと、その美しい笑顔に目をとめた。噂にたがわぬ美女だ——いや、ジョンダラーが連れてきた女なら、そうでなくてはおかしい。

「キメラン!」格式ばった言葉の応酬がすむと、ジョンダラーがいった。「また会えてうれしいぞ!」

「ああ、おれもだ、ジョンダラー」男たちはまず手を握りあい、それから動作こそ荒々しかったものの愛情に満ちた抱擁をかわした。

「そうか、〈二の洞〉の洞長になったんだな」ジョンダラーはいった。

「ああ。もう二年になる。はたして、おまえがもどってくるのかどうか不安だったよ。おまえが帰りついたのは話にきいていたが、はたしておまえにまつわる話が真実ばかりなのかどうか、なんとしてもこの目で確かめたくてな。どうやら真実のようだ」キメランはエイラに笑みを投げながらいったが、あいかわらず用心ぶかく狼との距離はたもったままだった。

「エイラ、キメランとおれは昔からの友人なんだ。一人前の男になるための儀式をいっしょにすませて、ともに帯を手に入れ……おなじときに男になった仲さ」ジョンダラーはほほ笑み、よみがえる思い出に頭を左右にふり動かした。「みんな年はおなじだったが、おれは自分だけが目立っているように感じていたな。だれよりも背が高かったからね。でも、近づいてきたキメランを見てうれしく思った。おれと変わらない背丈だったからさ。だから、こいつの近くに立っていたかった。そうすれば目立たないと思ってね。こいつも、内心おなじ気持ちだったんじゃないか」そういって、やはり笑顔を見せていたキメランに顔をむけた。しかしその表情は、ジョンダラーのつぎの言葉をきくなり変わった。「キメラン、こっちに来てウルフに挨拶してやってくれないか」

「あ、挨拶だと?」

「ああ。ウルフがおまえを傷つける気づかいはないさ。エイラが紹介してくれる。そうすれば、こいつにもおまえが友人だとわかるんだ」

ジョンダラーにうながされて、四本の足をもつ狩人に近づいていくあいだ、キメランはうろたえていた。これほど体の大きな狼を見るのはまったく初めてだった。それなのに、すぐ横に立っている女には恐怖の影など微塵《みじん》もない。エイラはしゃがんで片膝をつき、片腕を狼の体にまわしてから笑顔で見あげた。狼の口はひらいて、牙がのぞいていた。舌は片側にだらりと垂れている。もしやあの狼は、おれをせせら笑っているのか?

「手を前に出して、ウルフににおいを嗅がせてやるんだよ」ジョンダラーがせっついた。

「その〝ウルフ〟というのはなんのことだ?」キメランはたずねたが、顔をしかめたまま、いわれた動作をしようとはしなかった。自分の手をこの動物の前にさしだしていいものかどうかも見きわめられないが、まわりに立っている人々からじっと見られてもおり、怖がっているように見られるのは本意ではなかった。

「エイラがこいつにつけた名前だよ。マムトイ語で〝狼〟の意味だ」

エイラに右手をとられたキメランは、もう逃げられないと観念した。深々と息を吸い、うしなうわけにはいかない体の一部を、エイラが牙のずらりとならんだ口に近づけていくにまかせることにした。

エイラから狼の体に触れる方法をひととおり教わると、キメランも大方の人の例に洩れずに驚いたし、ウルフに手を舐められたときには腰を抜かしかけた。しかし、ひとたびウルフの生きている体のぬくもりを手に感じとると、キメランはなぜ狼が人に体を触られて静かにしているのかと疑問を感じはじめ、当初の驚きが過ぎ去ったのちは、気がつけば女自身への関心がさらに高まっていた。

この女には、どのような力がそなわっているというのか？　ゼランドニなのか？　キメランはゼランドニアと、彼らがそなえる特異な能力に格別の関心をいだいていた。またエイラというこの女は明瞭そのもので理解するのになんの障りもないゼランドニー語を話してはいるが、その口調にはどこか奇妙なところもある。それも正確には、ただの訛りではなさそうだ、とキメランは思った。ある種の音をまるで飲みこんでいるかのようだ。それが決して不愉快ではなく、かえってこの女に注意を引かれる理由になっているが……いや、それなしでは注意を引かれないという意味ではない。また顔だちも、このあたりの土地の者とはちがう。ひと目で遠い土地の出《で》だとわかる顔だ。異郷の者……いやいや、風変わりな魅力にあふれた異郷の美女というべきか。その謎めいた魅力のひとつが、この狼だ。どうやって狼を意のままにあやつっているのか？　キメランの顔には、畏敬の念さえ感じさせる驚嘆の表情が浮かんでいた。

キメランの表情を見まもっていたエイラは、そこに驚嘆の色を見てとっていた。思わず微笑に崩れそうになった顔をいったんそらしてから、エイラはキメランを見あげて、こういった。「ウルフがまだほんの赤ちゃんだったころから、ずっと世話をしてきました。ウルフはライオン簇の子どもたちに混じって大きくなったので、人に慣れてるんです」

キメランは驚きに顔が赤らむのを感じた。エイラに心中をすっかり読みとられ、質問を口にしもしないうちから答えを返されたように思えた。

「ひとりで来たのかい?」ジョンダラーはたずねた。キメランがようやく狼とエイラから目が離せない状態を脱して、自分のほうに注意をもどしたのを見てとったからだ。

「あとからもっとやってくるよ。ジョハランが、〈夏のつどい〉に発つ前にさいごの狩りを計画しているという話はきいた。マンヴェラーが〈七の洞〉に使いを出し、その〈七の洞〉からこっちに使いが来たんだ。だが、みんなを待っているのがじれったくて、おれがひとり先に来たんだよ」

「キメランの〈洞〉はあっちにあるんだよ、エイラ」ジョンダラーが草ノ川の谷間を指さしながらいった。「あの小さな支流が見えるかい?」たずねられて、エイラはうなずいた。「あれが小草ノ川だ。その合流点から草ノ川のほうにそって上《かみ》に行ったところに、〈二の洞〉と〈七の洞〉がある。ふたつは親戚関係にあってね、草が豊富にある野原をはさんだところで暮らしているんだ」

ふたりの男がまた思い出話に花を咲かせ、離れていたあいだのことを教えあいはじめると、エイラはふたたび風景に目を引かれた。〈三の洞〉の広大な上段の岩棚は、そこに住む者に数々の利点をもたらしていた。上に張りだした巨大な岩が住民たちを不快な天候から守り、それでいてこのすばらしい景色を提供してもいた。

〈九の洞〉周辺の谷間には樹木がたくさん生い茂っていたが、草ノ川と小草ノ川にそった谷間はどちらも青々と草がゆたかに茂る草原になっていた。とはいえ、大川ぞいの氾濫原にできている広大な草原とはおのずと異なる。主流の土手には川を縁どるようにさまざまな樹木や灌木が茂っているが、この細い帯状の林を越えた先には、反芻《はんすう》性の草食動物が好む丈の低い草が中心になった草原が広がっていた。大川を西にむかってわたった対岸には広大な氾濫原が広がっており、その先は一連の丘陵地帯になってしだいに標高があがっていき、草に覆われた高地につながっていた。

草ノ川と小草ノ川のつくった谷間はほかよりも水に恵まれ、季節によっては沼のようになった。これが、ところによっては人間を超える高さにまで成長する丈の高いさまざまな種類の草の成育を助けたし、そこに広葉草本がまじっていることも珍しくなかった。植物の種類が豊富なため、草を食べたり若芽を食べたりする多様な動物があつまった。動物たちは種類によって、さまざまな草や草本植物のどの部分をとくに好むかが異なっており、そんな動物たちが季節ごとにここを移動していった。

〈二本川の巖〉の中心となっている岩棚からは、大川ノ谷も草ノ川谷もよく見晴らせたため、移動する動物の群れに目を光らせるには絶好の場所だった。その結果、長い歳月がたつうちに〈三の洞〉の人々は動物の群れの移動を追いかけるうえで卓越した技術をそなえたばかりか、さまざまな動物が出現してくる前兆になる季節の変化や、天候の変化の周期などの知識をたくわえるにいたった。これを武器に、彼らは狩人としての腕をますますあげていった。どの〈洞〉も狩りをしたが、〈二本川の巖〉に住む〈三の洞〉の狩人たちの槍は、川ぞいの谷に広がる氾濫原の草地を移動しつつ草を食べる動物や新芽を食べる動物を、どこの〈洞〉の者たちの槍よりも多く仕留めていた。

〈三の洞〉が狩りについての知識でもその技術でも他の追随を許さないことは、ゼランドニー族のあいだに知れわたっていたが、なかでもそれを評価していたのはすぐ近くの隣人たちだ。だれであれ狩りを計画すれば、その者は〈三の洞〉に意見をきき、情報を求めた。とりわけ、共同体が一丸となって繰りだすような大規模な集団での狩りならなおさらだった。

エイラは視線を左側、すなわち南の方角に転じた。ちょうど眼下で合流している二本の川にそって、切りたった高い崖にはさまれた草の多い谷が伸びていた。草ノ川と合流して水量を増やした大川は、そこから高い崖の地面に接する部分のすぐ近くをかするようにして南西に流れ、屈曲部の岩をめぐって、その先は見えなくなっていた。大川はそののちもっと南にあるより大きな川を目ざして流れ、最終的にはかなり離れた〈西の大海原〉に流れこんでいた。

ついでエイラは右、自分たちがやってきた北の方角に目をむけた。大川の上流部分の谷は、広大な緑の草地だった。そこを曲がりくねって流れる川の水面に太陽の光が反射して、きらきらと輝いて見えていた。川は煌《きら》めきながら、水流のありかを示している杜松《ねず》や白樺《しらかば》、柳や松、さらにはまれに生えている常緑性のオークのあいだを縫っていた。上流側の対岸、大川が急に大きく曲がって太陽が昇るほうに流れの向きを変えている部分に目をむければ、そそり立つ崖と、〈九の洞〉の岩屋を擁している張りだした巨大な岩を見てとることができた。

マンヴェラーが歓迎の笑みを見せながら、大股で一同に近づいてきた。髪の毛に白いもののまじったマンヴェラーは決して若くはなかったが、その足どりに活力と自信がみなぎっていることにエイラは気づかされていた。正確な年齢がエイラには読みとりにくい男だった。挨拶の言葉や何回かの正式な紹介をおえると、マンヴェラーは一同をここの中心となる岩棚の居住区域からすこし北にある、つかわれていない一隅にみちびいた。

「いま全員に食べてもらえるだけの昼食を用意しているところだ。しかし、もしのどが渇いている者がいれば、ここに水と椀の用意がある」マンヴェラーはそういって、石に立てかけるようにしておいてある二個の濡れた水袋と、そのそばに重ねておいてある数個の籠細工の椀をさし示した。

大部分の者がこの申し出を喜んで受けたが、水飲み用の椀持参で来た者も多かった。短い旅に出るおりや友人を訪ねるおりでも、自前の椀や鉢や食事用のナイフを小袋や大きな入れ物にまとめて携えるのは決して珍しくなかった。エイラは自分の椀ばかりか、ウルフの椀ももってきていた。この堂々とした風采の動物がエイラにもらった水をうれしそうに舌をならして舐めとるところを、人々は夢中になって見つめていたし、笑顔もちらほらと見えていた。狼——それもなにやら神秘的な絆でエイラという女に縛りつけられているように思える狼——であっても、やはり水を飲まないではいられないと知らされたことで、人々の心は多少なごみもした。

楽しげな期待感のたちこめるなか、一同はその場に落ち着いた。石に腰かける者もいれば立ったままの者もいたが、だれもがはじまりを待っていた。マンヴェラーは全員が静まって話しあいをはじめる心がまえになるのを待ってから、自分のすぐ近くに立っていた若い女にうなずきかけた。

「この二日間、われらは見張りを立てた。ここと〈二の見晴らし場〉にだ」マンヴェラーはそういった。

「あれが〈二の見晴らし場〉だよ」ジョンダラーに小さな声でそう教わり、エイラは指さされた方角に目をむけた。合流点の二本川とその広大な氾濫原の反対側、下流へとむかう大川と平行につづく断崖がはじまっている、川が急に曲がる箇所から、小ぶりの岩屋が突きでていた。「草ノ川でこっちとは隔てられているが、〈三の洞〉の者は、あの〈二の見晴らし場〉も〈二本川の巖〉の一部だと考えてるんだ」

エイラはあらためて、〈二の見晴らし場〉と呼ばれる場所に目をむけてから、岩棚のへりに数歩近づいて、下を流れる川に目を落とした。いま立っている場所からだと、草ノ川の河口が見えた——この川は、より大きな川に近づくにつれて広がり、小さな扇形の三角州をつくっていた。この小さいほうの川の右の土手――〈二本川の巖〉の基部になっている部分――に、上流である東にむかう小道があり、道は途中で分岐して一本が川の流れのほうにむかっていた。エイラは分岐した一方の小道が草ノ川の土手、川幅が広まって水が浅くなっている三角州のへりに通じているが、二本川の乱流からは遠ざかっていることに気がついた。どうやら、〈三の洞〉の者が草ノ川を渡河するのにつかっているところのようだ。

さらに対岸では、小道はふたつの川の氾濫原で形づくられた谷を横切って四百メートルほど進み、そこで曲がり角に突きだした岩屋の基部につながっていた。高さはあるが小さいので、張りだした岩棚の下はまともな岩屋としては用をなさないだろうが、岩だらけの小道がその頂上にまで通じていた。平坦な岩の頂上に立てば、草ノ川の反対側といううちがった視点から、二本の川がつくる谷間を一望できるはずだ。

「……セフォーナは、おぬしらがここに来るちょっと前に、知らせを携えてこちらに帰ってきたんだ」マンヴェラーがそう話していた。「それで考えるに、上首尾の狩りに通じる道がふたつあるようだぞ、ジョハラン。まずわれらは、ほぼ八頭、若い鹿もまじっている大角鹿《おおつのじか》の群れがこちらにむかって移動してくるのをずっと追っていた。そしてセフォーナが先ほど、かなりの規模のバイソンの群れを見つけたそうだ」

「どちらでもいいな――確実に仕留められるなら、どちらでもかまわん。で、あんたの意見は?」ジョハランはたずねた。

「〈三の洞〉だけで狩りをするのなら、大川で大角鹿を待ちかまえて、〈渡瀬〉で確実に二頭を仕留めるところだな。しかし、おぬしらがかなりの頭数を仕留めたいのなら、ここはバイソンに狙いをつけて、群れを囲いに追いこむのがいいと思う」

「どっちも仕留められるさ」ジョンダラーがいった。

数人の人が笑みをこぼした。

「まとめてぜんぶ狙うというのか？　ジョンダラーのやつ、昔からそんなに欲ばりだったかい？」だれかがそういった。エイラには発言者がだれだかわからなかった。

「欲ばりは欲ばりだったけど、それだって動物を狩るときだけにかぎった話じゃなかったわね」女がそういいかえす声がした。含み笑いと笑い声の合唱がつづいた。

エイラはいまの発言者の姿を目でとらえた。カレージャ、〈十一の洞〉の洞長だった。エイラはこの女に会ったことや感心させられたことを思い出したが、いまの発言の調子はどうにも気にくわなかった。ジョンダラーを馬鹿にしているように思えたし、自分自身が同様の響きのある笑い声に晒《さら》されたことはまだ記憶に生々しい。エイラはジョンダラーの反応を目で確かめた。ジョンダラーはさっと顔を赤らめていたが、微苦笑を洩らしただけだった。いたたまれない思いをして……それを隠そうとしてるんだ、とエイラは思った。

「たしかにいささか欲ばりにきこえるだろうし、そんなことは無理だと思われているのもわかってる。でも、おれにはできるとわかっているんだ。マムトイ族のもとに身を寄せていたとき、馬に乗ったエイラがライオン簇の連中と力をあわせて、バイソンの群れを囲いに追いこんだことがあったのでね」ジョンダラーは説明しようとした。「馬なら人間よりもずっと速く走れるし、おれとエイラなら馬を行かせたい方角にむけさせることも無理じゃない。おれたちはバイソンの群れを追いたてるのに力を貸せるし、群れが逃げようとしたときには先まわりすることもできる。それに、この投槍器をつかえば大角鹿をどれだけ簡単に仕留められるか、いずれはみんなにもわかってもらえると思う。二頭よりも多くを仕留められるかもな。これがどれだけの力を秘めているかを知ったら、みんなも驚くはずだぞ」

そういいながらジョンダラーは、話に出した狩りの武器を高くかかげた。といっても、一見したところは平坦な面のある細長い木の棒としか見えず、あまりにも単純素朴、とても長旅から帰還してきた男が吹聴するような威力をそなえているとは思えなかった。

「つまり、おれたちのだれでもつかえると、そういってるのか?」ジョハランがたずねた。

そこに〈三の洞〉の人々が料理を運んできたので、話しあいはひととき中断された。のんびりした昼の食事がおわると、話しあいが再開されて、バイソンの群れが以前につくられた囲いからそれほど遠くない場所にいることが明らかにされた。囲いは修繕すれば、まだまだ充分につかえる。一同は一日かけて囲い罠を修繕する計画を立て、首尾よく修理できて、かつバイソンの群れが離れていなければ、その翌朝にバイソン狩りをしつつ、大角鹿の動向にも目を光らせることにした。話題が狩りの戦略立案に移行すると、エイラは注意ぶかく話しあいの内容に耳をかたむけたが、ウィニーともども手伝うと自分から申し出ることはつつしんだ。それよりも、どんな展開になるのかを確かめたかった。

「よし、それではいよいよ、そのすばらしい新発明の武器とやらを見せてもらうとするか、ジョンダラー」ジョハランがようやくそのひとことを口にした。

「そうだな」マンヴェラーがいった。「おまえのせいで好奇心が抑えきれなくなったよ。草ノ川谷の練習場をつかうといいだろうね」

11

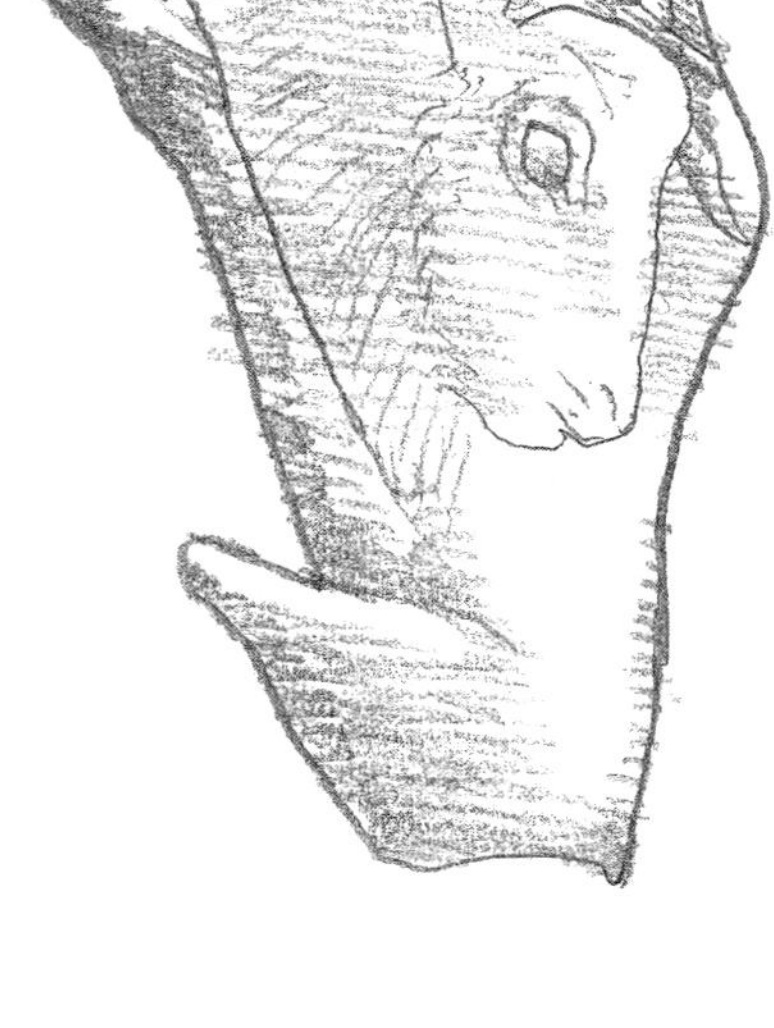

練習場は〈二本川《にほんがわ》の巖《いわ》〉の基部近くにあり、地面が土になっている走路がその中央にあった。あまりにも頻繁につかわれたせいで、土が剝きだしになり、すっかり踏み固められていた。周辺の草地でさえ、多くの人が立ったり歩いたりしたせいで草が押し倒されていた。走路の一方の端を示しているのは、一個の大きな石灰岩だった。以前は崖から張りだしていた岩棚だったが、だれも知らないほどの昔に崩れ落ちた岩だった。昔は周囲が鋭く角ばっていたのだろうが、長い歳月とそのあいだに登った数えきれないほどの人のせいで磨耗し、いまは丸みを帯びていた。反対の端には、乾燥した草の束に動物の皮を巻きつけて縛ったものが四つおいてあった。どれにも、以前に槍で刺されたときの穴があいていた。皮には、それぞれ異なった動物の姿が描かれていた。

「あの的《まと》は動かしてもらわないとならないな。それも最低でも二倍の距離になるまでだ」ジョンダラーはいった。

「距離を二倍にする？」カレージャが、ジョンダラーの手にある木の道具を見ながらたずねた。

「最低でもね」

ジョンダラーが手にしている道具は材木を彫りあげてつくってあり、ジョンダラー当人がまっすぐに伸ばした指先から肘までとおなじくらいの長さがあった。細長い板といった見た目で、平坦な面の中心線にそって長い溝が彫りこまれ、いちばん前の部分にはふたつの皮の輪がとりつけてあった。後端にある戻り止めからは、先細りになっている鉤《かぎ》が突きだしている。この鉤は、軽い槍の後端に彫られた穴にひっかけるためのものだった。

ジョンダラーは生皮製の筒からフリントの穂先をとりだした。穂先は腱《けん》と膠《にかわ》――動物の蹄と皮からこそげとった組織を煮つめてつくったもの――で、短い木の棒にとりつけてあった。短い柄の後端は先細りになっており、終端部は丸く仕上げてあった。一見したところでは不釣り合いなほど短い槍か、あるいは奇妙な形の把手がついたナイフといった雰囲気である。つづいてジョンダラーは、筒から長い棒をとりだした。片端には槍のように二本の羽根がとりつけてあったが、穂先はどこにも見あたらなかった。あつまった人たちのあいだから、好奇心のざわめきがあがった。

ジョンダラーはフリントの穂先をとりつけた軸の先細りになったほうを、もっと長い柄に彫りこまれた穴に挿しこみ、二分割式のいささかほっそりした印象のある槍をかかげた。そういうことだったのか、という感嘆の声をあげる者もいたが、全員からその声があがったわけではなかった。

「投槍器《とうそうき》をつかうわざを最初に完成させてからも、いくつか改良をつづけたんだ」ジョンダラーはあつまった人々にそう話しかけた。「新しくなにか思いつくと、どういう具合になるのかを確かめつづけていたんだよ。穂先をとりはずしできるようにしたのは、われながらいい思いつきだった。もっと長い柄だと、槍が狙いをはずしたときに折れたり、獲物に命中したものの相手が逃げてしまったときにも折れたりするが、こっちなら――」ジョンダラーはふたたび槍をかかげて、ふたつの部品に分割してみせた。「――穂先の部分が柄から抜け落ちるから、新しく槍を丸々つくりなおす必要はない」

これに応じて、人々から興味を引かれたざわめきがあがった。投げたあとで一直線に空《くう》を切って飛んでいく柄のまっすぐな槍をつくるには、たしかに時間も手間もかかる。それに狩りをする者ならばだれしも、いちばん槍が折れては困るときを狙ったように槍が折れてしまった経験をもっていた。

「みんなももう気づいていると思うが、これはふつうの槍とくらべても多少小さく、またかなり軽くつくってある」ジョンダラーは説明をつづけた。

「そうか！」ウィロマーが大きな声をあげた。「いや、その槍にはどうにも妙な点があると思っていたんだよ。ふたつに分割できることのほかにもね。見た目がふつうの槍よりも優雅な感じ……というか、女にも通じる雰囲気がある。たとえていうなら〝女神の槍〟という感じだな」

「おれたちがためしたところ、じっさい軽い槍のほうが遠くまで飛ぶことがわかったんでね」ジョンダラーはいった。

「しかし、それで獲物に刺さるのか？」といったのはブラメヴァルだった。「重くすれば遠くまでは飛ばないかもしれん。しかし、おれの経験では槍にはそれなりの重さが必要だ。あまり軽すぎると、ぶあつい皮に槍が跳ねかえされたり、穂先が折れたりするんだ」

「では、そろそろ実演したほうがいいようだな」ジョンダラーはそういって槍の容器や筒を手にとり、崩れ落ちた岩が転がっているあたりに引きかえしはじめた。予備の柄や、着脱可能な穂先をともに何本か手もとにそろえてはあったが、どれひとつおなじではない。フリントを打ち欠《か》いてつくった穂先もある――

とはいえ、形はそれぞれ微妙に異なっていた――し、細長い骨を削ってつくった穂先もあった。先端を鋭く尖らせ、反対の部分は柄に挿入する軸と容易に接合できるように裂け目を入れてある。ソラバンとラシェマーのふたりが標的をさらに遠くまで引きずっていくあいだ、ジョンダラーは何本かの槍を組み立てて準備を進めた。

「これくらいの距離でいいかい、ジョンダラー？」ソラバンが大声でたずねた。

ジョンダラーはちらりとエイラに目をむけた。エイラの横には狼が控えていた。エイラは手に投槍器をもち、すでに組み立ててある槍を何本かおさめた筒を背負っていた。エイラの笑みにジョンダラーも笑みを返したが、そこには不安もまじっていた。まず最初に実演、そのあと説明して、質問に答えるつもりだった。

「ああ、それでいい」ジョンダラーは答えた。槍が充分とどく範囲だった――いや、かなり近いといってもいい。しかし、これが最初の実演だ。これなら、いつもより精確に狙いをつけられる。観客に離れているようにと告げる必要はなかった。みんないわれるまでもなく、この見なれない道具で飛ばされる槍から喜んで離れていようとして、早くも後退しはじめていた。ジョンダラーは彼らがこちらに顔をもどすのを待った。人々の表情は期待から疑いまでさまざまだった。ついでジョンダラーは、槍を投げる準備にかかった。

まず右手で投槍器をまっすぐ水平にかまえて、親指と人さし指を前部についているふたつの輪に通すと、ジョンダラーはすばやい手つきで、投槍器の中心線にそって彫りこまれた溝に槍を叩きつけるようにおいた。ついで槍をうしろに滑らせ、戻り止めの役も果たしている鉤を羽根飾りがついた柄の後端の穴にひっかけると、一瞬もためらわずに槍をはなった。目にもとまらぬほどのすばやい動作だったせいで、ほとんどの観客はろくに気がつかなかったが、投槍器の前の部分をふたつの輪でしっかり押さえている一方で、投槍器のうしろの部分が大きく跳ねあがっていた。こうしてジョンダラーの腕の長さに投槍器自体の長さがくわわった結果、投槍器が梃子《てこ》となって跳ねあがることで、槍にはただ投げたとき以上の推進力がついていた。

そんな観客の目にも、槍がふつうの槍の二倍以上の速さで空《くう》を切っていき、皮に描かれた鹿の絵の中央に突き刺さったことはわかったし、槍にこめられた力で穂先が草の束をきれいに貫通したこともわかった。さらに観客は仰天した。二本めの槍がほとんど変わらない力を秘めたまま飛来し、最初の穴とほぼおなじところに命中したからである。ジョンダラーの槍につづいて、エイラがはなった槍だった。あたりが驚きに静まりかえり……つぎの瞬間には質問の声がわっとばかりに沸きたってきた。

「いまのを見たか！」

「投げるところがよく見えなかったんだ。もう一回やってくれるかい、ジョンダラー？」

「槍は的をほとんど射ぬいてるぞ。どうやったら、あんなに力をこめられる？」

「エイラの槍だって的を貫通してる。なんで槍にあれほどの力をつけられるんだ？」

「それを見せてもらえないかな？　なんといったっけ？　ええと……投槍器だったか？」

さいごの質問を発したジョハランに、ジョンダラーは自分の道具を手わたした。兄は投槍器をしげしげと検分していき、さいごには裏返して、そこに大角鹿《おおつのじか》の素朴な絵が彫りこまれていることに気がついた。思わず顔に笑みが浮かんだ。おなじような線刻画を前にも見たことがあったからだ。

「わるくないよ、フリント道具師が彫ったにしてはね」ジョハランは彫りこまれた絵を指さしていった。「おれが彫ったとなんでわかった？」

「昔、おまえが彫り師になってもいいと思っていたころのことを覚えてるからね。おまえがくれた皿、これに似た絵が彫ってある皿はまだ手もとにあるとも。しかし、これはどこから思いついた？」いいながらジョハランは投槍器を弟に返した。「それに、どうやってつかうのかを教えてほしいな」

「これを最初につくったのは、エイラの谷にふたりきりで暮らしていたときだ。つかうのはそうむずかしくはない。だが、狙いを精確につけるにはちょっと練習が必要だな。槍を飛ばす距離ではおれのほうが上だが、狙いの精確さではエイラのほうが上手《じょうず》なんだ」ジョンダラーは説明しながら、つぎの槍を手にとった。「ほら、この槍の柄の後端におれが彫りこんだ穴があるんだが、見えるかい？」

ジョハランをはじめとする数人の人々がまわりに近づき、話に出てきた丸い窪みを見ようとした。

「それはなんのためにあるの？」カレージャがたずねた。

「いま見せてやる。ほら、投槍器のうしろに鉤のようなものが突きでているだろう？　この鉤の先をここにひっかけるんだ」ジョンダラーはそう話しながら、鉤の先を穴に入れていった。それから槍が投槍器の上面にぴったりとたいらにおさまって、ふたつの羽根飾りが左右に広がる形になるよう調節し、先端にふたつある皮の輪に親指と人さし指を通してから、槍を載せた投槍器をまっすぐ前に突きだして水平にかまえた。たちまち全員がこれを見ようと、まわりに群がってきた。「エイラ、きみも見本を見せてやったらどうだ？」

そういわれてエイラも、ジョンダラーにならって実演をしていった。

「エイラはちがう持ち方をしてるわ」カレージャがいった。「エイラは人さし指と中指を輪に通してるのに、ジョンダラーは親指と人さし指をつかってる」

「ずいぶんこまかいところにまで目が行きとどくのね」マルソナがカレージャにいった。

「わたしには、これがいちばんいいやり方です」エイラは説明した。「前はジョンダラーもおなじ方法をとっていましたが、いまでは自分のやり方のほうを好んでいます。どちらでもかまいません。人それぞれ、いちばんやりやすい押さえ方でいいんです」

カレージャはうなずいた。「ふたりとも、ふつうより小さくて軽い槍をつかっているのね」

「最初はふたりとも、これより大きな槍をつかっていたんですが、しばらくためしたあとで、ジョンダラーがこういった小さい槍のほうがいいと思いついたので。こちらのほうがあつかいやすく、狙いもつけやすいんです」

ジョンダラーは実演をつづけていた。「いざ槍を投げるときには、この投槍器のうしろ側が跳ねあがって、槍をさらに強く前に押しだしていたことには気づいたかな?」ジョンダラーは投槍器と槍を右手にもったまま、左手で槍を押さえて、いま話した投槍器の動きをじっさいよりもゆっくりと示していった。「この動きが、槍によぶんな力を与えるわけだ」

「そして投槍器がまっすぐ前に伸びたときには、投げる者の腕がもう半分ほど長くなったも同然になるんだな」ブラメヴァルがいった。発言の機会がすくなかったこともあって、この男が〈十四の洞《ほら》〉の洞長《ほらおさ》であることをエイラが思い出すまでには、一拍の間が必要だった。

「もう一回槍を投げてもらえるかな? それがどう動くのか、いまいちどわれらに見せてほしい」マンヴェラーがいった。

ジョンダラーは腕をうしろにふりあげて狙いをつけ、槍をはなった。槍は今回も標的に命中した。心臓が一拍搏《う》つだけの間をおいて、エイラの槍もそれにつづいた。

カレージャは、ジョンダラーが故郷に連れ帰ってきた女に目をむけてほほ笑んだ。エイラがこれほどすぐれた腕のもちぬしとは知らなかった。驚かされたといってもいい。これまでは、だれの目にも魅力的に見えるに決まっているこの女が、しょせんはジョンダラーが旅に出る前に選んだ女、あのマローナとおなじ穴の貉《むじな》ではないかと思いこんでいた。しかし、どうやらエイラはもっと深く知りあうだけの値打ちのある女らしい。

「あなたもやってみますか、カレージャ?」エイラはそうたずねながら、投槍器をさしだした。

「ええ、ぜひとも」〈十一の洞〉の洞長をつとめるカレージャは満面の笑みをこぼしながら投槍器を受けとって、調べはじめた。エイラはべつの槍の柄に着脱式の穂先をとりつけた。カレージャは投槍器の裏にバイソンの絵が彫りこまれていることに目をとめ、これもジョンダラーの手になるものだろうか、と思った。傑出した絵ではないにしても、上品で、充分観賞に耐える作品だった。

この新しい狩りの武器を効果的につかいこなすには、どのようなわざを練習すればいいのか、それをエイラとジョンダラーが人々に教えているあいだに、ウルフはいつしかその場を離れていた。なかにはかなり遠くまで槍を飛ばせる者もいたが、狙いを精確に定めるにはまだまだ練習が必要なことは明らかだった。一歩さがってようすを見ていたエイラは、ふと目の隅でなにかの動く気配をとらえた。そちらに顔をむけると、ウルフがなにかを追っていた。ウルフの獲物がちらりと見えるなり、エイラは小袋から投石器と二個の丸い小石をとりだしていた。

エイラは投石器中央の皮の石受けに小石をおき、夏の羽毛を全身にまとった雷鳥が飛び立ったときには、すでに準備をすっかりととのえていた。丸々とした鳥にむけて石を放ち、鳥が落ちていくのを目で確かめる。二羽めの雷鳥が飛びあがったが、たちまちエイラがつづけざまに放った二個めの石が命中した。このときには、ウルフが早くも最初の雷鳥のところにたどりついていた。エイラは一羽めを運び去ろうとしていたウルフの口から獲物をとりだし、二羽めの雷鳥も運んできて、あわせて足もとにおいた。それから、ふと、いまがまさしくその季節であることを思い出し、草むらのなかをあちこちさがしてみた。雷鳥の巣を見つけると、うれしさに顔をほころばせながら数個あった卵をとりあげる。これならクレブが大好きだった料理、雷鳥の身に雷鳥自身の卵を詰めた料理がつくれそうだ。

エイラは満ちたりた気分を感じつつ、ウルフを横にしたがえて引きかえした。最初は気づかなかったが、やがて全員が練習をやめて、自分をじっと見ていることがわかった。笑みを見せている者もいたが、大部分の者は驚きに茫然としていた。ジョンダラーひとりは、にやにやと笑っていた。

「ほら、おれが前にエイラの投石器の腕前の話をしなかったかな？」ジョンダラーはいった。得意になって自慢したい気分だったし、その気分は顔にも出ていた。

「だけど、狼をつかって獲物を追いたてさせるなんて話はきいてないぞ。あの投石器があって、そのうえ狼までいるのに、どうしてこれが必要になった？」ジョハランはそういって、投槍器をもちあげた。

「じつをいえば、あの投石器を見て投槍器を思いついたんだよ」ジョンダラーはいった。「まだウルフがいないころだったけどね、エイラは洞穴《ケーブ》ライオンといっしょに狩りをしていたんだ」

大半の人々はジョンダラーが冗談でいっているだけだろうとは思っていたが、げんに目の前に二羽の死んだ雷鳥をもち、狼をかたわらにしたがえた女が立っているのを見ていると、みなになにを信じればいいのかもわからない状態だった。

「この投槍器をどんなふうに完成させていったんだ？」ジョハランはたずねた。先ほどこの武器をつかう順番がまわってきたところで、いまもまだ現物を手にしたままだ。

「エイラがあの投石器で石を投げるのを見ていて、あんなふうに槍を投げてみたいと思ったのがきっかけだよ。はっきりいうと、最初につくった品は投石器とそっくりだった。でもそれで、もっとしっかりした弾力性のない材料が必要だとわかったんだ。で、あれこれ考えているうちに、これを思いついたというわけさ」ジョンダラーは説明した。「でもそのときには、じっさいどうつかえるのかもわからなかった。もうみんなも勘づいているだろうけど、つかいこなすには練習が必要だ。その甲斐あって、おれたちはこれを馬に乗りながらつかえるまでになった。さて、みんなひととおり試したことだし、いよいよ実演の仕上げにかかろう。馬を連れてこなかったのは残念だったが、それでも投槍器でどのくらい遠くまで槍が飛ばせるのかはわかってもらえると思う」

標的から、数本の槍が回収されてきていた。ジョンダラーはそのうちの一本を手にとると、ジョハランから投槍器をうけとって、一、二メートルほどうしろにさがった。それから標的に目をむけたが、枯れ草の束に狙いをつけるようなことはせず、その代わりに渾身の力で槍を放ってみた。槍は草の束をやすやすと越えて、さらに標的までの距離の半分ほど先まで飛んでいき、はるか遠い草地に落ちていった。人々が驚きに息をのむ音までもがはっきりときこえた。

つづいてエイラが槍を放った。長身で筋肉質のジョンダラーほどの膂力《りょりょく》はもちあわせていなかったが、それでもエイラの槍はジョンダラーの槍に僅差で敗れただけだった。エイラは大方の女とはくらべものにならないほどの力をそなえていた。これは育った背景によるものだった。氏族の人々は異人よりも力にすぐれ、体格も頑丈である。彼らに遅れをとらず、氏族の女には当然視されている日常の雑務をただこなすためだけにも、エイラは平均的な同類たち以上に逞《たくま》しい骨格と、彼ら以上の筋力をそなえなくてはならなかったのである。

槍が拾いあつめられてくると、人々はいま見たばかりの新しい武器について話しあいをはじめた。見ただけでは、投槍器で槍を放つのも、手で槍を投げるのも大差はないように思える。しかし、結果は大ちがいだった。投槍器で投げれば槍は二倍遠くまで飛ぶし、槍にこめられる力も増す。いちばん話題になったのは、なによりもその点だった。それというのも人々はすぐ獲物からたっぷり距離をとって槍を投げるほうが、至近距離から投げるよりもはるかに安全だということを理解したからである。

狩りのあいだに事故がそうそう頻発するわけではなかったが、決して珍しくもなかった。痛みで正気をうしなった獣や手負いの動物によって、体が不自由になるほどの大怪我を負わされたり、命を落としたりした狩人もひとりやふたりではない。そこで話題になったのは、ジョンダラーとエイラが見せたような達人の域に達するのは無理にしても、投槍器を充分つかいこなせる腕を身につけるまでには、どのくらいの時間がかかり、どの程度の努力が必要なのか、という点だった。なかには、自分はすでに狩りで成果をあげるに充分なそれなりの技術を身につけていると自負する者もいたが、そうでない者——とりわけ、まだ技術を学んでいるさなかの若い者——はこの点にひときわ関心をもっていた。

ひと目見たところでは、この新しい武器はじつに単純だったし、じっさい単純そのものだといえた。しかしこの武器は——当時の人々が本能的に察していたにせよ——ずっと後世になるまで成文化されなかった原理にもとづく武器でもあった。投槍器は把手だった。この着脱のできる特異な把手こそが、梃子のもたらす力学的な利点をうまく活用し、それで槍にさらなる推進力を与えていた。だからこそ、片腕だけで投げたときよりも、ずっとずっと遠くまで槍を飛ばすことができたのである。

人々は思い起こせるかぎり昔から、さまざまな種類の把手をもちいてきた。そのどれもが、人間の筋力を増幅させる働きをそなえていた。たとえば、刃のように鋭く欠《か》けた石——フリントであれ碧玉《へきぎょく》であれ、チャートであれ水晶であれ黒曜石《こくようせき》であれ——ならば、しっかりと手にもてば、なにかを切断する道具になる。しかしこれに把手をつければ、刃にかかる力を何倍にも増やせるし、それによってナイフの性能を高めて、利用者がもっと器用にナイフをあつかえるようにもなる。

しかし投槍器は、人間が生まれながらに知っている原理を新しい利用法に応用しただけの品ではなかった。これはまた、ジョンダラーやエイラのように自分が生き残ることを確実にしていこうとする人々の内面的な特徴の一例だった――そういった人間がそなえていたのは、ある思いつきを役立つ道具へと結実させる能力であり、抽象的な思考をめぐらせて、それを現実に変えていく力だった。彼ら自身はそれがどんなことなのかを意識さえしていなかったが、これは彼らの最高の賜物であるといえた。

訪問者たちは午後の残った時間を利用して、近づく狩りの戦略について話しあいを進めた。その場で、すでに目撃されていたバイソンの群れを追うことが決まった。こちらのほうが頭数が多かったからだ。この席でもジョンダラーは再度、自分たちならバイソンと大角鹿の両方を狩れると発言はしたが、がむしゃらに主張することは控えた。エイラはようすを確かめることにして、なにも発言しなかった。訪問者たちにまたしても食事がふるまわれ、このまま泊まっていけという誘いの言葉もかけられた。泊まることにした者もいたが、ジョハランは狩りの前にやっておきたい準備もあったし、また帰り道の途中で〈十一の洞〉に顔を出すとカレージャに約束してもいた。

あたりはまだ明るかったが、それでも〈九の洞〉の面々が道をおりはじめたときには、太陽は西に沈もうとしていた。一同が大川《おおかわ》の土手近くの、それまでとくらべれば平坦な土地にたどりつくと、エイラはふりかえって、棚板を何枚も重ねたような〈二本川の巌〉を擁する岩屋をいまいちど見あげた。〈九の洞〉の面々に、〝もどってこい〟と招くように手をふる者たちの姿があった。このしぐさは、多くの人々に愛用されている。訪問者たちがおなじようなしぐさ――ただしこちらは〝こんどは、そっちが来い〟という意味――で応じていることにエイラは気づかされた。

土手の近くを歩き、崖を右にまわりこむようにして北に引きかえしていく。そうやって上流にむけて歩いていくにつれ、大川の彼らが歩いている側の崖はしだいしだいに低くなってきた。斜面のいちばん下に近いあたりに、岩屋がひとつ見えた。そこからわずかに奥、斜面をあがっていったあたり――三十五メートルほど離れたところだろうか――には、ふたつめの岩屋があった。しかしこちらは、多少の高低こそあれ、ほぼ平坦に岩棚が横に伸びていた。近くには、さらに洞穴も見えた。ふたつの岩屋と洞穴、それに伸びている岩棚は、この人口密度の高い居住区域に属するほかの共同体の住まいを構成していた――ゼランドニー族〈十一の洞〉である。

カレージャと〈十一の洞〉の人々は、〈九の洞〉の人々よりも先に〈二本川の巖〉をあとにしていた。いま一同が近づいていくと、この洞長は〈十一の洞〉のゼランドニとならんで立って、〈九の洞〉の人々を出迎えようとしていた。ふたりがならんでいるところを見たエイラは、カレージャのほうが〈十一の洞〉のゼランドニよりも背が高いことに気づいた。といっても、カレージャがとりたてて長身というわけでもない。さらに近づいたエイラは、それにも気づいた。むしろゼランドニが小柄なのだ。そのゼランドニから挨拶をされて、エイラはまたしても握手の力の強さを意識させられた。しかし、感じとったのはそれだけではなかった。この男には独特の雰囲気があり、それにエイラは初対面のおりに困惑させられたのだったが、いまこうして客人を出迎えて挨拶するときにも、やはりその雰囲気がきわめて強く立ちこめていたのである。

ふいに、エイラにはわかった。大方のゼランドニー族の男は――隠そうともしていなかったり、あるいはもっとさりげなく見せようとしたり、程度の差はあるにせよ――値踏みするような目をエイラにむけるが、この男にはそんな気配がまったくないのだ。ついでエイラは、〈十一の洞〉のゼランドニが、女一般を自分の欲望を満たす対象として見ていないことを理解した。ライオン簇《むら》に住んでいたとき、ひとつの体のなかに男と女の両方の精髄をかかえこんでいる人にまつわる話しあいをきいて、かなり興味をかきたてられたことが思い出された。それから、そういった性質をもつゼランドニがしばしば傑出した癒し手になるというジョンダラーの言葉を思い出し、エイラはほほ笑みを抑えきれなくなった。もしかしたらここのゼランドニもまた、わたしが癒しの術や薬について、その実践法やわざについて話しあえる人なのかもしれない。

ゼランドニが返してきた笑みには友好の気持ちがあふれていた。「〈十一の洞〉の住まいである〈川の場〉へようこそ」

ゼランドニのわずかに斜めうしろにあたる場所には男が立っており、ゼランドニに真心と愛情の感じられる視線をむけていた。どちらかといえば背が高く、容貌は人からは〝ととのった顔だち〟と評されるだろうとエイラには思えたが、同時に身ごなしが女っぽいものに感じられた。

ゼランドニはうしろに顔をむけて、背の高い男に前に進みでてくるよう手ぶりでうながした。

「わが友人を紹介しよう。ゼランドニー族〈十一の洞〉のマロランだ」それからゼランドニは正式な紹介の文句をつづけたが、それがエイラにはふつうよりもいくぶん長めに思えた。

ゼランドニの言葉のあいだに、ジョンダラーがエイラのとなりに進みでてきた。初めての場ではジョンダラーが横にいてくれると心強いし、ジョンダラーの同胞たちの地に帰りついてからは、こうした初めての場つづきだ。エイラはいったんジョンダラーに笑顔をむけてから顔を前にむけ、紹介された男の両手をとった。相手はジョンダラーほどの長身ではなかったが、それでもエイラ自身よりは多少上背があった。

「森羅万象の母であり、ドニという名でも知られる女神ムトの名において、あなたにご挨拶いたします、ゼランドニー族〈十一の洞〉のマロラン」エイラはそうしめくくった。マロランの笑顔には真心がこもっていたし、エイラと話したそうな雰囲気をのぞかせてもいたが、洞長と〈十一の洞〉のゼランドニがほかの者を歓迎するために、エイラとジョンダラーはわきに移動するほかなかった。そしてエイラがマロランと気安い会話をかわすひまもなく、ほかの面々が割りこんできた。またあとで話す時間もあるだろう、とエイラは思った。

それからエイラはあたりに目を走らせ、身のまわりの空間を確かめた。ここは土手より高い位置にあり、また水ぎわからはいくぶん奥まった場所になってはいたが、それでも大川にかなり近い場所にあった。エイラはそのことをマルソナに話した。

「ええ、たしかにここは大川に近いところにあるわ」マルソナは答えた。「だから、川の水かさが増せば、ここが浸水の危険にさらされかねないと考えている人もいる。ゼランドニの話によれば、〈古の伝え《いにしえ》〉にはそういったことがあったと解釈できる部分もあるというけれど、いま生きている人々――いちばんの年長者まで含めて――には、洪水の記憶がある人はひとりもいないの。ともあれ、ここの人たちは地の利を生かしているわけね」

つづいてウィロマーが、目と鼻の先に川があるために〈十一の洞〉の人たちは川の資源を最大限に利用している、と説明してくれた。その主要な活動は魚獲りだが、〈十一の洞〉は水上輸送においても名を馳せていた。「川筏《いかだ》は、かなりの量があって運ぶ必要があるものはなんでも運ぶ――食料やいろいろな品や、人もね。〈十一の洞〉の人々は、棹をあやつって筏を大川の上《かみ》にも下《しも》にもむける。自分たちのためにも、近隣の〈洞〉の求めに応じてもね。でも、得意なのはそれだけじゃない。その筏のほとんどをつくってもいるんだ」

「それが、彼らのわざなんだよ」ジョンダラーがいい添えた。「〈十一の洞〉の専門は川筏をつくり、つかいこなすことにある。だから彼らの住まいには〈川の場〉という名前がついているんだ」

「じゃ、あの丸太はそのためにあるの？」エイラはそうたずね、川べりに近い所にある丸太や材木で組み立てられた品を指さした。まったく見なれないものではない。前にも見たことがある。どこで見たのか？そう考えて思い出した。ス・アームナイ族の女たちが筏をつかっていた。ジョンダラーを見つけようとし、ジョンダラーが姿を消した場所から通じている一本道をたどっているとき川に行きあたり、その近くで小さな筏を目にしたのだった。

「あれがすべて筏ではないよ。大きな筏のように見えるのは、彼らの船着き場だ。そこに縛りつけてある小さなひらたい台のようなもの、あれが筏だよ。たいていの〈洞〉が川のそばにそれぞれの筏を縛りつけておく場所をそなえている。簡単に杭を打ちこんだだけのところもあれば、もっと凝ったつくりの船着き場もあるが、〈十一の洞〉のような船着き場はどこにもないな。どこかに旅をするとか、なにかをどこかに運びたいとなったら――それが大川の上《かみ》でも下《しも》でも――だれであれ〈十一の洞〉を訪れて準備をしてもらう。そういう仕事はひっきりなしにあるんだ」ジョンダラーはいった。「ここに立ち寄れてよかったよ。シャラムドイ族のことや、彼らが丸太を刳《く》りぬいてつくる、すばらしく操縦しやすい舟のことをここの人たちに話したいとずっと思っていたからね」

　これをききつけたジョハランが口をはさんだ。「おまえがここに残りたいのならともかく、そうでなかったら舟のことをあまり立ち入って話す時間はないぞ。おれは暗くなる前に〈九の洞〉に帰りたいと思っている。ここに寄らせてくれとカレージャに頼んだのは、エイラ、あんたをみなに引きあわせたかったからだし、狩りのあとで何人かの洞長と〈夏のつどい〉の打ちあわせをするのに、筏で川の上《かみ》にまで旅をしたいと思っているからなんだ」

「ラムドイ族がつくるような丸太を刳りぬいた小さな舟がひとつあれば、ふたりの人間が櫂《かい》をつかえば川の上《かみ》にも行けるし、重い筏を棹であつかう心配をしないですむんだが」ジョンダラーはいった。

「それをつくるのには、どのぐらいかかる？」ジョハランがたずねた。

「かなりの大仕事になるな」ジョンダラーは認めた。「でも、ひとたび完成させれば、ずいぶん長いあいだつかえるぞ」

「でも、いまのおれには役に立たない――そうだな？」

「たしかに。おれは、のちのち舟がどんな役に立つかを考えていたんだ」

「それもいい。だけどおれは、これから数日後には上《かみ》にまで行かなくちゃいけない身でね」ジョハランはいった。「そのあと、すぐ戻ってこなきゃならん。〈十一の洞〉に旅の予定があるのなら、話はずっと簡単になるし、かなり早く帰ってもこられる。しかし、やむをえなければ歩いてもいい」

「馬をつかってもいいですね」エイラはいった。

「そりゃ、あんたなら馬もつかえるさ」ジョハランはエイラに苦笑をむけた。「でも、あいにくおれは、馬を行きたい方向にむける方法をなにひとつ知らなくてね」

「馬にはふたり乗れます。ですから、わたしのうしろに乗ればいいかと……」エイラは答えた。

「おれのうしろでもいいな」とジョンダラー。

「まあ、いずれはな。だが当面のところは、〈十一の洞〉が近々、川の上《かみ》にむかう旅を計画しているのかどうかを教えてもらおうと思うよ」ジョハランはいった。

三人ともカレージャが近づいてきていたことに気づかなかった。

「ちょうど、川の上《かみ》に行こうと思っていたところよ」カレージャの言葉に、三人はさっと顔をあげた。「わたしも話しあいに行く予定だしね、ジョハラン。それに、もし狩りが上首尾におわったら――」どれほど成功しそうに思えても、どんな狩りであれ、事前に成功すると決めてかかることはだれにも無理な相談だった。悪運に見舞われないとは断言できない。「――多少の肉を事前に〈夏のつどい〉の場に運んでおいて、いまからどこかにたくわえておくのもわるくないでしょう？ 今年の〈夏のつどい〉には、あなたの予想どおり、例年以上の人があつまりそうだしね」そういってから、カレージャはエイラにむきなおった。「あなたがゆっくりできないことはわかってる。でも、ちょっとわたしたちの住まいを案内して、何人かの人にあなたを紹介したいの」

ジョンダラーを完全に無視しているわけではなかったが、カレージャの言葉はエイラひとりにむけられていた。

ジョンダラーは、〈十一の洞〉の洞長であるこの女をあらためてしげしげと見つめた。狩りについての提案をし、新しい狩りの武器について話したジョンダラーを嘲笑った者たちのなかでも、このカレージャはひときわ嘲《あざけ》りの声を高くしていたようだった。それがいまでは、エイラにすっかり感じいったような態度を見せている……エイラが自分の腕前を披露したあとでは。新しい種類の舟の話をもちだすのは、すこし待ったほうがいいかもしれない。話すにしても、その相手はカレージャではないほうがいいかもしれない、とジョンダラーは思い、一方で現在の筏づくりの第一人者はだれだろうと思いをめぐらせた。

それからジョンダラーは、自分がカレージャについて知っていることを記憶によみがえらせようとした。たしか、カレージャに興味をいだく男はそれほど多くはなかったはずだ。それもカレージャが魅力的ではなかったからではなく、カレージャがとりわけ男に興味があるようには見えず、また本人も男の気をそそるような真似をいっさいしなかったからだ。とはいえ、カレージャが女に興味を示していたという記憶もない。昔はずっと母親のドローヴァと暮らしていたが、いまもそれに変わりないのだろうか？

　母親のドローヴァも、いちどとして男といっしょに暮らす道をえらばなかったことをジョンダラーは知っていた。ドローヴァの炉辺の主《あるじ》だった男の名前は思い出せなかったし、母なる大地の女神がどんな男の霊をえらんでドローヴァを身ごもらせたのかを知っている人間にも心あたりはなかった。さらに人々は、ドローヴァが娘のためにえらんだ名前にも首をかしげていた。というのも、もっぱらその名前の音の響きが〝勇気がある《カレイジャス》〟と似かよっていたからだ。ドローヴァはカレージャに勇気が必要になると考えていたのか？　たしかに、洞長になるには勇気が必要だ。

　エイラはウルフが人々の注目をあつめると事前にわかっていたので、身をかがめて体を撫でてやり、安心させる言葉をかけて狼の気分をなだめた。同時にエイラも、ウルフにふれることで気分を落ち着かせていた。つねに人々の強烈な穿鑿《せんさく》の視線にさらされていると心身にこたえるし、これが近々おわる見とおしもない。まさにその理由で、〈夏のつどい〉があまり楽しみに思えなかった。とはいえ、晴れてジョンダラーとつれあいになれるのだから、〈縁結びの儀〉は楽しみである。エイラは深々と息を吸いこむと、こっそりため息を洩らしてから体を起こした。つづいてウルフにそばを離れないよう合図で命じると、エイラはカレージャといっしょに、最初の住まいの岩屋にむかった。

　ここも、この地域に見られるほかの岩屋すべてと似かよっていた。おなじ石灰岩とはいえそこには硬度の差があり、その硬度によって浸食される度合いも異なっている。これが岩の露台と、その上に張りだす岩棚のあいだに空間をつくりだす。この空間は空からの雨を防ぎながらも、昼の光のさしこむ場所になった。風をさえぎるための建造物と、ぬくもりをもたらす炎があれば、こうした石灰岩の崖にできた間隙は、氷河期の氷河近接地域であってさえ、かなり好条件の居住空間になっていた。

何人かの人と会って、そのうち数人にウルフを紹介したのち、エイラはまたほかの岩屋に案内された。カレージャが住んでいる岩屋だった。ここでは洞長の母親であるドローヴァと会ったが、ほかに縁者は住んでいなかった。カレージャにはつれあいも、きょうだいもいないようだったし、子どもを望んでいないことは明らかにしていた——自分の〈洞〉の仕事をこなすだけで大きな責任がともなう、と話していたのである。

カレージャは立ち止まると、しばらくエイラをじっと見つめている顔を見せてから、おもむろに口をひらいた。「あなたは馬のことにとてもくわしいから、あなたに見てほしいものがあるの」

そういって洞長が小さな洞穴にむかったことで、ジョンダラーはかすかな驚きを感じた。自分たちがこれからどこに行くのかはわかった。しかしふつうであれば、ここに初めて来る異郷の人間をあの聖なる場所に案内する者はいない。洞穴のなかには細長い空間がひとつあるきりで、その入口近くには一連の謎めいた線が描かれ、容易にはなにとも判別できない稚拙な線刻画が奥にもいくつか見られた。しかし天井には、大きく見事な馬の絵が線で刻まれており、さらに突きあたりの部分にもほかの線刻画があった。

「すばらしい馬ですね」エイラはいった。「これを描いた人物は、馬のことをとてもよく知っているにちがいありません。その人はここに住んでいるんですか?」

「住んでないと思うわ。でも、その人の霊はまだこのあたりにとどまっているのかも」カレージャはいった。「これはもうずっと昔からあるの。祖先が描いたことはわかっているけれど、その人の名前はわからないわ」

エイラがさいごに見せられたのは、二床の筏が繋留《けいりゅう》されている船着き場と、新しい筏がつくられている最中の作業場だった。エイラはできればもうすこしゆっくりここにとどまって、いろいろと教えてほしい気持ちになったが、ジョハランが急いでいたし、ジョンダラーもしなくてはならない準備があると口にしていた。初めての訪問でもあり、ひとりでここに泊まるのは気がひけたエイラだったが、またあらためて訪問すると約束した。

一同は大川にそってさらに北の上流にむかい、小ぶりで岩だらけになった断層崖の裾の部分を通っていった。ここにも小さな岩屋があった。エイラは、崩れた瓦礫《がれき》が崖から張りだした岩棚のへりにそって堆積する傾向があることに気がついた。崖から崩れた岩石の堆積によって形成された崖錐《がいすい》は、岩屋の入口の下に、鋭いへりをもった瓦礫の積みあがった壁をつくっていた。

ここには、使用されている形跡があった。崖錐の裏側にいくつか衝立《ついたて》があり、倒れている衝立も見えた。その奥の岩壁には、古い寝具——つかいこまれているせいで、毛がほとんど抜け落ちてしまった毛皮——が押しつけてあった。焚火をした跡である黒い輪がいくつか、はっきりと見えていた。そのうちふたつには石の囲いがあり、中心をはさんで反対になる位置二カ所の地面に、二叉の枝が立ててあった。串に刺した肉を焙るのにつかったのだろう、とエイラは見当をつけた。

そのうちひとつの炉から数本の煙の筋が立ち昇っているように見えて、エイラは驚かされた。見たところ、ここはもう見すてられたように思えるのに、それにしてはつい最近利用されたようでもあったからだ。

「ここには、どの〈洞〉の人が住んでるの？」エイラはたずねた。

「どこの〈洞〉も住んではいないさ」ジョハランが答えた。

「でも、どこの〈洞〉の者もつかってはいるな」ジョンダラーが答えた。

「ここは、だれもがおりにふれて使う場所なんだよ」ウィロマーが説明した。「雨宿りの場所であり、若者たちがあつまる場所であり、夜になってふたりきりになりたい男女のための場でもある。しかし、ここにずっと住みついている者はいない。ここはただ、〈隠れ家〉とだけ呼ばれているよ」

〈隠れ家〉でひと休みしたあと、一同は大川ノ谷をのぼって〈渡瀬〉を目ざした。前方を見たエイラの目にはまたしても、川の急な屈曲部の右の土手に岩壁と、〈九の洞〉を擁する特徴的な岩の張りだしが見えていた。川をわたると、一同はよく踏み固められた大川ぞいの道、しだいに樹木や灌木がすくなくなっている斜面の裾の道を歩いていった。

やがて大川とほぼ垂直にそびえる崖のあいだが狭まると、一同はまた一列になって進んだ。

「これが〈高岩《たかいわ》〉と呼ばれているところでしょう?」エイラは足どりをゆるめてジョンダラーが追いつくのを待ってからたずねた。

「そうだ」ジョンダラーは答えた。ふたりは切りたった崖のすぐ先にある、道がふた手にわかれた場所にたどりついた。分岐している道のほうは、一同がやってきた方向に切りかえして、崖のさらに上にむかう坂になっていた。

「あの道はどこに通じてるの?」エイラはたずねた。

「さっき通りすぎた急な崖の上にある、いくつかの洞穴だよ」ジョンダラーはいい、エイラはうなずいた。

北にむかうこの道をその先数メートル進んだところで、一行は両側を断崖に囲まれて東西に伸びる谷に出ることになった。谷の中心線にそって流れる細い川は、ちょうどこのあたりではほぼ南北に流れている大川に注いでいた。峡谷といってもいいほど幅の狭いこの谷は、両側を急峻な崖にはさまれていた。片方は、一同がいましがた前を通ってきて、いまは南にある〈高岩〉をいただく垂直の崖であり、もう一方は北側で前者以上の威容を誇る巨大な岩塊だった。

「あの岩には名前があるの？」エイラはたずねた。

「みんな、ただ〈大岩《おおいわ》〉とだけ呼んでるな」ジョンダラーが答えた。「谷底を流れている細い川、あれは魚《うお》ノ瀬《せ》だ」

一同が小川にそった道の上流方向に目をむけると、数人の人々がくだってくるところだった。その先頭に立っていたブラメヴァルは、にこやかな笑みに顔をほころばせながら近づいてきた。

「ちょっと寄っていってくれ、ジョハラン」一同のもとにたどりつくと、ブラメヴァルはいった。「エイラにこのあたりを案内したいし、何人か会ってほしい者もいるのでね」

兄の表情を見たジョンダラーは、兄が本音では立ち寄りたくないと思っていることを見ぬいていた。しかし兄は、誘いを断わるのが無礼千万なふるまいであることも当然知っている。やはりジョハランの顔から内心を読みとったマルソナは、すかさず口を出した。急いで帰りたい一心だけで、息子が失態をしでかし、それで隣人との友好的な関係が危うくなる事態を避けたかったからだ。ジョハランの心づもりがなんであれ、そこまで重要なものであるはずはない。

「ええ、もちろん」マルソナはそういった。「喜んで、ちょっとだけお邪魔させてもらうわ。でも、きょうはあまりゆっくりできないの。ほら、狩りの準備をしなくてはならないし、ジョハランにもいろいろ用事があって」

「わたしたちがここを通っていることが、どうしてあの人にわかったの？」一同が魚ノ瀬ぞいの小道を登って彼らの住まいにむかうあいだ、エイラはジョンダラーに質問した。

「さっきのわかれ道、〈高岩〉の上にある洞穴に通じているといったあの道を覚えてるだろう？」ジョンダラーは答えた。「あの上にブラメヴァルが見張りの者を立てていたにちがいない。で、その見張りが駆けおりて、ブラメヴァルに教えただけのことさ」

エイラの目に一同を待っている一群の人々の姿が見え、さらに小川に面している巨大な石灰岩に点在するいくつかの小さな洞穴や岩屋や、ひとつの巨大な岩屋が見えてきた。そこにたどりつくと、ブラメヴァルは体の向きを変えて両腕をまっすぐに伸ばし、このあたり一帯をまとめてさし示す動作をした。

「ゼランドニー族〈十四の洞〉の住まいである〈小の谷〉にようこそ」ブラメヴァルはいった。

広々した岩屋の前面は広い岩の露台になっており、ここには左右両側から岩壁に蹴《け》込《こ》みを浅くして彫りこまれた狭い階段を利用してあがることができた。岩壁の上のほうには、もとからあったものがわずかに広げられたとおぼしき小さな穴があった。見張り用か、あるいは煙抜き穴だろう。岩屋の外に面した正面部分の一部は、石灰岩の瓦礫を積みあげた壁で外界から守られていた。

〈九の洞〉からの客人たちは、この小さな谷の共同体の主たる居住区域に招き入れられ、すでに準備されていたお茶を椀でふるまわれた。数口飲んだエイラは、カミツレのお茶だと察した。ウルフは見るからに、この新しい岩屋を探険したい気持ちでうずうずしているようだったが——その気持ちはエイラにまさるとも劣らなかったはずだ——エイラはウルフを自分のそばから離さなかった。むろん、いまではだれもが、女の命のままにしたがう狼のことを知っていたし、すでに狼を目にしていた者も大勢いた。とはいえ、だれもが遠くから見ただけである。その狼が自分たちの住まいにはいってきたことで、人々の不安がさらに昂じたことが、エイラにはありありとわかった。

エイラはほかの者たちに見まもられるなかで、ウルフをブラメヴァルの妹と、この〈洞〉のゼランドニに紹介した。〈九の洞〉はもとより〈十四の洞〉と親交があったが、いまだれよりも注目の的になっているのが、よそ者であるエイラだということはだれもが知っていた。ひととおり紹介がおわって二杯めのお茶がふるまわれると、おたがいにあまりよく知らない者同士が顔をあわせているときに特有の、気づまりな沈黙がつづいた。なにをすればいいのか、なにをいえばいいのか、だれも思いつかない。ジョハランはといえば、ここを出て大川方面にむかう道をいかにも帰りたそうな目で見つめていた。

「どうだろう、〈小の谷〉のほかのところを見てみたくはないかな、エイラ?」やがてジョハランが腰をあげたがっていることがだれの目にも明らかになると、ブラメヴァルはそう切りだした。

「ええ、お願いします」エイラは答えた。

〈九の洞〉からの客人たちと、〈十四の洞〉の数人の者たちは、それぞれにいくばくか安堵した気分で岩壁に彫りこまれた階段をおりていった。子どもたちが先陣を切って、跳ねおりていく。この大きな岩屋が〈十四の洞〉の住まいの中心だったが、南に面した崖の裾に近い場所にふたつならんでいる小さな岩屋もまた、ここの人たちによって利用されていた。

一同はほんの数メートル離れていただけの小さな岩屋の前で足をとめた。

「ここは〈鮭の岩屋〉だよ」ブラメヴァルはそういって一同の先頭に立ち、さしわたし六メートルほどの円形に近い、狭い閉鎖空間にはいっていった。

それからブラメヴァルは上を指さした。見あげたエイラの目に、洞穴の丸天井に彫りこまれた実物大の——一メートル二十センチ近くある——鮭の浮き彫りが飛びこんできた。鉤のように曲がった口をもつ雄の鮭が、水中で卵に精液を落とすため上流にむかう場面を彫りこんだ絵だった。鮭は、もっとこみいった絵の一部だった。そこには、七本の線で区切られた四角形や馬の前足を描いた絵や、さらには謎めいた図形や線刻画があったほか、黒い背景に白く浮かびあがっている手形も見わけられた。洞穴の丸天井のそこかしこが、線刻画をくっきりと浮かびあがらせるため、赤や黒でしっかりと塗り潰されていた。

それから一同は、やや急ぎ足で〈小の谷〉の残りの部分を見てまわった。いちばん大きな岩屋とは反対側、南西にあたる場所には、かなり広々とした洞穴があった。また南には岩棚があって、その奥が小さな岩屋になっていた。岩屋は崖の岩壁の奥に二十メートル弱にわたって通路状に伸びていた。この洞穴の入口の右側、天然の小さな露台をつくっている岩には、力強い輪郭線で二頭のオーロックスの絵が彫りこまれ、さらに犀《さい》を思わせる絵も見つかった。

エイラは〈小の谷〉で案内された自然の場所すべてに感嘆したし、その気持ちをまったく隠そうとはしなかった。ブラメヴァルをはじめとする〈十四の洞〉の人々は自分たちの住む場所に誇りをいだいており、そこを褒めてくれる者を喜んで案内した。さらに彼らは狼にも慣れてきた。エイラがウルフに勝手な真似をさせないよう、つねに注意を欠かさなかったことも大きな要因だった。客人たちに――あるいはエイラひとりに――いますこしとどまって食事をしていかないか、と誘う者もいた。

「そうしたいのは山々ですが」エイラは答えた。「きょうは遠慮します。でも、ぜひともまたお邪魔させてください」

「それでは帰る前に、われらの簗《やな》を見てもらおう」ブラメヴァルがいった。「大川に出る途中にあるんだ」

ブラメヴァルは、この場にあつまっていたかなりの数の人々――客人も含む――をひきいて、〈魚の瀬〉を堰《せ》いて魚をつかまえるために常時設置されたままにされている罠にむかった。この狭い谷の底を流れる川には、一人前に成長した鮭が産卵のために毎年遡上《そじょう》してくる。ときどきに応じてさまざまに調節すれば、簗は鮭以外にも、この小さな川に魅力を感じた多種多様な魚をつかまえるのに、じつに効果的な仕掛けになった。しかし、もっとも珍重されるのは巨大な鮭だった。なかには一メートル半にもなる大物もつかまったが、雄の成体の平均は一メートル二十センチほどだった。

「これ以外にも、魚を獲るための網もつくってるんだ。そっちは大川でつかうよ」ブラメヴァルがいった。

「わたしの子ども時代にまわりにいた人たちは、内海の近くに住んでいました。ですから、たまに洞穴近くを流れる川が海に注ぐ河口に行っては、網で蝶鮫《ちょうざめ》をつかまえていました。雌がつかまるとみんな大喜びしてました。みんなはららごが――雌の体のなかにある小さな黒い卵の塊が大好きだったからです」

「蝶鮫のはららごなら、おれも食べたことがあるぞ」ブラメヴァルがいった。「〈西の大海原〉の近くに住む連中を訪ねたときのことだ。たしかに旨い。しかし、蝶鮫はふつうここまで上《かみ》にはやってこないんだ。もちろん鮭はやってくるし、鮭の卵もなかなかの味だぞ。蝶鮫の卵よりもずっと大きくて、色も鮮やかだ――まっ赤に近い色でね。だけど、卵より魚のほうが好みだな。おれにはどうも、鮭は赤という色が好きなように思えるんだ。上《かみ》を目ざしていく雄鮭の体が赤くなることを知っているかい？　いや、おれだって蝶鮫のことにはくわしくない。知っているのは、かなり大きくなるということだけだ」

「前にジョンダラーが、見たこともないほど大きな蝶鮫をつかまえました。あの人の身長の二倍はあったんです」エイラはいいながら笑顔を長身の男にむけて、目に悪戯っぽい光をきらめかせた。「蝶鮫は、この人をずいぶん長くあちこち引きまわしたんですよ」

「おまえたちがここにとどまるというのならともかく、いまの話はあとでぜひともジョンダラーの口からきかせてほしいな」ジョハランが口をはさんだ。

「ああ、あとでね」ジョンダラーは答えた。どちらにしても、いささか面目ない内容の話なので、あまり積極的に人に教えたくはなかった。

そのあと大川にむかって引きかえす道々でも、一同はさらに魚獲りの話に花を咲かせた。

「自分で魚を獲りたいと思った人がよくつかうのは、釣針だな。どういう仕掛けかは知っているかね?」ブラメヴァルがたずねた。「小枝をとってきて、その両端を鋭く削りあげたら、まんなかに細い糸を結びつけるんだよ」と、両手を動かしながら熱心に説明する。「おれはいつも、これに浮きをつけて、糸の反対を棒に結びつけるんだ。釣針には蚯蚓《みみず》を結びつけておき、これを水のなかに垂れて、あとは待つ。幸運にも魚が蚯蚓をつつくのが感じられたら、急いで棒を引っぱりあげるんだ。釣針の両端が魚ののどか口に水平にはいって、両方の尖った部分がうまく刺さるようにね。これなら、小さな連中でもかなり上手に魚を獲れるぞ」

ジョンダラーはほほ笑み、「ああ、知ってる。おれが小さいころ、あんたに教わったものだな」といってから、エイラにむきなおった。「迂闊《うかつ》に、魚獲りの話でブラメヴァルに水をむけるものじゃないぞ」その言葉に洞長はわずかに恥ずかしそうな顔を見せたが、「エイラも魚獲りは得意なんだよ、ブラメヴァル」というジョンダラーの言葉をきいてエイラに笑顔をむけた。「エイラは素手で魚をつかまえるんだ」

「ああ、本人からきいたよ」ブラメヴァルはいった。「さぞむずかしいだろうな」

「ずいぶん練習が必要でしたけど、そんなにむずかしいことじゃありません」エイラはいった。「いつかお見せします」

〈小の谷〉の狭い峡谷をあとにしたエイラは、〈十四の洞〉を擁する小さな谷の北の壁をつくる〈大岩〉

という名の巨大な石灰岩の塊が、たしかに急勾配で高くそそりたっていながらも、〈高岩〉とはちがって大川の近くまでは迫っていないことに気がついた。そこから数メートルも進むと、右の土手を縁どっていた高い石灰岩の崖が川べりから後方にしりぞいていったせいで、道幅が広がり、やがて広い野原が岩壁と流れる川をへだてている場所に行きあたった。

「ここは〈つどいの原〉と呼ばれてるんだ」ジョンダラーがいった。「ここも、このあたりいったいの〈洞〉すべてがつかう場所だよ。宴やら、みんなになにかを知らせるための集会やら、とにかく全員がいちどきにあつまるような機会でも、ここなら全員がはいる余裕があるからね。大規模な狩りのあと、冬越えにそなえて肉を干すのにもつかうことがある。ここに岩屋や利用できるような洞穴でもあれば、そこに人が住み、その連中がここを自分たちの領分だと主張しただろうな。でも、いまはだれもがつかえる場所さ。いちばんつかわれるのは夏だよ。天幕でも、充分に何日かは過ごせるからだな」

エイラは石灰岩の崖に目を走らせた。たしかに、人が利用できるような岩屋や深い洞穴は見あたらなかったが、崖の表面は岩棚や裂け目で寸断されており、そこに鳥たちが巣をつくっていた。

「子どものころは、よくあの崖にのぼったもんだ」ジョンダラーがいった。「あそこにはありとあらゆる見晴らし場があってね、大川ノ谷のすばらしい眺めが楽しめるんだよ」

「いまでも子どもたちはのぼっているよ」ウィロマーがいった。

〈つどいの原〉を越えて〈九の洞〉からわずかに下流には、ここでもまた石灰岩の崖をもつ峰が大川近くまで迫っていた。岩の崖を浸食した自然の力が、ここでは丸みを帯びた物体が頂上にむかって突きあげたような形をつくりあげていた。ほかの石灰岩の崖や張りだしとおなじく、ここでも暖かみの感じられる黄色い天然の岩の色には、黒っぽい灰色の筋が何本もはいっていた。

道は大川ぞいからかなりの急勾配で上にむかっており、その先は広々とした岩棚になっていて、奥に手ごろな大きさの岩屋がいくつかならんでいた。けわしい岩壁が岩屋と岩屋の仕切りになっている箇所もあったが、そういった箇所には雨風から下を守る岩の張りだしがなかった。南側から見ると、岩屋の上に大きく膨らんだように張りだした岩の下に、皮と木でつくられた簡単な建造物がいくつかあることがわかった。建物は後世でいう長屋のような様式で建てられており、その中心線には崖の壁と平行に炉がならんでいた。

岩棚の北端には、四十五メートルばかり離れたふたつのかなり大きな岩屋があった。〈九の洞〉を擁する巨大な岩の張りだしにあと一歩で接しそうな近さだったが、崖が曲線を描いているせいで南に面してはおらず、そのせいでエイラにはここがそれほど魅力的には思えなかった。エイラは岩棚のへりから、春で増水している川の先に見えている〈九の洞〉の岩棚の南端を見おろしながら、自分がいま立っている岩棚のほうが若干高い場所にあることに気がついた。

「ここはどこの〈洞〉の場所なの?」エイラはたずねた。

「どこの〈洞〉も、ここを自分たちの領分だとは主張してないよ」ジョンダラーが答えた。「ここは〈川《かわ》の下《しも》〉と呼ばれてる。〈九の洞〉から見て川の下《しも》にあたるというだけの理由じゃないかな。春に裏の岩壁から流れてくる雪どけ水で岩棚が削られて、〈九の洞〉と〈川の下〉をへだてる自然の境界線ができた。で、おれたちはその両者をつなぐ橋を架けた。おそらくここをいちばんよくつかっているのは〈九の洞〉だろうが、ほかのどこの〈洞〉もここをつかうよ」

「それはなんのために?」エイラはたずねた。

「いろいろな品物をつくるためさ。ここは作業場なんだ。人々はここに来て、それぞれの得意とするわざをつかう仕事をする。なかでも、硬い素材を原料にするようなわざが多いかな」

そういわれてエイラも、〈川の下〉の岩棚全体に――なかでも、いちばん北に位置するふたつの岩屋とそのまわりに――マンモスの牙や骨、枝角や石の屑がちらばっていることに気がついた。フリントを削ったり、道具や狩りのための武器をはじめ、さまざまな品をつくったあとの不要物だ。

「ジョンダラー、おれはひと足先に帰るぞ」ジョハランがいった。「〈九の洞〉はもう目と鼻の先だし、どうせおまえはここに残って、エイラに〈川の下〉のことをすっかり教えたいだろうしな」

〈九の洞〉のほかの人たちは全員、ジョハランと帰っていった。あたりは暗くなりかけており、まっ暗になるのも時間の問題だった。

「いちばん端の岩屋は、もっぱらフリント道具をつくる連中がつかってるよ」ジョンダラーはいった。「フリントでなにかをつくると、鋭い破片がいっぱい出る。だから、そんな連中はひとところにまとめておいたほうがいい」

それからジョンダラーはあたりを見まわした。石器をつくるさいに生じた破片や剝片といった削片群が目にとまった。ナイフや槍の穂先、掻器《そうき》、後世の鏨《たがね》に似た彫器《ビュラン》をはじめとするさまざまな武器や道具を、硬い珪質岩《けいしつがん》からつくりだす過程で捨てられた小片がいたるところに散乱していた。

「とにかく」ジョンダラーはほほ笑んだ。「最初の思いつきはそんなところだったさ」

それからジョンダラーは、ここでつくられた石器のほとんどがふたつめの岩屋に運ばれて、そこで木や骨といったほかの原料からつくられた柄をとりつけられること、そうやってつくられた道具の多くが、おなじような硬い素材からべつの道具をつくるためにつかわれることを話した。しかし、どこでなにをつくるかについて厳密厳格な規則があるわけではなかったし、ともに協力して仕事をすることも珍しくはなかった。

たとえばフリントを加工してナイフの形にする者は、そのための柄をつくる者としばしば密接に協力して仕事を進めた。もうすこし刃物の刀心部分を削ったほうが、柄にしっくりと馴染むのではないか。あるいは釣り合いをよくするために、柄の形をこんなふうに変えるか、もうすこし薄くしてはどうか。また、骨で槍の穂先をつくる者が、自分の道具をもっと鋭くしてくれとフリント道具師に頼んだり、こんなふうにすればもっと使い勝手がよくなると提案することもあった。あるいはまた、道具の柄や軸の装飾を担当する彫り師が、特殊な先端をもった鑿《のみ》を求めることもある。フリント道具の先端から正しい角度で彫器用の刃を剝離させて望んだとおりの結果を得られるのは、たいそう腕のたつ熟練のフリント道具師だけだ。

ジョンダラーは、岩棚の北端近くにあるふたつめの岩屋にまだ残り、なにかの仕事を進めていた数人の道具師に挨拶をしてから、エイラを紹介した。道具師たちは狼に警戒のまなざしをむけていたが、エイラとジョンダラーがウルフを連れてその場を去ると仕事を再開した。

「そろそろ暗くなってきたわ」エイラはいった。「あの人たちはどこで寝るの?」

「〈九の洞〉に来ることもできるけど、たぶんここで焚火を燃やして遅くまで作業をしたあとは、さっき通りすぎてきた最初の岩屋のなかにある寝るための小屋で夜を明かすんだろうよ」ジョンダラーは説明した。「連中は、あしたまでにいまの仕事をおわらせようとしてるんだ。覚えているだろうけど、きょうまだ日が高いうちは、ここに道具づくりの連中がもっとたくさんいたぞ。残りの連中はもう住まいに引きかえしたか、〈九の洞〉の友人のところに身を寄せてるんだな」

「やらなくてはならない仕事をもっている人は、みんなここに来るの?」エイラはたずねた。

「どこの〈洞〉にも、それぞれの住まいの近くにこんなような作業場があるよ。たいていは、ここよりも小さいけどね。でも、道具づくりの者がなにか疑問をもったり、思いつきを実現に移そうと思いたったりすれば、みんなここに来るな」ジョンダラーは答えた。

それからジョンダラーはさらに、ある特定の技能に興味をもったり、なにかを学んだりしたいという若者たちもここに連れてこられる、と説明をつづけた。たとえばあちこちの地域から産出されるフリントの質について話しあったり、それぞれのフリントの最上の利用法について話しあったり、その種の議論のために、ここは最上の場だった。あるいはどんなことであれ、技術的なことについての意見交換にも最上の場だった――フリントの斧で木を切り倒す方法や、マンモスの牙から適切な大きさをそなえた部分を切りだす方法、枝角の枝の部分を切り落とす方法、貝殻や動物の歯や牙に穴を穿《うが》つ方法、数珠玉をつくって穴をあける方法、さらには骨から槍の穂先をつくるにあたって、大雑把に形をととのえる方法などだ。ここはまた、原材料の調達法を話しあう場でもあり、そのための旅の計画を立てたり、交易の計画をつくったりする場でもあった。

また、これにも相当の意味あいがあったが、ここはだれがだれに興味をもっているのかとか、つれあいや、つれあいの母親と悶着を起こしているのはだれなのか、といったことを話しあうにも絶好の場だった。だれの娘、あるいは息子、あるいは炉辺の子が初めて二本の足で立ち、どこの赤ん坊が言葉をしゃべりはじめたとか、だれが道具をつくったか、だれがいい漿果《ベリー》のとれるところを見つけ、だれが動物の行方を追いかけたか、だれが生まれて初めて獲物を仕留めたか――そういったことも話しあわれた。エイラはたちまち、ここが真剣な仕事の場であると同時に、人々が仲よく仲間意識をはぐくむ場でもあることを理解した。

「さあ、そろそろ引きあげないと、まっ暗になって道がわからなくなってしまうぞ」ジョンダラーがいった。「松明《たいまつ》をもってきていないんだからなおさらだ。それに、あした狩りにいくのなら、その前にやっておかなくちゃならない仕事も二、三あるし、あしたはあしたで朝が早いからな」

ようやくふたりが巖泉《がんせん》から湧きだして流れている小川に架かった打ち橋をつかって引きかえしはじめたときには、すでに太陽は没していたが、さいごの光の煌《きら》めきが頭上の空を彩りゆたかに染めあげていた。橋をわたると、そこはジョンダラーとその仲間、ゼランドニー族〈九の洞〉の人々の住まいである岩屋の端の部分だった。道がしだいに平坦になってくると、エイラは前方で燃やされている焚火の火明かりが、上に張りだしている石灰岩の下の部分に照りかえしていることに気づいた。見るだけでうれしくなる光景だった。さまざまな動物の霊による保護という助力があってこそ、エイラという人間ができあがったことは事実だが、それでもなお火を熾《おこ》す方法を心得ているのは人間だけだからだ。

12

出入口横の柱を静かに叩く音がきこえたときには、まだあたりは暗かった。

「ゼランドニアが狩りの儀式の準備をしています」と呼びかける声があった。

「すぐに行く」ジョンダラーは静かに答えた。

ふたりはすでに目を覚ましてはいたが、着替えはまだすませていなかった。これまでエイラは軽い吐き気を抑えようとしながら、なにを着ていこうかと思案していた。選択にそれほど幅があるわけではない。適当な服を見つくろうしかなかった。きょうの狩りで獲物を仕留められれば、皮の一枚や二枚は手に入れられるだろう。エイラはもういちど、マローナからあたえられた少年用の下着――袖のないチュニックとふくらはぎまでの長さのズボン――に目をむけ、同時に心を決めた。これでいいではないか。着ごこちはいいし、なによりきょうはこの先暑くなりそうだから。

ジョンダラーは、エイラがマローナにもらった服を身につけるのを目にしたが、なにもいわなかった。

なんといっても、エイラがもらった服だ。好きなように着ればいいだけのこと。ついで母親のマルソナが寝所から出てきたので、ジョンダラーは顔をあげた。

「母さん、すまない、起こしちゃったかな?」ジョンダラーはいった。

「そんなことはないわ。もうじっさいの狩りに出なくなって何年もたつけれど、いまでも狩りの直前には気が昂ぶってしまうだけ」マルソナは答えた。「だからこそ、いまでも狩りの計画や儀式に参加するのが好きなんじゃないかしら。わたしも儀式には出るつもりよ」

「おれもいっしょにね」ウィロマーがそういいながら、ふたりの寝所を住まいのほかの部分とへだてている衝立《ついたて》のかげからあらわれた。

「わたしも行くわ」フォラーラが自分の寝所をへだてている衝立の向こうから、眠そうな目をして、髪が寝乱れたままの頭だけを突きだしていい、あくびをして、目もとをこすった。「いま着替えるから、時間をちょっとだけちょうだい」それから、フォラーラはいきなり目を丸くした。「エイラ! その服を着るの?」

エイラは自分の身なりを見おろし、すっくと立ちあがると、「だって、わたしへの〝贈り物〟だもの」と、いささか意地の張ったような棘のある声でいった。「だから、これを着ていくつもり。それにね——」と、笑顔になってつづける。「そもそも手もちの服があまりないし、なによりこの服は動きやすいの。上にマントか毛皮でも巻きつけて縛っておけば、朝方の薄ら寒いときでも暖かいでしょうし、日中、暑くなってきても、これなら涼しく快適に過ごせる。動きやすくて、とっても便利な服よ、これ」

つかのまの気づまりな沈黙ののち、ウィロマーが小声でふくみ笑いを洩らしはじめた。「そう、エイラのいうとおりじゃないか。おれだったら、冬の下着を夏の狩りに着ていくなんて思いもつかなかっただろうが、着てはいけない道理はあるまい?」

マルソナは丹念にエイラの姿を見つめてから、悪戯っぽい笑みをエイラにむけた。「エイラがこの服を着ていけば、人の噂にはなるわね。年長の女たちはいい顔をしないでしょう。でも事情が事情だし、エイラはまちがっていないと思う人も出てくるだろうし……来年のいまごろになってごらんなさい、若い娘たちの半分はこれとおなじ服を着ているはずよ」

ジョンダラーは目に見えて安堵していた。「ほんとうにそう思ってるんだね、母さん?」

じつをいえば、エイラがあの服を着ているのを目にしても、なにをどういえばいいかがわからなかった。マローナがあの服をエイラにわたした目的はたったひとつ、エイラに恥ずかしい思いをさせることだった。しかし、いまジョンダラーの頭にはこんな思いが浮かんでいた。もし母マルソナの見立てが正しければ——こういうことでは、マルソナはめったに見立てちがいをしない——この一件で恥ずかしい思いをするばかりか、いつまでもこの件を忘れられなくなるのはマローナのほうだ。だれかがおなじような服装で歩いているのを見るたびに、マローナはだれも楽しませることのなかった悪意ある自分の悪戯を思い起こす羽目になるからだ。

フォラーラはまだ納得のいかない顔で、母親からエイラに視線をむけ、またマルソナに目をもどした。「あんたも行くのなら急いだほうがいいわよ、フォラーラ」マルソナは娘をたしなめた。「もうすぐ日の光が出てくるんだから」

待っているあいだに、ウィロマーは炊《かし》きの間の埋《うず》み火を利用して松明《たいまつ》に火をつけた。それは、みんなで暗くなった住まいに帰りついたあと、エイラがフリントと黄鉄鉱をつかう火の熾《おこ》し方を教えたときに熾した火のひとつだった。フォラーラが——まだ、細長い皮紐で髪の毛をうしろで縛っている途中だったが——

出てくると、一同は皮の垂れ幕を横に押しのけて、静かに外に出た。エイラは身をかがめて、ウルフの頭に手をふれさせた。これは、そばを離れるなという暗闇での合図だった。一同が岩屋の玄関ともいうべき岩棚に近づいていくと、その方向にいくつもの松明が上下に揺れているのが見えてきた。

狼をふくめてマルソナの住まいの住人たちが出ていったときには、すでにかなりの人数が正面の岩棚にあつまっていた。獣脂をつかう石のランプを手にしている者もいた。足もとをかろうじて照らすだけの光しか出さないが、火が長もちする。また松明をかかげている者もいた。こちらはもっと明るいが、そのぶん燃えつきるのも早い。

それからもなお数人の人々がくわわるまで待ってから、一同は岩屋の南端をめざして歩きはじめた。歩きはじめたときには、個々の顔を見わけることはもちろん、自分たちの行き先さえ見えなかった。松明の光は、もつ者の周囲にこそ光を投げかけたが、そのせいで光がとどく範囲の外側の闇が一段と深まっていた。

岩棚にそって歩き、〈九の洞《ほら》〉の崖から岩棚が張りだしている部分のうち人の住んでいないあたりを通りすぎて、さらに〈九の洞〉と〈川《かわ》の下《しも》〉をへだてる雨裂《ガリー》にむかうあいだ、エイラはずっと手をジョンダラーの腕にかけていた。細い溝を流れくだっているせせらぎ——奥の岩壁にある巖泉《がんせん》からこんこんと湧きでたばかりの水だ——は、作業中の道具師たちにとっては手軽な給水源になっていたし、また悪天候のおりには〈九の洞〉の者もここの水を一時的に利用することもあった。

〈川の下〉の岩屋に通じている打ち橋の両端に、松明をもった者が立っていた。ちらちら揺れる火明かりだけを頼りに、人々のだれもが慎重な足どりで、丸太を縛りあわせて小さな雨裂に架けられた橋をわたっていった。エイラの目には、空がそれまでの完全な黒一色から、かぎりなく黒に近い夜明け前の濃藍色に変わっているようにも見えた。まもなく太陽が顔を出すことを告げる最初の前兆だ。しかし、夜空にはまだ星が満ちていた。

〈川の下〉のふたつの大きな岩屋には、ひとつの焚火も燃えてはいなかった。さいごまで仕事をしていた道具師も、寝るための小屋にとうに引っこんだらしい。狩猟隊はならんだ小屋の前を素通りして急勾配の道をくだり、〈高岩《たかいわ》〉と大川《おおかわ》に左右をはさまれた〈つどいの原〉にたどりついた。かなり遠くからでも、野原のまんなかであかあかと燃えている大きな焚火と、そのまわりにいる人影が見えていた。さらに近づいていったエイラは、松明のときとおなじく、この焚火も周囲を明るく照らしてはいるが、光のとどく範囲よりも先をかえって見づらくしていることに気がついた。夜の闇のなかで燃える火はすばらしいものだが、そこにはおのずと限界がある。

一同はそこで、数人のゼランドニたちと会った。そのなかには、〈九の洞〉のゼランドニ、女神に仕える者たちのなかでも最高位にある大ゼランドニの姿もあった。大柄な女は一同を歓迎し、儀式のあいだの一同の立ち位置を指示した。歩き去っていくときには、ゼランドニの巨体が焚火の明かりをすっかりさえぎってしまいかけたが、それも一瞬のことだった。

さらに人々が、この場にあつまりつつあった。火明かりに浮かんだブラメヴァルの顔が見えて、エイラにもそれが〈十四の洞〉の人たちだとわかった。ふと顔を上にむけると、空がはっきりと藍色に変わりはじめていた。ついで、また松明をかざした一群の人々が到着した。そのなかには、カレージャとマンヴェラーの顔があった。〈十一の洞〉と〈三の洞〉の人々がやってきたのだ。マンヴェラーはジョハランに合図をしてから近づいてきた。

「話しておきたかったんだが、きょうはバイソンではなく大角鹿《おおつのじか》を追うべきだと思うんだ」マンヴェラーはいった。「ゆうべ、あんたたちが引きあげてから帰ってきた見張り連中がいうには、バイソンの群れが囲み罠から離れる方向に移動したらしい。だから、あいつらをいま追いこむのはむずかしくなった」

ジョハランはいっとき失望の顔を見せた。しかし、狩りにはつねに柔軟な対応が必要とされる。動物たちは自分たちの必要からえらんだ場所を動いているわけで、決して狩人たちの都合を考えているわけではない。成果をあげるのは、臨機応変な狩人だ。

「わかった。ゼランドニに教えておこう」

合図にしたがって、一同はいっせいに焚火と野原の奥の岩壁にはさまれた部分に移動していった。火に近づいたことと大勢の人々が寄りあつまったことで気温があがり、エイラはこの温もりをありがたいと思った。あたりが暗かったにもかかわらず、〈つどいの原〉までかなりの早足で歩いていたときには、その運動が体をそれなりに温めてくれたが、立ったまま待つあいだに寒気を感じはじめていたからだ。ウルフがエイラの足に体を押しつけてきた――これだけ多くの見知らぬ人に囲まれて心穏やかでないのだろう。エイラはしゃがみこんで、ウルフをなだめてやった。

背後の垂直にそそりたつごつごつした岩壁に、大きな焚火の火明かりが照りかえしていた。ふいに泣き叫ぶような声が響き渡り、歯切れのいい太鼓の音が響きはじめた。ついでべつの音がきこえてくるなり、エイラのうなじの毛が逆立ち、背すじがぞくぞくした。おなじような音をきいたことが、前に一回だけある……氏族会でのことだ！　うなり板の音を忘れるわけはない。あれは霊を召喚するための音だ！

この音をどのように出すかも知っている。木か骨の楕円の板の片側に穴をあけ、そこに紐を通したものをつかって出すのだ。紐をもって板を宙でぐるぐるふりまわせば、大声で泣き叫んでいるかのような不気味な音が出る。しかし、音の出し方を知っていようといまいと、音の効果に変わりはなかった。まさしく霊界からきこえてきたとしか思えない音。しかし、エイラがふるえた理由はそこにはなかった。エイラには信じがたかったこと、それはゼランドニー族が霊を召喚するにあたって、氏族とまったくおなじ方法をとっているという事実だった。

エイラはジョンダラーに体をすり寄せた。愛する男が与えてくれる安らぎを身近に感じたかった。ついでエイラの注意は、岩壁の火明かりの動きに引き寄せられた。いまそこに映っていたのは火明かりだけではなかった。大きな掌状の枝角をもち、肩が瘤《こぶ》となって盛りあがっている大角鹿の影がそこに浮かびあがっていた。いったん周囲を見まわしてから顔をうしろにむけて目を凝らしたが、もうなにも見えなかった。気のせいだったのだろうか？　もういちどうしろに目をむける。と、枝角をもった鹿の影が通りすぎていき、つづいてバイソンの影が見えた。

うなり板の音はしだいに静まったが、かわってべつの音がきこえてきた。最初はかなり低い音だったので、エイラもほとんど意識しなかった。ついで泣き叫ぶような低音が調子を高め、一定の間隔でつづく重々しい破裂音が響きはじめた。それにつれて泣き叫ぶような音が、奥の壁からの反響と後世でいう対位法的にからみあいだし、どちらの音もしだいに大きくなってきた。この規則的な〝ずん・ずん・ずん〟という音に、エイラのこめかみが疼きはじめた。さらに心臓の鼓動もおなじ速さとおなじ音の大きさで、耳の奥に響きはじめた。四肢は氷と化してしまったかのようで、足はいっかな動こうとしない。全身が石になったようだった。全身に冷たい汗が噴きだしてくる。つぎの瞬間、まったく唐突に鼓動のような音が消えて、泣き叫ぶような音が言葉を形作りはじめた。

「おお、大角鹿の霊よ。われらはあなたを崇《あが》めます」

「われらはあなたを崇めます……」エイラの周囲の人々がその一節を声に出してくりかえしたが、その声は必ずしもそろっていなかった。

背景となっている詠唱の声が高まってきた。

「バイソンの霊よ、あなたがお近くに来られることを望みます。われらはあなたを崇めます」

「われらはあなたを崇めます……」今回、狩人たちの声はぴたりとそろっていた。

「女神の子らは、あなたがここに来られることを望みます。われらはあなたをお呼びします」

「われらはあなたをお呼びします」

「不滅の魂よ、あなたはいかなる死をも恐れない。われらはあなたを崇めます」

「われらはあなたを崇めます」というその声が、しだいに高まってきた。

「あなたのかぎりある命をもつものが近づいてきて、われらはあなたをお呼びします」

調子がしだいに高まって、声に期待がにじんできた。

「われらはあなたをお呼びします」こちらの声もますます高まってきた。

「彼らをわれらに与えたまえ、涙を流すことなかれ。われらはあなたを崇めます」

「われらはあなたを崇めます」

「これは女神の思し召し、きこえていますか？　われらはあなたをお呼びします」

声はいつしか強く迫る調子になっていた。

「われらはあなたを呼ぶ！　われらはあなたを呼ぶ！　われらはあなたを呼ぶ！」

一同は大声で叫んでいた。エイラもいつしか声をあわせて叫んでいたが、本人はそのことを意識さえしていなかった。ついでエイラは、でこぼこだらけの岩壁に大きな影が浮かびあがってきたことに気がついた。ほとんど見えない小さな黒い影が岩壁の前を動き、どうやってか、大角鹿の形の影をつくりだしていた。巨大な枝角をもつ成熟した雄の鹿は、夜明けの光のなかで息づいているかに見えた。

狩人たちは荘重に響く太鼓の音にあわせて、単調な低い声でおなじ文句をくりかえしていた。「われらはあなたを呼ぶ。われらはあなたを呼ぶ。われらはあなたを呼ぶ。われらはあなたを呼ぶ」

「彼らをわれらに与えたまえ！　涙を流すことなかれ！」

「これは女神の思し召し！　さあ、きけ！　きけ！　きけ！」絶叫といっても過言ではないほどの声だった。ふいに、あたりに光が射しそめたように思えた。泣き叫ぶような大声があがり、それが臨終の喘鳴《ぜんめい》めいた声になって……途切れた。

「ききいれてくれたぞ！」詠唱をつづけていた声がいきなりそういった。あらゆる音や声がいっせいにやんだ。エイラは上に目をむけたが、すでに大角鹿はいなかった。残っていたのは、朝日の最初の一条の光だけだった。

最初はみなおし黙ったまま、じっと動かずにいた。やがてエイラは、呼吸の音や足を落ちつかなげに動かしている気配に気がついた。狩人たちはみなぼんやりした顔つきで、たったいま目を覚ましでもしたように、あたりをきょろきょろと見まわしている。エイラは大きなため息をついて、また地面に膝をつき、ウルフの体を抱きしめた。つぎに顔をあげると、すぐそばにプロレヴァが立っていて、熱いお茶の椀を手わたしてきた。

エイラは不明瞭な言葉で礼をいうと、ありがたくお茶に口をつけた。のどが渇いていた。気がつくと朝方感じる吐き気はすでにおさまっていたが、いつおさまったのかは覚えがなかった。〈つどいの原〉まで歩いてくる最中だったのだろう。エイラとジョンダラーはウルフをそばにしたがえ、ジョハランとそのつれあいともども、焚火のそばに引きかえした。お茶の用意ができていた。一同のもとにマルソナとウィロマー、それにフォラーラもやってきた。

「カレージャが、あんたのために変装を用意したといっていたぞ」ジョハランがエイラに話しかけた。

「どうせ〈十一の洞〉の前は通るから、そのときに借りていこう」

エイラはうなずいたが、大角鹿を狩るのに変装をどう役立てればいいのかもよくわからなかった。

それからエイラはまわりを見まわし、ほかにどんな面々が狩猟隊に参加するのかを見さだめようとした。ラシェマーとソラバンの顔が見えたが、これは意外ではなかった。ジョハランがつねになにくれとなく助言を仰ぐふたりの相談役となったら、参加するのが当然と思っていたからだ。ブルケヴァルの顔があったので驚いたが、そのそばから自分がなぜ驚いたのかと首をかしげた。なんといっても〈九の洞〉の一員なのだから、狩りにいかないはずはないではないか？　しかし、それ以上に驚いたのは、マローナの友人のポーチュラの顔を見つけたときだった。しかしポーチュラはエイラを目にとめると、さっと顔を赤らめ、一瞬見つめただけで、すぐに顔をそむけてしまった。

「ポーチュラは、あなたがその服を着てくるなんて考えもしてなかったんじゃないかしら」マルソナが小さな声でエイラに語りかけた。

太陽が大きな丸天井のような青空をのぼりつつあった。狩人たちはてきぱきと出発して、狩りにくわわらない者たちがあとに残された。大川めざして狩人たちが進むあいだにも、儀式によってかもしだされた堅苦しい雰囲気をあたたかな日ざしが散らしていった。朝早いうちには静かなささやき声に抑えられていた人々の会話の声も、いまではもっとふつうの口調にもどりつつあった。だれもが真剣に、しかし自信たっぷりに狩りのことを話していた。狩りの成果が確実に保証されたわけではないが、慣れ親しんだ儀式で大角鹿の霊に呼びかけたことで――さらには万一のことを想定してバイソンの霊にも呼びかけたことで――

だれもがこれからの狩りに神経を集中させていたし、〈つどいの原〉の奥の壁に幻が出現したことには、この物質世界の彼方にある世界と狩人たちの絆を強める作用があった。

エイラは川ぞいの地面から立ち昇る朝霧の湿気を、空気のなかに感じとっていた。なにげなく横に目をむけたエイラは、そこに思いもかけず、つかのまの自然現象の美を目にして驚きに息をのんだ。小枝や木の葉や草の葉が一条の光に照らされて浮かびあがり、虹の七色すべての光の煌《きら》めきをまとっていたのである。霧に日光が射しかかり、霧をつくる小さな水滴がプリズムとなって作用したために起こった現象だった。完璧な左右対称をなしている蜘蛛の巣――この捕食動物が獲物をとらえるために設計して、粘り気のある糸で編みあげた罠――ですら、獲物の代わりに、その細い糸にそって結露した小さな水の粒をつかまえていた。

「ジョンダラー、あれを見て」エイラはそう声をかけて、いまの景色に注意をむけさせた。フォラーラも足をとめ、つづいてウィロマーも立ちどまった。

「おれなら、あれを吉兆と考えるな」交易頭《こうえきがしら》は満面の笑みでそういってから、また歩きはじめた。

大川の川幅が広がっている箇所では、水が泡立って、小石で埋めつくされた川底の上を転がるように流れていたが、それよりも大きな岩があると、白く泡立った水と光の煌めくさざなみの織りなす遊び心いっぱいの踊りに岩を誘いだすこともできず、水流はそこで左右にわかれた。狩人たちは広い浅瀬で川をわたっていった――水深があるところでは、石から石へと跳びうつっていく。大きめの岩のなかには、何年もの昔、いまとは異なる季節のもっと荒々しい流れの水に運ばれてきたものもあり、またもっと最近になって運ばれてきて、自然の力で川底の空隙《くうげき》を埋めたものもあった。ほかの人たちのあとについて進みながら、エイラの思いは間近に迫った狩りのことに及んだ。それからいましも川をわたろうとしかけたところで、エイラは突然足をとめた。

「どうかしたのかい?」ジョンダラーが心配そうな顔でたずねてきた。

「なんでもないの」エイラは答えた。「ちょっと引きかえして、二頭の馬を連れてくるわ。狩人たちが〈二本川《にほんがわ》の巖《いわ》〉にたどりつくころには、追いつけるはずよ。たとえ狩りにつかわなくても、馬がいれば獲物を運ぶ役に立つはずだし」

ジョンダラーはうなずいた。「名案だな。おれもいっしょにもどろう」そういってから、ウィロマーにむきなおって話しかける。「おれたちふたりがいったん引きかえして、二頭の馬を連れてくると、ジョハランに伝えてもらえるかな? なに、そんなに時間はとらないから」

「行きましょう、ウルフ」エイラはそういい、ふたりと一頭は〈九の洞〉にむかって引きかえしていった。

ジョンダラーが通ったのは、来たときにつかった道ではなかった。〈つどいの原〉に帰りついたあとは、〈川の下〉に通じる急勾配の道をあがってから岩棚を横切って〈九の洞〉に行く道をつかわず、大川の右側の土手、岩屋がならぶ前を通る、あまりつかわれないせいでいくぶん草が茂っている道に、先に立ってはいっていった。川の流れが氾濫原で曲がりくねっているため、道はときに岩棚と大川にはさまれている草原を越え、ときには岩屋の入口付近を流れていた。

途中には、上の岩屋に通じる道が何本かあった。そのひとつにエイラは見覚えがあった。氏族についての長時間にわたる話しあいのあとで、用を足すためにつかった道だ。そのことを思い出したのがきっかけになって、用を足したくなった。身ごもったいま、ますます頻繁に用を足す必要に迫られるようになっていた。エイラの小水を、ウルフがくんくんと嗅いでいた。このところ、以前よりも興味を見せるようになってきている。もしやウルフは、わたしが赤ん坊を産むとわかっているのだろうか？

引きかえしてきたふたりに気づいて、何人もの人々が手をふったり、さし招いたりしてきた。みんな、おれたちがなぜ引きかえしてきたのかを不思議に思っているんだ——そうわかってはいたが、ジョンダラーは返事をしなかった。どうせ理由はすぐわかる。ふたりは一連の崖の終端に達すると、そこから木ノ川《きかわ》にはいっていった。エイラが口笛を吹くと、ウルフが先に走っていった。

「わたしたちがウィニーとレーサーを迎えにきたのが、あの子にわかったのだと思う？」エイラはたずねた。

「まちがいなくわかっていたと思うよ。おれはいつも、あいつがいろいろ知っているような態度をとることに驚かされっぱなしだ」

「あ、あの子たちが来た！」エイラは幸福があふれんばかりの声でいった。気がつけばもう丸一日以上も二頭に会っておらず、早く会いたくてたまらない気持ちだった。エイラを見かけると、ウィニーはいななきをあげ、頭をまっすぐ高くかかげたまま、いっさんに走り寄ってきたが、エイラが首すじを抱きしめると頭を低くしてエイラの肩にすり寄せてきた。レーサーはひと声高くいななくと、尻尾をぴんと立て、首を大きく反らした姿勢でジョンダラーに駆け寄り、掻かれるのが大好きないつもの場所をすり寄せてきた。

「わたし、この子たちに会いたくてたまらなかったけど、その気持ちはこの子たちもおなじだったみたい」エイラはいった。挨拶代わりに二頭の体を掻いたりさすったりし、さらに二頭がウルフと鼻をふれあわせるひとときののち、エイラは上の岩屋に引きかえして馬の胴掛けと、ウィニーに引き棒をつけるための装具をとってきたらどうか、という話をもちだした。

「おれが行くよ」ジョンダラーはいった。「きょう、これから狩りの計画を立てるなら早めに出発するに越したことはないけど、きみが行けば、みんなが質問してくると思うしね。だったら、おれがひとこと、急がなくてはならないと答えたほうが話が簡単だ。きみがそんなふうに答えたら、誤解する者も出てくるだろうな。みんな、まだきみのことをよく知らないから」

「それに、わたしもあの人たちのことはまだよく知らないもの」エイラは答えた。「それがいいと思う。わたしは馬たちの体を見て、変なところはないかどうかを調べておくわ。あと荷籠と、ウルフが水を飲む鉢をもってきて。寝具の毛皮があってもいいかもしれない。今夜、どこで夜を明かすことになるのかわからないことだし。ウィニーの端綱《はづな》ももってきたほうがいいかもしれないわ」

エイラたちは、狩猟隊がまさに〈二本川の巖〉にたどりつきかけたところで追いついた。ここまで大川ぞいに馬を走らせ、川をわたったあとは左岸のへりを水しぶきをあげながら急いできたのだ。

「なかなか追いつかないものだから、狩りがはじまるまでに、あなたたちがもどってこられるかどうか心配になりかけていたところよ」カレージャがいった。「途中でちょっと立ち寄って、あなた用の変装の道具をとってきたわ、エイラ」

エイラは配慮に礼を述べた。

二本の川が合流する地点を越えたのち、狩猟隊は草ノ川谷にはいっていった。キメランや、〈二の洞〉と〈七の洞〉の人々――狩りには参加するが〈つどいの原〉の儀式には参加しなかった面々――が、草《くさ》ノ川《かわ》の上流で待っていた。ほかの狩人たちがこうして合流したので、ここでひとまず足を休めて作戦を練るための評定がもたれることになった。エイラとジョンダラーは馬からおり、話しあいをきくために近づいていった。

「……セフォーナがいうには、バイソンは二日前に北に移動していったようだ」マンヴェラーがそう話していた。「そのときには、きょうにも狩りにいちばん都合のいい場所にたどりつきそうに見えたんだが、連中は向きを変えて東に……つまり囲い罠と反対の方向に行ってしまった。セフォーナは、うちの〈洞〉きっての見張りのひとりだ。だれよりも遠くまで見える。そのセフォーナが、群れの動きを何日も見張っていたんだ。バイソンの群れも、近いうちには罠に追いこむのに絶好の位置にやってくるとは思う。だが、きょうじゅうに来るかどうかは怪しいな。おれが大角鹿を狙ったほうがいいと思っている理由はそこにある。鹿の群れはここから上《かみ》で水を飲み、いまは丈の高い草が多いあたりの近くで木の若芽を食べているところだ」

「群れは何頭だ？」ジョハランがたずねた。

「大人の雌が三頭、生まれて一年の若い雄が一頭、ぶちのある子鹿が四頭、それに立派な枝角をもった五歳以上の雄が一頭」セフォーナが答えた。「典型的な小さな群れね」

「何頭か仕留めたいとは思っていたが、群れを丸ごと仕留めたくはないな。だからこそ、バイソンのほうを仕留めたいと思っていたんだ。連中のほうが大きな群れで移動するからね」ジョハランはいった。

「大角鹿とトナカイは例外で、大半の鹿の仲間は群れでは移動しないの」セフォーナがいった。「彼らは木立ちや、もっと木の多い森を好むわ。そのほうが身を隠しやすいから。二、三頭以上の雄があつまっていたり、あるいは一、二頭の雌と子鹿がいっしょにいたりはするけれど、それ以上に大きな群れはめったに見かけないわね。雄と雌がいっしょになる季節だけはべつだけど」

　そんなことはジョハランも当然知っているはずだ、とエイラは思った。しかしセフォーナはまだ若く、見張り役で自分が得た知識には自信をもっている。それゆえジョハランは、セフォーナがこれまでに学んだ知識を披露するにまかせていたのである。

「となると、五歳以上の雄と雌一頭、そしてその雌の子だというのが確かなら子鹿一頭は、最低でも残すとしよう」ジョハランがいった。

いい決断だ、とエイラは思った。ここでもまた、エイラはジョハランに感服させられ、あらためてしげしげとこの男を見つめた。弟のジョンダラーとくらべると頭ひとつばかり背が低いが、力に満ちたがっしりした体を見れば、この男が力ではたいていの男と互角であることに疑いの余地はない。その双肩には、人数が多く、ときに統制がとれなくなる〈洞〉を統率するという責任がずっしりとのしかかっていた。ジョハランの全身から自信の念が放射されていた。エイラがいた一族の頭《かしら》だったブルンなら、ジョハランの境遇を理解することだろう。ブルンもまたすぐれた指導者だった……ブラウドとはちがって。

これまで会ったゼランドニー族の指導者たちは、そのほとんどがそれぞれの地位にふさわしい人物に見うけられた。〈洞〉はつねに適切な洞長《ほらおさ》を選びだすが、もしジョハランがその地位をまっとうできなかったら、〈洞〉はあっさりと、もっとふさわしい人材を洞長にする意見に傾いたはずだ。格式ばった手続もなく、洞長の任を解くにあたって必要な規則もなかった。だれもそんな洞長には従わなくなるだけだった。

しかし、ブラウドは頭として人々から選出されたわけではないことに、エイラは思いあたった。あの男は生まれ落ちた瞬間から、つぎの頭になるさだめにあった。頭のつれあいのもとに生まれたからという理由だけで、そのために必要な記憶をすでにもっているものと思われていた。ほんとうに記憶があったのかもしれず、その内訳が異なっていただけなのかもしれない。ブラウドの場合には、指導者としての資質に寄与する特質の部分が肥大していた。たとえば自負心、命令をくだす能力や尊敬を引きだす能力などだ。ブルンが自負を感じるのは、自分の一族がなにかを達成したおりだった。一族がなにかを成しとげればブルンはまわりから尊敬された。また命令の仕方も巧みだった。というのも、ブルンはまわりの人々に注意を払ってから、決断をくだしたからだ。ブラウドの自負は傲慢の域にまで達していた。あれをしろ、これをやれと人に命じるのは好きだったが、先賢の助言には耳を貸さず、おのれの手柄に尊敬を求めた。ブルンもあれこれと助けてはいたが、ブラウドがあのようすでは、かつてのブルンのような一族の頭になれるはずもない。

話しあいがおわると、エイラは小さな声でジョンダラーに話しかけた。「わたしは先に行って、バイソンの群れを見つけられるかどうか調べてみたいの。さいごにどこでバイソンを見かけたのか、わたしからセフォーナにたずねてみても、ジョハランは気をわるくしないかしら?」

「いや、そんなことはないと思うぞ。でも、そのくらいなら、きみから直接ジョハランに話をしてみたらいい」

ふたりは肩をならべて洞長に近づいていった。エイラが自分の計画を話すと、ジョハランは自分もおなじことをセフォーナに質問しようとしていたところだ、と答えた。

「バイソンの居場所をつきとめられそうかな?」ジョハランはそうエイラにたずねた。

「はっきりしたことはいえませんが、群れはまだそれほど遠くには行っていないようですし、ウィニーなら人よりもずっと速く走れます」エイラは答えた。

「しかし、たしかあんたは、われわれといっしょに大角鹿を狩りたいといっていたんじゃなかったか?」

ジョハランがたずねた。

「いまもその気持ちに変わりはありません。でも先にようすを見にいったあとでも、鹿の居場所でみなさんと間にあうように合流できると思います」

「まあ、バイソンの居場所をつかんでおくのも損にはなるまい」ジョハランはいった。「よし、さっそくセフォーナに群れを見かけた場所をたずねるとしよう」

「おれもエイラといっしょに行くよ」ジョンダラーがいった。「エイラには、このあたりの土地勘がまだないからね。セフォーナに場所をきいても、それがよくわからないかもしれないし」

「ああ、行くがいい。だが、くれぐれも間にあうように合流してくれよ。おまえの投槍器《とうそうき》がじっさいに仕事をするところをぜひ見たいんだ」ジョハランはいった。「おまえの話の半分でも真実なら、それだけでも大きなちがいになるからな」

セフォーナから話をきくと、エイラとジョンダラーは馬に速駆けをさせてその場を離れた。すぐうしろを、ウルフが軽やかな足どりで追う。それ以外の狩人たちは、そのまま草ノ川を上流へとむかっていった。ゼランドニー族の領地である地域は、高低差が大きく、起伏に富む印象的な土地だった。急峻な崖、川がつくった幅の広い谷、うねるような丘陵、そして周囲よりも高くなった台地。場所によって川は草原や野原のあいだを曲がりくねって流れ、その川の土手にそって帯状に木立ちがある。また、川が高くまでそそりたつ岩壁のすぐ間近を流れている箇所もあった。この地に住む者はみな、多種多様な顔を見せる地形にはすっかり慣れていて、そのなかをやすやすと進んでいった——たとえそれが急な山道をのぼっていくことであれ、ほぼ垂直な断崖をよじのぼっていくことであれ、あるいは滑りやすい石を飛び飛びにつたって川を渡ることでも、川の流れに逆らって上流目ざして泳ぐことでも、さらには片側は切りたった崖、もう片側は逆巻く急流といった場所を一列にならんで進むことであれ、ひらけた平野で大きく広がって進むことであれ。

谷間に広々とひらけた野原に出ると、狩猟隊は小人数にわかれて、ほとんど腰の高さにまで成長していながら、まだ緑色をたもっている草のあいだを進んでいった。ジョハランはしじゅうあたりを見まわし、自分の弟とその奇妙な仲間たち——異郷の女、二頭の馬と一頭の狼——が狩りに間にあうように合流してくることを望みながら、その姿を目でさがしていたが、その一方では彼らが合流しても大勢には影響がないこともわかっていた。これほど多くの狩人がいて動物の数がここまですくないとなれば、狙った獲物を仕留められるのはまずまちがいない。

堂々とした枝角をもった五歳を超えている雄鹿の姿を狩人たちが目にとめたのは、午前もなかばを過ぎたころのことだった。狩人たちは足をとめ、獲物を追いかける面々の配置について話しあいはじめた。ジョハランは蹄の音を耳にとらえて、うしろに顔をむけた。偶然ではあったが、最高の好機を狙ったように、エイラとジョンダラーがふたたび一同と合流したのだ。

「バイソンの群れを見つけたぞ！」ふたりで馬をおりると、ジョンダラーは昂奮もあらわなささやき声でいった。大角鹿がすぐ近くにいることに気づかなかったら、大声で叫んでいたところだ。「しかも連中はまたちがう方向に進んでいたぞ。ちょうど囲い罠を目ざして進んでる！　これから追いたてれば、群れの足どりをもっと速めさせられるな」

「しかし、ここからどのくらい離れてる？」ジョハランがたずねた。「おれたちは歩いていくしかない。おまえたち以外は、馬に乗っていくわけにはいかないんだからな」

「そんなに遠くありません。囲い罠は〈三の洞〉の人たちがつくったものです。それも、ここからそんなには離れていません。みなさんなら、苦もなくたどりつけるでしょうね」エイラはいった。「やはりバイソンを仕留めたいというのなら、行けるはずですよ、ジョハラン」

「嘘じゃないぞ、兄さん、鹿もバイソンも両方仕留められるって」

「おれたちはいま、ここにいる。遠い囲い罠の二頭のバイソンよりも、目に見えている一頭の鹿のほうが値打ちものだ」ジョハランはいった。「だが、そんなに時間がかからずに行けるのなら、あとでバイソンのようすを見てもいい。さて、ここでの狩りに参加する気は？」

「あるとも」ジョンダラーは答えた。

「あります」エイラもほぼ同時にそういった。「二頭の馬をあっちの川べりに繋いできましょう、ジョンダラー。ウルフにも縄をつけておいたほうがいいかもしれない。あの子は狩りで昂奮して、自分も〝手助け〟したいと思いたつかもしれないわ。そうなったら、ほかの狩人には面倒なことになりかねないし、ウルフがなにをすればいいかもわからない状態だと、ほかの人の邪魔になるかもしれないから」

狩りの作戦が決められているあいだ、エイラは鹿の小さな群れを観察した。とりわけよく目をむけたのは雄鹿だった。エイラは、体も充分に成長しきって成熟した雄の大角鹿をはじめて見たときのことを思い出していた。いま見ている大角鹿は、あのときの鹿とそっくりだった。肩のあたりの高さは馬を若干上まわるほどある。体全体はマンモスほど大きくないが、それでも名前に〝大〟の字がついているのは、多くの種類がいる鹿の仲間のうちでも、いちばん威風堂々とした姿を誇るからだ。しかし、この鹿を強く印象に残る存在にしているのは体の大きさではなく、その枝角の大きさだった。頭から生えでている巨大な掌状の脱落性の枝角は、年を追うごとに成長して、成熟した雄の場合には長さが三メートル六十センチにも達する。

その長さを想像するにあたってエイラは、ジョンダラーと同等の体格の男がおなじような体つきの男を肩に乗せて、ふたりとも立ったところを頭に思い浮かべた。角があまりにも大きいため、親戚の鹿たちの大多数が森林での暮らしを好むのに引き換え、大角鹿は森に住めなかった。彼らはひらけた草原に住む鹿だった。主食は草、なかでも丈の高い草の先端の緑の部分を好み、ほかの鹿よりも大量に食べたが、食べられるときには川ぞいの灌木や木、葉の多い草本植物の若芽も餌にしていた。

ひとたび成長しきった大角鹿は、もはやそれ以上に骨格が大きくなることはなかったが、巨大な枝角はまだ成長をつづけるため、もちぬしの大角鹿の雄が季節を重ねるごとに体の高さも幅も大きくなっているかのような幻影をつくりだした。これほどまでに大きな枝角を支えるために、大角鹿は肩と首の筋肉を発達させる必要に迫られた。長い歳月のあいだには、成長の一途をつづける枝角が重量をさらに増していったため、この必要性も少しずつ増加し、その結果、筋肉と腱《けん》と連結組織とが堅く結ばれあった、よく目立つ瘤が肩の部分に形成されるにいたった。これが種の遺伝的な特徴となってあらわれた。雌でさえ、大きさでは雄に劣ってはいたが、はっきりした瘤をもっていた。しかしながら、これほど巨大な筋肉組織をそなえたせいで、大角鹿の頭部は小さく見えた。巨大な枝角をいただいている雄の大角鹿ともなれば、頭部は不釣り合いなほど小さくしか見えなかった。

洞長たちが狩りの作戦を話しあっているあいだに、変装道具がとりだされた。ジョハランをはじめとする数人は、獣脂のはいった皮の袋をまわしていた。その悪臭に、エイラは思わず鼻に皺を寄せた。

「これは雄鹿の足のつけ根にある麝香腺《じゃこうせん》からできているんだよ。それを、尻尾のすぐ上からとった獣脂とまぜてあるんだ」ジョンダラーがエイラに説明した。「これを塗っておけば、いきなり風向きが変わった場合でも、おれたちの体臭を隠しておけるんでね」

エイラはうなずくと、その脂ぎった混合物を両腕や腋《わき》や足、それに鼠蹊《そけい》部に塗っていった。ジョンダラーは鹿の変装を身につけていたが、エイラは自分の変装道具を相手に悪戦苦闘をしていた。

「わたしが教えてあげる」カレージャがいった。すでに変装を身につけおわっていた。

エイラが感謝の笑みをむけると、カレージャは鹿の頭部がまだついたままのマントのような皮の覆いの着方を教えてくれた。つづいてエイラは、枝角が二本縛りつけられている、本体と分離式になった帽子を手にとった。しかし、そこにさらについている木の部品の用途がわからなかった。

「重いわ！」枝角の帽子を頭に載せたエイラは、その重さに驚いていった。

「これでも若い雄鹿からとった小さな角よ。堂々たる大きな雄に、競争相手が来たと思いこまれたりしたら困るでしょう？」カレージャはいった。

「動くときに、どうやってこれの釣り合いをとればいいんでしょう？」エイラは枝角をもっと都合のいい場所に動かそうと調節しながらたずねた。

「そういうときには、これをつかうの」カレージャは支えにつかう木製の部品で、あつかいにくい角つきの帽子を下から固定させた。

「大角鹿の首があんなに立派なのも無理はないですね」エイラはいった。「これを上にもちあげておくだけでも筋肉が必要ですもの」

狩人たちは風を顔にうける位置から、獲物に近づいていった。これなら、風が人間のにおいを鋭敏な鹿の鼻から反対方向に運び去ってくれる。大角鹿の姿が目に見えたところで、一同は足をとめた。大角鹿はいま、丈の低い灌木の柔らかな若芽を食べているところだった。

「鹿をよく見るんだ」ジョンダラーが低い声でいった。「ほら、しばらく食べては、顔をあげるだろう？それから数歩前に進んで、また食べはじめる。おれたちはあの動きをそっくり真似るんだ。鹿たちに数歩近づいては、頭をおろす——ちょうど、おいしそうな若芽を見つけたばかり、ちょっと足をとめてひと口食べていこう、というときの鹿になった気分でね。それから、さっと顔をあげる。顔をあげているあいだ、体はすこしも動かさない。決してあの雄鹿をまっすぐ見ちゃいけない。でも、つねにその姿を目におさめておくこと。それから、鹿に見つめられているとわかったら、決して動くんじゃない。

さて、これからは鹿のやり方にならって散開する。おれたちのことを、あくまでもほかの鹿の群れだとあいつらに思わせておきつつ近づいていくのが狙いさ。できるかぎり槍があいつらの目にとまらないようにしておけ。動くときには槍を枝角のうしろにまっすぐ立てる。あまり速く動いてもいけないぞ」ジョンダラーはそう説明した。

エイラはこの指示の言葉に真剣に耳をかたむけた。興味をかきたてられてもいた。これまで何年もエイラは動物たちを観察してきた。もっぱら肉食動物を観察したとはいえ、狩りの対象とする動物も観察してきた。注意ぶかく観察し、あらゆる細部を記憶にとどめてもきた。動物のあとを追うすべを独学で身につけたばかりか、最終的には自分ひとりで狩りの仕方を身につけるにいたった。しかし、動物のふりをした経験はなかった。最初エイラは仲間の狩人たちのようすを見て、それから慎重に鹿を観察しはじめた。

氏族の人の身ぶりや身ごなしを言葉として読みとるすべを学びつつ育ってきたという経験が、エイラの下地になっていた。エイラには細部を見のがさぬ鋭い目、動物たちのどんな小さな動きも見のがさぬ鋭い目があった。だから、大角鹿がどのように頭をふって、小うるさい羽虫を追い払うかを見てとるなり、すぐに動きをまねることができた。また、無意識のうちに鹿の動きの所要時間をはかり、どのくらいの時間にわたって顔を下にむけているか、どのくらいの長さにわたって周囲を見まわしているかを見さだめてもいた。この新しい狩りの方法に気分が昂ぶり、夢中にさせられた。狩人たちとともに獲物に近づいていくあいだ、エイラは自分がほんとうに鹿になったような気分さえ感じていた。

エイラは一頭の鹿に狙いを定め、ゆっくりその方向に近づいていった。最初は肥えた雌にしようかと思ったが、枝角が欲しかったので考えを変え、若い雄を狙うことにした。これに先だってジョンダラーから、獲物の肉はみんなでわかちあうが、それ以外の皮や枝角、腱をはじめ役立ちそうな品は、その獲物を仕留めた狩人の所有物になる、という話をきいていたからだ。

狩人たちが鹿の群れのまんなか近くにまではいりこんだとき、ジョハランがかねて決めていた合図をしたのがエイラの目にとまった。狩人たちがいっせいに槍をつかんで準備をととのえる。エイラとジョンダラーは投槍器に槍を嵌《は》めこんだ。もっと遠くから槍を投げられることはわかっていたが、ほかのほとんどの狩人は投槍器をもっていない。そんな場面で投槍器をつかえば、ほかの狩人がまだ槍を投げられる近さに達してもいないうちに、エイラの投げた槍に驚いて群れのほかの鹿が逃げてしまうことも考えられた。

全員が準備をしたことを確かめたジョハランは、すばやくつぎの合図をした。狩人たちはほぼいっせいに、それぞれの槍を放った。数頭の大きな鹿がさっと頭をもたげ、驚いたようすで逃げようとしたが、そのときにはもう槍が命中したあとだった。五歳を超えた勇敢な雄鹿は逃げる合図である鳴き声を高らかにあげたが、あとについていったのは一頭の雌とその子だけだった。あまりにもすばやい不意討ちだった。五歳を超えた雄が跳ね飛びながら逃げていくあいだ、ほかの鹿たちは懸命にもがき、あと一歩を踏みだそうとして、がっくりと膝を折っていた。

狩人たちは仕留めた獲物を確かめに出ていった。いまもまだ息がありそうな獲物がいれば、慈悲深くもその苦しみをあっさりとおわらせ、どの獲物がだれの手柄かを見さだめていく。だれの槍にも、そのもちぬしがひと目でわかる飾りがつけられていた。もちろん狩人ならば、自分の槍は見ればそれとわかる。しかしはっきり区別できる図柄がはいっていれば、無用の諍《いさか》いを避けられるのだ。おなじ獲物に二本以上の槍が刺さっていた場合には、話しあいでどの槍が獲物の命を奪ったのかを決めた。その点が明らかにならない場合には、獲物はその全員のものとされ、公平に分割された。

若い雄を仕留めたのが、ほかよりも小さくて軽いエイラの槍であることは、たちまち一同に認められた。狩人のなかには、この雄の鹿が群れからいくぶん離れた場所、それも近づいていく狩猟隊とは反対側に離れて草を食べていたことを覚えている者もいた。簡単に仕留められる標的ではなかったし、ほかに狙った者もいなかったことは明らかだった——すくなくとも、その鹿にはほかの槍は刺さっていなかった。人々は槍を遠くにまで飛ばせるこの武器のことはもちろん、それをあやつるエイラの伎倆《ぎりょう》についても話題にし、その域に達するまでにはどのくらいの練習が必要なのかを思案していた。投槍器をためしてみたいという者もいたが、上首尾におわった今回の狩りを見て、新しい武器を練習する努力がはたして必要なのかと首をかしげる向きもあった。

ジョハランがジョンダラーとエイラをはじめとする〈九の洞〉の面々といっしょに立っているところに、マンヴェラーが近づいてきてたずねた。「バイソンについては、なにかわかったのかい?」

狩りの計画や準備は、狩人たちの期待を盛大に煽《あお》り立てていた。しかし鹿の群れに忍び寄って獲物を仕留める作業があまりにも短時間のうちに、あっさりとおわってしまったせいで、狩人たちにはまだふだん以上に満ちた気力がつかわれぬまま残されていた。

「バイソンの群れはまた北に、囲い罠のある方向に動きはじめていたぞ」ジョンダラーは答えた。

「どうだろう、きょうのうちに群れが囲い罠に近づいて、おれたちが囲い罠の利点を生かせるようになると思うか?」ジョハランがたずねた。「まだ時間も早いことだし、このうえあと何頭かのバイソンが仕留められたとしても、おれはいっこうにかまわん」

「だったら、確実に近づくようにもしてやれるぞ」ジョンダラーはいった。

「どうやって?」カレージャがたずねた。この女洞長の口調にきのうほどの皮肉の棘《とげ》がないことに、ジョンダラーは気がついた。

「マンヴェラー、その囲い罠のありかは知ってるかい? それに、ここから囲い罠まで狩人たちが行くには、どのくらいの時間がかかる?」

「それは知っているが、おれよりもセフォーナのほうが上手に教えられそうだな」マンヴェラーはいった。セフォーナは見張り役として優秀だったが、凄腕の狩人でもあった。マンヴェラーが名前を口にして手招きをすると、セフォーナ当人が前に進みでてきた。「囲い罠までの距離はどのくらいだ?」

セフォーナはしばし考えこみ、顔をあげて太陽の位置を確かめると、こう話しはじめた。「急ぎの早足で歩けば、太陽が空の頂点を過ぎて間もないころには到着できると思うわ。わたしがさいごに見たときには、まだバイソンは囲い罠からかなり離れたところにいたけど」

「おれたちが見つけたときには、群れは囲い罠がある方向にむかって動いていたよ。二頭の馬とウルフの助けがあれば、群れの足どりを速めさせることも不可能じゃないと思う」ジョンダラーはいった。「エイラにはその経験があるんだ」

「もしできなかったら? おれたちが囲い罠まで足を運んでも、バイソンが一頭も来なかったらどうする?」キメランがたずねた。この〈二の洞〉の洞長はジョンダラーが故郷に帰ってきてからも、ジョンダラーやエイラとあまり多くの時間を過ごしてはいない。もちろん友人ジョンダラーにまつわる話や、ジョンダラーが故郷に連れ帰ってきた女についての話はいろいろと小耳にはさんではいたが、ほかの面々にくらべれば、このふたりが携えてきた数々の驚きをまだそれほど自分の目で見てはいなかった。ふたりが馬に乗ったところを見たのもこの日の朝が初めてであり、まだ馬を完全に信頼するまでにはいたっていなかったのである。

「そうなったら、努力がすべて水の泡になるな。しかし、そうなったとしても初めてのことではあるまい？」マンヴェラーがいった。

キメランは肩をすくめて、苦笑いを見せた。「いかにも、そのとおりだ」

「だれか、バイソンを狩るという話に反対の意見の者はいるか？　鹿だけで狩りを終わりにしてもいいんだぞ」ジョハランはいった。「どちらにしたって、そろそろ鹿の解体にかからないとならないしな」

「それは問題ない」マンヴェラーがいった。「囲い罠まではセフォーナに案内させよう。道筋がわかっているからね。おれはこれから〈二本川の巖〉に引きかえして、解体仕事をするための人をあつめ、ほかの〈洞〉にも手伝いを求める使いを出そう。おまえさんたちがバイソン狩りでも幸運に恵まれたら、もっと人手が必要になるしな」

「おれはバイソン狩りにいくつもりだぞ」

「おれもだ」

「じゃ、おれも頭数に入れてくれ」

数人の人々が狩りへの参加を志願した。

「わかった」ジョハランはいった。「おまえたちふたりは先に行って、バイソンの群れを囲い罠のある方向に進められそうかどうかを確かめてくれ。おれたち残りの面々は、なるべく早く囲い罠に行っているようにしよう」

エイラとジョンダラーは二頭の馬のもとに行った。ふたりが近づくのを見て、ウルフがとりわけうれしそうな顔を見せた。もとより行動を束縛されることがきらいだったし、エイラもウルフにはめったに縄をつけないので、こういった境遇に慣れていない。それにくらべれば二頭の馬のほうが慣れているようすだったが、それは二頭のほうが頻繁に行動を束縛されているからだ。ふたりは馬にまたがると、かなりの速度で走りはじめた。ふたりの横をウルフが軽やかに跳びはねてついていく。乗る馬もなく歩くだけの人々がその場に残されたまま見おくるうちにも、エイラたちの姿はたちまちはるか遠くに消えていった。なるほど、あの話はほんとうだ。たしかに馬は人間よりもはるかに速く移動できる。

エイラとジョンダラーは、まず囲い罠を目ざすことにした。バイソンの群れとの距離を把握しておきたかったからだ。エイラは円形の罠に魅せられ、わずかな時間をとって調べてみた。たくさんの木の枝や丸太が組みあわされ、隙間には灌木類が詰めこんであったが、それだけではなく骨や枝角といった手近にあって利用できる素材は、なんでも利用してあった。もともとは数年前につくられたもので、当初の場所からわずかに移動していた。罠をつくっている材木は地面に打ちこまれてはいない。しかし紐で結びあわされて、しっかり固定されているので、たとえ動物が体当たりをしても破られることはまずなさそうだった。囲いのつくりに若干の遊びがあるために弾力性があり、強い衝撃にあっても壊れずに囲いが動くだけだ。きわめて強い衝撃をうけたおりなどには、囲い罠全体がずれて動くことさえあった。

樹木を切り倒し、枝を切り落として、適切な箇所にまで運んできたうえ、その材料を組み立てて、閉じこめられて右往左往する大きな動物の体当たりや、時おり見られる恐怖で正気をなくした動物の攻撃にも耐える頑丈な柵をつくるとなれば、大勢の人たちの大変な努力が必要になる――ほとんど樹木の見あたらない草原であればなおさらだ。壊れた部分や腐って剝がれ落ちた部分は、毎年修理されたか、新しい材料に交換された。人々は、できるだけ長く囲い罠を利用することを心がけていた。一から新しく建造するのにくらべたら、修繕するほうが簡単だ。狩りに好都合なあちらこちらの場所に、いくつもの囲い罠があったのだからなおさらである。

この囲い罠は、石灰岩の崖と急勾配の山の斜面にはさまれた狭い谷に設置されていた。ここは、天然の動物移動経路だった。以前は川が流れていたこともあったし、いまでもおりおりに地中に吸収されない雨水が干あがった河床を流れることもある。狩人たちは、ここをあまり頻繁には利用しないことを心がけていた。動物たちは特定の経路がつねに危険かどうかをすばやく学習し、危険な道を避ける傾向にあるようだったからである。

囲い罠の修繕にここを訪れた者たちは、持ち運びのできる衝立を漏斗《じょうご》状に設置してもいた。これは動物たちを谷におびきよせ、罠の入口に誘導するための仕掛けだ。いつもなら狩人たちにも時間があるために、この衝立のうしろの要所要所に人員を配置し、逃げようとする動物たちを脅かしてふたたび罠の方向に追いたてもする。今回は、前もって計画されたわけではない突発的な狩りだったので、衝立のうしろにはだれもいなかった。しかしエイラは、皮や衣類の端切れや編みあげられた帯の一部、しなやかで細い草や長い草の束などが棒に結びつけられ、それが衝立の枠に嵌めこまれていたり、石の重しを乗せられたりしていることに目をとめた。

「ジョンダラー」エイラが呼びかけると、相手はすぐ横にやってきた。エイラは細くしなやかな草の杖と皮の端切れをとりあげた。「どんなものでも、不意をつくようにふりまわしたり動かしたりすれば、バイソンを怯えさせることができる。群れで逃げているときならなおさら。というか、バイソンの群れをライオン簇《むら》の人がつくった罠に追いこんだときには、そうなったでしょう？　これはきっと、ふりまわして動物の群れを罠のほうに追いたて、わきに逃げさせないための道具にちがいないわ。いくつか借りていっても、だれかの気をそこねたりしないかしら？　わたしたちが群れをこちらの方向に追いたてるときにも、これが役に立つと思うんだけど」

「そのとおり。これはそのための道具さ」ジョンダラーはいった。「それに、おれたちがバイソンの群れをここに追いたててくるのに役立つとなったら、いくつか拝借したところで、文句の出る筋はないな」

それからふたりはこの谷をあとにして、群れがさいごに目撃された場所にむかった。ゆっくりと移動していく動物たちによって踏みならされた道はたやすく見つかった。群れは、先ほどよりは罠のある谷に多少近づいていた。雄、雌、それに子どもなど、総数は五十頭ほど。いまの季節の先になれば、移動のためにさらに厖大《ぼうだい》な数のバイソンの群れができあがってくるが、いまは群れをつくりはじめたばかりのところだった。

一年のうちのある特定の時期になるとバイソンは厖大な数の群れをつくり、それが移動していくところは、まるで大きな黒い角が突きだしている焦茶色の川が曲がりくねって流れているかのように見えた。それ以外の時節は、もっと少数の群れにわかれて暮らし、家族とせいぜいその周辺程度の群れになることもあったが、それなりの頭数の群れを好んでいる。全体として見れば、群れで暮らすほうが安全だからだ。捕食動物たち——なかでも洞穴《ケーブ》ライオンや群れをつくる狼——がバイソンの群れの一頭を餌食にすることはままある。そうやって倒されるのは、いつも動きの遅い個体か体の弱っている個体であり、これがあってこそ健康で頑健な個体が生きのびることができるのである。

ふたりはじわじわと群れに近づいていったが、バイソンはろくに気づいてもいなかった。彼らにとって、馬は脅威となる動物ではないからだ。しかしながら、群れはウルフには近づかないようにしていた。ウルフの存在に気づいても、群れがあわてて浮き足だつことはなかった。たんに避けていただけだ。一頭だけの狼には、自分たちほどの巨体をもつ動物を倒すのは不可能であると感じとっているらしい。平均的な雄のバイソンは、瘤のある肩までの高さが二メートル、体重は一トンにも達する。黒く長い角をもち、力強いあごからはひげが前に伸びていた。雌はわずかに体が小さいが、どちらも動作は敏捷で体力をそなえ、かなりの急斜面も駆けあがり、きわめて大きな障害物でも飛び越える能力をもっていた。

また、岩がごろごろと転がっているような地形でも、尻尾を立てて頭を低くした姿勢のまま、大股に跳ね飛ぶような足どりで速駆けをすることもできた。水があっても怯《ひる》まなかった。泳ぐこともできたし、またぶあつい毛が濡れれば砂か土の地面で体を転がして乾かした。また彼らは一般的に夕方以降に草を食べて、昼間は食べたものをのんびりと反芻《はんすう》することを好んだ。聴覚も嗅覚も鋭い。立派な成体のバイソンは凶暴で攻撃的になることもあり、ほかの動物が牙や鉤爪で殺すのも、人が槍で殺すのもむずかしい。しかしバイソンは一頭で六百八十キロもの肉がとれるし、さらに獣脂や骨や皮、毛や角もとれる。バイソンは誇り高く高貴な動物たちであり、狩人たちからは尊敬され、力と勇気を賞賛されてもいた。

「群れを走りださせるためにはどうするのがいちばんいいと思う?」ジョンダラーはいった。「ふだん狩人たちは連中をいつもの足どりで歩かせておき、まだ罠に近づかないうちは、ただゆっくりとその方向に誘導するだけなんだが」

「これまでの旅で狩りをしたときには、どの動物でも群れから一頭だけを飛びださせるように仕向けたわね。でも今回は群れをすべておなじ方向に、あの谷にむけていまのまま進ませておくのが狙いよ」エイラはいった。「うしろから馬で近づいて大声をあげれば、群れを前に進ませつづけることはできると思う。でも、そのうえこの道具をふりまわせば、それも効果があると思うわ——とくに、一頭だけ抜け駆けしようとするバイソンが出た場合にはね。いま歓迎できないのは、群れが見当ちがいの方向に暴走することよ。ウルフは以前から獲物を追いかけるのが好きだし、獲物をひとところにまとめておくのも上手になってるわ」

エイラは太陽を見あげ、自分たちがいつごろ囲い罠に到着するだろうか、狩人たちはどのくらい罠に近づいているだろうか、と思いをめぐらせた。とにかく、いま大事なのは、群れを罠にむかって進ませつづけることだ――エイラはそう思った。

ふたりは、群れを進ませたい方向の反対側にまわりこむと、たがいに顔を見あわせて、うなずきあった。それを合図にふたりは大声で叫びながら、それぞれの馬を群れにむけて突っこませていった。エイラは片手にしなやかな草の杖を、もう一方の手には皮の端切れをもっていた。ウィニーをあやつるのに端綱も手綱も必要ではないため、両手が自由につかえたのである。

最初にこの馬の背にまたがってみたのは、自然にこみあげてきた気持ちのままに行動しただけだったし、ウィニーに行く先を指示してみようともしなかった。ただウィニーのたてがみにしがみつき、好きに走らせていただけだった。風になって飛んでいるような自由と胸の高鳴りを感じた。やがて馬は足どりを落とし、自分で勝手に谷にむかって引きかえしはじめた。そこが自分の知っている唯一の住まいだったからだ。そのあとエイラはウィニーに乗るのをやめられなくなったが、最初のうち訓練は無意識的なものだった。自分の体の圧力や動きで馬に意図を伝えていたことに気がついたのは、あとになってからだ。

氏族のもとを去ってのち、初めて独力で大きな獲物を仕留めたのは、エイラが見つけた谷を通っていた馬の群れを自分で掘った落とし穴にむけて追いたてたときだった。そのときは気づかなかったが、落とし穴に落ちた馬は子馬を育てていた母親だった。それに気がついたのは、ハイエナの群れが子馬に忍び寄っていたからだ。エイラは投石器でこの醜悪なけだものどもを追いはらい、子馬を救いだした。といっても子馬を救いたい気持ちよりは、ハイエナがきらいだったという理由のほうが大きい。しかし、ひとたび救いだしたあとは、自分が子馬を育てる義務を負っているように感じた。どんな赤ん坊でも、母親が食べているものならば――柔らかくさえすれば――なんでも食べられることは、もう何年も前から知っていた。そこでこの雌の子馬のために、穀物を煮たものをつくった。

エイラはすぐに、子馬を助けたことで自分自身も救われたことに気がついた。谷にひとりで暮らしていたエイラは、この孤独な暮らしをともにできる生き物の仲間ができたことをありがたく思うようになってきた。馬を飼い馴らす意図はなかったし、そもそもそんなふうに考えたためしもなかった。エイラはただ、この馬を友だちとして見ていただけだった。やがて馬はエイラの友だちになって、エイラが背中に乗るのを許すようになり、エイラが行きたい方向に足を進めるようにもなったが、あくまでもウィニー自身がそれを望んでいたからだった。

初めての発情期を迎えたおりには、ウィニーは一時エイラのもとを離れて群れとともに暮らしていたが、群れの雄馬が死ぬとエイラのもとに帰ってきた。ウィニーが子馬を産んだのは、エイラが傷ついたひとりの男を見つけてからほどなくしてであり、のちにその男の名前はジョンダラーだとわかった。ジョンダラーは生まれた雄の子馬に名前をつけ、みずから方法を模索しながら訓練をつけていった。ジョンダラーはまた、若き雄馬に指示を伝えて、思いのままに動かすための端綱を考案した。エイラも、ウィニーをある特定の場所から外に出ないようにするためには端綱が便利であることに気づいた。またジョンダラーは、ウィニーに乗る必要があるときには端綱をつかったが、めったにこの雌馬に乗ろうとはしなかった。ウィニーをあやつるためにエイラがつかっている合図が完全には理解できなかったからだし、ウィニーのほうもジョンダラーの合図は理解できなかった。エイラはエイラで、レーサー相手におなじ問題をかかえていた。

エイラはちらりとジョンダラーに目をむけた。ジョンダラーはやすやすとレーサーをあやつって猛然とバイソンの群れを追いかけ、一頭の若い雄バイソンの前で草の杖をふりたて、この雄に群れといっしょに暴走するようにけしかけていた。ついで一頭の怯えた雌がわきにそれようとしているのがエイラの目にとまった。その雌を追いかけだしたところで、ウルフが先に駆けよって、雌を群れにもどした。エイラは狼に笑みをむけた――ウルフはバイソンを追いたてることを大いに楽しんでいた。東方から母なる大河にそって進むことで大平原を横切った一年にもおよぶ長旅のあいだに、女と男、二頭の馬と狼、そのすべてが一致協力してともに狩りをするすべを学んでいた。

狭い谷に近づくと、エイラはひとりの男が片側に立って手をふっている姿を目にとめ、安堵の吐息をついた。狩人たちはすでに到着していたのだ。暴走しているバイソンをひとたび谷に追いこめば、あとは狩人たちが正しい方向に走らせてくれるはずだ。しかし群れの先頭を走っていた二頭のバイソンが、ここに来ていきなり横にそれようとしはじめた。エイラはぐっと前に身を乗りだした――ウィニーにもっと速く走れとうながす無意識の合図だった。ウィニーはエイラの心中を読みとったかのように走りだし、谷の狭い入口に突っこんでいくことに二の足を踏んでいるバイソンの進路をさえぎろうとした。ウィニーがバイソンに接近すると、エイラは大声をあげながら、この目はしのきく年老いた雌バイソンの顔の前で草の杖と皮の端切れをふりたてて、首尾よく向きを変えさせた。群れのほかのバイソンが、このバイソンにつづいた。

馬に乗ったふたりと一頭の狼はバイソンに整然とした暴走をさせて、おなじ方向にむかわせることに成功していた。しかし囲い罠の狭い入口に近づくにつれて谷の幅が狭まって、群れが押しあいへしあいするようになると、その進み具合が遅くなってきた。ついでエイラは、一頭の雄が背後からの圧力から逃れようとして、横に飛びだしかけていることに気がついた。

ひとりの狩人が衝立の裏から出てきて、雄のバイソンを槍一本でとめようとした。槍はバイソンに命中したが致命傷にはいたらず、バイソンは勢いがついたまま突き進んでいた。狩人はあわてて飛びすさり、衝立の陰にすかさず身を隠すことでバイソンをよけようとした。しかし強大なバイソンの前には、衝立は薄っぺらい壁でしかなかった。傷の痛みで頭に血ののぼった毛むくじゃらの巨大な動物は、衝立などものともせずにあっさりと弾き飛ばした。狩人の男は衝立ごと倒れこみ、この混乱のさなか、バイソンが男を踏みつけていった。

恐怖をおぼえながらこの光景を見ていたエイラが、すかさず投槍器をとりだして槍に手を伸ばしたその瞬間、一本の槍が鈍い音とともにバイソンの体に突き刺さった。エイラも槍を一本放ってから、ウィニーを急《せ》き立てて前進させていき、ほかにも暴走したバイソンがいるという危険も無視して、まだウィニーが完全に足をとめる前にひらりと地面に降り立った。それから衝立をわきにどけて、倒れたバイソンからそれほど離れていない場所に横たわる男の横に膝をついた。男のうめき声がきこえた。男はまだ生きていた。

13

残ったバイソンの群れが近くを通りすぎて囲い罠にはいっていくあいだ、ウィニーは不安げにうろつきまわり、しとどの汗に体を濡らしていた。エイラは荷籠のひとつから薬袋《やくたい》をとりだすついでに、気分を落ち着かせてやろうと馬の体をちょっとだけ撫でたが、精神はすでに地面に横たわった男のことや、その男のために自分になにができるか、という点だけを集中して考えていた。囲い罠の扉が閉ざされて、すでにはいりこんでいたバイソンが内側に閉じこめられたことにも、狙いをつけたバイソンを組織的に仕留めはじめている狩人がいることにさえも気づいていなかった。

ウルフはバイソンの群れを追いたてることを大いに楽しんではいたものの、罠の門がまだ閉ざされもしないうちから群れを追って走るのを唐突にやめ、エイラをさがしはじめていた。やがてウルフは、傷ついた男のかたわらに膝をついているエイラを見つけて近づいてきた。エイラと地面に横たわる男をとりまく人の輪ができはじめてもいたが、狼がいるせいで遠巻きにしているだけだった。エイラはまわりで見ている人々の存在も意識していないまま、男の容体を確かめはじめた。意識をうしなってはいたが、あごの下に手を差し入れて首をさぐるとかすかながら脈が感じとれた。エイラは男の服の前をひらいた。

出血はなかった。しかし男の胸と腹部には早くも大きな青黒い痣《あざ》ができはじめていた。エイラは慎重な手つきで、しだいに色が濃くなりかけている痣のまわりの胸と腹を触診していき、いちどだけ押してみた。男は顔をしかめて苦痛の声をあげたが、意識をとりもどすにはいたらなかった。呼吸の音に耳をすませてみると、液体が流れるごぼごぼという音がかすかにきこえ、男の口の端から血があふれだしたのも目にとまった。それで、男が体内で出血しているとわかった。

顔をあげると、突き刺すような光をたたえたジョンダラーの青い目と、見なれた不安げな渋面が見えた。つづいて、ほとんど同一といっても過言ではない渋面がもうひとつ、無言のうちに問いかける表情を浮かべているのが見えた。エイラはその人物——ジョハランを見あげて、頭を左右にふり動かした。

「残念です。この人はバイソンに踏まれました」エイラはそういうと、男の横で倒れているバイソンに目をむけた。「あばら骨が折れています。折れた骨が肺に突き刺さったことはわかりました——それ以外、どこに傷を負っているかはわかりません。この人は体の内側で血を流しています。残念ながら、手のほどこしようがありません。もしこの人につれあいがいるのなら、使いの人をやって、つれあいの人を呼んできてください。こんなことをいいたくはありませんが、この人は朝が来る前に霊の世界を歩くことになると思います」

「う、嘘だああああ!」人だかりのなかから叫び声があがり、ひとりの若い男が前に進みでてきて、倒れている男のそばに身を投げだした。「そんなのは嘘だ! そんなことがあるはずはない! なんでこの女にわかる? それがわかるのはゼランドニだけだ。だいたいこの女は、おれたちの〈洞《ほら》〉の一員じゃないんだぞ！」

「あの男の弟なんだ」ジョハランが説明した。

若い男は地面に横たわる男を抱きしめようとし、さらには傷ついた男の頭を動かして自分にむかせようとしながら、「起きてくれ、シェヴォナー！　たのむ、目を覚ましてくれ！」と泣きわめいていた。

「しっかりしろ、ラノコル。おまえは兄さんを苦しめているだけだぞ」〈九の洞〉の洞長《ほらおさ》はそういいながら、若い男を助け起こそうとしたが、反対に抵抗にあって突き飛ばされてしまった。

「いいんです、ジョハラン。好きにさせてあげてください。弟さんには、お兄さんにお別れをする権利がありますし」エイラはいい、横たわっているシェヴォナーという男がわずかに身じろぎするのを目にとめて、こういい添えた。「しかし、弟さんから呼び掛けられれば、あの人も目を覚ますかもしれませんし、目を覚ませば痛みで苦しむことになるでしょうね」

「その薬袋に、痛みを抑える柳の樹皮かなにかがないのかい？」ジョンダラーはエイラにたずねた。どこに行くにも、エイラがつねに基本的な何種類かの薬草をもち歩いていることを知っていたのだ。狩りにはいつでも危険がつきまとうし、エイラならそれを予測していて当然だ。

「ええ、あるわ。でも、いまこの人にはなにも飲ませないほうがいいと思う。体の内側にひどい傷を負っているようだし」エイラはいったん言葉を切って、さらにつづけた。「でも……そうね、湿布なら痛みを和らげてあげられそう。やってみるわ。まず、この人を楽に寝られる場所に運んでいかないと。それに焚火のための薪《たきぎ》と、お湯を沸かすための水が必要ね。この人につれあいはいますか、ジョハラン？」エイラは先の質問をくりかえした。洞長はうなずいた。「でしたら、だれかを使いに出して、つれあいの人とゼランドニをここに連れてきてください」

「わかった」ジョハランは答えた——ついさっきまではほとんど忘れていたのに、ここに来て急にエイラの奇妙な訛《なま》りを意識しながら。

マンヴェラーが進みでてきた。「何人かの者に、その男を運びこめる場所をさがさせよう。この狩りの場から離れていて、その男が楽に寝られるような場所を」

「むこうの崖に小さな洞穴がありませんでしたっけ?」セフォーナがいった。

「ああ、この近くだったら洞穴があるにちがいないぞ」キメランがいった。

「そのとおりだ」マンヴェラーがいった。「セフォーナ、人手をあつめて、この男を運びこめる場所をさがしてきてくれないか?」

「おれたちもいっしょに行こう」キメランがいい、この狩りに参加していた〈二の洞〉と〈七の洞〉の者たちに声をかけた。

「ブラメヴァル、人をつのって、薪と水を運んできてくれ」マンヴェラーがつづけた。「おれたちはこの男を運ぶ道具をこしらえよう。寝具の毛皮をもってきている者がいるから、そいつをこの男のために何枚かあつめてくる。それ以外にも、必要な品はなんでもだ」それからマンヴェラーは狩人たちに声をかけた。「速く走れる使いの者が必要だな。知らせを〈二本川《にほんがわ》の巖《いわ》〉に伝えるために」

「おれに行かせてくれ」ジョンダラーがいった。「おれなら知らせを伝えられるし、ここでいちばん〝速く走れる〟のはレーサーだ」

「それはまちがいないな」

「だったら、〈九の洞〉にも行って、レローナとゼランドニをここに連れてきてもらえないか?」ジョハランがいった。「なにがあったかをプロレヴァに伝えてくれ。プロレヴァなら、こういった場合の対応を万事心得ているから。シェヴォナーのつれあいには、ゼランドニから話を伝えさせるべきだな。ゼランドニはおまえの口からレローナに事の次第を話してほしいというかもしれない。でも、その役目はあくまでもゼランドニにまかせるんだ」

ジョハランは、まだ傷ついた男のまわりに立っている狩人たちにむきなおった。その大半は〈九の洞〉の者だった。

「ラシェマー、太陽は高い場所にあるし、どんどん暑くなってもいる。きょうの獲物を仕留めるために、われらは多大な努力をしたんだ。その成果を無駄にしてはならん。すぐにでもバイソンの臓物をとりだして皮を剝がなくてはな。カレージャと〈十一の洞〉の者がすでに手をつけてはいるが、なお数名は手伝いが必要だろう。ソラバン、おまえは何人かの者を率いてブラメヴァルを手伝い、薪や水をはじめ、エイラに必要な品々をあつめる役をしてほしい。キメランとセフォーナがいい場所を見つけたら、シェヴォナーをそこに運びこむ仕事も頼む」

「ほかの〈洞〉にも使いを出して、こっちに人手がいることを伝えておくべきだな」ブラメヴァルがいった。

「ジョンダラー、途中で立ち寄って、なにがあったのかを知らせてもらえるか？」ジョハランがたずねた。

「〈二本川の巌〉に寄ったら、ついでに烽火《のろし》を焚くようにいってくれ」マンヴェラーがいった。

「名案だな」ジョハランはいった。「そうすればどこの〈洞〉の者にも変事があったと伝わり、みんなにも使いの者がいずれ来るとわかるわけだ」それからジョハランは、よそ者の女にむきなおった。いずれ自分の〈洞〉の一員になりそうな女、さらにはゼランドニにもなりそうな女……しかも、すでに力のかぎりを尽くして〈洞〉に貢献している女に。「シェヴォナーにできるかぎりのことをしてやってくれ、エイラ。つれあいとゼランドニは、なるべく早く連れてくる。なにか必要な品があったら、ソラバンにいえば調達してくれるはずだ」

「ありがとうございます、ジョハラン」エイラは答え、ジョンダラーにむきなおった。「あなたからなにがあったのかをきけば、ゼランドニのことだから、ここになにをもってくればいいかもわかるはず。でも、その前にわたしに薬袋を確かめさせて。ゼランドニの手もとにあったらもってきてほしい薬草がふたつばかりあるの。ウィニーも連れていくといいわ。引き棒をつかえば品物をここに運ぶ役に立つし、ウィニーはレーサーよりも引き棒に慣れているもの。ふたりさえ望めば、ゼランドニを引き棒の橇《そり》に乗せて、シェヴォナーのつれあいにはウィニーの背にまたがってもらってもいいし」

「それはどうかな。ゼランドニはかなり重いぞ」ジョンダラーはいった。

「ウィニーなら運べるはずよ。ただあなたには、すわりやすいように工夫してもらわなくちゃならないけど」エイラはそういうと、苦笑いを浮かべた顔でジョンダラーを見つめた。

「でも、あなたのいうことにも一理ある。たいていの人は、馬を利用して旅をすることには慣れていないわ。つれあいの人もゼランドニも、馬に乗るくらいなら歩くというに決まってる。でも、ふたりには天幕やいろいろな品物が必要になる。だったら引き棒が役に立つはずよ」

エイラはウィニーの背の籠をはずしてから端綱《はづな》をつけ、端綱に結びつけてある綱をジョンダラーにわたした。ジョンダラーは綱の反対の端をレーサーの端綱のうしろに——ウィニーが追ってこられるよう充分な余裕をとって——くくりつけると、この場を出発していった。しかしウィニーは、自分が産んだ雄馬のあとをついて走ることに慣れていなかった。いつもはレーサーがあとをついて走る側だからだ。ジョンダラーがレーサーの背にまたがって、端綱にとりつけた手綱でレーサーをあやつっていても、ウィニーは彼らのわずかに前を走っていた。それでもウィニーは、ジョンダラーがどの方向に行きたがっているのかを察しているようだった。

二頭の馬は人間の友だちの命令に嬉々として従っているかのようだ――エイラはそう思い、遠ざかっていくジョンダラーと二頭を見おくりながら、ひとり笑みをのぞかせた。もちろんその命令が、馬にとっての自然な秩序を乱さないかぎりは、という条件があるようだった。ふりかえったエイラは、ウルフがじっと自分を見つめていたことに気がついた。二頭の馬が出発するとき、ウルフにはその場にとどまっていろと合図で命じていた。ウルフはじっと辛抱強く待っていた。

馬の行動に触発されたエイラの皮肉っぽい内面の笑みは、倒れたまま地面に横たわっている男に目をむけたとたん、あとかたもなく消え去っていた。「この人を運ばなくてはなりません、ジョハラン」

洞長はうなずき、数人の者たちに手伝うよう声をかけた。彼らはまず二本の槍を縛りあわせることで頑丈な長い棒をつくり、その二本の棒のあいだに衣服を張りわたして縛りつけ、人を運ぶための道具をつくった。セフォーナとキメランが、近くに小さな岩屋があるという報告を携えて引きかえしてきたときには、一同はすでにシェヴォナーを慎重に担架に移しおわっており、いつでも運べるようになっていた。四人の男たちが前後左右の棒の端をつかんで担架をもちあげると同時に、エイラはウルフを呼び寄せた。

目的地に到着すると、エイラは近くの石灰岩の崖の地面とおなじ高さにある中空の場所を掃除していた人々を手伝った。小ぶりながらも張りだした岩棚に守られた場所だった。土が剝きだしになった地面には、風に吹き寄せられた乾いた枯葉などのごみがちらばり、またしばらくはハイエナがねぐらにしていたと見え、この屍肉漁《あさ》りの肉食獣が残していった糞も落ちていた。

エイラは、手近なところに水場があることを知って安心した。張りだした岩に守られたこの崖の窪みのような洞穴の先に、もうひとつ小さめの洞穴があり、そのすぐ内側に泉から湧きだしたばかりのきれいな水をたたえた淵があったのである。水は、崖のへりにそってできた細い溝をつたって流れだしていた。ソラバンとブラメヴァルをはじめとする数人が薪を運んでくると、エイラはソラバンに炉をつくる場所を指示した。

またエイラの求めに応じて、何人かの人が寝具用の毛皮をさしだしてくれた。何枚もの毛皮が重ねて敷かれ、一段高い寝台のようになった。大怪我を負ったシェヴォナーは担架に移されたときに一回目を覚ましていたが、この岩屋に運びこまれたときにはまた意識をうしなっていた。みなの手で毛皮の寝台に移されると、シェヴォナーは苦痛のうめき声を洩らして、ふたたび目を覚まし、顔を歪めて、なんとか息をしようと苦しんでいた。エイラはあまっていた寝具を折りたたみ、すこしでもシェヴォナーが楽に過ごせるよう、これで上体を支えてやった。シェヴォナーは感謝の笑みを見せようとしたが果たせず、咳きこんで血を吐いた。エイラは薬袋に常備している柔らかい兎皮の端切れで、怪我人のあごをぬぐってやった。

それからエイラは、自分の薬袋におさまっている数すくない薬草を調べ、シェヴォナーの痛みを和らげるのに役に立つ薬草で、自分がいまうっかり忘れているものはないだろうかと自問した。竜肝《りんどう》の根にはその効き目があるし、兎菊《うさぎぎく》の汁も効能があるにはある。どちらも体の内側の傷の痛みをはじめ、各種の痛みを緩和させる作用があるが、あいにくどちらも手もとになかった。ホップの実の細い毛は、顔に近づけてにおいを嗅がせるだけでも、シェヴォナーを落ち着かせる鎮静剤に利用できる。しかし、これもすぐには入手できない。燃やして、その煙を吸わせるもののほうがいい。というのも、いまの状態では液体を飲むのは無理そうだからだ。そう、なにかを飲ませたりすればシェヴォナーを咳きこませることになり、いま以上に症状を悪化させてしまう。シェヴォナーが助かる望みは皆無で、あとはもう時間の問題だとわかってはいたが、それでもせめて痛みだけはなんとかしてあげたかった。

待って――エイラは思った。ここに来る道筋で、女郎花《おみなえし》の仲間を見かけなかっただろうか？　いい香りを放つ根をもった草を？　〈夏のつどい〉で会ったマムートのひとりは甘松《かんしょう》と呼んでいた。でも、ゼランドニー語での名前は知らない。顔をあげてまわりにいた人々を見わたしたエイラの目が、ひとりの若い女、マンヴェラーが一目も二目もおいていたように思えた〈三の洞〉の見張り、セフォーナの顔にとまった。

セフォーナはこの小さな洞穴を見つけて、なかを掃除したのちもここにとどまり、エイラのようすを見ていた。遠い異郷からやってきたこの女に、セフォーナは魅いられていた。だれしも思わず足をとめて注視してしまうようなたたずまいがあるし、ここに来て間がないというのに、早くも〈九の洞〉の人々から尊敬されているようだ。じつのところ、この女は癒しの術をどれだけ知っているのか、とセフォーナは思っていた。ゼランドニアに属する者たちのような刺青はひとつも見あたらない。しかし、エイラという女の出身地では、その手の流儀がちがうのだろう。世の中には知りもしないことを知っていると吹聴して他人を騙す者もいる。しかしこの見知らぬ女には、自慢話をしたり手柄をいいたてたりして、まわりの人を感心させようと腐心しているふしは見あたらない。ただ実地に行動を見せるだけ……そしてそれがまぎれもなく驚異そのものだ。投槍器《とうそうき》はその好例だった。そんなふうにエイラについて考えをめぐらせていたせいだろう、いきなり当のエイラから名前で呼びかけられてセフォーナは驚かされた。

「セフォーナ、ちょっと頼みごとをしてもいい？」エイラはそういった。

「ええ」セフォーナは答えながら、この人の話しぶりは奇妙だと思っていた。言葉づかいがおかしいのではなく、音の響きに妙なところがある。この人があまり口をきかないのはそのせいかもしれない。

「植物のことはよく知っている?」エイラはたずねた。

「だれでも、植物のことなら多少は知っているはずよ」セフォーナは答えた。

「いま考えているのは、ジギタリスに似ている葉をもってはいるけれど、花はタンポポのように黄色い草よ。その草をわたしは甘松という名前で知っている。でも、これはマムトイ語なの」

「ごめんなさい。「わたしが知ってるのは食べ物にする植物のことだけで、薬にする草木のことはあまり知らないの。そういう話だったらゼランドニを待たないと」セフォーナはいった。

エイラはいったん間をおいてから、あらためて話しはじめた。「だったら、シェヴォナーのようすを見ていてもらえる? ここに来るまでの道々で甘松を見かけた気がするの。だから来た道を逆にたどって、あの草をさがしてみる。そのあいだにシェヴォナーが目を覚ましたり、なにかようすが変わったりしたら、だれかをわたしのところによこしてくれる?」

エイラはそう話してから、ふだんは自分の薬師《くすし》としての行動について人に説明することなどないにもかかわらず、この場ではもうすこし説明をつけくわえようと思いたった。

「あれがわたしの思っているとおりの草だったら、役に立つはずなの。前にも甘松の根をすり潰したものを湿布にして、骨を折ったところにあててあげたことがある。でも体に吸収されやすいから、体内の痛みを鎮める効き目もあると思うの。そこに曼荼羅華《ダチュラ》をすこしと、よく砕いたヤロウの葉があれば、それも混ぜたら、シェヴォナーの痛みを軽くしてあげられると思う。だから、あの草をさがしにいきたいの」

「わかったわ。あの人のことはわたしが見てる」セフォーナは答えた。なぜとは知らず、この異郷の地から来た女に助力を乞われたことがうれしかった。

ジョハランとマンヴェラーは低く抑えた声でラノコルに話をしていた。三人はすぐ横にいたが、エイラの耳には話し声もほとんどきこえなかった。いまエイラは傷ついた男と温まりつつある水に全神経を集中させていた――それにしても湯がいつまでたっても沸かないように思えた。ウルフは近くの地面に体を横たえて二本の前足に頭を載せ、エイラの一挙手一投足に目を光らせていた。湯気が噴きだしてくると、エイラは甘松の根を入れた。湿布用にすり潰さなくてはならないので、柔らかくするための下ごしらえだ。うれしいことに、甘松だけではなく鰭玻璃草《コンフリー》も見つかった。根と葉を砕いて湿布につかえば、こちらも打撲傷や骨折に効き目がある。これでシェヴォナーの体内の傷が治ると考えていたわけではないが、エイラはこの男の痛みをすこしでも和らげるためにあらゆる手を尽くす気がまえだった。

用意がととのうと、エイラは温かな根を砕いたものを、黒に近い色になっているシェヴォナーの痣に直接塗っていった。痣は胸から広がって腹部にまで達している。腹部が硬くなりかけていることにも気がついた。痣の箇所が冷えないように皮の端切れをかぶせていたとき、シェヴォナーがふっと目をひらいた。

「シェヴォナー?」エイラは話しかけた。怪我人には意識こそあったが、目には事情がわからずに混乱している光があった。わたしがだれなのかがわかっていないのかもしれない、とエイラは思った。「わたしはエイラ。あなたのつれあいの――」ちょっと口ごもりはしたものの、名前を思い出してつづける。「――レローナが、いまこっちにむかっているわ」シェヴォナーは息を吸いこみ、痛みに顔をしかめた。その痛みに驚いているように見えた。エイラは話しかけた。「あなたはバイソンに怪我をさせられたの。ゼランドニももうすぐここにやってくる。それまではわたしがあなたを手当てしているつもり。いまは、あなたの胸に痛みを少しでもとるための湿布をしたところよ」

シェヴォナーはうなずいたが、それだけの動作でもひと苦労だった。

「弟さんに会いたい？　弟さんはあなたと話がしたくて、ずっと待ってるのよ」

シェヴォナーがまたうなずくと、エイラは立ちあがり、そばで待っていた三人の男のもとに近づいた。

「あの人が目を覚ましたわ」エイラはラノコルにいった。「あなたと話をしたがってるの」

若い男はすばやく立ちあがって、兄が横たわる寝床に近づいた。エイラはジョハランとマンヴェラーともども、そのあとを追った。

「気分はどうだい？」ラノコルはたずねた。

シェヴォナーは笑みを見せようとしたが、その顔はすぐ苦痛の渋面に変わってしまった。不意に咳がこみあげ、同時に口の端からまっ赤な粘液がしたたり落ちた。弟のラノコルの目を動顚《どうてん》の光がかすめた。ついでラノコルは、兄の胸の湿布に気がついた。

「これはなんだ？」ラノコルがいった。張りつめたその声は金切り声寸前だった。

「痛みをとるための湿布よ」ふだんからエイラの声はいくぶん低めだ。いまエイラはゆっくりと、落ち着いた口調を心がけていた。シェヴォナーの弟が取り乱し、恐怖を感じていることも充分理解していた。

「兄さんにこんなことをしろなんて、いったいだれがいった？　兄さんを苦しめるだけかもしれないじゃないか。いますぐ剝がせ！」ラノコルはわめいた。

「よすんだ、ラノコル」シェヴォナーがいった。大怪我をした男の声はかろうじてきこえるだけだった。

「その人はわるくない。これで楽になるんだ」いいながら上体を起こそうとしたものの、そこで意識をうしなってシェヴォナーは崩れるように寝床に横たわった。

「シェヴォナー。起きてくれ、シェヴォナー！　兄さんが死んだ！　ああ、母なる大地の女神よ、兄さんが死んでしまった！」ラノコルは泣き叫び、寝床にいる兄の横にどさりと身を沈めた。

エイラがシェヴォナーの脈を確かめているあいだに、ジョハランはラノコルを引き離していた。

「いいえ。まだ死んではいません」エイラはいった。「でも、そう長くはもたないでしょう。つれあいの人が早く来ればいいんですが……」

「兄さんはまだ死んじゃいないぞ、ラノコル。でも、いま死んでもおかしくなかったんだ」ジョハランが怒りもあらわにいった。「この女の人はゼランドニじゃないかもしれないが、手当ての方法を知ってるんだ。兄さんを苦しめているのはおまえのほうだぞ。もういちどシェヴォナーが目を覚まして、ちゃんとレローナにさいごの言葉をかけられるかどうか、だれにもわからないんだ」

「これ以上シェヴォナーを苦しめることは、だれにもできませんよ、ジョハラン。もうなにをしても助かりません。いつ逝ってもおかしくないんです。そんなお兄さんを思って嘆き悲しんでいる人を責めないでください」エイラはそういうと立ちあがろうとした。「みなさんの気分が落ち着くようなお茶を淹れてきます」

「その必要はないよ、エイラ。わたしがやるから。なにをつくればいいのか、それだけを教えて」

エイラは顔をあげて、声の主のセフォーナに笑顔を見せた。「じゃ、とりあえずお湯を沸かしておいてちょうだい。そうしたら、わたしが必要なものをもっていくわ」とセフォーナにいってから、体の向きをもどしてシェヴォナーの容体を確かめた。息ひとつするのも苦しそうだった。もっと楽にしてあげたかったが、エイラが体を動かそうとすると、シェヴォナーは痛みにうめき声をあげた。エイラはこの男がまだ生きていることに驚きながら頭を左右にふり、つづいて薬袋に手を伸ばして、お茶の材料としてなにがあるのかを確かめた。カミツレがいいだろう、とエイラは思った。それに甘みを添えるため、乾燥させた科《しな》木《のき》の花か甘草《かんぞう》の根をくわえよう。

長い午後がゆっくりと過ぎていった。人々が洞穴に顔を出しては去っていったが、エイラはそれにさえほとんど気づいていなかった。シェヴォナーはなんどか目を覚まし、つれあいが来ているかどうかをたずねては、途切れがちな浅い眠りに落ちていくことをくりかえしていた。腹部は膨張して硬くなり、肌はもう黒に近い色になっていた。さいごにひと目、つれあいに会いたい一心で、かろうじてもちこたえているにちがいない、とエイラは思った。

それからすこしして、エイラは水を飲もうと思い、水袋をとりあげた。しかし中身がなくなっていたので、また水袋を下にもどし、それきりのどの渇きのことも忘れた。そのすこし前にポーチュラが、ようすを確かめに洞穴にはいってきていた。マローナの悪戯の一件でまわりの目がまだ気になってしまい、これまで洞穴に近づかないようにしていた。しかし、エイラが水袋をとりあげて軽くふり、中身が空になったことを知らされているようすが目にとまった。ポーチュラは急いで淵に行って自分の水袋を冷たい水でいっぱいにしてから、また引きかえした。

「これでよかったら飲んで」ポーチュラはそういうと、水のしたたる水袋をさしだした。

顔をあげたエイラは、そこにいたのがポーチュラだとわかって驚かされたが、「ありがとう」と答えて椀をさしだした。「ちょっとのどが渇いていたの」

エイラが水を飲みおわったあとも、ポーチュラは居ごこちのわるそうな顔をしたまま、そこにたたずんでいたが、やがて意を決してこういった。「あなたに謝りたかったの。マローナに丸め込まれて、あなたにあんな悪戯をしてしまったことを。どう考えても褒められたことじゃなかった。あなたにどういえばいいのかもわからないわ」

「でも、べつになにもいわなくてもいいんじゃないかしら、ポーチュラ?・」エイラは応じた。「だってわたし、暖かくて着ごこちのいい狩り用の服が手にはいったんですもの。マローナがそのつもりだったとは思わないけど、わたしはこの服を存分につかわせてもらうわ。だから、あのことはもう忘れましょう」

「ほかに、わたしでも力になれることはある?」ポーチュラはいった。

「もうどんな人でも力になることはできないわ。シェヴォナーがいまでも、わたしたちとおなじ世界にいることだけでも驚き。あの人は目を覚ますたびに、つれあいが来ていないかどうかをきくの。ジョハランが、レローナはこっちにむかっている、といいきかせていたわ」エイラは答えた。「だから、つれあいに会いたい一心でもちこたえているのね。わたしだって、せめてあの人をあとすこし楽にしてあげたいと、それだけを思ってる。でも痛みをやわらげる薬のほとんどは、口から飲まないとならないの。水を滲《し》みこませた皮で口を湿してあげたけれど、あんな傷を負っていたのでは、もしなにかを飲んだりしたら、かえってあの人を苦しめてしまうだけだと思うわ」

ジョハランは岩屋の外に出てジョンダラーが行った方向、つまり南に目をむけ、早くジョンダラーがレローナを連れて帰ってこないものかとやきもきしていた。太陽は西の空に沈みかけており、まもなくあたりは暗くなる。これより先ジョハランは薪をあつめるために、何人かの者を送りだしていた。ジョンダラーたちの目印になる大きな焚火を燃やすためだ。それればかりか囲い罠からも材木をとって、薪にしてさえいた。この前に意識をとりもどしたとき、シェヴォナーの目はもうどんよりと濁っていた。それを見て洞長は、男の死が迫っていることを察していた。

あれほどまでに雄々しく奮闘して、さいごに残っている命のかけらにしがみついている若い男の姿を目《ま》のあたりにしたこともあって、ジョハランはシェヴォナーがこの戦いに負ける前につれあいがこの場に到着することを願っていた。ようやく、遠くに動くものが見えてきた。なにかがこちらに近づいてくる。急いでその方向にむかったジョハランは、一頭の馬を目にして肩の荷をひとつおろした気分になった。彼らがさらに近づいてくると、ジョハランはレローナを迎えにいき、取り乱した女をつれあいが死の床に横たわる岩屋へと案内した。

　レローナが近づくのを見て、エイラはそっとシェヴォナーの腕にふれた。「シェヴォナー。シェヴォナー！　レローナが来たわよ」そういってふたたび男の腕をそっと動かすと、シェヴォナーが目をひらいてエイラの顔を見あげた。エイラはいった。「待っていた人が来たわ。レローナが来たの」

　シェヴォナーはまた目を閉じ、わずかに頭を左右にふり動かした――自分で自分の目を覚まさせようとしているかのように。

「シェヴォナー、わたしよ。なるべく急いで来たの。なにかいって。お願い、なにかいってちょうだい」

そう語りかけるレローナの声は嗚咽《おえつ》に途切れがちだった。

　大怪我を負った男は瞼《まぶた》をひらくと、すぐ前にまで迫っている顔に目の焦点をあわせようと必死になっていた。「レローナか」蚊の鳴くような声だった。浮かびかけた笑みが、たちまち苦痛の表情にかき消された。シェヴォナーはもういちどレローナの顔に目をむけ、つれあいが目に涙をいっぱいにためていることを見てとると、「泣くんじゃない」とささやいた。それから目を閉じ、苦しげに息をしようともがきはじめた。

　レローナは懇願の光をいっぱいにたたえた目で、エイラを見あげた。エイラはいったん目を伏せてから、あらためてレローナに目をむけ、かぶりをふった。レローナはすっかり取り乱してあたりを見まわし、それ以外の答えを与えてくれる顔をがむしゃらにさがしはじめた。しかし、レローナに視線を返す者はひとりもいなかった。レローナはつれあいに目をもどし、シェヴォナーが全身を緊張させて空気をやっとのことで吸いこむさまを、その口の端から鮮血があふれだしてくるさまを見つめた。

「シェヴォナー！」レローナはそう叫んで、つれあいの手に手を伸ばした。

「レローナ……いまいちどだけ、おまえに会いたかったんだ」シェヴォナーは息もたえだえにいうと、目をひらいた。「さよならをいってくれ……おれが……霊界を歩きだす前に。ドニが許せば……いずれ向こうで会える日も来るさ」

シェヴォナーはそういって目を閉じた。息を吸いこもうとすると、なにかを転がすような弱々しい音がきこえた。ついで、低かったうめき声がしだいに高まってきた。懸命に声を抑えようとしていることにエイラは確信をもっていたが、それでもなお声は高まってきた。ふっと息がとまり、シェヴォナーが空気を吸おうとした。ついで、体内でなにかが弾けたような小さな音を耳がとらえた――とエイラが思うと同時に、シェヴォナーはいきなり苦悶の悲鳴をふりしぼった。その声が消えていくと、もうそれっきりシェヴォナーは息をしなくなっていた。

「嘘、こんなの嘘よ……。シェヴォナー、シェヴォナアアァァ」レローナは叫び、つれあいの胸に頭をもたせかけると、嘆きと悲しみに全身を大きく波打たせて嗚咽を洩らしはじめた。すぐ横に立っているラノコルはしとどの涙で両の頰を濡らし、兄の死を前にして道を見うしなったような茫然とした顔を見せていた。なにをすればいいのかもわからなかった。

そして一同は、不意の驚きに見舞われた。すぐそばから、不気味な大きい吠え声が響きわたったからである。一同の背すじに冷たいものが走った。全員がいっせいにウルフに顔をむけた。ウルフは四本の足で立って顔をうしろに大きくのけぞらせ、人の背すじに悪寒を走らせずにはおかない狼の弔いの歌をびょうびょうと歌いあげていた。

「あの狼はなにをしてるんだ?」ラノコルが激しい怒りもあらわにいった。

「お兄さんを悼んでいるのよ」そういったのは、みながききなれたゼランドニの声だった。「わたしたちみんなとおなじように」

だれもがゼランドニの顔を見て、ほっとしていた。ゼランドニはレローナをはじめとする何名かの者といっしょにやってきていたが、シェヴォナーのつれあいが洞穴に駆けこんだあとも、しばし外にとどまり、ようすを見ていたのである。レローナの嗚咽がしだいに死者を悼んで悲しむ号泣の声に、悲嘆のこもった哀哭《あいこく》の声に変わってきた。ゼランドニの哀悼の嘆きの声がレローナの声にくわわり、さらに何人もが声をあわせて泣きはじめた。ウルフは彼らにあわせるように遠吠えをした。ラノコルも堰《せき》が切れたように嗚咽しはじめたかと思うと、いきなり身を投げ、寝台に横たわる兄にひしと抱きついた。その一瞬後にはラノコルとレローナが抱きあい、体を揺らし、悲しみの声をふりしぼりはじめた。

ふたりにとって、これはいいことだ、とエイラは思った。悲しみと怒りを鎮めるためには、ラノコルが嘆きを裡《うち》から外に出す必要があるとわかっていた。レローナはその助けになっていた。ウルフがまた遠吠えの声をあげ、今回はエイラもそれに和した。その声があまりにも真に迫っていたので、まわりにいたほとんどの人はほかの狼が吠えはじめたのかと思った。ついで、亡きシェヴォナーを見まもっていた岩屋の人々は驚かされた――どこか遠くでべつの狼が、ここにいる狼の哀悼の遠吠えに唱和しはじめたのである。

ひとしきりののち、ゼランドニはレローナに手を貸して立たせ、焚火のそばの地面にのべられていた毛皮に導いていった。ジョハランは故人の弟ラノコルを支えて、炉の反対側に連れていった。レローナはその場にへたりこんで体を前後に揺らしたまま、周囲がまったく目にはいっていないようすで、低い悲しみの声をあげていた。ラノコルはうつろな目を炎にむけたまま、じっとすわっているだけだった。

〈三の洞〉のゼランドニはまず〈九の洞〉の巨体をもつゼランドニと静かになにやら話をしていたが、まもなく両手に湯気の立つ椀をもって引きかえしてきた。〈九の洞〉のゼランドニは片方を受けとって、レローナにすすめた。レローナは拒むこともなく——自分がなにをしているのかも知らず、知りたいとも思っていないかのような態度で——すなおにお茶を飲んだ。〈三の洞〉のゼランドニがもってきたもうひとつの椀は、ラノコルのもとに運ばれた。ラノコルは最初すすめられたお茶には目もくれなかったが、何回かうながされてようやく椀に口をつけた。ほどなく、ふたりとも焚火近くの毛皮に横たわって寝入っていた。

「レローナが静かになってくれてほっとしたよ」ジョハランがいった。「もちろんラノコルもね」

「ふたりには嘆き悲しむ時間が必要でした」エイラはいった。

「ええ、ふたりは嘆き悲しんだわ。でも、いまのふたりに必要なのは休息よ」ゼランドニはいった。「それはあなたもおなじね、エイラ」

「休む前になにか食べたらどう?」プロレヴァがいった。このジョハランのつれあいは、レローナとゼランドニをはじめとする〈九の洞〉の面々とともに、この場にやってきていた。「バイソンの肉を焙ったものがすこしあるし、〈三の洞〉の人がほかの料理をもってきてくれているから」

「お腹はすいてません」エイラは答えた。

「しかし、疲れてはいるだろう」ジョハランがいった。「片時もシェヴォナーのそばを離れていないも同然だったんだし」

「もっとなにかしてあげられればよかったのに……そう思えてなりません。でも、あの人を助ける手だてがひとつも思い浮かばなくて」エイラは落胆しきった表情を顔にのぞかせて、頭を左右にふり動かした。

「いいや、あんたはあの男を助けていたよ」〈三の洞〉のゼランドニをつとめる年かさの男がいった。「あんたはあの男の痛みをやわらげた。あれ以上のことができた者はひとりもおらんし、あんたの手当てなくしては、あの男があそこまで生きながらえることもなかったろう。わたしでは、あのように湿布をつかおうとは思いつかなかっただろうな。痛みや打撲傷の手当てにはつかうが、体の内側の傷となると……どうかな？　わたしには思いつかなかっただろうな。しかし、あれがあの男の助けになったのは事実だ」

「そのとおり。あの人の手当てとしては適切だったわ」〈九の洞〉のゼランドニがいった。「前にもおなじ手当てをしたことがあるの？」

「いいえ。あの人が楽になるかどうかもわかりませんでした。でも、なにかせずにはいられなかったのです」エイラは答えた。

「あなたはよくやったわ」ゼランドニはいった。「でも、いまはなにかをお腹に入れて、ゆっくりと体を休めるべきよ」

「いいえ、いまはなにも食べたくありません。でも、すこし横にならせてもらおうと思います」エイラは答えた。「ジョンダラーはどこに？」

「ラシェマーやソラバン、それに二、三人の人といっしょに、薪をあつめに出かけたよ」ジョハランが答えた。「松明《たいまつ》をもつ役目をこなすだけの者もいるが、ジョンダラーは朝まで火を絶やさないくらいの薪を確保したいといっていてね。この谷にはあまり木がないんだ。なに、連中もおっつけもどるさ。ジョンダラーはそこにあんたのための毛皮を敷いていったぞ」そういってエイラの寝場所を指さす。

エイラは横になった。ジョンダラーが帰るまで、体を休めるだけのつもりだったが、両目を閉じるなり、たちまち寝入っていた。燃料調達の面々が薪を携えて帰ってきたときには、洞穴にいた者のほぼ全員が寝息をたてていた。一同は薪を火のそばに積みあげてから、それぞれが選んだ寝場所にむかった。ジョンダラーはエイラがいつももち歩き、わずかな水を焼け石で温めて薬草茶をこしらえるのにつかっている椀に目をとめた。さらにエイラが、この春に抜け落ちたとおぼしき鹿の枝角を利用して間にあわせの枠組みをつくり、水袋を火の真上に吊るしていたことにも気がついた。鹿の膀胱《ぼうこう》は水を洩らすことはないものの、わずかに水が内側から滲みでる。そのため火の上に吊るしても燃えることはなく、お湯を沸かしたり煮炊きをしたりするのに利用されていた。

ジョハランはちょっとだけ話をしたくて、弟を呼びとめた。「ジョンダラー、例の投槍器について、もっと教えてほしいんだ。あのバイソンがおまえの槍を受けて倒れたことも、おまえが大半の狩人よりも遠くにいたこともわかってる。おれたちの全員が投槍器をもっていれば、あそこまでバイソンに近づく必要はなかったし、シェヴォナーがあいつに踏まれて死ぬようなこともなかったかもしれん」

「兄さんも知ってるとおり、やる気のある者には教えるとも。でも、慣れるまでには練習が必要なんだ」

「おまえの場合には、どのくらいかかった？　いまのおまえほど巧みになるまで、というんじゃない――投槍器をつかって、まっとうな狩りができるまでには、どのくらいかかったのかを知りたいんだ」

「投槍器をつかいだしてから、二、三年になるかな。でも、最初の年の夏がおわるころには、もう投槍器をつかって狩りをしていたよ」ジョンダラーはいった。「ただし、馬の背中に乗ったままで満足のいく狩りができるようになったのは、帰りの旅のあいだだな。ウルフもずいぶん助けになってくれるよ」

「動物を食べる肉や毛皮以外にも利用するという考えには、まだどうにも馴染めん」ジョハランはいった。「おまえたちの現場を見たからいいようなものの、話をきいただけだったら、まず信じなかったと思うぞ。しかし、投槍器についてはもっと知りたいんだ。またあした話をしよう」
兄弟はたがいにおやすみの挨拶をし、ジョンダラーは眠っているエイラに近づいていった。ウルフがさっと顔をあげた。ジョンダラーは焚火の火明かりのなかで静かな寝息を立てているエイラをしばし見つめてから、ウルフと目をあわせた。おまえがいつもエイラのそばで目を光らせていてくれて、おれはうれしいよ――ジョンダラーはそう思いながら狼の頭を撫で、エイラのとなりに身を横たえた。シェヴォナーが死んだことでは胸が痛んだ。〈九の洞〉の仲間だったからという理由だけではなく、だれかが命を落とし、なすすべがなかったときのエイラの落胆ぶりを知っていたからでもある。エイラは癒し手だ。しかしなかには、癒し手でも癒せない傷がある。

ゼランドニは午前中いっぱい、シェヴォナーの亡骸《なきがら》を〈九の洞〉まで運ぶ仕事の準備で忙しかった。大半の人々は、霊が肉体を去った者のそばに身をおいていると、心がひどく乱されてしまう。しかもシェヴォナーの埋葬の場合には、ふつうの埋葬以上の儀式が必要とされた。狩りのさなかの落命は、きわめて運のわるいことと考えられていた。狩りにひとりで出た者が死んだのであれば、悪運はだれの目にも明白であり、しかも悪運は目的を達成したと考えられた。しかしその場合でも、ゼランドニは将来にまで悪運が影響をおよぼすことを防ぐため、祓《はら》いの儀式をつねに欠かさなかった。狩りに出たのが二、三人で、そのうちひとりが死んだ場合も、まだ悪運は死者ひとりの問題であるとされ、生き残った狩人と遺族が出席する儀式が妥当だと考えられていた。しかし、ひとつの〈洞〉だけではなくゼランドニー族全体が関係する狩りで死者が出たとなると、ことは深刻だった。ゼランドニー族という共同体全体でなにかをとりおこなう必要がある。

かくして大ゼランドニは、なにが必要かという点について考えをめぐらせていた。おそらく悪運をなだめるため、この季節いっぱいはバイソン狩りを禁じる必要があるだろう。エイラが見かけたとき、ゼランドニは炉の火のそばでお茶の椀を手にし、ぶあつい詰め物をした座布団を何枚も積み重ねたものに腰かけて――これはウィニーの引き棒で運んできたものだった――くつろいでいた。ゼランドニはめったにたいらな座布団にはすわらなかった。年を重ねるにつれて肥満の度が進み、立ちあがるのがどんどんむずかしく、大儀になってきたからである。

エイラはゼランドニに近づいて声をかけた。「いまお話ししてもいいですか?」

「ええ、もちろん」

「お忙しいのなら、あとでもかまいません。ちょっとおうかがいしたいことがあるだけですから」

「すこしの時間なら大丈夫よ。さあ、お茶をもってきて、そこにおすわりなさい」ゼランドニはエイラにむけて、地面に敷いてある筵《むしろ》を指さした。

「おうかがいしたかったのは、あれ以外にもシェヴォナーにしてあげられることがあったのか、それをゼランドニがご存じかどうか、ということです」エイラはいった。「体の内側の傷をなおすすべはあるのでしょうか? 氏族と暮らしていたとき、ひとりの男が誤ってナイフで自分の体を刺したことがあります。ナイフの先端が体のなかに残ってしまい、イーザは体を切りひらいて先端をとりだしました。しかしシェヴォナーの場合には、体を切りひらいても傷をなおすすべはないと、わたしには思えたのです」

あの男になにも手を尽くせなかったも同然だったことで、この異郷の女が心を痛めていることは、はた目にもよくわかった。エイラの心くばりの深さにゼランドニは心を動かされた。すぐれた侍者ならば、そのような感情をおぼえても不思議はない。

「一人前の大きさに成長したバイソンに踏まれた人には、できる手当てはもうないも同然よ」ゼランドニはいった。「体のしこりや腫れなら、切開して溜まった膿などを出せる場合もあるし、体を切って小さな異物をとりだせる場合もある。なにかの破片とか、あなたが知っている氏族の女がとりだしたというナイフの破片のようなものの場合ね。それにしたって、その女の人がしたのは勇気ある行動だわ。人の体を切りひらくことには、つねに危険がともなうもの。なおそうとしている傷よりも、なお大きな傷をわざとつくることだから。わたしもこれまで数回は体を切ったことがある。でも、それで相手が助かると確信がもてた場合、ほかにどんな手だてもない場合だけよ」

「わたしもおなじように感じています」エイラはいった。

「ほかにも、体のなかがどうなっているのかを知っておくことも必要ね。人間の体内と動物の体内は多くの点で似ているわ。だからよく動物を注意ぶかく解体しては、体内がどんなようすで、なにがどうつながっているのかを観察したものよ。目につきやすいのは、心臓から血を体全体に運ぶための管や、筋肉を動かしている腱《けん》。動物の種類はちがっても、そうした部分はよく似ているわ。でも、似ても似つかないものもある。たとえば、オーロックスの胃は馬の胃とまったくちがうの。体内でのありかがちがうものも山ほどある。これは知識としても役に立つし、なによりとても興味ぶかいことよ」

「わたしもそのとおりだと思います」エイラはいった。「わたし自身、これまで多くの動物を狩り、解体してきました。その知識は、人間を理解するのに役に立っています。シェヴォナーの場合には、あばら骨が折れて、折れた骨があの人の……息をするための袋に突き刺さっていたにちがいない、と思っています」

「肺という部分ね」

「ええ、あの人の肺です。そればかりか……ほかの……臓器にも刺さっていたはずです。マムトイ語でいうなら、〝肝臓〟と〝脾臓〟でしょう。ゼランドニー語でどういうのかは知りません。どちらも傷を負うと、おびただしい血が出ます。こんな話で、どこのことだかおわかりですか？」

「ええ、わかるわ」大ゼランドニは答えた。

「流れた血は体の外には出られません。あの人の肌が黒くなってお腹が硬くなった理由は、それだと思います。血はあの人の体の内側を満たしていって……やがてなにかが破裂したのです」エイラはいった。

「わたしもシェヴォナーの体を調べたわ。あなたの見立てのとおりだと思う。血は胃をふくらませ、腸の一部までもふくらませたのね。だから、腸の一部が破裂したのだと信じているわ」ドニエはいった。

「腸……というのは、体の外にまで通じている長い管のことですか？」

「そう」

「その単語はジョンダラーから教えてもらいました。たしかにシェヴォナーは腸にも傷を負っていましたが、あの人の命を奪ったのは体内にあふれて満ちた血だと思います」

「そのとおり。それ以外にも左の脛《すね》で小さな骨がひとつ折れていたし、右の手首にも骨折があった。でもちろん、どちらも命とりになるほどではなかったわ」ゼランドニはいった。

「ええ。わたしも、その二カ所の骨折についてはそれほど心配していませんでした。わたしはただ、あれ以外にもできることがあったのか、それをゼランドニがご存じかどうか……それを知りたいだけです」エイラの真剣な顔には憂慮がいっぱいにたたえられていた。

「シェヴォナーを救えなかったことが悔やまれてならないのね？」

エイラはうなずき、顔を伏せた。

「あなたは全力を尽くしたのよ、エイラ。わたしたち人間は、だれしもいつかは霊界を歩む身になる。女神ドニから呼ばれたら、老いも若きも関係なく、わたしたちにはどうしようもない。たとえゼランドニでさえ、それを阻止するだけの力をもちあわせてはいないばかりか、はたしてそれがいつ起こるのかも予想できないの。ドニはそれを秘密にしていて、だれにも打ち明けはしない。女神はバイソンの霊に、シェヴォナーの霊を奪うことを許した――わたしたちが倒したバイソンと引き換えにね。生贄《いけにえ》というものよ。女神が要求することがあるの。おそらく女神は、わたしたち人間が与えられた女神の賜物の数々を当たり前のものだと思いこまないよう、そうやっておりおりに注意をうながす必要があると感じているのね。わたしたち人間は生きていくために、女神が創りたもうた生き物を殺している。でも女神の動物の命を奪うときには、わたしたちは女神の命の賜物に感謝する気持ちを忘れてはならないの。母なる女神はいつもやさしいとはかぎらない。その教えが厳しいものになることもあるのよ」

「ええ。わたしもそれは学びました。霊界がやさしいところだとは決して思っていません。教えは厳しいものになることもありますが、かけがえのない教えでもあります」

ゼランドニは答えなかった。これまでの経験から話しているときにすぐには答えず間をおけば、相手が沈黙を埋めようとして話しつづけることを知っていたし、そうなればあえて質問を繰りだした場合よりも、はるかに多くの知識を得ることができた。ややあってゼランドニの思惑どおり、エイラはつづきを話しはじめた。

「それで思い出すのは、洞穴《ケーブ》ライオンの霊がわたしを選んだとクレブからきかされたときのことです。クレブはわたしに、ケーブ・ライオンはとても強力なトーテムで、強大な庇護の力を発揮してくれるが、強大なトーテムのつねとして、ともに生きていくのがむずかしいトーテムでもある、と教えてくれました。さらにクレブは、わたしが注意を払っていればトーテムはわたしを助けるし、わたしが正しい決断をくだしたならば、そのことを教えてくれると話していました。しかし、トーテムはなにかをわたしに与える前に、わたしがそれだけの価値のある者かどうかを確かめるため、わたしに試練を与えるはずだ、とも話していたのです。さらにクレブは、わたしにそれだけの値打ちがなかったら、そもそもケーブ・ライオンがわたしを選ぶはずはなかった、ともいっていました」エイラはいった。「いいえ、値打ちというより、わたしに耐える力がなかったら——という意味だったのだと思います」

ゼランドニは、いまのエイラの発言から明らかになった洞察の奥深さに驚いていた。エイラが氏族と呼ぶあの者たちは、そこまで鋭い理解力のもちぬしなのだろうか？　いまのエイラの発言のケーブ・ライオンの霊という部分を、すべて母なる大地の女神と置きかえれば……どこのゼランドニの口から出た発言であってもおかしくない。

しばらくして、女神に仕える者たちの最高位にある女は話をこうつづけた。「シェヴォナーにしてあげられることといえば、痛みを和らげることのほかにはなにもなかったのよ。あなたは、まさにそのとおりのことをした。湿布をもちいるのは、なかなか興味をかきたてられる方法ね。あれもまた、氏族の女の人に教わったわざなの？」

「いいえ」エイラはかぶりをふった。「これまでいちどもやったことのない方法でした。しかしシェヴォナーはかなり激しい痛みに苦しんでいましたし、体のなかに傷を負っている状態では、なにかを飲ませるわけにはいきませんでした。まず思いついたのは煙をつかう方法でした。毛蕊花《もうずいか》を燃やして、その煙である種の咳を鎮めてあげたことがありましたし、蒸し風呂で燃やされる植物についても知っていました。しかし、煙を吸わせれば咳を誘うかもしれないという懸念がありましたし、なにより息をする袋に怪我をしていることを考えれば、そんなことはしたくありませんでした。それから、あの痣に気がついたのです——といっても、じっさいには痣ではなかったのでしょう。しばらくすると、肌の痣がほとんどまっ黒になってきました。しかしわたしは、ある種の植物を肌に直接あてると、痣ができているような打撲傷の痛みが和らぐことを知っていましたし、狩りの罠からここまでの道筋で、たまたまその草を見かけたことを覚えてもいました。そこでいったん引きかえして、草を摘んできたのです。多少はあの人のためになったようでしたが……」

「ええ、あの人のためになったと思うわ」ゼランドニはいった。「いつかわたしも、その方法をためしてみようかしら。あなたには、癒しの術についての勘が生まれながらにそなわっているみたいね。いま、そうやって落胆しているのがなによりの証拠よ。わたしが知っている優秀な癒し手はひとりの例外もなく、だれかが死ぬと心を乱される。でも、あなたにはあれ以上のことはできなかった。女神がシェヴォナーを呼びもどそうと心を決めたなら、だれもその思し召しを阻むことはできないわ」

「ええ、そのとおりですね、ゼランドニ。もう望みのなかったことはわかっていましたが、おうかがいしないではいられなくて。お仕事がいろいろあってお忙しいことはわかっております。これ以上お時間をとらせるのも恐縮ですので」エイラはそういうと立ちあがり、この場を辞去しようとした。「お答えいただき、ほんとうにありがとうございました」

ゼランドニは歩き去ろうとする若い女をじっと見つめ、「エイラ」とその背中に声をかけた。「よかったら、頼みごとをきいてもらえるかしら?」

「それはもう、なんなりとお申しつけください」エイラは答えた。

「〈九の洞〉にもどったら、赭土《あかつち》を掘りだしてきてもらえる？　大川《おおかわ》ぞいの大きな岩があるところの近くに土手があるの。どこだかわかる？」

「ええ。ジョンダラーとふたりで泳ぎにいったときに赭土を見かけました。ふつうの赭土よりも赤く、かなりあざやかな色あいでした。ええ、そのようにします」

「むこうにもどったら、手を清める方法を教えてあげる。そして、そのための特別な籠をわたすわ」ゼランドニはいった。


（中巻に続く）

ジーン・M・アウル　（Jean M. Auel）

1936年、シカゴ生まれ。18歳で結婚、25歳で五人の子の母となる。エレクトロニクスの会社に勤めるかたわら、ポートランド大学などで学び、40歳でMBA（経営学修士号）を取得する。この年に、先史時代の少女エイラを主人公とした物語の執筆を思い立ち、会社を退職して執筆活動に入る。当初から六部構成の予定だった「エイラ―地上の旅人」シリーズは、『ケーブ・ベアの一族』が発売されると同時にアメリカでベストセラーとなり、第五巻まで刊行された現在、世界各国で読み継がれている。現在、第六巻を執筆中。

白石　朗　（しらいし　ろう）

1959年、東京生まれ。早稲田大学第一文学部卒業。主な訳書に、スティーヴン・キング『ドリームキャッチャー』『回想のビュイック８』（新潮社）、ジョン・グリシャム『法律事務所』『スキッピング・クリスマス』（小学館）、ネルソン・デミル『アップ・カントリー――兵士の帰還』（講談社）、スティーヴ・マルティニ『ザ・リスト』（集英社）などがある。

故郷《こきよう》の岩屋《いわや》　上
THE SHELTERS OF STONE
エイラ―地上《ちじよう》の旅人《たびびと》11

2005年12月10日　第1刷発行

著者　ジーン・M・アウル
訳者　白石《しらいし》　朗《ろう》
発行人　玉村輝雄
発行所　株式会社ホーム社
〒101-0051　東京都千代田区神田神保町3-29　共同ビル
電話　［出版部］03-5211-2966
発売元　株式会社集英社
〒101-8050　東京都千代田区一ツ橋2-5-10
電話　［販売部］03-3230-6393
［読者係］03-3230-6080
印刷所　凸版印刷株式会社
日本写真印刷株式会社
製本所　凸版印刷株式会社

Earth's Children

『エイラ―地上の旅人』

ジーン・アウル／作

第１部
『ケーブ・ベアの一族　上・下』

大久保寛／訳　Ａ５判・ハードカバー

☆地震で家族を失い、孤児となったエイラは、ケーブ・ベアを守護霊とする
ネアンデルタールの一族に拾われる。さまざまな試練にたえ、
成長してゆくが、心ならずも洞穴を離れる日がやってくる。

第２部
『野生馬の谷　上・下』

佐々田雅子／訳　Ａ５判・ハードカバー

☆自分と同じ種族と出会うことを夢見て、北に向かってあてどのない旅は続く。
過酷な大自然のなか、生きのびるための技術を身につけ、
野生馬を友としたエイラは、ひとりの男と運命の出会いを果たす。

第３部
『マンモス・ハンター　上・中・下』

白石朗／訳　Ａ５判・ハードカバー

☆男とともに、マンモスを狩る一族と出会ったエイラは、身につけた狩猟の技で
驚嘆されるが、生い立ちをめぐる差別や、一族の男からの思わぬ求愛に悩む。
だが、試練によって、ふたりの絆は深まってゆく。

第４部
『平原の旅　上・中・下』

金原瑞人・小林みき／訳　Ａ５判・ハードカバー

☆故郷をめざす男との旅のなかで、独特な医術で少女を救ったりする一方、
凶暴な女の一族に男が襲われる。死闘の末、危機を脱したエイラは、
難所である氷河越えを果たしたとき、身ごもっていることに気づく。

第５部
『故郷の岩家　上・中・下』

白石朗／訳　Ａ５判・ハードカバー

☆５年ぶりに帰りついた男は歓迎されるが、動物たちを連れたエイラの姿に
人々は当惑を隠せない。岩で造られた住居に住む人々に
本当に受け入れられるのだろうか。身重のエイラを不安が襲う。

マムトイ族の夏の集会場所
ケーブ・ベアの一族
黒　海
© Map by Palacios after Auel